On ne tue pas le temps qui passe

ÉDITION DU CLUB QUÉBEC LOISIRS INC.
© Avec l'autorisation des Éditions JCL inc.
© Éditions JCL inc., 1997
Dépôt légal — Bibliothèque nationale du Québec, 1998
ISBN 2-89430-303-3
(publié précédemment sous ISBN 2-89431-166-4)

Imprimé au Canada

Marie-Claude Bussières-Tremblay

On ne tue pas le temps qui passe

*Le temps agit sur toute chose. Il façonne les rivières, ride la surface de la terre, met au monde le grain de sable qui provient du rocher de demain, roule les saisons. Le temps file. Pourtant il reste toujours du temps, du temps à perdre, du temps à rattraper, du temps à effacer, du temps à attendre. On attend que soit arrivé le temps, mais le temps n'arrive jamais, il passe. On naît, on vit, on meurt, certains nous précèdent ou nous suivent; Dieu regarde passer les êtres, les grands arbres secoués par le vent, les océans qui se bercent inlassablement **sur les ailes du temps.***

REMERCIEMENTS

Qu'il me soit permis de remercier ceux et celles qui
m'ont apporté leur généreuse contribution.

De l'Université du Québec à Chicoutimi:
Jacques B. Bouchard, professeur en études littéraires et
directeur de mon mémoire de maîtrise en études littéraires;
Martine Duperré, coordonnatrice aux stages et
au baccalauréat en travail social;
Diane Landry, coordonnatrice à la gestion modulaire
aux études de premier cycle;
Danielle Gaudreault, sténo-secrétaire
aux études de premier cycle;
Marie-Claude Tardif, étudiante en secondaire IV
au Lycée du Saguenay.
De l'Université du Québec à Montréal:
Michèle Boulanger-Bussière, professeure
au Baccalauréat en mode.
De l'Hôpital Montfort, Ottawa:
Andrée Bussières, infirmière à l'urgence;
Ramisch Chauhan, médecin orthopédiste;
Louise Mc Naughton, médecin urgentologue.
Et...
Raymonde Bussières, retraitée de l'enseignement.

Chapitre I

Surprise surtout, plus ahurie que fâchée, Claire se laissa mollement glisser sur le bras d'un fauteuil qui faisait face à la porte. Elle observa sa sœur qui déposait allégrement ses bagages, un sourire de satisfaction aux lèvres. Ce sourire égayait un visage aux pommettes saillantes, au menton presque carré, au teint de pêche et allumait des flammèches dans des prunelles à l'éclat métallique. Belle jusqu'à l'arrogance, Barbara vint se camper subitement devant Claire. Un semblant de petit air chagrin assombrit brusquement ses traits et elle tendit vers Claire des bras que celle-ci estima vides de tendresse.

— Tu ne viens pas m'embrasser!

Incapable de bouger, Claire la scrutait. Se trouvait-elle devant une apparition? Décidément, Barbara faisait preuve d'une incompréhension fort audacieuse de la situation en survenant ainsi sans avoir été invitée! Elle tombait aussi mal qu'un oiseau siffleur en plein milieu des chants d'une cérémonie nuptiale et paraissait avoir écarté complètement leur plus récente dissension de son esprit.

Voyant que Claire demeurait immobile et silencieuse, atteinte d'une surdi-mutité temporaire, l'autre retira son manteau de vison blanc et le jeta négligemment sur un fauteuil, comme s'il n'avait jamais servi de cuir avant de la vêtir et ne méritait pas qu'elle s'attarde à ce qui survivait de l'animal. Elle rajusta son tricot en cachemire, resserra la ceinture de son pantalon de lainage beige, se tortilla devant la vitre du vaisselier où elle parvenait à voir son reflet, question de s'assurer que son profil paraissait à son avantage, que sa ligne gardait sa minceur, que son allure la rendait attrayante. Comment aurait-il pu en être autrement? Elle mangeait peu et se surentraînait, passant d'une salle d'exercice à une salle d'aérobie et d'une bicyclette stationnaire à une piscine qu'elle ne quittait qu'après avoir nagé au moins une heure. Pour terminer, elle vérifia sa coiffure et parut se satisfaire de l'état de sa chevelure. Les néons l'illuminaient et irisaient les petits diamants de ses boucles d'oreille et de son collier. Son regard s'arrêta sur Claire qui ne faisait toujours pas mine d'apprécier sa venue.

Elle s'avança en se tordant nerveusement les mains. Claire l'avait souvent vue répéter ce manège quand elle devenait surexcitée; en de fréquentes occasions, son énervement et son impatience avaient été la cause de violentes colères. Allait-elle devoir essuyer une tempête? Elle tressauta et se raidit, prête à absorber le déluge de mots dont elle l'inonderait. Quelles stupidités prononcerait-elle pour tâcher d'être reçue à bras ouverts après ses fourberies? Barbara parla calmement en lui faisant face:

— Tu m'en veux beaucoup, hein, Claire chérie?

Le son plaintif qu'émettait cette voix susurrante la fit frissonner; il lui rappelait le vent précurseur d'orage qui s'entêtait à souffler sur la ville depuis la matinée, ce grand vent qui l'effrayait, qui l'avait toujours effrayée: une peur qu'elle n'avait jamais réussi à surmonter. Une de plus à placer dans le tiroir surchargé des émotions, une de plus à vérifier et à régler. Il débordait de toutes parts, ce tiroir, puisqu'elle n'avait jamais le temps de s'arrêter pour sonder les tréfonds de son être. De toute façon, une surexposition aux enfantillages coutumiers de Barbara rendait impossible le surfaçage de ses tracas. Sa sœur la ramena au présent en tentant une nouvelle offensive.

— Tu sais à quel point il m'est difficile de rester longtemps loin de toi! Je ne l'ai jamais pu; nous sommes trop liées pour ça.

«Liées!» Le cœur de Claire fit un bond outré. Barbara se

surpassait en manigance. «Liées!» N'avait-elle pas plutôt, durant ces vingt années, servi de négatif à l'éblouissante beauté de sa sœur aînée? N'avait-elle pas été utilisée pour mettre ses charmes multiples en valeur? Privée d'elle, Barbara devait se sentir démunie de son miroir déformant qui lui permettait de se voir doublement plus jolie. Était-ce cela le lien dont elle parlait? Pouvoir se comparer à la principale survivante de ses vilenies? L'aigle qui déploie ses ailes pour guetter et saisir sa proie paraît certes plus éclatant que la brebis qui tente d'échapper à ses serres puissantes. L'agneau bêlant attire la pitié; le charognard éveille parfois la crainte et l'horreur, pourtant c'est lui le vainqueur. Le plus fort n'existe-t-il que pour dévorer le plus faible?

— Cette histoire avec Victor Labranche est terminée depuis longtemps, renchérissait Barbara en se détournant légèrement d'elle pour s'éloigner quelque peu.

Cherchait-elle à dissimuler son visage de crainte que sa fourberie ne devienne apparente?

— Je ne suis plus amoureuse de lui. Je t'ai rendu service! certifia-t-elle. Il ne te valait vraiment pas.

Et cela aurait dû suffire pour qu'elles renouent comme si de rien n'était! À quelle désillusion elle s'exposait! Claire demeura les yeux rivés au plancher.

Barbara semblait perdre patience et percevoir son immobilité à l'égal d'une agression. Elle s'écria, acrimonieuse:

— Rien n'arrivera de cette «prétendue destinée fatale»! Tu es bien la seule à croire à de pareilles sornettes; même maman n'y croit pas. Tu t'attardes à des vétilles au lieu d'être contente de ma visite. Je suis ta sœur!

Voilà, pour elle, tout était dit! Elle se retourna pour saisir sa valise. Repartait-elle donc? Non. Elle l'ouvrit et l'étala sur le divan pour commencer à en retirer ses robes, toutes d'un chic si raffiné que Claire détourna les yeux, gênée de se trouver en survêtement.

Bien sûr, quand on est mannequin et la protégée de Bruce William, riche copropriétaire d'un des plus importants magazines au Canada, on peut aisément se payer ou porter de jolies toilettes.

La revue *Secrets*, qui paraissait uniquement en anglais, abordait des sujets aussi variés que le permettait chaque saison, incluant des articles et photographies traitant de mode et de beauté. William possédait de surcroît des placements dans deux agences de mannequins et dans de multiples entreprises internationales touchant les vêtements et les cosmétiques. Pour comble, il tissait des liens très étroits avec plusieurs gens d'affaires. Il comptait de nombreux amis, autant au Québec qu'en Amérique ou à l'étranger, et utilisait ses contacts pour accélérer l'ascension de Barbara vers les sommets. Celle-ci réussissait mieux dans la publicité que sur la passerelle; son déhanchement manquait de souplesse et rendait sa démarche un peu mécanisée. Quelques designers dont la renommée croissait adoraient ce style à peine robotisé. S'il le fallait, Bruce manigançait, tirait des ficelles, donnait un pot-de-vin et le visage de Barbara, sa personnalité, sa pétulance s'étalaient tantôt à la télévision, tantôt dans les revues, pour une annonce de parfum, de céréales, de sport ou simplement pour représenter la divine beauté de la jeunesse.

Elle, avec son salaire d'enseignante, elle arrivait à se tirer d'affaire; les styles très chics et exclusifs n'étaient pas à sa portée. Ses jupes et ses chemisiers, propres mais surannés, ne rivalisaient certes pas avec les vêtements seyants qui amélioraient encore la gracieuse silhouette de Barbara. Elle exhala doucement un soupir de lassitude; elle ne tenait pas à attirer l'attention de la jeune femme dont les courts cheveux bouclés, d'un brun chaud et lumineux qu'elle enviait parfois, dansaient à chacun de ses mouvements.

«Je suis ta sœur!» avait lancé Barbara. C'était justement pourquoi elle ne l'accueillait pas plus gentiment. Entre parentes, il y a des actes qu'on ne commet pas et chercher sans relâche à séduire le compagnon de sa cadette est un de ceux-là. Victor n'était sorti avec elle que six ou sept fois avant de devenir l'amant de Barbara. S'il n'y avait eu que lui! Aujourd'hui, si elle ne parvenait pas à se réjouir de sa venue, c'était surtout parce que Xavier lui avait déclaré son amour et l'avait demandée en mariage. Un épervier dressé pour la chasse au «vol» ne manquerait certes pas de survoler ce territoire pour fondre sur une nouvelle victime; Barbara, qui se surestimait en tout temps, agirait vite pour tenter de lui arracher Xavier. Si elle avait pu au moins se fier à sa bonne étoile et avoir foi en Xavier! Hélas! elle n'ignorait pas qu'il était ce qu'on appelle «un homme à femmes» et savait Barbara être «une femme à hommes»! Actuellement, Xavier se disait attiré par elle et souhaitait en faire sa compagne de vie: probablement parce qu'elle ne lui avait pas cédé alors que presque toutes les autres l'avaient fait. Combien de temps saurait-il résister à Barbara si celle-ci l'appâtait?

Les propos de son père compliquaient en outre leurs rapports: «*Vous vous affronterez à cause d'un homme; votre lutte brisera des êtres sur son passage et sèmera peut-être même la mort!*» Divagations? Divinations! Encombrement d'un esprit trop exploité? Louis avait déjà prouvé ses dires prophétiques. Ces paroles témoignaient-elles d'une connaissance du futur? Comment ne pas s'en alarmer ou tout au moins s'en soucier? Elle aimait Xavier. Elle ne voulait ni le perdre ni l'exposer à subir le sort de ses ex-petits amis ou, pire même, risquer de le conduire à la mort.

Un vague bruit de tonnerre. L'orage allait-il finalement éclater? En plein décembre! Cette suractivité électrique la rendait fébrile. «*Pauvre Claire!*» crut-elle entendre venant de sa mère. «*Tu as peur de tout. Une vraie poule mouillée!*» «Poule mouillée», un surnom qui remontait à la surface, noyant l'espace et le temps. Elle l'avait oublié.

Et également oublié Barbara qui, maintenant devant elle, attendait, bras croisés. Les yeux chargés de colère, elle tapait du pied sur le sol. Survoltée, au même diapason que la température, au paroxysme de l'exaspération, elle lança d'un air indigné en dirigeant vers elle un index accusateur:

— Tu n'es pas contente de me voir! Tu ne me pardonnes pas! Ose m'avouer que je te dérange! Je le vois bien à ton allure renfrognée et à ton mutisme. Tu préfères que je reparte, c'est bien ça?

«Oui, c'est ça.» À quoi bon le lui dire? Barbara trouverait mille moyens d'éveiller chez elle un sentiment de culpabilité tel qu'il lui faudrait abdiquer de toute manière. Elle sentait croître chez l'autre cette bouffée de rage qu'elle connaissait bien pour en avoir été maintes fois l'objet. Sa bouche aux lèvres gonflées et palpitantes se tordait de dépit, ses narines frémissaient, ses yeux gris lançaient des éclairs.

— Tu n'aurais jamais dû venir t'installer ici! Tu n'aurais jamais dû quitter maman! Ni «me» quitter. Tout ça parce que tu ne sais pas conserver tes petits amis et que tu as peur de ce que papa a dit! Tu es une froussarde, une fille d'une ancienne époque qui croit aux balivernes qu'a racontées un mourant. Papa avait perdu la tête! Sincèrement, Claire, tu es d'un ridicule!

«Claire, la ridicule, se tait. C'est ainsi qu'elle te vainc!» Petite fille, elle s'était accommodée de l'omnipotence, parfois même de la tyrannie dont Barbara faisait preuve à son endroit particulièrement. C'était fini, terminé. Elle n'acceptait plus de porter tout le poids de ses accusations.

Elle ne bougeait pas, changée en statue. Elle n'osait ni faire un geste ni risquer une parole. Pourquoi ne se résolvait-elle pas à la mettre à la porte? Parce qu'elle lui portait une affection toute relative, mais une affection tout de même. En tout cas, elle ne la haïssait pas; au contraire, elle en avait pitié, même si Barbara avait tout pour elle: beauté, séduction, admirateurs... Ses excès de fureur et son égocentrisme n'éclataient la plupart du temps que devant Claire qui ne possédait, elle, que son silence et l'utilisait à la manière d'une arme ou d'une vertu: la sagesse.

Possible aussi que Barbara ait raison et qu'elle ait cru les élucubrations d'un mourant! Possible!... Cependant, Barbara lui avait donné maintes fois des preuves de sa malignité, de son insatiable besoin de supprimer les obstacles entre elle et son caprice. Au surplus, elle devait se méfier d'elle-même: elle avait trop tendance à accepter les allégations de Barbara et à lui pardonner ses affronts. Peut-être que cela la conduirait à la mort comme avait mentionné son père! Peut-être que sa réaction actuelle répondait à une question de survie! Bof! ne fallait-il pas mourir de toute façon, un jour! En attendant, la meilleure solution était de tergiverser. Elle se leva en soupirant.

— Je suis fatiguée, excuse-moi! Je ne t'attendais pas et la surprise aidant...

— Alors je peux rester?

Barbara demeurait encore un peu tendue, espérant la confirmation officielle de sa victoire.

— Nous partagerons l'appartement quelques jours. Le lit est assez large pour nous deux, à moins que tu ne préfères le sofa...

— L'important, c'est d'être ensemble comme dans le bon vieux temps! exulta son aînée en venant l'embrasser bruyamment sur les deux joues, pour les lui essuyer ensuite d'un pouce autoritaire mouillé de salive parce qu'elle y avait laissé des traces de rouge à lèvres.

Claire se sentit aussi mortifiée qu'une gamine prise en faute. Barbara n'avait pas à la débarbouiller! De quoi se mêlait-elle? Le visage lui brûlait. Et ce parfum coûteux! Il avait chassé la douce senteur du savon et elle avait le goût de courir reprendre une douche pour extraire de son épiderme l'odeur qui lui collait à présent à la peau. Barbara ne se rendait pas compte de son ennui. Déjà, elle continuait de défaire ses bagages et entreprit un babillage qui n'intéressa pas Claire. Celle-ci se rassit dans le profond fauteuil de cuir brun et se reporta aux années de leur prime enfance. Apparurent en surimpression des visages chèrement aimés de son enfance: son père, sa mère...

Ils avaient vécu tranquilles, elles et leurs trois frères cadets, entre des parents apparemment attachés l'un à l'autre. Elle se rappelait leurs longs regards où les mots devenaient inutiles. Ils se comprenaient tacitement. Elle avait souvent envié sa mère de cette proximité avec son père qui excluait leurs enfants. Elle ne recueillait de lui que ses yeux fixes et pleins de tristesse. Si tristes, si tristes... Il lui caressait les cheveux d'un air absent. Était-il pensif ou rêveur, ému ou tracassé? Elle s'était questionnée longtemps. Cette attitude qu'il lui réservait à elle, et à elle seule, ce maintien à peine rigide, si étonnant, avait creusé sa joie enfantine et terni ses relations avec le reste de la famille. Elle se tenait sur ses gardes, car les taquineries de ses frères et de sa sœur à ce sujet l'avaient maintenue dans la peur et sur la défensive, créant entre eux au fil des ans un fossé devenu infranchissable. Le seul être qu'elle adorait sans condition, c'était son père. Elle lui ressemblait. Jamais elle n'avait entendu Louis élever la voix contre quiconque, ni perdre son calme; il demeurait jour après jour égal à lui-même, doux et patient, pratiquement toujours silencieux, perdu dans une contemplation où nul autre que lui n'avait accès. Claire aurait bien aimé recevoir ses confidences dans ces moments où quelques larmes assombrissaient les yeux bleus de son père.

— Tu ne m'écoutes même pas! se plaignit Barbara en défroissant de la main une robe en tussah à grosses fleurs roses, noires et mauves, d'une coupe parfaite, et que Claire savait lui aller à ravir. Cinq sous pour tes pensées! dit-elle en lui glissant son malicieux coup d'œil en coin et son sourire charmeur auquel peu de personnes savaient résister.

Elle avait déjà rangé son humeur acariâtre aux armoires. En cela, il fallait l'admirer: elle n'en voulait jamais longtemps à personne et ne tolérait pas le mépris. Plus même, elle ne pouvait pas concevoir qu'on puisse ne pas l'aimer. Elle croyait, mue par une naïveté d'enfant, que sa simple présence agrémentait la vue des autres et ensoleillait leur existence.

— Comment va maman? demanda Claire en abaissant les paupières pour voiler le reste de ses pensées.

— Toujours aussi adorablement gentille, soupira Barbara en cessant un instant son manège, cette fois une robe en surah gris perle entre les mains. Je ne comprends pas que tu puisses rester des mois sans venir la voir.

Claire ne répondit pas. Elle n'avait jamais saisi, elle, pourquoi Barbara avait invariablement reçu une attention spéciale de la part de leur mère. Non pas que Carole ne leur ait point dédié de tendresse à elle et à ses frères. Seulement... pourquoi leur préférait-elle Barbara, qu'elle et Louis avaient adoptée au tout début de leur mariage dans des circonstances qui demeuraient obscures et dont ils ne parlaient jamais. Elle ne pouvait nier que Barbara ait été une fillette délicieuse et dotée d'un magnétisme qui faisait paraître tous les autres enfants ternes et maladroits. Encore aujourd'hui, elle ressemblait à une aigrette planant au-dessus des marécages et étalant ses plumes à la vie; tous admiraient la grâce souple de sa ligne, la finesse de ses traits, sa spontanéité, sa joie de vivre... Bien sûr, tous ne la connaissaient pas aussi intimement que Claire. Pour elle, Barbara représentait davantage une gélinotte, celle qu'on nomme aussi «poule des bois». Peut-être était-ce une des raisons qui l'avaient poussée à sauter ainsi sur Victor Labranche!

Elle faillit sourire et se secoua lentement pour s'extirper de sa rêverie. Sa compagne avait repris son va-et-vient, de ses valises à la penderie. Si elle n'était venue que pour quelques jours, elle avait apporté des robes en surplus. Elle ne se leva pas pour l'aider. Une sourde mélancolie l'étouffait. «Et si papa avait dit vrai!» répétait une voix en elle. «Et si Xavier se révélait finalement être cet homme qu'elle et Barbara se disputeraient!» Non, elle abdiquerait et ne se battrait pas pour le garder. Peste soit de Barbara! Elle serra tant les poings que ses phalanges en blanchirent. Allons, du nerf! Barbara ne resterait pas longtemps: son travail et Bruce William la réclameraient bientôt. Elle n'avait qu'à s'arranger pour que Xavier et Barbara ne se rencontrent pas au cours des prochains jours et le tour serait joué.

— Es-tu certaine d'aller bien? Tu ressembles à un spectre? Tu me fais penser à papa, tiens! quand il se perdait dans ses chimères sans fin. Tu ne te surmènes pas au moins? Manges-tu assez?

— Ne t'en fais donc pas pour moi, rétorqua Claire d'une voix qu'elle voulait ferme, mais qui cassa légèrement. Je suis nerveuse, c'est tout.

— On le serait à moins! Enseigner à une classe surpeuplée de gamins écervelés n'a rien d'une sinécure! Pourquoi n'as-tu pas suivi les cours de mannequin avec moi? Imagine la vie agréable que nous aurions eue toutes les deux ensemble!

Claire se le figurait trop bien et détourna la tête. Elle n'avait jamais eu aucune envie de passer son temps près de la belle Barbara qui occupait le centre d'attraction et qui la faisait paraître aussi insignifiante qu'un chardon auprès d'une rose.

— Ou bien, tu aurais pu devenir hôtesse de l'air et mener

une vie active, poursuivait la brune jeune femme. Au lieu de ça, tu as choisi l'enseignement et, non contente d'avoir trouvé un poste dans une école de Montréal, tu es venue t'installer à Québec. Sincèrement, Claire, je ne te comprendrai jamais!

«Je ne l'espérais pas», souffla un démon en Claire.

Qui, d'ailleurs, pouvait se vanter de saisir les souffrances d'un esprit analytique qui décortique chaque geste, chaque mot pour en relever et en examiner les causes et les effets? Compensation sans doute, afin de l'aider à surmonter son sentiment d'infériorité. Ou alors c'était une manière de se sécuriser. C'était pour ça qu'elle semblait constamment absorbée, sage et prévoyante; Barbara, elle, agissait au vif de sa pensée et de ses impulsions.

— Maintenant que je suis là, je vais t'aider à te replacer. Nous corrigerons les textes de tes petits monstres, puis nous sortirons un peu. Je suis certaine que tu n'as pas mis le nez dehors plus de cinq ou six fois depuis ton arrivée ici. Il faut te distraire, ma fille! On n'a pas idée de rester repliée sur soi quand on est jeune et intelligente! Il faut te faire des amis, vivre...

Claire demeurait silencieuse et sous tension. Barbara ajouta en riant, moqueuse:

— Même si papa a affirmé que nous aurions une rivalité à cause d'un homme, je n'y crois pas. Ça n'a aucun sens!

— Et Victor?

— Tu appelles ça un homme, cette mauviette!

— Yvan Dubois alors? Ulric Boileau? Ou les autres?

— Aucun ne méritait la peine que tu te donnais, jugea-t-elle. Ils t'ont tous laissée tomber à l'instar d'une vieille chaussette trouée.

Le pire de tout, c'était qu'elle avait pratiquement raison.

— Voyons, Claire, réfléchis! Comment papa aurait-il pu connaître l'avenir?

— Il savait le moment exact de sa mort, jeta Claire sèchement.

Barbara souleva des épaules adorablement minces pour dire:

— Au point où il en était de sa maladie, il se doutait bien qu'il ne durerait plus longtemps.

— Jusqu'à nommer le jour! Trois semaines à l'avance!

— Ce que tu peux être naïve, ma pauvre Claire! Il a dit ça comme il aurait dit n'importe quoi et il est tombé juste, c'est tout. Ce n'est pas sorcier. Tu ne vas quand même pas multiplier les raisons pour me bannir de ta vie!

— Je ne crois pas qu'il nous aurait fait venir pour nous raconter de pareilles choses juste avant de mourir s'il n'y avait pas cru!

— D'accord, il y croyait! s'exclama l'autre en levant haut les bras. Et alors? Ce ne sont que des sottises! Papa n'était ni un surhomme ni un être surnaturel doué pour la parapsychologie. Il était malade. Il délirait.

— Peut-être, balbutia-t-elle en courbant l'échine.

— Ainsi, reprit Barbara en se calmant pour la toiser avec un rien de dédain et beaucoup de sarcasme, c'est aussi pour ça que tu as quitté la maison, pas seulement à cause de Victor! Ou disons que c'est moi que tu fuis. Tu crains que les prévisions de papa ne se réalisent. Tu prends tes précautions. Tu te surveilles. Sais-tu que c'est devenu une véritable obsession chez toi!

Cela tournait à l'obsession, oui; elle ne pouvait le nier. Elle se sentit incapable de relever les yeux pour affronter le regard de Barbara qu'elle savait chargé d'ironie. Elle se contenta de respirer en douceur et sursauta quand sa voix la tira de nouveau de sa torpeur.

— Tu oublies, ma chère Claire, que, si ce que papa a prédit est vrai, nous ne pourrons rien éviter: ce qui doit arriver arrivera, malgré la distance que tu t'acharnerais à vouloir mettre entre nous. Alors pourquoi me faire souffrir en t'éloignant volontairement de moi?

Cette fois, Claire soupira. Elle se sentait vaincue par la logique de ces répliques. Pourtant la peur de perdre Xavier la faisait vaciller. Elle avait beau se répéter qu'il l'aimait, elle, Claire, et non Barbara – du moins, pas encore! Cette fin de phrase venait ternir son assurance. Leur permettre de se rencontrer serait dangereux. Quel homme préférerait une terne aurore brumeuse à un radieux crépuscule perpétuellement nimbé de lumière?

Elle admit:

— D'accord, tu gagnes! Je vais essayer d'être un peu plus aimable.

— Bon! Voilà comment j'aime t'entendre parler! Si tu permets, je vais aller faire un brin de toilette; trois heures de voiture, ça te chiffonne un corps.

Elle n'attendit pas l'approbation de Claire et fila vers la salle de bains. Claire prit la précaution de téléphoner à Xavier pendant que sa sœur était sous la douche. Le signal sonna trois fois avant que la voix énergique du jeune homme ne se fasse entendre.

— C'est Claire, chuchota-t-elle. Finalement, nous ne pourrons pas nous voir ce soir. J'en suis désolée.

— Moi plus que toi, lui signala-t-il, déçu. J'avais préparé un repas royal en l'honneur de ta première visite à mon appartement, et il va me rester sur les bras. Qu'est-ce qui contrecarre nos projets?

— Une visite impromptue. Je ne sais pas quand nous pourrons nous revoir.

— Qu'est-ce que ça veut dire? Claire, serait-ce une façon pour rompre déjà?

Il y avait une sorte d'inquiétude dans sa voix. Elle sourit pour elle-même, assez satisfaite.

— Non, non! C'est... Je te rappelle dans quelques jours.

— Dans ce cas, je n'ai plus qu'à souper tout seul ou à aller me saouler au premier bistrot venu.

Ces deux perspectives firent aussi sourire Claire et elle murmura gentiment:

— Je t'aime. Sois patient et ne m'oublie pas.

— Jamais je ne t'oublierais! Et je t'aime aussi, ajouta-t-il, se sentant gagné par le cafard à l'idée de ne pas la voir.

Elle raccrocha. Xavier s'avachit sur le divan et posa la tête contre le dossier, jambes allongées. Il examina la table bien mise où deux chandeliers de cuivre luisaient impertinemment sous le grand lustre, toutes chandelles éteintes.

Claire risquait-elle de lui échapper? Il espéra que non. Il

venait à peine de réussir à l'apprivoiser un peu. Il avait pris trois mois pour la conquérir, trois longs mois depuis le premier jour où il l'avait vue entrer dans ce restaurant fort fréquenté, non loin de l'école où elle enseignait. Il se rappelait de tout dans les moindres détails: la cuisse de poulet qu'il dévorait à belles dents, les bruits de vaisselle et de voix dans l'atmosphère enfumée et, tout à coup, le tressaillement brusque qui l'avait agité en apercevant cette grande fille blonde qui cherchait une place des yeux.

Leurs regards s'étaient croisés et elle avait détourné le sien, aussi bleu que l'azur d'un ciel éclatant de soleil et lui rappelant l'été qui s'estompait en ce jour de septembre.

D'un bond, il s'était levé pour lui offrir un siège à sa table. Elle avait accepté sans un sourire, sans un merci, visiblement à contrecœur et uniquement parce qu'il ne restait aucune autre place de libre.

Pendant qu'elle attendait fébrilement qu'on vînt la servir, il avait inspecté ce visage inhabituel qui le fascinait: un front large et bombé, dégagé de cheveux couleur miel noués simplement sous la nuque, un nez droit, minuscule et nacré tel un bijou, la bouche un peu longue au dessin sensuel sur un menton obstiné. Décidément, ce visage sans être beau ne comportait rien de singulier. Il lui avait souri; elle était demeurée figée.

— C'est la première fois que vous venez ici?

Le «oui» sec avait paru tonner à travers la salle malgré tout le brouhaha. Xavier en avait connu d'autres et ne s'était pas laissé démonter. Elle avait commandé un simple sandwich aux œufs brouillés avec un café et, dès que la serveuse s'était effacée, il avait repris:

— La cuisine est excellente, vous verrez. Si vous aimez la volaille, le bœuf ou le poisson, vous obtiendrez les meilleurs plats de toute la ville; je vous le garantis.

Elle n'avait pas répondu.

— Vous travaillez dans le coin? Oh! Excusez-moi, je ne me suis pas présenté: Xavier Volière, photographe.

Elle avait observé un bon moment la main largement ouverte qu'il lui tendait avant d'y poser sans entrain le bout des doigts.

— Monsieur Volière, ne vous croyez pas obligé de tenir une conversation parce que j'ai dû m'asseoir à votre table. Je suis pressée et tous les restaurants des alentours étaient bondés, alors je n'avais pas le choix.

— Pressée? Vous êtes de passage ou vous travaillez par ici? C'est la première fois que je vous vois!

— Ce sera peut-être la dernière, avait-elle coupé.

Puis, à partir du moment où la serveuse avait apporté son repas, elle ne s'était plus préoccupée de lui. Il l'avait regardée mordre machinalement dans le sandwich qu'on venait de déposer devant elle et le mastiquer sans entrain. Il s'était dit qu'elle s'efforçait de s'alimenter malgré un manque évident d'appétit. Sa minceur et sa pâleur même lui indiquaient qu'elle devait manger peu et peut-être pas des repas très nutritifs. Il risqua tout en pignochant dans son assiette du bout de sa fourchette:

— Êtes-vous de la région? J'ai cru remarquer un léger accent.

— Je suis de Montréal, soupira-t-elle. Monsieur Volière, faites-moi plaisir: gardez le silence.

Il avait souri tranquillement parce qu'elle paraissait le supplier de se taire alors qu'elle aurait pu le lui imposer.

— Je ne dirai plus un mot si vous m'expliquez en quoi je vous ennuie.

— Je n'ai rien contre vous. J'ai simplement un petit problème en classe et j'ai besoin de réfléchir au meilleur moyen de le résoudre. Tant que vous me poserez des questions, je n'y arriverai pas et je dois y retourner pour treize heures.

— Enseignante, hein! J'aurais dû m'en douter! Avec cette allure digne et réservée.

— Monsieur Volière...

— Appelez-moi Xavier et je pars!

— Je ne vous ai pas demandé de partir; simplement de vous taire. Ou alors parlez à quelqu'un d'autre.

Il s'était levé sur-le-champ.

— Je dois m'en aller de toute façon. Soyez ici demain à la même heure, à cette même table, avait-il rajouté en se penchant pour lui glisser ces mots à l'oreille en passant près d'elle.

Sorti sans attendre son acquiescement, il avait été stupéfait, mais content de la retrouver assise là, le jour suivant. D'autant que le souvenir de cette grande jeune femme blonde en souliers à talons plats l'avait poursuivi sans arrêt toute la journée. Il lui avait pris la main dès son arrivée; elle la lui avait retirée aussitôt.

— C'est pourtant bien moi que vous attendez? s'était-il informé un peu dérouté par son maintien rigide.

— Oui. Je tenais à vous prier de me pardonner pour mon incorrection d'hier.

— Vous avez réglé vos embêtements avec les jeunes?

— Je crois que j'ai pris la meilleure décision, avait-elle jeté trop sérieusement pour qu'il laisse sa nature bon enfant prendre le dessus.

Il ouvrit la carte où figurait le menu.

— Que choisissez-vous? Le saumon est délicieux ordinairement.

— Un simple sandwich au poulet.

— Allons, prenez quelque chose de plus consistant; c'est moi qui vous l'offre!

— Mon salaire me permet de vivre. Nous réglerons chacun notre facture.

— J'insiste pour vous inviter. Faites-moi ce plaisir!

Elle avait serré les dents en secouant la tête de façon nette. Il avait dû abdiquer, car la serveuse s'impatientait, plantée comme un clou auprès d'eux. Une fois celle-ci partie, il avait considéré sa compagne avec un peu d'animosité.

— Qu'êtes-vous? Sûrement une féministe ou quelque chose d'approchant?

— Je suis un être humain égal à vous et je ne vois pas pourquoi je vous devrais quelque chose.

— Il n'était pas question que vous me remboursiez.

— Croyez-vous! Les hommes pensent que, parce qu'ils sortent leur portefeuille et leur sourire, les femmes doivent se montrer gentilles. Vous me comprenez, je suppose?

— Hum! Je crois que j'y arrive, avait-il dit en reconnaissant qu'il avait effectivement souvent pensé ainsi.

— Je suis parfaitement capable de m'occuper de mes

affaires sans votre aide et sans l'aide de tous ceux qui espèrent obtenir de moi autre chose que du respect.

Il avait grimacé:

— Du respect! Rien de plus?

— Sachez, au cas où cela ne vous viendrait pas à l'esprit, que c'est le sentiment le plus précieux qu'un être humain puisse inspirer à un autre. Si vous ne vous méritez pas le respect de vos proches, alors qui peut prétendre vous aimer?

Coude gauche sur la table, menton appuyé sur le pouce et index posé en travers de ses lèvres, tout son sérieux retrouvé, il avait alors accordé à cette jeune personne une attention soutenue. Une impression toute neuve chez lui – en ce qui concernait les femmes – l'avait envahi: elle lui en imposait par son ton et ses répliques.

— Que suggérez-vous que nous fassions? s'était-il entendu demander sans avoir prémédité sa phrase.

— Nous pourrions devenir des copains, avait-elle proposé avec un petit sourire, le premier qu'il lui voyait.

— Eh bien! qui aurait dit ça? Moi... et ma copine. Vous serez ma première copine.

— Il n'y a pas de mal à ça!

— Non. Certes.

— Au moins, nous utiliserons pleinement cette table.

— Vous avez raison! avait-il riposté, amusé. Puis-je au moins connaître le nom de ma nouvelle amie?

— Claire Roitelet.

— Claire, j'espère vous revoir souvent, avait-il déclaré sans ambages.

Ce vœu s'était réalisé. Les jours de semaine, ils avaient pris l'habitude de se rencontrer pour dîner tout en bavardant. Il n'avait appris que bien peu de faits la concernant; elle se prétendait sans intérêt. Il admirait ses idées, la vigueur de ses opinions, sa débrouillardise, son intelligence. Malgré quelques ardentes tentatives, elle n'avait accepté un rendez-vous en soirée qu'un mois plus tard, et c'était alors qu'il avait compris qu'il l'aimait.

Xavier ramena les jambes au sol et se leva. Il alla enlever les chandeliers de la table pour les poser sur le comptoir. Il remit au réfrigérateur les framboises surgelées, éteignit le feu sous la marmite du coq au vin et ouvrit la bouteille de champagne pétillant qui devait sceller leurs fiançailles. Il n'y avait pas de bague: Claire n'en voulait pas. Elle prétendait que cet anneau ne signifiait plus rien à une époque où il y avait tant de divorces et elle refusait d'en porter. Il aurait pourtant aimé s'attacher sa bien-aimée, comme son père avant lui et son grand-père avant son père, par cette petite bague qui supposait une promesse qu'il craignait de lui voir oublier.

Il remplit son verre et revint vers son siège, apportant la bouteille avec lui, décidant de noyer sa désillusion et sa solitude. Où en était-il de ses pensées? Ah oui! leur première sortie ensemble! Une soirée d'anniversaire chez Solange où il y avait de la nourriture et de la boisson en surabondance.

Quelle jolie robe elle portait ce soir-là! En crêpe blanc, drapant mollement son corps svelte et harmonieux, le buste rond et ferme. De minuscules chaînettes dorées encerclaient son cou, son poignet, sa cheville. Ses yeux brillaient; on aurait dit deux lacs purs et frais. Elle souriait, détendue, presque surréelle et il s'était senti gagné par la magie de sa présence.

Ils avaient dansé longtemps, accrochés l'un à l'autre pareils à deux naufragés dans une mer houleuse quand, au cours d'une valse, Richard Brunelle, son meilleur ami, un excellent pigiste avec qui il lui arrivait régulièrement de travailler, avait surgi de nulle part pour lui demander sa cavalière.

— Tu la gardes pour toi tout seul depuis suffisamment de temps; laisse les amis en profiter un peu!

— Qu'est-ce que tu fais ici, toi? avait-il riposté, grognon. Tu n'as pas l'habitude de prendre part à ce que tu appelles «des simagrées»! Tu n'aimes pas les soirées, ni la danse à ce que je sache!

Richard s'amusait de son ton acide. Il inspectait Claire avec ravissement et lui répondit sans même le regarder.

— Simone a réussi à me convaincre. Tu ne nous présentes pas?

Ce qu'il avait fait. Sans entrain. Il aurait aimé continuer à la tenir contre lui, à entendre sa voix, à fixer ses yeux clairs.

— Claire Roitelet. Richard Brunelle.

Il s'était éloigné en ruminant son mécontentement et en épiant Richard qui enlaçait Claire. Les premières gorgées du gin tonique qu'il avait commandé au bar lui avaient fait moins d'effet que le sentiment qui l'avait soulevé quand il s'était retourné vers le couple. Un fulgurant éclair de jalousie lui avait tordu les entrailles, simplement parce que Claire riait, très détendue, dans les bras de son ami, alors que, depuis leur rencontre, il avait eu toutes les peines du monde à lui tirer quelques pauvres petits sourires. Il se rendit compte qu'il était amoureux. Lui, l'homme de trente ans qui gardait un carnet d'adresses bourré de noms de conquêtes féminines; lui, le célibataire pour qui le mariage représentait la prison, voilà qu'il ne songeait plus à une vie possible sans Claire près de lui et qu'il se retenait d'aller arracher la jeune femme à son plus fidèle ami.

Il avait avalé d'un trait le contenu de son verre; il en avait demandé un second en attendant impatiemment la fin de la danse. Voyant Richard entreprendre un «slow» avec Claire, il avait perdu contenance et s'était dirigé vers eux.

— Ça suffit!

Richard avait paru surpris et avait protesté en carrant comiquement ses hautes épaules:

— Qu'est-ce qui t'arrive? Tu en fais une tête!

— Simone doit t'attendre.

— Simone! Mais...

Xavier se rappelait très bien avoir vu le plaisir s'éteindre sur les lèvres de son ami. Puis Richard s'était tourné vers Claire. Il avait l'air mal à l'aise, malheureux.

— Bon! Ce sera pour une autre fois. À très bientôt! Du moins, je l'espère.

Il s'en était allé sans rien ajouter. Xavier l'avait vu se diriger vers la sortie. Simone avait dû rentrer seule, ce soir-là.

— Tu l'as vexé.

— C'est bien fait pour lui! Je ne veux pas qu'il s'immisce entre toi et moi.

— Qu'il s'immisce... Comment ça?

Sans répondre, il l'avait enlacée aussitôt pour danser. Elle ne s'était pas dérobée.

— Qu'est-ce qu'il te racontait pour que tu ries ainsi?

— C'est entre lui et moi. Pourquoi te répondrais-je?

— Parce que je te le demande.

— Tu n'as pas répondu à ma question non plus.

Qu'aurait-il pu avouer? Que Richard reprenait le flambeau quand il délaissait ses amantes? Qu'il préparait le terrain pour être le suivant dans leur lit? À l'idée que Richard puisse réussir avec Claire là où il échouait, il en éprouva un malaise et une rougeur subite. Elle poursuivait:

— Tu n'as aucune autorité sur moi et tu n'en auras jamais! Nous sommes de bons amis. C'est aussi ce que vous êtes l'un pour l'autre, Richard et toi, à ce que j'ai cru comprendre? Je crois que tu l'as blessé. C'est ainsi que tu traites tes amis? Si tu t'obstines à viser autre chose qu'une simple amitié, tu seras déçu, je préfère t'en avertir.

Elle avait tenu parole. Il avait pu constater, les semaines suivantes, à quel point il devrait lutter contre elle pour parvenir à vaincre toutes ses résistances. Il avait dû garder le secret de son amour durant deux longs mois, craignant qu'elle ne l'éconduise s'il osait parler trop tôt. Hier soir, finalement, il s'était décidé. Il la ramenait chez elle; une fois devant l'immeuble où il n'était jamais monté, il la retint doucement contre lui et posa les lèvres sur sa bouche. Il lui avait fallu quelques secondes de patience avant que Claire ne s'abandonne à son baiser.

Il se versa un autre verre de champagne et esquissa un sourire en le soulevant pour porter un «toast» à sa patience. En ces temps trop rapides d'un siècle tourbillonnant qui était passé des chevaux aux voitures, des premiers essais aéronautiques au Concorde, de la lampe à pétrole à l'électricité glissant à la vitesse de l'éclair sur des ondes qui simplifiaient l'existence, permettant à la radio et à la télévision d'informer un public toujours plus avide, en ces temps modernes où tout paraissait facile et normal, de la religion aux lois, de la sexualité à la débauche, il avait su attendre et conquérir Claire. Sans aucun doute possible, elle aurait fui à tout jamais s'il lui avait proposé de passer un moment chez lui avant leurs fiançailles. Hier, après avoir hésité, elle avait avoué qu'elle l'aimait aussi et elle avait accepté de devenir son épouse quand il le lui avait proposé. C'était le seul moyen qu'il connaissait pour s'assurer qu'elle ne lui échapperait pas. Aujourd'hui, elle récusait son invitation à souper sans lui expliquer les motifs qui l'amenaient à changer d'idée. Une visite imprévue, avait-elle dit. Peut-être que Claire ne l'aimait pas réellement? Peut-être qu'elle voulait réfléchir plus longuement? Peut-être qu'elle en aimait un autre? Richard? Ils s'entendaient comme des amis de longue date, comme des compagnons d'infortune, comme... Il en était jaloux. Il secoua la tête. Il se sentait ridicule de douter d'elle quand il la connaissait si bien. Là encore il s'interrompit. Il ne savait à peu près rien d'elle; elle avait effectué un survol rapide de sa vie: sa famille vivait à Montréal. Son père avait enseigné à l'université et elle enseignait dans une école secondaire polyvalente. En vérité, Claire ne parlait pas d'elle, mais des jeunes de sa classe ou bien elle se contentait d'écouter ce qu'il racontait et qui devenait un monologue, son monologue à lui.

Quelque chose lui glaça la peau sur la cuisse; il s'aperçut que ses doigts qui tenaient la coupe tremblaient tant qu'un peu de champagne s'était répandu sur son pantalon. Il se dressa pour aller l'éponger et rejeta la serviette sur un meuble, en passant. Sa décision était prise: puisque la montagne ne venait pas à Mahomet, il se rendrait à la montagne.

Le chemin lui parut long de son logement à l'appartement de Claire. Le mauvais temps avait rendu la chaussée glissante et l'obligeait à ralentir. Une pareille pluie en ce 21 décembre donnait un aspect étrange à l'hiver dont le manteau de neige se trouait rapidement, dévoré par une troupe de mites affamées: les gouttes d'eau. Les éclairs qui zébraient la nuit obscure avaient aussi de quoi étonner, mais le froid qui l'envahissait provenait de l'intérieur de lui, pas de l'extérieur. «Ce sont les remords qui me hantent», songea-t-il en poursuivant sa route. Il aurait pu s'en retourner illico sans persister à la voir et risquer de donner l'impression qu'il la surveillait, surseoir à son désir de savoir qui l'empêchait de venir chez lui. Il pouvait encore se résoudre à lui faire confiance. Il s'arc-boutait sur la pédale, accroché à son volant tel le plus crétin des froussards. Il craignait de la perdre. Il craignait... il ne savait quoi. Sa peur dominait sa raison et le faisait agir de manière insensée.

En montant l'escalier qui menait au logement où Claire habitait, il s'arrêta brusquement, le cœur aux abois, paniqué sans en comprendre la raison. Et s'il y avait un homme chez elle? Que ce soit Richard! Un frisson violent le secoua. Il fallait qu'il sache! Il le fallait. Quelle pièce Claire habitait-elle? Au troisième étage, certes, mais, trop pressé, il avait négligé de vérifier le numéro sur la boîte aux lettres. Il opta pour la seconde porte à droite sur le palier parce que rien ne traînait devant et qu'il connaissait le souci que Claire apportait à la propreté et à l'ordre. Il sonna. Si ce n'était pas là, on pourrait tout au moins lui indiquer le bon appartement.

— Oh pardon! dit-il à la jeune fille qui venait d'ouvrir. Je me suis trompé d'appartement. Je cherche...

Il ne continua pas. Il fixait, en souriant de plus en plus et sans pouvoir s'en détacher, des prunelles d'un gris si pâle qu'il se fondait presque avec le blanc. Tout, dans le visage, était gracieux: du tout petit menton au front couvert d'une frange de cheveux souples. Il ouvrit une bouche béate et leva l'index pour le pointer vers elle. Subitement gêné, il bégaya:

— V...ous... Vous êtes Barbara Eagle!

— Eh oui! ricana-t-elle, heureuse de constater l'effet qu'elle produisait sur le nouveau venu.

— Il m'avait bien semblé reconnaître ta voix!

Le son un peu rauque le tira à regret de sa contemplation. Avant de replonger dans la réalité et dans les yeux mécontents de Claire, il avait eu le temps de se dire que la béatitude du ciel devait ressembler à ce moment en dehors de la réalité.

— Maintenant que tu es là, entre!

La visible contrariété de Claire le rendit nerveux. Xavier se serait sans aucun doute excusé et serait reparti s'il n'avait senti – trop bien – l'intérêt appuyé de la magnifique créature qui le dévisageait avec une certaine complaisance. Il dut, par un suprême effort de volonté, s'arracher à la fascination qu'elle exerçait sur lui.

— Je... Je tenais à te voir pour...

Son regard voyageait de Claire à sa compagne qui continuait de l'épier avec un air indéfinissable.

— ...pour savoir... ce qui t'arrivait. Je m'inquiétais pour toi. Je... t'ai crue malade et... me voici!

Il se reprenait lentement et trouvait bizarre de percevoir chez lui une espèce de paralysie qui lui enlevait tous ses moyens; lui habitué à travailler à la conquête des femmes, il aurait dû savoir contenir l'émoi trouble qu'il ressentait à rencontrer Barbara Eagle. La voix chantante et moqueuse de la jeune femme empira cette sensation:

— Ma petite Claire, tu voulais me cacher à tes amis? Tu avais rendez-vous, je suppose? Je comprends mieux maintenant ta si froide réception de tout à l'heure. Je suis la sœur aînée de Claire, annonça-t-elle en s'avançant pour tendre une main légère à Xavier qui pressa entre les siens les doigts aux ongles laqués du jeune modèle.

«Quel besoin a-t-elle de préciser cela?» pensa Claire en étudiant l'attitude des jeunes gens pendant qu'ils se présentaient l'un à l'autre. «Il la dévisage à un tel point que c'en est presque gênant! Le culte de la vedette», grimaça-t-elle, à demi dégoûtée.

— Claire et moi devions souper ensemble. Elle a annulé la soirée, alors j'ai craint qu'il ne lui soit arrivé un embêtement, expliquait Xavier.

— Le seul embêtement qui lui soit arrivé, reprit Barbara avec un sourire entendu en jetant un coup d'œil de côté à Claire, c'est moi!

Xavier consulta Claire du regard. Celle-ci se détourna et alla s'asseoir sur le sofa, jambes repliées sous elle. Barbara la désigna de la main en continuant:

— Vous voyez bien que j'ai raison!

— Je... Je crois que je vais rentrer à présent que je suis rassuré.

Mais il l'était moins qu'avant.

— Voyons, Claire! minauda Barbara. Ne fais pas cette

tête d'enterrement! Va chez Xavier puisque c'est ce que tu avais prévu. Je peux très bien rester ici, toute seule.

Elle avait appuyé sur les derniers mots. Claire ploya davantage la tête, le regard fixé sur ses genoux. «Encore des manigances pour se faire inviter!» médita-t-elle en pinçant les lèvres.

— Pourquoi ne viendriez-vous pas aussi? N'est-ce pas qu'elle peut venir? adressa Xavier à Claire pour se reporter immédiatement sur Barbara. Nous nous préparions à fêter nos fiançailles et j'avais fait mijoter un de ces petits plats... Il y en aura amplement pour trois.

— Vos fiançailles! s'exclama Barbara avec un sourire sardonique et un nouveau regard en coin à Claire. Rien que ça! Oh! alors, je ne crois pas que ma présence soit désirée! Peut-être vaut-il mieux en discuter entre vous? Je vous laisse; faites-moi savoir quand je pourrai revenir.

Elle s'éloigna en balançant son arrière-train sous les yeux ébahis de Xavier. Une fois Barbara disparue dans la chambre et la porte refermée, il s'approcha de Claire. Il se sentait malhabile, penaud, décontenancé.

— Ta sœur est vraiment charmante, bafouilla-t-il gauchement.

Elle soupira un «oui, naturellement» qui ne l'apaisa pas.

— Préfères-tu que je reparte?

La même phrase – ou peu s'en fallait – qu'avait dite Barbara! Elle souleva les épaules. Qu'importait maintenant? Puisqu'ils s'étaient rencontrés, plus rien ne pouvait les préserver de leur destinée; Barbara l'avait dit: «Ce qui doit arriver arrivera de toute façon». Après tout, s'il devait en être pour Xavier comme pour Victor, ou Ulric, ou Yvan, ou... – elle en oubliait leurs prénoms plus vite que les événements – il valait mieux qu'elle le sache le plus rapidement possible. D'habitude, dès qu'un homme posait les yeux sur Barbara, il ne voyait plus qu'elle. Au début, elle avait cru à un hasard et c'en était probablement un, toutefois elle avait bien vite remarqué que le jeu amusait Barbara au point qu'elle s'évertuait à lui voler ses amis masculins. Elle entrait en compétition avec elle et la lutte devenait vite inégale; Barbara l'éclipsait par son éclat, par l'éloge tapageur de sa propre carrière: publicité, photographies, mode. Claire se refermait de plus en plus sur elle-même sans chercher à se défendre. Ceux qui lui préféraient Barbara n'avaient plus aucun attrait pour elle; elle ne lutterait jamais pour les conquérir, surtout en se rappelant les avertissements de son père. Le tour de Xavier était arrivé. Elle saurait bientôt quel genre d'homme il était. S'il continuait à vouloir l'épouser, elle, oiseau sauvage et déplumé, au lieu de courir derrière cette bécasse écervelée, qui narguait les hommes, les aguichait, les gagnait, les jouait, puis les abandonnait avec la plus indécente des candeurs simulées, alors il en vaudrait la peine.

— Cela a du sens! bredouilla-t-elle.

— N'est-ce pas? approuva Xavier, satisfait.

Elle leva la tête vers lui. La voix de Xavier se mêlait à ses pensées. L'homme souriait légèrement en se penchant vers elle. Avait-elle déjà remarqué qu'il n'était pas beau avec ses cheveux noirs bouclés, ses yeux verts fendus en amande, son nez un peu busqué à l'arête large? Ce qui donnait du charme à l'ensemble: indéniablement le sourire qu'il portait fréquemment, un sourire qui animait tout le visage.

— Tu m'examines d'une telle façon... On dirait que tu me vois pour la première fois et tu parais sortir d'une méditation néfaste à ton humeur. As-tu entendu ce que je te disais?

— Veux-tu répéter?

— Pourquoi ne pas nous rendre chez moi tout simplement pour fêter nos fiançailles? Que ta sœur soit là ne m'embarrasse pas tant que ça; nous essaierons de rejoindre Richard. Nous deux, nous pourrons nous voir en tête à tête demain.

Il lui tenait les mains et en caressait la peau d'un pouce apparemment négligent. Cette pression, ferme et tendre tout à la fois, eut raison de ses dernières hésitations.

— C'est bien, accepta-t-elle en se répétant une fois de plus que, quel que soit leur avenir, il ne pouvait être évité.

Chapitre II

Ursula Andress et Sean Connery dans un film de la série James Bond 007. Il n'allait pas payer pour entrer au cinéma, voir un vieux film maintes fois présenté à la télévision, quand il pouvait louer une cassette vidéo.

Un tantinet distrait, Richard Brunelle continua d'avancer d'un pas plus lent qu'à l'ordinaire dans une rue où aboutissaient plusieurs artères et d'où s'écoulait, encore à cette heure tardive et malgré une température maussade, un flot de véhicules unicolores sous leurs phares et les feux des néons de la ville. La pluie moins drue à présent se déposait en fines gouttelettes sur son pardessus tandis qu'il errait à l'unisson du redoux.

Il fumait, toujours avec trop de plaisir, une de ces cigarettes américaines qu'il ramenait de ses fréquents voyages au pays de l'Oncle Sam. Habitude malsaine; malsaine habitude qui lui valait les reproches de Simone la psychologue. Elle le comparait, à son grand déplaisir, à ces enfants qui n'ont pas accepté le sevrage et qui, à défaut de téter le sein de leur mère, s'en prennent à autre chose. Absurdité? Vérité? Cherchait-il des excuses pour poursuivre une activité puérile?

Dans la vitrine d'une bijouterie devant laquelle il s'était arrêté machinalement pour choisir le cadeau de rupture qu'il aurait normalement dû offrir à Simone, il rencontra son propre reflet. L'irritation lui creusait les joues, accentuait la carrure de son menton, faisait s'affaisser les coins de sa moustache châtain clair aux reflets blond roux. Il baissa les yeux et écrasa du pied son mégot rougeoyant.

Six mois, jamais plus, avec la même femme, quels que soient leurs sentiments réciproques. En ce qui le concernait, Simone ne représentait qu'un intermède à l'égal de tant d'autres; homme orgueilleux, il préférait toutefois donner le congé lui-même et non le recevoir.

Il apprécia l'offre qu'il avait reçue cette semaine d'un périodique new-yorkais qui s'intéressait à la politique et spécialement à la province de Québec. Quand il en était à ses débuts en tant que journaliste pigiste et que Xavier lui servait de temps à autre de photographe pour appuyer ses articles, il avait suivi, pour les lecteurs de ce journal, les possibilités de réussite du Parti québécois qui prônait alors la séparation du Québec d'avec le reste du Canada. Par la suite, il avait fait quelques reportages pour eux durant les mandats successifs de René Lévesque et de son parti, surtout durant la période du référendum pour le «oui» à la séparation. Le «non» l'avait remporté et, depuis que les libéraux avaient repris le pouvoir, il suivait les déplacements de Robert Bourassa. Aujour-d'hui, ce qui intéressait les Américains de la côte nord-est, c'était autant les pouvoirs hydroélectriques que ceux du gouvernement, même si l'entente du lac Meech occupait passablement les esprits et les conversations des Américains autant que ceux des Canadiens et des Québécois. Quoi qu'il en soit, il allait se rendre à la baie James tâcher de glaner quelques détails qui pouvaient avoir échappé à d'autres reporters. Quelques semaines de changement ne lui feraient pas de tort.

Un bruit de voix dissonant le ramena au présent. Il provenait d'un bistrot sombre dans une ruelle lugubre où il se retrouvait parfois. Il en vit sortir un homme éméché et deux filles d'aspect vulgaire. Il regretta que ces dernières aient accès aux tavernes. Dans le temps de son père, les hommes s'y retrouvaient entre eux et pouvaient ergoter sur les femmes à leur aise. Il aurait aimé pouvoir s'y réfugier lorsqu'il était, comme ce soir, en proie à un dégoût de la vie qui lui venait surtout de ces «pauvres victimes» ou, ainsi que lui-même les appelait: de ces «agresseures», puisqu'on en était rendu à féminiser les noms du genre masculin.

Il se rendit quand même au bar. Où aller si ce n'était là pour noyer le désenchantement et le vide de son existence?

Accoudé au comptoir depuis une minute à peine, sans même avoir eu le temps de commander, il vit s'approcher une jeune fille aux longs cheveux blonds et au visage de lune.

— On est tout seul, ce soir, mon grand? Ta petite amie t'a abandonné?

Il lui décocha un regard noir qui la fit grogner quelques mots et s'éclipser, l'œil accusateur. Il se passa la main sur le front et serra ses tempes entre ses doigts. Encore ce satané mal de tête! Il avait ses migraines... comme les femmes. Il ébaucha un sourire sarcastique et commanda un whisky canadien qu'il but à petites gorgées, penché sur lui-même. Pourquoi cette rage grandissante qui l'empêchait de se détendre? Cette fille lui avait rappelé... Il inspira profondément, espérant trouver une certaine détente s'il ne ressassait pas son passé... ou même son présent. Il aurait aimé partir loin, participer à une guerre pour se défouler, pour y tuer cet air railleur qu'avait eu Simone, ce soir, en lui annonçant que tout était fini. Une psychologue, bien sûr, prend les devants: elle avait deviné qu'il se lassait d'elle. Leur union se terminait. Un autre nom à rayer de la liste de ses amis. Il ne lui en restait pas beaucoup. Quand on a un sale caractère, on en paie le prix. Parfois, il avait l'impression de détester tout le monde et de ne trouver personne qui puisse convenir à sa nature trop... Trop quoi? Ulcérée? Était-il sensible à l'égal d'une femme? Il avait bien ses migraines comme elle, pourquoi pas une sensibilité similaire? Simone aurait dit que son «anima» l'emportait sur son «animus» et toute la terminologie jungienne aurait suivi. Il soupira. Rien, jamais, ne lui plaisait tout à fait. Il y avait toujours quelque chose de discordant, une turbulence qui brisait le rythme, qui l'empêchait de profiter du moment: un souvenir fugace, un mal de tête... «Souffrance morale, douleur physique», dirait encore Simone. Elle lui conseillerait de voir un psychologue. Pour soigner quoi? Son âme épineuse comme des urticacées?

Évidemment qu'il avait mal à l'âme! Qui donc aurait pu la priver de son passé?

Dans le grand miroir en face de lui, il intercepta le regard invitant et le sourire engageant d'une belle brune. Il n'encouragerait pas plus aujourd'hui qu'hier les manigances de ces «filles en mal d'amour» qui pouvaient lui refiler le sida en même temps que l'oubli. Il préférait les «restes» de Xavier, des restes séduisants la plupart du temps, car Xavier avait le tour avec les femmes et ses conquêtes valaient plus que les laissées pour compte ou les putains que n'importe quel homme pouvait ramasser pour un soir. Comment s'y prenait-il pour les attirer? Jeunes, âgées, naïves, érudites, il les décidait à poser pour lui et le reste devenait un jeu d'enfant. Tout était affaire de nuances et de bons usages. Après avoir entendu multiplier les compliments sur la beauté de leur corps, sur celle de leur esprit, bien des femmes oubliaient que les mots menaient aux gestes et elles s'engageaient dans une aventure avec ce séduisant photographe, aventure malheureuse dont lui, Richard, les consolait assez souvent. Bientôt ce serait le tour de cette charmante Claire, cette jeune intellectuelle qui viendrait pleurer dans ses bras et à qui il débiterait des tas de mensonges pour endormir la méfiance. Son sourire se fit très doux; il la trouvait gentille et cultivée. Il aimait bavarder avec elle... quand Xavier lui en laissait le loisir. Celui-ci n'avait jamais beaucoup aimé qu'il se présente trop tôt dans son duo; il se montrait plus avare du temps que pouvait lui consacrer cette petite Claire que de celui de toute autre, y compris celui que Simone lui avait accordé pendant leur liaison. Il le comprenait; Claire l'intéressait aussi. Elle représentait le genre de femme avec qui il aurait accepté de partager sa triste vie; adolescent, il avait rêvé de le faire avec Francine. La tempe lui chauffa soudain; une étincelle ne l'aurait pas brûlé davantage. Un muscle tiqua sur sa joue. Il se gratta l'annulaire gauche qui démangeait d'urticaire. Il devait confesser qu'il était fort vulnérable à cet auguste prénom qu'il souhaitait fuir. Il chassa ce souvenir cuisant, vida son verre et quitta les lieux.

Il ne pleuvait plus. En gelant, l'eau provoquait un dangereux verglas, motif déjà de quelques accrochages. Les conducteurs s'aspergeaient d'insultes; des policiers en uniforme s'évertuaient à les apaiser. Quelle bonne idée que d'avoir laissé sa voiture garée sur le stationnement de son immeuble! Sa prudence lui plut et il put trouver en lui les munitions utiles à sa subsistance psychique. Il huma l'air humide avec volupté, glissa soudain et exécuta un petit pas de danse pour se remettre d'aplomb. Bien fait pour lui! Le Ciel se chargeait de rabattre son caquet à de justes proportions; il n'avait pas à se gonfler d'orgueil pour une insignifiance. L'obnubilation revint obscurcir son esprit.

Une brume s'insinuait dans la ville, voilant les maisons et les édifices; une brume pareille à la pâque des Juifs: vivante, mouvante et meurtrière. Il imagina les portes couvertes du sang des brebis et, demain, les familles trouveraient les mâles premiers-nés morts durant leur sommeil. Idées morbides s'il en était! Il continuait d'avancer. Ici, un magasin de chaussures. Là, un supermarché. Plus loin, une boutique unisexe. Un vieil itinérant urinait dans un coin. Un autre hirsute et puant tendait vers lui son écuelle vide; ses doigts crasseux sortaient des gants de laine coupés qui ne protégeaient que les mains. Son regard errait de ses biens regroupés à son côté sur le trottoir aux alentours où peu de piétons circulaient. Richard sortit son portefeuille, prit un billet de cinq dollars et le déposa dans le bol. Après tout, c'était le temps des fêtes pour tout le monde. Les yeux du clochard luirent et il se passa la langue sur les lèvres avec avidité. Il allait probablement dépenser l'argent à boire. Tant mieux si ça le tenait au chaud!

En passant devant l'édifice où logeait Xavier, Richard leva la tête et y vit de la lumière. Il ne l'importunait habituellement pas la nuit tombée; ce soir, il craignait de se retrouver seul dans son logement, de revoir des fantômes qui avaient de fortes tendances à vouloir revenir le hanter. Et puis, peut-être que Xavier se sentait seul, lui aussi?

Il monta lentement les cinq étages à pied, question de se tenir en forme, de retarder le contact avec Xavier, de multiplier mentalement les justifications, de se permettre de réfléchir à ce qu'il voulait vraiment, de redescendre sans aller jusqu'au bout s'il changeait d'avis... Au moment de frapper, il retint son geste;

des sons indistincts lui parvenaient de l'intérieur. Xavier avait des invités. Possiblement une invitée. Possiblement Claire. Il n'allait pas se permettre de les déranger.

Il s'en retournait quand la porte s'ouvrit sur Claire qui lui fit gentiment fête. La voir suffit à effacer sa migraine et lui redonna son entrain. Vêtue pour sortir, son long manteau turquoise accentuant le bleu de ses yeux, la jeune fille s'approcha de lui.

— Xavier essayait de te joindre, poursuivait-elle, toute joyeuse.

— Ah oui! pourquoi donc?

Elle n'eut pas le temps d'expliquer.

— Ah! tu es là! s'exclamait Xavier qui arrivait à son tour. J'ai téléphoné chez toi sans succès pour savoir si tu voulais te joindre à nous. La sœur de Claire est en visite et les sorties à trois sont souvent ennuyeuses; nous avons pensé que tu accepterais de l'escorter, si tu es libre, évidemment.

— Je marchais au hasard; je suis monté voir ce que tu faisais. Donc je suis disponible.

— Parfait. Barbara nous suit; elle se refaisait une beauté et tu verras que ce n'est pas mentir. C'est une fille superbe.

— Si elle ressemble à Claire, elle me plaira certainement.

Claire sourit de ce compliment qu'elle sentait sincère. Xavier rétorquait, amusé:

— On ne peut pas dire qu'il y ait une ressemblance, pourtant je crois que tu la trouveras à ton goût. La voilà justement! signala Xavier qui se retourna pour fermer sa porte à clef.

Richard émit un léger sifflement admiratif en voyant arriver la jeune femme, parfaitement moulée dans un pantalon de velours bourgogne et portant un large chandail blanc à col roulé. Repliée sur son bras, il remarqua la fourrure blanche, puis les yeux pâles qui fascinaient dans ce charmant visage encadré de cheveux sombres.

— Jolie mésange! adressa-t-il tout bas à Claire. Si tu as d'autres sœurs, je m'en réserve une.

— Il ne me reste que des frères, chuchota-t-elle de même en s'amusant. Tu devras te contenter de Barbara.

— Elle ferait un beau cadeau de Noël, emballée et glissée sous mon sapin.

— Qu'auriez-vous donc aimé recevoir pour vos étrennes? s'informa Barbara qui, un peu distraite, avait entendu la fin de la phrase.

— Vous, ma toute belle! Je suis Richard Brunelle, un ami de Xavier.

Elle lui pressa la main de façon mécanique, sans chaleur.

— Ah bon! c'est vous!

Il nota le ton superficiel et légèrement supérieur. Quelque chose semblait la contrarier.

— Comment êtes-vous ici si Xavier n'a pas réussi à vous joindre?

— Nous correspondons par télépathie, fit-il semblant de dévoiler et Barbara se mit à rire sur une note fausse.

Elle détailla ce grand garçon aux épaules plus carrées encore que son menton, à la moustache insolente, aux yeux bruns rêveurs et elle conçut à son endroit une antipathie subite tout à fait inexplicable. Elle n'avait toutefois pas le choix de l'accepter comme compagnon du moment. Aussi puisa-t-elle dans ses ressources de comédienne, ainsi qu'elle avait dû fort souvent le faire pour convaincre un promoteur, un designer ou quiconque pouvait servir sa carrière et ses plans, et elle se mit à minauder:

— Vous êtes un homme tout à fait exceptionnel, alors! À part mon père, je n'ai jamais connu personne qui se soit vanté de posséder des pouvoirs paranormaux.

— Votre père! répéta Richard sans être dupe de sa théâtralité. Ce doit être un homme extraordinaire!

— C'est surtout un homme mort à présent, rétorqua-t-elle en badinant, ce qui fit lever la tête aux trois autres.

— Barbara! Franchement, tu déraisonnes! s'écria Claire, ulcérée.

— Voyons, voyons! Je blague.

— Choisis tes sujets, veux-tu? C'est insultant. Je te défends de parler de papa sur ce ton. Tu lui dois du respect pour tout ce qu'il a fait pour t...

Elle s'arrêta, car elle avait failli dire «pour toi» et c'était rappeler à Barbara qu'elle était une enfant adoptée, ce qu'elle s'était perpétuellement refusé à faire.

— ...pour nous.

— Tu as bien failli le dire, hein? persifla Barbara avec une moue dédaigneuse et un air narquois.

Claire baissa les yeux. La présence et le culot de Barbara la mettaient dans tous ses états et la faisaient réagir à toutes sortes de souvenirs cuisants. Richard devina tout de suite qu'une lutte opposait les deux sœurs et, saisissant l'urgence de la situation, il vint à la rescousse de Claire en prenant Barbara par le bras pour l'entraîner.

— Allons-y maintenant puisque nous sommes prêts!

Richard et Barbara précédèrent les deux autres vers l'ascenseur où ils montèrent tous les quatre. Xavier observait Claire de biais en se demandant ce qu'elle avait bien failli dire que Barbara n'aurait pas apprécié. Les yeux au sol, son petit menton ferme buté sous une lèvre qu'elle mordait pour retenir des paroles amères, Claire semblait livrée à des sentiments déplaisants. Richard entretenait une conversation insipide sur les ascenseurs dans les immeubles d'habitation; personne ne l'écoutait, même pas lui-même. Il faisait du bruit avec les mots pour permettre au malaise de passer. Simone lui aurait sûrement dit de se taire, qu'il n'avait pas besoin d'essayer de faire siens les problèmes de tout le monde. Peut-être qu'elle avait raison. Était-ce utopique de croire qu'il pouvait aider à chasser les nuages qui causaient ce tumulte chez Claire?

Une fois en bas, devant la porte de sortie, Claire se tourna vers Xavier:

— Serais-tu fâché si je rentrais? Je suis fatiguée et je travaille tôt demain matin; je ne voudrais pas imposer à mes étudiants un caractère hargneux et des cernes sous les yeux.

Xavier lui caressa doucement la joue du revers des doigts. Il comprenait surtout que les propos de sa sœur l'avaient froissée. Il entra dans le jeu.

— Je ne voudrais pas que cela t'arrive, ma chérie. Je te ramène chez toi.

— Merci.

Barbara n'attendit pas qu'elle s'excuse auprès d'eux, elle se plaignit:

— Tu nous laisses tout seuls pour aller fêter tes fiançailles!

— Fiançailles!... balbutia Richard sans qu'on l'entende.

— J'ai suffisamment fêté; il est déjà minuit passé, décida Claire. Ça ne me dit plus d'aller dans une boîte.

— Pourquoi ne pas la reconduire tous les trois et sortir ensemble ensuite? proposa prestement Barbara. Si Claire se sent lasse, moi, je suis en pleine forme et en congé. Je n'ai pas l'intention de rentrer à l'heure où tout le monde sort; surtout pas si près de Noël.

— Si Richard en a envie, vous pouvez y aller tous les deux. Claire et moi avons à discuter de notre mariage.

— Mariage!... articula Richard qui venait de recevoir un second coup direct au cœur. Fiançailles et mariage!...

Xavier déclara solennellement:

— Oui, mariage. Claire et moi sommes fiancés officiellement depuis ce soir et j'espère bien l'épouser d'ici l'été.

Richard dévisagea Claire un moment. Il en demeurait médusé. Il ne la consolerait pas! Xavier avait reconnu ses qualités avant de la lui refiler selon son habitude. Il se sentait frustré de l'appétit qu'il avait pour ce doux agneau. Pour un peu, il en aurait hurlé de désespoir. Il la regrettait. Il l'aurait aimée, il en était certain... parce qu'il l'aimait déjà: cette grande douleur qui l'assaillait le lui signalait clairement. Il reconnaissait la souffrance d'avoir perdu quelqu'un qu'on aime. Au temps des preux chevaliers, il aurait provoqué Xavier en duel et aurait soit gagné sa fiancée, soit perdu la vie.

— Toutes mes félicitations, réussit-il à dire d'une voix qui cassait à peine.

— Merci, dit Xavier en passant un bras de propriétaire autour des épaules de Claire pour démontrer qu'il avait déjà des droits sur elle. J'ai de la chance.

— N'est-ce pas touchant? reprit Barbara, moqueuse, à l'intention de Richard. Laissons-les à leurs divagations et allons nous amuser. Qu'en dites-vous?

— Ouuu......iii. Si c'est ce que vous voulez.

Elle lui remit son manteau de vison qu'il lui déposa sur les épaules et ils sortirent tous les deux pendant que Xavier et Claire se dirigeaient vers le garage. Barbara resserra le col de son manteau autour de son cou. Des cristaux de glace s'écrasaient sur le sol gelé.

— Il grêle à présent! ronchonna-t-elle. Où est votre voiture?

— Heu! Je ne l'ai pas prise. Elle est restée stationnée devant l'immeuble où j'habite. Nous n'en avons pas besoin; il y a un hôtel avec un piano-bar pas très loin d'ici.

— Bien. Je vous avertis que ce vison vaut une fortune et que la grêle risque de l'abîmer. En plus, les trottoirs sont devenus glissants et, avec mes bottes à talons hauts, je pourrais tomber.

— Accrochez-vous à moi, je vous retiendrai.

— Si vous ne tombez pas aussi!

Il sourit un peu en disant:

— Je vais tâcher de me tenir debout.

Il lui passa la main sous le bras pour la soutenir au cas où elle perdrait pied et ils cheminèrent un petit moment en silence. Richard ne s'amusait pas; il songeait à Claire, à Claire qui allait devenir l'épouse de Xavier. Il fit un effort pour revenir à Barbara.

— Que fait une jolie fille comme vous dans la vie?

— Je suis mannequin. Vous avez dû me voir à la télévision ou dans certains magazines. J'ai fait la couverture du *Secrets*, l'an dernier.

— Oh!... Oui, peut-être. J'écoute surtout les nouvelles télévisées. Je suis passionné de politique.

— Ah! moi, pas du tout! répliqua-t-elle sèchement. Xavier m'a tout de suite reconnue, lui. Il s'est exclamé: «Barbara Eagle!»

— N'êtes-vous pas une Roitelet?

— Eagle est mon nom d'artiste. Nous avons hésité entre Kinglet et Eagle. Roitelet ne sonne pas suffisamment bien, surtout quand on doit travailler régulièrement en anglais.

— Vous voyagez sans doute beaucoup!

— Passablement. Il m'arrive de faire quelques tournées à

travers les provinces, ou d'aller à des défilés de mode dans les plus grandes villes: New York, Paris, Londres. Je préfère pourtant la publicité et poser pour les revues. C'est un métier exaltant.

— J'en suis persuadé. Moi, je suis journaliste pigiste.

— Xavier est photographe de métier, je crois! Drôle d'idée qu'il a, ce garçon, de vouloir épouser Claire!

— Pourquoi dites-vous ça?

Elle haussa les épaules, faisant se hérisser les poils du vison dans le vent du nord.

— Il me semble exubérant et Claire est plutôt... morose. Je les trouve mal assortis. Qu'en pensez-vous, Richard? Vous connaissez Xavier; peut-il rendre Claire heureuse?

— Comment le saurais-je? Il n'a jamais manifesté l'intention de se marier jusqu'ici et les femmes qu'il a connues... Enfin! vous savez ce que c'est.

Il parlait trop. On parle toujours trop quand on n'est pas attentif; on énumère facilement les qualités ou les défauts des autres sans égard à l'amitié et à ce qu'elle sous-entend de loyauté.

— Quel genre d'homme est-il? Facile à séduire ou à s'amouracher, ou si c'est lui qui prend l'initiative de débuter et de terminer une idylle?

— Tout dépend des circonstances et de la femme. Je pense qu'il a découvert en Claire une perle rare et qu'il y tient.

— Claire, une perle rare! Il faudrait qu'elle se coiffe autrement et se maquille un peu.

— Je parlais de ses qualités de cœur, coupa Richard, relevant une fois de plus le discours et le ton mordant de Barbara quand elle parlait de Claire.

— Ses qualités!... Son silence énigmatique? Ses regards fuyants? Ses reproches dissimulés? Sa crédulité? Son hypocrisie? C'est cela que vous appelez des qualités de cœur?

— Attention, Barbara! Vous parlez de votre sœur!

— Je sais très bien de qui je parle. C'est de cette superstitieuse et de cette tête de mule que tous prennent pour une personne sensée et intelligente; elle cache une terreur atroce et un cœur de pierre.

— Taisez-vous! fulmina-t-il presque. Je crains que vos paroles ne dépassent votre pensée.

Elle se calma instantanément et lui dédia un petit sourire malin:

— Vous n'allez pas prendre au sérieux tout ce que je dis, voyons! Je plaisante.

Il réussit à étirer les lèvres; il ne savait pas s'il devait la croire. Elle paraissait «plaisanter» trop sérieusement et trop souvent à son goût. «Une pie bavarde, elle aussi, doublée d'une girouette qui se place selon le vent.» Il demeura dubitatif, sa méfiance accrue.

— Sommes-nous bientôt arrivés? J'ai froid, annonça-t-elle en lui prenant le bras des deux mains pour se coller contre lui, cherchant la chaleur.

— Il ne reste plus qu'un coin de rue, répondit-il nonchalamment.

— Parlez-moi de Xavier!

— Que voulez-vous savoir? demanda-t-il en demeurant sur ses gardes.

— N'importe quoi. Dites-moi ce que vous savez de lui.

— Il est fils unique; ses parents sont décédés alors qu'il était jeune. Il a peu d'amis; je suis un des rares hommes qu'il tolère dans son entourage. Nous travaillons régulièrement ensemble. Je lui commande des photos pour certains de mes articles.

— Ensuite?

— Il n'est pas fortuné, il vit de ce qu'il gagne. C'est tout ce que je sais.

— Et à propos des femmes?

— Vous pourrez le questionner à ce sujet.

Il sentit qu'elle relâchait sa prise sur son bras. Il y avait en elle une sécheresse qui dépassait de beaucoup la froidure de la nuit. Elle rusait pour atteindre un but précis et ce but visait Claire. Voilà ce que, lucide, il pouvait déduire des manières de cette femme! Il fut humilié de lui servir de substance à modeler. Il serait muet sur Xavier ou Claire dès à présent.

— C'est ici, annonça-t-il en s'arrêtant et en ouvrant la grosse porte de bois verni.

Elle le précéda. Dans la salle obscure, à peine huit à dix couples éparpillés, un groupe d'hommes accoudés au bar discutant de tout et de rien, sauf d'affaires sérieuses, un pianiste qui jouait «Stranger in the Night». Barbara se dirigea vers le bar de la même façon qu'une habituée l'aurait fait, absorba de la même manière les œillades admiratives de ces messieurs, s'installa et commanda un gin citron. Richard l'avait suivie sans se hâter; il arriva près d'elle au moment où on lui remettait son verre de gin. Elle pivota sur le banc pour sourire au pianiste qui entama «And I love you». La musique n'arrivait pas à couvrir tous les murmures.

— Une bière... Froide, spécifia Richard au barman.

— Ce pianiste est très bien, n'est-ce pas? lui mentionna Barbara.

— Vous en parlez en tant que pianiste ou en tant qu'homme?

— Richard! s'esclaffa-t-elle, amusée. Seriez-vous jaloux?

— Non, répondit-il sans même la regarder.

Son attitude l'agaçait. Elle ne l'intéressait plus. Il ne savait pas exactement pourquoi, mais il la croyait fausse et pleine de manigances. Il la classait dans la catégorie des femmes qu'il valait mieux ne pas connaître et ne pas approcher. Il avait envie d'aller se coucher et de rêver de Claire, de la douce Claire dont le nom mugissait comme la brise entre les branches de son cerveau. Il savait bien qu'il ne pouvait quitter ainsi Barbara qui dévisageait sans arrêt le pianiste. Ayant terminé son morceau, celui-ci souleva son verre dans leur direction et se mit à jouer «Parlez-moi d'amour». Richard en avait assez.

— Est-ce que vous venez chez moi ou si nous allons ailleurs? demanda-t-il en se levant.

— Quoi? Nous venons à peine d'arriver!

— Je sais. Je n'ai pas envie de rester ici. Venez-vous chez moi?

Elle se tourna vers lui, plongea son regard dans les yeux noisette et lui lança sur un ton plein de superbe:

— Vous ne me plaisez pas, Richard!

Il se mit à rire, détendu, soulagé. C'était le meilleur moment de sa journée.

— Vous m'en voyez ravi. Bonne nuit!

Le supplice prenait fin. Il n'avait plus besoin de se préoccuper de cette bécasse ni de feindre un culte qu'il ne lui vouait pas ni à subir sa présence et ses manœuvres suspectes. Il attrapa son paletot sur le dossier du siège et marcha presque joyeusement vers la sortie. Dehors, l'air serait plus sain.

Quand il se retourna, juste avant de sortir, le pianiste s'installait près de Barbara.

Au même instant, Claire disait bonsoir à Xavier. L'automobiliste stationnait sa voiture devant la vieille maison des Martin où Claire logeait. Lui et Claire s'étaient embrassés; il la sentait quand même lointaine.

— Elle t'a choquée, n'est-ce pas?

— Je n'aime pas qu'elle parle à tort et à travers de papa. C'était un homme tout à fait spécial. Je ne trouve pas que c'est une attitude digne d'un enfant que de dénigrer ses parents, à plus forte raison s'ils ne peuvent plus se défendre.

— Je te comprends. J'ai perdu les miens très tôt. J'avais neuf ans. J'aurais aimé les avoir plus longtemps, songea Xavier emporté par son rêve non réalisé.

Il revint au présent et lui serra doucement les doigts.

— Je ne crois pas qu'elle l'ait fait pour mal faire. À mon avis, c'est parce qu'elle n'a pas pris le temps de réfléchir.

— Espérons-le.

Il l'examinait ouvertement et la voyait troublée, absente.

— Qu'est-ce qui t'inquiète?

Elle sursauta, bougea nerveusement, grimaça une espèce de petit sourire, refusa de le fixer et bredouilla:

— Bof! C'est juste que... Je ne sais pas exactement. Disons que c'est un mauvais pressentiment. Je suis désolée de ruiner le reste de ta soirée.

— Tu te trompes. Je préférais demeurer seul avec toi.

Il l'attira dans ses bras, ramena la tête de Claire contre son épaule, lui caressa les cheveux d'un geste doux et apaisant. Rassurée, la jeune fille se dit qu'elle devait se tromper, que rien au monde ne pourrait les séparer, que jamais Barbara ne réussirait à lui enlever Xavier même si elle avait réussi avec tous les autres prétendants qu'elle avait eus. Elle lui tendit ses lèvres.

***

Claire avait mal dormi. Elle aurait bien voulu que la visite de Barbara ne soit qu'un mauvais rêve, qu'elle n'ait pas fait la connaissance de Xavier, qu'elle ne soit pas sortie avec Richard. Pourquoi Barbara l'enveloppait-elle de cet attachement accaparant qui ressemblait à s'y méprendre à de la haine? Pourquoi la poursuivait-elle jusque dans ses affections? Et pourquoi justement jusque dans ses affections? Il lui déplaisait intensément d'imaginer Richard se laissant attiser telle une braise ardente selon les humeurs de Barbara. En s'unissant à elle, en brûlant sous son tisonnier, il risquait de se consumer jusqu'à l'extinction. Plus rien, jamais, ne serait pareil entre eux. C'était grand dommage. Elle regretterait leur amitié.

Barbara, qui était rentrée fort tard, chantonnait comme un pinson. Une odeur de muguet flottait autour d'elle. Tous les parfums qu'elle utilisait devenaient synonymes de répulsion pour Claire. La puanteur de la félonie, du doute et de sa propre révolte contre elle-même parce qu'elle se permettait de juger Barbara selon ses présomptions et ses peurs. Cette fois-ci, résolue d'éclaircir le point, elle s'informa:

— As-tu passé la nuit avec lui?

Assise sur le divan, un déshabillé de soie bleu pâle drapant sa nudité, Barbara continua de laquer les ongles de ses doigts de pieds. Elle demanda négligemment à Claire qui, assise à son bureau faisant face à la fenêtre, lui tournait le dos:

— Qui donc?

— Richard Brunelle, naturellement, jeta Claire, un peu agressive, tout en poursuivant la lecture de ses notes de cours. De qui parlerais-je sinon de lui? Tu es bien partie avec lui, hier soir, non?

Barbara se leva et vint rondement, en valsant presque, donner un rapide baiser sur les cheveux de Claire.

— Tu n'es pas à la mode, ma petite chérie. Quelle femme se soucie de l'homme avec qui elle partage son lit pour une nuit? Il suffit qu'il soit beau garçon et adroit. Ton Richard est libre et vacciné que je sache et les moustachus ne me déplaisent pas.

— Ce n'est pas «mon» Richard, grommela Claire en la fustigeant du regard.

— Pourquoi t'en préoccuper alors? Tu as déjà Xavier. Que peuvent bien t'importer les faits et gestes de Richard?

— Tu ne changeras jamais!... maugréa Claire qui se remit au travail.

— Tu as raison. Je ne changerai pas. Au moins, je n'ai pas dormi sur ton sofa usé.

— Il n'est pas si moche!

— Il l'est au moins autant que toi. Ce vieux divan ne vaut pas un bon matelas ni un homme pour te tenir chaud!

— Tu ne crains pas qu'à coucher ainsi avec tout un chacun, tu finisses par te faire une réputation de petite grue?

— C'est gentil de ta part de te tracasser pour les qu'en-dira-t-on, railla Barbara en se rendant dans la chambre inspecter la penderie où elle avait rangé ses vêtements.

Sa voix parvint assourdie à Claire qui commençait à ramasser ses effets pour partir pour l'école, véritable petite usine d'apprentissage.

— Je vais aller magasiner un peu pendant que tu travailleras. Veux-tu que je te rapporte quelque chose?

— Non merci, répondit Claire un peu rudement.

Elle supportait difficilement la compagnie de son aînée. Tout ce sucre et ce miel qu'elle répandait pour s'attirer des remerciements et des faveurs alors qu'elle ne ratait jamais l'occasion de la rabaisser, de la ridiculiser!

— As-tu acheté ton cadeau de Noël pour maman? Tu sais qu'elle t'attend pour le réveillon. Je lui ai promis que je te ramènerais.

Barbara revenait dans la pièce, portant un tailleur kaki et un chemisier rose pâle sur un bras; sur l'autre, elle tenait un pantalon noir et un gilet large en lainage vert bouteille avec des motifs blancs. Elle inspecta les deux toilettes et opta pour le pantalon et le cardigan.

— Avais-tu projeté de passer les fêtes avec Xavier? Tu

peux l'inviter puisque vous êtes fiancés. Il sera bien accueilli; tu sais que maman adore recevoir.

— Je n'ai pris encore aucune décision à ce sujet, ronchonna-t-elle en finissant de regrouper sa paperasse et ses livres.

Elle se mit debout, passa devant Barbara pour déposer ses affaires sur le buffet.

— Il faut que je parte, je vais être en retard.

Mauvaise excuse pour éviter de discuter de ses projets avec Barbara qui s'entêterait à vouloir qu'elle se rende à Montréal pour fêter Noël. Elle ne tenait pas à rencontrer sa mère ni à se retrouver des jours entiers avec Barbara qui allait, comme d'habitude, tenter de diriger sa vie selon ses caprices. Elle passa son long manteau de drap qui la protégeait du froid depuis trois hivers et adressa un petit bonjour du bout des lèvres à sa sœur avant de refermer la porte derrière elle.

Barbara courut gaillardement à la fenêtre pour vérifier si Claire quittait bien la bâtisse. Elle se retourna vers l'intérieur, les yeux luisant d'excitation. Un sourire malicieux étirait ses lèvres; on aurait dit un ruban de soie rouge. Elle saisit l'annuaire téléphonique, trouva le numéro qu'elle y cherchait, le referma, prit le combiné et signala. On mit plusieurs secondes avant de répondre à l'autre bout du fil. Enfin elle reconnut la voix de Xavier.

— Bonjour! C'est Barbara Eagle. J'aimerais vous rencontrer ce matin, disons... vers dix heures?

— Impossible, j'ai une cliente à cette heure-là.

— À quelle heure êtes-vous libre?

— Que se passe-t-il?

— Il faut que je vous parle de toute urgence.

— Si vous pouvez venir à neuf heures, passez à mon studio, j'y serai.

Elle raccrocha avec un petit rire plein de contentement.

Xavier garda l'appareil en main un instant. Que lui voulait-elle? Il l'avait trouvée extrêmement attirante, peut-être un peu vaniteuse, car trop sûre de son charme, sophistiquée, parfois arrogante et suffisante avec Claire. Pourquoi souhaitait-elle le voir? Se pouvait-il qu'elle ait des révélations à lui faire à propos de Claire? Sans doute que non, mais qui pouvait savoir? Si Claire ne lui parlait pratiquement jamais de sa famille, il était possible que quelque lourd secret en soit la cause. Le lien entre Barbara et Claire représentait également quelque chose d'étonnant; tous ces sous-entendus dans leurs paroles, dans leurs actions... À moins qu'elle ne veuille l'entretenir de Richard! Ils étaient sortis ensemble le soir précédent et, connaissant l'homme, il se doutait bien qu'il tenterait sa chance auprès d'elle. Peut-être s'était-il montré mufle, rustre, grossier? Ou bien ils avaient eu le coup de foudre l'un pour l'autre? Après tout, par une journée orageuse comme celle d'hier, tout était dans l'air. Des éclairs et du tonnerre en plein décembre, c'était quand même exceptionnel.

Durant l'heure qui suivit, Xavier se posa mille questions qui restèrent sans réponse. À neuf heures, il plaça sa dernière photographie à sécher et éteignit les lumières avant de sortir de la petite pièce pour passer dans le salon de travail, puis dans l'antichambre et, finalement, dans son propre salon. Barbara se fit attendre vingt minutes. Quand le gong d'entrée retentit, il ne l'espérait plus.

Elle lui adressa un sourire radieux en retirant ses gants bruns et se tourna pour qu'il l'aide à enlever son manteau en suède dernier cri, d'un beige doux. Une fois de plus, en photographe professionnel, il nota la finesse de ses traits, la ligne du nez et de la joue, la couleur particulière des prunelles et du teint. Sa beauté l'éblouissait. Elle avança dans la pièce en furetant des yeux tout autour.

— Nous sommes seuls, assura-t-il, tentant de deviner ce qu'elle cherchait.

Elle lui sourit de nouveau. Instantanément, elle devint la petite fille vive et enjouée qu'elle avait dû être. Elle se frappa dans les mains et trépigna sur place, fière de ce qu'elle allait annoncer.

— J'ai eu une idée formidable!

— Ah oui! laquelle?

Frappé par tant de grâce, de dynamisme et d'entrain, il demeurait quand même prudent, intrigué par la démarche de Barbara. Sachant qu'elle parvenait aisément à irriter Claire, il se tenait sur ses gardes.

— Hier soir, débuta-t-elle en marchant lentement dans le salon pour examiner les photographies accrochées aux murs, j'ai vu certaines de vos œuvres un peu plus... osées que celles-ci... dans votre chambre.

Il se raidit, perdit son demi-sourire et gronda:

— Les photos auxquelles vous faites allusion n'étaient-elles pas dans le tiroir de ma commode?

— Elles y étaient, admit-elle en le lorgnant d'un air bravache. Elles y sont encore. Je sais très bien qu'on dissimule toujours ce qu'on préfère ne pas voir tomber sous l'œil de celle qu'on veut épouser.

— Quelles sont vos intentions? En parler à Claire? Si c'est le cas, vous saurez que...

— Pas du tout! Calmez-vous! J'ai simplement songé que vous pourriez offrir quelques photographies à mon ami, Bruce William, et obtenir un peu d'argent pour celles qui seraient acceptées pour paraître dans son magazine.

— Si elles étaient choisies...

— Évidemment.

Sa réflexion fut brève.

— C'est sûr qu'on y pense tous à cette possibilité, émit-il, songeur. Pour un photographe, c'est un rêve souvent inaccessible que ses photos soient publiées, qu'elles soient admirées par des milliers de gens. Pourtant, je ne suis pas certain d'être suffisamment bon pour...

Elle lui coupa la parole et lança, en faisant le tour de la pièce pour lui indiquer chaque photographie l'une après l'autre:

— Je vous accorde que pour le genre de photographies que vous affichez dans votre salon: paysages, natures mortes, animaux, enfants joufflus, vous ne valez pas mieux qu'un autre. Par contre, quand vous travaillez avec des adultes, vous avez un style très personnel qui devrait plaire au public. Il faut aussi, naturellement, tenir compte du fait que ce que j'ai vu était plutôt... pornographique. Toutefois, on y décèle les qualités d'un bon photographe.

Elle s'arrêta subitement pour juger de l'effet de ses paroles. Xavier n'était pas tellement impressionné. Il continuait de suivre chacun de ses déplacements qu'elle savait prévoir pour mettre sa sveltesse en valeur.

— Il m'est venu à l'esprit que je pourrais vous servir de modèle. Nous présenterions à Bruce le fruit de notre collaboration.

Elle avait prononcé ces derniers mots sur un ton qui laissait poindre une insinuation.

— Vous souhaitez que je fasse des photographies pornographiques de vous? s'enquit-il, sachant fort bien qu'elle s'était mal exprimée; il voulait aussi lui renvoyer la balle concernant son indiscrétion.

— Mais non! rit-elle, jovialement.

— Tout photographe professionnel serait fier que Barbara Eagle lui propose de la prendre en photo et je suis du nombre. Malheureusement, je n'ai pas le temps. J'ai un rendez-vous à dix heures, rappelez-vous. Je dois aussi admettre que je ne connais rien à la mode ou à la publicité. Je suis un photographe portraitiste d'enfants et je réponds également aux demandes pour des passeports, des mariages et autres événements. C'est tout.

— Richard m'a avoué que vous aviez couvert certains de ses reportages.

— Sans grande prétention, croyez-moi. Je pense que notre amitié a plus à voir là-dedans que mon talent.

— J'en doute! clama-t-elle avec assurance.

Il allait protester quand elle poursuivit:

— Gagnez-vous suffisamment pour faire vivre une famille?

— Je ne vois pas le rapport avec votre initiative ni en quoi l'état de mes revenus vous concerne! Je veux bien me montrer courtois parce que vous êtes la sœur de Claire, mais c'est avec elle que je discute de notre vie future, pas avec vous.

— N'empêche que, si vous avez l'occasion de faire quelques dollars de plus, vous devriez en profiter.

— Mon studio me permet de bien vivre.

— Offrir des photographies à Bruce pourrait vous rapporter des gains importants. En plus de son magazine, il a des parts ici et là et vous serait d'un très bon secours. Pourquoi ne pas saisir la chance si elle se présente?

Qu'espérait-elle donc? Agissait-elle réellement par sollicitude? Dans l'intérêt de Claire ou dans le sien propre?

— Je ne suis pas intéressé, lança-t-il vivement en se détournant d'elle pour aller ramasser son manteau et l'ouvrir pour qu'elle puisse venir le passer.

Elle le dévisageait sans bouger: ses yeux s'illuminaient d'une espièglerie contenue; ses narines frémissaient d'amusement. Elle était belle. Trop. Un petit photographe de rien du tout ne pouvait prétendre attirer un gibier aussi populaire que cette caille recherchée. Peut-être voulait-elle vraiment les aider!

Il patientait, le manteau toujours au bout des bras. Elle roucoula en joignant les mains pour le supplier; elle avait l'air d'une véritable petite fille.

— Prenez des photos de moi!

— Je n'ai pas le temps!

Toute cette conversation commençait à l'ennuyer. Il secoua le manteau pour qu'elle comprenne qu'elle devait le mettre. Ce qu'elle ne fit pas. Mains aux hanches, provocante, elle le questionna:

— Claire a-t-elle l'intention de continuer à enseigner après son mariage?

— Je... ne sais pas. À vrai dire, nous n'en avons pas encore parlé. Nos fiançailles sont toutes récentes. Je suppose qu'elle désire poursuivre l'enseignement.

Fatigué et voyant qu'elle n'obtempérerait pas, il venait de refermer les bras, faisant se rejoindre les deux pans du manteau de Barbara.

— Comptiez-vous donc sur son salaire pour vous tirer d'embarras en cas de coup dur?

— Je n'ai pas dit ça.

— Si elle n'a pas d'autre choix que de travailler, elle le fera. Quand vous aurez des enfants, elle s'autorisera quelques mois de repos et reprendra le boulot.

Xavier se sentit muselé, pris de court. Il s'en voulut de

n'avoir jamais abordé ces détails avec Claire. Il essayait de réfléchir. Le jeu de Barbara, c'était sans doute de ne pas lui en laisser le temps, de l'entortiller, et il s'en rendait compte tout en ne sachant pas comment s'en sortir sans la mettre carrément à la porte. Barbara poursuivait:

— Ce que je vous propose n'est pas très compliqué en somme. Vous prenez quelques photos de moi, puis vous les développez et vous me les confiez. Je les montre à Bruce et il me dit ce qu'il en pense. S'il souhaite vous rencontrer, je vous le fais savoir; autrement, tout s'arrête là.

Ses pensées s'enlisaient dans des sables mouvants; il détectait qu'elle s'incrusterait tant qu'elle n'obtiendrait pas gain de cause. Aussi, sa dernière proposition lui faisait-elle l'effet d'une perche tendue; s'il s'y agrippait, ensuite elle partirait. Il se racla la gorge. Il doutait de la décision à prendre. Cette hésitation pouvait lui laisser croire que sa suggestion commençait à porter ses fruits. S'il avait eu le don d'ubiquité, il aurait pu se transporter près de Claire en un temps record et savoir comment il convenait de réagir face à une Barbara Eagle qu'il trouvait un peu extravagante. Il se demandait si elle essayait de l'aguicher, de l'aider ou tout bonnement de se rendre intéressante. Par ailleurs, il devait s'avouer que photographier Barbara Eagle le tentait beaucoup. Celle-ci continuait de brasser la cage à ours pour en faire sortir les pucerons.

— Alors, on y va? On a juste le temps si vous avez un rendez-vous à dix heures. Dites-vous bien que ça ne vous engage à rien. De toute manière, Bruce William a son mot à dire. Je ne peux pas garantir que votre travail lui plaira.

— Pourquoi ne pas attendre à demain ou après-demain? J'aurais du temps à vous consacrer; notre travail n'en serait que meilleur.

— Je ne suis pas libre demain ou plus tard. Je dois repartir pour Montréal et je ramène Claire avec moi pour les fêtes. Maman s'ennuie beaucoup d'elle et c'est réciproque. Voyons, Xavier, cessez d'hésiter ainsi! Si Bruce n'aime pas ce que vous faites, vous n'aurez perdu que quelques heures. Par contre, si ça lui plaît, vous aurez tout le temps de tergiverser.

Il retint un soupir d'agacement. Il faiblissait.

— J'ai des agrandissements et des retouches à faire. Je ne dispose que de la prochaine demi-heure.

— Ce sera suffisant. Peser sur un bouton n'exige pas beaucoup de temps ni d'efforts, lança-t-elle. Je n'exige pas que vous prépariez un décor spécial; allez-y selon l'inspiration du moment. Et puis, vous pouvez toujours les rater, ces photos, si vous voulez vous assurer que Bruce ne vous proposera pas de les faire paraître, renchérit-elle avec une ironie mordante qui eut l'effet escompté.

Xavier releva les épaules, la tête, le buste et déclara avec un peu trop de solennité:

— Je ne ferai jamais exprès de rater une photographie.

Il serra les mâchoires. Ses pulsations cardiaques s'étaient accélérées. Elle le manipulait à sa guise; il s'en voulait de répondre à ses tactiques. Il rejeta le manteau de cette femme sur le sofa comme s'il se fût agi d'un serpent venimeux.

— Puisque nous sommes ici, autant utiliser la salle de pose.

Il parlait de façon brusque et marchait d'un pas ferme, dérouté par la tournure de la conversation et les événements qui s'enchaînaient. Il se sentait faible, lâche, sans envergure, attaqué dans son professionnalisme et dans sa personne. Il lui montrerait de quoi il était capable. Hélas! il n'en ressentait nulle joie!

Barbara le suivait à la trace en souriant béatement, probablement satisfaite de ce que ses propos soulevaient de défi chez lui. Elle devait bien connaître les hommes et parvenait à se jouer d'eux sans peine. Il veillerait à n'être pas de ceux-là; lui aussi en savait long sur la gent féminine.

Dans la salle trônaient de lourdes lampes, deux appareils sur de solides trépieds, un petit banc en bois, quelques jouets dans un coin, quelques décors de circonstance et un escabeau en aluminium que Xavier venait d'utiliser pour changer le carton bleu au mur. C'est vers cet endroit qu'ils se dirigèrent après que Xavier eut saisi une caméra légère 35 mm et eut introduit un film.

— Cet escabeau nous servira de décor, grogna-t-il, encore sous le coup de ses émotions. Montez sur la première marche, tenez-vous d'une main et penchez-vous vers l'arrière. À présent, prenez un air rêveur; songez à votre petit ami! Oui, c'est bien. Ayez l'air de remercier Dieu de ses bienfaits... ou le diable, faillit-il ajouter.

Barbara se soumettait de bonne grâce à ses directives. Il se rendait rapidement compte qu'elle avait du métier. Seulement, son maintien ne s'alliait pas avec ce qu'il cherchait à obtenir.

— Non, non, non!... s'écria-t-il après dix minutes, vingt-huit poses et une tonne de déception. Ça ne va pas du tout! Tu ressembles à une poupée de plastique qui lève le bras quand il le faut et qui se fige un sourire impersonnel sur les lèvres. Sois plus expressive! Je ne veux pas photographier le meilleur mannequin de bois du monde, je veux que tu paraisses vivante. Tiens! Imagine que tu doives changer ce tabouret de place, que ferais-tu?

Le travail commença vraiment quand Barbara s'en donna à cœur joie. Le temps leur était compté et ils durent s'interrompre quand le client de dix heures arriva.

— Je vais attendre à côté, déclara Barbara. On n'a pris que des photos d'intérieur et j'aurais aimé en avoir quelques-unes d'extérieur à montrer à Bruce.

Elle s'éclipsa avant que Xavier n'ait eu le temps de la renvoyer. Il observa la porte qui se refermait et secoua la tête. Il trouvait malgré tout l'expérience agréable et enrichissante. Barbara possédait non seulement un minois envoûtant et des yeux captivants, mais un corps admirablement proportionné et l'habitude de la pose qui faisait qu'elle en oubliait l'appareil, ce que la majorité des gens n'arrivaient pas à faire.

Trente minutes plus tard, il allait la chercher dans le salon. Ils sortirent pour prendre les photographies qu'elle désirait. Il neigeait; les flocons tombaient paresseusement dans un ciel presque blanc. Là, les prises furent plus lumineuses qu'à l'intérieur, car les yeux gris de Barbara débordaient de gaieté. Elle s'amusait en suivant ses conseils: glisser sur un trottoir devant un parc poudreux de neige fine, passer par-dessus un arbuste, marcher en équilibre sur une poutre au terrain de jeux; tout cela enchanta la jeune fille.

Ils rentraient d'un pas alerte, tous deux ravis de leur avant-midi. Un vent léger venait de se lever et emportait la neige poudreuse qui venait les envelopper. Barbara lui prit le bras machinalement.

— Tu ferais un excellent photographe publiciste pour les revues de mode.

— Moi! Photographe de mode! s'esclaffa-t-il. Tu n'y penses pas! Courir les défilés...

Il riait.

— J'ai parlé de photographe de revues de mode. Il ne s'agit pas de photographier des défilés; ce sont les mannequins que tu prendrais en photo. Pour des magazines. Tu referais ce que tu as fait ce matin avec moi. Tu t'amuserais, quoi!

— Il n'y a pas quantité de mannequins à Québec. Cette fois, c'est vrai que je crèverais de faim, dit-il en riant encore.

— Tu viendrais habiter Montréal. Bruce est un artiste dans le monde de la publicité; tu en es un dans la photographie. Une combinaison gagnante, en somme. Tu aides Bruce et il t'aide en contrepartie.

— Non, merci. Je préfère rester à Québec. Montréal est une trop grande ville et... Claire travaille ici.

— Elle adore Montréal. Ce serait formidable que vous veniez vous installer plus près de maman. Elle verrait ses petits-enfants... quand vous en auriez.

Elle parlait lentement en se déplaçant un peu de travers, toujours accrochée à son bras, et surveillant ses réactions.

— Je tiens à être mon propre patron. Je ne pense pas que ça me plairait de travailler pour quelqu'un d'autre, de devoir suivre les directives d'un supérieur.

— Tu sais, travailler sous contrat, c'est à peu de choses près travailler pour soi-même! Et quand tu signes tes photographies dans un magazine, c'est aussi un nom que tout le monde voit, un nom que tout le monde prononce.

— Il faudra que j'en discute avec Claire.

— Bien sûr, admit-elle en baissant les yeux pour reprendre aussitôt: Combien de temps te faut-il pour développer tout cela?

— Une bonne partie de l'après-midi.

— Tu ne peux pas faire plus vite? Si nous dînions chez toi et que je t'aidais!

— J'ai rendez-vous avec Claire. Tu peux te joindre à nous, si tu veux.

— Non. D'ailleurs, je préfère qu'elle ne sache pas que je t'ai vu. Elle pourrait mal le prendre.

— Comment cela? s'affola-t-il instantanément en ralentissant son pas. Pourquoi?

Elle baissa la tête, feignant un chagrin qu'elle pouvait éprouver.

— Oh! elle est jalouse de moi! Elle pense que j'essaie toujours de lui voler ses petits amis.

— Est-ce le cas? l'interrogea Xavier en la sondant jusqu'au fond des yeux.

Le sourire suave qu'elle lui dédia l'intrigua moins que sa réponse:

— Seulement quand les garçons sont intéressants. Rassure-toi, en ce qui te concerne, c'est uniquement pour le travail et pour vous permettre de mener une vie décente. Tu n'as qu'à ne pas aborder le sujet avec elle avant d'avoir une réponse officielle de Bruce.

Il s'arrêta tout à fait. Une bourrasque de vent lui gifla le visage. Autour de son chapeau feutré, les cheveux de Barbara dégoulinaient. Même ainsi elle était belle.

— En voilà une idée! Tu me places dans une position inconfortable; t'en rends-tu compte?

— Rien n'est encore concrétisé, lui rappela-t-elle en l'obligeant à reprendre leur marche. Tout dépend de ton talent. Si ces photos sont minables, pourquoi plonger vos rapports dans le vinaigre?

Il leva les yeux au ciel, secoua la tête, soupira, sortit les films qu'il avait déposés dans les poches de son anorak.

— Je devrais peut-être jeter tout cela à la poubelle.

— Tu en as le droit! admit-elle pour ajouter, finaude: N'es-tu pas curieux de voir les résultats de ton travail?

Il demeurait tendu, incertain.

— Pourquoi Claire est-elle venue s'établir à Québec?

— Tu ne sais pas grand-chose d'elle, n'est-ce pas? Elle est plutôt silencieuse.

— Je l'avoue, dit-il, un peu gêné.

— Il y a tant d'enseignants qui sont mis en disponibilité. On prend ce qu'il y a. C'est ce que Claire a fait. Je suis persuadée que tu pourrais lui faire une surprise du tonnerre en lui annonçant un jour que tu déménages à Montréal. Elle ne doit toutefois pas apprendre que je suis l'instigatrice de cette décision.

— Qu'est-ce qui ne va pas entre vous deux? Seulement cette question de vol d'amoureux ou si c'est plus sérieux?

— C'est surtout à cause de notre père qui ne m'a jamais témoigné de tendresse; il n'avait d'yeux que pour Claire. Elle l'adorait.

— Elle m'en a déjà parlé.

— Il était professeur à l'Université de Montréal. Un homme érudit, très brillant. Claire recherche un homme qui lui ressemble.

— Physiquement ou... autrement?

— Il te faut un certain bagage de connaissances, sans quoi tu risques de ne pas peser lourd dans la balance. Elle peut très bien t'aimer toujours; elle peut aussi te trouver – que sais-je, moi? – trop modeste ou trop quelconque après quelques années. Oh! bien sûr! Les premiers temps, vous vivrez d'amour et d'eau fraîche, mais les effusions amoureuses passées, vos sentiments changeront. L'amour est un brasier qu'il faut tenir allumé. Dans cette petite ville, avec un petit métier de rien du tout... pfut! la représentation qu'elle se fait de toi risque de devenir poussière. Par contre, si tu as de l'ambition, un travail rémunérateur qui permettrait d'asseoir votre avenir, tu échapperais à la comparaison.

— Tu te trompes; ce que Claire considère avant tout comme fondement de l'amour, c'est un respect mutuel.

— Tu peux le croire si cela t'arrange. Réfléchis plutôt à ce que je t'ai dit. En tout cas, je te rappelle qu'il est inutile de lui parler de tout cela pour l'instant puisque Bruce peut aussi bien ne pas vouloir de tes photographies.

Xavier ne savait plus quoi penser. Barbara ne lui laissa pas le loisir de méditer en sa présence.

— Je te laisse, j'ai un tas de commissions à faire! Je repasse vers quatre heures. D'accord?

Virevoltant comme un engoulevent qui étend ses ailes, le large foulard de soie rouille qu'elle avait jeté par-dessus son manteau de suède ajoutant l'effet à l'illusion, elle le salua de la main et partit rapidement, le plantant là, bouche bée.

Xavier mit le cap vers le restaurant où il devait rencontrer Claire. Il avançait à pas de tortue, se questionnant sur l'attitude à tenir. Il arriva un peu en retard et vit sa dulcinée assise à sa place habituelle, l'air préoccupé. Elle tenait entre ses doigts une tasse de café refroidi où le lait traçait des rayures crémeuses. En s'approchant, une secousse l'ébranla tout entier. Il aurait aimé l'emprisonner dans ses bras, lui murmurer tous les mots d'amour que sa vue faisait naître en lui; il se contenta de lui sourire tendrement et de lui serrer la main très fort.

— Tu m'as manqué! chuchota-t-il doucement, une fois de plus ému par la force des sentiments qu'il éprouvait pour elle.

Elle leva vers lui son regard pur frangé de longs cils d'un blond doré brillant et il y lut de la détresse.

— Qu'y a-t-il, ma chérie? Qu'est-ce qui te tourmente?

Elle secoua la tête et la baissa. Xavier perdit de vue ses yeux clairs. Il craignit que Claire ne sache déjà que Barbara l'avait contacté et qu'elle en soit fâchée. Il l'implora:

— Pourquoi ne me dis-tu jamais le fond de ta pensée? On dirait que tu me caches quelque chose! Parle-moi! Dis-moi ce qu'il y a!

— Je vais devoir aller passer les fêtes chez ma mère et te laisser seul.

— C'est cela qui te peine? Ça ne fait rien, ma chérie. Je trouverai bien à m'occuper.

Cette acceptation immédiate l'inquiéta davantage qu'un torrent de plaintes. Elle craignit toutes les possibilités et se traita de tous les noms. Xavier qui s'attendait à la voir se calmer prolongea l'interrogation.

— Y a-t-il autre chose?

— Je suis cafardeuse, aujourd'hui.

— On n'est pas morose sans raison. Est-ce à cause de moi? Aurais-je dit ou fait quelque chose qui t'ait peinée?

— Tu n'y es pour rien. Il s'agit de moi, de mon imagination débordante. N'y fais pas attention, dit-elle en essayant de sourire.

Il insista, s'imaginant qu'elle devinait ce que Barbara tramait derrière son dos.

— Quelles sont ces imaginations, dis-moi? Tu m'as déjà parlé, hier soir dans l'auto, de... mauvais pressentiments.

Elle chassa ces pensées de la main et se prit à sourire.

— Maintenant que je pourrais les mettre en mots, ils m'apparaissent sans fondement et niais.

— J'aimerais les connaître! persévéra Xavier. Il lui fallait savoir si Claire se doutait des démarches que faisait sa sœur et si elle était d'accord avec ses idées. Est-ce que... Barbara est concernée?

— En partie, oui. C'est en rapport avec... Non, c'est ridicule! rit-elle un peu. Mieux vaut tenter d'oublier ça.

— C'est quelque chose qui te tourmente depuis longtemps ou c'est récent?

— Ça date de quelques années. Quand Barbara est là, tout renaît d'une façon plus envahissante.

Xavier se sentit légèrement rassuré. Il craignit que Barbara ne souhaitât nuire à Claire plutôt que de l'aider. Pourtant elle semblait presque inoffensive. Il ne put quand même pas s'abstenir de demander:

— Est-ce que tu aimerais retourner vivre à Montréal?

— À Montréal! Pourquoi? Tu habites ici depuis des années; qu'est-ce qui te pousserait à déménager?

— Si jamais je n'avais plus suffisamment de clients au studio, par exemple. Si les affaires allaient mal, ici. Ou si ça me tentait d'ouvrir un studio là-bas. Est-ce que ça te contrarierait?

— Je n'en sais rien. As-tu des ennuis financiers? Si c'est le cas...

— Je ne parle pas pour l'immédiat. C'est une simple éventualité, si jamais les événements ne tournaient pas en notre faveur.

— À moins de s'installer en banlieue.

— Donc, ça ne t'ennuierait pas outre mesure? Tu n'es pas venue ici pour fuir quelque chose ou quelqu'un.

— Fuir! ricana-t-elle presque. Qu'est-ce qu'on peut arriver à fuir qui ne nous poursuive pas?

— Barbara, par exemple!

— Oui, dans un sens, c'est exact, j'essaie de la fuir parce que...

Elle s'arrêta. Xavier reprit:

— Dis-moi pourquoi!

— Tu vas te moquer de moi.

— Je te promets que non.

— Mon père, juste avant de mourir, nous a prédit une mésentente au sujet d'un homme.

— Tu ne peux pas craindre, en tout cas, que je sois celui-là! Je t'aime plus que tout. Je n'aime que toi.

— Depuis notre adolescence, elle fait tout pour m'évincer quand un homme jette les yeux sur moi. Bien sûr, elle dit que je me fais des idées, qu'elle essaie tout simplement de leur être agréable, pourtant invariablement, ils me délaissent pour elle et elle les abandonne aussitôt.

— Pourquoi ne reviennent-ils pas vers toi ensuite?

— Que pourraient-ils me trouver d'intéressant après avoir connu Barbara? D'ailleurs, je n'en voudrais plus.

— Mon petit amour, chuchota gentiment Xavier, tu as raison: ces hommes ne te méritaient pas. Ils ont dû prendre pour des avances les gentillesses de Barbara. Ce sont eux qui sont à blâmer, pas elle.

— Si seulement tu pouvais dire vrai!

— Ta sœur t'aime, j'en suis convaincu, affirma-t-il en espérant ne pas se tromper. Elle essaie de te prouver sa tendresse et de t'aider à être heureuse.

— Qu'est-ce qui te fait dire ça?

— Bien...

Il hésitait. Il ne voulait pas mentir parce que c'était trop mal commencer une union. Il pouvait ne pas dire toute la vérité, en garder quelques passages pour lui; après tout, il était inutile de blesser Claire si celle-ci craignait que Barbara ne cherche à le séduire, puisque Barbara n'avait rien tenté de semblable.

— Elle est venue à Québec expressément pour toi, non?

— Oui. Ça prouve qu'elle voulait me voir, pas autre chose, bredouilla-t-elle.

— Fais-tu souvent des voyages de trois heures uniquement pour aller voir quelqu'un que tu n'aimes pas?

— Pour Barbara, c'est différent. Disons qu'elle m'aime à sa façon, ce sera déjà ça.

Elle continuait d'en douter. Avouer ses craintes à Xavier aurait pu faire baisser l'estime qu'il avait d'elle et refroidir sa tendresse. Non, elle devait se taire, attendre, patienter jusqu'à ce que Barbara rentre chez elle et que Xavier soit à l'abri de ses attaques sournoises.

La conversation bifurqua sur des sujets anodins, chacun préférant garder pour soi ses tracasseries et ses inquiétudes.

Chapitre III

Redoublant de séduction malgré l'enveloppe brune grand format qu'elle portait sous le bras, Barbara poussa la porte vitrée du gros immeuble où Bruce William avait ses bureaux. Dès qu'elle entrait dans ce corridor pour attendre l'ascenseur, son métier de mannequin reprenait toute son importance, et son maintien toute sa dignité, même si, au milieu de l'avant-midi, elle se trouvait seule dans le vestibule. On ne savait jamais qui on pouvait rencontrer, car les trois premiers étages de l'édifice situé en plein centre de Montréal étaient réservés à la boutique «Rémige». On accédait, par la porte du rez-de-chaussée, à ce grand magasin de vêtements de confection pour dames et hommes où la clientèle pouvait choisir des modèles exclusifs, du sur mesure, du prêt-à-porter ou assister régulièrement à des défilés de mode auxquels Barbara participait de temps à autre. Outre la surface nécessaire à l'étalage des tailleurs, des robes, des complets, des blousons et paletots, des chapeaux, des peignoirs, des chemises, blouses, gilets, vestons et pantalons, on retrouvait à l'arrière des espaces plus petits pour les essayages et un local qui servait pour entreposer des vêtements. Des locaux exigus pour les maquilleurs, les coiffeurs et les habilleuses ne servaient que durant les jours de présentation de la collection.

Le second étage englobait les bureaux du designer Rémiz Rodriguez, du dessinateur roumain, de la dessinatrice Juanita Juarez, des tailleurs et une pièce immense remplie de machines à coudre bruyantes pour le rayon de la confection.

Une salle de repos utile à tout ce beau monde pour prendre un café tout en bavardant complétait les installations.

Au troisième, la section administrative comprenait la comptabilité, la publicité et les bureaux de direction. Également à cet étage, Bruce William s'était fait aménager une aile entière. Même si la revue était imprimée en Ontario, à titre de directeur général du magazine *Secrets*, Bruce comptait sur les services de deux agents pour vendre des espaces publicitaires, de deux journalistes et de deux photographes pour couvrir les meilleurs événements mondains du Québec et, à ce personnel, s'ajoutaient un aide-comptable et une secrétaire. Les articles, la publicité vendue, les photographies étaient acheminés à Toronto où se faisaient le dernier tri et le montage des pages avant l'impression.

L'agence de mannequins à laquelle Barbara était rattachée occupait une section du quatrième étage de l'immeuble. La majorité des actions appartenait à Ruth Rabane, bien que Bruce ait pu profiter de quelques actions. L'agence incluait des loges pour permettre aux modèles de se changer, de même que deux grandes salles utilisées selon les besoins: exercices de séances de pose, de démarche pour défilé, etc. Les cinq étages supérieurs étaient loués à gros prix à une compagnie d'assurance.

L'ascenseur arriva à sa hauteur. Il était vide. Barbara s'y engouffra, assujettit la grande enveloppe entre sa hanche et son bras, puis pesa sur le bouton du troisième étage. Les lourdes portes se refermèrent.

Barbara réprima le souvenir du jour où elle s'était présentée devant Bruce, Rémiz Rodriguez et Juanita Juarez, trois ans plus tôt, et où elle avait été choisie parmi des vingtaines d'autres jolies femmes, pour une publicité des vêtements «Rémige» devant paraître dans la revue *Secrets*. Elle se sentait aussi nerveuse que ce matin-là et ne cessait de rectifier sa toilette, arrangeant les poils de son manteau de fourrure, tirant sur la jupe de son tailleur gris perle pour s'assurer qu'il ne faisait aucun faux pli, lissant ses sourcils d'un index mouillé de salive, se pinçant les joues pour les rougir. Elle avait tout de la jeune recrue qui cherche à décrocher un contrat fortement convoité. Elle pressa davantage contre son flanc l'enveloppe brune matelassée qu'elle tenait. Cette fois-ci, elle ne venait pas pour elle. Bien... d'une certaine manière, oui. Elle relégua cette pensée aux oubliettes et en refréna les effets.

En sortant, elle vira à gauche et longea le couloir; enfin, elle passa une autre porte vitrée portant la mention: «Bruce William, D.G.»

L'odeur de l'eau de Cologne de Bruce flottait dans l'air. Au centre de l'immense pièce, le bureau de la secrétaire paraissait minuscule et la jeune personne aussi infime qu'une enfant maladive. Réjeanne leva à peine la tête pour la saluer distraitement et continua de se limer les ongles. Il semblait s'agir là d'un rituel absolument normal et routinier.

— Bonjour! Bruce est là?

Réjeanne n'esquissa aucun sourire à l'endroit de la nouvelle venue, déposa sa lime à ongles, ouvrit son tiroir et prit son peigne. Barbara l'observa alors qu'elle se recoiffait, se rosissait les lèvres, courbait d'un doigt lent ses longs cils devant son miroir, se mettait debout, rajustait sa toilette ainsi qu'elle-même l'avait fait précédemment et lui déclarait cérémonieusement:

— Je vais l'aviser de ta visite.

La secrétaire était jeune et jolie. Bruce William, c'était connu, aimait s'entourer de belles choses. Elle dandina des hanches jusqu'au bureau de son employeur. Pourquoi elle n'utilisait pas l'interphone, Barbara s'en doutait fort bien; la rumeur courait qu'elle était amoureuse de son patron. La réciproque n'était guère plausible.

Barbara retira son vison blanc et le déposa sur un fauteuil. Elle attendit en inspectant le décor agréable qui l'entourait: de larges vitrines aux rideaux d'un rose crème à peine soutenu, un mobilier en acajou disposé sur une épaisse moquette rose cendré, d'énormes plantes vertes pour agrémenter l'ensemble et ajouter une touche de vie ici et là, des tableaux aux tons pastel, d'autres de peintres futuristes. Que des objets de valeur et elle était du nombre! De contentement, elle inspira profondément.

— Il t'attend, lui annonça Réjeanne en revenant lentement à son bureau pour reprendre sitôt sa lime à ongles et poursuivre son activité sans retard.

Barbara passa devant elle sans plus s'en préoccuper et entra dans la pièce où persistaient là aussi des fragrances de l'eau de Cologne de Bruce. Elle venait régulièrement dans le bureau de William; tout y était magnifique et de bon goût. Cette fois pourtant, elle ne prit pas le temps de considérer autre chose que cet homme racé qui fronçait les sourcils en lisant un document qui paraissait capital. Il le déposa sur son bureau pour la mitrailler d'un œil railleur. Elle dut admettre une fois de plus qu'il représentait lui-même tout ce qu'il adorait: l'esthétique, la propreté, l'élégance. Vêtu avec un raffinement sans égal, les cheveux et la moustache peignés avec recherche, il bravait les hommes et séduisait les femmes.

— *Hello, Barb!* accentua-t-il de son léger accent anglais. Je croyais que tu étais en congé à Québec!

Elle étira les lèvres, un peu mal à l'aise devant le regard scrutateur de Bruce. Il devait deviner le motif de sa venue; il le devinait toujours. Son premier réflexe fut de remuer les hanches de la même façon que lorsqu'elle paradait. Ses efforts n'eurent pas le résultat espéré; l'homme se reporta à ses rapports.

Bruce William avait hérité de son père, un dessinateur américain qui avait fait fortune à copier les grand designers, son penchant pour la mode et les vêtements chics. Sa mère, ancien mannequin de passerelle, lui avait transmis le plaisir du beau et du bien fait. Bruce avait dû admettre très tôt, qu'à l'égal de son père, ses talents relatifs à la création étaient mitigés. Tout en poursuivant les objectifs de sa famille, il en avait rehaussé le prestige et la valeur quand son attention s'était portée vers le domaine de la publicité. Bruce savait quand, comment et pourquoi il agissait. Il avait été engagé par le magazine *Secrets* dès sa sortie de l'Université de Yale et avait acheté le quart des actions du périodique quand Rock Royal les avait vendues au moment où il prenait sa retraite. Quatre ans plus tard, Bruce avait proposé aux actionnaires d'ouvrir une succursale à Montréal; la proposition avait été acceptée à la condition que Bruce s'occupe lui-même de démarrer l'affaire. Il s'était pris d'affection pour la ville, pour les Québécoises et – pourquoi pas? – pour la mentalité de certains Québécois «casquette, caisse de bière, petite bedaine». Cinq ans plus tard, il y résidait encore et ne parlait pas de rentrer à Toronto. Au fil des ans, il avait diversifié son portefeuille et avait acquis des parts dans l'agence de mannequins de Ruth Rabane, dans une usine de textiles, dans la fabrication de vêtements «Rémige» et dans bien d'autres commerces et organisations.

Barbara patientait, attendant qu'il daigne s'intéresser à elle. Pour se relaxer, elle tenta de se remémorer son corps nu, long et félin, bronzé et musclé comme seuls en apportent au soin de leur apparence ces êtres épris de la beauté. Peine perdue! Dans son spacieux local, hautain, arrogant même, il adoptait le maintien d'un roi qui ne souffrait aucun écart à l'étiquette et le rappel des nuits qu'il dédiait tantôt à l'une, tantôt à l'autre, fondait telle la glace au soleil. Elle toussota. Il s'adossa.

— *So, love, what can I do for you?*

Elle s'approcha doucement, s'accordant du temps pour bien peser chacun de ses mots et pour permettre à Bruce d'admirer la ligne de sa taille, de son sein, la beauté plastique presque parfaite de son visage au teint velouté de pêche. Une tourterelle qui s'apprête à roucouler, songea Bruce, et il connaissait la ritournelle.

— J'ai ouï dire que tu comptais remplacer Renaud parce que ses photographies ne te convenaient plus. Est-ce exact?

Il la couvait des yeux sans broncher, tenant à garder le contrôle sur son environnement. Tout en surveillant les réactions de son adversaire, il grimaça. Son rictus ne réussit pas à la faire battre en retraite. Ainsi qu'une perdrix qui veille sans relâche sur sa progéniture, elle résistait, affrontant le rapace. Il ne renonça pas à l'affoler et la relança sur un ton tranchant:

— Telle que je te connais, Barb, tu crois avoir déniché l'oiseau rare! Tu as un copain à placer; c'est bien cela?

Elle s'obligea à restreindre son enthousiasme. Sa voix frémissait d'excitation quand elle résuma sa pensée:

— C'est le meilleur photographe qu'on puisse trouver à des kilomètres à la ronde!

— *And you are in love with him!* coupa-t-il en riant, habitué à recevoir mille demandes semblables.

Elle rétorqua vivement en rougissant:

— Pas du tout! C'est le fiancé de ma sœur. J'ai pensé que son travail t'enchanterait.

— Tu n'as probablement pas apporté cette grosse enveloppe, rajouta-t-il en désignant du menton le carton qu'elle portait sous le bras, pour te donner contenance? Alors montre-moi cela!

Elle s'exécuta rapidement, craignant qu'il change subitement d'avis et elle étala sur le pupitre une vingtaine de photographies la représentant. Bruce, toujours adossé, les coudes sur les appui-bras de son fauteuil, glissa les yeux sur chaque image sans les toucher. Lorsque son regard heurta les «nus» que Barbara avait insisté pour retirer de la commode de Xavier, il demanda:

— *Your sister?*

— Non, non. Une fille quelconque sans doute. Claire n'est représentée sur aucune. Ses principes et sa religion doivent lui interdire même de se dévêtir, relata-t-elle, sombre et rageuse; puis elle redevint vibrante d'excitation. Dis-moi ce que tu penses de ce travail! lança-t-elle.

— *Nothing at all.* Oh! les photos sont bonnes! Cependant, qu'est-ce qui me prouve qu'il saurait se débrouiller en toute occasion ou qu'il ne serait pas à court d'imagination?

Il repoussa les carrés de couleur et se remit à sa précédente occupation. Barbara refusait la défaite; se résigner ne lui ressemblait pas et voir de telles ressources perdues, faute de reconnaissance, la rendait furibonde. Elle reprit avec force voix:

— Tu as souvent répété que les travaux de Renaud étaient de piètre qualité; tu ne perds rien à essayer Xavier! J'ai le sentiment qu'il a l'intelligence du cliché et qu'il saurait donner une touche nouvelle et personnelle à toutes vos illustrations. Même que tu pourrais, grâce à lui, devenir l'un des hommes les plus riches du monde!

— Ce que j'ai me suffit, gloussa-t-il avec un sourire suave qui prouvait sa confiance en lui-même et son peu de confiance envers les autres. *Sorry, love!*

— Je t'en serais éternellement reconnaissante! l'avisa-t-elle en s'approchant pour laisser ses doigts glisser doucement sur le bureau, puis sur les bras du fauteuil, et finalement sur le dos de l'homme qui demeurait assis, affairé à lire ses documents.

— On ne peut pas tout avoir! répondit-il avec un air qui en disait long sur ce qu'il pensait de cette proposition et des stratégies de Barbara.

Il n'allait pas la rembarrer ainsi sans arrêt! Il fallait ruser, être plus astucieuse que lui. Quel était le défaut de sa cuirasse? L'orgueil. Son ton se raffermit:

— Songe que son côté artistique pourrait faire resurgir la splendeur de ton nom et de ton œuvre! Recrute-le sinon un autre l'enrôlera dans ses troupes et tu t'en mordras les doigts!

Il délaissa sa lecture, rapprocha les photographies tout en caressant sa moustache dorée du bout des doigts, le regard éclatant de convoitise. À quoi se rattachait donc le terme «splendeur» pour qu'il crée chez lui pareille résonance et pareil remous? Il répugnait à laisser un rival lui ravir un élément de classe supérieure. Il ressassa ses réflexions à un régime d'enfer, renifla et offrit:

— Je peux le prendre à l'essai et lui accorder un contrat de trois mois au cours desquels je lui achèterai cinq de ses meilleures photos pour la section «mode et accessoires» ou «maquillage». Il aura également l'occasion de démontrer ses qualités quand les agents publicitaires ou les journalistes auront besoin de lui.

Il retourna à sa paperasse tout en continuant de préciser:

— *Only three months, O.K.?* S'il me donne satisfaction, nous verrons s'il y a lieu de renouveler à plus long terme. Qu'il passe me voir avant la fin de décembre!

Barbara hésita un instant, rembrunie, presque paniquée et se récria:

— Bruce!... C'est insensé de ta part de ne pas lui offrir un contrat annuel pour travailler au magazine! Il ne quittera jamais Québec pour venir à Montréal avec une proposition de ce genre!

— *I have no choice, honey.* Je ne tiens pas à me retrouver sans photographe. Renaud est trop rigide dans son approche, j'en conviens; pourtant, c'est un as comparé à bien d'autres.

— Tu pourrais réengager Renaud pour une couple de mois, le temps de vérifier si Xavier te satisfait et...

Elle s'arrêta parce que Bruce la fixait maintenant de façon glaciale. Quand il était question d'affaires, il ne plaisantait jamais. Son offre était présentée sous une forme péremptoire. Il aurait repoussé du revers de la main toute requête visant à la modifier. Elle abaissa les yeux, tourna les talons et se dirigea vers la porte, furieuse.

— Il ne reste que quatre jours! Pour rejoindre Xavier, ce ne sera peut-être pas suffisant. Je ferai l'impossible pour le contacter. Sinon, laisse-moi te dire que tu y perdras au change pour ne pas avoir fait de concession. Je n'ai jamais travaillé avec un photographe qui sache tirer de moi toutes les expressions que tu retrouveras sur ces photographies.

Sourire aux lèvres, Bruce inspectait ses gracieux mouvements, ses jambes fuselées, sa taille fine. Il attendit patiemment qu'elle soit sortie – en claquant la porte – avant d'examiner plus attentivement les photos posées devant lui. Il tira sur la pointe gauche de sa moustache, mouvement rare qui traduisait la perplexité chez lui. Finalement, il ouvrit le premier tiroir du haut et balaya les photographies jusqu'à ce qu'elles y tombent toutes.

Barbara fila vers ses locaux, à l'étage au-dessus, une salle qu'elle partageait avec six autres jeunes et jolies filles; les mannequins mâles, au nombre de trois, occupaient une pièce adjacente. Il n'y avait personne d'autre que Ruth à cette heure, car la plupart des modèles terminaient tard et ne rentraient que l'après-midi. Parfois, ils étaient sous contrat et partis en tournée; ces temps-ci, la plupart d'entre eux prenaient un congé bien mérité pendant la période des fêtes.

Elle saisit le combiné du téléphone. Elle avait entendu dire par Claire que Xavier devait aller skier au mont Sainte-

Anne, près de Sainte-Anne-de-Beaupré; elle se risqua quand même à appeler d'abord chez lui et ensuite au studio, au cas où il aurait décidé de rester à Québec. Personne ne décrocha. Résolue à tout tenter pour faire obtenir un contrat à Xavier, elle prit immédiatement la décision qui s'imposait: elle se rendrait là où elle espérait le trouver. La seule difficulté résidait à quitter la maison après avoir exigé et même supplié Claire de venir y passer Noël et le jour de l'An. Il ne fallait pas éveiller sa suspicion ni qu'elle ait vent de la surprise qu'elle lui préparait.

Moins d'une heure plus tard, elle rentrait chez elle. Claire et Carole bavardaient tranquillement au salon. La lumière du soleil entrant par la fenêtre jetait sur les murs les ombres mouvantes des branches des cèdres balancées par le vent. Il y régnait une chaleur tiède que les deux femmes ne troublaient pas. Barbara apparut; une bouffée d'air frais s'engouffra avec elle. Sa voix retentit pareille au chant d'une rousserolle.

— Est-ce tout ce que vous avez fait depuis que vous êtes levées que de pérorer comme deux pies? les taquina-t-elle en allant déposer un baiser affectueux sur la tempe de sa mère.

Carole la contempla sans restriction, avec adoration et fierté. Claire s'attrista et se replia sur elle-même. Jamais sa mère ne l'avait regardée ainsi; cette préférence marquée la chagrinait malgré elle, faisant se révéler une petite ride au coin de ses lèvres. Une Barbara resplendissante passa près de Claire et lui arracha le ruban blanc qui lui nouait les cheveux et qu'elle tenta à peine de récupérer.

— Ma petite Claire, tu te coiffes de la même manière qu'une vieille fille ratatinée, railla-t-elle. Si tu venais chez mon coiffeur, il te ferait une de ces «têtes à vous couper le souffle». Tu devrais aussi changer de shampooing; ton cheveu est terne, sans reflets.

— Je ne suis pas modèle, moi! riposta Claire, cinglante, en venant lui reprendre le ruban d'un geste brusque.

— Heureusement, ma chère, soupira alors Barbara en faisant mine de jouer avec quelque bibelot sans importance, parce que, nous, nous avons à travailler. Nous partons cet après-midi pour quelques jours.

— Oh non! s'écria Carole, déçue. Tu ne seras pas absente pour la période des fêtes, j'espère. Les garçons seront là! Ils se font une telle joie de te voir.

Elle alla près de sa mère pour la prendre par la taille.

— Rassure-toi, je serai ici à temps, je te le promets. Je vais préparer ma valise. À tout à l'heure!

Elle s'esquiva vivement, satisfaite de son entourloupette. Rien au monde n'aurait pu la retenir. Il fallait absolument qu'elle tente de rejoindre Xavier; un photographe tel que lui méritait qu'on reconnaisse sa production. Elle y repensait encore lorsque l'autobus s'arrêta à l'hôtel sis au pied des monts pour y déposer ses passagers. En temps normal, tous les voyageurs auraient appris durant le trajet qu'elle était cet élégant mannequin, Barbara Eagle, qui posait pour telle ou telle annonce dans les revues, à la télévision et qu'on avait publié quelques articles sur elle, particulièrement dans le magazine *Secrets*. Cette fois-ci, elle voyageait incognito, portant des lunettes fumées, un gros chapeau de fourrure blanc et s'étant maquillée différemment.

Autour d'elle, plusieurs vacanciers attendaient leurs bagages avant de se diriger ensuite joyeusement soit vers l'hôtel, soit vers les logements ou vers le chalet. Il régnait là une atmosphère vibrante et il y avait tant de monde que, pendant un moment, Barbara faillit se décourager: comment pourrait-elle retrouver Xavier parmi tous ces gens? Elle semblait si désorientée qu'un groupe s'arrêta pour offrir son aide; elle refusa poliment et, empoignant son sac, elle se mit à la suite des autres.

Xavier Volière ne figurait pas sur le registre des clients de l'hôtel et il n'y avait plus aucune chambre de libre. Par chance, une jeune fille au visage barbouillé de taches de rousseur lui proposa de partager la sienne, histoire de couper les frais en deux, lui dit-elle. Tout en bavardant, elle apprit que sa compagne se prénommait Reine et qu'elle était étudiante à l'Université Laval. Elle venait souvent skier à cet endroit et connaissait toutes les pistes, de même que de nombreux habitués. Barbara clarifia brièvement le motif de sa présence et s'informa s'il n'y avait pas moyen d'accélérer ses recherches.

— Si tu es au courant de ses préférences, lui dit Reine, ce sera plus facile.

— Hélas! je le connais peu!

— C'est que, pendant la période des vacances hivernales, il vient tant de monde nouveau qu'on arrive à peine à rencontrer ses amis, avoua Reine. Sais-tu au moins s'il est bon skieur? Expert ou débutant?

— Rien de tout ça, soupira Barbara en se laissant choir sur le lit près de la robe de chambre en ratine rayée blanc et bleu de Reine.

— Et, toi, sais-tu skier au moins?

Elle se retroussa sur un coude.

— Bien sûr; j'ai déjà battu un record, non homologué. J'étais une championne au temps de ma jeunesse. Je n'en ai plus fait ces dernières années: manque de temps, expliqua-t-elle sans entrer plus avant dans les détails. J'aime le sport. J'ai fait du tennis, du golf, du patin à glace, du ballet, j'ai même appris le piano... Et Claire qui n'a jamais su se tenir debout sur une paire d'échasses! rêvassa-t-elle en secouant la tête.

— Qui est Claire?

— Ma sœur. Oublions-la; je suis ici pour Xavier, repartit-elle. Il faut que je le retrace, c'est très, très important.

— Bien... Nous pourrions commencer par les pistes les plus difficiles et voir...

— Nous!

— Si tu acceptes que je t'aide. Ça m'amusera d'avoir un but autre que de simplement faire du ski.

— J'en suis ravie. Où peut-on louer des skis?

— À la boutique du chalet. Comment est le type que tu dois voir? Décris-le-moi.

— Oh!... Taille moyenne, cheveux noirs, yeux verts, pas vraiment beau, très costaud, très masculin.

— Il y en aura des dizaines qui répondront à cette description. On pourrait le faire appeler par haut-parleur en disant aux gens que c'est pour une affaire de famille.

— Je ne voudrais tout de même pas le faire mourir d'une syncope! Écoute: je me donne aujourd'hui et demain pour le rejoindre. Si j'échoue, demain soir, je ferai ce que tu me suggères.

— Comment sont ses vêtements de skieur? De quelle couleur?

Elle leva les bras en signe de méconnaissance.

— Je n'en sais rien. Par contre, je discernerais son allure entre mille.

— Qu'a-t-elle de si particulier?

— Quelque chose que je ne saurais définir. Il est robuste et il doit beaucoup plaire aux femmes.

— Tu en pinces pour lui, hein?

— Pas du tout! se défendit-elle. Il n'a pas le sou et je n'aime que les gars qui ont du fric.

Reine se mit à rire. Elle la trouvait un peu extravagante, par contre sa franchise la mettait à l'aise.

— N'a-t-il rien d'autre qui le distingue?

— Une frange de cheveux bouclés qui lui glisse sur le front et... il est photographe. Possible qu'il traîne son appareil!

— Ça aiderait peu. Tu sais, les amateurs de paysages d'hiver sont nombreux par ici. Ne t'en fais pas; on s'informera. Allons-y, sinon la journée sera passée et on sera encore ici à discourir!

Moins d'une heure plus tard, munies de skis, Barbara et Reine scrutaient de leur télésiège la pente où nombre de gens glissaient, pareils à des feuilles d'automne balayées par un vent violent. Barbara saurait-elle identifier Xavier à travers ces ombres mobiles? Ce serait difficile. Elle se laissa emporter jusqu'au sommet et talonna Reine qui l'entraînait vers une piste qui leur permettrait de redescendre toute la montagne. «La Pionnière», lut-elle sur l'affiche.

Elle poussa sur ses bâtons pour suivre sa compagne et, pliant les genoux, courbant la taille, elle glissa aisément sur la neige à peine molle qui se soulevait par endroits sur leur passage.

Une ivresse s'empara d'elle, une ivresse semblable à celle des motards enfourchant leur engin ou approchant de celle des parachutistes se lançant dans le vide: l'ivresse de la liberté, de la vitesse, de la toute-puissance. Elle contourna adroitement un skieur qui venait de perdre l'équilibre devant elle. La glissade s'accélérait, car la pente devenait plus abrupte et les courbes plus prononcées. Elle ne ralentit pas. Sa vitesse lui permettait de dépasser ceux qui la précédaient; en aucun elle ne distingua Xavier. Tous ces gens lui étaient inconnus.

Reine la rejoignit au bas de la pente. Ses mèches rousses rebelles brillaient au soleil, mais moins que ses yeux extasiés des exploits de Barbara.

— Tu skies vraiment comme une professionnelle! J'avais peine à te suivre.

Satisfaite de ses performances, Barbara lui sourit, pliée en deux, essoufflée par l'exercice.

— C'est le résultat d'années de pratique. Où allons-nous maintenant?

— On se relance dans la mêlée des remonte-pentes.

— La routine, quoi!

Trois heures plus tard, elles s'arrêtèrent au relais, exténuées.

— Ici, on doit pouvoir se restaurer.

— Une bouchée seulement. J'ai les pieds congelés. On se réchauffe, puis on repart, déclara Reine.

— J'ai les jambes raides, marmonna Barbara, éreintée et écrasée dans un fauteuil de rotin. Comment vais-je pouvoir repérer Xavier? Il y a tant de monde!

— Tu ne vas pas te décourager! Ton photographe aime peut-être le ski de chalet et on le verra ce soir! Et puis, jolie comme tu l'es, tu vas sûrement te faire reluquer – qui sait – par lui? Ravitaillons-nous et redescendons sur l'autre versant. Il apprécie probablement plus le panorama du côté nord ou de l'ouest; le relief est différent.

Elles repartirent et ratissèrent les alentours. La nuit vint et nulle part elles ne virent Xavier. S'il ne s'était pas fondu avec la nature, avança Reine à un moment donné de la soirée, c'était probablement parce qu'il n'était pas venu.

Le lendemain, son amie la rouquine ayant fait la connaissance d'un charmant garçon qui l'avait invitée à skier avec lui, Barbara poursuivit seule ses recherches. Afin de remédier à cette perte d'effectifs, elle se résigna à utiliser ses ressources personnelles et résolut de se fier à son flair. Xavier ne fréquentait pas beaucoup de monde; il lui avait paru plutôt casanier, se préoccupant de son travail et de Claire avant tout. Ainsi, il ne chercherait probablement pas à courtiser les femmes et il se tiendrait là où il n'y avait pas trop de monde. Les enfants et les skieurs non expérimentés se contentaient des pistes faciles et, puisqu'ils étaient nombreux, elle ne rencontrerait pas Xavier sur ces pentes. Par ailleurs, un tas de jeunes fréquentaient les pistes très difficiles; ils prenaient des risques inutiles et se servaient peu de leur cervelle. Xavier devait, selon elle, se tenir dans les pistes semi-difficiles, celles où les gens sensés se retrouvaient pour skier tranquillement, à l'abri des débutants et des écervelés.

Sur le versant sud, la plupart des pistes difficiles étaient coupées soit par des faciles ou des très difficiles, alors elle choisit le versant ouest où il y avait deux pistes à difficultés moyennes.

Il faisait un peu moins froid que le jour précédent et la neige légère tourbillonnait dans le vent qui venait de se lever. Le soleil ne brillait plus et de gros nuages blanchâtres s'accumulaient du côté nord-ouest; peut-être y aurait-il une tempête?

Barbara ne s'en souciait pas. Elle descendit la «Grande Ouest», remonta et choisit ensuite l'«Amaroq». Déçue de ne pas avoir vu Xavier, elle prit un raccourci et s'arrêta au refuge pour se réchauffer un peu avant d'opter pour les pistes du versant nord. Elle ne fit que la «Première Neige», car le temps se gâtait. La neige devenait plus drue et le vent augmentait. Plusieurs skieurs avaient déjà regagné soit le chalet, soit leur hôtel; de nombreux autres poursuivaient leur sport favori sans souci de la température. Pour redescendre le versant sud, elle emprunta le «Gros Vallon» et arriva à une bifurcation où elle ne prit pas le temps de freiner pour poursuivre à gauche, sachant fort bien qu'elle n'avait qu'à suivre le parcours. Quelles que soient les difficultés, en skieuse aguerrie, elle savait pouvoir les vaincre. Or, elle déboucha sur une autre piste où un groupe soulevait la neige en poussière fine et où le vent arrivait par rafales, lui voilant la vue. Elle ne décéléra pas, cherchant plutôt à les dépasser et, brusquement, elle eut l'impression de reconnaître Xavier. Elle tourna la tête un instant très court, mais suffisant pour lui faire perdre la piste de vue. Elle vit arriver vers elle, à toute allure, une série d'arbres et de branchages rabougris. Elle avait quitté la piste. Elle tenta de se rattraper et de réduire sa vitesse. Les branches étaient trop près; elle se concentra et fit du slalom entre les arbres tout en essayant de ne pas se blesser ni de s'empêtrer dans une racine avec ses skis. Elle freina encore, donna un coup de hanches et de rein pour éviter une épinette de bonne taille, la rasa, puis voyant un espace vide d'une quinzaine de pieds, elle pencha la tête et se laissa glisser dans la pente, sur le derrière. Ses skis s'envolèrent de ses pieds et elle n'entendit plus que le son de ses vêtements dans la culbute qu'elle effectua. Elle resta étendue de tout son long, immobile, attendant qu'une douleur quelconque l'assaille, reliquat de son imprudence.

— Pas trop de mal? entendit-elle demander.

Elle rouvrit les yeux, bougea, souleva un peu la tête et se tâta:

— Je crois que je suis en un seul morceau.

— Vérifions cela! dit l'homme en qui elle identifia un patrouilleur de la piste. Pouvez-vous vous relever? Doucement!

— Pas pour l'instant; je suis un peu étourdie. Je crois que je n'ai rien. J'ai quitté la piste.

— Je vous ai vue tourner la tête, dit-il en lui faisant plier et déplier les jambes. On skie par en avant, non par en arrière! C'est en avant qu'il vous faut regarder.

— J'avais cru apercevoir un ami que j'espérais rencontrer ici. J'ai bien peur de l'avoir définitivement perdu, cette fois.

— Vous auriez pu perdre beaucoup plus qu'un ami, fit-il remarquer. Bougez un peu les bras! Vous risquiez de vous rompre les os. Les arbres ne pardonnent pas, vous savez!

— Je n'ai pas cessé d'y penser en glissant à travers eux, souligna-t-elle. Je me disais qu'ils avaient sûrement l'échine plus dure que la mienne et que notre rencontre serait de courte durée.

L'homme sourit, accentuant l'effet de rondeur de sa bonne grosse figure.

— Si vous faites de l'esprit, c'est que ça va. Je vais tâcher de retrouver vos skis. Attendez-moi ici.

— D'accord.

Elle s'assit lourdement. Une goutte de sang éclaboussa la neige. Était-elle blessée? Au visage certainement, puisque le reste était couvert de vêtements. Une seconde tache apparut dans la neige. Elle se recoucha, tremblante, presque sans force et désorientée. S'était-elle juste égratignée? Éraflée après les arbres? Ou bien, coupée profondément? Et si elle était défigurée...? Un hurlement déchira l'air. Ses oreilles en bourdonnaient encore quand on lui demanda:

— Qu'est-ce qu'il y a? Vous avez mal?

Le patrouilleur était penché au-dessus d'elle.

— Qu'y a-t-il? posa-t-elle, nerveuse. Pourquoi a-t-on crié?

— C'est vous qui avez hurlé! Que vous arrive-t-il?

— Je saigne... Mon visage!...

Il retira ses gants, fouilla dans sa trousse de secours et lui épongea le menton avant d'y mettre un diachylon.

— Voilà! Dans quelques jours, il n'en restera aucune trace.

— Vous en êtes certain?

— Tout à fait. Puis-je vous laisser seule quelques minutes, maintenant? Un de vos skis s'est empêtré dans un buisson et il faut se hâter de redescendre, la tempête s'aggrave.

— Oui, oui, allez-y!

Il s'éloigna non sans lui réserver une certaine attention. Elle ferma les yeux un moment. Voilà, elle ne réussirait plus à retrouver Xavier, même s'il était ici! Sauf si... Ouais! sauf si ce gentil patrouilleur acceptait de faire annoncer par radio que quelqu'un demandait Xavier Volière!

L'homme revint au bout d'une dizaine de minutes. Adossée à un tronc d'arbre, Barbara regardait fixement un énorme rocher planté comme un menhir à dix pas d'elle. Un peu plus et...

— Alors? Comment vous sentez-vous? Encore secouée?

— Plutôt, oui. Je me rends compte que j'aurais pu raccrocher mes skis à jamais.

Elle désignait l'arête rocheuse qu'elle avait heureusement ratée, et qui ranimait la vision d'une Barbara défigurée qui se serait écrasée contre le roc.

— Trente mètres plus loin, vous tombiez dans un ravin! renchérit-il. Il faut croire que votre heure n'était pas venue.

Elle ravala sa salive et se renversa sur le sol.

— Vous n'allez pas tourner de l'œil!

— Ce n'est pas très reluisant de ma part, n'est-ce pas? Laissez-moi quelques minutes pour me remettre. Je ne crois pas que je pourrais descendre maintenant.

— Nous allons faire mieux. Je vais appeler au chalet et on va apporter une civière. Nous vous conduirons à l'infirmerie.

— Oui, c'est préférable, admit-elle en se passant une main sur le front. J'ai de plus en plus de vertiges.

— C'est le choc. Dans quelques heures, rien n'y paraîtra plus. Non, non, recouchez-vous! lança-t-il alors qu'elle faisait mine de se redresser.

Il sortit une couverture de son sac à dos, l'enroula autour d'elle et l'aida à mieux s'installer dans la neige.

— Ainsi, vous ne serez pas victime d'un refroidissement. Puis-je, au surplus, vous suggérer d'éviter ces vêtements de ski blancs? C'est bon pour le harfang des neiges, parce que sa couleur empêche ses proies de le voir.

— J'y songerai la prochaine fois.

— Devons-nous aviser quelqu'un de votre chute?

— Oui, mon ami: Xavier Volière.

— Où pouvons-nous le trouver?

— Il... Il doit être sur les pentes.

L'homme demanda de l'aide aux autres patrouilleurs et il donna le nom de Xavier, à la grande satisfaction de Barbara. Moins d'une heure plus tard, rassérénée, elle se reposait près d'une infirmière qui lui avait donné une piqûre. Xavier arriva à son chevet, stupéfait.

— Que fais-tu ici? Je croyais que tu étais chez ta mère, à Montréal, avec Claire. Est-elle avec toi? s'informa-t-il en tournant la tête à droite et à gauche pour vérifier si elle allait soudain lui apparaître.

— Non. Elle est restée là-bas, bredouilla-t-elle d'une voix somnolente, l'effet du tranquillisant agissant. Je suis seule. J'ai vu Bruce William et il est d'accord pour te donner ta chance. C'est pour te chercher que je suis ici. J'ai bien cru te reconnaître tout à l'heure, rigola-t-elle doucement. Malheureusement, j'ai négligé de vérifier où j'allais. J'aurais pu me tuer!

— Quelle folie que tout ça! rumina-t-il, la voix rauque, en remontant la fermeture éclair de son anorak, prêt à repartir. J'ai réfléchi. Je n'ai pas envie de produire pour un magazine de Montréal ou d'ailleurs. Je suis bien à Québec et j'aime mon travail.

— Tu as tort, Xavier. Tu me désoles vraiment beaucoup. Dire que j'aurais pu perdre la vie pour avoir voulu vous protéger, toi et Claire!

Elle essuya une larme invisible que Xavier prit pour une vraie. Il n'aimait pas voir pleurer une femme. Encore moins une belle femme. Il se plaignit à la manière d'un gamin fautif:

— Ça ne marchera pas. Essaie de me comprendre! Ce n'est pas que je n'aie aucune reconnaissance! Ça ne m'intéresse tout simplement pas. Je risquerais de perdre mon studio. Je ne veux pas finir complètement ruiné.

— Tu peux accepter l'offre sans t'en départir. Tu pourrais venir à Montréal une semaine sur deux. Ou sous-louer. Ou engager un autre photographe pour s'occuper de ton studio de photo. C'est la chance de ta vie! La chance de devenir célèbre, de voir paraître tes photographies et ton nom dans les plus grands magazines, de faire de l'argent, justement, pour Claire et vos enfants!

Son ton alangui contrastait avec ses paroles, rendant la scène semblable à une pièce de théâtre mal jouée. Il tranchait aussi avec la vitalité de Xavier qui triturait sa tuque en marchant à grands pas vifs et qui se renforçait dans son refus: refus de l'écouter, refus de modifier le rythme de sa vie, refus de ramper devant un supérieur, refus de décider sans en parler à Claire, refus...

— Et Claire? articula-t-il, de méchante humeur. Comment réagirait-elle? Non, je crains trop de m'en repentir.

— C'est bien à elle que je pense en agissant de la sorte. Je veux réparer la contrariété et la déception que je lui ai occasionnées, la semaine dernière, à Québec, quand j'ai parlé de papa. Tu te souviens, le soir de vos fiançailles!

Sa triste mine aurait dû l'émouvoir. Il se retranchait derrière sa peur, ne négociant qu'avec elle.

— C'est méritoire de ta part. C'est, hélas! trop exiger de moi. Je ne suis pas mûr pour me lancer dans une pareille aventure ni pour la prospérité que tu m'annonces.

— Tu es ridicule! Qui n'est pas attiré par l'argent et le luxe qu'il procure? Tu en auras besoin quand tu auras une famille, des enfants...

— Je pourrai fort bien les faire vivre tout en gardant mon atelier.

— Ou tu pourrais finir par perdre ta clientèle. Ou Claire, un jour, pourrait te reprocher ton manque d'ambition.

— Pourquoi reviens-tu constamment avec ce genre d'arguments?

— Parce qu'il faut voir loin et grand. Se contenter d'un «petit pain» quand on peut en avoir un «gros», disait ma mère, c'est faire preuve d'un manque flagrant d'intelligence. On récolte ce qu'on a semé. Réfléchis à tout ça et reviens me voir ce soir. Si tu es d'accord pour tenter le coup, tu dois te présenter à Bruce demain, sinon tu pourras continuer à n'être qu'un petit photographe de province pour le restant de tes jours. Moi, j'ai besoin de dormir un peu. J'ai vu la mort de près.

Elle le chassa de la main et il sortit presque à reculons, penaud et mécontent. Les arguments de Barbara avaient leur poids. Il craignait... il ne savait quoi. Il était habitué à ne dépendre de personne, à travailler aux heures qui lui convenaient, à n'avoir de comptes à rendre à quiconque... Bientôt, il en aurait à rendre à Claire en tant que compagne de ses jours. Allait-il, par égoïsme, la priver de ces jolies toilettes que portait Barbara? Devrait-il l'obliger à travailler pour faire vivre la maisonnée si les affaires marchaient mal et ne rapportaient pas suffisamment? Risquait-il, par crainte de changer ses habitudes, d'empêcher Claire de jouir de la vie?

Fébrile, il prit l'annuaire de Montréal et chercha «Roitelet» parmi les noms de famille. Il n'en trouva aucun. Il demanda l'assistance téléphonique; on lui répondit que le numéro de cet abonné était confidentiel. Il mentionna Bruce William, mais il ne put obtenir son numéro personnel et les bureaux du magazine *Secrets* étaient fermés à cette heure.

Il soupira. Il se sentait étouffé par son désir de rendre Claire heureuse. Son peu d'argent lui interdisait de rêver au-delà de certaines limites. Il souhaitait aussi que Barbara cesse de s'acharner sur lui, sans pour autant l'abîmer de bêtises et s'en faire une ennemie. Après tout, on a toujours intérêt à avoir des alliés dans la famille de sa future épouse. Si Barbara tenait à ce qu'il obtienne un poste plus rémunérateur, c'était tout en son honneur et il aurait été fort mal venu de refuser carrément son offre. Il soupira. Il pouvait bien se permettre d'aller rencontrer ce William. De toute façon, Barbara le lui avait rappelé: rien ne prouvait qu'ils s'entendraient. L'homme avait pu prétendre aimer ses photographies uniquement pour se débarrasser de la trop excentrique Barbara. Il se persuada qu'en dernier lieu, il demeurerait un photographe quelconque dans une rue quelconque d'une quelconque cité.

Le lendemain matin, ils roulèrent vers Montréal dans la voiture de Xavier. Il faisait froid et sec: pas de vent, pas de nuages et l'autoroute 20 était tranquille sans être complètement déserte. Barbara lui relata ses péripéties des deux jours précédents, lui vanta les mérites de Bruce, lui raconta comment elle était devenue modèle, quelle sorte de vie elle menait... Elle parla peu de Claire et Xavier préféra ne pas lui poser de questions, par respect pour celle qu'il aimait.

Vers onze heures, ils garèrent leur véhicule devant la haute bâtisse. Barbara le conduisit jusqu'au bureau de son ami et le présenta comme le «photographe de l'avenir», ce qui fit grogner Xavier.

Celui-ci découvrait avec surprise que Bruce était un homme jeune, au physique plus qu'agréable et au regard inquisiteur. Il lui tendit une main ferme et Xavier remarqua le rubis de sa bague en or.

— Heureux de vous rencontrer, monsieur Volière, dit-il sur un ton chantant qui plut à Xavier. *Would you leave us alone, please, Barb?*

— Je t'attends à côté, Xavier, précisa-t-elle en sortant.

— Toutes les mêmes, ces femmes! reprit Bruce en secouant la tête et en venant se placer devant Xavier. Elles nous prennent pour des enfants au berceau ou bien elles essaient de nous tourner la tête. Asseyez-vous. Cigarette?

Il en aurait pris une surtout pour se donner contenance. Il refusa; il détestait le goût âcre du tabac. Bruce s'appuya sur le rebord de son bureau tout en l'observant minutieusement et en offrant la flamme de son briquet en or à la cigarette qu'il venait de placer entre ses lèvres. Xavier continuait de le fixer sans gêne. Voilà donc de quoi avait l'air un directeur général de magazine! Il ressemblait moins à un Américain qu'à un Irlandais d'origine.

— Prendriez-vous quelque chose? Whisky? Bourbon? s'enquit Bruce en se dirigeant vers le bar.

— Non, merci.

Il cessa de le suivre des yeux. Après tout, il n'était pas attiré par ce boulot et n'avait pas l'intention de travailler pour quelqu'un d'autre que lui-même. Il avait accepté, croyant que Barbara le laisse tranquille et afin qu'elle n'aille pas colporter à Claire qu'elle sortait avec un «minable», car il avait conscience de n'en être pas un.

Bruce se redressa, contourna son bureau, s'assit, sortit de son tiroir une pile de rectangles qu'il déposa devant Xavier.

— Elles sont de vous?

Xavier reconnut aussitôt ses photographies.

— Oui, admit-il, surpris, en notant le ton sceptique de William. Je ne suppose pas que vous m'ayez fait venir ici en doutant que j'aie pris ces photos!

— Hum... C'est pourtant le cas, avoua-t-il avec un air narquois. Barb est pareille aux autres: elle peut faire de la fausse représentation pour placer un de ses amis. On m'a déjà fait le coup, *you know!* Je me méfie. Donc, vous avez pris ces photographies? Dans quel esprit travaillez-vous?

— Comme ça me convient, tout simplement. J'adore l'originalité.

— Moi, j'aime la beauté, la perfection, le bon goût... J'aime aussi ce qui est spectaculaire, mais pas au point de risquer qu'un de mes modèles se blesse, si vous comprenez ce que je veux dire. En posant pour ces photos, Barb aurait pu se fouler une cheville...

— ...ou se casser une jambe, ou se tuer en ski, hier, en venant à ma recherche! Ou bien se faire heurter en traversant la rue! Ou se faire attaquer par un satyre!

— *Possible!* fit William en constatant que Xavier ne paraissait pas le moins du monde impressionné ni par lui ni par ses dires.

Les deux hommes se jaugeaient, s'étudiaient, et nul n'aurait su dire si William avait l'avantage. Il prit un dossier déjà ouvert et lut:

— Vous êtes à votre compte, actuellement. Chiffre d'affaires peu élevé, peu de clients, très petit studio.

Il jeta un coup d'œil à Xavier en poursuivant:

— J'ai fait prendre quelques renseignements sur vous. On ne s'apprête pas à traiter avec quelqu'un sans rien connaître de lui. Cela vous ennuie?

Si cela l'ennuyait? Bien sûr que cela l'ennuyait. Il fronça les sourcils, plaça les coudes sur les appui-bras du fauteuil, joignit ses mains qu'il croisa et répondit pourtant:

— Je n'ai rien à cacher!

La réplique sèche servit Bruce. Il s'adossa à son fauteuil, tira une bouffée de sa cigarette et admira les volutes s'échappant de sa gorge. Xavier serra les dents; ses narines frémissaient d'indignation. Pour qui se prenait ce prétentieux? Il devait l'avertir tout de suite qu'il n'était en rien intéressé par une quelconque proposition de contrat.

— De toute façon, je...

— J'ai été étonné par votre travail, monsieur Volière, poursuivait Bruce qui avait entamé sa phrase en même temps que lui. Vous avez de l'audace et je crois que le sens artistique est inné chez vous. Vous avez eu un bon maître: Johan Kreiber, rien de moins!

Le ton de Bruce dénotait une réelle admiration et Xavier en demeurait muet d'étonnement. Une fois remis de sa stupéfaction, il entrouvrit les lèvres pour lui expliquer qu'il se moquait bien de son avis et qu'il allait rentrer chez lui poursuivre son travail habituel. Bruce le devança encore:

— J'avais d'abord envisagé de vous offrir un contrat pour quelques bonnes photographies. Après réflexion, je suis disposé à tenter une expérience. Pendant trois mois. Nous avons des visages intéressants parmi les jeunes modèles québécois qui posent pour la revue *Secrets*. Parfois, il arrive que nos suggestions de publicité soient refusées parce que les expressions des personnages ne répondent pas aux attentes des clients. Ce n'est pas toujours facile de faire comprendre aux gens qu'on photographie ce qu'on espère d'eux. C'est un instant magique à fixer sur la pellicule. Pour un message publicitaire destiné à la télévision, c'est relativement plus simple.

Il osa un coup d'œil vers Xavier qu'il voyait sans arrêt changer de couleur: du rouge au blanc, du blanc au vert, du vert au jaune... Il ne savait pas ce qui se passait chez l'autre; celui-ci ne démontrait aucun élan d'enthousiasme et semblait se fermer de plus en plus. Il devina qu'il devait jouer cartes sur table.

— Si vous me convenez, votre gain dépassera ce que vous tirez actuellement de votre studio. Si, par contre, nous devons mettre un terme au contrat dans trois mois, je m'arrangerai pour que vous ne perdiez rien au niveau financier.

— Je ne suis pas intéressé, monsieur William, grogna Xavier en le toisant. Dans trois mois, mes clients m'auront déserté pour s'adresser ailleurs. Vous savez que les débuts sont difficiles et qu'il faut travailler sans relâche pour ne pas perdre sa clientèle.

— Je ne peux malheureusement pas vous signer un contrat d'un an sans savoir ce que vous valez. Vous me comprenez, j'espère?

— Absolument. Et vous comprendrez, vous, que je refuse votre offre. Je suis venu vous rencontrer parce que Barbara a insisté.

— Ah bon! je saisis mieux! Nous pouvons discuter. Dites-moi à quelles conditions vous accepteriez?

— Ce que je désire, c'est rentrer chez moi et faire ce que j'ai toujours fait: c'est-à-dire être mon propre patron.

— Ouvrez un studio à Montréal. Vos clients seront des gens qui auront besoin de vos services pour des tâches bien précises. Vous ne dépendrez que de vous-même et de vos aptitudes. Vous seriez sous contrat avec moi, avec d'autres, et libre d'y mettre un terme si ça ne vous convient pas. Je parierais que vous ne savez même pas comment ça se passe ni si vous pourriez aimer ce genre de travail. Ce que je vous propose, c'est de faire un essai de trois mois. Vous trouverez bien quelqu'un pour tenir votre salon pendant ce temps. Ensuite, si ça ne vous plaît pas du tout ou si je ne suis pas satisfait, tout s'arrêtera là. Vous retournerez à Québec et vous reprendrez votre studio de photo.

— Non, monsieur Williams. Je vous remercie, mais la réponse est non.

— Même pour...

Il prit un bloc-notes et un crayon, griffonna un chiffre et le présenta à Xavier qui rougit.

— ...ce montant?

— C'est beaucoup trop pour trois mois de travail, bégaya Xavier. Je ne suis même pas sûr de trouver un remplaçant au studio.

— Je connais quelqu'un qui accepterait de vous remplacer là-bas pour ces quelques mois si je le lui demandais.

Xavier respirait mal; il avait de plus en plus chaud. Il sentait les gouttes de transpiration perler le long de sa colonne vertébrale, lui glisser dans le dos. Ce maudit montant d'argent serait le bienvenu en toute autre circonstance! Il ne gagnerait jamais autant en plus d'un an de travail et Bruce William le lui proposait pour un contrat de trois mois.

— Évidemment, il faudra, de temps à autre, suivre un modèle pour une série d'articles. Toutefois, ce petit handicap a ses compensations, reprit Bruce en souriant franchement, croyant que ce «supplément» aiderait Xavier à prendre la «bonne» décision.

Saisissant sa pensée, Xavier lança d'un ton maussade:

— Barbara a dû vous dire que j'allais épouser sa sœur.

Bruce souleva les épaules avec un air indéfinissable et une moue dubitative.

— Un tel lien n'a jamais empêché un homme de désirer une jolie femme. Et vous en serez entouré. Qu'importe; tout ceci pour vous préciser que je serais heureux que vous acceptiez. J'ai besoin d'une réponse tout de suite parce que je dois aviser mon photographe actuel avant la fin de la journée si j'ai l'intention de ne pas renouveler son contrat qui se termine en mars.

— Vous êtes certain que vous trouveriez un photographe pour me remplacer à Québec? s'entendit soudain dire Xavier plus étonné que Bruce de constater ses propos.

Avait-il donc l'intention de céder? Que se passait-il en lui? Allait-il sacrifier trois mois de sa vie et ses principes, se hasarder à perdre sa clientèle pour un peu d'argent? Heu! pour beaucoup d'argent. Le montant qu'avait inscrit Bruce valsait dans son esprit. Il servirait à les mettre à l'abri un certain temps, à parer au plus urgent, à faire des cadeaux à Claire, à respirer un peu. Il n'avait jamais eu que quelques centaines de dollars de côté. Face à ce que William lui proposait, il n'arrivait plus à refuser. Trois mois, c'était vite passé; Claire ne s'en formaliserait pas. Elle comprendrait sûrement. Elle ne pouvait pas ne pas comprendre. S'il avait pu la rejoindre... Il ne le pouvait pas.

Lorsque Xavier sortit, il avait signé un contrat avec Bruce William; il en ressentait de l'angoisse et de l'amertume. On reconnaissait sa compétence en matière de photographie, ce qui le satisfaisait; or, qu'allait dire Claire de tous ces changements qu'il préparait sans lui demander son avis? Elle l'aimait, elle l'attendrait patiemment. Quelle personne deviendrait une entrave au succès de son conjoint? Lui-même se serait arrangé pour faciliter la vie à Claire si elle avait eu la possibilité de faire autant d'argent.

— C'est merveilleux! exultait Barbara qui venait d'apprendre la nouvelle. Ne t'avais-je pas dit que Bruce t'engagerait s'il voyait tes chefs-d'œuvre?

Ils marchaient sur le trottoir bondé de gens et devaient parler fort pour couvrir le bruit de la circulation et des klaxons. Un froid piquant les obligeait à accélérer le pas. Une buée légère se créait sous leur souffle pour disparaître ensuite dans l'atmosphère.

— J'ai accepté pour trois mois, rien de plus. Maintenant, je dois voir Claire. Je me tourmente à la pensée qu'elle pourrait ne pas apprécier ma décision.

— Allons plutôt manger quelque chose pour fêter l'événement!

— Non. Je tiens à consulter Claire le plus tôt possible. Donne-moi son adresse... ou son numéro de téléphone.

— Mieux vaut ne pas la contacter maintenant, déclara Barbara en retrouvant son sérieux.

— Pourquoi?

— Parce que... Il est trop tôt. Il faut laisser couler le temps. Souviens-toi de ce que je t'ai dit.

— Je me rappelle seulement que je l'aime et que j'ai besoin de la rencontrer, rouspéta-t-il, irrité, en l'arrêtant du bras. Donne-moi l'adresse de ta mère.

— Claire doit croire que tu as fait ces démarches toi-même, répliqua-t-elle en se remettant en route.

— Allons donc! Comment pourrait-elle supposer que j'aie pu obtenir un contrat avec Bruce William sans que tu t'en sois mêlée? Elle n'est pas si naïve.

— Il me faut quelques jours pour la préparer, sinon, quand elle va savoir que j'ai apporté ces photos à Bruce, elle va croire que j'ai tramé quelque complot contre elle.

Il la saisit brutalement par les épaules, serrant sans même se rendre compte qu'il lui faisait mal. Il la scruta, les yeux durs, la bouche formant un pli sec:

— Si j'apprenais un jour que tu as manigancé tout ça sans tenir compte du bonheur de Claire, je serais capable de te donner la plus sévère raclée de ta vie!

— Tu ne comprends pas plus qu'elle! rugit Barbara en se

défaisant impatiemment de la poigne de Xavier. Serais-tu aussi ingrat qu'elle? T'ai-je offert quoi que ce soit d'autre qu'un travail avec un bon salaire pour que Claire puisse être heureuse? Non, n'est-ce pas? Je ne t'ai fait aucune avance et je n'ai même pas été provocante avec toi.

Il se calma.

— Je l'admets, concéda Xavier dont les pensées demeuraient confuses.

— Elle me donne invariablement le mauvais rôle. Elle dit que j'essaie de lui voler ses petits amis tandis que je cherche seulement à être aimable. Si je ne parviens pas à lui spécifier dans quel but j'agis, elle va s'imaginer que je veux t'éloigner d'elle et te séduire, alors que c'est elle que j'essaie de rapprocher de moi.

Le silence de Xavier lui prouva qu'il se questionnait sur le bien-fondé de ses allégations. Elle ajouta:

— Nie que Claire a certifié que je ferais tout pour t'enlever à elle, que c'est ce que j'ai fait avec tous ses prétendants, que papa l'a mise en garde contre moi sous prétexte que nous aimerions le même homme, ou des sottises semblables!

— Elle a dit ça, c'est vrai.

— Je voudrais tellement qu'elle oublie les délires de papa! gémit soudain Barbara dont une larme perla aux paupières. Je ne lui veux aucun mal! Je fais tout pour qu'elle comprenne à quel point mon affection est sincère! Oh Xavier! Je suis si malheureuse!...

Elle se tourna vers les vitrines, cherchant à échapper à son regard. Il lui prit le bras, la tourna doucement vers lui:

— Allons! Allons! Peut-être que tout se replacera! J'arriverai bien à la convaincre!

— Tu crois! murmura-t-elle en offrant à sa vue un visage ravagé par le chagrin, les larmes et le rimmel.

Xavier affirma de la tête même s'il en était incertain. Il connaissait trop peu Claire pour savoir comment elle réagirait; cela le troubla plus qu'il n'aurait voulu.

— Tu aborderas tout ça quand tu la reverras à Québec, quand vous serez seuls tous les deux et qu'elle sera calme. De mon côté, j'utiliserai les quelques prochains jours pour vérifier son état d'esprit. Elle me pense méchante... J'aimerais qu'elle me considère en amie. Je ne sais pas pourquoi elle a cru toutes les bêtises que papa a racontées. Il était malade... Il disait n'importe quoi. Il ne m'aimait pas beaucoup; c'est pour ça.

— Allons donc! Un père ne peut pas ne pas aimer sa fille!

— C'est que...

Elle balbutia, blêmit, balaya le trottoir du regard, fit la moue et débita:

— ...Claire ne te l'a pas dit? Je ne suis pas leur fille. On m'a adoptée.

— Je... Je ne savais pas! Claire a gardé le secret là-dessus.

— Sur beaucoup d'autres faits également. Elle est assez secrète. Mais elle est adorable, n'est-ce pas?

— Elle l'est, oui, approuva-t-il, l'esprit un peu ailleurs.

— C'est dommage qu'elle doute ainsi de moi et... de la plupart des gens. Elle répète à qui veut l'entendre que maman me préfère à elle. Serait-ce possible? Une mère aimerait mieux une enfant adoptée que sa propre chair? C'est par trop incroyable! Bien sûr que Carole m'aime! Je lui en suis reconnaissante. Cependant, elle a quatre enfants qui passent bien avant moi. J'ai beaucoup souffert de cette situation. C'est difficile de se savoir adoptée et d'ignorer ses origines; c'est plus pénible encore quand ta sœur te méprise et prétend que tu fais tout pour lui nuire.

— Tu as raison: ce n'est sûrement pas facile. Claire est intelligente et si sensible que je ne peux pas croire qu'elle puisse penser ça sans motif.

— Pas sans cause, je te l'ai dit! C'est son père qui l'a prétendu et elle l'a cru. Elle n'a pas imaginé un seul instant qu'il pouvait avoir perdu le nord et qu'il divaguait.

— Tu ne l'aimais pas beaucoup, toi non plus, avoue-le!

— Il me traitait moins bien que les autres; il ne parlait déjà pas beaucoup et, à moi, presque jamais. Il rêvait. Il était toujours dans les nuages; c'est heureux qu'il y ait eu un syndicat à l'Université, sinon je crois qu'on aurait fini par le renvoyer. Quand il est tombé malade, ça a été de mal en pis. On n'arrivait même plus à communiquer avec lui. À quelques jours de sa mort, il a semblé se réveiller. Il a ouvert la bouche pour dire des sornettes. Il aurait mieux valu pour nous tous qu'il continue de se taire! Claire s'est mise à me détester malgré tout ce que j'ai tenté pour lui démontrer ma tendresse. Quand on lui a offert ce poste à Québec, elle l'a accepté. Voilà! Tu sais tout à présent. C'est pourquoi je te conseillais d'attendre avant d'annoncer à Claire que tu es sous contrat avec Bruce William. Laisse-moi un peu de temps pour vous prouver à elle et à toi que je suis une amie sincère. D'autant que si ça ne marche pas, tu retourneras à ton studio.

Xavier plissa le front. Quelque chose lui échappait. Il avait une impression bizarre. Tirait-elle habilement les ficelles, cherchant à le manœuvrer? Pour qui l'aurait-elle fait? Pour Bruce William? Pour Claire? Pour elle-même? Rien dans l'attitude de Barbara ne trahissait un intérêt quelconque autre que de se rendre utile. Elle éprouvait peut-être de l'affection pour lui en tant qu'homme et en tant que fiancé de Claire; rien de plus.

— Je lui en parlerai dès mon retour à Québec. Je ne voudrais pas la décevoir ou la blesser. Tant pis pour le contrat suivant si elle accepte de vivre avec le propriétaire d'un petit salon de photographe!

— Dans la médiocrité?

— Dans la simplicité, corrigea-t-il.

— Si c'est le cas, vous n'aurez que ce que vous méritez! lança-t-elle. En tout cas, tu commences dès lundi pour trois mois et il faut fêter ça! Je connais un coin tranquille où on peut prendre un bon repas.

Il hésita, encore ombrageux. Les yeux gris de Barbara plongeaient dans les siens avec bonheur. N'y lisant que candeur, il accepta. Il se sentait grand garçon et capable de se tenir à distance d'une belle femme depuis qu'il était amoureux. Celle-ci, malgré sa joliesse, ne l'attirait pas.

Chapitre IV

Les heures passaient. Luttant contre l'angoisse, Xavier attendait Claire. Il lui avait fixé rendez-vous bien loin des lieux qui avaient vu naître leurs amours afin d'être tranquille et de pouvoir s'expliquer sans crainte d'être entendu par les serveuses qui savaient à présent les reconnaître.

Son Cinzano se réchauffait; les glaçons fondaient, la buée se transformait en eau qui glissait sur le verre qu'il tenait entre ses doigts nerveux. Pourquoi au juste l'avait-il commandé? Par goût, sans doute, ainsi qu'il en avait été des femmes avant qu'il ne rencontre Claire. Aujourd'hui, aucun alcool ne suffirait à le détendre ou à annuler le chapelet de ses soucis; sa tâche se compliquait. Ce qu'il avait à dire dépassait les limites des émotions et des larmes.

Claire retardait. Il avala le contenu de son verre et en commanda un autre. Non seulement son cœur saignait, mais il se serait volontiers flagellé pour s'être mis dans la situation où il se trouvait. Impatient, il lorgna sa montre. Et si Claire ne venait pas? Une nouvelle bouffée de chaleur le parcourut; le souffle lui manqua. Il crut qu'il allait s'évanouir. Par un suprême effort de volonté, il relâcha la tension qu'attisait son affolement et respira profondément. Non, elle viendrait. Claire l'aimait; elle allait venir. Il fallait qu'elle vienne! Il devait élucider ce malentendu, lui expliquer le pourquoi des événements, la logique de tout ça... si logique il y avait.

Il se souvenait de ce jour encore proche où, assise en face de lui, à leur table du restaurant «Alouette», elle l'écoutait posément lui annoncer qu'il venait de signer un contrat de trois mois à titre de photographe pour Bruce William et qu'il l'avait fait uniquement en songeant à leur avenir, pour renflouer le bas de laine de leur union. Il l'avait vue blêmir et avait ressenti son déplaisir comme une brûlure profonde. Il ne s'attendait pas à la voir s'illuminer de joie et clamer ses mérites à tout vent, toutefois il n'imaginait pas non plus cette fermeture, ce lancinant silence.

— Tu ne réponds rien, ma chérie? Trois mois, c'est vite passé. Je ne vends pas ni ne ferme mon salon. C'est un ex-employé de Bruce qui me remplace. Ensuite, je reprendrai mon boulot.

Elle demeurait bouche bée, lointaine, le regard fuyant, le front bas tel un liseron flétri à la tombée du jour.

— Claire! avait-il repris, saisi par la peur. J'ai besoin de ton appui. Ne garde pas ce mutisme obstiné. Dis-moi que ça te convient, que tu trouves ma démarche légitime, que tu me laisses toute latitude en la matière!

— Qui t'a mis dans la tête de quitter ton studio? Je croyais que tu t'y plaisais!

Le ton âcre le dérouta. Pourtant le visage demeurait placide, à peine la bouche tremblait-elle pendant qu'elle analysait la moindre de ses expressions, le plus simple de ses mouvements. Ses yeux aussi clairs que deux lagons bleus le fouillaient jusqu'au plus profond de son être. Il bégaya:

— Le... le salaire est élevé. Songe à tout ce que nous pourrons acheter avec cet argent!

Une gêne plana entre eux, rappelant les premiers temps de leurs fréquentations. Il craignit une rupture brutale et définitive. Finalement, Claire baissa la tête et spécifia:

— Trois mois... Ensuite tu reviens?

— Oui, je reviens, assura-t-il vivement, négligeant de dire que, s'il faisait l'affaire, son contrat pouvait être prolongé pour un temps indéterminé.

Il était si certain de ne faire que ces trois mois. Il se leurrait: il n'avait pas songé à tout ce qui arriverait ni à Bruce qui livrait habituellement des batailles à *coups de dés qui abolissaient le hasard*, Bruce qui savait que tout le monde avait son prix et qui n'omettait jamais rien pour conserver ce à quoi il tenait. Claire devait comprendre son point de vue.

— Chérie, je voudrais te donner plus que le confort: une maison, des bijoux, des toilettes... être certain que nous aurons du pain sur la table!

— Il y a loin du pain sur la table au confort; nous n'avons pas besoin d'autant pour être heureux. Tu oublies que je travaille; moi aussi, j'apporterai ma contribution à notre ménage.

— Quand nous aurons des enfants... si tu veux rester pour les élever, j'aimerais que tu puisses le faire.

— Tu es libre de choisir ta vie et ton travail, alors moi aussi!

Son expression revêche, sa riposte cinglante lui prouvaient qu'elle lui en voulait. Que n'avait-il réussi à la rejoindre avant de prendre cette décision! Pourtant, quand il y réfléchissait, il considérait tout compte fait que c'était une occasion inespérée de garnir leurs goussets.

— Je n'ai pas dit que je te l'imposais. Je voudrais tout bonnement que tu aies le loisir de t'occuper de nos enfants si tu le désires.

Elle avait baissé la tête et les yeux, boudeuse. Il ignorait cet aspect d'elle et avait soupiré:

— Je suis désolé que tu le prennes ainsi. Je t'en avais glissé un mot, souviens-toi! Je t'avais demandé si tu serais d'accord pour aller vivre à Montréal et tu m'avais dit que ça ne t'ennuierait pas.

— Je t'ai dit ça, je m'en souviens. Je croyais que tu voulais ouvrir un salon à toi, là-bas.

— C'est ce que je fais. Mon premier client est Bruce William.

— C'est Barbara qui t'a mis en contact avec Bruce? demanda-t-elle sans lever les yeux.

Il hésita. Il voyait poindre le blâme et s'altérer le climat.

— Quelle importance? soupira-t-il, las. Oui, avoua-t-il tout bas, c'est elle. William a des difficultés avec un de ses photographes. Barbara m'a contacté et...

— Comment? le coupa-t-elle.

— Quoi?

— Comment est-elle entrée en contact avec toi? insista-t-elle, presque désagréable. Elle t'a écrit? Elle t'a téléphoné? À moins qu'elle ne se soit présentée chez toi?

— Oui, elle est venue au studio. Quelle différence cela fait-il? Barbara n'a songé qu'à nous. Tu aurais agi de même pour aider son fiancé si tu avais cru que c'était utile.

— Certainement pas, trancha-t-elle, glaciale. Toi, tu possédais plus que ce qu'on t'a offert: tu avais la liberté, tu ne dépendais de personne. Maintenant, tu es à la merci de Bruce William et surtout de Barbara.

— Allons, chérie, calme-toi! Je ne te connaissais pas cet entêtement. J'ai voulu mettre toutes les chances de notre côté pour que l'avenir nous soit favorable.

— Tu as mal calculé ton coup, Xavier Volière! scanda-t-elle en serrant les dents, ses yeux luisant autant que des lucioles. Tu ne sais pas ce qui t'attend. Non, tu ne le sais vraiment pas!

— Si tu veux parler de Barbara, elle m'a expliqué que tu me mettrais en garde contre elle.

— Je vois qu'elle a déjà tracé son chemin jusqu'à toi, qu'elle a réussi à te bâillonner et à ligoter ta pensée, émit-elle, railleuse.

— Tu te trompes! déclara-t-il en se berçant de l'illusion qu'il pourrait, à force d'éloquence, éliminer la cloison qui bloquait l'affection des deux sœurs. Elle espère te faire plaisir. Elle déplore le sentiment négatif que tu ressens pour elle; elle t'aime. C'est pour toi... pour nous, qu'elle fait tout ça!

— Oh non! c'est pour elle! Uniquement et exclusivement pour elle, riposta-t-elle, cinglante. Elle se joue de toi; tu n'es qu'un pantin entre ses mains. Je te plains, Xavier. Sincèrement, je te plains. Tu auras du mal à te sortir des pattes de cette mante religieuse; quand tu auras abdiqué, elle te jettera à la poubelle comme le dernier des derniers, de la même façon qu'elle l'a fait avec tous les autres avant toi. Je n'aurais pas cru qu'elle viendrait à bout de toi si facilement! Franchement, je ne l'aurais pas cru!... Je te croyais différent.

— Pourquoi dis-tu ça, chérie? Si tu doutes de moi, nous pouvons nous marier tout de suite au lieu d'attendre en juillet. Nous nous installerons à Montréal pour les trois prochains mois.

— Il n'est pas question que je quitte mes élèves en plein milieu d'une année scolaire! Ce serait dommageable pour eux et, en outre, tu as besoin de te confronter avec toi-même avant ce mariage. Je considère que l'expérience que tu vas vivre au cours des prochaines semaines est essentielle pour savoir quelle sorte d'homme tu es et si je peux me fier à toi.

— Allons, Claire!... Je t'aime, tu le sais! Je veux que tu fasses partie de ma vie. Je serais le plus heureux des hommes si tu m'épousais dès maintenant.

— Si ton amour est assez puissant, il supportera bien la séparation quelques mois de plus. Sinon...

— Sinon quoi? Rien ne nous divisera. Rien. Jamais. Tu représentes tout pour moi. Tu es le soleil à la sortie de la nuit; tu m'apportes clarté, beauté, chaleur...

«Clarté! Beauté! Chaleur!» Fallait-il qu'il se retrouve à court de bon sens pour mettre lui-même en péril ce qu'il avait jeté en un cri de désespoir? «Rien ne nous divisera. Rien. Jamais.»

Il se mit debout pour aller à la fenêtre observer la rue sombre. Quelques passants traversaient la chaussée d'un pas lent; deux amoureux flânaient devant les vitrines des magasins. Claire viendrait-elle? Pourquoi non? Qu'avait-il dit au téléphone? Pratiquement rien: «Il faut que je te voie; c'est très important.» Sa voix, peut-être, avait fléchi, ou ses mots signifiaient quelque chose d'autre pour elle? Pourquoi tardait-elle? Déjà une heure de retard. Pouvait-elle avoir appris sa mésaventure par quelqu'un d'autre? Il pria le Ciel que la réponse fût négative.

Une ombre féminine déboucha au carrefour. Il allait courir au-devant d'elle quand il s'aperçut que ce n'était pas Claire. Une femme quelconque dans une ville de province. «Saloperie de vie!...» vociféra Xavier.

Le sourire de Bruce lui revint en mémoire. N'était-ce pas

à partir d'alors que tout avait évolué lestement jusqu'aux développements actuels?

Le grand bureau scintillait de propreté sous le soleil hivernal de février. Barbara balançait une jambe insolente, assise sur un tabouret devant le bar personnel de William. Lui-même se retenait de fermer les paupières tant il se sentait fatigué: cinq semaines continuelles sur la brèche à photographier modèle sur modèle, à cadrer un visage fardé, à courir aux quatre coins de Montréal pour claironner la gloire des top-modèles, pour développer, finir, choisir... Cinq semaines au cours desquelles il avait reçu d'autres offres suffisamment lucratives pour le tenter de demeurer à Montréal si les propositions perduraient.

— Du bon travail! *Yes, sir, a good job!* Tu as mérité une récompense. Lee Jordan Lazare, du *World Beauty Magazine,* a offert à Ruth de faire un reportage sur Barbara. C'est Luke Elliot qui s'occupera des photos. Je le connais de réputation; il n'est pas mal du tout. Si Lazare s'entiche de Barbara, c'est la consécration de notre jeune amie en tant que modèle au niveau international. Des contrats de toutes sortes s'empileront devant elle. C'est pourquoi j'ai eu l'idée de faire le suivi de ce reportage. Ainsi, quelques semaines après la parution du *World Beauty,* nous ferions notre article sur «comment on devient une célébrité» ou quelque chose de similaire. J'ai pensé que tu pourrais être du voyage. Deux semaines en mer sur le yacht de Lazare qui vous conduira dans les îles de l'Atlantique. Qu'en dis-tu?

Il s'arrêta, jugea de son effet et reprit, déçu:

— On dirait que ça ne t'enchante pas. Moi qui m'attendais à te voir bondir de joie! Lee est un excellent hôte et, contrairement à moi, il parle un français presque sans accent. Il a fait ses études à McGill et a épousé d'abord une Québécoise, puis une Française en secondes noces. Il est aussi fort généreux. Tu pourras te reposer et profiter de l'existence. Il est même possible que je vienne vous rejoindre aux Bahamas.

— Je suis lessivé; je préférerais me détendre, ici, au Québec.

— Avec ta petite fiancée, bien sûr. Ton contrat te le permet, seulement... Lazare vous attend dans trois jours au port de New York. Voici les billets d'avion; utilisez une carte de crédit pour vos menues dépenses; surtout n'exagérez pas!... L'hébergement, les repas et le reste, tout est à la discrétion du *World Beauty*.

— Pourquoi n'envoies-tu pas Renaud? Il est sous contrat jusqu'en mars et...

— Tu me connais, coupa William. Je suis un perfectionniste; je refuse de me satisfaire d'une plaquette commerciale, de gens hâtifs qui préfèrent l'ouvrage bâclé, bien ou mal fait. Tu réussis à exploiter la beauté de Barbara mieux qu'aucun autre photographe à date. Et puis, c'est une occasion rare d'apprendre de Luke Elliot. Si, par hasard, tes prises étaient supérieures aux siennes, Lee Jordan et moi choisirions les meilleures photos pour la parution de la revue. À toi de faire des miracles! termina-t-il avec un sourire malicieux.

— Sommes-nous libres d'ici là? persifla Xavier, irrité de se voir enchaîné davantage par son manque d'opposition et de fermeté que par son contrat.

— Je suppose que tu devras prévoir tout le matériel indispensable, l'avisa gentiment William. Barb doit voir avec Ruth la collection de vêtements à emporter. Tu peux sortir, à présent.

Xavier se déplia lentement et se leva, alourdi. Claire lui manquait et il s'ennuyait de Québec. Il regrettait son ancienne vie tout en s'adaptant fort bien à la nouvelle; les engagements affluaient et le temps lui faisait défaut pour répondre à toutes les demandes. Ces deux semaines grugeraient encore de nombreuses heures; par ailleurs, c'était l'occasion de refaire le plein d'énergie et de se confronter à un photographe de renom.

— Oh Xavier!...

Il se tourna vers Bruce.

— *Be careful with her, O.K.?*

Il jeta un coup d'œil à Barbara dont l'attitude n'avait pas changé. Elle restait assise sur le rebord du tabouret, un peu à l'écart, un bras appuyé au bar, ses longues jambes se balançant toujours. Elle paraissait ne prêter aucun intérêt à ce qui se déroulait autour d'elle alors qu'elle devait ne faire que cela. Elle lui accorda une attention toute relative et il sortit sans répondre à Bruce.

— *What happened between you two?* s'informa William dès que la porte se fut refermée et feignant, lui aussi, une insouciance qui n'était qu'apparente.

— Que veux-tu qu'il se passe? lança-t-elle sans avoir l'air de saisir le sens de sa question.

Elle quitta son poste d'observation pour aller s'asseoir dans le fauteuil que Xavier venait de quitter et qui demeurait encore tout chaud de son empreinte.

Bruce haussa imperceptiblement les épaules.

— *I don't know... Just... a feeling. There is...* Il y a une tension entre vous deux. Pas de problèmes particuliers?

— Pas en ce qui me concerne. On travaille ensemble et je fais ce qu'il exige de moi, c'est tout.

— Est-il toujours fiancé à ta sœur?

Elle redressa la tête pour riposter:

— Bien évidemment. Même s'il n'a guère de moments libres, il ne parle que d'elle chaque fois qu'il en a la possibilité.

Bruce apporta une attention accrue à Barbara. Des mèches brunes glissaient sur sa joue lisse, voilant une partie du visage. Ce n'était pas tant ses paroles que la tonalité qui décuplait son impression que quelque chose risquait de flamber entre eux. Elle paraissait songeuse, fixant un point sur le sol qui échappait à sa vue et où il imaginait qu'elle ressassait soit des souvenirs, soit des rêves. Il décida de ne pas sonder plus avant:

— Viens voir les belles robes que Juanita a dessinées pour toi à la demande de Ruth!...

Elle cligna des paupières et parut forcer un mouvement qui la tirait de ses chimères pour s'approcher de la table vers laquelle Bruce se dirigeait.

— Si ce reportage est une réussite, tu seras connue à travers le monde. Tu deviendras une étoile.

Une *star*. Alléluia! Enfin, le regard s'alluma! La langueur de Barbara se dissimula derrière un air de triomphe. Bruce retrouvait celle dont l'éclatante beauté exaltait ses tendances naturelles les plus soutenues pour la perfection et qu'il avait fait engager régulièrement depuis trois ans pour des annonces publicitaires ou pour des défilés. Ils se penchèrent tous deux, emballés, au-dessus des croquis.

Xavier ne disposait pas d'assez de temps pour se rendre à Québec. Il n'avait pas revu Claire depuis le début de janvier, c'est-à-dire une seule fois depuis son départ de chez lui. Ils s'écrivaient et se téléphonaient. Les lettres de sa fiancée, ainsi que leurs entretiens téléphoniques, manquaient de chaleur; elle se bornait à lui donner des détails sur ses classes, à parler de tout et de rien; jamais elle ne l'entretenait de ses inquiétudes, de ses chagrins, de ses difficultés.

Pour oublier la solitude de ses longues nuits d'hiver et tromper l'ennui qu'il avait d'elle, il travaillait sans relâche. Il partageait le studio de photographe d'un collègue, Lionel Loiselle, également sous contrat avec Bruce et principalement avec la société Rémige et l'agence de Ruth Rabane. Xavier et Lionel s'entendaient bien; ils respectaient le territoire et les enjeux de chacun et s'entraidaient quand l'occasion se présentait. L'idée de s'associer à Lionel venait de Bruce et avait été appréciée par Xavier qui n'avait ainsi pas eu à se trouver un local adéquat pour quelques mois. Lionel aussi prisait cette association qui diminuait ses versements de moitié.

C'était un garçon taciturne, au teint aussi blafard qu'un linceul et à la langue douce comme de la flanelle: il flattait quiconque louangeait les résultats de son travail et lui, Xavier, figurait justement parmi ceux qui admiraient ses productions. Le fait qu'il était illettré ne constituait ni le principal ni le seul désavantage de Lionel. Puisqu'il s'adonnait au LSD, il plongeait parfois dans un chaos insolite, titubant entre la plénitude d'une envolée fluide et la condamnation aux flammes éternelles. Cette alternance d'un état de flottement à celui du réveil brutal libérait ses angoisses et alimentait sa créativité. Bruce, Rémiz et Ruth tenaient à Lionel autant que Lionel tenait à ses contrats. Chacun lui laissait toute la latitude voulue pour photographier les mannequins de passerelle au cours des défilés et il recevait perpétuellement des jeunes gens désireux de percer dans le métier. Cependant, jamais au grand jamais, personne ne lui aurait confié la responsabilité d'une tournée en dehors de la province, parce que jamais on ne savait quelle voie loufoque Lionel pouvait emprunter pour traduire ses émotions. Il était même arrivé à Xavier de devoir remplacer Lionel certains soirs où la drogue empêchait le jeune homme d'accomplir son métier. C'était aussi pourquoi Bruce avait régulièrement besoin d'un second photographe et pourquoi Xavier avait été contacté.

Les employés de Ruth blaguaient souvent à propos du passage régulier de Lionel des limbes cloisonnés aux labyrinthes florissants de ses idées, fussent-elles complètement farfelues. Avec Lionel, ils formaient une sorte de grande famille.

Lionel et Xavier se retrouvaient rarement seuls dans la pièce adjacente au laboratoire de leur studio situé à dix minutes de marche du «Rémige», dans une ruelle transversale. Quelques-uns des mannequins de Ruth venaient leur tenir compagnie et en profitaient pour jeter un coup d'œil aux photographies. Certains offraient à Xavier de le distraire, ainsi que l'avait laissé entendre Bruce, y compris un des membres masculins du groupe. Xavier pensait trop à Claire pour profiter des services ou des largesses des jeunes filles. Quant à celles du jeune homme, il en souriait tout bonnement.

Barbara aussi passait quelquefois les voir travailler et elle tâchait d'amoindrir la distance qui le séparait de Claire en lui racontant quelques souvenirs de leur commune enfance. Il l'écoutait avec plaisir, parfois avec ravissement, heureux d'en savoir un peu plus sur celle qu'il aimait. Le contact avec Barbara lui rendait Claire plus présente à l'esprit.

En quittant le studio, après avoir rassemblé ses bagages, il rencontra Lilianne, une charmante jeune fille de dix-huit ans, maquillée et pomponnée, emmitouflée dans un lynx de toute beauté: cadeau sans nul doute d'un de ses admirateurs. Elles en avaient toutes.

Plus grande que lui de quelques pouces, elle le scruta gravement et déclara d'une voix alanguie et triste, en adoptant son pas au sien:

— J'ai l'impression que nos humeurs s'harmonisent. Bruce m'a liquidée au profit de Barbara.

Il observa son profil net, son nez un peu allongé, ses cheveux couleur miel.

— Tu ne vas pas me dire que tu es intéressée par ce fat qui saute toutes les filles qu'il peut!

— Je sais bien que c'est absurde; je n'y puis rien. C'est le plus magnifique des hommes que j'aie vus sur terre et il est riche, ajouta-t-elle avec un clin d'œil.

— Il aime toutes les femmes sur un pied d'égalité. Il profite de vous, égoïstement, pourvu que vous répondiez à ses aspirations de l'idéal féminin et que vous soyez prêtes à tout pour devenir des vedettes.

— Oui, je sais. Le problème, c'est Barbara. C'est elle la plus belle et il la vénère, nous le savons bien, bouda-t-elle en ployant la tête pour la relever aussitôt, ses lèvres vermeilles formant une moue délicate. Où allons-nous?

— Je rentre chez moi. Je viens de préparer toutes mes affaires pour cette fameuse expédition en mer et j'ai besoin de me reposer.

— Ouais! nous en avons entendu parler par Ruth! Quelle chance elle a! On dit que Lee Lazare est le plus généreux des hôtes.

— Je me serais bien passé de faire sa connaissance.

— Tu es amer, Xavier. Ce qui te manque, c'est une femme.

— J'en ai une, râla-t-il, malheureux, sa voix râpeuse imitant le bruit d'une crécelle. Je ne l'ai pas vue depuis une éternité. Il me semble qu'elle est si loin...

Elle le laissa se complaire dans ses pensées chagrines et l'accompagna jusqu'à son appartement: un minuscule deux pièces qu'il avait réussi à dégoter dans un vieil immeuble non loin de là. Ce n'était pas de tout repos d'habiter ainsi dans le centre ville, toutefois la distance raisonnable le séparant de son lieu de travail rendait cette retraite temporaire supportable.

Lilianne se sentait chez elle. Elle mit le café à bouillir, sortit les tasses et les croissants, s'assit à table. Il leur arrivait aussi à plusieurs de s'imposer chez lui. Ce jour-là, il songeait trop à Claire pour prêter une oreille attentive aux jérémiades de sa jeune amie. Une fois arrivé, il s'était dirigé vers sa chambre et s'était laissé tomber sur son lit, les yeux au plafond, les mains sous la nuque.

— Tiens! Voilà ton café!

— Je n'en veux pas, refusa-t-il en se relevant sur un coude pour saisir le combiné et composer le numéro de sa fiancée.

Il écouta un long moment la sonnerie qui se répercutait dans le silence et raccrocha, plus maussade encore, en se rejetant sur sa couchette.

Remarqua-t-il, qu'ayant déposé sa tasse, Lilianne retirait ses vêtements? Si oui, il ne s'en souvenait pas. Elle se présenta à ses côtés, nue comme un ver, ses seins peu volumineux doucement gonflés, sa peau blanche et diaphane resplendissant dans la douce lueur de la lampe, ses longs cheveux blonds épars autour de son cou et de ses épaules. Claire ressemblait-elle à cette nymphe au corps gracile? Il l'examinait, immobile, sentant le désir croître en lui, douloureux, pareil à une vieille blessure qui ne guérirait jamais.

Depuis qu'il fréquentait Claire, il avait rayé les autres femmes de sa vie, ce qui ne l'empêchait pas d'éprouver de l'attirance physique pour elles. Quatre mois de continence représentaient une grande preuve d'amour et il aurait voulu que ça continue... Or, à contempler la chair tendre qui s'offrait, il se dit que cette ancienne habitude ne s'effacerait probablement qu'au moment où Claire partagerait son existence.

Lilianne se mit à genoux près de lui et s'assit sur ses talons pour détacher sa chemise avec des gestes minutieux. Elle découvrit son torse velu et y passa les doigts en souriant doucement.

— Qu'est-ce qui t'amuse?

— Je pensais à Bruce, à sa poitrine glabre. Il est très beau et très séduisant aussi. Par contre, toi, tu es si viril. Si masculin... À partir de tes doigts de pied jusqu'à tes cheveux drus et décoiffés. C'est ça qui attire les filles.

— Même toi? demanda-t-il, curieux.

— J'aime également les hommes très mâles, malgré mes sentiments pour Bruce. Son physique soigné n'en fait pas une femelle, loin de là. Puis, soupira-t-elle, je dois bien aller au lit avec de gros bonshommes dégoûtants pour mousser mes affaires, alors, de temps en temps, je puis faire l'amour avec un type, simplement par plaisir.

— C'est moi que tu as choisi?

Elle approuva et posa les lèvres sur son thorax. Il l'attira à lui, caressa les courbes douces des seins, de la taille, des cuisses. Il la fit glisser sous lui et l'embrassa, oubliant ses problèmes pour se griser les sens. Les lèvres de Lilianne répondirent aux siennes, son corps au contact de ses mains, ses hanches au mouvement de ses reins. Lorsque, repus, ils demeurèrent étendus l'un près de l'autre, il imagina l'air courroucé de Claire après ce fol intermède.

Lilianne lisait-elle dans ses yeux pers quand elle souffla contre son oreille:

— Tu n'es pas marié. Tu as bien le temps d'être fidèle. Inutile de te faire des reproches, nous ne faisons de mal à personne; au contraire, tu gardes un meilleur moral. Qui te dit qu'elle n'en fait pas autant?

— Claire! Jamais de la vie! Elle est chaste et je m'enorgueillis d'être son premier homme. Je rosserais superbement celui qui me volerait sa pureté.

— Tu veux dire... que tu n'as jamais couché avec elle!

— Je crois que je l'aurais perdue si j'y avais même fait allusion. Elle a des principes moraux très stricts.

— Et c'est la sœur de Barbara!

— Aucune similitude entre les deux, émit-il avec un sourire suave. Imagine le contraire de Barbara et tu pourras te faire une idée de Claire. Physiquement, c'est plutôt à toi qu'elle ressemblerait.

— C'est pour ça que tu m'as permis d'entrer dans ton lit quand tu refuses les autres?

— Pas nécessairement. J'avais sans nul doute besoin d'une présence féminine et tu étais là; cela dit, sans vouloir t'offenser.

— Je ne m'offusque pas pour si peu. Le principal, c'est

que tu sois un bon amant et non pas un gars qui ne se préoccupe pas de satisfaire sa partenaire. Sais-tu ce que je pense, Xavier? Cette Claire a bien de la chance.

Il en était moins certain; il se tut. Mieux valait ne pas alerter le destin.

Le lendemain matin, il réussit à entrer en contact avec Claire. Elle garda un ton neutre, impersonnel, et il ressentit davantage de culpabilité pour son infidélité. Il lui raconta qu'on l'envoyait sur un yacht pour prendre des photographies en rapport avec un article pour un magazine new-yorkais, qu'elle lui manquait et qu'il avait hâte de la retrouver. La communication coupée, une impression de malaise le suivit durant une partie du voyage.

Le départ eut lieu sans grande pompe. Un taxi les conduisit à l'aéroport, lui et Barbara. Quelques heures plus tard, leurs bagages se trouvaient chargés à bord du «Philomène», le yacht de Lee Jordan Lazare.

Durant les quatre premiers jours, ils longèrent la côte américaine. Xavier profita des paysages rocheux ou sablonneux pour prendre de magnifiques photos du jeune mannequin, même s'il considérait que le travail sérieux n'était pas commencé puisque Luke Elliot, le photographe attitré de Lazare, attendait la pleine mer. Elliot était accompagné de sa petite amie, Larissa Latour, une starlette dont la grâce étudiée se comparait assez désavantageusement avec la silhouette impeccable et la beauté véritable du jeune mannequin.

En dehors des séances de pose, Lazare monopolisait Barbara, laquelle s'acclimatait facilement à toutes circonstances. L'homme atteignait la cinquantaine, bien qu'il parût plus jeune. Son corps conservait encore un aspect vigoureux malgré un épaississement du ventre. Ses cheveux châtains et clairsemés, son visage rougeaud, son air affable en faisaient un compagnon agréable. Ce n'était, hélas! pas le cas pour sa fille, Laurie, âgée de quatorze ans. Née d'un second mariage qui s'était soldé par un second divorce, cette enfant, mince à en être maigre, semait la pagaille. Sa tignasse brune dont les mèches raides étaient jointes en queue de cheval sur la nuque laissaient à découvert un visage triangulaire de lutin aux yeux noirs immenses. Elle n'avait de cesse d'embêter tout le monde par ses étourderies au point que tous les membres de l'équipage, allant du capitaine aux cinq matelots chargés de leurs tâches respectives, l'évitaient autant qu'ils l'auraient fait d'un être pernicieux. Sa gouvernante française, Lucille Dulac, s'efforçait de contenir les effronteries et les plaisanteries déplacées de l'adolescente sans jamais y parvenir.

Lorsque le bateau prit le large, la météo annonçait du mauvais temps; Lee Jordan Lazare leur expliqua qu'il souhaitait une série de photographies sur fond de mer houleuse. Barbara se prêta à tour de rôle aux demandes des deux photographes. Luke se contenta de quelques prises dans divers bikinis osés alors que Xavier exigea d'elle les poses les plus insensées: tantôt en vaporeuse robe blanche transparente, debout à l'avant du bateau, ou en maillot gris moulant, montée sur les cordages, ou en robe du soir rose vif sous un ciel de fer. Luke Elliot se contenait pour ne pas rire des idées saugrenues de son confrère qui mettait pratiquement en péril la vie de son modèle. Quant à Xavier, il suivait de près le travail d'Elliot. Il devait reconnaître que, si Elliot possédait l'art de capter des images particulières, Barbara en portait également crédit, car elle répondait à toutes ses attentes sans jamais sourciller ni gémir.

Il venait de terminer ses prises et avait posé les trois films dans une petite boîte noire en matière synthétique. Pendant qu'il ramassait ses effets, il entendit un «flouc». Il se retourna pour se trouver face à face avec la frimousse de Laurie dont le sourire malin coupait le visage.

— Qu'avez-vous jeté là?

— La petite boîte à surprise dans laquelle vous veniez juste de ranger vos trucs, proféra-t-elle, ironiquement.

Xavier sentit couler sur sa peau une sueur froide. Le prix de plus de deux heures de travail et des risques qu'il avait fait courir à Barbara venait de s'envoler.

— Êtes-vous conscient de ce que vous venez de faire? posa-t-il, abasourdi.

— Ce ne sont jamais que des photos! Vous pouvez les

recommencer! Je suis assurée qu'elles ne valaient pas un clou!

Sans même prendre le temps de réfléchir, il fit le geste de lui décocher une gifle magistrale. Pour l'éviter, craignant qu'il n'agisse, elle s'éloigna vivement à reculons, se barra les pieds dans un filin et roula sur le pont. Le bras toujours levé, Xavier la vit se redresser en se retenant aux cordages. Les yeux mauvais, elle prit sa course pour se ruer sur lui; il se déroba à cette attaque et se retrouva de ce fait derrière elle. Elle se retourna, recommença, il se pencha et Laurie bascula. En se voyant passer par-dessus bord, elle hurla.

Xavier la suivit du regard et grogna entre ses dents au moment où elle touchait l'eau:

— J'espère qu'elle sait nager et qu'il n'y a pas de requins! Quelqu'un à la mer! cria-t-il ensuite. Quelqu'un à la mer!

Pendant qu'on répétait son appel et qu'on stoppait les machines, il empoigna une bouée de sauvetage qu'il tira à l'eau. Il en prit une seconde, soupira en se disant que cette gamine n'en valait pas la peine, puis il sauta. Elle savait effectivement nager, mieux que lui peut-être, et elle lui coula une œillade sauvage quand elle le vit s'approcher.

— Êtes-vous venu ici pour me sauver ou pour me noyer? cria-t-elle dans le vent.

— Vous mériteriez que je vous noie pour avoir jeté mes films! Allez! Venez par ici, le yacht approche.

On les récupéra rondement et ils purent monter à l'échelle de cordage. On leur posa des couvertures sèches sur le dos. Lee Jordan Lazare arrivait tout excité.

— Que s'est-il passé?

— Il m'a flanquée à l'eau! déclara Laurie en pointant Xavier du doigt.

— Moi! fit Xavier, très calme. Croyez-vous que je me serais risqué à la repêcher par la suite?

— Je n'avais pas besoin de vous. Je sais très bien nager.

— Je m'en souviendrai. Ça m'évitera de me mouiller la prochaine fois. Je me contenterai d'appeler à l'aide.

Elle lui décocha un nouveau coup d'œil haineux. Lee la semonça:

— Tu ne fais jamais que des bêtises! Si tu continues, je te débarque et je te réexpédie chez ta mère. Maintenant va rejoindre *Miss* Dulac et ne la quitte plus.

Laurie releva son petit nez de souris et passa contre Xavier en murmurant:

— Tu me le paieras!

— Nous verrons bien! fit-il de même façon, ce qui la rendit moins sûre d'elle.

Après que Lee Jordan Lazare et Laurie se furent éloignés, un matelot mit la main sur l'épaule de Xavier et secoua la tête en soupirant à voix semi-basse:

— Dommage que vous l'ayez sortie de là!

Sur quoi, il partit à son tour. Xavier rentra pour se changer dans le compartiment qu'on lui avait réservé. Barbara vint y frapper quelques minutes plus tard.

— L'as-tu vraiment balancée par-dessus bord?

— Non, dit-il en finissant d'attacher sa chemise. C'est le tangage et, aussi, parce que je me suis tassé. Je... Je ne sais pas si je devrais te le dire, mais tout notre travail de ce matin est à l'eau. Elle y a lancé les films.

— Oh non! se lamenta-t-elle en se laissant tomber sur le lit. Moi qui avais si hâte de voir ce que ça allait donner. Est-ce qu'on les reprend?

Il soupira.

— Pour le moment, je crains que la houle ne soit trop forte; tu risquerais toi aussi de tomber à la mer et je ne suis pas certain que tu nages aussi bien que cette «petite perche».

— Oh! je me tire d'affaire!

— Qu'importe. Faisons-en notre deuil. Je me méfierai de cette gamine aux idées maladives, dorénavant. Je ne laisserai plus traîner mes effets. Je vais même les mettre sous clef.

Ce qu'il fit sous l'œil attentif de Barbara.

— Allons manger à présent!

Ils se présentèrent dans la petite salle où on servait le repas à la plupart des passagers. Certains couverts dansaient sur la table, venant se cogner au rebord; d'autres plats avaient été rivés par des attaches, histoire de les empêcher de valser par jour de grand vent. Ils s'assirent gauchement après les salutations d'usage.

— Pouah! Qu'est-ce que c'est que cette abomination? C'est immangeable! s'écria Luke.

Les autres convives se scrutèrent. Laurie pouffa de rire. Lee goûta ce qui devait être des légumes en purée et recracha le tout en toussant.

— Quenaud!...

Le coq arriva, étonné de ces cris alarmistes.

— Qu'as-tu mis là-dedans?

— La même chose que d'habitude, monsieur Lazare.

— C'est absolument infect.

Le cuisinier saisit une cuiller, prit des légumes et rouvrit la bouche en grimaçant avant de réussir à avaler.

— Qui a mis du poivre rouge là-dedans?

Au bout de la table, Laurie se tordait, absolument incapable de retenir son fou rire devant les simagrées du chef.

Tous se tournèrent vers elle.

— Laurie! C'est toi qui as fait cela?

L'adolescente riait, incapable de se contrôler.

— Va dans ta chambre. Emmenez-la, *Miss*. Je ne veux plus la voir ce soir.

Lucille se leva à regret. Elle était payée pour effectuer ce travail et elle le faisait. Elle lui avait avoué hier qu'elle en avait assez de cette petite peste qui ne goûtait que la plaisanterie, assez de se retrouver constamment en punition avec elle, à l'écart de gens qui semblaient passionnants.

Elle empoigna Laurie par le bras et elles se dirigèrent vers leur chambre.

— Reste à savoir si la suite est mangeable! dit le coq. Sinon je vous ferai des omelettes.

Il sortit en grommelant.

Plus tard, ce même soir, Xavier prenait l'air sur le pont, admirant les vagues noires qui léchaient le yacht. Le grand vent et le roulement du bateau l'obligeaient à se tenir aux cordages. Le capitaine qui passait par là vint le trouver.

— Nous ne sommes pas très loin de la rive. Vous ne devez pas vous tourmenter, le «Philomène» tient très bien la mer.

— Oh! fit Xavier en souriant. Je ne redoute rien de tout ça. C'est plus calme ici malgré le vent qu'en compagnie de Laurie Lazare.

— Oh ça! je ne vous le fais pas dire! Quand elle est à bord, je préférerais ne pas y être. Et je ne suis certainement pas le seul.

— Pourquoi son père n'en vient-il pas à bout?

Le capitaine souleva les épaules, préférant probablement ne pas répondre et ne pas raconter les histoires du propriétaire du bateau. Il s'éloigna en fumant sa pipe.

Le lendemain, de gros nuages sombres emplissaient le ciel. Une petite pluie tombait dru. Xavier prit une demi-heure pour tenter d'utiliser le meilleur éclairage, espérant rendre une photo spectaculaire: Barbara dans sa robe blanche à demi transparente, trempée par la pluie. Luke, qui trouvait l'occasion trop bonne, se mit à tourner autour de la jeune femme.

— Assez de photos pour aujourd'hui, avisa soudain Xavier. L'éclairage n'est plus très bon et l'océan entier risque de balayer le pont.

Barbara descendit de son perchoir, au grand désespoir de Luke Elliot qui insista:

— Encore quelques-unes, Barbara! Allons, soyez gentille!

— Je dois veiller sur elle, précisa Xavier. Je trouve que c'est trop dangereux pour continuer.

— Pendant que vous descendez, alors, dit Elliot tout en photographiant rapidement. C'est bon, accepta-t-il quand elle mit pied sur le pont. Merci.

Barbara sourit et s'adressa à Xavier:

— Es-tu satisfait de ce que tu as pris?

— Non. Ce vent m'agace et la pluie qui déferle mouille tous les appareils. Je ne sais même pas s'il y aura une bonne prise dans tout ça. Si on persistait, il faudrait poser en ciré.

Il rentra, bourru, dans ses locaux et mit ses pellicules à l'abri dans une petite armoire qu'il referma à clé.

— Oh! entendit-il. Est-ce à cause de moi que tu enfermes tes films?

Il se tourna et vit l'enfant terrible qui le dévisageait, un sourire fendu jusqu'aux oreilles.

— J'ai horreur qu'on détruise le fruit de mon travail et mon matériel. Que fais-tu ici?

— Je venais te visiter.

— Tu peux sortir. Je n'ai pas du tout envie de te voir, moi.

— Si tu n'es pas aimable, je peux te faire renvoyer au Canada, tu sais!

— Ce serait un service à me rendre, la nargua-t-il doucement. N'hésite surtout pas.

— Et si je m'attaquais à ta trop charmante amie, Barbara!

— Elle sait se défendre. Je ne me tracasse pas du tout pour elle.

Laurie hésita. Elle constatait sans doute qu'elle ne possédait aucun pouvoir sur lui, qu'il ne la craignait pas. Ces gens, justement, l'effrayaient peut-être et c'est pourquoi elle lui tendait la main.

— On pourrait devenir des amis, qu'en dis-tu?

Xavier l'inspecta un moment. Cette phrase lui rappela Claire et il se rembrunit. Laurie manigançait sûrement autre chose, pourtant il finit par accepter en se disant que mieux valait éviter ce problème ambulant. Elle sourit et lui dédia un regard provocant.

— Si nous scellions cette amitié par un lien plus intime?

— Qu'est-ce qui cloche avec toi? Ce que tu veux, c'est me faire jeter en prison? Tu es mineure.

— Pas pucelle, tu t'en rendras compte.

— Je n'en ai pas l'intention. Tu n'es pas mon type.

— C'est Barbara, ton type?

— Ce ne sont pas tes affaires! Les gamines trop frêles ne m'allument pas.

— Je ne suis pas si frêle! J'ai plus de poitrine que Lucille; vois... souligna-t-elle en ouvrant sans pudeur sa chemise.

— Tu fais mieux de sortir avant que ton père ne te surprenne ici. Allez, ouste! Prends tes cliques, tes claques et dehors!

Il l'avait saisie par le bras et la conduisait vers la porte.

Elle lui échappa et alla se rasseoir sur le lit d'un mouvement preste.

— Ne fais pas le sot! Viens! Tu ne le regretteras pas, tu as ma parole d'honneur, poursuivit-elle en le flirtant.

— Sors d'ici, gronda Xavier dont la colère montait.

— Si tu me renvoies, je crie, je déchire mes vêtements et je dis que tu as voulu me violer.

— C'est une excellente idée. Vas-y! J'assiste au spectacle! dit-il en se croisant les bras, soudainement calmé.

Tenant parole, elle se leva brusquement et se mit à hurler en empoignant sa blouse pour la réduire en pièces avant de sortir en courant sous l'œil passif de Xavier qui secoua la tête.

Il attendit la visite de Lee Jordan Lazare, ce qui ne tarda pas. Il ramassait tranquillement ses vêtements quand l'homme pénétra dans sa cabine, l'air lugubre. Lee faillit flancher devant l'attitude placide et détachée de Xavier. Il se reprit et s'informa sur un ton de banalité:

— Qu'est-ce que ma fille a contre vous, Volière?

— Contre moi! Rien de plus que le désir de créer des complications autour d'elle. Vous le savez bien.

— Oui, répondit-il, limpide, en s'asseyant, las, sur le rebord du lit. Je me demande bien pourquoi elle va jusqu'à inventer pareille situation? C'est la première fois qu'elle pousse les choses aussi loin.

— Peut-être pas. J'ai cru saisir que le capitaine et ses hommes avaient fort à faire pour éviter ses sournoiseries.

Lee Jordan Lazare soupira très fort en reconnaissant qu'il était incapable de calmer sa fille.

— Nous avons tout essayé. Auprès de sa mère, Laurie est un ange. Ici, elle est un véritable caméléon, une libellule insaisissable. Je crois que c'est sa haine à mon endroit qui est cause de tout.

— Ce serait plutôt son affection, selon moi. Elle cherche bien trop à attirer votre attention pour que vous portiez à vous seul le poids et la responsabilité de sa conduite. Elle veut que vous l'aimiez.

— Possible, balbutia-t-il, ennuyé. Elle sortait bien d'ici,

tout à l'heure? Je suppose que c'est elle qui a tenté de vous séduire et que vous avez refusé.

Xavier se tut. Il n'avait plus le goût d'avouer. Il avait pitié de cet homme.

— Je ne suis pas aveugle ni sot, Volière. Quel type serait insensé au point de briser sa carrière pour une enfant qui, je dois le reconnaître, n'a rien pour attirer un homme? Cela aussi me désespère. Si vous aviez vu les deux filles qui me sont nées de mon premier mariage! sourit-il en plissant les yeux pour faire leur éloge. Dodues, jolies et bien mariées. Qu'est-ce que je vais donc pouvoir faire de cette créature sauvage?

Il se leva; pour lui, Xavier n'existait plus et il sortit sans même le saluer.

L'incident n'eut aucune suite. Le «Philomène» gagna les Bahamas et le travail se poursuivit. Sous ces sites enchanteurs, à travers les fleurs multicolores, dans l'eau turquoise de la mer, la beauté de Barbara semblait respirer. Avec plaisir, ravissement même, Xavier développait ses négatifs dans une chambre noire aménagée spécialement pour Luke et lui, sur le bateau. Lee Jordan Lazare, en connaisseur, admirait l'œuvre de Luke qui avait du métier et il se disait intrigué par la façon de travailler de Xavier, par son sens créatif et son goût innovateur, de même que par son souci du détail et de la perfection. Il avoua à Xavier qu'il réussissait des photographies surprenantes et il lui offrit de travailler pour lui à l'occasion.

Quelques jours après leur arrivée aux Îles, William télégraphia qu'il ne pourrait les rejoindre, le décès subit d'un de ses amis l'obligeant à se rendre à Toronto. Cela ne ralentit pas pour autant le travail des jeunes gens. Luke et sa starlette, Xavier et Barbara furetaient dans les Îles, à la recherche d'un coin qui offrirait à la pellicule un charme particulier. Au cœur de ces journées chargées de soleil, de verdure et d'air salin, lorsqu'ils avaient trop chaud, ils poussaient tous les quatre jusqu'à une petite crique pour y nager tranquilles, loin des touristes, là où seuls quelques enfants jouaient. Ce bain les revigorait et ils rentraient frais et dispos, Xavier et

Luke pour aller traiter leurs films, Barbara pour cultiver l'intérêt de Lee Jordan Lazare, et la starlette déçue d'être trop tôt privée de tous les plaisirs de l'île.

Un après-midi où la chaleur devenait de plus en plus écrasante malgré le vent, Luke et Larissa se récusèrent; ils avaient décidé de passer la journée à bord d'un voilier appartenant à un gros producteur de cinéma qui avait remarqué la jeune femme. Xavier et Barbara travaillèrent seuls. Tombant tout à fait par hasard sur une superbe maison où les fleurs multicolores abondaient, ils obtinrent l'autorisation de prendre quelques clichés, sous la surveillance attentive du jardinier noir. Puis, ils longèrent la plage où, pour s'amuser, Xavier prit plusieurs photographies de la jeune femme: Barbara jouant dans les vagues à l'écume blanchâtre, Barbara grimpée sur un rocher près d'un petit enfant noir, Barbara portant un immense chapeau de paille de l'île, Barbara courant parmi les goélands en fuite, Barbara admirant de près un superbe papillon...

— Ouf! J'en ai assez pour aujourd'hui! s'exclama Xavier en se laissant tomber sur le sable chaud. J'ai pris quatre films de 36 poses, dont les dernières uniquement pour le plaisir. Il arrive que ce soit les meilleures prises!

Barbara s'était assise près de lui et observait l'horizon.

— C'est si calme! Où est tout le monde?

— À faire la sieste, peut-être?

Elle se mit sur le dos et ferma les yeux en déclarant:

— Je ferais bien la même chose. Tu es éreintant en ce qui concerne le travail!

— Ah! ah! ta première plainte! souligna-t-il comiquement.

— Ce n'est qu'une constatation, rien de plus, émit-elle, les yeux toujours clos.

Xavier inspectait son profil particulier au nez fin et droit, aux pommettes hautes et un peu saillantes, aux lèvres fermes et volontaires. Il s'accouda au sol et continua de la regarder en disant:

— Dommage que je n'aie pas gardé un peu de pellicule pour ce que je vois! Je fais un très médiocre photographe.

Elle ouvrit les yeux, le vit couché sur le flanc à côté d'elle et s'en réjouit:

— Ne fais donc pas l'idiot!

— Je peux te poser une question?

— Bien sûr, accepta-t-elle en refermant les yeux.

— Ça ne te dégoûte pas d'entrer dans le lit de types du genre Lazare pour gagner quelques sous?

— Oh! on ne fait pas ça uniquement pour l'argent! C'est chacun pour soi dans ce métier. Les contacts sont essentiels pour avoir ta photo à la une des revues.

— Ça ne te donne pas la nausée? Il me semble qu'une si jolie fille pourrait trouver d'autres moyens de gagner sa vie.

— Tu n'as jamais rêvé d'être mannequin, de porter des vêtements coûteux, de paraître en public, de poser pour des magazines, que tout le monde reconnaisse ton visage, qu'on t'envie? Les impondérables existent dans tous les métiers.

— Ainsi tu approuves l'attitude de Bruce et de Ruth?

— Ils ne font rien de plus que de nous mettre en rapport avec ceux qui peuvent être utiles à notre carrière. Nous en retirons des bénéfices. Qu'est-ce que c'est, après tout, que la sexualité? Un état temporaire à subir ou à apprécier, dépendant du partenaire. Je n'ai pas gardé les idées arriérées de certaines; j'évolue avec le temps. Pour moi, les sens ont une spécification physiologique et n'ont rien à voir avec les sentiments. Ils ne dépendent pas l'un de l'autre; ils sont étrangers. C'est ton avis aussi, je crois?

— Comment ça?

— Tu es aussi libertin que nous dans ce domaine. Lilianne s'est vantée de son passage dans ton lit, se glorifiant d'avoir été la première, et la seule de nous toutes d'ailleurs, à vaincre ta réserve. Je me demandais pourquoi elle au lieu de Louise ou de Lina qui sont plus... épanouies?

Il s'assit, face à la mer, tournant presque le dos à la jeune femme. Embarrassé, il passa les bras autour de ses genoux. Et si elle allait en aviser Claire? Quelle tour de Babel elle créerait! Elle demeurait toujours immobile, grande fleur de laurier blanc étale dans le sable. Il décida d'être franc. Jusqu'à présent, il n'avait eu aucune raison de douter d'elle.

— Probablement parce qu'elle se trouvait là au bon moment.

— Et si, moi, j'avais été là?

Il ne bougea pas, ne répondit rien. Elle ouvrit les yeux, vit qu'il sombrait dans la mélancolie. Elle déboutonna sa robe chemisier et la laissa tomber sur le sol. Son maillot lilas sculptait un corps parfait dans ses moindres détails.

— Je vais me mouiller, sinon je vais cuire comme un œuf, dit-elle en se ruant vers la mer pour nager dans les vagues.

Xavier retira sa chemise et se coucha à plat ventre; il se redressa aussitôt: le sable était brûlant. Il se mit à gratter rapidement le dessus pour trouver de la fraîcheur en dessous, puis il s'y recoucha avec un grand délice. Il posa le chapeau de paille sur sa tête et oublia le soleil.

— Tu vas prendre une insolation à rester là sans bouger! Allez, grouille un peu!

Barbara le brassait pour l'éveiller. Ses mains fraîches le firent frissonner.

— Oh non! laisse-moi dormir!

— C'est hors de question! Tu ne voudrais pas que ton modèle préféré soit complètement brûlé, hein? Alors il faut partir!

Il s'assit, encore tout ensommeillé. Elle l'obligeait à se mettre debout en le tirant par les mains. Il semblait peser une tonne et elle s'arc-boutait les pieds dans le sable.

— Allez, viens!...

— On ne pourrait pas trouver un peu d'ombre quelque part! Je me sens terriblement lourd.

— Tu aurais dû venir à l'eau. Attends... Je vois des arbres un peu plus loin. Monte dans la Jeep, je conduirai.

Il obéit en zigzaguant; elle dut l'aider à monter tant il avait des vertiges. Elle arrêta son véhicule à l'ombre d'un bouquet de palmiers, descendit et lui tendit les mains.

— Viens t'appuyer un peu contre un arbre, ça passera. Quelle idée aussi que de s'endormir au soleil!

Elle le soutint jusqu'au tronc du cocotier le plus près, prit le bidon d'eau douce et le fit boire. Elle posa un sac sous sa tête, alla chercher dans le creux de ses mains un peu d'eau de mer dont elle l'aspergea.

— Oh! que ça fait du bien!

Elle prit la première étoffe qu'elle vit à sa portée – sa robe en soie blanche – alla la mouiller dans l'océan et revint la tordre au-dessus de lui. Il cria presque de sursaut en grelottant et en riant. Barbara s'éloigna en gloussant aussi et le laissa là, yeux clos et détendu.

— Qu'en dis-tu?

Il rouvrit les yeux et son sourire de béatitude se cassa. Barbara avait retiré son maillot et avait passé la robe d'étamine. Elle n'avait plus aucun sous-vêtement et la soie lui collait à la peau.

— Est-ce que ça ne mériterait pas une photo? demanda-t-elle de nouveau en valsant devant lui.

— Tu es... d'une beauté étourdissante, avoua-t-il, sincère. Tu ressembles à une grande mouette au plumage abîmé. Je ne sais pas lequel du soleil ou de toi réussit le plus à me tourner la tête.

Elle s'agenouilla entre les genoux relevés de Xavier:

— Je peux te donner encore plus d'humidité et de bien-être: ma robe est trempée, chuchota-t-elle en se penchant vers lui jusqu'à ce que son vêtement touche le corps de Xavier.

Trop tentante lui parut la bouche vermeille, trop troublantes les prunelles grises pour qu'il se détourne; il accepta son baiser aux lèvres gourmandes qui lui retiraient son souffle et éveillaient en lui le souvenir de sa masculinité. Il l'attrapa et la colla contre lui en se rappelant combien de fois il avait imaginé sa nudité, combien de fois il avait songé à la perfection de ce corps pendant qu'il la photographiait. Frissonnant, ému, il souleva la robe et posa la main sur une fesse ronde et ferme, puis il renversa Barbara et défit les derniers boutons du corsage pour caresser les seins humides et frais. Il tremblait. «Volupté, volupté, quand tu me tiens!»

Quand il la délaissa, elle soupirait encore, les paupières baissées, les lèvres entrouvertes.

— On a de la compagnie! lui dit Xavier en désignant du menton deux jeunes Noirs qui déguerpirent aussitôt.

— Crois-tu qu'ils aient assisté à la représentation? s'informa-t-elle en souriant.

— Je n'en sais rien. Et toi?

— Probable que oui. Ils n'ont pu en être satisfaits autant que moi, admit-elle en s'étirant. Je comprends pourquoi Lilianne nous rabattait les oreilles avec votre «petite partie de jambes en l'air».

— Ah! les femmes! Que ne vont-elles pas inventer? Maintenant je vais voir défiler toutes les filles de Ruth parce que l'une d'elles m'a fait une réputation d'amant redoutable!

— Elle ne s'est pas trompée. On ne s'ennuie pas avec toi. Même que j'en reprendrais...

— Allez! dit-il en la tirant par la main à son tour. À l'eau! Tu as besoin de te rafraîchir les idées.

— Et toi? Tu ne ressens plus ton insolation?

— Quelle insolation? dit-il.

En folâtrant, ils coururent jusqu'aux vagues dentelées qui décoraient la grève.

Ils regagnèrent le yacht à la brunante. Lee Jordan Lazare n'attendait plus que Luke et Larissa pour mettre le cap vers New York, inquiet des maux d'estomac dont sa fille se plaignait. Le médecin qu'il avait consulté avait diagnostiqué des spasmes sans doute causés par l'angoisse. Laurie réclamait sa mère, alors il la ramenait vers elle. Ce retour précipité ne changeait rien au contrat pour le *World Beauty*. Luke avait déjà dépassé la quantité de photographies prévues pour que Lee Lazare puisse fixer son choix, un choix qui s'avérerait probablement difficile, vu la qualité des prises. Quant à Xavier, il acceptait de mettre à la disposition de Lazare une trentaine de photographies parmi lesquelles Lee Jordan pourrait puiser s'il le désirait. Barbara et Xavier feraient halte, un peu plus tôt que prévu, au magazine de New York pour y rencontrer Leslie Laramick qui devait interviewer la jeune femme pour les besoins du reportage. Ensuite, ils regagneraient Montréal.

Au cours de leur dernière nuit en mer, alors que Xavier

admirait le clair de lune assis dans une chaise longue à l'arrière du bateau, le coq qui passait par là s'installa à son côté.

— Êtes-vous déçu de rentrer plus tôt que prévu?

— Pas du tout. Je vais retrouver ma fiancée.

— Oh! j'en suis fort content! Heu!... Dites!... Que pensez-vous de Laurie Lazare?

— C'est une empoisonneuse. Depuis qu'elle a ces crampes à l'estomac, elle me fiche la paix.

— Hum! Elle a cessé d'embêter tout le monde, n'est-ce pas? lâcha-t-il en riant avec bonhomie.

— Pour ça, oui. Elle n'a plus jeté de poivre rouge dans vos légumes, rappela Xavier.

— Non, c'est vrai.

Il semblait à la fois gêné et opiniâtre, décidé à dire quelque chose, à la condition que ça ne lui nuise pas. Xavier se mit à blaguer doucement:

— Vous ne sauriez pas, tout à fait par hasard, bien sûr, à quoi sont dus ces fameux maux de ventre que ressent mademoiselle Laurie?

— Je crois que... ça pourrait être une épice mexicaine dans sa pizza du soir. Vous savez que c'est très mauvais de manger de la pizza le soir!

— En effet. Le médecin a dû le lui interdire, non?

— Oui, oui. Malheureusement, sitôt que vient la nuit, sa gourmandise la reprend. Elle va sûrement prendre du mieux une fois rendue à New York.

Xavier retint un petit cri joyeux. Le chef cuisinier ajouta:

— Elle ne risque rien, vous savez! Ce n'est qu'un tout petit peu de...

— Chut! fit Xavier, amusé. Ne divulguez pas votre secret en totalité. Il arrive que les murs aient des oreilles.

— Y a-t-il des murs qui n'en aient pas? chuchota-t-il. Croyez-vous que je vous confierais tout ça si je ne savais pas que cette petite vous a ennuyé constamment? Les films à la mer, la visite dans votre cabine...

— Ah tiens! comment l'avez-vous appris?

— C'est là mon secret. Et vous garderez le mien. Hi! hi! hi!

Il s'éloigna en riant de ce rire qui amena le sourire aux lèvres de Xavier. Il replongea les yeux dans les étoiles et trouva l'univers d'une telle immensité qu'il ressentit la petitesse de l'humanité et la sienne propre, dans toute cette grandiose aventure qu'est la vie. Comment certains pouvaient-ils avoir l'étroitesse d'esprit de croire que seule la terre comportait des êtres pensants quand il existait tant de galaxies et tant de planètes par galaxie? Dire que dans toute cette création, la personne qu'il préférait à toute autre, c'était sa blonde et timide Claire! Que faisait-elle? Lui manquait-il? Il se sentit rougir dans la noirceur en repensant à Barbara. Comment regretter cette extase? Pourquoi ne pouvait-on pas avoir tout ce qu'on désirait? Pourquoi fallait-il faire un choix? Il soupira. Ses pensées devenaient insensées. Richard lui aurait parlé de philosophie, tentant de lui expliquer que l'humain naissait avec le goût de tout posséder et qu'il apprenait à canaliser son désir au fil des années, sans pour autant que tout son être suive la même piste. Xavier se moquait de la philosophie. Xavier s'ennuyait de Claire et rêvait de la revoir. Il quitta la lune qui servait de lanterne et alla se coucher en se disant que ce moment viendrait bientôt.

Une fois à New York, Lee Jordan Lazare s'excusa de devoir abandonner les jeunes gens à eux-mêmes. Il laissait la limousine à leur disposition pour leur séjour à New York. Ils pouvaient s'acheter quelques babioles s'ils le désiraient, les frais étaient pour lui. Il les quitta rapidement, emmenant une Laurie pâle et grincheuse.

Après les deux heures et demie accordées en entrevue à Leslie Laramick, Barbara regarda les hauts édifices tout autour d'elle et haussa les épaules.

— Alors? Que fait-on?

— On rentre, bien sûr.

— Nos billets de retour ne sont valides que pour après-demain.

— On pourrait essayer de les échanger pour un passage plus tôt. Autrement, nous aurons le loisir de rentrer en autobus.

— Je déteste les cars. On peut aussi attendre calmement à l'hôtel que passent ces deux jours, suggéra-t-elle. Ce serait «notre intermède à nous» avant de nous retrouver en vieux copains de travail. Qu'en dis-tu?

Il la scruta, croyant qu'elle plaisantait. Les yeux brillants, la tête penchée sur le côté, elle attendait anxieusement sa réponse:

— La proposition est tentante, je l'avoue, mais...

— Il n'y a aucun «mais» qui tienne, coupa-t-elle.

— Il y a Claire.

— Si tu ne lui dis rien, qu'en saura-t-elle? Une fois de plus, une fois de moins... au point où nous en sommes! Si tu n'as pas apprécié notre corps à corps, je comprendrai. Quant à moi, je puis te dire que je t'ai trouvé super, que tu as répondu à ce que j'espérais d'un homme et...

Elle s'approcha, lui passa les bras autour du cou et le fixa droit dans les yeux en continuant:

— ...je serais désolée que nous n'utilisions pas ces deux jours pour nous amuser un peu avant de redevenir sérieux.

Il ne cessait de la dévisager, tenté, incapable de refuser, incapable de dire quoi que ce soit, et se sentant horriblement coupable. Elle prit son silence pour un accord et le tira derrière elle.

— Viens!

Elle le guida vers la limousine. Xavier se rappelait avoir songé que ces heures ressemblaient à une lune de miel, sauf que sa compagne n'était pas la bonne personne. Si Claire avait accepté de l'épouser en décembre, c'est avec elle qu'il aurait passé ces moments délicieux.

Ensuite, de retour à Montréal, Barbara avait pris l'habitude de le rejoindre à son appartement. Il endormait sa conscience en se remémorant son ancienne attitude contrariée et contrariante alors qu'il attendait, à présent, patiemment le mois de juillet où Claire deviendrait enfin son épouse. Elle le lui avait confirmé en mars, quand il lui avait appris que son contrat avait été renouvelé et qu'il ne rentrait pas avant l'été, qu'il projetait même de demeurer à Montréal. Il avait eu peine à contenir sa joie et sa hâte.

Tout ne se passa pas exactement comme prévu. À la fin mai, Bruce le convoqua à son bureau.

À le voir, il sut immédiatement que quelque chose le rendait coléreux, furieux même. L'homme marchait de long en large, un verre de whisky soda entre les mains, la mine sombre. Ses cheveux laqués brillaient dans la lumière du jour.

— *Would you sit down,* rugit-il presque en venant vers lui.

Xavier se dit que Bruce allait mettre un terme à son contrat et il se prépara mentalement à aller retrouver Claire à Québec. Un bruit léger attira son attention du côté du bar et il vit Ruth Rabane revenir avec un verre d'alcool en main. Il détailla sa longue silhouette mince dans un pantalon multicolore et une chemise émail, ses cheveux roux coupés très court, presque ras, son maquillage extravagant selon son habitude. Elle le toisait avec une lueur de dédain et de malveillance.

— J'irai droit au but, entama Bruce, contenant difficilement sa fureur. J'autorise bien des privautés, bien des familiarités entre ceux que j'emploie et que Ruth forme, mais là, tu dépasses les bornes!

— Vous parlez de Barbara, j'imagine. Ne m'avais-tu pas laissé entendre que tous les coups étaient permis?

— Tous, sauf un, corrigea Ruth. Je l'ai également mentionné à cette insensée de Barbara. Cette «petite tête de linotte» a négligé les règles les plus élémentaires de la prudence. À mon sens, tu es aussi à blâmer qu'elle. Quoi! Quand on fait l'amour, on met un condom!

Xavier se sentit blêmir. Une vague de chaleur le traversa.

— Qu'est-ce qu'elle a? Le sida ou quelque chose du genre? questionna-t-il presque sans voix.

— Le... Ça ne va pas dans ta cervelle, Volière? continua-t-elle avec un peu de méchanceté dans la voix. Mes modèles sont suivis régulièrement par des médecins compétents et ils exigent que les personnes avec qui ils couchent portent des protecteurs. Tu aurais dû en porter un, toi aussi!

— Je ne comprends pas!

— Veux-tu dire qu'elle ne t'en a même pas parlé? s'écria

Bruce. *God!* jura-t-il. Cette fille me fera damner. Après tout ce que nous avons fait pour elle!

— Pouvez-vous m'expliquer de quoi il est question avant que je ne perde patience à mon tour?

— *Sure* et ce sera bref. Barbara est enceinte de toi.

Un soufflet en plein visage ne l'aurait pas atterré davantage. Il devint livide. Bruce lui tendit un verre de quelque chose, probablement du whisky puisque la bouteille traînait derrière lui sur le bureau. Xavier n'aurait su reconnaître le goût d'aucun alcool en cet instant. Il but et la vie revint dans son corps.

— Pourquoi... pourquoi dites-vous que c'est de moi? bredouilla-t-il au point que William en eut pitié et s'apaisa.

— Parce que, depuis votre voyage aux Bahamas, elle a refusé tous les rendez-vous galants qui lui ont été offerts. Je pense qu'elle est amoureuse de toi. Mieux vaut que tu boives un peu, tu pâlis de nouveau! Je sais que c'est un coup dur pour toi parce que... À moins que tu aies changé d'avis au sujet de la «petite sœur».

Xavier secoua longuement la tête, hébété. Il ne s'en remettait pas. Il refusait de le croire: Barbara ne pouvait pas lui avoir joué un pareil tour; ce n'était pas possible! Les paroles de Claire revenaient à sa mémoire et soutenaient un rythme infernal: «Elle se joue de toi; tu n'es qu'un pantin entre ses mains. Je te plains, Xavier. Sincèrement, je te plains.»

— Tu es dans une fâcheuse position. Je ne t'envie pas.

— Barbara n'a pas parlé de se faire avorter?

— Je le lui ai proposé, évidemment, commenta Ruth en lui tournant le dos pour aller déposer son verre vide sur le comptoir du bar. Elle a refusé.

Elle revenait vers eux à présent. Ses grands yeux bruns se ternissaient de chagrin.

— J'ai eu beau lui expliquer qu'elle gaspillait sa carrière, que cet enfant arrivait à un bien mauvais moment; rien à faire. Lee Jordan a accepté de retarder la parution du reportage au printemps prochain, ce qui lui donnera une chance. C'est quand même une année de perdue et Lee a le temps d'oublier les bons moments qu'il a passés avec elle. Ce ne sera plus pareil.

— Tout cela, parce que tu n'as pas eu l'intelligence de protéger votre relation, évalua William, ni celle que tu cultives avec sa sœur, d'ailleurs. Je ne voudrais pas être dans tes chaussures si cette dernière finit par l'apprendre. Tu peux, bien sûr, épouser ta fiancée et laisser Barbara se dépêtrer avec ses problèmes.

— Pourquoi cet enfant serait-il de moi? Barbara couche avec n'importe qui, même avec toi!

— Oh là! attention, mon gars! Je ne suis pas «n'importe qui». Je n'irais incontestablement pas mettre un môme dans le ventre d'un top-modèle. On leur fournit tout ce dont elles ont besoin pour éviter ça: des pilules au chirurgien. Le problème, c'est que Barb est inconsciente du tort qu'elle se fait. Elle est têtue et refuse l'avortement pour des motifs connus d'elle seule.

— Je ne croirai pas ça à moins qu'elle me le confirme elle-même!

— Tu peux aller la voir quand tu le voudras, se lamenta Ruth. Ce qui me bouleverse, c'est que je vais perdre un de mes meilleurs modèles pour des mois. Par ta faute!

— Je n'y suis pour rien, moi! se défendit-il. Comment aurais-je su qu'elle ne prenait aucune précaution? Dans son métier et, spécialement dans son cas, c'est plutôt imprévu et surprenant, vous ne trouvez pas?

— Pour le moins, oui, admit Bruce.

— Moi, avança Ruth, je la soupçonne d'avoir provoqué cet «accident» délibérément.

— C'est ce que je crains aussi; mais pourquoi? Pour me coincer?

— *Possible!...* Les femmes sont si sentimentales en amour et si inattendues. Enfin! Nous tenions à t'avertir de voir à prendre les tiennes, tes précautions, si on ne peut se fier aux filles.

— Je ne voudrais pas que tous mes modèles agissent ainsi, sinon il faudrait demander à Rémiz de nous dessiner un tas de vêtements de maternité au cours des prochains mois, compléta Ruth, sarcastique.

Xavier se contenta de grimacer devant cette tentative de

farce qu'il trouva déplacée. Il connaissait le lien amical qui unissait le designer homosexuel à Ruth Rabane et à sa concubine, Juanita Juarez; cependant, il saisissait mal qu'on plaisante sur un sujet aussi délicat. Quand on a l'impression de faire partie d'un «genre» différent et qu'on se sent à l'abri de certaines expositions, peut-être peut-on en rire?

Sitôt sorti, il se hâta de monter à l'étage supérieur pour se diriger vers la salle des mannequins, anxieux de retrouver Barbara pour la bombarder de questions. Elle voulait sa perte, c'était certain. Quoi d'autre? Il entra dans la pièce, la vit, l'empoigna par le bras et l'entraîna à sa suite jusqu'à la salle la plus proche. Enragé, les poings aux hanches, il la dévisagea. Elle baissa les yeux.

— Est-elle vraie cette histoire que Bruce et Ruth m'ont racontée et que je suppose être le dernier à apprendre?

— J'aurais préféré que tu ne la saches jamais, murmura-t-elle simplement.

— Suis-je concerné ou non? râla-t-il, mécontent. J'aimerais au moins être renseigné une fois pour toutes!

— Sortons! Je préfère qu'on ne nous entende pas. Dans la foule, personne n'écoute.

Elle se dirigea vers l'ascenseur et il la suivit sans un mot. Une fois dehors, ils marchèrent lentement sur le trottoir. Le soleil jouait à cache-cache avec les nuages; une brise transportait ses rayons pour les écraser contre les hauts édifices, sur les voitures luisantes, sur le sol de béton, sur les passants, sur chaque objet qui ne se trouvait pas à l'ombre d'un autre. Le bruit de la circulation, des talons sur le pavé, des voix qui dialoguaient formait une toile de fond à la conversation que le couple devait entamer. Barbara avançait, les bras croisés, la tête un peu ployée vers l'avant. Xavier étudiait sa démarche souple, son maintien pensif, sa nervosité, et rien ne lui permettait d'éteindre ses frayeurs. Elle commença sans tourner les yeux vers lui:

— Je ne croyais pas que Ruth en parlerait à Bruce ni que celui-ci t'entretiendrait de mes... préoccupations. Je leur ai révélé mon état parce que j'aurai besoin de quelques mois de répit. Bruce s'est emporté. Je ne vois pas pourquoi.

J'ai bien le droit de vivre ma vie et de disposer de mon corps.

— Peut-être, mais pas de me nuire. Il me semblait que nous étions bons amis.

— Nous le sommes!

— Si Claire découvre que toi et moi avons couché ensemble, elle rompra; tu la connais! Je ne veux pas que ça arrive. J'aime Claire et je veux l'épouser.

— Tu n'as pas à lui faire savoir ce qu'il en est!

— Tu aurais pu éviter cette situation, non! Tu le pourrais encore en te faisant avorter.

— Oui. Seulement, tu vas épouser Claire; c'est justement pour ça. Que me restera-t-il de toi quand tu seras avec elle? Ainsi, au moins, j'aurai un souvenir tangible, ajouta-t-elle en plaçant les mains sur son ventre, rêveuse.

Il secoua la tête, excédé, outré, et se passa les doigts dans les cheveux.

— Tout ça est d'une sottise! Tu sais pourquoi j'ai couché avec toi? Parce que tu ne t'embarrassais ni de scrupules ni d'hommes. Je me suis trompé sur ton compte.

— Peut-on prévoir de qui on tombera amoureux? se défendit-elle gaillardement. Comment aurais-je pu savoir que mes sentiments pour toi seraient plus puissants que ceux que j'avais éprouvés pour les autres hommes? Je ne te demande rien, à toi! Il s'agit de mon corps, pas du tien! Je ne vois pas ce que tu aurais à redire!

Le ton montait de part et d'autre. Il aurait voulu se blinder contre ses émotions.

— Crois-tu que ça me fasse plaisir de savoir que j'aurai peut-être un fils ou une fille que j'aurai conçu sans le vouloir et que je devrai considérer à l'égal d'un neveu ou d'une nièce?

— Tu ne l'aurais pas su si Bruce et Ruth n'avaient pas ouvert leur grande trappe. Inutile de te mettre en colère ou de m'abreuver d'insultes; ce que je fais ne regarde que moi, scanda-t-elle.

— Non. J'ai le droit de refuser que tu aies un bébé de moi!

— Je ne vois pas comment tu t'y prendrais à présent? Tu songes à me tuer et à me découper en rondelles peut-être?

— Ne te montre pas plus bête que tu ne l'es! J'ai des droits, moi aussi.

— Lesquels? Je décide d'avoir un enfant d'un homme – je n'ai pas à prouver de qui il est – et de l'élever seule, c'est mon droit le plus strict et tu n'en as aucun.

— J'aurais le goût de te tordre le cou!

Il fulminait, incapable de se calmer. Sa culpabilité ne faisait aucun doute. Tout cela était lamentable. Son impression s'apparentait à celle d'un navire sabordé coulant à pic dans une mer glacée sans fond, sans fond...

Dix heures! Claire ne viendrait plus. Elle manquait un de ses rendez-vous pour la première fois. Pourquoi un homme ne peut-il pas pleurer, même s'il atteint un profond degré de désespoir? L'absence de Claire, pour lui, ne signifiait qu'une chose: elle avait eu vent de sa liaison avec Barbara, de la conception d'un petit être, peut-être!

Il décida d'aller à son appartement, assuré de ne pas l'y trouver. Il tenait à savoir si elle avait agi délibérément. Il cogna trois fois sans obtenir de réponse. Finalement, une voisine vint entrebâiller sa porte et y passer la tête.

— Si c'est pour Claire Roitelet, il n'y a plus personne. Elle a vidé son logement hier soir. J'ignore où elle est allée, ajouta-t-elle, voyant Xavier ouvrir la bouche en se dirigeant vers elle.

— Vous ne savez vraiment rien? C'est très important. Il faut que je la rejoigne. Son... son père est mort!

Il ne mentait pas: Louis Roitelet était décédé... plusieurs années plus tôt.

— Oh! c'est terrible! Vous ne pourrez malheureusement pas la contacter; elle a quitté le pays ce matin avec son mari.

Xavier se sentit défaillir. Tout son sang se retira de ses veines; il vacilla. Il réussit à se reprendre et à balbutier:

— Son mari! En êtes-vous bien certaine?

— Évidemment, puisque c'est moi qui leur ai servi de témoin! Richard Brunelle qu'il s'appelle. Un beau grand jeune homme. Oui, vraiment un beau grand jeune homme! Ils sont partis pour l'Europe ou l'Asie, je ne sais trop.

Cette fois, son étourdissement l'obligea à s'appuyer au

mur jaunâtre et défraîchi. Richard! Richard avait épousé Claire, «sa» Claire. Comment? Pourquoi? C'était lui qu'elle devait épouser en juillet! Quand avait-elle changé d'avis? Pourquoi? Ne l'aimait-elle donc plus?

Chapitre V

Enfoncé dans ses oreillers, Xavier ne bougea pas; il avait reconnu le pas de Barbara. Il aurait préféré qu'elle ne vienne pas aujourd'hui... ni demain... ni jamais. Elle lui rendait visite chaque jour depuis plus d'une semaine et il ne trouvait pas les mots pour mettre un terme à son assiduité. Ses attentions l'exaspéraient.

— Vas-tu te remettre de cette grippe, oui ou non? lança-t-elle sur un ton qui se voulait encourageant.

Les yeux larmoyants de fièvre, la bouche âpre, les cheveux ébouriffés, le teint écarlate, il demeura couché et ne répondit pas, écrabouillé qu'il était par son malheur. Pourquoi prenait-elle la peine de se déplacer, de venir le soigner? Il souhaitait mourir, qu'arrive enfin l'échéance de sa souffrance psychique! Il soupira. On ne meurt pas souvent de s'être enrhumé, à moins de complications. D'ailleurs, il allait déjà mieux.

Vivre sans Claire toute une longue vie! Autant envisager l'enfer. Des frissons le secouèrent. Barbara remonta la couverture et lui tendit une cuiller pleine d'un liquide rouge épais.

— Avale ça; j'y ai mis deux aspirines écrasées.

— Je ne tousse pas, articula-t-il avec un filet de voix.

— Cette laryngite ne guérira pas toute seule! Obéis!

«Peste soit de la vie! Et peste soit de Barbara!» Il ouvrit la bouche et avala, écœuré par le goût sucré du sirop expectorant, par l'amer des médicaments, par la sollicitude de

Barbara, par les élucubrations, proches du délire, de sa pensée.

Pourquoi Claire avait-elle épousé Richard? Son ami avait-il profité de son absence pour faire la cour à sa fiancée? Peut-être se voyaient-ils en bons camarades jusqu'à ce qu'ils tombent amoureux l'un de l'autre? À moins qu'elle n'ait appris la situation de Barbara et qu'elle ait voulu fuir ou le punir? Mais appris par qui? Barbara elle-même? Elle n'aurait pas osé. Dans quel but? L'empêcher de se lier à Claire? Non, impossible!

Ces questions l'ébranlaient, le torturaient heure après heure; la lumière ne se faisait pas dans son esprit. Il échafaudait maintes hypothèses qu'il s'évertuait ensuite à évaluer à leur juste mesure, or le plus infime effort mental déclenchait chez lui une sudation excessive qui le laissait parfois exténué. Il aurait aimé savoir si Barbara s'était jouée de lui pour l'éloigner de Claire ou pour se venger; naturellement, Barbara pouvait répondre n'importe quoi. Il se risqua quand même à sonder:

— As-tu eu des nouvelles de Claire dernièrement?

— Non. Tu sais bien qu'elle ne me parle plus depuis que tu travailles pour Bruce, soupira-t-elle en replaçant sur lui l'édredon en duvet d'eider. Je lui ai téléphoné pour l'avertir que tu étais malade. On m'a dit qu'il n'y avait plus d'abonnée à ce numéro. Elle a dû en changer. Je me demande combien de temps va durer ce silence. Crois-tu qu'elle me pardonnera un jour?

— Certainement pas si le fait que tu sois enceinte a été ébruité... et si elle entend dire que tu prétends que c'est de moi, chuchota-t-il presque, en raison de son enrouement.

Elle continuait à mettre de l'ordre, à épousseter les meubles, à ramasser les quelques effets qui traînaient.

— Comment l'apprendrait-elle? Maman ne le sait même pas. Il n'y a que nous quatre à être au courant: toi, moi, Ruth et Bruce.

— Pourquoi as-tu tout arrangé pour que je travaille pour Bruce?

— Je n'ai rien arrangé du tout! lâcha-t-elle, indignée, en

lui faisant face. Quelle idée saugrenue! Bruce n'est pas du genre à tramer des intrigues pour s'assurer les services de quelqu'un, fût-il un excellent photographe! J'ai pensé que c'était une solution rêvée pour toi, pour vous deux, que ça ferait plaisir à Claire et qu'elle comprendrait, qu'elle se rendrait compte que je l'aime, que nous sommes de vraies sœurs. Je voulais qu'elle me connaisse mieux et qu'elle oublie les sottises qu'a proférées Louis Roitelet pour la dresser contre moi.

— Ainsi, tu n'as pas su que Claire avait quitté le Canada!

— Que dis-tu? Claire!... Quitté le Canada! Allons donc! Vous devez vous marier le mois prochain!

— Elle a épousé Richard Brunelle.

— Cet empaillé! Elle est complètement débile ou quoi! C'est toi qu'elle disait aimer et elle en épouse un autre sans raison!

— Tu ne lui as rien dit à notre sujet? ajouta-t-il, et sa voix enrouée prit des accents accusateurs.

Elle blanchit et il la vit frémir. Puis elle rougit comme une écrevisse et s'emporta:

— Si elle l'a su et t'a fait croire que c'est moi, je... je l'éborgnerai, je lui écraserai la tête. Je te jure que je n'y suis pour rien! Elle s'est toujours opposée à moi; toujours; elle me hait.

Il aurait voulu la croire; hélas! l'incertitude subsistait. Elle semblait sincère et même contrariée, cependant une prudence due justement à cette extravagante exubérance, à son emportement subit émoussait sa confiance. Il ne savait que croire, que penser. Il retira deux des trois oreillers qui lui servaient d'appui.

— Je vais essayer de dormir un peu. Ferme bien la porte en sortant, je ne voudrais pas être dérangé. Et tire les persiennes, s'il te plaît, le soleil me blesse les yeux.

Elle sortit après avoir fait ce qu'il désirait. Xavier attendit que ses pas s'estompent dans le couloir. Il se mit à pleurer à chaudes larmes; ses sanglots rappelaient ceux d'un enfant. Il réalisait qu'innocente ou coupable, il cherchait à blâmer Barbara pour ses sottises à lui. Que lui était-il arrivé? Pourquoi avait-il cédé à l'attirance qu'il ressentait pour elle, ou aux charmes de Lilianne? Même en considérant que ces erreurs n'entraient pour rien dans la décision de Claire, ce dont il doutait, car autrement elle l'aurait prévenu de la rupture de leurs fiançailles, il n'avait pas à agir tel un insensé qui prend son plaisir égoïstement là où il se trouve quand il aspirait à gagner et à garder l'amour de Claire! Il n'avait que ce qu'il méritait. Il payait son écot à la vie. Les pleurs se tarirent. Il se rassit bien droit, regarda autour de lui. Cet appartement lui apparaissait pour la première fois dans toute sa médiocrité: deux pièces et demie où il serait confiné pendant longtemps maintenant. Il aurait pu tout posséder: Claire, l'amour, un studio à lui... et il avait vendu son droit au bonheur pour un plat de lentilles de la même manière qu'Esaü avait cédé son droit d'aînesse. Écervelé! Xavier Volière n'était qu'un écervelé.

Épuisé, couvert de sueurs froides, il se laissa retomber sur son lit. Il ne lui restait plus rien. Absolument plus rien. Que des ecchymoses à l'âme. Il sombra dans un grand trou noir où le sommeil l'engloutit.

Les semaines suivantes, il surmonta sa grippe; quant à sa crise de neurasthénie, elle persista. Il avait perdu Claire! Il se le répétait à satiété sans en guérir. Il continuait de s'appesantir sur sa mauvaise fortune – à laquelle, bien sûr, il n'était pas étranger. Il s'en voulait d'avoir laissé la sexualité dominer chez lui à une période où il aurait dû s'armer de patience. Malheureusement, le mal demeurait irréparable: l'embryon se développait toujours dans l'utérus de Barbara et Claire s'était unie à Richard devant Dieu et devant les hommes. Ce n'était pas lui qui l'avait ramenée de l'église par un beau matin de juillet, c'était Richard, un certain jour de mai. Richard Brunelle avait épousé Claire. Richard... et Claire. Était-ce possible? Richard avait-il joué ses pions sur l'échiquier géant de la destinée en semant des écueils sur son passage à lui de telle sorte que Claire puisse l'éconduire? Avait-il travaillé à l'édification de sa victoire personnelle en effritant les chances de succès de son ami? Non, Claire ne devait pas avoir été endoctrinée par l'éloquence de Richard; ce n'était pas son genre. La faute lui incombait à lui; il le sentait vaguement. C'était lui qui s'était mis dans l'embarras en engrossant Barbara. Richard avait dû profiter de la manne, tout bonnement. Malgré tout, il rêvait fréquemment qu'il émasculait Richard pour l'avoir privé de l'énigmatique Claire, qu'il offrait ses organes aux serres d'un épervier géant et qu'il ensevelissait lui-même son cadavre ensanglanté dans un enclos étroit et couvert d'églantiers. Tantôt Xavier était en ébullition, tantôt il s'effondrait. Son équilibre n'avait d'égal que son égarement.

Les jours s'écoulaient, élastiques. Barbara continuait de venir de temps à autre; toutefois, puisqu'il n'avait plus jamais répondu à ses avances ni même à ses gentillesses, elle espaçait ses visites.

Xavier travaillait d'arrache-pied; il menait une course endiablée contre la montre, contre le temps qui n'en finissait pas de s'étendre. Il n'arrivait plus à se détendre; une rage croissante l'envahissait et éclaboussait ses humeurs. Entre sa douloureuse blessure d'amour enfouie au plus profond de lui-même et sa détresse d'avoir engendré un enfant dans le corps d'une femme qui, bien que l'ayant excité physiquement, ne représentait rien pour lui, l'homme gai d'autrefois se transformait en créature taciturne dont les joues se creusaient d'amertume. Un calvaire que ces heures interminables qui pesaient sur lui! Il ne trouvait de repos que dans son studio de photo où tout devenait machinal.

Au cours des semaines suivant la mise en congé de Barbara, Évelyne Beaumont devint l'héroïne éphémère de Bruce. Avec ses seins volumineux et sa bouche à la Brigitte Bardot, éléments qui n'avaient rien à voir avec les lignes nobles et racées de Barbara, Xavier réussissait à en tirer des photographies savoureuses qui faisaient sensation quand le *Secrets* les publiait. Le règne d'Évelyne dura jusqu'à ce qu'un «cinéaste» italien la remarque et lui propose d'aller tourner un film là-bas. Eugène Emmanuel lui succéda. Dix-neuf ans à peine, nouvellement arrivé dans le monde des modèles, ce grand jeune homme blond au teint cuivré et au corps d'Adonis accepta une publicité pour une nouvelle marque de jeans et tee-shirt. Xavier n'eut aucune peine à saisir le meilleur d'Eugène. Son style décontracté, ses yeux bleus rieurs et son allure de petit garçon naïf en firent vite la coqueluche des lectrices du *Secrets*; il fit la couverture du magazine au bout de trois mois.

Un certain midi de la mi-octobre, alors que Xavier se trouvait dans le bureau du comptable de Bruce, à finir de discuter les termes d'un contrat, une Barbara épanouie et élégante s'arrêta dans le corridor et lui envoya un petit salut enjoué du bout des doigts. Il ne l'avait plus revue depuis qu'elle avait délaissé temporairement son métier de manne-quin, quelques mois plus tôt. Elle portait une tunique de maternité pêche sur un gilet blanc à manches longues; un chapeau de même teinte à larges bords en rehaussait le résultat. Il ne put s'empêcher de l'examiner curieusement: son ventre se gonflait doucement, nid douillet pour un petit être en train de se constituer; sa beauté, loin de s'étioler, éclatait autant que la joie de vivre. À la recherche d'un peu de bonheur, de la chaleur humaine qui l'avait déserté, il songea à l'enfant qui naîtrait, ce fils ou cette fille qui pourrait occuper son cœur laissé libre par Claire. Il quitta le compta-ble et s'approcha pour s'enquérir de l'objet de sa visite.

— Tu es venue voir William?

— Oui et non. Je m'ennuie un peu de mes ex-compa-gnons de travail. Même si je me sens devenir éléphantesque et que ça m'embête drôlement, grimaça-t-elle, je ne peux pas m'enfermer constamment entre les quatre murs de la mai-son. D'autant plus que maman est constamment à rôder autour de moi et s'esquinte à me dorloter. Toi, ça n'a pas l'air d'aller bien.

— Oh! ça va!

Il mentait. Il n'avait pas envie d'exprimer son désespoir à celle qui portait, dans ses entrailles, le fruit de son enlise-ment. Au plus, peut-être pouvaient-ils s'entraider? Puisqu'elle se trouvait enrichie d'un échantillon supplémentaire de la race humaine et qu'elle le considérait responsable de sa grossesse, autant...

Le flot de ses pensées s'endigua quand Barbara annonça de façon un peu étriquée:

— Maman a reçu une lettre de Claire. Elle dit qu'elle vit un conte de fées, qu'ils ont visité l'Europe, qu'ils ont passé quelques mois en Écosse, qu'ils sont aux Indes actuellement et que tout y est magnifique.

— Il y a aussi la guerre dans ce coin! s'épouvanta Xavier, étranglé par la nouvelle.

Elle enraya sa peur en étouffant un bâillement ennuyé.

— Ils doivent être en sûreté. Richard travaille là-bas!

— La plupart des événements de l'Est qui passionnent les gens d'ici ont trait à la guerre, s'enfiévra encore Xavier. Richard est journaliste pigiste et couvre ce genre de scènes.

— Tu t'imagines qu'elle pourrait avoir enjolivé tout ça pour que nous ne nous inquiétions pas?

— Je n'en sais rien.

Il se passa machinalement les doigts sur l'arcade sourcilière gauche, geste anodin qui lui devenait coutumier et lui permettait d'enterrer un souvenir pénible: la perte de Claire. Sans lever la tête, il demanda:

— Accepterais-tu de venir prendre un café avec moi?

— Tu sais que je ne peux rien te refuser. Surtout que tu vis en ermite depuis ces derniers mois; on ne te voit plus. Je ne voudrais pas non plus que tu m'invites simplement parce que je suis là. J'admets sans équivoque que nos rencontres régulières m'ont manqué. Toi, tu m'as manqué, reprit-elle en le regardant dans les yeux. Nous étions de bons compagnons avant...

Elle pencha la tête vers son ventre, rond sans être énorme, et son regard demeura éteint alors qu'elle reprenait:

— C'est ennuyeux que nos rapports en soient réduits à presque rien.

Un sourire fit briller ses prunelles grises.

— D'après l'échographie, ce serait une fille.

Une fille! Cette précision renforçait son idée première. Il redressa l'échine.

— Est-ce qu'on va le prendre, ce café? Ici, c'est bondé de monde.

Mue par un automatisme, Barbara fit des yeux le tour des

bureaux. Il n'y avait personne d'autre qu'eux; le comptable s'était remis au travail et la secrétaire était allée dîner.

Ils cheminèrent vers la sortie, côte à côte, intimidés. Dehors, le ciel s'était ennuagé dès le début de la matinée. Toute la vie trépidante d'une grande ville à l'heure de pointe se répercutait en double écho sur les buildings: les voitures qui circulaient, les conducteurs impatients qui klaxonnaient, les autobus aux carrefours, les gens qui traversaient ou qui, sur le trottoir, s'entremêlaient, entrant et sortant des édifices tout autour.

— Marchons doucement, suggéra Barbara en souriant. J'avance à peu près aussi vite qu'un escargot qui traîne sa maison sur son dos. C'est pourtant mon ventre qui est le domaine de notre enfant.

Brusquement, Xavier demanda, toujours sans lever les yeux vers elle:

— M'épouserais-tu si... j'en manifestais le désir?

— Si je... quoi! s'exclama-t-elle, incrédule.

Il espéra presque qu'elle n'ait pas entendu. Il n'osa pas répéter, soudainement saisi d'effroi devant la perspective d'un tel avenir: Barbara constamment à ses côtés.

— Tu en as une façon d'émettre les choses, toi! rétorqua-t-elle. Pourquoi est-ce que je me marierais avec toi? Tu ne m'aimes pas et tu ne me pardonnes pas d'avoir voulu ce bébé! Je pense même que tu me considères responsable du départ de Claire. Franchement, je ne comprends pas tes intentions!

Xavier médita sur la question. Dans tout l'enchevêtrement de ses idées et de ses sentiments, seule l'image d'un doux ange à chérir lui apparaissait telle une émeraude dans un écrin. Rien d'autre ne possédait le pouvoir d'étancher sa soif de tendresse. Il ploya davantage le cou vers l'avant. Le masque de son visage se contracta terriblement, puis avec effort il parvint à articuler:

— Je veux cet enfant. Tu dis que je suis son père, alors je le veux. Puisque... Puisque Claire est partie, arriva-t-il à dire avec un soupir, il me reste bien peu dans l'existence et cette petite fille... Peut-être m'apporterait-elle un but, une raison de vivre?

Elle le jaugea. Une moue de déception fit éclosion sur ses lèvres. Son regard se durcit. Sa voix prit un ton énergique.

— Et moi dans tout ça? Tu crois que ça m'emballe que tu parles de m'épouser dans ces conditions! s'énervait-elle de plus en plus. Qu'est-ce que je représente donc pour toi? Une espèce de poupée de chiffon bonne à jeter au feu quand le bébé sera né? Réalises-tu ce que ta proposition a d'insultant?

— Je t'offre mon amitié, mon aide pour élever l'enfant. Tu le disais tantôt: nous nous entendions bien avant; il n'y a pas de raison pour que ça change si nous y mettons un peu de bonne volonté.

Sa voix s'était éraillée vers la fin. Il n'avait pas l'étoffe d'un hypocrite. Barbara releva l'essentiel de sa démarche.

— Je ne crois pas que des problèmes conjugaux pourraient venir de moi: moi, je t'aime. C'est toi, Xavier, qui es épris de Claire. Je ne veux pas me préparer une vie remplie de: «j'aurais donc dû...!» Je ne sais même pas si tu me désires... Je ne peux pas accepter. Ce n'est pas moi que tu convoites, c'est l'enfant qui se développe en moi.

Il ne voulait pas essuyer un second échec. Cela ferait trop mal.

— Ne dis pas de sottises!

— Prouve-moi le contraire!

Il souleva les épaules.

— Le temps efface bien des souvenirs et bien des espoirs aussi. J'arriverai à oublier Claire. Quant à nous... Bien!... Je ne sais pas moi-même où j'en suis. Je ne désire ni toi ni aucune autre femme. Je suis sans désir pour l'instant.

— Ça ne veut pas dire que tu n'es plus attiré par les femmes!

— Je n'en ai plus le goût, c'est tout.

— Pour le moment. Mais plus tard?

— Je reste un homme normal. C'est un fait que la sexualité, pour ce qu'elle est, m'importe moins qu'avant. J'ai besoin d'autre chose, je ne sais pas quoi... Autre chose.

— Est-ce parce que tu regrettes toujours Claire?

— Ou.......iiiiiiii. Je pense que oui. Je...

— Que ressens-tu pour moi?

Il continua de suivre des yeux le bout de ses chaussures qui avançaient à chaque pas; on aurait dit qu'il s'agissait des pieds d'un autre dans un film bruyant.

— Je ne suis pas amoureux de toi. Tu ne m'es pas antipathique, sinon je ne t'offrirais pas de vivre avec moi. Je crois qu'une entente cordiale basée sur une bonne camaraderie nous permettrait de passer quelques années ensemble, le temps que...

— Quelques années! s'enflamma-t-elle en un éclair. Si tu tombes amoureux d'une autre dans deux, cinq ou dix ans, tu divorceras et tu me laisseras seule avec l'enfant!

Elle s'empourprait de plus en plus, au fur et à mesure que ses explications se faisaient plus précises.

— Je t'aurai consacré les plus belles années de ma vie! C'est bien ce que tu veux dire?

— C'est un risque à courir.

— Un risque, oui. Excepté... s'enthousiasma-t-elle en levant un doigt et en inspectant froidement Xavier, excepté si tu t'engages à ne jamais me quitter.

— Aucun contrat ne lie deux êtres pour la vie.

— Quand on considère les lois de la religion catholique, oui; c'est ce que fait Claire.

Ça, Xavier en était convaincu, sinon il aurait patienté pour tenter de récupérer l'amour de sa bien-aimée. Barbara continuait de penser à haute voix:

— On n'en est plus là, évidemment. Il faudrait trouver des conditions telles que tu ne puisses jamais fuir tes engagements.

Il releva la tête, incrédule, pour l'observer:

— Ma parole! On croirait que tu veux être sûre de m'épingler comme un papillon sur un carton. C'est peut-être toi qui en arriveras à me détester et qui voudras te libérer de moi.

— N'escompte pas trop que ce jour vienne, mon cher Xavier; l'éternité n'est pas assez longue pour m'exorciser de toi, assura-t-elle en le fixant d'une manière qui semblait lui donner une suprématie sur lui.

Ils s'observèrent, silencieux. Il baissa le premier ses yeux pers. Qu'avaient-ils à perdre l'un et l'autre? Leur liberté? Quelle valeur avait-elle? Xavier se sentit essoufflé et endolori; il se souvint de sa longue grippe. Risquait-il d'embroussailler davantage ses soucis? À moins qu'il ne soit tombé dans une embûche? Claire l'avait déjà averti de se méfier de Barbara. Que pourrait-elle lui faire s'il n'arrivait pas à la rendre heureuse? Le tromper? Il s'en moquait. Il ne voulait qu'endosser la paternité de l'enfant. Était-elle de lui? Il se frotta le sourcil. Pouvait-il espérer que Claire lui revienne un jour? Elle serait fidèle à Richard, il le savait. Elle devait bien trop le mépriser pour sa faiblesse. Pour elle, il était devenu pareil à tous ses anciens soupirants: un de plus à chasser de sa mémoire. Rester seul, c'était s'encroûter dans la médiocrité et élaguer une branche qui pouvait lui procurer bonheur et plaisir. Et puis, qui sait? Peut-être finirait-il par s'enticher de Barbara avec le temps? Il vacilla et répondit:

— J'accepte. Nous nous lierons définitivement. Tu choisiras toi-même les conditions.

Le rire en cascade de la jeune femme s'égrena et rappela à Xavier un son métallique, une cloche qui sonne le glas. Il se traita de fou. Barbara exultait, soulagée d'un poids qui la compressait, rien de plus. Elle l'aimait. Quel mal pouvait-elle lui faire?

— Tu seras ébloui par mon efficacité. J'éliminerai de ta route tout ce qui pourrait t'empoisonner l'existence.

Euphorique, elle s'approcha pour le toucher et lui prendre le bras en murmurant, pleine d'effervescence:

— À dater d'aujourd'hui tu deviens mon bien, ma possession. Tu ne me quitteras plus. C'est moi qui serai ton maître... et non plus seulement ta maîtresse, ricana-t-elle.

Il ne broncha pas en se disant qu'elle parlait à tort et à travers. Ils ne vivaient plus au temps de l'esclavage ni même au temps des élixirs avec lesquels Barbara aurait pu l'ensorceler. C'était dommage en quelque sorte, car il aurait pu alors se désintoxiquer de Claire.

Pourtant, Barbara parlait sérieusement, il le constata dès le jour suivant. Elle se chargea de tout: la préparation du mariage, la signature des papiers auxquels elle tenait par-dessus tout et qui verrouillait les portes de leur union, le choix d'une maison en banlieue, de meubles... Rien ne devait être le fruit du hasard.

Dans l'état d'esprit où il se trouvait, Xavier se laissait manœuvrer sans en éprouver de sensation désagréable. Rien ne lui importait vraiment. Il se retrouva rapidement marié et couché dans le lit de Barbara. Leurs rapports demeuraient platoniques. Xavier ne ressentait toujours aucun désir pour aucune femme; il ne s'en étonnait même pas. La question ne se posait pas. Son travail seul comptait. L'habitude s'installa. Le lendemain ressembla sans cesse à la veille. Sa femme décidait, dirigeait, planifiait, réclamait; lui, il se taisait, acceptait, s'inclinait.

Au bout de quelques semaines, prétextant qu'il ronflait et qu'elle manquait d'espace avec son ventre qui s'alourdissait, Barbara l'enjoignit de s'installer dans la chambre contiguë. Il obtempéra aussitôt. N'importe quoi lui convenait. Sa vie ne lui appartenait plus. Existait-il sans vivre ou vivait-il sans exister? Il n'aurait su le dire. Le temps désormais filait à la vitesse d'un navire en eau calme et noire dans une nuit d'encre. Il ne voyait rien devant lui que l'ombre profonde de la mer.

De Barbara naquit le 4 décembre, onze jours plus tôt que prévu, une petite fille émaciée à la chevelure de jais. Xavier qui attendait tout de cette naissance fut déçu. À maints égards, ses premiers élans de tendresse s'écaillaient. Il avait cru que la monotonie de sa vie se briserait, qu'une enfant agitée et capricieuse les amuserait, les rapprocherait; or, tirer Marisa du sommeil tenait presque de l'exploit, si bien qu'ils y renoncèrent rapidement. Pour la nourrir, il fallait la forcer à accepter la tétine et il n'était pas rare qu'elle n'ait pas terminé son biberon précédent quand l'heure du suivant arrivait. La tranquillité succédait au calme comme la nuit au soir: Marisa, en bébé exceptionnellement sérieux, accentuait encore le poids de leur mariage.

Barbara se préoccupa de retrouver rapidement sa ligne de mannequin et passa le plus clair de son temps dans les salons de massage, de tennis, de danse aérobique, les salles de nautilus hydra-gym, les piscines, etc. Elle confiait la garde de Marisa à qui pouvait se libérer: Xavier, sa mère, une vieille voisine, une jeune gardienne qui arrivait toujours encombrée de livres scolaires et parfois même de son petit ami; qu'importait puisque le bébé dormait? Au retour, Barbara ne revenait ni pour tenir maison ni pour se pencher sur le berceau de Marisa qui, de toute manière, refermerait aussitôt ses yeux ensommeillés. Elle téléphonait à son groupe d'amies avec qui elle organisait une partie de bridge. Si, par hasard, avant qu'elle ne parte vaquer à ses nombreux loisirs, Marisa chignait, elle faisait réchauffer du lait et le lui portait au lit. «Elle n'a besoin que de manger», répétait-elle à qui voulait l'entendre. Personne ne se trouvait là pour dire le contraire, pas même Xavier.

Barbara reprit sa taille et son travail en moins de trois mois. Bruce la trouvait resplendissante; il s'enorgueillissait de voir que sa beauté ne s'était pas évaporée et que la maternité l'avait rendue encore plus belle. La parution des articles de Leslie Laramick et des photographies de Luke Elliot dans le *World Beauty Magazine* eut lieu en mars. Lee Jordan Lazare n'avait utilisé aucune des photos que Xavier lui avait laissées. La cote d'amour de Barbara grimpa rapidement. Bruce la présenta à de gros fabricants de cosmétiques et de parfums de Paris, de Londres, et constata qu'elle séduisait même davantage. Les contrats de publicité affluaient au bureau de Ruth Rabane pour l'engagement de Barbara, y compris des compagnies qui se spécialisaient dans les articles de sport, dans les voitures et également une importante entreprise de céréales.

Mieux cotée, la jeune femme se prêtait peu aux petites attentions sensuelles des messieurs qui lui faisaient miroiter la gloire, toutefois elle acceptait d'être vue en compagnie de ceux qui souhaitaient laisser croire qu'ils obtenaient d'elle bien mieux que des tête-à-tête. Bruce ressentait même une légère satisfaction à savoir qu'ils n'étaient pas nombreux ceux à qui elle concédait ses faveurs, et qu'il était du nombre. Sachant que Xavier et Barbara n'entretenaient aucune relation physique, il ne voyait pas en quoi leurs liens privilégiés pouvaient rendre son employé malheureux et c'est pourquoi il ne se sentait pas du tout coupable. En septembre, Bruce fit paraître les articles sur le reportage en mer de Barbara. Le crédit en revint aussi à Xavier qui obtint maints contrats et qui vendit son studio de Québec. Celui de Montréal – qu'il partageait toujours avec Lionel – devint renommé auprès des publicistes, auprès de divers magazines, auprès de jeunes personnes qui rêvaient de devenir mannequins, auprès des parents qui souhaitaient conserver de leurs enfants des photos souvenirs non conventionnelles.

Pourtant Xavier s'empâtait. Il attendait... sans savoir qui ou quoi. Il n'appartenait peut-être même plus à ce monde des vivants auquel Marisa refusait d'adhérer. Durant des mois, il espéra son premier rire; il n'en entendit pas. Elle n'esquissa guère plus de sourires et ne babilla pratiquement jamais, sauf quand on se trouvait loin d'elle. Dès que quelqu'un s'approchait, elle se contentait de fixer le vide ou de gémir à l'occasion, petit animal effrayé et indomptable. Il s'était dit qu'avec le temps tout s'arrangerait. Au fil des mois, ses faibles réactions à son entourage firent craindre l'éventualité d'une surdité. Les médecins consultés les rassurèrent: Marisa entendait parfaitement bien. Son comportement, jugé près de l'anormalité, ressemblait à de l'autisme. Les spécialistes consultés affirmaient cependant qu'ils ne pourraient se prononcer avant que l'enfant n'ait cinq ou six ans. Barbara refusait d'emblée ce diagnostic et criait haut et fort que «sa» fille ne pouvait pas être une malade mentale. Elle la disait être un bébé satisfait de son sort, sans besoins particuliers, indépendant et effacé. Marisa était jeune. Elle avait appris à marcher vers dix-huit mois. C'était un peu tardif peut-être, mais elle l'avait fait sans aide, sans être poussée ou encouragée. Pour Barbara, c'était un signe prometteur. Il s'agissait de laisser la petite grandir et évoluer à son rythme.

Xavier, son journal ouvert sur les genoux, adossé à son gros fauteuil rembourré et confortable, avait fermé les paupières en repensant à tout cela. Il lui arrivait régulièrement de s'endormir ainsi; en ce moment, quelque chose l'en empêchait. Il ouvrit les yeux et vit ceux de sa fille braqués sur lui. Elle détourna vivement sa petite tête bouclée et se remit silencieusement à son jeu coutumier: faire rouler sa balle en avant et en arrière, tout doucement, du bout des doigts, et sans qu'elle ait à changer de place.

— Marisa! l'appela Xavier en lui tendant les bras. Viens voir papa!

Elle fit la sourde oreille, ébaucha un mouvement de fuite, puis finalement ne bougea pas. Les bras de l'homme retombèrent. Combien de fois avait-il tenté de l'amadouer, de la faire jouer, de l'amener à explorer la maison? Rien n'avait pour elle autant d'importance que son ballon coloré et sa «doudou» élimée.

— Aimerais-tu avoir une belle poupée pour jouer à la maman? Ou bien un ourson en peluche?

Marisa rapprocha le ballon d'elle. Négligeant les jouets qu'on mettait sans relâche à sa portée, elle s'étira pour attraper la petite couverture en lainage rugueux qu'elle traînait partout, se piqua la tétine dans la bouche et se coucha sur la moquette à la façon d'une autruche, la tête enfouie sous la couverture et les fesses relevées.

Xavier s'adossa de nouveau. Était-il responsable de ce que cette enfant cherchât à fuir le monde, de cette dérobade évidente aux contacts humains, de ce refus obstiné de partager quoi que ce soit avec eux? Après sa grossesse, Barbara n'avait plus guère été présente. Ses contrats l'entraînaient souvent en dehors de Montréal et, quand elle était là, elle pratiquait divers sports pour garder sa ligne. L'été, sa nouvelle marotte l'occupait beaucoup: elle jouait au golf et y excellait même. Aussi utilisait-elle plusieurs de ses après-midi libres pour jouer en compagnie de quelques coéquipières. L'hiver, elle allait skier, nager ou au club de tennis. En fait, depuis sa naissance, Marisa avait passé plus de temps chez différentes gardiennes, y compris chez Carole Roitelet, que chez elle auprès de sa mère ou de lui-même qui revenait rarement avant la nuit, préférant la solitude de son laboratoire de photo à tout le reste, y compris à Marisa. Il cherchait un coupable sans se rappeler que le bébé, déjà, les tenait à distance depuis sa naissance.

Il se dressa, empoigna à bras-le-corps l'enfant qui ne réagit pas, se laissant alourdir, véritable pantin désarticulé. Il l'emporta dans la chambre, la plaça sur le lit pour la vêtir convenablement, puis il alla peigner sa tignasse d'ébène échevelée tout en lui disant:

— Nous allons faire une promenade dehors, que tu le veuilles ou non. Ce sera notre première sortie ensemble, seuls tous les deux. Ça te fera du bien. À moi aussi, ajouta-t-il en lui mettant les minuscules espadrilles blanches que Barbara avait achetées. J'ai l'impression que la terre a tourné sans que j'en sois conscient; je me retrouve responsable d'une fillette de deux ans et demi qui n'a jamais eu de communication réelle avec moi... ni avec sa mère.

C'était un lundi après-midi ensoleillé de la fin avril. Un vent tiède leur chatouillait le visage; Xavier respira profondément l'arôme enivrant des fleurs printanières et des herbes transporté par cette bise exquise. Il avait essayé d'entraîner Marisa par la main; elle s'y était opposée farouchement. Ils avançaient l'un près de l'autre sur le trottoir ombragé de branches d'arbres, le long de l'avenue où seuls quelques véhicules roulaient à une allure modérée. Il lui désignait les arbres par leur nom: «une épinette, un érable, un bouleau... parce que l'écorce est blanche», et les oiseaux:

— Là! Un geai bleu! s'émerveilla-t-il. Cet autre, là, c'est une corneille. Elle est toute noire.

Un écureuil traversa la rue juste devant eux. Xavier le pointa du doigt afin que Marisa puisse le suivre de ses jeunes yeux écarquillés.

— Il écale des noix, les emporte dans sa gueule et va les cacher dans un petit abri, soit dans un arbre ou dans la terre. Ces provisions vont lui servir à se nourrir durant l'hiver prochain.

La petite semblait effectivement moins empesée, presque détendue. Sans paraître vraiment l'écouter, elle inspectait les alentours en ayant l'air de s'y plaire et d'y voir une différence entre son monde habituel et ce qui existait en dehors. Il se dit qu'ils devraient, lui et Barbara, s'occuper davantage de l'enfant. Était-ce parce qu'il doutait de sa paternité qu'il s'était insensibilisé ou parce que Marisa ne réclamait pratiquement jamais rien de telle sorte que personne n'avait jamais insisté?

Pour Barbara, Marisa était son objet, sa chose, sa propriété. Il lui suffisait qu'ils soient là tous les deux, elle et lui, pour qu'elle soit contente. Fussent-ils malheureux et tristes, elle ne s'en serait pas aperçu. Tout ce qui comptait, c'était l'emprise qu'elle avait sur eux. En tyran incontestable, elle exigeait, piaffait, s'exaltait, enrageait; il exauçait ses vœux. Au surplus, elle excellait dans l'art de l'excentricité: grande et superbe maison en banlieue, piscine chauffée, voiture sport de l'année, bijoux, fourrures. Elle voulait faire partie de l'élite et leurs salaires à tous deux le leur permettaient sans qu'ils aient à s'endetter. Et lui, pourquoi s'emmurait-il dans cette vie insipide? Un écran de fumée pour ne plus goûter la saveur des choses, sans doute. Pour ne plus souffrir? Pour expier ses crimes? Comment aurait-il pu servir d'exemple à Marisa quand il s'extrayait du quotidien pour s'évader dans un monde sans image et sans âme? Où était passé l'ancien Xavier, ennemi du laisser-aller? À présent, il se voyait en entité ébouriffée, sans profondeur et emmerdant. Il portait son cœur éclopé en écharpe, encore échaudé par ses désastreuses expériences émotionnelles. Rien de bien édifiant.

Le soleil, Éole et l'air pur le ranimaient, le réveillaient. Cette éclaircie suffirait-elle à le tirer de son asservissement? Le voulait-il? Ce joug lui apportait une certaine paix, un engourdissement de l'esprit. Comme un grand malade avait besoin d'une cure de repos pour reprendre des forces, cette monotonie le fortifiait. Allait-il parvenir à s'écroûter et à se remettre à vivre?

Il respira profondément et sentit son sang bouillir à l'extrémité de ses doigts, là où la petite main de Marisa se dérobait sans cesse chaque fois qu'il tentait de la tenir.

En réfléchissant ainsi, il erra environ une demi-heure, s'éloignant de sa demeure. Ils se rendirent jusqu'à un parc. Il s'assit sur un banc, devant un eucalyptus bourgeonnant qui se mirait dans un étang, et se laissa envahir par les sons agréables. Des grenouilles coassaient sur des feuilles de nénuphars qui flottaient à la surface de l'eau où écumait une mousse blanchâtre par endroit. Quelques enfants s'amusaient à cueillir des plantes séchées en compagnie d'une vieille dame édentée. D'autres s'étaient construit une écluse en bordure du marécage et s'esclaffaient de joie en y poussant des insectes glisseurs. Quand il voulut revenir, il vit que Marisa s'était endormie au pied du banc. Il dut la porter.

La tête sur son épaule, les bras pendants, elle ressemblait à n'importe laquelle autre petite fille. Sa tiédeur et son poids lui étaient agréables. Le fait même de se savoir responsable de cette frêle vie flattait son ego. Soudain, devant lui, une stature familière retint son attention. Il s'arrêta pile, éberlué, refroidi. Richard Brunelle aussi l'avait reconnu et, un large sourire entrouvrant ses lèvres pratiquement enfouies sous des poils roux, il se dirigeait vers lui, ravi.

— Xavier! lança-t-il en le serrant machinalement aux épaules. Ce que je suis content de te revoir! Je viens de chez toi; je me suis cogné le nez sur une porte barrée. J'étais bien loin de me douter que je te rencontrerais par hasard. Comment vas-tu? Ta progéniture? poursuivit-il joyeusement en désignant Marisa.

L'autre approuva lentement, embarrassé; il se sentait pris en flagrant délit d'exhibitionnisme en reconnaissant sa paternité. Il fut saisi d'une crainte effrénée au souvenir de sa trahison et de la perte qu'elle avait entraînée; l'idée de se sauver à toutes jambes lui ébouillantait l'esprit. Il demeurait là, éhonté et coupable. Retrouver Richard ravivait ses souvenirs et c'est à Claire qu'il pensait.

— Quand es-tu rentré au pays? bredouilla-t-il.

— Il y a deux jours. Nous étions devenus de perpétuels voyageurs intrépides, ajouta-t-il en riant. Nous rentrons d'Égypte. Je suis venu installer Claire. Je repars sous peu.

Xavier ne retint que le prénom de la femme. Il se fit l'effet d'un écornifleur en demandant tout de même:

— Elle ne t'accompagne plus?

Le sourire de Richard s'assombrit sous un voile de mélancolie. Il murmura, les yeux fixés sur le trottoir:

— Pas cette fois.

Puis il reprit plus gaiement:

— Il faudrait se réunir tous les quatre avant mon départ et faire une foire à tout casser. Qu'en dis-tu?

— J'en parlerai à Barbara.

Le désintéressement évident de Xavier amena une gêne entre eux. Ils se regardèrent; on aurait dit deux étrangers, timides et ennuyés. Richard reprit:

— Sincèrement, Xavier, tu es loin de bondir de joie à me revoir. Je croyais que nous étions bons copains.

Xavier ne répondit pas. Il aurait volontiers engueulé cet énergumène qui l'observait toujours, mains aux hanches, jambes légèrement écartées. Il ne paraissait pas pressé de partir. Le soleil brillait par derrière, ombrageant ses traits, de sorte que Xavier ne pouvait pas voir l'expression de son visage ni son extrême pâleur. Il ressentait autre chose qui le clouait sur place.

— Tu ne me parais pas tellement heureux, mon cher ami, continuait Richard sur un ton lent et doux.

Xavier gardait le silence. Comment Richard ne comprenait-il pas que, lui voler l'amour de Claire, c'était amputer toute estime, toute amitié entre eux? Après avoir enfreint les règles les plus élémentaires de l'amitié et des convenances, il étalait sans vergogne l'étendard de sa victoire et se montrait complaisant devant le cafard de Xavier, sans endosser la moindre culpabilité.

— Possible aussi que je me trompe! Je t'ai connu plus débordant de vitalité. À moins que tu m'en veuilles... au sujet de Claire! enchaîna-t-il.

— Tout va très bien, éluda l'autre en sentant perler des gouttes de transpiration dans son dos. Une simple mauvaise passe.

Après tout, qu'avait à savoir Richard sur son état de santé et sa vie? Il avait déjà suffisamment empiété sur son avenir par le passé. Cet engouement pour Claire, il faudrait bien qu'il déploie ses ailes un jour et s'envole à jamais.

— Si je puis t'aider, fais appel à moi. Du moins, pour le temps de mon séjour, lui offrait Richard.

— Hum! grogna Xavier peu enclin au bavardage.

— Bon! Nous nous reverrons bientôt, j'espère! s'empressa de dire Richard, confus. Heureux de t'avoir croisé! Tu salueras Barbara de notre part.

Il lui tendait une main cordiale que Xavier ne put que serrer gauchement et il remercia secrètement son tiède fardeau, Marisa, de sa présence.

Finalement Richard s'en alla et, avec lui, la torpeur de Xavier. Une douleur lui darda subitement l'estomac, traversant son corps jusqu'à longer tous les os de sa colonne vertébrale. Il porta son poing libre à son thorax et ploya sous le mal qui empirait, retenant tant bien que mal Marisa contre sa poitrine. Il avait reconnu ce malaise: son ancienne souffrance d'il y avait près de trois ans venait de se réveiller. Son cœur s'emballait sous le coup de l'embardée qu'il venait de subir. Que ne s'était-il émancipé de ce désenchantement et de la souffrance qu'il enclenchait?

Encore sous le choc, il se remit en route. Il titubait et devait ressembler à un homme en état d'ébriété. Il respirait difficilement, incapable de chasser la douleur qui le tailladait, qui engourdissait ses épaules et ses bras. Pourtant légère, Marisa se faisait de plomb.

Puisque sa fille dormait toujours à son arrivée à la maison, Xavier la coucha et alla s'étendre aussi. Le mal s'atténua lentement et il finit par s'endormir.

Les sons qui le tirèrent de son rêve vaporeux firent s'accélérer son pouls. On aurait dit le signal persistant d'un téléphone ou d'un réveille-matin. Il s'assit vivement sur son lit et écouta: Marisa se plaignait dans la pièce voisine et des voix de femmes péroraient dans le salon. Barbara avait dû ramener des compagnes de travail, de cartes ou de sport.

Il se rendit dans la chambre de l'enfant. Des relents d'égouts et de vomissures lui piquèrent les narines. La tête empêtrée sous son oreiller et ses couvertures, Marisa se lamentait nerveusement, secouée de hoquets. Xavier la sortit de là, la souleva et constata qu'elle était trempée, autant de transpiration que d'urine ou d'excréments: les épinards du dîner. Elle puait, pire qu'un putois. La tenant à bout de bras, il l'emmena à la salle de bains, la baigna, la rhabilla et la peigna avec des mouvements pleins d'attention. Tout le temps que durèrent les soins, l'enfant fixait sans arrêt un point invisible à sa gauche. Il avait beau ramener la petite tête vers lui, ainsi qu'une girouette se place face au vent, elle détournait les yeux de son père inlassablement.

Propre et jolie dans sa robe bleue enrubannée, il la mit par terre et lui ouvrit la porte pour lui permettre d'aller retrouver sa mère et ses invitées. Marisa ne bougea pas. S'appuyant au mur, elle continua d'examiner le vide comme si elle voyait s'y dérouler une scène. Il secoua la tête avec un soupir douloureux. Il ne la comprenait pas.

Il passa ensuite enlever les draps et les couvertures sales pour les rincer et les mettre à tremper dans un bac. Ceci fait, il n'avait pas le goût de se joindre au groupe de femmes qui trouvaient souvent mille sujets pour le mettre en boîte; il retourna dans sa chambre. Marisa le suivit discrètement de loin, longeant les murs, craignant... Dieu sait quoi. Il jugea qu'il valait mieux ne pas s'en occuper et se recoucha. Il se rendormit.

— Tu aurais pu avoir la décence de venir saluer mes amies! s'égosillait Barbara.

Tout gourd de sommeil, il crut entendre une oie trompette. Il se souleva sur un coude, se frotta les yeux. Il ne saisissait pas pourquoi sa femme l'enguirlandait. La porte était close et Marisa sortie. Barbara le toisait, prête à la bataille. Pourtant, elle savait bien qu'il ne réagirait pas; depuis leur mariage, il se bornait à s'écarter des embrouilles.

— Essaie au moins de te montrer courtois quand j'emmène quelqu'un ici! ergota-t-elle un peu plus bas en se calmant. Tu nous as évitées sciemment et elles l'ont toutes compris. Et ta fille qui gémit comme une bête et qui empeste la maison en plus! Cette enfant et toi, vous me faites rougir de honte.

Il songea, sans répliquer, que Marisa avait peur des gens, peur même de ses parents et que, peut-être, on pouvait trouver là une des causes de son comportement bizarre.

Barbara fit demi-tour et sortit. Bien sûr, il aurait dû aller saluer sa petite troupe, en mari exemplaire, pour s'éclipser ensuite avec Marisa et la remettre au lit; il avait coutume de le faire. C'était sa rencontre avec Richard qui lui avait rappelé un épisode difficile et qui lui pesait sur l'estomac. Quel chemin avait donc emprunté Richard pour que le bonheur lui échoie alors que, lui, la destinée l'écorchait vif? Il rabattit les couvertures sur lui et ferma les yeux, las.

Le surlendemain, Barbara devait participer à un défilé passerelle qui avait lieu à Toronto. Xavier avait dû s'absenter avec Bruce pour un travail spécial, alors elle emmena sa fille chez Carole Roitelet. Elle entra en coup de vent dans la maison.

— Maman, je te laisse Marisa! cria-t-elle du salon de façon à ce que le son porte jusqu'à l'endroit où pouvait se trouver sa mère.

— Avance une minute, la pria Carole. Il y a du monde.

Intriguée, elle s'approcha et s'arrêta net en apercevant Claire et Richard assis à la table, en train de déjeuner.

— Tiens! lâcha-t-elle avec un ton et un air indéfinissables. Vous êtes de retour ou de passage?

— Claire reste à Montréal, l'avisa Richard. Je prends l'avion le treize mai pour retourner là-bas.

— Journée malchanceuse! ironisa-t-elle. Vous m'excuserez, je dois me hâter, on m'attend. Je te laisse la petite, maman. Au revoir!

— C'est que... commença Carole.

Déjà Barbara s'éclipsait, refermant la porte derrière elle. Carole haussa les sourcils en souriant.

— Bien! Je n'aurai qu'à informer mes amies qu'elles doivent se chercher une autre partenaire pour leur bridge.

— J'ai l'impression que tu y es accoutumée, énonça Claire.

— Je ne blâme pas Barbara. C'est très difficile de trouver des gens à qui se fier de nos jours. Et Marisa est... spéciale.

Claire baissa la tête. Elle n'avait pas entendu la dernière phrase, bloquée qu'elle était à se rappeler que Carole excusait une fois de plus sa préférée. Pourquoi s'était-elle attendue à ce que sa mère ait changé en trois ans quand, depuis plus de vingt ans, elle se montrait complaisante envers Barbara, faisant son éloge même quand elle se montrait effrontée et empoisonnante? Elle ne leur avait même pas souhaité la bienvenue.

— Richard doit rencontrer un éditeur au sujet du livre qu'il est à écrire. Je peux m'occuper de l'enfant, si tu veux.

— Je n'ai rien contre, si ça ne te dérange pas. D'autant que Marisa ne te causera pas le moindre souci. Elle doit être assise par terre, à se cogner au mur. Elle y passera près de deux heures, quoi que tu fasses pour l'en empêcher ou pour l'occuper à un jeu, alors économise tes forces. J'ai tout essayé; c'est chaque fois la même chose. Ensuite elle prendra son ballon, se couchera à même le sol avec sa couverture et s'endormira.

Claire délaissa son café qui refroidissait, se leva et se dirigea vers le salon sous l'œil intéressé de Richard et de Carole. Marisa effectuait le geste de se bercer en se frappant le dos au mur – un marteau sur une enclume – et elle se frottait le nez sur un vieux lainage en suçant son pouce. Ses grands yeux pers, aujourd'hui d'un vert glauque, atteignirent Claire comme un coup de fouet. Émue, elle frissonna en examinant l'enfant.

«La fille de Xavier! Elle ressemble plus à lui qu'à Barbara, avec ses cheveux noirs bouclés, son petit nez à l'arête large, sa bouche au dessin sensuel... La fille de Xavier.»

Elle refoula le nœud qui lui comprimait la gorge et se dirigea vers un grand fauteuil berçant. Marisa cessa son mouvement un instant, le temps que Claire s'installe dans un fauteuil en face d'elle, puis elle recommença sur le même tempo. Claire resta là, immobile, à l'épier et à escalader l'échelle de ses souvenirs.

Richard vint en passant baiser le front lisse de Claire afin d'y chasser l'empreinte du passé ou même celle du présent. Elle lui dédia un rapide sourire de gratitude et enserra vivement la main qui touchait les siennes pour la porter à sa joue.

— Merci, Richard, murmura-t-elle avec emphase. Merci pour tout.

Il demeura là, penché, à l'examiner gentiment, l'air attendri et navré.

— Tu tiendras le coup, chérie? chuchota-t-il à son tour afin que Carole n'entendît pas leurs propos.

— Sans toi, ce sera difficile. J'aurais voulu t'accompagner en Suisse, rester près de toi et...

— Plus loin de lui, poursuivit-il en soupirant doucement. Il faudra être forte et courageuse, tu le sais, chérie?

— Oui, je le sais. Pourquoi ne me laisses-tu pas venir? Nous avons été bien tous les deux pendant ces quelques années. Je préférerais...

Il posa un doigt léger sur sa bouche et essuya ses yeux embués de larmes.

— Nous en avons déjà discuté et rediscuté. De plus, l'endroit est mal choisi pour en reparler. Je reviendrai ce soir, très tard. Couche-toi sans m'attendre.

Elle fit un signe affirmatif en tordant ses lèvres pour empêcher de nouveaux mots de sortir. Richard écourtait leur entretien chaque fois qu'elle revenait sur ce propos. Il ne voulait pas qu'elle s'effondre, même si leur univers s'écroulait. Il s'en alla, se retourna avant de franchir la porte pour imprimer une fois de plus son image dans sa mémoire.

Carole Roitelet survint alors et lorgna Marisa qui négligeait son entourage. Elle étudia sa physionomie. La déception se lisait sur son visage.

— Elle est aussi maigre qu'une échalote. Et pas moyen de l'égayer! Quand je songe à la pétillante petite fille qu'était Barbara! Marisa doit tenir de son père. Je ne comprends ni ce garçon ni ce qui a pu attirer Barbara vers lui. Ils sont si dépareillés!

Elle vérifia la curiosité de Claire qui la lorgnait passivement et poursuivit:

— Je ne dis pas ça parce que Xavier est un mauvais gendre! Les contraires s'attirent, c'est bien connu; j'imagine que c'est, là, la cause de leur union.

Claire se demanda ce que sa mère pensait de son mariage à elle, ou si même elle en pensait quelque chose. Elle aurait été portée à croire que le caractère calme et avisé de Xavier plairait à sa mère, or il n'en était apparemment rien. Même la petite Marisa, fruit de leur étreinte, ne semblait pas la fasciner. Était-ce une juste compensation de la nature que l'affection de Carole pour Barbara se limite à cette dernière et finisse avec elle?

— Si tu le permets, je sortirai tôt. J'ai plusieurs commissions et je dois faire l'épicerie avant de me rendre chez Élyse. Tu serais gentille de déballer et de ranger la marchandise quand on la livrera. En dehors de son lait, Marisa ne mange que des aliments secs: blanc de poulet, biscuits. Elle ne viendra pas à table et refusera que tu la nourrisses. Tu peux l'amener à la cuisine et déposer son plat près d'elle, tout simplement.

«On agit ainsi pour un animal domestique», faillit ajouter Claire.

— Si j'ai des problèmes, avec qui dois-je communiquer?

— Des difficultés! Avec Marisa? Tu n'en auras aucune avec elle.

Déjà Carole posait son chandail sur ses épaules et avançait vers la sortie. La question de sa fille l'avait visiblement agitée et elle paraissait fuir, du moins c'est l'impression que Claire en ressentit.

Elle se retrouva tout à coup seule avec Marisa et s'interrogea à savoir si l'enfant boudait ou non en effectuant ce lassant mouvement de va-et-vient qui finissait par l'étourdir. C'était plausible après tout puisque, selon Carole, Marisa agissait ainsi chaque fois qu'on la plaçait en garde chez elle. «On croit être parfois plus efficace que les autres en certaines circonstances.»

Elle s'approcha de Marisa dans le but de l'amuser, empila une série de blocs les uns par-dessus les autres et les fit tomber tout d'un coup; elle ne réussit même pas à capter son attention suffisamment longtemps pour l'amener à l'imiter. Après avoir louché vers les mouvements de Claire de ses grands yeux pâles qui ne traduisaient aucune émotion, Marisa se détourna et se coucha, front au sol, derrière relevé, puis elle ramena sa petite couverture sur sa tête. Claire s'en empara. L'enfant ne bougea pas, exactement comme s'il ne s'était rien passé. Claire s'en enveloppa la tête pour tenter de jouer à cache-cache en se servant de la «doudou»; la petite fille n'entra pas dans le jeu. Elle la chatouilla: aucune autre réaction qu'un sourd grognement plaintif.

Claire rendit la couverture à Marisa, décidant d'attendre que l'enfant vienne à elle. La journée se passa, éprouvante, à espérer un geste de la part de l'enfant qui se contenta de changer de position, qui refusa obstinément d'avaler de la nourriture solide et qui retourna sans cesse à son lieu privilégié. La nuit venue, Marisa se trouvait toujours couchée sur le tapis du salon et Claire dut admettre que la petite fille, d'une tranquillité exagérée, réagissait plutôt anormalement.

Il devait être vingt et une heures trente. Elle avait allumé un feu dans l'âtre extérieur, côté jardin, là où se trouvait la chambre où elle avait couché Marisa qui n'avait pas du tout protesté. Par la fenêtre entrouverte, elle pouvait entendre tous les sons provenant de la maison. Si Marisa pleurait, elle accourrait. Mais Marisa dormait. Enroulée dans un châle blanc appartenant à Carole, Claire admirait la danse des flammes colorées. Elle songeait.

— Bonsoir, Carole. Je suis venu chercher Marisa, annonça Xavier en se dirigeant de son côté.

Voyant qu'il s'agissait de Claire et non de Carole, il stoppa brusquement. Claire se leva pour tenter d'échapper à cette voix dans le noir, puis elle demeura figée face à lui. Ils échangèrent un long regard dans la lumière orangée provenant de l'âtre. Xavier ne bougeait plus et Claire avait peine à retrouver la voix. Ce fut lui qui s'enhardit et articula péniblement:

— Ta... mère n'est... pas là?

— Je suis seule.

Leur malaise dura. Si longtemps, songea Claire, que s'ils avaient été des plantes, ils auraient eu le temps de s'enraciner. Finalement, elle l'invita:

— Tu peux t'asseoir un moment si tu veux.

En trois enjambées, il vint s'installer inconfortablement dans la chaise de parterre à côté de celle où elle se rassit; il n'osa plus lever le regard vers elle. Le silence aurait coulé, pesant, si le crépitement des étincelles ne l'avait comblé par à-coups.

— J'ai rencontré Richard, hier...

— Oui. Il me l'a dit... Ta fille te ressemble beaucoup.

— Tu trouves? Moi, je ne vois que Barbara en elle.

Le prénom de la femme les givra l'un et l'autre. De longues minutes passèrent sans qu'aucun d'eux ne dise rien. Ils attendaient que les paroles viennent d'elles-mêmes franchir leurs lèvres; avaient-ils peu ou trop à se dire? Claire aurait aimé discuter de Marisa. Elle craignait toutefois que Xavier n'apprécie pas son intervention dans leur façon d'élever la fillette et qu'il y voie une intention malveillante envers Barbara. Quant à Xavier, les phrases qui montaient en lui débutaient toutes par «pourquoi?». «Pourquoi as-tu épousé Richard? Pourquoi as-tu fui loin de moi? Pourquoi as-tu cessé de m'aimer?»

Ils gardaient les yeux sur l'âtre, tourmentés et misérables.

— Richard m'a dit que tu ne repartais pas avec lui.

— Ce n'est pas moi qui ai refusé de le suivre. C'est lui qui préfère qu'il en soit ainsi.

— Ah! je croyais que...

Mal à l'aise, il se tut. Comment lui expliquer ce qu'il avait espéré? Dans quel but? Il se leva lourdement, désirant prolonger ces instants de proximité et d'envoûtement, mais ne sachant plus comment y parvenir sans dire des sottises. Il ne pouvait conserver cet air idiot d'un muet message éperdu d'amour. Il se leva; elle lui emboîta le pas et ils cheminèrent, l'un derrière l'autre.

— Tu n'as pas eu de problèmes avec Marisa?

— Pas vraiment. Elle est très... absente. Est-elle constamment ainsi?

— Oui. Tu as dû remarquer ses agissements plutôt singuliers?

— Difficile de faire autrement. Elle est assez déroutante. Avez-vous vu un médecin?

— Son pédiatre affirme que tout est normal, bien qu'elle soit un peu lente. Il dit que plusieurs enfants s'enferment dans un monde à part jusqu'à l'âge de trois ou même de

quatre ans sans que nous devions pour cela nous en inquiéter outre mesure.

— J'en doute! Ou, s'ils le font, c'est qu'ils ont une raison
qui relève de la compétence des psychologues ou des psy-
chiatres.

— Tu la crois vraiment malade? demanda-t-il, affligé.

— Je ne suis pas médecin. J'avoue cependant que son
détachement m'inquiéterait s'il s'agissait de ma fille. Qu'en
pense Barbara?

— Elle déclare que sa fille est normale. Pas question de se
tracasser outre mesure.

Dans l'ombre projetée par la grosse maison de brique
rouge où ils avaient habité le premier étage, elle et sa famille,
Claire le scruta sans en avoir l'air grâce au feu de l'âtre. Ils
arrivaient devant les escaliers.

— Pourtant, même un aveugle remarquerait son repli
sur elle-même. Bien sûr, je ne veux pas me mêler de vos
affaires; cependant, si vous voulez aider cette enfant à réagir,
il est plus que temps.

Il porta une main à son sourcil gauche comme si un mal
de tête atroce le brûlait, geste que Claire voyait souvent chez
Richard.

— J'y réfléchirai. Je suis moins certain que toi qu'il s'agisse
d'un trouble grave. Elle n'est pas toujours si distante. Tu ne
l'as vue qu'une fois.

— Évidemment, admit-elle en baissant les yeux. Excuse-
moi; je ne voulais pas te blesser. Je songeais seulement à
Marisa, à son bien-être. Je la trouve... malheureuse.

Elle avait prononcé ces mots avec une telle conviction
que Xavier crut y discerner ses sentiments personnels. Il
allongea une main tremblante vers le profil triste qu'il
distinguait à peine et passa le bout des doigts sur la peau
veloutée. Elle sursauta et se retourna au moment où il
retirait vivement la main. Le temps venait-il de s'effacer? Il
crut lire, dans le regard qu'elle levait vers lui, ce même émoi
tendre qu'il y voyait autrefois, cette même détresse qu'il
ressentait. Ils se détaillèrent, émus. Un pas, deux, un fil de
soie solide les tirait doucement l'un vers l'autre. Leurs

bouches s'effleurèrent sans qu'aucun mouvement prompt ne vienne effaroucher leurs âmes et leurs lèvres s'unirent en un lent et troublant baiser sans que leurs bras ne s'emmêlent.

Claire posa la tête contre la poitrine de Xavier qui s'apprêtait à l'enlacer pour l'embrasser de nouveau. Elle recula. La réalité la surprenait en pleine inconduite. Elle courut vers la porte et rentra, les tempes assourdies, étourdie par ses propres émotions. Xavier la rejoignit peu après et, gardant une certaine distance entre eux, histoire de ne pas envenimer les choses, il chuchota:

— Je n'aime pas Barbara. Je ne l'ai jamais aimée, ni aucune autre femme que j'ai connue avant ou après toi. C'est toi que j'aime, toi que j'ai toujours aimée.

Elle demeurait dos à lui, un peu courbée au-dessus de la table à laquelle elle s'appuyait d'une main. De l'autre, elle voilait son visage honteux.

— Ta femme et ma mère vont rentrer bientôt. Mieux vaut qu'on ne te trouve pas ici.

— Pourquoi? Qu'avons-nous fait de mal?

— De mal! répéta-t-elle en se retournant les larmes aux yeux. Nous sommes mariés l'un et l'autre. Notre conduite n'a rien d'irréprochable. À peine nous revoyons-nous que nous nous lançons dans de grandes effusions.

— N'exagère pas! Un si léger baiser...

— ...qui n'aurait pas dû être.

— Aimes-tu Richard?

— D'une certaine façon, oui. Non, ne t'approche pas, Xavier! cria-t-elle en levant un bras pour l'en empêcher. Nous ne sommes pas suffisamment forts pour lutter contre nous-mêmes.

— Tu admets donc que ton amour pour moi est toujours vivant et puissant! Pourquoi ne m'as-tu pas attendu? Pourquoi as-tu épousé Richard?

Elle se détourna, nerveuse. Tout, autour d'elle, semblait s'émietter. Elle encourrait vraisemblablement la vengeance des esprits malins si elle osait exposer quelque grief que ce soit envers Barbara dans la maison de sa mère.

— N'en discutons pas maintenant! Maman va revenir. De même que Barbara.

— Quand? Où?

— Pas ici; pas maintenant. Nous aurons mille occasions de nous revoir.

— Quand? insista-t-il, entêté.

— Va-t'en avant que quelqu'un n'arrive.

— Très bien, je m'en vais. J'emmène Marisa. Ça ne me fait rien qu'ils apprennent que nous nous sommes rencontrés.

— Si tu savais tout ce qui peut advenir, tu changerais peut-être d'idée.

— Que veux-tu dire?

— Je n'ai pas le temps de déchiffrer tout ça aujourd'hui. Dépêche-toi de t'en aller avant que Carole ne rentre!

Il alla enrouler la petite fille dans une grande couverture et jeta un dernier regard à Claire avant de partir.

Entre celui qui était arrivé moins d'une heure plus tôt et l'homme qui ressortait, nulle similitude. Ce dernier expérimentait un nouveau chaos d'angoisses et d'émerveillements. L'amour de Claire ranimait son être, éveillait ses frayeurs, ses doutes; il souffrirait davantage maintenant qu'au cours de ses dernières années de somnolence intellectuelle et affective. Préférait-il cet état à l'autre? Valait-il mieux souffrir et vivre ou laisser les événements couler indifféremment, à l'image de Marisa? Ne s'endurcissait-on pas à endurer mille tortures? N'était-ce point une épreuve équitable que d'avoir érodé sa patience auprès de Barbara durant près de trois longues années? Son cœur pourtant égratigné enflait d'extase devant la beauté de la vie. Ses malheurs s'étaient envolés: Claire l'aimait.

Il déposa l'enfant à l'arrière du véhicule et démarra lentement, craignant pour une fois de l'éveiller. Il entonna à mi-voix une vieille ritournelle: «Plaisir d'amour...».

Chapitre VI

Second étage, un salon bien éclairé par les rayons du soleil qui entraient par la baie vitrée est-sud-est, une petite cuisine proprette, une chambre spacieuse côté cour où s'épanouissait un sorbier en fleurs, une salle de bains en céramique, tel se présentait l'endroit où Claire devrait vivre sans lui.

— Est-ce que ça te plaît vraiment? Il faut me le dire, chérie, si tu ne t'y sens pas à l'aise... C'est toi qui vas y résider, tu sais!

Claire, qui arpentait les quelques pièces d'un pas égal sans se décider à s'asseoir, s'arrêta pour examiner son mari. Il avait maigri au cours des dernières semaines et des cernes se creusaient sous ses yeux. Il se tracassait, bien sûr, et il s'inquiétait. Pour elle autant que pour lui-même. Elle aurait tant aimé l'accompagner en Suisse, partager avec lui les moments affligeants à venir, satiner ses dernières saisons de tendresse, l'aider à supporter l'extinction des feux! Il avait le droit de refuser. Aurait-elle agi de façon semblable si le sort l'avait désignée, elle? Difficile de se placer dans la peau de l'autre quand survient un événement tragique! Un séisme a beau ébranler la Chine, on le déplore; s'il survient dans sa cour, il arrive qu'on n'y survive pas.

Elle se remit à faire le tour du salon. Ils l'avaient choisi ensemble, cet appartement meublé sobrement, et elle devait y emménager samedi. Pourtant elle aurait préféré se retrouver n'importe où ailleurs, mais avec Richard. Pas sans lui dans la ville de son enfance où elle ne pourrait manquer de rencontrer Xavier et Barbara! Pas seule à regarder grandir sa nièce Marisa alors que son sein à elle demeurait sans fruit! Pourquoi Richard avait-il tant insisté pour qu'elle s'installe à Montréal plutôt qu'à Québec? Son intuition lui soufflait que le fait que Xavier se trouvait à proximité n'était pas étranger à cette requête. Ici sans Richard, lui qui adorait l'avoir toujours à ses côtés! Elle pouvait bien s'étonner qu'il préfère vivre les prochains mois en solitaire. À quel point devait-il se faire violence pour la laisser derrière lui quand il l'emmenait habituellement partout, presque collée à ses semelles? Il la savait pourtant sérieuse, serviable, sincère, spirituelle à ses heures, solide aussi. Escomptait-il qu'elle simule en plus la satisfaction et l'euphorie quand son soutien, son amitié, sa sensibilité, sa sensualité lui manquaient déjà?

Elle revint vers lui, agitée, les traits tirés, la mine défaite. Elle posa les mains sur le thorax de son mari et leva vers lui son visage saccagé par la crainte et la douleur de le perdre.

— Je ne peux pas supporter l'idée de rester ici, Richard. Laisse-moi venir, je t'en prie! Je t'en supplie! J'ai besoin de te savoir en bonnes mains. Je te promets...

— Non, coupa-t-il d'une voix calme et déterminée. Nous avons tranché cette question il y a des semaines. Inutile d'y revenir.

Elle s'éloigna et se laissa choir sur le divan de cuir noir, la tête au creux des coussins. Des larmes glissèrent de ses paupières baissées sans qu'elle fasse un geste pour les essuyer ou pour les arrêter. Deux sillons se tracèrent pour se perdre dans son cou. Il s'assit à son côté et reprit une des mains qu'elle avait abandonnées sur elle.

— Si ces larmes me sont destinées, elles sont les bienvenues. Toutefois, Claire, mon amour, si tu pleures sur toi, sèche-les. La vie n'est pas souvent facile; il faut s'en faire une raison. C'est ainsi qu'on apprend le courage, la ténacité, la vraie valeur des choses. Je continuerai de veiller sur toi... des siècles durant. Toujours. Je t'en fais le serment. Je sais que je ne te perdrai jamais complètement.

Ces simples mots prononcés sur un ton doux et patient la

firent se jeter contre lui et des torrents de larmes inondèrent ses joues alors qu'elle hoquetait à travers de violents sanglots:

— Je ne veux pas que tu partes! Ni que tu meures! J'ai besoin de toi. Et toi de moi. Je t'aime. C'est un sacrilège que de m'obliger à rester ici quand nous pourrions avoir deux ans ou même trois ans, à nous.

— Tu sais bien que non, murmura-t-il gentiment en lui caressant les cheveux. Dans l'état où je suis, je sais pertinemment que la fin est proche et rien ne me déplairait autant que de te laisser être le pauvre témoin de ma souffrance et de ma déchéance.

— Ne dis pas ça! Ne dis pas ça! Je ne veux pas t'entendre! gémit-elle en se bouchant les oreilles. Si au moins tu restais à Montréal! On pourrait te soigner, te sauver! La science progresse à pas de géant.

— Il est trop tard, continua-t-il placidement. En Suisse, les médecins sont des plus compétents, sinon les meilleurs. Si quelqu'un peut quelque chose pour moi, c'est là-bas que je le trouverai. Ne me rends pas les choses plus pénibles qu'elles ne le sont, Claire! Je suis déjà si déchiré à l'idée que je ne te serrerai plus jamais dans mes bras.

— Oh Richard! s'écria-t-elle en pleurant. Que puis-je faire? Que puis-je faire?

— Rien, chuchota-t-il, circonspect, avec un soupir. Rien d'autre que de ne pas insister pour venir vivre mon agonie avec moi. Je tiens à franchir cette dernière étape seul; je veux que tu gardes de moi un souvenir intact.

— Tu auras besoin de quelqu'un pour t'aider à certains moments. Une aide subsidiaire ne serait pas superflue.

Il ferma les yeux une seconde. La peur le tenaillait: peur de la douleur, de la mort elle-même, peur aussi de l'isolement qu'il se préparait, des difficultés auxquelles il devrait faire face. Pour rien au monde, il n'accepterait que Claire se trouve là quand il craignait de se montrer lâche. Heureusement, il y avait son livre! L'écriture l'occuperait et lui permettrait de déverser son trop-plein. Déjà, ce poème qu'il avait composé suite à un de ses cauchemars surhaussait ses craintes de ses rimes cadencées:

La maison que l'on démolit
Les branches nues grelottant
Les feuilles qui sont piétinées
Le vent froid sans pitié
Le corbillard avançant
Le cimetière, le corps pourri
La terre gelée, le trou béant
La tombe qui descend
Le sol se refermant
Et moi qu'il engloutit.

Il traduisait si bien ce qu'il avait ressenti alors, ce qu'il craignait de ressentir une fois mort. Il ravala sa salive, se redressa et prit Claire dans ses bras pour baiser avec ferveur ses lèvres salées de larmes qui s'entrouvraient sous les siennes. Il la souleva et l'amena sur le lit pour tenter d'oublier sa déveine en puisant un peu de vitalité en Claire et en se grisant de leur courte période de bonheur.

Un passé proche le submergea. Il revécut le moment où il avait appris que Xavier voulait épouser Claire. Cet instant atroce demeurait inscrit dans son sang, dans ses entrailles, dans chacune de ses cellules tant l'effet en avait été sclérosant. Il connaissait son ami au moins autant que lui-même et s'était imaginé, par expérience, que cette blonde fleur des champs ne compterait pas plus pour lui que les quelques femmes qu'il voyait fréquemment en sa compagnie. Or, Xavier s'était amouraché d'elle au point d'en oublier... presque toutes les autres. Cette Barbara! Elle lui avait déplu tout de suite. La beauté du cygne dans une tête de macreuse. Une sangsue! Le type de femme qui savait comment mettre le grappin sur un homme. Elle s'y était prise tellement adroitement que Xavier n'y avait vu que du feu, même s'il avait l'habitude avec les femmes. Barbara avait dû utiliser le plus vieux subterfuge du monde: se faire mettre enceinte et jouer le rôle de la jeune fille aimante toute prête à s'effacer alors que, par derrière, elle informait Claire de son état! Bon système qui avait fait ses preuves depuis des décennies! Pauvre petite Claire! Elle avait eu tant de chagrin!

Heureusement que lui, Richard Brunelle, veillait en véritable ange gardien, prêt à la soutenir, prêt à l'épouser, prêt à l'emmener au sommet du monde. Depuis le départ précipité de Xavier, il était devenu le seul être qu'elle acceptât d'emblée dans son existence. Il essayait de la rassurer, de lui faire oublier la vilenie et la perfidie dont il craignait que Barbara soit empreinte. Il ne s'était pas trompé: cette femme était capable de sournoiserie, de supercherie.

Il se rappela particulièrement un de ces fameux soirs où il était allé chez Claire. Xavier avait téléphoné pour l'aviser qu'il ne pouvait aller la voir, qu'il devait partir immédiatement en voyage pour quelques jours et qu'il la rappellerait à son arrivée. Elle venait de raccrocher et, la main sur le combiné, les yeux dans le vague, elle demeurait pratiquement immobilisée entre deux mouvements. Ses cheveux dénoués lui balayaient les épaules; ils ressemblaient à des épis de blé suspendus à l'envers. Elle avait balbutié en baissant la tête:

— Il n'était pas seul!
— Comment ça? Il te l'a dit?
— Non, je l'ai... senti. Il était peut-être avec elle!
— Avec Barbara?
— Je ne sais plus que faire!

Son ton n'était que gémissement, son visage que ravage.

— Tu te fais du mal inutilement.

— Nous ne nous sommes pas vus depuis le début de janvier, narra-t-elle. Il a toujours un empêchement. Quand ce n'est pas un surcroît de travail, c'est un voyage subit quelque part. Des fois, si je ne me retenais pas, je serais portée à croire que Bruce William prend le parti de Barbara et qu'il fait exprès de retenir Xavier.

— Je ne crois pas qu'un type de ce calibre prenne le temps de souscrire à de pareilles puérilités et s'amuse à jouer les Cupidon.

— Tu as certainement raison. Je deviens de plus en plus nerveuse et soupçonneuse à mesure que le temps file et que Xavier ne revient pas. Au début, il était parti pour trois mois; là, il est question de six mois. Je m'attends toujours à ce qu'il

me dise qu'il vient de signer un contrat d'un an. Lui, un
sédentaire, il ne tient plus en place et tu sais à quel point il
adore les sirènes.

— Tu doutes de lui?

— Douter!... Est-ce vraiment le mot juste? Douter! Peut-
être. Peut-être pas. Je me méfie de Barbara. Cette fille est tout
un spécimen! Et puis, je repense régulièrement à ce que papa
nous a dit: que nous nous bagarrerions pour le même homme,
que nous blesserions des gens autour de nous, que tout cela
pourrait conduire quelqu'un à la mort. Papa me dévisageait si
étrangement!... Le poids de sa main sur ma tête!... Possible
que ce soit... moi? Si j'allais mourir de chagrin!

— À ce compte-là, il n'y aurait plus grand monde sur
terre!

Elle avait souri humblement.

— Si tu n'étais pas là pour écouter mes divagations, je ne
sais pas ce que je deviendrais.

— Je suis là; je ne te quitte pas.

— Je t'en suis reconnaissante. Merci, Richard.

«Merci, Richard.» Il les avait entendu si souvent, ces
mots. Plus elle les utilisait, plus leur amitié se soudait, plus ils
se comprenaient et plus il l'aimait.

En mai, ayant reçu une offre des plus alléchantes, il alla
chez elle pour lui annoncer qu'il partait pour les Vieux Pays.
Elle avait les yeux gonflés d'une personne qui a longtemps
pleuré et elle contemplait les lumières de la ville qui s'allu-
maient dans le crépuscule du soir.

— Que s'est-il passé?

— C'est Barbara... Elle est enceinte de Xavier.

— Quoi!... Que dis-tu?... Comment le sais-tu?

À mesure que la noirceur tombait, il n'arrivait plus à
distinguer ses traits. Seule sa silhouette se découpait fidèlement sur le clair-obscur de la nuit.

— Elle m'a téléphoné il y a quelques heures pour me le
dire. Xavier l'aime, paraît-il. Il n'ose pas se déclarer; il se sent
lié à cause des promesses qu'il m'a faites.

Il s'était fait véhément:

— Tu ne dois pas la croire! Elle ment, c'est certain! Tu

connais sa fausseté! Xavier ne l'aime pas, j'en jurerais. Cette fille est trop superficielle. C'est toi qu'il aime. Barbara est jalouse comme un pigeon; elle a monté ce stratagème pour t'évincer.

— Probablement. Par ailleurs, si elle peut se prétendre enceinte de Xavier, c'est qu'il a couché avec elle... et assurément plus d'une fois.

— Qu'importe si c'est toi qu'il aime!

— Non, Richard. Non. Je ne suis pas de celles qui partagent leur passion avec une tierce personne. Xavier avait le choix. Il a choisi.

— De la manière dont tu me l'as dépeinte, et en ajoutant ce que je pense d'elle tout en ne l'ayant fréquentée qu'une fois, je gagerais que Barbara l'a bigrement aidé à faire ce choix. Elle a dû y aller de tous ses avantages.

— Qu'elle a en quantité. Elle est très habile pour capturer le cœur des hommes.

— Elle n'aura jamais le mien, il est déjà pris. Et bien pris.

— Vraiment!... Tu es amoureux, Richard? J'espère que c'est d'une gentille fille et que vous serez heureux.

— C'est la plus adorable des créatures, poursuivit-il en fixant avec tendresse le peu qu'il voyait d'elle: sa sveltesse découpée dans la nuit scintillante d'étoiles. Peux-tu vraiment croire que j'aimerais une autre femme que toi?

— Moi!... Moi!

— Tu sembles surprise. Pour moi, tout est d'une grande limpidité et d'une grande simplicité. Tu es le seul saphir dans une montagne de cailloux.

— Je ne suis qu'une modeste fille effrayée par la perspective de détruire malgré moi ceux que j'aime.

— Tu es sage et saine, douce et plaisante. Moi qui suis sauvage et qui fuis la société, je me sens en paix et en confiance auprès de toi. Même, j'aimerais que tu sois toujours autour de moi: te voir te lever le matin, faire ta toilette, rire de mes plaisanteries qui sont parfois de mauvais goût, manger à ma table, dormir avec moi. Je t'aime: tout serait simple si tu m'aimais aussi.

Son silence avait coulé, scandé par le balancier de

l'horloge. Alors, le téléphone s'était mis à lancer son appel vibrant. Claire avait soulevé le combiné.

— Oui... Ah! c'est toi!... Je vais bien, oui. Et toi?... Tu veux me voir? Quand?... Dans dix jours?... Une drôle de voix! Tu trouves!... Oui, je t'aime, bien sûr... Où?... Au restaurant «le Serpentaire». Pourquoi là et pas à «l'Alouette»?... Ah! bien... Oui, c'est ça: au revoir, Xavier.

Elle avait reposé le combiné et dit sans se tourner vers Richard:

— C'était lui. Il a à me parler. Probablement pour m'avertir qu'il rompt nos fiançailles, qu'il a choisi Barbara et qu'il regrette. Il a dû tomber amoureux d'elle!

— Amoureux de son corps, oui; d'elle, je ne crois pas.

— Que ce soit de l'un ou de l'autre, il est trop tard pour lui. Cette période à Montréal, c'était une épreuve. Il l'a ratée.

— Qu'as-tu l'intention de faire?

— Je ne veux pas le revoir.

— Vraiment?

— Oui, vraiment, avait-elle admis sans joie.

— Alors, je tente ma chance. Je... j'étais venu te dire que je pars pour les Indes, j'ai obtenu un gros contrat avec un journal de Vancouver. Ce ne sera pas de tout repos. Si les combats, les révolutions, les guerres ne t'effraient pas, tu pourrais... m'accompagner?

— T'accompagner!

Elle avait quitté son poste d'observation et s'était laissée tomber sur le divan, tête appuyée à la moquette et bras replié sur le front.

— Ce n'est pas que j'aie peur ni que tu me déplaises. En dehors de Xavier, tu es le seul homme que je pourrais aimer vraiment. Tu es un compagnon agréable, sympathique et... je t'estime beaucoup.

— Sauf...?

— Sauf que j'ai tellement pleuré depuis cet appel... Je crois que je te suivrais par dépit et... tu mérites mieux que ça.

— De toute façon, Xavier va rappliquer. Il va te supplier de tout oublier, de l'épouser...

— S'il faisait ça, je fuirais, au contraire. J'aime Xavier,

mais je ne l'épouserais plus. Plus maintenant. Il a préféré le lit de Barbara; qu'il y reste!

Un autre silence avait empli la pièce. Il attendait il-ne-savait-quoi; il attendait simplement. Qu'elle réfléchisse, pro-bablement. Enfin, elle avait prononcé les mots qu'il espérait:

— Si tu m'acceptes telle que je suis, en sachant que je suis en colère contre Xavier et Barbara, qu'il est possible que je me repente de mon geste dans dix jours, mais aussi que je suis une compagne fidèle et une amie dévouée, je viens avec toi.

— As-tu bien pesé le pour et le contre? Tu commets sans doute une erreur en négligeant les explications de Xavier.

— Barbara le veut. Il lui a fait un enfant. Qu'elle le garde!

— Tu agis sous le coup des émotions. Tu peux différer ta décision de quelques mois et me rejoindre plus tard si Barbara a dit vrai et si tu n'as pas changé d'opinion à mon sujet.

— Je suis très logique et très sensée, crois-moi. Barbara a beaucoup de défauts, cependant si elle m'assure qu'elle est enceinte de Xavier, je suis persuadée qu'elle ne ment pas. Je n'ai pas l'intention de me battre contre Barbara et contre cet enfant. Ni de causer la mort de l'un d'eux.

— Pour l'instant, tu as de la peine et tu veux fuir les ennuis; demain, tu oublieras. Attends la version de Xavier, tu verras après si...

— Non. Les classes sont pratiquement terminées. Les enfants n'auront aucun mal à s'arranger avec un autre titu-laire. Je veux aller avec toi, Richard. Je ne me sens bien qu'auprès de toi.

— Ouf! Ne me le répète pas deux fois, sinon je te prends au sérieux. Même en sachant que tu aimes Xavier. Il me suffira que tu sois avec moi et que tu te sentes bien. Tu as à peine quelques jours pour y penser, je pars le seize. Il me faut passer pour les vaccins, les passeports...

— Je ferai le nécessaire.

— Je n'ose y croire!

Il n'osait pas... pourtant ils avaient fait plus: ils s'étaient mariés. Il ne voulait pas que Claire le suive à d'autres titres; il souhaitait lui éviter le plus d'embarras possible. Dans certains pays, les maîtresses étaient considérées comme des pécheresses et éveillaient le scandale; d'ailleurs, se marier convenait à Claire qui ressentait le besoin d'un tel lien pour apaiser ses remords de chrétienne.

Il se leva, laissant Claire endormie sur le matelas dénudé du grand lit. Il se dirigea vers la radio qu'il avait rapportée, hier, en venant faire le ménage de l'appartement, plaça le bouton sur le FM et l'aiguille sur un poste en particulier, puis il s'installa dans le fauteuil pour poursuivre sa rêverie. La douce sonorité de la musique classique transmise en stéréophonie soulageait les soubresauts de sa conscience.

Il s'était montré patient avec elle, patient et tendre, autant dans leurs relations physiques que sentimentales. Claire s'adaptait mal aux rapports charnels durant les premiers mois; elle se révélait craintive face au sexe, scrupuleuse, parfois maussade, tentant même de s'y soustraire; en septembre, inopinément, tout avait changé. Richard ne sut pas ce qui s'était passé en elle, mais il aimait la voir sourire et chanter de nouveau.

Une seule ombre au tableau: il n'avait pas suivi ses conseils. Chaque fois que son mal de tête le prenait, qu'il devait s'aliter dans une chambre obscure sans même pouvoir tourner les yeux ni entendre un seul bruit qui ne fût un assourdissant éclatement, elle lui répétait de consulter un médecin et chaque fois il reprenait:

— Ce ne sont que mes migraines!

— As-tu déjà passé des examens sérieux?

— Mon médecin m'a dit que c'était nerveux.

— Ça m'étonne que tu acceptes ce verdict sans rencontrer un spécialiste. Consulte donc quelqu'un d'autre.

— Je sais à quoi c'est dû, ne te fais donc pas de souci!

«Je sais à quoi c'est dû.» Il croyait le savoir. Il le croyait. Il avait confiance en ce vieux médecin de famille qui lui avait assuré que ce n'était rien, rien que des malaises dus à ses tourments. Le temps se chargea de lui prouver qu'il avait tort.

Claire était demeurée à l'hôtel, alors. Il terminait un

reportage en Égypte. Il se souvenait être allé acheter leurs billets à l'aéroport et en être ressorti en se disant qu'il sentait venir une autre de ses migraines et qu'il espérait pouvoir retourner auprès de Claire avant que la crise ne survienne. Puis... plus rien. Il avait repris conscience dans un hôpital militaire canadien, l'esprit embrouillé par les sédatifs. Une infirmière s'était approchée pour le rasséréner dès qu'il avait ébauché un mouvement:

— Restez calme, monsieur Brunelle. Un médecin va passer vous voir sous peu.

— Où suis-je? Qui êtes-vous?

Sa propre voix, somnolente, aux intonations cassées et à la respiration sifflante, l'avait étonné.

— Vous êtes en Égypte. Vous avez eu un malaise. Heureusement le sergent Saucier se trouvait dans les parages avec ses soldats et il a demandé qu'on vous conduise ici. Vous êtes en sécurité. Nous avons prévenu votre femme.

— Claire!...

— Oui. Elle est ici. Aimeriez-vous la voir?

— Que s'est-il passé?

— Vous vous êtes évanoui en sortant de l'aéroport.

— Ah oui! je me rappelle... J'avais des élancements dans le cerveau. Je voulais rentrer à l'hôtel pour prendre un calmant... Il y a eu ce grand trou noir.

Il leva le bras gauche, vit l'aiguille qui y était plantée, suivit des yeux le long tube jusqu'à la bouteille de soluté. Il avait fallu l'alimenter pendant sa période d'inconscience.

— Avez-vous bien dit que Claire était ici ou ai-je rêvé?

— Elle est là. Désirez-vous que j'aille la chercher? Elle sera si heureuse de vous voir éveillé.

— Heureuse de me voir éveillé! Oui, oui... Allez la chercher, avait-il énoncé vivement. Dites-moi: depuis combien de temps suis-je inconscient?

— Quatre jours.

— Quatre jours! C'est la première fois que je reste aussi longtemps évanoui.

Claire avait paru rapidement sur le seuil de la porte, le teint cireux et les yeux cernés, résultat de longues nuits de veille et de tourment. Son sourire tremblait et des larmes glissaient malgré elle sur ses joues. Elle se serra contre lui et laissa éclater sa peine.

— Tu as eu peur pour moi, chérie? Allons, allons! Je vais bien à présent, tentait-il de dire d'une voix faible.

Elle lui sourit et voulut se reprendre; elle ouvrit la bouche sans arriver à articuler aucun son.

— Je suis hors de danger, Claire chérie. Je vais bien.

Elle essuya ses larmes du revers de la main, une vraie petite fille. Rien que pour ce geste, il l'adora davantage.

— Voilà qui est mieux! Fais-moi un sourire.

Elle obéit en secouant la tête: c'était lui le malade et lui qui la rassurait.

— Je t'aime, Richard. J'ai eu tellement peur. Tellement.

— Tu m'aimes?

— Oui; je t'aime. Je ne veux plus jamais être séparée de toi. Je veux veiller sur toi...

— Chut! Ne dis pas de sottises. Tu sais bien que c'est impossible. Je risque ma vie par moments et tu ne dois pas exposer la tienne.

— La risquer est une chose, la perdre en est une autre. Nous devrions rentrer au Québec dès que tu seras sur pied.

— Nous en reparlerons. Je suis si fatigué.

Il suffoquait, soudain étranglé par sa salive, et passait un doigt malhabile dans l'encolure de sa jaquette d'hôpital.

— On peut remettre notre conversation à plus tard, n'est-ce pas?

Elle avait acquiescé. L'infirmière était venue lui donner un médicament, sans doute un somnifère. Il s'était rendormi. À son réveil, une nouvelle infirmière veillait à son côté et était disparue pour aller quérir un médecin. Il lui avait parlé – en anglais – des examens qu'on lui avait fait subir durant sa perte de conscience et lui avait révélé une vérité qui l'avait stupéfié: une tumeur cervicale maligne et déjà avancée croissait. Il était demeuré sceptique de prime abord: on se trompait sûrement. Ce n'était pas possible! Le médecin avait été formel: symptômes, syndrome et compagnie. Il allait mourir. Il ne s'agissait pas de simples migraines en fin de compte! Et lui qui disait à Claire qu'il savait à quoi c'était dû!

Il avait vécu les jours suivants en somnambule, scindé entre les sensations susceptibles de l'inspirer, selon qu'il se satisfaisait ou s'irritait du sort qui lui échoyait. Tantôt sacrant contre Dieu qui sabordait son avenir presque neuf, le traitant de salaud, le sommant de lui rendre la vie qu'il lui avait offerte, se révoltant contre la sentence qui s'abattait sur lui, sombrant dans un sordide état de rage; tantôt sagace et sanctifiant le Seigneur de lui épargner une vie infernale. Il songea parfois à se saouler, parfois à se suicider; tout cela représentait une soupape devant sa trop grande impuissance. S'il s'était dernièrement inquiété du sida et de ses ravages, il avait craint la piqûre du scorpion ou celle du serpent depuis son enfance. Or, ce Dieu saint, sadique, symbole suprême du pouvoir, l'assaillait de l'intérieur, subtilement, en jetant du soufre dans son cervelet où s'enflait et se sculptait le signe: *tu meurs!* Et, cela, juste au moment où il recommençait à profiter de l'existence en compagnie de la plus exquise des femmes. Puis, peu à peu, il commença à accepter, car se soumettre à la volonté de Dieu restait la seule solution.

La *Sixième Symphonie* de Beethoven se terminait. La *Sonate à la Lune* débuta en sourdine. Il se replongea dans ses souvenirs. Sans doute que de trop songer à Francine... et à Suzanne plus spécialement, avait été la source de ce gros abcès qui s'envenimait dans sa tête? D'après Simone et ses lectures, toute maladie pouvait être causée de façon inconsciente par des remords, du stress ou d'autres états psychiques difficiles à cerner. Toute maladie semblait être psychosomatique: résultat des stigmates et des cicatrices de l'âme ou de l'esprit. Après l'acceptation, il ne demandait plus à guérir de sa tumeur, même s'il adorait Claire. Il souffrait trop. Autant dans sa cervelle que dans ses émotions. Il avait aimé Francine au moins autant que Claire. Hélas! pauvre petite Suzanne! Il ne l'avait plus revue depuis des années! Allait-il mourir sans la revoir?

Puisqu'il se trouvait à Montréal, puisqu'il allait mourir,

pouvait-il se permettre d'aller la voir, de lui dire... Que lui dirait-il? Elle lui en voulait certainement encore.

Il n'avait pas osé raconter à Claire cette partie de son passé, simulacre d'une grande passion; il l'avait gardée secrète. Maintenant, il aurait aimé avoir son avis, en discuter avec elle. Il se voyait mal en faire la synthèse sans encourir la sanction qu'il méritait: être considéré par Claire comme un scélérat. À cette idée, son sang se figeait. C'était déjà bien suffisant qu'elle insiste pour assister à son supplice alors qu'il cherchait à la mettre à l'abri, à lui éviter les mois éprouvants durant lesquels il pouvait ressentir des douleurs intolérables, des semaines d'aberrations, des jours d'abrutissement. Qu'elle ne le voie surtout pas se flétrir telle une fleur au déclin de sa vie! Au début, elle s'entêtait et il avait dû lutter pied à pied avec elle, apportant argument sur argument, usant ses forces jusqu'à la limite, si bien que Claire avait cédé parce qu'elle craignait de hâter sa fin si elle continuait à lui tenir tête. Il avait ainsi pu la faire se plier à tous ses désirs malgré son chagrin et une mauvaise volonté évidente.

Aujourd'hui, pendant qu'elle dormait non loin de lui, il se demandait de quoi étaient formés les sentiments qu'elle lui portait. Tendresse, amour... Elle n'avait pas oublié complètement Xavier, bien qu'ils en parlassent rarement. Lui, parce qu'il voulait écarter l'évocation d'un souvenir douloureux pour elle... et elle... il ne le savait pas. Il lui accordait toute sa confiance. Elle l'aimait; c'était là l'essentiel. Qu'il lui inspire un amour plus ou moins grand que celui qu'elle avait ressenti pour Xavier n'y changeait rien. D'ailleurs les sentiments de Claire pour Xavier ne suscitaient pas sa jalousie, loin de là; il aurait accepté plus aisément son sort s'il avait su Claire sous la protection de son ami.

Il soupira. Claire: sa joie et sa douceur! Condamné par une autre maladie moins cruelle, moins risquée, moins dommageable mentalement, il n'aurait pas gaspillé son temps et son énergie à demeurer loin d'elle; leurs derniers moments, ils les auraient passés ensemble.

Il songea à allumer une cigarette, habitude malfaisante qui lui calmait les nerfs et faisait se desserrer l'étau qui entourait son crâne; il referma le paquet, le remit dans sa poche. Il n'allait pas empuantir un espace où Claire aurait à vivre, elle qu'il savait allergique à la cigarette. Fumer ne lui était pas essentiel. La souffrance faisait partie courante de sa vie, au même titre que la respiration ou les battements de son cœur. Tout cesserait en même temps. Qu'arrivait-il ensuite? Que se passait-il quand la vie s'éteignait et qu'on naissait à la mort? L'esprit quittait-il le corps, ses proches, leur affection, pour voguer sur une mer spatiale infinie? Rencontrerait-il des amis, des parents, là où il irait? Les reconnaîtrait-il? Qu'advenait-il de tous ces êtres disparus de la terre? Pourrait-il accomplir sa promesse de veiller sur Claire? Qu'allait-il lui arriver ensuite?

Pourquoi ai-je envie de crier
De hurler ma frayeur
De retenir la vie qui passe
De m'accrocher à mon amour
De pleurer mon départ?
Les arbres nus sont morts
Ces squelettes, nuit et jour,
Sans feuilles. Sonne le glas!
Vienne Morphée emportant
Mes pas dans le souffle du vent!

Le sommeil l'envahit. N'était-ce point un peu cela, la mort?

***

Une petite ville dans une grande ville! Pareille à toutes les autres villes? Oui et non. Une banlieue. Différente puisque Richard y était né, y avait vécu, aimé...

Cette maison!... Il avait beau la regarder depuis plus d'une demi-heure, appuyé de l'épaule et du dos à un érable sycomore du parterre d'en face, rien n'y bougeait. Toutefois, il ne se décidait pas à partir ni à s'approcher pour aller sonner à la porte et risquer de les rencontrer. Sept ans sans donner de ses nouvelles!... Ses vieux parents avaient bien dû le trouver cruel. Quant à Suzanne, elle devait être une grande jeune fille à présent!... Sept ans. Et il songeait à venir bouleverser la quiétude de ceux qu'il aimait! Avait-il raison? Avait-il tort? Combien de questions doit-on se poser avant d'abdiquer quand «l'issue fatale est la mort»? Il avait déjà entendu ces mots dans une émission hebdomadaire à la télévision. Un avocat déjà condamné par la maladie; il oubliait son nom... On oublierait le sien.

Il avait gardé les yeux sur le pavé ruisselant de soleil trop longtemps... Suzanne – car ce ne pouvait être qu'elle, cette mince jeune fille qui se dirigeait vers la maison – avançait d'un pas allègre en compagnie d'un grand jeune homme qui lui racontait quelque chose, avec force gestes. Peut-être une de ses aventures? Richard l'observa, ce cavalier de jour qui changeait subitement d'endroit pour venir devant Suzanne, marcher à reculons tout en poursuivant son discours. Il tournait autour d'elle, satellite autour d'un soleil, apparemment incapable de rester en place. Ils étaient passés près de lui sans le remarquer, trop occupés l'un par l'autre pour faire attention à une tierce personne. À moins qu'il ait tellement changé que Suzanne ne l'ait pas reconnu! Sa santé s'était détériorée au cours des dernières semaines; son visage couleur cire s'était émacié, ses traits creusés. Il avait parfois l'impression que son squelette rétrécissait, que sa peau devenait trop grande; lui qui autrefois possédait une haute stature, il se courbait à présent sous le poids de la maladie. Il releva la tête. Que devait-il faire? Quoi? Qui allait l'aider à prendre sa décision? Était-ce préférable de quitter ce monde sans rappeler à quiconque qu'il avait aimé, souffert...? Il retira les mains de ses poches, presque décidé à s'en aller, à laisser le passé mort comme lui-même le serait bientôt. Il hésita un instant, un instant très court, le milieu du dos encore lié à l'arbre.

— Richard?...

Il leva les yeux. Elle penchait légèrement la tête de côté, incertaine, l'air inquiet, le geste nerveux, saccadé. Leurs regards se rencontrèrent. Une secousse l'ébranla.

— Richard...

Sa façon de murmurer son nom lui prouvait qu'elle le reconnaissait à présent avec certitude. Elle se mordit la lèvre inférieure, ramena les bras sur sa poitrine et serra ses avant-bras avec force; elle semblait chercher à éviter un geste qui serait devenu automatique si elle ne l'avait pas retenu: avait-elle eu envie de se jeter dans ses bras? Richard ne bougeait toujours pas. Il rêvassait. La scène qui se déroulait appartenait sans doute à sa songerie, à ses désirs ou devait faire partie d'un scénario dans une pièce de théâtre; elle ne le concernait pas, il rêvait certainement. Suzanne était rentrée chez elle; il l'avait vue rentrer!

Elle se redressa, respira de façon spasmodique pour mieux contenir ses larmes, tenta de lui adresser un sourire qui se cassa et lui parla d'une voix qui tremblotait malgré la chaleur.

— Tu ne viens pas dire bonjour à... papa et maman?

Sa suggestion tomba dans le vide. Il la regardait. Il ne cessait de la regarder. Il voyait la femme alors qu'il avait quitté une adolescente à l'âge ingrat. Il la regardait le regarder et leurs yeux se fouillaient. Aucun des deux n'osait amorcer un mouvement vers l'autre. Suzanne baissa simplement les bras, sans doute un peu intimidée.

— Je voulais... Je... Richard, c'est à cause de moi. Papa et maman...

Son embarras ne le touchait pas. Il ne chercha pas à l'aider. Il en aurait été bien incapable de toute façon. Les mots ne l'habitaient même plus. Dans quel univers était-il jeté tout à coup? Il entendait Suzanne balbutier des sons qui parvenaient dénués de sens à son esprit. Il se sentait devenu de pierre, statue qui n'appartenait déjà plus au monde des vivants.

Je suis transi. Le froid
Me semble en moi déjà.
Suis-je encore de ce monde?
Ou peut-être ne suis-je plus.
Mon être brûle de fièvre
Mes paupières lourdes de rêves

Se ferment sur la ronde
De fantômes dansants qui hurlent
Sans mot digne d'humain
Me glaçant de leurs mains.

— Tu... tu ne me reconnais pas? C'est moi... Suzanne.

— Suzanne...

Il répéta d'abord machinalement, puis le prénom le frappa douloureusement.

— Suzanne...

— Oui... C'est moi: Suzanne.

D'un chaos, voilà de quoi était formé tout ce qui se déroulait devant lui. Il savait qui elle était, il le savait... intérieurement, quelque part. Néanmoins, tout son être paraissait étonné de la voir là; on aurait dit qu'une partie de lui ignorait qui elle était. Elle reprenait:

— Tu... as dû m'en vouloir beaucoup, n'est-ce pas? Tu n'as plus donné de tes nouvelles. Papa et maman s'inquiétaient pour toi.

— T'en vouloir...

— Oh! je sais que je me suis montrée plutôt... disons négative! C'était la surprise...

Il l'écoutait. «La surprise», disait-elle. Tout reprit sa place instantanément. Ce qu'il ne reconnaissait pas, c'était le ton qu'elle utilisait, la gêne qui la tenaillait. La surprise! Oui, voilà ce qui le clouait sur place! Il l'avait quittée sauvage, hurlante, presque désespérée, elle qui lui criait des injures... et il la retrouvait sereine, du moins s'il considérait la manière dont elle l'abordait. Elle paraissait même prête à s'excuser de ses fautes à lui. Chère petite Suzanne! Il leva un bras, une main vers les cheveux châtain roux. Elle parut s'obliger à rester là. Un mouvement de recul presque imperceptible arrêta le bras de Richard. Il le laissa retomber, soupira de fatigue.

— Tu n'es pas venu jusqu'ici pour t'adosser tout l'après-midi au tronc de l'arbre du voisin d'en face, n'est-ce pas? Pourquoi n'entres-tu pas?

Il releva les yeux et soupira, las. Se décoller du tronc lui coûta un effort supplémentaire. Il la suivit lentement alors qu'elle lui racontait:

— Maman se demandait qui était cet homme qui ne quittait pas la maison des yeux depuis un bon moment. Je ne t'ai pas vu quand je suis passée tout à l'heure.

— Tu es devenue une bien jolie jeune femme.

Elle lui jeta un coup d'œil amusé, puis sourit doucement. Ses cheveux semi-longs dansaient sur ses épaules. Son teint rosé, quelques taches de rousseur firent renaître la petite Suzanne de quatorze ans et il crut un instant la voir avancer devant lui, sept ans effacés en coup de vent.

— Papa est allé jouer aux quilles. Il joue toujours aux quilles le mercredi après-midi.

— Il a pris sa retraite?

— Il y a quatre ans.

Refaire connaissance avec les siens. Banalités. De quoi aurait-il fallu parler? Suzanne, m'as-tu pardonné? De tels mots franchiraient-ils ses lèvres? Ne tentait-elle pas de le lui démontrer par ses agissements? Qu'attendait-il d'elle? Qu'elle se rue dans ses bras pour le couvrir de baisers? En réalité, il avait craint qu'elle le couvre de son mépris et non pas de paroles de bienvenue.

— Richard! Richard!... C'est bien toi!... Bien toi!...

Elle accourait, aussi vite que le lui permettaient ses jambes trop souvent endolories par l'arthrite et les rhumatismes. Son visage ne portait que quelques rides de plus et s'auréolait de cheveux argentés. Que n'auraient-ils pas fait pour Richard? Que n'avaient-ils pas fait pour lui? Leur unique enfant.

— Suzanne me le disait que c'était toi, mais je n'osais l'espérer.

Elle avançait en lui tendant les bras et il s'y blottit généreusement. Depuis quand ne s'y était-il pas trouvé? Il se revit lui-même à quinze ans, pleurant à chaudes larmes entre les bras de sa mère. Il réentendit la voix de son père... Il se mit à trembler. Dans quelle situation, il s'était alors empêtré! Les larmes coulaient sur son visage sans qu'il n'y pût rien.

— Viens! Viens, mon fils! Entrons dans la maison. Viens, mon Richard.

Elle l'entraîna, pleine de sollicitude, consolante, le tenant par les épaules comme quand il était petit. L'ombre rafraîchissante succéda à la lumière intense du soleil et la peine de Richard s'apaisa. Ils passèrent s'asseoir au salon. Richard sortit un mouchoir et s'essuya le nez, les yeux, gestes singuliers quand on revoit les siens après des années et qu'on ne les reverra sans doute plus jamais.

— Je m'excuse. Je suis toujours le grand veau que tu as connu et qui continue de brailler.

— J'aurais été déçue de ne pas te voir pleurer en nous retrouvant, avoua Sophie Daigle. Tu ne sais pas la joie que tu nous fais! C'est merveilleux de te revoir! Qu'as-tu fait d'autre que des reportages durant tout ce temps?

— Oh!... J'ai passé quelques années aux alentours et à l'étranger. J'y retourne bientôt.

— Tu vis seul?

— Heu! Non... C'est-à-dire, pas vraiment. Je me suis marié, il y a trois ans.

— As-tu des enfants?

Son attention se porta vers Suzanne qui les écoutait, appuyée au chambranle de la porte du salon. Il baissa les yeux.

— Nnnnn...on.

— Ton père va être très content que tu sois là. J'espère que tu vas rester quelques jours. Tu n'es pas descendu dans un hôtel, n'est-ce pas?

— Non. Ma femme... Claire va rester ici, à Montréal. Elle a emménagé dans un appartement. Je repars sans elle.

— Vous vous êtes querellés ou... Oh! avec ces mariages et ces divorces, on ne sait plus où donner de la tête!

— Rien de tout ça. J'adore Claire et elle me le rend bien. J'ai à faire là-bas... Claire ne peut pas m'accompagner, c'est tout.

— Elle est gentille?

La voix de Suzanne le ramena au présent. Il ne répondit pas tout de suite, il profita de sa question pour la détailler davantage.

— Oui. Elle est gentille. C'est le second cadeau que la vie m'a fait.

Suzanne baissa la tête à son tour. Elle parut mal à l'aise. Il parlait visiblement d'elle et, quelque part en elle, tout faisait encore spontanément mal.

— Je vais vous laisser placoter un peu entre vous, déclara-t-elle.

Elle s'en alla. Richard continua de fixer l'endroit où elle se tenait quelques secondes plus tôt. Sa mère souligna:

— Elle s'en est beaucoup voulu de ta disparition. Pas les premiers temps, bien sûr...

Le malaise subsistait. Le temps stagna. Richard se replaça, son pouls se stabilisa.

— As-tu toujours reçu les enveloppes que je t'envoyais?

— Toujours. Tu aurais dû garder ton argent. Nous n'en avions pas vraiment besoin.

— Vous n'étiez pas très fortunés non plus.

— Non, mais on s'arrangeait.

— C'était normal que je vous envoie cet argent pour vous aider à payer sa nourriture et ses vêtements.

— Au moins, ces montants nous permettaient de savoir que tu vivais, dans quelle ville tu te trouvais... Tu aurais pu en profiter pour nous donner de tes nouvelles.

— Je n'avais pas l'impression de le mériter.

— Tu nous aurais fait très plaisir, à ton père et à moi. Quant à Suzanne...

Il s'avança sur le bord du siège et se pencha en avant, fixant les lacets de ses souliers sans s'en rendre compte. Il posa les coudes sur ses genoux et répéta:

— Ouais... Suzanne!

— Elle a vu Francine.

Il tourna la tête vers sa mère. Celle-ci poursuivait:

— Quelques mois après ton départ. Elle a insisté pour faire sa connaissance. Elle a été déçue. Par contre, elle a adoré ses parents: Jean et Denise. Ils se sont montrés très compréhensifs et fort heureux de la rencontrer. Ils ont même passé quelques soirées ici, à feuilleter un album de photographies d'elle quand elle était petite.

— Ce n'était pas facile pour Francine non plus. Il faudrait avoir plus de jugeote quand on est jeune!... Nous aurions évité beaucoup d'ennuis à tout le monde si nous nous étions contentés de nous couver des yeux!

— Certainement, mais Suzanne ne serait pas là. Nous avons eu beaucoup de chagrin de ta mésaventure; par contre, nous avons eu beaucoup de joies grâce à elle... et grâce à toi.

— Je ne nierai jamais que j'ai des parents merveilleux. Peu en auraient fait autant que vous.

— Nous avons eu nos torts, nous aussi. Celui, entre autres, d'avoir laissé tout le monde, y compris Suzanne, croire qu'elle était notre fille.

— C'était beaucoup plus simple à ce moment-là. Nous savions qu'il faudrait le lui apprendre quand elle serait en âge de lire l'extrait de naissance et de saisir le pourquoi des événements.

— Elle nous a reproché nos mensonges. Nous avons tous agi pour le mieux dans les circonstances. Elle le sait à présent.

— Elle a surtout mûri. Et puis l'eau a coulé sous les ponts. Elle a moins de peine, peut-être.

— Elle est amoureuse, elle comprend mieux.

— De ce garçon qui l'accompagnait tout à l'heure?

— Oh non! Dieu nous en préserve! Celui-là est le fils d'un de nos voisins. Elle fréquente un étudiant en génie; elle l'a connu à l'université.

— Elle va à l'université!

— Elle étudie en informatique de gestion. Elle a un très bon dossier scolaire.

— Qui aurait cru ça! Ma fille à l'université! Elle menaçait de quitter ses études secondaires, il y a sept ans!

— C'était il y a sept ans! Tu l'as dit tantôt: «L'eau a coulé sous les ponts.» Il y a tant de chômage. Les jeunes le savent qu'ils ne trouveront pas d'emploi bien rémunéré s'ils n'étudient pas, alors ils s'imposent les sacrifices qu'il faut.

— Hum! les sacrifices... Tu ne dois pas être très fière de moi, hein? Je n'aurais pas dû disparaître ainsi pendant si longtemps.

— Tu n'aurais pas dû, c'est vrai. Heureusement, tu es là maintenant.

Il pencha la tête une fois encore. Plus bas. Plus bas. Elle pesait si lourd. Allait-il subitement avoir mal au point qu'il lui faudrait prendre des doses considérables de médicaments? Mieux valait qu'il parte au plus tôt. Il se dressa vivement. Piqué par une guêpe, il n'aurait pas réagi plus vite. Sa mère l'examina drôlement.

— Qu'as-tu?

— Il faut...

Il ne put poursuivre. La douleur était telle qu'il se saisit la tête à deux mains. Allait-il mourir là, devant sa famille? Non, il voyait bien, même si tout était embrouillé par une sorte de voile transparent. On lui avait dit que la cécité précéderait de peu ses derniers moments. Se reprendre. Il fallait qu'il se reprenne rapidement. Il n'entendait pas ce que disait sa mère; il savait par son ton qu'elle s'alarmait. Des pas, suivis de la voix de Suzanne. Elle avait dû accourir à la demande de sa mère. La douleur était si forte qu'il en avait des nausées. Il se laissa glisser plus qu'il ne se rassit et s'appuya au dossier. En plusieurs endroits dans son cerveau, il sentait des pulsations. Son cœur se baladait dans sa tête. Il faisait la fête en dansant une folle sarabande. Il avait mal, si mal! Il perdit connaissance.

Quand il revint à lui, Suzanne lui épongeait les tempes avec une serviette froide et il entendait sa mère parler à quelqu'un. Probablement au téléphone.

— Que t'est-il arrivé? s'informait tranquillement Suzanne. Est-ce le fait de nous revoir?

Il inspecta gravement le visage de sa fille... de sa sœur... Qu'était-elle restée pour lui? Durant les dernières années de son adolescence et les premiers temps de sa vie d'adulte, il en avait presque oublié parfois qu'elle était sa fille et non sa sœur; il se chamaillait avec elle. On agit souvent ainsi avec une cadette qu'on aime bien et qui prend de la place. À quinze ans, on n'est pas assez mûr pour être père. Francine n'était pas davantage prête à assumer cette maternité à treize ans. Ce qui fait que...

— Richard! Es-tu réveillé ou dans le cirage? Richard! Réponds-moi! suppliait-elle presque. Maman, as-tu rejoint le médecin? cria-t-elle à sa grand-mère.

— Pas encore; cependant, j'ai rejoint ton père, entendit-il de la pièce à côté.

— Non, non! Ce n'est pas nécessaire. Pas de médecin. Je vais bien.

Il tenta de se redresser et se sentit las. Suzanne le repoussa délicatement, mais fermement sur le divan. Il se recoucha.

— Tu ne vas pas bien du tout. Tu ne vois pas de quelle couleur tu es!

— Laquelle? la questionna-t-il en essayant de sourire.

— Celle d'un café trop faible, grimaça-t-elle avec de la joie dans les yeux. Je t'aime, Richard, tu sais.

— Oui... je le sais, admit-il en la dévisageant. Je t'aime aussi.

Ils abaissèrent leurs regards et se sourirent un peu, de façon malhabile. Elle demeura à genoux près de lui et s'assit sur ses talons.

— Je regrette d'avoir été méchante avec toi. Avec le temps, j'ai mieux compris vos décisions. À quatorze ans, on n'a pas toujours l'esprit critique.

— Et ta mère n'avait que treize ans quand tu es née. J'espère que tu lui as pardonné à elle aussi.

— Oh! Ou... oui...

Elle détournait la tête, mal à l'aise. Il sut que tout n'était pas réglé avec sa mère. Elle ne parvenait sans doute pas à accepter que Francine veuille, elle, oublier toute cette histoire et sa fille y compris. À moins que sa mère ait changé d'idée depuis sept ans et qu'elle ait repris contact avec Suzanne!

Un bruit de pas stoppa leur ébauche de rapprochement. Suzanne se redressa lentement et alla s'asseoir dans un fauteuil, l'air absorbé. Richard regretta que sa mère revienne si tôt. Il aurait aimé poursuivre cet instant d'intimité avec Suzanne. Elle rapportait un plateau avec des tisanes et des biscottes, ainsi qu'elle l'avait toujours fait.

— Tu dois avoir négligé de dîner. Je t'apporte quelque chose qui va te remonter et te réchauffer en même temps. Ton père s'en vient. Je lui ai dit de se préparer pour la plus heureuse surprise de sa vie parce que... Il n'est plus aussi jeune qu'avant.

— Allons donc, maman! Papa va tous nous enterrer, rétorqua Suzanne en secouant la tête.

C'était une boutade qui risquait de se réaliser. Elle se concrétiserait en ce qui le concernait, lui, en tout cas. Il allait mourir avant son père et il n'arrivait pas à décider s'il devait aviser les siens ou s'il valait mieux les laisser l'apprendre une fois qu'il serait décédé. Il se rassit en prenant bien soin de se ménager; il ne fallait pas que ses mouvements hâtifs provoquent une autre crise. Il prit la tasse et la soucoupe que lui tendait sa mère: tisane de tilleul. Il n'en avait plus bu depuis qu'il avait quitté Rosemère. Le goût lui parut moins délectable qu'avant: plus amer, plus parfumé, moins savoureux. Il reposa la tasse. Ses mains tremblaient. Les deux femmes étudiaient le moindre de ses gestes.

— Voilà ton père! s'écria tout à coup sa mère qui pouvait voir arriver l'homme par la fenêtre derrière Richard.

Elle alla immédiatement à sa rencontre en traînant un peu sur le plancher de bois frais ciré ses vieilles pantoufles usées. Du salon, ils entendirent l'homme demander:

— Est-ce que c'est lui? Est-ce qu'il est revenu? Dis-moi donc! Cesse de me faire languir!

Elle le précédait en le tirant par la main quand ils entrèrent dans le salon. Richard se leva pesamment et avec effort pour faire face à son père dont les yeux s'écarquillaient pour tenter de reconnaître son fils chez l'homme émacié et pâle qu'il avait devant lui.

— Reste assis. Reste assis, pria sa mère en s'éloignant de Sylvain Brunelle pour venir vers lui l'obliger à se rasseoir.

Elle expliqua à son époux:

— Il a eu un vertige tout à l'heure.

— Un vertige! répéta l'homme inquiet en tentant de lire sur le visage de sa femme des mots qu'elle ne prononçait pas.

Richard continuait d'étudier sa physionomie. Il se souvenait de lui à l'image d'un saule: solide, costaud, la chevelure ébouriffée; il lui apparaissait gras, ventru, coiffé à la «Gilles Vigneault» et l'air un peu hagard.

— Avec cette moustache, dit son père après un certain temps, je ne t'aurais pas reconnu.

Richard sourit et se releva pour s'approcher de lui en lui tendant la main. Son père ouvrit les bras. Il hésita; risquait-il gros à s'y blottir? Il ne voulait pas fondre en larmes. Finalement, il accepta l'étreinte de son père et la lui rendit sous le regard ému des deux femmes.

— Enfin! Mon fils est de retour!

Il le repoussa un peu, question de le scruter plus attentivement, pour pouvoir l'identifier rapidement la prochaine fois sans doute, songea Richard. Malheureusement, cette occasion ne se renouvellerait probablement jamais. Il serra les avant-bras de son père un peu plus fort, pour lui démontrer un attachement qui allait bientôt tourner court.

— Qu'est-ce que c'est que ce vertige que tu as eu? s'informait Sylvain, suspicieux.

— Oh!... Un simple malaise passager. Je vais bien, rassure-toi.

Avait-il donc pris la décision de cacher son état à sa famille? Il se détourna sciemment.

— Raconte-nous ce que tu es devenu depuis sept ans. Bien sûr, nous avons lu certains de tes reportages dans quelques journaux francophones et anglophones... En dehors de nous signaler que tu vivais, nous ne savions rien de toi.

Richard ne mentionna pas qu'ils auraient pu tenter de le joindre en passant par les journaux; il comprenait qu'ils avaient voulu respecter son silence et la coupure qu'il s'imposait.

— Il est marié, déclara Sophie solennellement.

— C'est une très bonne chose! lança son père. L'homme n'est pas fait pour vivre seul.

Richard baissa les paupières. Combien de phrases prononceraient-ils qui le jetteraient dans le brasier de l'indécision?

— Pourquoi ne l'as-tu pas emmenée pour nous la présenter?

Il sourcilla, pris dans une nouvelle souricière et répondit sourdement:

— Je... ne sais pas. Je ne me suis pas posé la question.

— En voilà une affaire! De quoi avais-tu peur?

Il souleva les épaules sans les regarder, l'esprit obnubilé par son non-avenir. Chaque question supplémentaire le mettait sous tension, l'obligeant à soupeser sa réponse, ses mots... Que devait-il dire ou taire pour ne faire de mal à personne?

— Peut-être qu'il voulait tout simplement nous rencontrer d'abord! tenta d'expliquer Suzanne en venant à sa rescousse.

Leurs parents approuvèrent sans exiger davantage d'explications de la part de Richard. C'était plausible et sage.

— Et vous, repartit ce dernier, qu'avez-vous fait au cours de ces dernières années?

— Oh! tout et rien! Ta mère a dû te dire que j'avais pris ma retraite.

— Oui.

— Au début, ça m'a jeté dans un *spleen* épouvantable, puis je me suis mis à faire un peu de sport; ça m'a replacé. Suzanne étudie à l'université. Nous en sommes très fiers, spécifia-t-il pour attirer davantage l'attention sur quelqu'un d'autre que lui-même et, en cela, Richard reconnut ce même désir qu'il avait.

— Papa! Je t'en prie.

— Ne nie pas que tu es une fille studieuse, reprit-il. Seuls les stupides et les sots ne savent pas tirer profit de leurs études.

— À l'automne, je vais faire un stage dans une entreprise, renchérit Suzanne.

La conversation roula sur des sujets anodins, sur les parties de quilles de Sylvain, les rhumatismes de Sophie, les fréquentations de Suzanne. Il parla peu de Claire; il n'en avait pas envie. Il ne souhaitait pas mêler ses deux vies. Il avait toujours gardé Claire en dehors de ses histoires de jeunesse. Elle ignorait sa paternité et il en ressentait un poids de moins. Il appréciait que leur union se soit révélée stérile, car Claire se serait retrouvée sans support pour élever l'enfant.

Ils insistèrent pour le garder à souper. Il ne s'y opposa

pas. Il ne ressentait plus son mal. C'était comme si, en s'abolissant, toutes ces dernières années effaçaient aussi la tumeur de son cerveau. Il fit durer le plaisir d'être avec eux. Les saucisses étaient savoureuses, la salade délectable, le saumon grillé à point. Une fois le thé pris, Sylvain s'endormit dans son fauteuil. Sophie invoqua la vaisselle à laver pour laisser Richard et Suzanne en tête à tête.

— Ça te tenterait d'aller marcher un peu dehors? proposa Suzanne.

— Oui. Oui, bien sûr.

Il savait qu'ils avaient beaucoup à se dire, que cette promenade pouvait leur être salutaire. Il restait plus d'une question à débattre; encore fallait-il savoir comment escalader la muraille de leurs souvenirs et saupoudrer de tendresse leurs aveux? Elle passa un chandail et le précéda, souple et légère, pour l'entraîner derrière la maison, sous les cèdres et les sapins, là où autrefois il avait imaginé son sanctuaire. Le soir tombait. Une fraîcheur se déposait sur la banlieue. Des nuages striaient le ciel en s'ornant de teintes rose lilas. Un grillon stridula dans un bosquet. Ensemble, ils jouissaient du spectacle.

— C'est grandiose, n'est-ce pas? entama Suzanne, histoire de se sentir en lien avec Richard.

— Une splendeur.

Même si le ton y était, Suzanne dut sentir qu'il était préoccupé. Elle se mit les bras dans le dos et prit son poignet gauche de sa main droite. Sa robe bleu poudre paraissait violette sous les feux du soleil couchant.

— Tu es venu me dire quelque chose, hein?

Un temps coula. Elle lui ouvrait la porte des confidences. Il devait saisir cette chance, car bientôt un suaire recouvrirait son cadavre et, arrivé le jour de la sépulture, il serait trop tard pour lui démontrer son affection. Un spectre n'entre plus en contact avec les vivants.

— Oui.

— Quelque chose de grave?

Elle levait son minois vers lui; il portait lui aussi sur son visage une impression de gravité et une sorte de peur.

— Oui.

— Tu... Tu es malade? C'est ça?

Il prit une profonde inspiration et n'osa plus la regarder en face. Elle le devinait si facilement.

— C'est ça.

— Est-ce que tu... vas... mourir?

Encore une fois, il respira avant de répondre en baissant la tête:

— Oui.

— Oh Richard!...

Elle s'était jetée contre lui et elle pleurait à présent. Il ne savait plus très bien s'il devait la laisser faire, l'enlacer ou l'obliger à se reprendre. Il mit légèrement les mains sur ses épaules. Avoir cette jeune femme dans les bras le rendait malhabile. Il avait l'impression de tromper Claire tout en sachant que c'était la même petite Suzanne qu'autrefois, avec des formes différentes. Que la vie était compliquée! Tout n'était question que de métamorphoses. On allait d'un changement à un autre et pourtant tout demeurait pareil. Pareil et différent à la fois. On aimait, et le dernier amour, sans effacer le premier, prenait les mêmes droits, les mêmes limites. Tout n'était qu'un éternel recommencement. Peut-être en était-il ainsi après la mort? Comme la graine qui pourrit en terre engendre une nouvelle plante, il se régéné-rerait et sortirait sous une nouvelle apparence. Suzanne ne représentait-elle pas déjà le fruit de sa semence? Cette idée le stimula.

— Je suis venu me faire pardonner. J'ai agi pour le mieux. Je n'ai pas voulu te faire souffrir.

— Je sais. J'en ai beaucoup discuté avec papa et maman, avec Denise et Jean aussi. Qu'aurions-nous gagné de plus à ce que je sache depuis toujours que j'étais ta fille? C'est que... ça m'a fait tellement bizarre! On aurait dit que j'avais perdu pied et que je me retrouvais sens dessus dessous: ma mère n'était plus ma mère; mon père, c'était toi, et je n'avais plus de frère... Tout mon monde s'est trouvé bouleversé.

— Oui, j'y ai beaucoup songé. Je sais que ça a été très difficile pour toi.

— Je t'en ai voulu. J'ai été méchante. Je regrette tellement!

Elle se remit à pleurer. Cette fois, il l'enlaça, toute pensée abolie autre que sa souffrance à elle. Pauvre petite fille! Pauvre petite sœur! Il plongea le nez dans la chevelure parfumée. Il voulait s'en souvenir jusqu'à sa dernière heure... qui ne tarderait pas. Il aurait aimé pleurer lui aussi, pleurer amèrement la vie qu'il allait perdre. Il se retint. À quoi bon? Suzanne s'en serait souvenue comme d'un lâche. Il devait se montrer fort.

— Dis-moi de quoi tu souffres!

Son regard l'implorait. Dans la nuit qui s'élevait, ses larmes brillaient, identiques à des étoiles. Le dire? Se taire? Pourquoi cacher ce qui est?

— C'est... une tumeur. Au cerveau.

— Non! Je ne veux pas! Je ne veux pas! Pas de ça!...

— De ça ou d'autre chose... Il faut bien mourir de quelque chose.

— Tu aurais dû mourir de vieillesse! déclara-t-elle en pleurant de colère.

— Le Ciel en a décidé autrement. Je n'ai pas le choix.

— Tu aurais dû l'avoir! Tu aurais dû...

Elle pleurait encore. Tant d'eau dans un si petit corps et elle pleurait pour lui! Il faillit sourire de son emphase. N'était-ce que pour être venu constater qu'elle lui pardonnait, sa mort proche en valait la peine. Il se sentait allégé d'un poids écrasant. Il respira mieux que depuis toutes ces dernières années. Une espèce de sérénité se structura en lui.

— J'aimerais que tu essaies de comprendre Francine. À treize ans, mettre un bébé au monde, l'élever, c'est toute une entreprise; surtout quand la société bannit les enfants nés hors mariage.

— Elle aurait dû se faire avorter, jugea-t-elle.

— Tu ne serais pas là! Non. Malgré tout, je suis content que ça se soit passé ainsi. Nos parents se sont montrés extraordinaires et tu as été une délicieuse petite sœur.

— Je suis ta fille! insista-t-elle, toute remuée.

— Oui, tu es ma fille, la seule que j'ai et que j'aurai

jamais. Tu es ma seule descendante et tu portes mon nom. Mais tu as aussi été ma sœur. Je te chéris comme l'une et l'autre.

— Pour moi, tu seras toujours mon grand frère adoré! affirma-t-elle en se ruant vers lui une fois de plus.

Après les retrouvailles d'un père et de sa fille, voilà que le frère et la sœur refaisaient surface en eux. Les mêmes sentiments qu'avant les animaient; il la berça contre son cœur. Alors, le début de son poème s'insinua dans sa mémoire, souverain.

> *La mort rôde sous mon toit*
> *Je sens son pas traînant*
> *Glisser sur les murs blancs*
> *Me toucher de ses doigts*
> *Caresser mon visage comme*
> *Une sorcière aveugle*
> *Qui, dans un plaisir veule,*
> *Prendrait mon corps d'homme*
> *Blessé et tremblant*
> *Devant le sort qui l'attend.*

Chapitre VII

Arriverait-il finalement à se faire comprendre?

— Tu m'accuses d'un fait dont je suis innocent! scandait Xavier, exaspéré.

Il marchait à grands pas vifs dans le salon agréable, accélérant son tempo, s'arrêtant pour piaffer tel un étalon sauvage, ses humeurs envahies par une espèce d'amertume dont il ne devinait pas l'origine exacte.

— Je n'ai rien tramé en ce sens, reprenait-il, agacé, en levant et en abaissant les bras tour à tour, ameuté doublement par le silence paralysant de Claire.

Il poursuivait ses allées et venues de la table au divan, du divan à la table, se passant de temps à autre la main dans les cheveux, désespérant de la voir modifier son attitude. Après leur première rencontre fiévreuse, elle l'avait obstinément tenu à distance. Elle le traitait en lépreux ou, pire encore, en paria. Quand donc cesserait-elle d'amonceler les nuages au-dessus de leurs têtes? Un orage, une bonne pluie, que tout soit fini! Malheureusement, Claire réprouvait les altercations; elle préférait s'amuïr, le laissant dans l'ambiguïté la plus profonde, annihilant tous ses efforts de compréhension et de bonne entente. Elle estimait coupables même ses gestes les plus anodins. Il regrettait son entêtement et s'en attristait. Cet accès de vertu l'irritait; il ignorait comment amener Claire à assouplir ses positions.

— Certes, je suis enchanté que Barbara t'ait demandé de t'occuper de Marisa, pourquoi en serait-il autrement? La petite est entre bonnes mains et ça me permet de te voir. Rappelle-toi que c'est Barbara qui a pris cette décision, pas moi. Du reste, abrégea-t-il, soudain désarmé, en s'asseyant sur le fauteuil devant elle, tu n'avais qu'à ne pas accepter si tu ne voulais pas me retrouver sur ta route; tu savais que je ne pourrais manquer de venir chercher Marisa!

Elle demeurait presque impassible, adossée aux coussins du divan, absorbée par le tricot entre ses mains: une maille à l'endroit, une maille à l'envers, une maille coulée, une maille à l'envers, une maille... Les derniers mots de Xavier dits sur un ton un peu doucereux renfermaient trop de sous-entendus acérés; elle ne se sentait pas d'aplomb pour l'affronter ni pour applaudir aux tentatives qu'il faisait pour l'amadouer. Aussi s'astreignait-elle à poursuivre son activité sans riposter. Il reprenait un peu sèchement:

— Tu insinues que je m'arrange pour te voir! Pourquoi ne mentionnes-tu pas ta propre responsabilité dans toute cette histoire?

Les assauts verbaux de Xavier finissaient par atteindre sa quiétude; une avalanche de reproches se déchaînant du haut de ses regrets ou de ses attentes et qui envahissaient son esprit de remords. Elle argua sans lever la tête ni le ton:

— Comment pouvais-je refuser à Barbara de lui rendre service? Je n'avais rien de mieux à faire. Je n'ai pas recommencé à travailler, Richard est reparti pour la Suisse, et je m'ennuie. Devais-je lui dire non tout simplement parce que je craignais de te rencontrer?

Il s'avança pour la pointer du doigt en fronçant les sourcils, accusé accusateur qui voyait poindre une chance de faire tourner l'accusation.

— Tu «craignais», dis-tu! Tu t'attendais certainement à ce que je passe reprendre la petite de temps à autre! Tu le savais, n'est-ce pas? Ou tu l'espérais?

Il avait la langue bien aiguisée. Elle manqua s'affoler et s'abstint de réagir trop rapidement. Atroce, cette façon de la tourmenter! Il ne perdait aucune syllabe, aucun aspect de sa physionomie qui pouvait l'aider à alléger ses torts. D'accord, elle le savait aigri par l'attente d'une parole aimable, d'un sourire encourageant, alors que, sans se montrer inamicale, elle l'abîmait de propos accablants dès qu'il franchissait le seuil de sa demeure. Pourquoi lui démontrait-elle donc un manque si flagrant d'aménité? Pareille à une vieille femme acariâtre. L'alliance de Xavier avec Barbara avait aspergé son affabilité de vinaigre et de venin; l'amalgame qui en découlait accomplissait son œuvre de destruction. Il faudrait bien à un moment donné annuler ses attaques ou assumer le résultat des réactions agressives de Xavier!

Elle s'attarda à déposer son ouvrage ajouré à son côté, près de son livre annoté, pencha l'abat-jour pour que la lampe éclaire l'aigle d'airain sur l'armoire plutôt que sa jupe couleur ambre, et lui prêta plus d'attention. Son accent demeurait âpre.

— Je t'en prie, Xavier. Si tu continues à attiser nos désaccords, tu vas finir par exagérer et nous nous ferons du mal tous les deux.

La bouche tordue, le teint presque abricot, apparemment assombri par l'aridité de leurs rencontres, Xavier s'était adossé et la scrutait d'un regard infiniment implorant et triste. L'absoudre de ses fautes n'aurait servi strictement à rien. Nul besoin non plus d'amputer par esprit de vengeance une partie de son anatomie. Quant à s'accommoder de ses dires et à admettre qu'il avait raison, elle s'y refusait. À son avis, ce que désirait Xavier, c'était qu'elle cesse de le considérer en adversaire et qu'elle l'accueille de la même manière qu'on reçoit un amant; elle ne pouvait se résoudre à cela. Il accaparait ses pensées, jour et nuit, n'était-ce pas suffisant?

— Qu'est-ce que tu penses qu'il se passe en moi depuis ton retour? lança-t-il d'une voix mal affermie.

— Je ne veux pas le savoir! soupira-t-elle en détachant les syllabes.

Lasse de cette discussion sans cesse reprise à chaque visite et qui n'en finissait jamais, elle s'appesantit contre le divan, porta une main en auvent sur son front, coude sur l'accoudoir. Pourquoi ne la laissait-il pas en paix? Il s'acharnait, profitant de la moindre occasion pour venir chercher Marisa, pour tenter de renouer des liens amoureux avec elle. Elle n'était pas dupe de ses stratagèmes et appréhendait chaque rencontre. Comment Barbara pouvait-elle ne pas s'apercevoir de ses agissements? Pourquoi l'acceptait-elle si elle s'en rendait compte? Pourquoi avait-elle voulu à tout prix lui confier Marisa? La voix rauque et étranglée de Xavier couvrit son questionnement. Il se leva, s'animant devant elle, incapable de rester en place ou de se taire.

— J'ai passé trois années de ma vie à ne m'intéresser à rien, ni à Marisa ni à Barbara...

Il accompagnait ses paroles de gestes nerveux et comptait sur ses doigts avec application. Elle suivait ses mouvements, hypnotisée.

— ...ni au temps qui passait ni à la température, tout m'était indifférent.

Il revint s'asseoir du bout des fesses sur le fauteuil et poursuivit son plaidoyer avec acharnement, argumentant et alimentant son discours d'exposés moroses:

— Je ne ressentais ni bonheur ni malheur. J'étais abruti; je n'existais pas. J'ai accepté cette langueur. J'étais... on pourrait dire: assoupi. Trois années de ma vie qui se sont évanouies en poussière! Soudain, avec toi, la vie revient!

Le rouge afflua aux joues de Claire. Xavier aggravait leur situation en accumulant tous ces mensonges. Il l'abreuvait de belles paroles pour mieux l'endormir. Elle continuait d'assister, en véritable automate, au spectacle qu'il lui présentait et qu'il avait dû apprendre de Barbara, Barbara qui, soit ne connaissait rien de l'authenticité, soit n'était authentique qu'en jouant instant après instant un nouvel acte de la pièce de théâtre que représentait sa vie.

— Tu es marié à Barbara. Moi, je le suis à Richard.

— Justement, il est plus que temps d'aborder ce sujet! déclara-t-il en se remettant debout pour la énième fois. Depuis mon retour, tu refuses qu'on en parle; tu reportes continuellement le sujet d'une fois à l'autre. Tu ne veux pas t'impliquer dans ce que je vis ou ce que je ressens, pourtant, sache que, si Barbara a su m'inspirer du désir, elle a été la dernière. Il n'y a plus aucune femme dans ma vie autre que toi.

«Quelle belle consolation!» se dit-elle pendant qu'il complétait son apologie.

— Alors que, toi, tu t'es unie à Richard, lui que je considérais, que je croyais mon ami!

— Ce n'est pas lui qui t'a trahi; c'est ta propre déloyauté qui t'a perdu.

— J'ai couché avec Barbara pendant quelques semaines, je l'admets. Ce voyage en mer, la beauté des îles, notre proximité, sa gentillesse... Je n'ai pas d'excuses. J'ai été sot; je me suis laissé conduire par mon sexe. Quand j'ai appris qu'elle était enceinte, j'ai perdu tout intérêt pour elle; je me suis senti piégé. Au point que notre mariage n'a jamais été consommé. Bien sûr, je n'ai aucun moyen de le prouver puisque Marisa est née et que... De toute manière, cela ne changerait strictement rien à notre union. Je suis lié à elle. Je lui appartiens. Au même titre qu'un condominium ou... une maison ou... une voiture. Je ne peux pas me séparer ou divorcer. Malgré cela, mon corps, mon âme et mon cœur sont à moi. Je peux en faire ce que je veux.

Il s'en sortait avec l'agilité d'un faon et agrémentait sa fable d'accents tragiques. Jusqu'où pousserait-il l'absurde?

— Où veux-tu en venir?

— Tout ce que je cherche à te dire, c'est que Barbara a réussi à éveiller ma compassion, une certaine affection aussi... un temps... avant notre mariage. Je ne ressens pas et ne ressentirai jamais d'amour pour elle. J'ai parfois pitié d'elle, il m'arrive d'admirer sa ténacité; rien de plus.

Abject! Aberrant, qu'après s'être ainsi acoquiné à Barbara, il affirmait sans vergogne ne pas l'aimer! Fallait-il qu'elle se soit forgé l'idée d'un autre Xavier, fort différent de celui-ci?

— Tu ne devrais pas me dire ça.

Non, il ne devait pas, car elle risquait de le mépriser pour étouffer l'amour qu'elle ressentait pour lui. Pourtant, il clama bien haut:

— Je te dirai même: je t'aime. Et tu m'aimes aussi. Tout en toi me le dit, sauf tes paroles. C'est ton langage non verbal qui te dénonce.

Elle inspecta ce visage grave déserté par le sourire et la

colère, ce visage qui la troublait malgré tout plus qu'autrefois. Xavier s'approcha, s'assit près d'elle, la prit aux épaules, l'attira à lui. Au dernier moment, elle détourna la tête. Elle se retrouva tout de même contre lui. Les yeux fermés, le cœur palpitant, elle tentait de contrôler le feu qui lui brûlait les artères.

— Même si tout ce que tu dis est vrai... balbutia-t-elle, nous ne sommes plus libres. Il y a Barbara, Marisa et... Richard.

Il la serrait étroitement, lui chuchotait à l'oreille des mots pressants et déposait sur ses joues, son cou, ses lèvres de petits baisers rapides et répétés.

— Quel mal faisons-nous à nous aimer, à supporter ensemble le poids des jours, à nous comprendre? Barbara ne doutera jamais un instant de son emprise sur moi. Je suis son bien, sa chose, son objet. Que lui importe ce que je fais en dehors pourvu que je rentre à la maison ensuite? Quant à Richard, il est loin.

Ces derniers mots l'aiguillonnèrent. Elle retrouva la force nécessaire pour s'extraire de ses bras, pour le fuir, et articula difficilement:

— Je ne tromperai jamais Richard. Ce serait agir contre mes principes.

Le regret transparut dans la physionomie de Xavier. Il semblait anéanti. Jamais Claire ne l'autoriserait à revenir la voir s'il s'aventurait à quêter l'aumône d'un baiser. Il parla si bas qu'elle l'entendit à peine:

— J'aurais voulu t'avoir pour épouse. Pourquoi l'as-tu choisi, lui? Pourquoi ne m'as-tu pas attendu? Pourquoi refuses-tu sans cesse de répondre?

— Barbara était enceinte de toi! jeta-t-elle, emplie de rage.

Elle se détourna de lui, incapable d'ajouter quoi que ce soit. Xavier reprenait sur un ton ardent:

— Je ne l'aurais pas épousée si tu étais restée. C'est toi que j'aime. Elle nous a tous mis dans un sale pétrin. Je croyais qu'elle prenait la pilule! Bruce aussi le croyait. Sur le coup, j'ai pensé à une machination entre eux.

Son ton s'aigrit brusquement pendant qu'il poursuivait, tête baissée en s'asseyant, cette fois, sur le bras d'un fauteuil:

— Après ton départ, j'ai cessé de réfléchir. Je me faisais penser à ces vieilles savates qu'on prend ou qu'on rejette à son gré. Plus rien n'importait. J'avais extrait l'énergie, la vitalité de ma carcasse tout le temps de ton absence. Aujourd'hui je m'éveille parce que je te vois. Je ne redeviens un homme que quand tu apparais.

Ah non! c'était trop simple de tout considérer sous ce seul point de vue! Elle lui refit face, l'œil furibond, et tenta d'amoindrir sa rancœur.

— Tu ne me feras pas croire que Barbara est la seule coupable. Je sais qu'elle est capable de beaucoup, mais, pour qu'elle puisse enfanter de toi, il a bien fallu que tu couches avec elle, que tu la désires! Ne te montre pas sous un jour meilleur que tu n'es!

— Peut-être, aboya-t-il, acerbe. Sauf que, moi, je ne souhaitais pas d'enfant d'elle. Barbara a tout manigancé.

— Pour te mettre le grappin dessus, évidemment. Parce qu'elle avait épuisé ses autres moyens pour obtenir que tu me quittes, peut-être? Elle n'a jamais voulu autre chose que de me voir malheureuse.

— Non, non. Pas du tout. Elle désirait un enfant de moi parce qu'elle m'aimait.

— T'aimer!... Elle ne sait pas ce que c'est que d'aimer!

— Elle m'a dit qu'elle m'aimait et que, puisque j'allais t'épouser, elle voulait un souvenir de moi. Un enfant de moi... pour ne pas se retrouver seule.

— Tu as vraiment gobé ça! Tu as vraiment accepté cela d'elle?

Elle se mit à rire nerveusement, un rire cassé qui sonna et résonna pareil à des pleurs. Un tremblement convulsif l'agita. Xavier l'examinait curieusement, cherchant à saisir ce qui causait cette surexcitation soudaine. Il répondit calmement.

— J'ai cru ce qu'elle m'a dit. Elle pensait qu'un enfant remplirait sa vie et comblerait le vide.

Il en parlait à son aise! Claire dut se maîtriser pour éviter de crier et de réveiller Marisa. La fureur transparaissait dans son regard bleu flamboyant.

— Si c'est le cas, pourquoi ne se préoccupe-t-elle pas plus de sa fille? Elle l'emmène ici et me la laisse en garde; elle ne l'embrasse pas, ne lui parle pas. Elle me confierait une potiche à trente sous que ce serait la même chose. Je m'occupe de cette enfant depuis un mois et elle commence à peine à s'accoutumer à moi. Quant à la confiance qu'elle accorde aux gens, je préfère ne pas aborder le sujet.

— Elle s'en occupe. À sa façon. On ne peut pas lui demander d'être ce qu'elle n'est pas. Elle n'a pas l'instinct maternel et elle n'est pas souvent là. Sa carrière...

— Tu es aveugle, Xavier Volière! Aveugle ou comateux! Mieux vaut que tu t'en ailles! Ces échanges sont inutiles et épuisants. Tous tes mots ne sont qu'un assourdissant tapage qui ne peut attester que d'un seul fait: tu l'aimes ou tu l'as aimée.

— Non. Je lui rends ce qui lui revient, rien de plus.

Elle pinça les lèvres pour éviter de nouvelles allégations. Il s'astreignait à user d'astuces pour défendre ses points de vue et Barbara au mépris de ses sentiments à elle. Un jour, la réalité le rattraperait et il devrait assumer la vérité. La vérité, c'était que Barbara le possédait tout entier, l'âme comprise. Elle lui tourna le dos pour lui signifier qu'il devait partir. Il n'abdiqua pas et revint à la charge.

— Barbara fait carrière. Elle apporte à Marisa beaucoup plus que le confort: des jouets de toutes sortes, des vêtements coûteux. La preuve qu'elle voit à sa sécurité, c'est qu'elle te l'a confiée.

— Tu penses que d'acheter des cadeaux, c'est s'occuper d'un enfant! l'apostropha-t-elle en lui faisant face une fois de plus. Dès que Marisa est devant sa mère, elle fige. Quand tu es là, même, je la sens plus tendue.

— Tu dramatises. Elle est un peu étrange, c'est vrai. Marisa a toujours été revêche; son comportement n'est pas si différent de celui des autres enfants.

— Quels enfants as-tu connus?

— Hein?

— As-tu déjà rencontré de jeunes enfants? As-tu déjà été en lien avec eux?

Les observations de Claire obligeaient son cerveau à des acrobaties auxquelles il n'était plus habitué depuis des mois.

— Oui, quand j'avais mon studio. Les enfants te fixent tous avec des yeux ronds ou bien ils te font des grimaces.

— Tes contacts avec les enfants ne démontrent pas de grandes connaissances. Marisa a près de trois ans et elle ne parle pas. Elle ne se vêt pas seule, elle ne mange pas à table, ne se sert pas d'ustensiles, elle se mouille et doit porter des couches.

— Elle a bien le temps... C'est encore un bébé.

— Elle devrait être plus avancée; là, elle est près de l'anormalité. Si au moins on arrivait à capter son attention! C'est peine perdue.

— Plusieurs enfants réagissent de cette façon!

— Non! Ce n'est pas vrai! Pas plusieurs enfants. Ne fais pas l'autruche comme cette gamine le fait souvent! Marisa est un cas. Il m'arrive de me demander si elle n'est pas autiste.

— Le pédiatre n'a pas été aussi catégorique. Il a précisé qu'elle était un peu en retard dans son développement; qu'il ne pourrait se prononcer sur l'autisme avant qu'elle ait cinq ou six ans. Ce ne sera rien de sérieux, tu verras! Elle est si tranquille. C'est une enfant sans problème. Nous lui donnons ce dont elle a besoin. Nous voyons à sa sécurité.

Claire le toisa, les yeux exorbités, la bouche entrouverte. Elle n'en revenait pas des propos insensés de Xavier.

— Sa sécurité!... Sa sécurité!... Tu n'as que ce mot-là à la bouche! Tu confonds soins et amour. Est-ce tout ce que tu donnes à ta fille, des soins?

— Elle ne veut rien d'autre. Même ça, elle ne l'accepte pas de gaieté de cœur. Tu as bien dû t'en rendre compte. Elle refuse tout ce que nous lui offrons, elle ne veut aucun câlin, aucun jouet.

— Cela fait bien votre affaire que de ne pas avoir à faire d'efforts pour la tirer de cette apathie.

— Barbara a essayé, les premiers temps... Elle y a renoncé. Quant à moi...

— Tu l'as imitée, allégua-t-elle. Tu ne ressens rien pour elle. Cette enfant peut bien être introvertie. Toi et Barbara étiez bien assortis.

S'entendre comparé à Barbara fit frémir Xavier. Il se sentait chenille extraite de son cocon, extirpé de cette sorte d'inconscience qu'il habitait depuis son mariage et même avant. Il songea, avec horreur, que Claire avait peut-être raison et émit tout haut, l'air halluciné, ce qu'il n'avait jamais osé avouer à quiconque d'autre:

— J'ai peur qu'elle ne soit pas de moi!...

Elle le lorgna avec pitié et douleur.

— Alors pourquoi t'es-tu uni à Barbara?

Il s'expliqua de mauvaise grâce, en levant peureusement les yeux. Ainsi, il ressemblait à un petit garçon penaud.

— Tu étais partie... Il ne me restait plus rien. Elle m'a soigné quand j'ai eu cette mauvaise grippe et que j'ai dû m'aliter. Ensuite, elle s'est éloignée. Elle ne m'a pas semblé envahissante. J'ai pensé que l'enfant me redonnerait peut-être espoir en quelque chose, que je retrouverais la joie de vivre...

Claire lança ses phrases en véritables bombes froides qui clouent sur place.

— Allons donc! Avoue l'essentiel! Tu étais amoureux d'elle! Tu la voulais pour femme. Tu ne savais pas comment te défaire de moi, alors, c'est elle que tu as chargée de rompre nos fiançailles.

— Absolument pas! Que racontes-tu là? Il n'a jamais été question de ça!

— Elle m'a tout dit, au téléphone. Pourquoi le nies-tu?

— Elle t'a dit... Quand? Je ne comprends pas...

— En mai. Il y a tout juste trois ans. Elle m'a téléphoné et m'a tout appris.

— Appris! Mais appris quoi?

— Qu'elle était enceinte de toi, que vous étiez amoureux l'un de l'autre, que tu n'osais pas l'épouser pour ne pas me faire de la peine, que si je rompais et m'effaçais...

— Ce n'est pas vrai!

Il était si pâle qu'elle craignit qu'il s'évanouisse.

— Elle n'a pas pu te dire ça! Elle n'aurait pas osé!

— Elle ne s'est pas gênée.

— Elle t'a bernée! émit-il d'une voix à peine audible.

— Je n'ai pas été la seule qu'elle a bernée, je crois! lança-t-elle un peu plus bas.

— Et, à ton tour, tout en connaissant sa malice, tu as accepté pour vrai ce qu'elle te racontait.

— Il me suffisait de savoir que tu m'avais trompée. Déjà avant notre mariage. Cette trahison, vois-tu, je ne te la pardonnais pas. Barbara possède bien des cartes pour abattre la méfiance des hommes, pourtant aucun n'est obligé de lui céder. Tu avais ma confiance... en partie du moins. Si tu lui avais résisté, nous serions mariés aujourd'hui.

Il serra les poings et contracta les mâchoires. Il bouillonnait de rancune.

— L'intrigante! Je me doutais bien qu'elle avait pu manigancer quelque chose du genre! Je refusais de voir clair. La traîtresse! La perfide! grognait-il. Alors, tu es partie avec Richard! Tout s'explique à présent. Quand je pense qu'elle feignait l'innocence! Elle m'a menti. Elle s'est bien jouée de moi. Oh oui! elle m'a bien possédé! Et elle me possède bien encore!...

La colère sourde de Xavier inquiéta Claire. Tout le corps de l'homme vibrait d'une tension contenue. Elle s'apaisa instantanément devant cette douleur démesurée.

— Nous n'y pouvons plus rien maintenant. Mieux vaut oublier tout ça. C'est du passé. Ce qui importe pour l'instant, c'est Marisa.

— Marisa... bredouilla-t-il à cent lieues de là.

— T'a-t-elle déjà souri à toi?

— Souri!

Souri!... de quoi parlait-elle? Marisa... Ah oui! Marisa...

— Je... Je... Je dois t'avouer que... quand elle était tout bébé, peut-être. Je ne m'en souviens pas. Je n'y ai pas vraiment porté attention. C'est seulement depuis quelque temps que... j'ai commencé à songer que...

Il se passa une main dans les cheveux, sur le front et dans

le visage. Il se sentait si perdu, si las. Que se passait-il? De quoi discutaient-ils? Il dut faire un effort pour se rappeler les comportements de Marisa.

— Elle me fixe parfois d'une manière singulière.

— Vraiment?

— Oui, dernièrement. Le jour où j'ai revu Richard. J'étais dans mon fauteuil et... je me sentais observé. Elle a baissé les yeux aussitôt. Plus tard, quand je l'ai baignée et vêtue... elle refusait de tourner la tête vers moi et fixait un point vague. J'avais beau insister et l'obliger à demeurer tête droite, elle se détournait.

— C'est un fait encourageant, bien que mince. Vois-tu: si je parvenais seulement à obtenir qu'elle me regarde, je m'en satisferais pour le moment. Elle est si souvent hors de contact.

Claire reprenait de l'assurance à discuter ainsi de Marisa. De toute façon, il était trop tard pour eux. Trop tard pour renouer et trop tard pour lui pardonner.

— Pourquoi Barbara chercherait-elle à te voir malheureuse?

La question la surprit. Elle haussa les épaules. Elle ne souhaitait pas répondre. Xavier la scrutait avec tant d'insistance, qu'elle avoua:

— Probablement... à cause de maman.

— De votre mère!

— Tu sais que Barbara est ma sœur par adoption. Papa et maman l'ont adoptée quelques mois après leur mariage. C'est là un épisode de leur vie dont ils ont toujours évité de parler. Je crois que Barbara est jalouse parce que je suis la fille de Carole et pas elle. Pourtant...

Allait-elle poursuivre? Allait-elle révéler ses chagrins de petite fille à Xavier?

— Pourtant...?

— Pourtant il m'a bien souvent semblé que maman l'adorait... bien plus que moi. Elle n'a jamais éprouvé pour aucun de ses autres enfants l'affection débordante qu'elle a vouée à Barbara. Celle-ci s'attachait sans contredit tous les adultes par son charmant visage, ses manières délicieuses, ses sourires, ses flatteries. En contrepartie, elle n'épargnait rien pour nous faire punir et se faire dorloter par maman. Mes frères ont dû goûter à la règle à plusieurs reprises pour avoir refusé de se soumettre à ses caprices. Peut-être aussi était-ce moi qui voyais la situation de cette manière? Tu sais, quand on est petit, on s'imagine parfois que les gens sont méchants quand ils ne sont pas exactement tels qu'on les voudrait.

— Tu la détestes, n'est-ce pas?

— Disons que je ne l'aime pas particulièrement, que je la redoute plus que n'importe qui au monde. J'ai eu bien des occasions – je t'en ai déjà parlé – de constater sa mauvaise influence sur les gens qui m'entouraient.

— Ton père, lui, comment la traitait-il? se souvenant des confidences de Barbara et voulant faire corroborer ou infirmer ses dires.

— Étrangement, mon père ne voyait que moi. Il n'acceptait que moi et ne jurait que par moi. Il n'appréciait pas les extravagances de Barbara et elle n'avait aucun ascendant sur lui. Il n'a pas paru nouer des liens très étroits avec ses fils, non plus. Il les emmenait parfois à la pêche ou à la chasse. Il ne leur a jamais démontré de tendresse; il disait qu'un gars, on ne câline pas ça. Remarque que sa seule caresse consistait à poser la main sur ma tête en un geste lent et doux. Les garçons ont quitté la maison très tôt. Les jumeaux sont en Alberta: Alexandre est agriculteur et Alexis est agronome. Auguste, le troisième, a fait des études en anthropologie et travaille près de Shawinigan.

— Crois-tu que ta mère ait pu chercher à compenser pour l'amour que ton père ne donnait pas à Barbara? Elle a pu craindre que Barbara se sente moins aimée parce qu'elle était adoptée et qu'elle en souffre. Elle en souffrait; elle me l'a déjà dit. En tout cas, ça expliquerait l'affection de ta mère pour elle.

Son regard baissé, frangé de longs cils blonds, ses joues creusées la lui révélèrent anxieuse.

— Je t'ai parlé, il y a quelques années – peut-être l'as-tu oublié! – de ce que papa avait dit avant de mourir: que Barbara et moi, nous nous opposerions à cause d'un homme, que notre antagonisme pourrait conduire des êtres à la mort... Une partie de ces prédictions s'est réalisée.

— Tu ne crains pas que ce soit vrai! Que ce soit ce qui se déroule actuellement!

— Pourquoi ne serait-ce pas le cas? Mon père a voulu nous mettre en garde. Me... mettre en garde surtout.

— Tu penses qu'il craignait quelque chose te concernant?

— De la manière dont il me contemplait en me caressant les cheveux, je l'ai cru.

— C'est complètement fou! Personne ne connaît l'avenir!

— Pourquoi a-t-il desserré les lèvres juste avant de mourir pour nous prévenir d'être prudentes quand il n'avait pas parlé depuis des mois?

Ses yeux bleu pâle fixés sur lui le tourmentaient. Xavier ne comprenait plus rien. Cette fois encore, un flot l'emportait dans un monde insolite où la logique risquait d'être mise à rude épreuve.

— N'était-il pas très malade? Avec les médicaments, peut-être que... Barbara m'a dit qu'il avait perdu la raison...

Claire pinça les lèvres de mécontentement. Que Xavier répète ces propos infamants la blessait cruellement. Elle amorça sa défense en ajustant son ton au sien.

— Qu'il refuse de dialoguer ou d'échanger avec les autres ne veut pas dire qu'il ait souffert d'aliénation! Il avait peur depuis bien des années de quelque chose ou de quelqu'un. De plus, il connaissait le moment exact de sa mort.

— Par divination?

— Je ne sais pas. Quelqu'un, je pense, le lui avait dit.

— Quelqu'un!... Qui?

— Une cartomancienne ou une diseuse de bonne aventure... quelqu'un dans ce genre-là.

— Oh! tu sais... ces gens! Il faut en prendre et en laisser de ce qu'ils prétendent.

— Je n'en ai jamais consulté! Parfois papa délirait et il mentionnait une vieille femme qu'il avait connue, il y avait très longtemps. Je n'ai jamais pu distinguer très bien son nom. C'était Ina ou Nina. Il la nommait souvent la sorcière.

— Ton père se trouvait affaibli par la maladie. La fièvre donne un caractère de réalité à bien des cauchemars et les médicaments qu'il absorbait devaient aussi servir d'agents hallucinogènes.

— Si rien n'est vrai, pourquoi a-t-il attendu au seuil de la mort pour nous confier ses peurs? Pourquoi s'est-il tu si longtemps? Il se berçait dans un fauteuil et semblait s'intéresser à ce qui se passait dehors, par la fenêtre du côté, sans pourtant voir les enfants qui jouaient dans la rue ou les gens qui y circulaient. Il regardait en lui. Il était inquiet.

Xavier inspectait Claire. Elle anticipait le futur et se munissait d'armes comme un artilleur s'apprête à la guerre. Normalement, les antennes de son sixième sens ne la trompaient pas. Il voulut lui porter assistance et s'appliqua à éclaircir l'affaire.

— Que sais-tu de la jeunesse de tes parents?

— Rien. Ils se sont bornés à répéter que leur jeunesse ressemblait à celle de tout le monde.

— Et tes aïeuls?

— Rien non plus de ce côté. Nous n'en avons jamais eu. Selon leurs dires, papa et maman auraient tous deux été élevés par des étrangers auxquels ils n'étaient pas attachés. Ils n'auraient ni frères ni sœurs.

— Adoptés eux aussi! murmura Xavier, songeur. D'où venaient-ils? De Montréal?

— Apparemment, oui. Papa prétendait avoir été élevé dans la rue. Pourtant, il est devenu professeur d'université. Quant à maman, toutes les questions concernant son enfance restent sans réponse.

— Tout cela t'a amenée à croire qu'il y avait un secret quelque part?

— Avoue que c'est plutôt spécial!

— Oui, c'est spécial... C'est plausible aussi. Bien des jeunes sont sortis du ruisseau, même ici, à Montréal. Des enfants ou des adolescents abandonnés ou qui ont changé de foyer nourricier à tout bout de champ, il y en a des dizaines à travers la ville. Pas besoin non plus d'aller loin pour trouver de véritables orphelins; j'en suis un. Je t'ai déjà raconté que mes parents sont décédés dans un accident de voiture, alors que j'avais neuf ans. Étant fils unique, je suis demeuré seul. On m'a placé dans un orphelinat jusqu'à quinze ans, puis un fermier m'a amené chez lui pour l'aider sur sa terre. J'ai détesté ça. J'y suis resté deux mois, puis je me suis enfui. J'ai abouti à Montréal où j'ai réussi à me trouver du travail chez un photographe. J'avais – selon lui – du talent, il m'a montré tout ce qu'il savait et j'ai pu aller ouvrir un salon à Québec quand j'ai eu suffisamment d'argent.

— Pourquoi à Québec alors que tu te trouvais à Montréal?

— Je ne sais pas. J'étais attiré par cette ville. Ne t'y ai-je pas rencontrée? ajouta-t-il avec un sourire charmeur sans que Claire ne relève sa remarque.

— Barbara a peut-être eu plus de chance que toi et qu'eux, après tout. Tu dois me trouver stupide de croire à ces sottises, glissa-t-elle en s'éloignant et en haussant les épaules.

— Pas stupide, loin de là. Puisque tu me dis que ton père t'a laissé entendre qu'il y avait un secret, eh bien! je peux comprendre que tu te questionnes. Aimerais-tu que je t'aide à éclaircir ce... ce mystère?

Il attendait la réponse, plein d'espoir en songeant à l'éventualité de voir Claire régulièrement... et amicalement. Il aurait fait n'importe quoi pour pouvoir être avec elle, pour se faire pardonner, pour la voir sourire, pour... Elle releva la tête, hésitante. Se moquait-il d'elle ou était-il sincère?

Le silence lui parut trop long; Xavier s'informa:

— As-tu déjà pu mettre la main sur l'extrait de naissance de Barbara? On pourrait y trouver des renseignements qui nous permettraient de débuter les recherches.

— Ce serait inutile. Elle est déclarée comme étant la fille de Carole Létourneau et de Louis Roitelet.

Il demeura perplexe.

— Voilà qui est très étrange! Pourquoi, s'ils ont falsifié le registre des naissances, ont-ils pris la peine de lui dire qu'elle était une enfant adoptée? Ils n'auraient eu qu'à se taire!

— Je me suis déjà posé la même question et fait la même observation, sans y trouver de réponse.

— Soit que Carole connaissait la mère de Barbara au point d'accepter de faire sienne la fille qu'elle mettait au monde ou soit...

— Ou soit...

— Soit que Carole est réellement la mère de Barbara.

Claire en resta muette d'étonnement. Elle le fixait de ses yeux clairs.

— Toi aussi, tu crois que ça se pourrait! Ça expliquerait tant de choses, tant!

— Son affection débordante pour Barbara?

— Cela, entre autres choses. Si... je dis bien si... maman avait eu une aventure avec un autre homme et que papa ait bien voulu passer l'éponge parce que...

Elle chassa les suppositions de la main et poursuivit:

— ...quelle que soit sa raison, peu importe.

— À moins qu'ils n'aient pas été mariés à l'époque!

— Selon maman, leur mariage a eu lieu après la naissance de Barbara. Pendant des années, j'ai échafaudé des hypothèses là-dessus; je n'ai jamais pu en trouver une qui corresponde parfaitement à leur cas. Je ne comprends toujours pas. Ce n'est pas que je sois jalouse, Xavier. Je voudrais simplement comprendre.

— Mon doux agneau, dit-il en caressant sa joue du revers des doigts.

Elle lui sourit simplement.

— Entre mon père et ma mère, il y avait constamment des regards pleins de réticences, des mots couverts qui ne signifiaient quelque chose que pour eux. Je ne me rappelle pas qu'ils se soient vraiment querellés ni qu'ils se soient embrassés.

— Plusieurs couples n'affichent pas leurs sentiments négatifs ou positifs devant les autres.

— C'était plus qu'une simple pudeur ou... Je ne sais pas, moi!...

Sa nervosité s'accentuait au fur et à mesure que passaient les moments. Xavier l'inspectait gravement. Elle poursuivait, semblant réfléchir tout haut:

— Leurs façons d'être, leurs manières affectées que j'ai longtemps prises pour de l'attachement... J'ai compris que ça n'en était pas en vivant avec Richard.

Elle se calma soudainement et sourit doucement.

— Je l'aime, Xavier. Oh! Ce n'est pas un amour identique à celui que j'ai ressenti pour toi, néanmoins je l'aime vraiment. Autrement.

Un coup de poignard au cœur, Xavier se détourna à son tour.

— Il s'est montré si gentil, si compréhensif, si... affectueux, expliquait-elle en se rappelant ses prévenances.

— C'est ma faute! Tout est de ma faute! Je n'avais qu'à ne pas céder à mes instincts; je ne t'aurais pas perdue.

— À quoi bon revenir sur ce sujet? Nous en avons fait le tour et il n'y a pas de solution.

— Si tu m'aimes vraiment, nous en trouverons une.

— Je ne peux pas aimer un homme que je ne respecte pas, Xavier.

L'anxiété se peignit sur son visage. Il ressembla à une statue antique, être anonyme arraché au passé. Elle en eut le souffle coupé et bredouilla:

— Mieux vaudrait partir. Barbara va vous attendre.

Il acquiesça. Il passa prendre Marisa qui dormait. Cette fois, le refrain qui le remuait arpentait les couloirs de ses regrets: «Un cœur de femme, c'est un oiseau léger; on peut l'apprivoiser un jour, mais il peut s'envoler toujours...»

***

Ailé, il aurait pu voler jusqu'à elle, permettre à son être affligé de retrouver l'allégresse au lieu de se trouver devant Lilianne, en train de prendre cliché sur cliché de son visage fardé dans une atmosphère irrespirable. Pendant qu'il changeait de pellicule, cette fille blonde et svelte allumait une cigarette à son briquet plaqué or. Elle rejeta, par les narines et la bouche, la fumée qui monta en longues mèches transparentes et indolentes.

— Cesse de fumer comme une cheminée, tu as l'air d'un dragon crachant les flammes de l'enfer!

— Ce que tu peux être maussade!

— On pourrait en dire autant de toi! Depuis une heure, on n'a rien fait de bon! Je te sens crispée, tendue, angoissée. Tu n'es pas fichue de prendre une pose qui ait l'air autrement qu'empesée. Qu'est-ce qui se passe?

— Mêle-toi de tes oignons!

— Ce sont «mes oignons», justement. Si tu continues à faire ce visage d'enterrement, on va y passer la journée et ce sera autant de matériel de gâché. Essaie de penser à quelque chose de gai, quelque chose que tu aimes... Te retrouver dans les bras de Bruce, par exemple.

— Celui-là, je ne voudrais pas le toucher avec une petite cuillère!

— Ah bon! c'est donc ça! Une fois de plus en chicane, vous deux! Écoute, Lili: règle tes problèmes avec Bruce, après on prendra les photos. Pour le moment, on dirait que tu as avalé une couleuvre.

Il déposa son appareil sur un coussin et éteignit les lampes qui avaient illuminé le décor composé de bananiers. Bruce avait négocié un contrat pour que Lilianne fasse la publicité des bananes que vendait un de ses anciens compagnons d'études universitaires, un Africain du nom de Hamed Benzaouna. Lilianne passait son peignoir en grommelant:

— Si tu surveillais «ta poule» , mon gars, peut-être que je ne serais pas de si mauvais poil.

Xavier haussa les sourcils sans s'alarmer. Il mettait de l'ordre dans ses effets.

— Ma poule! De quelle poule parles-tu?

— Celle aux œufs d'or! À t'entendre, on dirait que tu en as plusieurs! Tout le monde sait que, quand Barbara est entrée dans ta vie, tu n'as plus voulu voir personne et que tu t'es enfermé comme un ours en cage.

— Barbara!... Pourquoi devrais-je la surveiller?

— Tu n'espères quand même pas que «cette altesse» te concède l'exclusivité!

— Veux-tu parler en termes clairs? répliqua-t-il, harassé par les aiguillons de ce porc-épic.

— Qu'est-ce qu'il te faut? Des négatifs d'elle et de Bruce?

— Ah! c'est de ça dont tu veux parler: Barbara et Bruce! Ils ont toujours été très liés.

Elle secoua la tête en ourlant les lèvres.

— Mon pauvre Xavier, ce que tu peux être niais! Ta belle moitié, un de ces jours, je la grifferai à tel point que tu ne la reconnaîtras plus.

Xavier sourit en continuant de ramasser son matériel.

— Qu'est-ce qui t'amuse? Tu ne crois pas que j'oserais?

— Oui et non. Barbara ne raterait pas l'occasion de t'en faire autant. Parce qu'elle et toi, défigurées, je crois que vous préféreriez mourir.

— C'est ça qui te fait sourire?

— Les chicanes de bonnes femmes à coups de griffes, de dents, de tirage de cheveux, de «déchirage» de robes... Ouais! ça me fait sourire! Surtout quand c'est au sujet de Bruce William.

— Tu ne crains pas qu'elle te délaisse pour épouser Bruce!

— Si elle avait voulu le faire, il y a belle lurette que ce serait fait. Je connais trop bien Barbara pour m'imaginer qu'elle se prépare dans l'ombre à me quitter. Par contre, je ne doute pas que tu puisses l'avoir vue avec Bruce en maintes occasions. Sais-tu quoi? Je m'en moque.

— Es-tu sérieux? Si Barbara et toi vous vous séparez, tu perdras ton enfant! s'exclama-t-elle, atterrée.

— Je ne suis pas certain qu'elle s'embarrasserait de Marisa ni que Bruce accepterait d'élever l'enfant d'un autre.

— Bruce est prêt à tout pour «sa Barbie». Sa beauté le séduit.

— À mon avis, c'est plutôt sa méchanceté qui, alliée à sa beauté, le fascine.

— Eh bien!... qui aurait cru! Tout le monde ici pense que tu es amoureux fou d'elle, que tu n'en voies plus clair, que tu t'es assagi, que tu as perdu de la couleur.

— Dans tout ce que tu as dit, le seul endroit où tu t'es trompée, c'est quand tu as avancé que j'étais amoureux d'elle. Tout le reste est vrai, y compris le fait que je sois un peu fou.

— Tu... n'es pas amoureux fou d'elle!

— Je ne suis pas amoureux d'elle. Je ne l'ai jamais été.

Elle paraissait incrédule.

— Pourtant! Tu l'as épousée! C'était pour l'enfant! affirma-t-elle plus qu'elle ne questionna.

Il ne répondit pas et assombrit les dernières ampoules.

— Allez, ouste! dit-il. Dehors! On ferme. J'en ai assez. On se revoit demain.

Il la dirigea vers la porte et sortit. Il n'avait pas fait vingt pas sur le trottoir qu'il arriva face à face avec Barbara. Son pantalon rose seyant et sa chemise blanche mettaient en valeur sa silhouette élancée aux courbes prometteuses. Il s'adressa à elle.

— Je te croyais partie pour Toronto, à un défilé de mode!

— J'y vais. Je pars tout à l'heure. Je venais voir si tout allait bien pour toi.

Il haussa un sourcil méfiant. Cette sollicitude était irrégulière et ne ressemblait pas à la Barbara qu'il connaissait.

— Tu as fait tout ce détour rien que pour venir me dire bonjour!

— Non; il n'y avait pas de stationnement libre dans l'avenue, alors je me suis garée dans la rue transversale. Je venais chercher Bruce.

— Bruce!... Il t'accompagne dans tes déplacements?

Elle le scruta, négligeant de lui dire que Bruce profitait de l'occasion pour rencontrer les actionnaires du magazine *Secrets*, et s'approcha tout près, une lueur moqueuse dans le regard.

— Serais-tu jaloux? Ce serait tout nouveau et ça me plairait assez.

— Je m'informe, c'est tout. Où as-tu laissé Marisa?

— Chez Claire. Tu auras ainsi le loisir d'aller voir ma chère sœur. Les motifs ne te manqueront pas. J'ai su par maman que tu t'y rendais régulièrement.

— Si tu n'es pas contente, tu n'as qu'à rester à la maison pour t'en occuper!

— Tu ne t'attends tout de même pas à ce que je renonce à ma carrière pour élever «ton» enfant!

— C'est toi qui l'as voulue, cette enfant!

— Il n'a jamais été question que je reste en cage avec elle, même si c'est ce que ma mère a fait pour nous. Ce n'est plus à la mode. J'ai besoin de gagner ma vie. Ce que je rapporte au point de vue pécuniaire comble bien des petits ennuis.

— Tu sembles en tout cas prendre plus de plaisir à voyager ici et là pour ta carrière que de voir ta fille.

— Oui, j'y prends plaisir. Personne ne m'empêchera de demeurer mannequin tant que je serai jeune et jolie.

— Ce n'est pas mon intention. Je ne parle pas pour moi, c'est pour Marisa. Elle ne te voit pas beaucoup.

— Claire s'en occupe très bien; je trouve qu'elle est moins empesée qu'avant.

— Et toi?

— Quoi... moi! C'est ma fille!

Elle repartit sans poursuivre et il la vit dandiner des hanches vers l'avenue rutilante de soleil. Le reste devait couler de soi. Xavier se demanda si elle ne confondait pas «possession» et «affection». Il attendit qu'elle eût disparu au détour de la route. Leurs rares échanges ne réglaient jamais rien. Ils n'étaient pas du tout au même diapason. Ils vivaient chacun sur une planète différente, sans vraiment d'animosité. Sans plaisir non plus.

Normalement, il la voyait partir sans ennui; cette fois, c'était avec plaisir. Claire prenait soin de Marisa. Barbara avait raison: quelle belle occasion à saisir pour lui rendre visite! Une randonnée à la campagne amuserait peut-être Marisa et risquerait de plaire à Claire, surtout s'il l'alléchait par la perspective de discuter du «mystère» qui planait autour de l'adoption de Barbara.

Claire hésita longtemps avant d'accepter. En son âme et conscience, elle considérait que c'était mal de profiter de la présence du mari et de l'enfant de sa sœur, même si celle-ci les abandonnait tous les deux à leur sort. Par ailleurs, elle brûlait d'envie d'accéder à la connaissance des événements qui avaient amené son père à craindre le pire. Il faisait un temps superbe et elle regretterait de devoir rester à la maison, alors pourquoi ne pas l'accompagner?

Xavier gara son automobile devant une barrière en bordure de la route et, après avoir franchi la clôture, tous trois marchèrent à travers champs. Parsemées à flanc de colline, des vaches attroupées broutaient l'herbe neuve du printemps ou les hautes herbes séchées de l'automne précédent; d'autres se reposaient, couchées sur la terre humide, balayant de la queue les quelques mouches noires qui les asticotaient. Un cheval à la robe brune secoua sa crinière et s'approcha d'eux en gambadant. En le voyant arriver, Marisa, qui marchait devant, figea net, fit demi-tour et se mit à courir pour se mettre à l'abri derrière les jambes de Claire; celle-ci s'en amusa.

— Allons, allons, mon poussin chéri! Tu n'as rien à craindre. Nous sommes là, ton papa et moi. Est-ce qu'il n'est pas beau, ce cheval? C'est un bel alezan, n'est-ce pas? constatait-elle en laissant son regard voyager de Marisa à l'animal qui venait de s'arrêter. Veux-tu lui donner à manger? On prend ces longues herbes et on les lui tend ainsi.

Elle s'exécuta, saisissant une poignée de foin jauni d'avoir passé l'hiver sous la neige pour la présenter à la bête qui le prit du bout des babines et le mastiqua lentement. Elle tendit ensuite un bouquet de foin à Marisa. La petite fille se détourna et fit mine de s'éloigner. Xavier la rattrapa et la jucha sur ses épaules avant de rejoindre Claire.

Tous deux se jetèrent un regard de connivence et un sourire de satisfaction. C'était un début prometteur. Marisa avait réagi à peu près normalement. Ils en étaient fiers; ils se gardèrent d'en parler ouvertement, de peur qu'il ne s'agisse là que d'un fait sans conséquence et sans suite au lieu d'une adaptation progressive.

Un foulard de soie léger sur sa petite tête ronde pour la protéger des rayons du soleil, Marisa se laissait envahir par les mouvements saccadés que provoquaient les pas de Xavier. La grosse main qui retenait les siennes prisonnières l'empêchait de tomber et elle respirait à travers les cheveux épais, presque crépus, une odeur qui lui rappelait vaguement quelque chose de familier.

Ils avancèrent vers un boisé où ils trouvèrent une tiédeur apaisante. Xavier déposa Marisa par terre; il s'assit à même le sol et s'adossa à une clôture de bois qui ceinturait le pâturage. Il arborait le sourire heureux d'un vainqueur. Marisa demeura pareille à une statue de pierre. Claire fureta aux alentours et s'activa à cueillir quelques muguets tardifs parmi le boisé. Elle revint dans l'allée avec ses fleurs rosées et les passa sous le nez de Marisa qui recula.

— Ce sont mes fleurs préférées. Mon papa en cultivait des blanches près de notre maison, la maison de grand-maman Carole. Depuis sa mort, les mauvaises herbes les ont envahies et les plants ne produisent plus. Je te les donne. Tiens!

Elle força Marisa à les prendre, bien que gauchement et à contrecœur, et alla retrouver Xavier. Les hauts arbres les enveloppaient de fraîcheur et les multiples épines de pin rougies qui parsemaient le sol laissaient monter à leurs narines l'arôme des acides résineux.

— Quelle belle journée! dit-il. Je me sens heureux.

— Quand il fait aussi beau, c'est normal.

— Quand tu es là, c'est normal, reprit-il en la dévisageant au point qu'elle rougit et détourna les yeux.

— Viens t'asseoir près de moi, l'appela-t-il en tapotant un bout de rocher qu'il avait mis à découvert.

Elle baissa timidement la tête et ne bougea pas. Il reprit d'une voix adoucie:

— En toute camaraderie.

Devait-elle s'autoriser à le croire ou s'assujettir à la méfiance? Auparavant, elle lui aurait fait confiance; maintenant, elle hésitait, envahie par un arsenal de doutes et de blâmes. Même si Barbara se trouvait être l'artisane de leur rupture, Xavier aurait dû pouvoir vivre auprès d'elle sans s'avilir à n'écouter que ses sens. L'avait-il anesthésiée de beaux discours, ces derniers temps, en alléguant qu'il n'avait jamais aimé Barbara, qu'elle avait abusé de sa crédulité et qu'il l'adulait, elle, sans réserve? Pour l'instant, il restait accoté à la barrière vermoulue, prêtant audience aux oiseaux et aux insectes qui clamaient les splendeurs de la nature. Elle le rejoignit lentement et s'installa à son côté. D'une main autoritaire, il fit avancer Claire et passa le bras autour de ses épaules.

— Tu seras mieux ainsi.

— Moi, peut-être; pas toi.

— N'en sois pas si certaine, continua-t-il sans artifice.

Ils fermèrent les yeux et se détendirent. Marisa les avait observés sans en avoir l'air. Ils ne faisaient plus attention à elle. Les fleurs de muguet s'échappèrent de ses menottes et elle les contempla longuement, tombées éparses autour d'elle. Elle les foula du pied en passant et retourna dans le champ, au soleil. Ici et là, des pissenlits dressaient leurs aigrettes grises presque à chaque pas sous les yeux de Marisa. Elle s'arrêta pour se pencher au-dessus d'eux. D'un doigt timide, elle toucha l'un, puis l'autre, et tira finalement sur les boutons magiques qui se défirent.

— Elle va se salir, lança Xavier qui venait d'apercevoir son manège.

— Laisse-la faire; j'ai des vêtements de rechange. Elle doit profiter de la promenade et de tout cet espace qu'elle ne connaît pas vraiment. L'empêcher de se salir peut lui gâcher tout son plaisir.

— Tu crois?

— Oui, je le crois.

— Est-ce que je me trompe? Je la trouve plus sereine qu'avant. Barbara aussi a précisé qu'elle la trouvait différente. Qu'as-tu fait de spécial?

— Rien, sinon l'aimer. Je la félicite quand je suis contente d'elle et je la gronde quand je trouve qu'elle agit en enfant pourrie. J'essaie de me comporter normalement, de lui parler, de jouer avec elle même si elle ne semble pas participer, je place son assiette sur la table et non sur le plancher... D'accord, elle ne mange pas très proprement, elle n'a jamais appris.

— Elle n'a pas trois ans!

— C'est plus que le temps qu'elle apprenne.

Il haussa les épaules et fit la moue. Il se sentait accusé et coupable.

— Elle dormait continuellement. Pour la bercer, la dorloter, lui chanter des berceuses ou lui apprendre n'importe quoi d'autre, il aurait fallu la réveiller. On lui donnait son biberon et on la changeait de couche. De plus, Barbara n'a plus guère eu de temps à lui consacrer après avoir repris son emploi. Elle nous traite, Marisa et moi, en objets familiers, à l'égal de ses bijoux et de ses vêtements. Nous lui appartenons; elle nous exhibe quelques minutes quand ça fait son affaire, puis elle nous réexpédie dans nos quartiers.

— N'aurais-tu pas pu, toi, prendre davantage soin de Marisa?

— Peut-être. Elle ne réclamait jamais rien et je doutais qu'elle soit de moi... alors je n'étais pas très enclin à lui faire de la façon, d'autant plus qu'elle n'y réagissait pas. Je me rappelle m'être déjà dit qu'elle ne m'aimait pas parce que je n'étais pas son père et qu'elle le savait.

— C'est affreux qu'un garçon aussi intelligent que toi ait obéi à de tels sentiments! Moi, je suis d'avis qu'elle te ressemble, ajouta-t-elle en souriant.

— Parce que les enfants adoptent les mimiques de leurs parents, c'est tout.

— Ce n'est pas toujours vrai. Puisque tu l'avais reconnue, tu aurais dû faire un effort pour t'intéresser à sa personne et oublier tout le reste. De toute façon, que tu sois son père biologique ou non, c'est ton nom qu'elle porte...

Elle s'arrêta un instant pour reprendre:

— En disant cela, ça m'a fait penser à Barbara. Elle porte le nom des Roitelet, bien qu'elle se fasse appeler Barbara Eagle. Tu as raison: elle a dû souffrir que papa ne s'en préoccupe pas plus.

— C'est ce qu'elle prétend.

— En tout cas, on voit que Marisa essaie de vous imiter, toi et elle.

— Comment ça?

— J'ai eu la possibilité de l'observer depuis près d'un mois et j'en suis venue à la conclusion suivante: tu m'as bien dit que, depuis ton mariage, tu ne te préoccupais plus de rien, que tu te laissais vivre, acceptant sans broncher et sans riposter les décisions de Barbara, t'enfermant la plupart du temps dans un mutisme qui naissait de ton détachement. Tu n'es pas heureux, alors tu ne souris jamais et tu parles peu, sinon pratiquement pas. – Tes agissements me rappellent ceux de mon père. – Bref, souviens-toi des comportements de Marisa! Elle accepte tout sans se plaindre, garde le silence – à mon avis, volontairement – ne sourit jamais parce que toi et sa mère n'avez jamais dû beaucoup sourire en sa présence; elle n'est capable d'aucune marque de tendresse parce que jamais elle n'en a vu donner, soit à elle-même, soit à sa mère ou à toi. On ne peut copier ce qu'on ne voit pas ni rendre ce qu'on n'a jamais reçu.

— Tu veux dire que... que Marisa serait ainsi à cause de nous!

— À cause de vous deux et aussi en raison de son caractère à elle, parce que tous les enfants ne réagissent pas de façon similaire. Prends Barbara, mes frères et moi, par exemple: nous avons été élevés par les mêmes parents et aucun n'a la même réaction devant la vie: Barbara est plus exubérante; je suis plus réservée; Auguste, lui, aime à plaisanter; Alexandre est la vaillance personnifiée et Alexis a peur de son ombre; pourtant ils sont jumeaux. Je peux me tromper, Xavier, je ne suis pas une spécialiste en la matière. J'observe Marisa depuis que je la vois régulièrement, je tente d'entrer en contact avec elle et je me bute obstinément à son refus catégorique de communiquer.

— Son refus!

— D'après moi, c'est un refus. Elle garde les yeux baissés et fait la sourde oreille.

— Tu veux dire qu'elle le ferait exprès!

— Oui et non. Elle n'a pas appris à réagir autrement. Il faut qu'elle s'acclimate à tout ce qui n'est pas coutumier dans son entourage. Quand je l'ai embrassée pour la première fois, elle a pris peur et a fait l'autruche sous sa couverture. J'ai voulu l'empoigner tout en riant pour la chatouiller: elle a gémi d'effroi. Je me suis demandé pourquoi ces jeux l'effrayaient tant et maman est alors survenue. Elle n'a accordé aucune parole, aucune attention à Marisa, exactement comme si elle n'existait pas et c'est alors que j'ai cru comprendre: Marisa ne connaît rien d'autre que l'indifférence, et ce qu'on ne connaît pas fait peur.

— En t'entendant, je viens de revoir ce regard insistant qu'elle m'avait accordé, le jour de votre retour justement. Je devais paraître absorbé par la lecture de mon journal... Je t'en ai déjà parlé.

— Peut-être qu'elle vérifiait.

— Lorsque je l'ai baignée, plus tard ce jour-là, elle longeait les murs de la pièce où j'étais plutôt que d'aller trouver sa mère et ses invitées dans le salon.

— Elle se plaisait sans doute en ta compagnie qui la rassurait davantage qu'un groupe de commères placoteuses.

— La plupart des enfants se seraient rués pour aller voir ce qui se passait; ils sont d'un naturel curieux, habituellement.

— Tu ne devais pas être pressé, toi non plus, de rejoindre Barbara.

— Je m'y soustrayais.

— T'occupes-tu souvent de Marisa?

— Non. Je m'en étais chargé auparavant pour lui donner les soins essentiels. Le jour de votre retour, c'était notre première promenade au grand air ensemble. Jamais il ne s'était produit un événement aussi dramatique pour elle pendant que je l'avais sous ma surveillance: elle avait vomi, avait eu la diarrhée et était en train de suffoquer sous ses couvertures. Je l'ai sortie de là et je l'ai lavée et vêtue proprement.

— C'était nouveau pour elle, probablement.

— Oui, incluant la sortie en ma compagnie. Ce jour où je me suis réveillé d'un long cauchemar.

Son air triste la toucha. Elle posa la main sur son épaule et ils restèrent silencieux. Marisa accourait, consternée, son carré de soie à la main. Sans les regarder, elle le souleva peureusement dans les airs pour le leur montrer, accessoire aux couleurs vives glissé de ses cheveux. Claire sourit, tendit la main, prit le petit foulard et le replaça sur la tête de Marisa.

— Tu peux retourner jouer, mon ange, lui dit-elle en se rasseyant.

Marisa resta debout un moment avant de repartir tout doucement. Elle alla s'accroupir un peu plus loin au-dessus d'une bouse séchée.

— Je me demande bien pourquoi maman ne porte pas plus d'attention à la fille de Barbara. L'amour qu'elle lui dédie est si intense... Je ne saisis pas pourquoi elle ne le transfère pas sur Marisa.

— Elle ne m'aime pas beaucoup non plus. Je suppose que c'est parce qu'elle est ma fille. Son affection se serait probablement accrue si elle avait été d'un autre.

— Je ne sais pas. Peut-être, peut-être pas. C'est quand même particulier, non!

— Pas nécessairement. Tu m'as dit que ta mère adorait la jolie petite fille qu'était Barbara. Marisa est quelconque et si effacée. Elle ne correspond sans doute pas aux goûts de ta mère en la matière.

— Moi non plus, je n'y répondais pas. Tu viens peut-être de trouver pourquoi maman a toujours préféré Barbara bien qu'elle ne soit pas sa fille!

— Tu continues de te poser des questions? J'y ai repensé, moi aussi, et je voulais te suggérer d'entamer des recherches sur leur passé, si tu le veux. Cette histoire commence à m'intriguer.

— Comment nous y prendrions-nous?

— On peut aller fouiller dans les registres des naissances des bibliothèques nationales pour savoir où sont nés tes parents. On verra bien si ça nous mène quelque part.

— J'ai le cœur qui bat la chamade.

— Peur?

— Et comment! Quand commençons-nous?

— Au cours des prochains jours. Pas aujourd'hui, nous sommes si bien ainsi.

Il lui caressa le menton et appuya le front contre sa tempe.

— Je t'aime. Si tu savais à quel point je t'aime!

Il effleura délicatement sa joue d'un baiser.

— Je t'en prie, Xavier! Marisa pourrait nous v... Oups! une apparition!...

Deux grands yeux pers les avaient vus. Marisa se tenait tout près d'eux. Rapidement, elle fit deux pas en avant, se pencha, colla un instant son visage au bras de Claire, se redressa et s'enfuit aussitôt.

Claire se mit à rire de ce semblant d'accolade.

— Tu vois! Elle copie tout ce que tu fais.

Xavier rit aux éclats, transporté de joie. Marisa se tourna vers eux, ahurie et en alerte.

Chapitre VIII

Impétueux, Bruce William écrasa sa cigarette à bout filtre à peine allumée. La partie ignée laissa échapper un long filet de fumée avant de s'éteindre, immolée.

Bruce devenait de plus en plus nerveux et impatient à mesure que le temps fuyait. La nuit tombait, ses bagages attendaient près de la commode, Barbara ne l'avait pas encore rejoint. L'immobilité lui pesait; il ressassait sa colère et sa contrariété en faisant les cent pas de la porte au lit, du lit à la porte, manège incessant, indice indiscutable d'une irritation intenable. Il songeait avec rancœur et indignation au soir précédent alors que Barbara avait démontré peu d'enthousiasme à son égard et avait refusé de faire l'amour avec lui. Ce qui l'insultait le plus, c'était ce mouvement de femme mariée, lasse de son amant, qu'elle avait eu: elle lui avait tourné le dos en le repoussant et en grognant.

La porte s'ouvrit; il se précipita à la rencontre de Barbara, les yeux durs, les narines frémissantes, le ton impérieux:

— *Where do you come from?* Le défilé est terminé depuis des heures! J'ai téléphoné au salon et on m'a dit que tu avais quitté les lieux très tôt.

Sans rien répliquer, elle s'avança vers le lit et s'y assit, les épaules raides, la mine boudeuse. Elle ressemblait à un pantin inarticulé et paraissait terriblement dépitée. Bruce s'informa, imaginant le pire:

— Ça ne va pas? Tu n'es pas contente de ta journée?

Qu'est-ce qui t'arrive? Veux-tu répondre, s'il te plaît? Ne reste pas figée de cette manière!

Il s'énervait devant l'impassibilité sclérosée de cette fille indomptable, indocile. Elle seule affichait l'impertinence de ne pas lui répondre quand il questionnait; elle seule se montrait indépendante à son endroit. C'était peut-être pourquoi il l'idolâtrait. Elle sembla se reprendre, soupira et cligna des paupières à plusieurs reprises.

— Je n'aurais pas dû y aller, murmura-t-elle d'une voix blanche, inhabituelle chez elle.

Elle restait là, insaisissable, incontestablement remuée, soucieuse. Bruce implora presque les détails, trouvant indélicat de sa part de devoir insister et de devoir les lui arracher un à un.

— Où ça?

— Au défilé de mode. Je ne suis pas un mannequin de passerelle. Je me suis empêtrée dans mes pas; j'ai tourné trois enjambées d'avance. Je ne suivais pas la musique. J'ai failli heurter Inès. J'étais distraite.

— Je te l'ai déjà dit que tu étais meilleure en publicité. Tu n'as sans doute pas ressassé ta mauvaise présentation durant des heures avant de rentrer!

— Non. J'ai dîné avec un importateur français de vêtements québécois qui m'a présentée à un exportateur de vins. Nous avons pris quelques consommations, puis nous sommes montés à sa chambre.

— Je croyais que tu avais perdu l'habitude de ce genre de visites!

Elle ne releva pas cette indiscrétion et continua:

— Celui-ci s'est montré imaginatif côté invitation et immodéré côté alcool. Malgré tout, je n'ai pas réussi à lui faire signer un contrat de publicité pour la télévision; il l'a offert à Irma Larousse.

— Ne sois pas si négative! Tu peux te permettre d'échouer de temps à autre. Tu ne parviendras pas invariablement à les convaincre d'acheter tes précieux services et ta belle frimousse par un simple aller et retour sous leurs draps.

Elle leva la tête pour se justifier:

— Je suis inexcusable; Xavier occupe toutes mes pensées et ça m'a empêchée de me concentrer sur ce que je faisais, autant pendant la parade de mode qu'avec Isaac Ionesco. J'ai été minable.

— Xavier!... C'est plutôt inattendu! Tu ne penses donc pas qu'à moi! blagua-t-il.

Elle poursuivit comme s'il ne l'avait pas interrompue, immunisée contre son bavardage intempestif.

— Je le trouve différent depuis le retour de Claire; il redevient l'ancien Xavier que j'ai connu, il y a près de trois ans: indéchiffrable, intraitable, irritable. Je crains qu'il ne cherche à se soustraire à mon emprise pour retourner vers elle.

— *What does it matter to you*? lança William en haussant les épaules d'un air impersonnel. Tu es une vraie beauté, un parfait modèle, une déesse unique en son genre. Votre union est absolument illogique. Tu t'es liée à ce photographe pour des raisons qui échappent à mon imagination. Je te l'accorde, il est bon photographe, mais c'est un simple photographe. Tu pourrais avoir tous les trésors du monde. Je pourrais faire de toi la femme la plus enviée, la mieux habillée de toute l'Amérique. Tu préfères rester avec Xavier. J'ignore pourquoi. C'est moi que tu aimes, du moins j'aime à le croire. Est-il un meilleur amant que moi?

— Ça n'a rien à voir, jeta-t-elle sèchement sans s'indigner. Tu sais bien que nous n'avons eu aucune relation physique depuis notre mariage. Après le départ de Claire, il s'est désintéressé de tout, y compris du sexe. Je l'ai cru devenu impuissant. Ça ne me dérangeait pas puisque tu étais là. À présent qu'il l'a revue, il est... méconnaissable. Il fait plus attention à son image, il s'habille mieux. Son regard est illuminé, quoique plus imperméable. On dirait qu'il l'aime encore. Oh! je ne crois pas que Claire tromperait son mari, sauf que!... Xavier a connu plus d'une femme avant moi. Il sait comment s'y prendre pour en amener une au lit.

Le rire implosif de Bruce la fit sursauter. Il se moquait visiblement d'elle.

— *Love*, tu es impayable! Tu n'as jamais respecté le caractère de fidélité du mariage et tu voudrais que ton mari honore ce contrat!

— Il n'a pas que celui-là à honorer, grommela-t-elle entre ses dents avec un petit air supérieur. Il est lié par des chaînes pratiquement indissolubles. Si Claire se permettait de coucher avec lui, je ne le leur pardonnerais jamais. Ils apprendraient qu'on ne se moque pas de moi impunément.

— Tu es insatiable! Elle l'aimait et tu le lui as pris. Quand bien même ils coucheraient ensemble, quelle conséquence cela aurait-il pour toi? Tu ne l'as jamais aimé.

— Tu te trompes! rugit-elle en lui lançant un coup d'œil incendiaire et en se levant instantanément. D'ailleurs, la raison de mes agissements ne concerne que moi. Claire n'a pas su le retenir, elle n'a que ce qu'elle mérite. Elle n'a droit à rien, ni à l'amour de Xavier, ni à l'affection de maman, ni à l'estime de nos frères. Ils m'adorent tous alors qu'elle ne ramasse que les miettes.

— De quoi, diable, es-tu en train de parler! s'exclama-t-il, presque avec pitié. Une mère ne méprise pas sa fille ni des frères leur sœur, pas plus que Xavier ne cessera d'aimer Claire, et tu le sais très bien. Ne prends pas cet air d'insurgée semi-tragique et semi-coléreux, il ne te va pas. Pour moi, c'est toi qui comptes, bien que tu te montres souvent insupportable. Ça aussi tu le sais. Les déboires de Xavier ou de Claire ne m'atteignent pas.

— Je la déteste, scanda-t-elle, soudain furieuse, les traits décomposés.

Bruce vint derrière elle et se mit à lui masser le cou, espérant la détendre. Ce traitement se montrait infaillible.

— Pourtant tu lui confies ta fille!

— Oui. Je veux qu'elle souffre de voir la fille de Xavier, qu'elle se remémore sans relâche notre idylle.

— Tu devrais chasser cette rancune. Montre-toi indulgente envers Claire! Oublie le passé; pense à l'avenir. Tu ne rajeunis pas, toi non plus, Barb. Tu devrais profiter de ta jeunesse avant qu'elle ne se flétrisse et essayer d'être un peu heureuse. Je suis là, moi! Marisa aussi.

Elle se hérissa, véritable porc-épic aux épines dressées dans sa direction, serra les dents, les mâchoires, se défit de lui et le toisa avec un air insondable pour lancer d'une voix assourdie, pleine de rage contenue:

— Je suis toujours heureuse quand Claire souffre. Toujours.

Il secoua la tête et soupira d'un air navré.

— Je te plains, ma pauvre Barb. Je te plains parce que la vie n'est pas faite que de haine et que tu passes à côté de l'amour.

— Tant que je ne serai pas parvenue à la briser, tant que je ne la verrai pas en miettes, me suppliant d'oublier le passé, je ne connaîtrai pas la paix.

— Ce que tu peux faire pour te venger! C'est insensé.

— Dis plutôt: pour la châtier de tous les affronts qu'elle m'a fait subir au cours de ces années, pour lui faire payer ses silences hautains, son dédain, sa froideur à mon égard. Pour la punir d'être la fille de Carole et de Louis, rien ne sera trop extravagant. Elle est pareille à Louis Roitelet: elle lève le nez sur moi, m'imprégnant de son mépris; voilà pourquoi je la détruirai.

— C'est donc pour ça: parce que ton père l'aimait, elle, et pas toi! C'est inconcevable que des faits aussi anodins puissent t'inspirer tant de mépris.

— Anodins! Tu insinues que ce sont des faits anodins! cria-t-elle en gesticulant nerveusement.

Bruce lui faisait injure et se montrait injuste. Il s'ingéniait à la blâmer pour son infortune alors que c'était les autres qui s'étaient montrés implacables, impitoyables. Elle gronda:

— Il ne voyait qu'elle! J'ai tout essayé pour lui faire plaisir. Il ne m'a jamais regardée. Claire, elle, était sa confidente, sa fifille chérie, bafouilla-t-elle, les yeux exorbités, l'écume aux lèvres. Moi, il ne tolérait même pas ma présence. Elle avait toutes les qualités; moi, j'avais tous les défauts. Ses reproches étaient immérités. J'étais gentille avec lui, j'essayais de me faire aimer...

— Admettons que tu dises vrai! Est-ce que, pour ta

mère, ce ne fut pas le contraire? C'est toi qu'elle a aimée le plus. C'est une immense compensation et une consolation, non!

— Oui. Je sais que Claire m'en veut à cause de ça.

Sa frénésie faiblissait. Elle respira plus lentement et se redressa fièrement.

— J'étais une jolie petite fille, moi; ma mère me l'a souvent répété! Claire était – et est encore – simplement quelconque. Même si elle se permet d'afficher un air supérieur avec moi, accentua-t-elle, son irritation la reprenant de nouveau. Elle me traite avec pitié et condescendance. Je la hais! Je la haïrai toujours.

Sa voix vibrante d'exaltation, son air indescriptible, l'irrationnel de sa haine n'intimidèrent pas Bruce. La clarté venait de se faire dans son esprit. Il n'interrogea pas; il affirma en appuyant d'un mouvement de la tête.

— Xavier l'aime; c'est pour ça que tu le voulais! Pour le lui enlever.

— Il n'était pas obligé de coucher avec moi. Il l'a fait parce que tous les vrais hommes sans exception ne savent pas résister à une belle femme qui leur fait des avances. Xavier est un homme. C'est tant pis pour lui, et pour elle! Maintenant, elle ne peut plus le reprendre.

— Tu l'as eu par la ruse; il t'en voudra longtemps. Tu aurais dû les laisser en paix, ne pas t'immiscer entre eux. Je t'avais avertie. Tu ne veux jamais m'écouter.

— Il est cependant bien lié à moi, reprit-elle en relevant la tête pour le défier, impassible.

— De corps, oui; pas de cœur. Qu'y gagnes-tu? Pas grandchose, à part de te tracasser inutilement sur l'éventuelle infidélité de Xavier.

— Je trouverai bien un moyen pour casser cette peste de Claire.

— *Give it a rest! Ask for a divorce and marry me! It is what you should have done a long time ago, anyway.* Au lieu de ça, tu as préféré travailler à ta vengeance et t'imbriquer dans un imbroglio inimaginable.

— Il faut absolument que quelqu'un s'occupe de faire

expier Claire, glissa-t-elle, pleine de morgue. C'est à moi que revient cette mission. Elle mérite son sort, je t'assure.

— Allons donc! Personne n'est ici pour juger et châtier à lui seul un coupable. C'est un rôle que Dieu s'est réservé.

— C'est pourtant très sérieux. Je ne la lâcherai pas et j'improviserai au besoin. Pour l'instant, Marisa doit lui rappeler continuellement l'intermède qu'il y a eu entre Xavier et moi. Comment pourrait-elle faire autrement que d'y penser? Marisa me sert de garantie. Elle est un obstacle dressé entre eux.

— Une si petite enfant! Je ne vois pas en quoi elle les gênera.

— Je suis d'un autre avis, trancha-t-elle, indémontable. Et puis, Xavier a beau lui faire les yeux doux et des avances, Claire est bien trop prude et se veut bien trop parfaite et angélique pour y répondre. Elle a un sens très poussé de l'honneur. Elle sera fidèle à ce niais de Richard Brunelle. Épouser un homme aussi indigeste! Le choc de ma grossesse a été très efficace.

Elle riait. Sa joie l'embellissait. Bruce l'admirait. Il ne s'alarmait pas des menaces qu'elle adressait à sa demi-sœur; elles se querellaient depuis des lunes. Il venait tout juste d'apprendre pourquoi et il comprenait que cette inimitié remontait à une époque lointaine, à ces heures où des chagrins indélébiles d'enfant cachent d'autres peurs infantiles plus profondes. En ce qui concernait Barbara, tout avait probablement rapport avec son adoption. Quelle beauté, elle possédait! Quelle perfection! Comment Xavier, en homme normal, ainsi que le prétendait Barbara, ne pouvait-il frémir d'amour devant tant de perfection physique et lui préférer l'incolore Claire? Cela le dépassait.

— Je devrais me faire faire un autre enfant, émit-elle tout haut, semblant brusquement inspirée.

— Tu n'y penses pas! opposa-t-il, interloqué. Ta ligne en prendrait un coup!

— Tu me répètes sans cesse que la maternité m'a rendue plus belle encore, plus femme. Ça ne pourrait que m'être bénéfique.

— Pas nécessairement. Une grossesse, ça va; deux, ce serait une erreur. Ta carrière pourrait être irrémédiablement gâchée.

— On n'est pas mannequin toute une vie, Bruce William, tu ne peux nier ça! Tu l'as dit tout à l'heure que le temps fuyait.

Elle passait d'un aspect séraphique à une nature lucifé-rienne. L'immortalité et l'immoralité devenues femme. Il demeurait toutefois lucide et tenta de l'influencer.

— Tu abandonnerais les dernières belles années de ta carrière pour te consacrer à ta vendetta personnelle! Tu sais tout ce que cela implique? De quoi vivriez-vous? Xavier a un bon salaire, d'accord; c'est peu à côté du tien. Si tu devenais ma femme, ce serait différent.

— Je ne peux pas être «ta» femme et la sienne en même temps, souligna-t-elle sans intérêt, pour reprendre aussitôt avec une intonation maléfique et une flamme dans ses yeux gris: il va falloir que je recommence à lui faire des gentilles-ses, à l'aguicher de telle sorte qu'il ne pourra se dérober.

— Tu espères l'impossible. Xavier ne t'aime pas, il ne t'aimera jamais et il ne couchera plus avec toi s'il ne l'a pas fait pendant ces trois années.

— Qu'en sais-tu? De toute façon, l'enfant n'a pas besoin d'être de lui, pourvu que je réussisse à ce qu'il me fasse l'amour au moins une couple de fois pour qu'il y croie!...

— Tu vas un peu trop loin!

— Toutes les armes sont permises quand on tient à quelque chose, ricana-t-elle.

Elle ressemblait à un jeune ibis, la tête redressée, le corps étiré vers lui. Bruce la contemplait: impératrice Barbara, imprévisible et inflexible, qu'il aurait aimée insouciante et inoffensive, mais dont l'instabilité intensifiait la valeur de son sentiment irraisonné.

— *Count me out, this time!*

— Au contraire: je voudrais que tu me tiennes au cou-rant des faits et gestes de Xavier.

— Tu te berces d'illusions, *love*. Je ne suis pas son ange gardien ni ton espion. Je ne passe pas mon temps à surveiller ton mari qui travaille sous contrat – je te le rappelle – à peu près quand il le veut, et dans son studio surtout. Ensuite, je ne vais pas empoigner le téléphone chaque fois qu'il entre dans l'édifice pour t'avertir.

Ne voyait-elle pas à quel point ces intrigues devenaient intolérables pour lui, quelles implications elles avaient et comment il l'adorait inconditionnellement? Savait-elle seulement qu'il attendait inlassablement depuis ces deux dernières années qu'elle s'aperçoive de sa valeur?

— Tu peux, en tout cas, lui confier un autre contrat avec moi: du même genre que la première fois, de telle sorte que je puisse tendre mes filets!

— Ils seraient inopérants. *Xavier is in love with Claire, don't forget that.*

— Xavier est un faible.

— *But he's not a fool!* Pas un imbécile.

— Il ne saura pas demeurer imperturbable quand je l'inviterai dans mon lit. Je connais le défaut de sa cuirasse, vois-tu!

— C'est avec moi que vous devriez être, Marisa et toi, pas avec Xavier qui ne ressent pour toi que de l'indifférence. Nous sommes de souche semblable, toi et moi: nous ne lâchons jamais prise. Je t'en veux d'être aussi têtue que je le suis.

— Il faudra être prudents quand nous nous rencontrerons. Je ne veux pas que Xavier puisse douter de sa paternité. Il n'a jamais réussi à croire complètement que Marisa était de lui.

— Tu ne le sais pas toi-même!

— En tout cas, elle lui ressemble. Elle est probablement de lui.

— Ou de moi. Ou d'un autre qui, comme moi, ignorait que tu ne prenais plus la pilule. Tu es chanceuse qu'elle ait un air de famille avec lui.

— Chanceuse, chanceuse!... N'empêche que c'est avec lui que j'ai eu le plus de relations sexuelles pendant cette période. Moi, je dis qu'elle est de lui. D'ailleurs, on n'a qu'à voir à quel point elle est aussi morne que lui.

— Elle est peut-être ma fille à moi!

Son sourire sarcastique ramena l'incertitude. Il était là, presque indésirable, inécouté, inefficace, à débiter des inepties à une fille infernale dont il devenait jour après jour inguérissable.

— Elle serait plutôt blonde, non!

— Tu es assez foncée pour qu'elle tienne davantage de toi que de moi.

— Marisa ne me ressemble pas! gronda-t-elle, mécontente. Elle n'est pas jolie. Pas jolie du tout. Elle a un minois chiffonné, un air absent; elle ne rit pas, ne parle pas, ne s'amuse pas... Ses yeux sont trop espacés, son nez trop large, sa bouche trop petite, ses cheveux trop crépus. J'étais mignonne et pleine de vie, moi. Ne la compare pas avec moi!

— Ça va! Ça va! Pas d'envolées inopportunes, belle hirondelle!

Il la prit dans ses bras et l'embrassa sur les lèvres en la berçant. Elle le repoussa aussitôt.

— Il faut se préparer à partir.

— Fais-moi plaisir, Barb: laisse tomber Xavier.

— Jamais. Il est à moi. Quoi qu'il arrive, Claire ne l'aura pas. Je me le suis enchaîné par des liens plus solides que l'amour: trois millions de dollars.

— Je les lui prêterai.

— Que je ne sache jamais que tu as mis ton argent à la disposition de Xavier! Je ne te parlerais plus. Ce serait fini.

— Ce que tu es compliquée!

— Pas pire que les autres femmes.

— Oui: pire que toutes les autres femmes.

Barbara se dirigeait vers la commode et sortait ses effets personnels des tiroirs.

— Je veux rentrer avant que Claire n'oublie qu'elle est mariée.

Se hâter ne pouvait empêcher l'inévitable. Bruce soupira. Barbara s'immergeait dans les ennuis. Ce qu'elle cherchait à faire ne pouvait que la mener sans cesse plus loin du côté du désarroi. Un corbeau qui transporte une grenade dans son nid ne sait pas quand elle explosera. En ce qui concernait Xavier, Bruce était assuré que, conformément à toute bête captive que son maître ne parvient pas à assujettir, ce dernier ne se laisserait pas manipuler jusqu'à la fin de ses jours par son épouse. Il allait se révolter, c'était inéluctable. Sur ce chemin incontournable, il se bornerait à soutenir Barbara dans l'épreuve, puisqu'on ne gagne jamais à tous les coups.

Il l'inspecta sans en avoir l'air durant tout le trajet du retour: elle bougeait constamment sur son siège, le priant sans cesse d'accélérer, pestant contre la brume et la petite pluie fine qui, par intermittence, les obligeaient à ralentir. Visiblement, la route lui paraissait interminable.

Ils parvinrent à destination très tard dans la nuit. Barbara rentra chez elle illico. Elle n'allait pas réveiller Claire pour reprendre Marisa. Xavier s'en était probablement occupé. Sinon, elle irait la chercher au matin.

Elle alluma la lampe du passage. Xavier dormait dans la chambre voisine de la sienne. Elle s'approcha. Il était couché sur le côté et sa tête appesantie par le sommeil creusait profondément son oreiller. Elle avait envie de le réveiller, de l'invectiver sans raison particulière, mais elle prit le temps d'aller voir si Marisa était bien dans son lit. Elle y était. Elle revint vers Xavier, cette fois décidée à le tirer d'un rêve extatique qui amenait un sourire au coin de ses lèvres. Elle le brassa jusqu'à ce qu'il ouvre des yeux ensommeillés.

— Xavier Volière, je vois que tu t'es permis d'aller chercher Marisa!

Il se mit sur un coude, se frotta les yeux du poing et l'examina un moment avant que l'étincelle jaillisse dans son esprit. Il ne parut pas impressionné et riposta durement:

— T'imaginais-tu qu'elle allait rentrer à pied?

Il se détourna, se recoucha désirant se rendormir, contrarié d'avoir été extrait de ses songes indistincts.

Il n'allait pas se tirer de cette impasse aussi facilement. Barbara savait que ses colères lui permettaient d'ordinaire de remporter des victoires sur Xavier et la prochaine était imminente. Elle tempêta:

— Combien de fois as-tu revu Claire depuis son retour? Combien de fois vous êtes-vous donné rendez-vous? Trois, quatre fois... ou davantage? Peut-être avez-vous passé la fin de semaine ensemble?

Xavier saisit son oreiller et se le mit sur la tête même s'il semblait improbable qu'il se rendorme ainsi. Barbara le lui arracha. Il le lui reprit des mains. Elle voulut faire de même; il le retint. Elle hurla:

— Tu vas m'écouter quand je te parle!

— Plus bas, le ton, l'incita-t-il en se levant pour aller fermer la porte de la chambre. Tu vas réveiller la petite.

Complètement alerte maintenant, il se planta devant elle, bras croisés sur son torse nu, incommodé par son large pantalon de pyjama peu seyant. Les sourcils froncés, la bouche tordue par un dégoût profond de leur vie, de leurs querelles, de son inertie, il lança:

— Tu rentres à trois heures du matin avec Bruce William et tu oses me crier ta jalousie! D'abord, tu vas te calmer et tu vas aller dormir. Demain, s'il y a des points à éclaircir, nous le ferons, mais pas tout de suite. Bonne nuit!

Imposant, il attendait qu'elle sorte, elle, visiteuse importune. C'était inadmissible! Elle se retrouvait devant un inconnu. Habituellement, il se taisait, acceptant ses reproches et ses cris à l'égal d'un blâme mérité alors que, ce soir, il lui faisait face, invulnérable, au lieu de s'asseoir, tête basse, en l'écoutant. Elle devina la vérité: Xavier ne vivait que par et pour Claire. Ils avaient dû passer ensemble tous les instants qu'elle leur avait permis par son absence. Désirait-elle la confirmation officielle de ce qu'elle croyait? Oui? Non? Elle attendit un peu avant de poursuivre plus avant:

— Claire et toi, vous êtes amants? s'enquit-elle d'une voix sèche.

— Tu es bien la maîtresse de Bruce depuis des années! Nous ne sommes plus des enfants, Barbara. Soyons réalistes. Notre mariage est un paravent derrière lequel nous nous cachons tous les deux. Qu'est-ce qui nous a poussés l'un vers l'autre? Pour moi, c'est le besoin d'une présence; pour toi... je ne sais trop. Je ne comprends toujours pas, quoique je sache à présent que c'est toi qui as appris à Claire que tu étais enceinte. Tu lui as menti en lui disant que cet enfant avait été conçu dans l'amour. Pourquoi as-tu fait ça? C'était méchant de ta part. Abominable! Ignoble! Impardonnable! Te rends-tu bien compte de ce que tu as fait?

— Je t'aime et, quand on aime, tout est légitime.

— Ton amour! persifla-t-il. Ton soi-disant amour est totalement incompréhensible pour moi, gronda-t-il en secouant la tête et en faisant quelques pas autour d'elle. L'amour, ce n'est pas élever un mur infranchissable entre deux êtres ni s'ingérer dans l'âme de l'autre; ce n'est pas lui rendre la vie irrespirable et ignorer sa douleur. Claire croit que tu n'agis ainsi que pour l'indisposer et lui faire du mal.

— Claire ne te vaut pas.

— Parce que, toi, tu me vaux!... râla-t-il avant de grimacer, écœuré. Oui... peut-être as-tu raison. Je ne suis qu'une pauvre loque et tu n'es guère mieux.

— Garde tes âneries pour toi! rugit-elle, pleine de rancune.

Xavier était lancé et poursuivait:

— Tu es prête à détruire tout le monde pour arriver à tes fins, pour satisfaire ta vanité, ton orgueil, ton égoïsme. Tu représentes ton propre idéal. Je refusais de le croire tout en le ressentant inconsciemment. Tu ne vois que toi, personne d'autre, pas même Marisa.

— Tu ferais mieux de te taire! le menaça-t-elle, insidieusement.

— Pourquoi? Parce que je dis ce qui est? Et quel mauvais rôle tu as réservé à Marisa dans toute cette mise en scène! Elle est une pauvre et innocente victime d'une sombre machination destinée à me coincer et à briser ma relation avec Claire.

— Marisa s'accommode de ce qu'elle a; tous les bébés sont ainsi. Ce n'est pas compliqué.

— Ce n'est pas parce qu'on ne se rappelle pas tous les événements de notre jeune âge qu'on n'en souffre pas. Au contraire: ils marquent la vie aussi sûrement que les douleurs subies aux moments où on en garde souvenance, sinon davantage. Tu ne te préoccupes jamais d'elle, de son bien-être, de ce qu'elle peut ressentir.

— Je vois à ce qu'elle ne manque de rien. D'ailleurs, je peux te faire le même reproche.

— Oui, c'est vrai, tu as raison. Je change graduellement ma conduite avec elle.

— Grâce à Claire?

— Oui, grâce à Claire. Je m'arrêtais trop à la question de paternité; il n'en sera plus ainsi dorénavant. Cette enfant porte mon nom; elle est donc ma fille. Qu'elle soit de Bruce ou de moi n'y change plus rien.

— De Bruce!... bégaya-t-elle avec un sourire narquois. Pourquoi serait-elle de Bruce? Je ne couchais qu'avec toi à ce moment-là.

— Permets-moi de rire! Par contre, je peux aussi être le vrai père de Marisa. Cette petite a besoin d'amour et je vais lui en donner.

— Avec l'aide de Claire, je suppose! ajouta-t-elle, déchaînée. Si tu crois pouvoir m'enlever ma fille ou même me quitter, tu devrais songer au contrat que tu as signé.

— Je ne suis pas obligé de divorcer ou de me séparer de toi pour aimer Claire et bâtir ma vie autour d'elle, tu sauras!

Remarqua-t-il la pâleur extrême de son visage dans la pénombre à peine teintée d'une lueur jaunâtre? Sans doute que non, car il s'était détourné pour retourner à son lit. Il se coucha et ramena les couvertures jusque sous son menton.

— Ferme la porte en sortant, maugréa-t-il.

Barbara s'approcha de lui et fulmina:

— Je t'avertis! Si tu as des relations sexuelles avec Claire ou si tu essaies de te mettre en ménage avec elle, il vous en cuira.

Il se rassit et la toisa, sérieux:

— Tu ne trouves pas que tu as suffisamment empesté la vie de tout le monde? Notre union est un échec. Tu devrais te retirer de bonne grâce.

Elle explosa et le maudit avec inélégance:

— Tu ne te débarrasseras pas de moi! À moins que tu ne gagnes ou n'empruntes trois millions de dollars et, ça, ce n'est pas demain que tu pourras y arriver.

Il baissa la tête en serrant les mâchoires pour éviter de

lui crier son dégoût et son exaspération. Il ne pouvait s'en prendre qu'à lui-même. Quel désespoir le tenait donc au moment où il avait signé ce contrat inepte? L'image de Claire lui apparut: exquise figurine dans l'espace blanc de ses pensées. Était-ce possible qu'une femme ait pu avoir tant d'emprise sur lui du seul fait d'exister? Sans elle, il devenait pareil à un poisson rouge dans un bocal: à la complète merci d'un maître. Voilà ce qui s'était produit et pourquoi il avait signé: Claire était partie avec un autre. Il se sentit étreint par un brusque malaise, une sensation de chaud et froid, une angoisse qui lui comprima l'estomac et l'étourdit.

Barbara lui rappela sa présence en ricanant, impénitente:

— Tu te tais! Serait-ce que tu n'as plus rien à dire, cette fois? Tu admets que je t'ai vaincu? J'avais prévu tout ça, vois-tu! Je savais bien qu'un jour ou l'autre, cette «incomparable» Claire reviendrait et te ferait croire à ses mensonges. C'est moi que tu accuses d'égoïsme alors que c'est cette sainte nitouche qui ne joue pas franc jeu; elle ne pense qu'à bousiller notre mariage par ses inventions éhontées. N'oublie pas que c'est toi qui as voulu cette union, pas moi. Je ne t'ai rien demandé, moi!

Elle avait raison sur ce point, Xavier se devait de le reconnaître. Il garda les yeux baissés et, parce que Barbara connaissait ce maintien, cette attitude de perdant, elle s'adoucit et s'assit sur le lit près de lui.

— Je t'aime, Xavier. Je t'ai aimé dès l'instant où je t'ai vu. Marisa est de toi, je t'assure; je n'ai couché qu'avec toi à partir du moment où tu es entré dans ma vie. J'admets qu'après notre mariage, j'ai revu Bruce. Que devais-je faire? Tu me délaissais, geignit-elle, et je suis une femme... J'ai besoin de tendresse, de sexe. Si tu veux, nous pouvons reprendre une vie normale. Je te ferai oublier Claire. Nous pourrions avoir un autre enfant...

Le rire cassé de Xavier la fit s'interrompre. Elle crut qu'il allait se mettre à gémir, à vociférer, à hurler comme un fou incontrôlable. Elle se dressa, effrayée. Il se contentait à présent de secouer la tête, le visage décomposé par la douleur. Elle reprit nerveusement:

— Un couple se développe en apprenant à se connaître, en partageant ses joies et ses peines. Je suis désolée de ne pas avoir été à la hauteur de ma tâche et de notre mariage. Je croyais que tout cela te suffisait, que mon amour et celui de Marisa te comblaient. Je suis prête à tout recommencer. Je t'aime.

— Pas moi.

— Tu ne me détesterais pas! lança-t-elle, incrédule. C'est impensable! Je suis jeune, jolie. Tous les hommes se retournent sur mon passage; tous voudraient me faire l'amour. Toi aussi, il n'y a pas si longtemps...

— Tu as joué de tes charmes, serpent venimeux que j'aurais dû écraser du pied. Qu'avons-nous en commun à part Marisa? Des mois fades de vie absolument vide de sens. Tu voudrais qu'on reparte à zéro! Tu rêves en couleurs, Barbara! Tu es incroyable! Après t'être incrustée, tu voudrais en plus t'imposer. Quelle sorte d'instinct animal suis-tu donc?

— Attention à tes paroles! Tu risques de le regretter!

— De l'intimidation! railla-t-il. Tu ne m'effraies pas.

— Ah non! Attends! cria-t-elle, les lèvres investies par la colère et la haine. Tu verras bien!

Probablement réveillée par le bruit de cette voix tonitruante, Marisa se mit à geindre. Impavide, Xavier n'accorda que fort peu d'attention aux avertissements de Barbara. Il se dressa, l'écarta du bras et se dirigea vers la chambre de la fillette. Il alluma la veilleuse et se pencha sur son petit lit.

— Voyons! Voyons! Ce n'est rien. Cache-toi, prends ta doudou et fais un beau dodo, mon agneau.

— Quelle bonne nounou tu deviens! ironisa Barbara qui l'observait du pas de la porte. Je ne t'ai jamais vu aussi prévenant envers elle. C'est une excellente chose que de t'attacher à Marisa; elle pourra me servir de contrepoids dans notre guerre.

— Que manigances-tu cette fois? demanda-t-il presque bas en sortant, suivi des yeux par Marisa. Laisse la petite en dehors de nos ennuis personnels.

— Elle fait partie de notre histoire, je te le rappelle. C'est ma fille et, moi au moins, je suis certaine qu'elle est de moi.

Il s'arrêta pour l'étudier avec déception et amertume.

— Tu dois vivre un inconfort épouvantable à être aussi détestable! Moi aussi, je suis capable de me montrer inhumain et je te dirai que je suis prêt à aimer Marisa de la même manière que Carole est parvenue à t'aimer, bien que tu aies été adoptée.

Barbara verdit à tel point sous l'impact de ces paroles que Xavier crut qu'elle allait vomir. Elle glapit:

— Tu n'es qu'un imbécile et un ignorant! Carole n'a aimé que moi, tu sauras! Elle m'a aimée plus que quiconque. Plus que ce qu'elle a pu aimer Louis Roitelet, Claire ou ses fils.

Xavier émit un petit gloussement narquois. Il pivota vers sa chambre suivi d'une Barbara désarticulée. Il se glissa sous les couvertures.

— Tu crois que la discussion est close, n'est-ce pas? postula-t-elle, la voix rauque. Tu as bien tort de ne pas me prendre au sérieux, Xavier Volière. Bien tort.

— Laisse-moi dormir! L'interview est terminée! se moqua-t-il. Je dois me lever tôt. Toi aussi, je suppose. À moins que tu ne prennes ta journée de congé pour aller jouer au golf!

— Ce que je fais ne te regarde pas! répliqua-t-elle en sortant et en claquant la porte.

Une heure plus tard, couchée dans son grand lit, une fois de plus inhospitalier, elle ne dormait pas. L'attaque de Xavier l'avait atteinte profondément et avait réveillé son insomnie chronique. Cet entretien agaçant n'avait d'égal que l'insolence toute récente qu'il démontrait.

Elle se leva pour prendre un somnifère. Malgré la médication, elle eut quand même de la difficulté à s'endormir. Quand elle s'éveilla, le lendemain matin, Xavier était parti. Elle vêtit Marisa et sortit. Il pleuvassait encore. La grisaille de ce jour introduisait une note d'irréalisme à sa démarche. Dans l'intervalle qui la séparait de son but, elle évoqua au moins cent fois la scène qu'elle avait vécue avec Xavier, au moins cent fois les mots qui lui incendiaient l'esprit, au point que l'incident prenait sans cesse valeur de calamité.

Vers midi, elle fit irruption à l'appartement de Claire. Celle-ci lisait un roman qu'elle déposa en entendant la sonnerie de la porte d'entrée. Elle vérifia qui était là, puis ouvrit.

— Barbara!... Tu ne m'avais pas téléphoné! Tu as besoin que je garde Marisa?

— Non. Je l'ai laissée chez maman. Je la lui confierai désormais, puisque tu profites de ma confiance pour tenter de me voler mon mari.

— Entre, dit Claire en s'effaçant. Si tu es là sans Marisa, je présume que ce n'est pas pour demeurer sur le palier à me faire des observations incongrues devant les autres.

Barbara entra. Claire ferma la porte en se demandant ce qu'il s'était passé entre Xavier et sa femme. Quand elle se tourna vers elle, Barbara lui rappela un chat égaré qui sort ses griffes pour attaquer, ignorant comment chasser autrement son adversaire. Son regard était presque insoutenable et, pourtant, Claire n'arrivait pas à en détacher les yeux tant il y brillait une lueur inaccoutumée.

— Si tu revois Xavier, intima-t-elle sur un ton inégal et inaudible, proche du chuchotement, je préviendrai Richard de ton inconduite et de tes agissements scandaleux. Et ne crois pas que j'y manquerais.

Sa détermination ne laissait place à aucun doute. Claire demeura inébranlable.

— Je suis assurée que tu aurais plaisir à mentir à Richard; tu m'as bien menti à moi.

— Je ne t'ai jamais menti, Claire Roitelet, la contredit-elle en prenant un air impérial. C'est Xavier qui nie son inconsistance et les inconvénients qu'elle suppose. Il couche avec toutes les filles qui lui tombent sous la main; il le faisait déjà du temps de vos amours. Tu es tellement sensible et crédule qu'il réussit sans peine à te berner. Il a dû t'en faire avaler des salades!

— Si je suis crédule, c'est d'avoir cru tes mensonges et d'avoir ignoré ta perfidie, ton ignominie. J'aurais dû me méfier de toi. Tu as toujours cherché à me placer dans une situation difficile, à me rendre impopulaire avec tout le monde, à m'infliger ton droit d'aînesse, à me voler mes petits amis, à dénigrer mon père...

Barbara la scruta avec une joie frôlant la folie et s'alliant presque au bonheur. Son visage rayonna d'une allégresse contenue qui la fit resplendir. Sa satisfaction ne passa pas inaperçue aux yeux de Claire qui la défiait du regard.

— Finalement, tu ouvres la bouche! cracha Barbara pleine de hargne. Après toutes ces années, la «bonne» Claire se décide finalement à faire preuve de sentiments humains! Tu m'apparaissais plutôt immatérielle, un robot programmé, condamné à la douceur, au pardon, au calme, incapable de ressentir la colère. Oseras-tu m'avouer que ta haine est égale à la mienne, que tu me détestes autant que je te méprise? Avoue-le si tu l'oses! Allez, avoue-le!...

— Je ne t'aime pas, c'est vrai. Comment pourrais-je t'aimer? Tu envahis tous les espaces autour de moi. Enfant, tu imposais ta loi; j'étais l'instrument dont tu te servais pour cacher tes bêtises, tu m'accusais de tout et maman te croyait. Chaque fois que tu le pouvais, tu ruinais mes joies, tu détruisais mes espoirs. Tu ne m'as jamais laissée tranquille. Tes incursions dans ma vie ne m'ont valu que des pleurs.

— J'en suis bien contente. J'ai voulu te faire payer tes grands airs. J'ai envié chaque objet que tu possédais, j'ai voulu ton malheur et je m'y suis employée à chaque heure. Je t'ai enlevé la douceur de Carole, l'affection de tes frères, j'ai cassé ta poupée favorite...

Claire eut un sursaut et porta la main à sa gorge.

— Ce n'était pas Auguste; c'était moi, s'amusait Barbara. J'ai taché tes blouses exprès pour que maman te chicane; j'en ai même déchiré quelques-unes. Je t'ai volé tous tes prétendants sans exception, y compris Xavier et, parce que tu l'aimes, tu ne l'auras jamais. Regarde-toi, rit-elle méchamment. Tes yeux brillent de colère; s'ils étaient des lames de couteau, je serais morte.

— Sors! ordonna Claire en lui désignant la porte d'un

doigt autoritaire. Sors et ne remets jamais les pieds sous mon toit.

— T'entendre rugir ainsi m'est d'un réconfort infini!

— Quelle pierre as-tu donc à la place du cœur?

— C'est facile pour toi de parler de cœur! Tu t'es sentie aimée et comprise par ton père. Tu avais une mère, des frères... Moi, pas. Heureusement que Carole m'a aimée! Par chance, elle n'a aimé que moi.

— Tu cherches à te venger de ta naissance. Je n'y suis pour rien, moi! Je te considérais mon amie jusqu'à ce que tu exagères et que tu te mettes à me faire payer tes inconduites.

— C'est absolument faux, jeta Barbara. Tu voulais que je ressente bien la différence qui existait entre toi et moi, toi la douce enfant de Louis et de Carole et, moi la fille adoptée qui n'avait aucun droit.

— Comment aurais-je pu penser ainsi quand je n'ai appris cette histoire qu'à dix ans?

— C'est à partir de ce moment-là justement que tu t'es mise à m'entourer d'une sollicitude touchante. Tu ne t'es plus querellée avec moi; tu m'accordais des égards qui me blessaient plus que de la haine.

— Je ne t'aime pas, mais je ne t'ai jamais haïe.

— Moi, si.

— Pas moi. Même pas quand tu as épousé Xavier. J'ai vraiment cru que tu l'aimais. Papa nous avait averties, souviens-toi! Notre destinée...

— Louis Roitelet délirait; il parlait à tort et à travers. Je n'ai jamais pris pour vrai un seul de ses pronostics. C'est comme la météo: ça change plus vite que le vent. Je me suis occupée moi-même de «notre destinée», se moqua Barbara avec un rire strident et les prunelles scintillantes d'excitation. J'y ai beaucoup travaillé à tracer la destinée de Xavier. J'ai feint l'innocence et j'ai attendu mon heure: elle ne pouvait pas ne pas arriver. Un homme finit généralement par céder à une belle femme. Et je suis la plus belle d'entre toutes. En partageant mon lit une seule fois, Xavier était perdu; le reste était un jeu d'enfant. Pourquoi n'aurait-il pas couché avec moi puisqu'il avait déjà couché avec Lilianne? Tu ne le savais pas, n'est-ce pas? Il ne s'en est pas vanté. Lilianne pourrait te le confirmer n'importe quand. Même... il n'y a pas eu que nous deux!

La gorge nouée, Claire se détourna pour cacher les larmes qui voilaient sa vue. Elle pleurait silencieusement.

— Te voir pleurer me fait exulter. Tu paies enfin le prix pour la pitié dont tu m'as couverte. Je t'ai détestée parce que tes sentiments, tes attentions, tout en toi naissait de ta commisération et non de ton affection.

Détournée, appuyée d'une main au dossier du divan, Claire sanglotait doucement. Elle avait voulu ne jamais faire souffrir Barbara et elle comprenait, en définitive, qu'elle l'avait blessée plus intensément que quiconque. Elle murmura très bas à travers ses pleurs:

— Je ne voulais pas te blesser.

— Tout ce que j'attends de toi, c'est que tu ne revoies plus Xavier.

— Je ne le reverrai plus.

— J'ai ta promesse?

Claire fit un signe affirmatif auquel Barbara répondit:

— Parfait.

Le bruit des talons de Barbara s'étouffa sur la moquette immaculée. La porte se referma d'un bruit sec. Claire se laissa aller mollement sur la chaise, s'abattit sur la table et pleura deux heures entières, inconsolable. Ensuite, elle resta là, indolore, abattue, trop faible pour se relever. Une grande lassitude physique et morale la clouait sur place. Incapable de supporter ses pensées, elle s'endormit. À son réveil, la journée déclinait, une pluie torrentielle battait les vitres des fenêtres. La température se mettait à l'unisson de ses sentiments.

Elle se redressa, fit une brève toilette, puis, le visage rouge et gonflé, elle s'installa à la table avec sa plume et son papier à lettre. Les mots qu'elle adressait à Richard venaient tout simplement et elle lui écrivit:

Mon très cher Richard,
Séparée de toi, je me sens incomplète. Tu me manques terriblement. Permets-moi de venir te rejoindre. Je ne te gênerai pas. Je serai telle une ombre. J'ai peut-être plus besoin de toi que tu n'as, toi,

besoin de moi. Je t'en supplie: que nos deux vies fassent encore un bout de chemin ensemble!

Elle ne la relut pas, la plia, la cacheta, apposa un timbre et sortit pour la mettre à la poste, espérant que le contenu en était irrésistible et que l'irréductible Richard comprendrait son chagrin. En revenant chez elle, elle aperçut Xavier qui sortait de l'édifice. Claire se souvint de sa promesse. L'ironie et les insinuations de Barbara sur la fidélité de Xavier du temps de leurs amours tranchaient encore sa chair et contribuaient à l'irrégularité de son rythme cardiaque. Craignant que Xavier la voie, elle se rejeta dans l'embrasure d'un immeuble et appuya la tête au mur en fermant les yeux. Des passants l'observaient, curieux, inquiets peut-être. Trouvant son attitude idiote, elle se reprit et sortit de là. La voiture de Xavier tournait le coin inverse. Elle rentra chez elle et s'assit sans allumer. D'abord, elle ne voulait pas que Xavier la sût de retour, ensuite cette obscurité amicale lui permettait de se détendre. Elle se remémora ses belles années de mariage avec Richard et comment elle avait pu au moins compter sur lui et faire confiance à quelqu'un au cours de sa jeune vie.

Elle aurait aimé pouvoir quitter l'appartement immédiatement pour échapper à Xavier et à Barbara. Elle ne le pouvait pas sans inquiéter Richard. Il l'appelait toutes les semaines tel que promis; s'il ne réussissait pas à la rejoindre, il craindrait qu'il lui soit arrivé malheur. Il n'aurait pas tort. La lettre qu'elle lui expédiait, bien que fort courte, résonnait comme un appel au secours qui ne manquerait certainement pas de susciter des questions. Quelle idée avait-elle eue d'écrire ce billet? Elle n'avait pas réagi de façon très intelligente. Richard avait déjà son comptant de problèmes. Hélas! Il était trop tard pour retirer sa missive de la poste.

Elle alluma une lampe de chevet et reprit son roman laissé inachevé, un livre d'une auteure qu'elle connaissait bien pour avoir lu plusieurs de ses œuvres. Richard continuait-il d'écrire, lui? Le récit qu'il voulait produire prenait-il tournure? Elle négligeait de le lui demander quand il appelait, trop préoccupée par sa santé. Elle aurait aimé savoir si son écriture le libérait, lui permettait de livrer sa douleur au monde au lieu de la garder ensevelie en lui-même. Fallait-il avoir souffert pour avoir quelque chose à raconter, à composer? Avant leur séparation, Richard avait commencé à écrire une nouvelle, mais il remettait souvent son crayon sur le pupitre, prétextant que l'inspiration lui manquait. Qu'en était-il pour cette romancière? Avait-elle un message à transmettre? Un professeur lui avait déjà dit, pendant ses études littéraires à l'université, que, même à travers plusieurs ouvrages, un auteur n'avait qu'un seul message à communiquer. Pas plusieurs; un seul. S'il n'en existait qu'un, il devait être profondément enfoui sous les couches de mots superposés, sous les paroles des personnages, dans leurs âmes et également dans les espaces entre les personnages, dans les espaces entre eux et les mots, dans les espaces entre les mots eux-mêmes, dans les espaces entre les mots de l'auteur et les réactions des lecteurs. Ceux-ci se posaient-ils parfois des questions sur les auteurs des récits qu'ils lisaient? Elle, elle se demandait d'où leur venaient leurs idées, ce qui avait fait surgir tel événement ou tel autre, ce qui faisait que les histoires se déroulaient ainsi et pas autrement. Ce roman l'intéressait particulièrement en raison des rebondissements continuels qui survenaient et il lui permettait de laisser filer les heures qui, sans cela, coulaient interminablement. En somme, les livres étaient pour elle des amis silencieux qui ne s'imposaient pas.

Elle en était à la fin du chapitre VIII quand elle reçut le télégramme:

«RICHARD BRUNELLE DÉCÉDÉ. STOP. SINCÈRES REGRETS. STOP. A DEMANDÉ QUE SON CORPS SOIT RETOURNÉ AU QUÉBEC. STOP. SERA SUR AIR CANADA EN PROVENANCE DE GENÈVE LE 17 JUIN PROCHAIN. STOP. ISABELLE CORRIN, MD.»

Claire demeura figée. Tous ses espoirs s'évanouissaient. Elle ne pouvait plus aller rejoindre son mari. Sa lettre resterait à jamais sans réponse.

Chapitre IX

Les ailes coupées, ainsi Claire se sentait. Son âme pleurait Richard. Jamais plus elle n'entendrait sa voix profonde gémir son nom. Jamais plus elle ne respirerait son doux parfum aux essences de citronnelle. Jamais plus elle ne goûterait sa présence chaude et fraternelle.

Tous les mots qu'il avait écrits vibraient dans sa tête, véritable carrousel galopant, tourbillonnant, bourdonnant, valsant, se bousculant. Elle se sentait lasse. Si lasse. Tant de démarches qu'il fallait faire! Les arrangements de toutes sortes avec le curé, les pompes funèbres, le notaire. Et puis, ces gens qu'il faudrait rencontrer. Ces gens qui connaissaient Richard et son secret: ses parents, sa fille... Richard avait attendu une mort qui le délivrait, mais qui la dépossédait, elle, du soutien de cet être cher. Qu'allait-il à présent, advenir d'elle?

Pour l'instant, elle attendait patiemment le taxi qu'elle avait commandé, nacelle nacrée qui la conduirait près du pays de l'Éternel. Elle tenait très serrée entre ses doigts «sa» dernière lettre, ce trésor. Elle l'avait tant lue et relue qu'elle en était maintenant toute chiffonnée. Elle la savait presque par cœur, l'ayant mémorisée sans effort. Elle l'ouvrit de nouveau en la tenant délicatement par les bords.

Genève, le 4 juin...

Envolée ma vie! La voilà partie en fumée! Éteinte la chandelle!
Élan de mon cœur, Claire, ma toute belle! comme la nature en hiver,
je me rendors.
Je reste cependant, sentinelle, pour fleurir sous ta tonnelle dès les
premiers dégels.
Mesurais-je combien ma décision de fuir loin de toi a pu te paraître
irrationnelle?
Tu m'aurais, lampadophore, tenu la main jusqu'aux
dernières aurores.

Tu m'imagines mourant seul, abandonné, sans aucun réconfort,
Regrettant de n'avoir pas prononcé les mots qui m'auraient
permis ton support.
Prédomineraient dans tes yeux le chagrin, la pitié, des haut-le-corps,
Sentiments qui m'auraient causé un extrême et pénible inconfort.
Tes adieux ne pouvaient me sauver du passé que je me remémore;
Laver mon âme de ses souillures prévalait sur notre désaccord.
Vider mon cœur d'agonisant ramène des souvenirs multicolores.
Vois ce message comme un gage d'amour, un lien, une passerelle.
Tu me manques infiniment: le destin s'est montré pour toi bien cruel;
Moi, je compte te regarder vivre et agir du haut de ma tourelle.
Je t'aime, et puisse le Ciel me permettre de t'aimer toujours!
Je suis un froussard qui a également ses moments de bravoure.
Je souffre beaucoup, mais me voici en fin de parcours.

Les temps sont venus pour moi de conclure avec Dieu un pacte.
Me retrouver dans une oasis de paix m'oblige à faire le bilan de mes actes.
Tu comprendras que j'aie pu vouloir taire des faits aussi peu louables;
Les remords m'ont longtemps hanté et m'ont laissé plutôt instable.
Je me repens de mon silence et t'en demande instamment pardon.
Tu m'en voudras peut-être, sache que j'avais mes raisons.

Je ne pouvais partager avec toi ce secret.
Te parler de mes fautes, jamais je n'osais.
Tu aurais pu mépriser celui qui t'aimait.

J'ai aimé une toute jeune fille avant de te connaître. Cela se passait il y a bien longtemps. Envoûtante beauté que celle qui suit la douce enfance! Elle avait treize et moi quinze ans. L'âge de la béance, l'âge où l'on cherche à définir et à fixer son identité, l'âge où tant de changements s'opèrent en concomitance qu'on se demande ce qui va rester de soi après la métamorphose qui s'opère en nous. Les adolescents pourtant ne sont que plantes à peine écloses et, nos tentatives d'échapper à la monotonie des jours, que risques de surdoses. Alcool, cigarettes, drogue, filles... Francine disait m'aimer et je crus que ce serait pour toujours.

Nous étions tous deux pareils à n'importe quel jeune qui veut tout expérimenter; vivre en bohèmes, se faire l'apôtre de nombreux projets, changer le monde. On s'imagine que tout ce qui nous arrive est neuf et n'est jamais arrivé à personne, on refuse d'agir comme tout le monde, de suivre les autres, pourtant c'est exactement ce qu'on fait sans le savoir.

Je croyais que ma vie d'adulte se présentait aisée. J'étais éperdu d'amour, de joie, de bonheur. Je me riais des embûches dressées sur mon chemin. Je suivais mes instincts, mes désirs, sans écouter la raison qui me criait «danger». Je découvrais l'extase des sens qui t'enchaîne et t'entraîne en forêt colombienne et nous avons eu la surprise de voir que ces jeux innocents créaient la vie.

Elle était enceinte. Fatalité? Tu t'imagines la chose invraisemblable. On est bien trop jeunes! Ce sont les adultes qui font les enfants! On ne tombe pas enceinte ainsi, juste à profiter du plaisir! Ce n'est pas sérieux! C'est pour les autres! «La pensée magique», tu connais!

J'ai tout tenté pour la convaincre de fuir avec moi, sans succès. Par ailleurs, obtenir le consentement de nos parents pour nous marier, à cet âge, était hors de question. Quant à l'avortement, y songer signifiait avoir les moyens et le désir de trouver un «boucher» qui saccagerait le nid pour y retirer le fruit de nos ébats: cette conception accidentelle.

Les problèmes se sont multipliés. Elle refusait de garder le bébé et préférait le donner en adoption. En mon âme et conscience, je ne pouvais comprendre qu'une mère renonce à son enfant. Je craignais que celui-ci en souffre... Je ne pouvais hélas! mieux faire qu'elle. Mes colères, sa décision irrévocable firent que notre liaison et notre amour tournèrent court. Elle m'a quitté. Je suis tombé malade. Une forte fièvre et d'affreux cauchemars ont fait craindre le pire à mes parents. J'ai dû leur parler de mes tracas, du bébé. Ils ont offert de prendre l'enfant à la maison, de l'élever comme le leur. C'est ainsi que ma fille est devenue ma sœur et que ses grands-parents sont devenus ses parents.

Les années ont coulé. Suzanne et moi, nous nous adorions... en tant que frère et sœur. Un jour cependant, il faudrait lui dire la vérité, nous le savions. Quand ce n'est pas essentiel, on attend. Trop longtemps! Personne n'aurait pu prédire sa rage et son ressentiment. Durant des années, elle s'était montrée d'une si grande tendresse, d'un tel dévouement.

Elle avait huit ans quand j'ai quitté la maison pour me trouver du travail. Le jour de ses quatorze ans, nous avons cru qu'il était temps qu'elle sache... avant de l'apprendre autrement. Elle a fait une scène terrible, hurlant, me maudissant. Elle a juré qu'elle ne me pardonnerait jamais cette supercherie et qu'elle ne m'accepterait ni en tant que père ni en tant que frère dorénavant.

Je n'ai plus remis les pieds à la maison par la suite. Je donnais de l'argent à ma mère, pour les besoins de Suzanne, c'était tout. J'ai vécu à m'étourdir pour oublier que j'avais fait du mal au seul être que j'avais voulu protéger: ma petite fille, mon unique enfant... jusqu'à ce que je te rencontre.

Les derniers mois que nous avons passé ensemble, ma tendre Claire, j'ai beaucoup réfléchi et, quand nous sommes venus au Québec, en avril-mai, je me suis rendu chez mes parents. J'ai obtenu le pardon de Suzanne. C'est le tien que j'espère obtenir à présent. Me garderas-tu quand même une place dans ton souvenir alors que j'ai négligé de te parler d'elle sciemment? Et qui plus est, vous ne pourrez éviter de vous rencontrer bientôt, devant le notaire. Mes biens doivent revenir majoritairement à ma fille et à ma famille pour les sacrifices qu'ils ont consentis au cours des ans. Je suppose que tu recommenceras à enseigner. Je te laisse suffi-

samment pour pouvoir vivre de façon convenable un certain temps. Je
t'aime, ma douce, et je veillerai sur toi du firmament.

Excuse la façon dont ma lettre est composée. Ma main s'est laissée
guider par cet autre, au-delà de moi, qui croyait que tu accepterais
mieux cette prose si je la faisais rimer avec le temps qu'il me reste et sur
les ailes duquel l'ineffable entracte ne peut plus qu'arriver: la mort qui
m'entraîne un peu plus chaque jour sous ses festons. Condoléances!
Pas trop mal pour un cabotin qui n'a pas eu de veine, hein?

Je n'ai plus cette peur atroce d'être séparé de mon corps. Il me fait
tellement souffrir qu'il ne m'apporte plus de plaisir réel. À mes pieds,
mon chat dort. Je ferme la porte de ma chapelle.

Ton Richard

P.S. Cette œuvre est la seule à laquelle je me suis astreint ces dernières
semaines. Il n'y a rien d'autre que ce grand roman vécu que je ne
saurais mettre en mots autrement qu'en badinant.
Maintenant, je me tais... pour toujours.

Elle referma la longue lettre, fatiguée.
«Elle ne manquerait pas de les rencontrer!»
Elle attendait son taxi. Même quand on sait que quelqu'un va mourir, on reste invariablement surpris d'apprendre qu'il a finalement rendu l'âme. *Rendu l'âme!* Pourquoi
dit-on ça? C'est le corps qu'on rend, pas l'âme. L'esprit
continue à vivre. Plusieurs l'espèrent. Plusieurs y croient.
Plusieurs l'écrivent: dans *La vie après la vie*, *La vie après la mort*
et d'autres livres. Elle les avait lus, elle. Elle voulait y croire.
Elle le voulait plus que tout. Que Richard soit encore capable
de communiquer avec elle! Qu'il demeure vraiment *sentinelle, du haut de sa tourelle!* Ah! l'effet perturbateur de cette
lettre! Cette manière d'écrire agissait inopportunément sur
elle. Tout ce qu'elle vivait paraissait être surréel et relever
d'une comédie burlesque.
Elle aurait bien voulu tout effacer: la mort de Richard, les
inconséquences de Xavier, la traîtrise de Barbara. Quand

donc tout cela avait-il commencé? Bizarrement, il lui semblait que c'était ce fameux soir d'orage, en décembre il y avait plus de trois ans, quand cette sittelle de Barbara était arrivée inopinément chez elle. Elle avait bondi sur Xavier et l'effet en avait été catastrophique, dévastateur, peut-être un jour mortel... Pourtant, devait-elle regretter ce qui lui avait permis de vivre trois magnifiques années en compagnie de Richard? Des années si agréables, si belles.

Elles ne devaient plus l'atteindre à présent, les laideurs de la vie. Le klaxon du taxi parvint à son oreille. Elle se leva pesamment et dut réfléchir pour se rappeler comment on marche, comment on fait pour avancer. Enlisée dans une sauce béchamel. Ah oui! on lève un pied! Lequel? Il y en a deux. Le gauche et le droit. L'important est de ne pas les lever ensemble. On ne peut pas de toute façon sans tomber ou sauter. Elle n'avait certainement pas la force de faire un bond. Rien que d'y penser, elle se serait rassise, les jambes molles, pareilles à de la ficelle.

Elle soupira. Marcher: un pas, et un autre. User ses semelles. Avancer. Prendre son manteau de flanelle, couleur caramel. Ouvrir la porte que Richard n'ouvrirait plus pour elle. Barrer la porte que Richard ne barrerait plus derrière elle. Se tourner. Aller vers l'escalier. Descendre marche après marche. Automatismes si difficiles à l'instant pour elle!

Elle allait les voir. Voir les parents et la fille de Richard. Suzanne! Suzanne!... Elle ignorait tout de la vie de Richard, tout de son ancienne vie, tout de cette partie passionnelle de sa vie. La sienne s'effondrait. On aurait dit qu'en mourant Richard devenait un autre, un autre dont la vie avait été différente et dont le silence remettait en cause les valeurs originelles. Tout faisait mal en elle.

Elle souffrait dans son corps, dans son cerveau, dans son âme, dans ses pensées, dans... Oui, tout faisait mal en elle.

Elle ne parvenait pas à se presser. Peut-être le taxi ne l'attendrait-il pas? Peut-être partirait-il avant qu'elle n'arrive? Peut-être n'aurait-elle pas à aller chercher le corps à l'aéroport, à aller chez le notaire, à rencontrer la famille de Richard?

Pourquoi ne survenait-il pas encore un événement qui contrecarrerait le cours des choses pour elle? Quelque chose d'exceptionnel...

Elle sortit dans la rue, rabattant la lourde porte du rez-de-chaussée. Le taxi était là, le chauffeur patientait, appuyé à sa portière. Il ouvrit en la voyant venir. Savait-il que c'était elle qui avait appelé? Quel air macabre, elle devait avoir! L'avait-il reconnue à sa pâleur? Elle monta lourdement derrière. Pourtant elle avait maigri de cinq livres en trois jours. Une bagatelle!

Elle aurait voulu fuir. Fuir! Était-ce encore possible? Dans moins d'une heure, ils se trouveraient devant elle. Pourquoi n'avait-il donc pas laissé tous ses biens à sa famille? Elle n'avait besoin de rien. Dès septembre, elle allait se remettre à enseigner. Elle se ferait vivre elle-même. Elle ne voulait pas de son argent. Qu'ils le gardent! Qu'est-ce qui l'effrayait à ce point? Ils devaient être gentils puisqu'ils avaient agi ainsi pour éviter de rendre Richard malheureux. Elle devait en vouloir à ce dernier de lui avoir tu son secret. Elle aurait voulu faire partie intégrante de sa vie, ne pas devoir apprendre son passé dans une lettre d'adieu qui résonnait à la manière d'un genre de poème informe; n'était-ce pas naturel?

Elle s'adossa, ennuyée par le soleil qui lui éclaboussait sa lumière au visage. Elle se frictionna les yeux, les tempes. Quel mal avait-elle fait? Quelle erreur? Quelle faute criminelle? Pourquoi Richard ne lui avait-il jamais parlé de Suzanne de son vivant? Il mentionnait avoir commis des méfaits «abominables»; elle n'en voyait aucun. Il avait aimé. Il avait été aimé. C'était sensationnel!

Elle, bien sûr, elle n'aurait laissé aucun jeune homme envahir son intimité à cet âge, non seulement parce que cela ne se faisait pas à l'époque, mais surtout parce qu'elle tenait à conserver son corps pour le mariage. Et le mariage devait en principe correspondre avec le moment où elle tomberait amoureuse. Une vague de chaleur la fit se sentir mal: ses mains, son front devenaient moites. Xavier!... C'était lui qu'elle avait aimé. Lui qu'elle aurait dû épouser. C'était un autre qui avait eu son corps en premier. Richard «Brune aile». Richard, cœur de lion. Xavier Volière, cœur d'artichaut. Hommes volages. Richard s'était-il vraiment montré infidèle. Il ne l'avait pas trompée réellement. Il n'avait pas non plus été sincère. Désemparée! Les ailes coupées. Sans bras, sans air, sans force. Qu'allait-il advenir d'elle?

Elle ferma les yeux. Imaginer à quoi pouvait ressembler la fille de Richard. Imaginer Richard à quinze ans. Un grand garçon dégingandé, châtain roux, sans sa moustache tombante. Richard qui tombe amoureux. Richard qui tombe... Dans la tombe. Richard revient aujourd'hui. Dans un cercueil. Il y aura une messe, puis le passage au crématorium. Qui prendrait ses cendres? Sa fille ou elle?

Elle frissonna. Elle avait tout préparé. Elle n'en pouvait plus. Tous ces mots sur une feuille. Ces mots pareils à des hachures, à des coupures impersonnelles. Celle de sa vie avec Richard. Brisée. Terminée. Elle n'arrivait plus à penser sensément. Des bribes de vie, de paroles, de sons, de joies, de peines... Pourquoi se contraindre à respirer? Pourquoi ne pas laisser son souffle se saisir d'elle? Elle n'avait qu'à se laisser envahir. Elle inspira lentement, forçant l'air à ses narines. La souffrance faisait partie de la vie? L'incohérence n'allait pas de pair avec elle. Ce méli-mélo de mots ne lui ressemblait pas. Il appartenait sans doute à Richard. À moins que ce ne soit à son père! Ou à une autre Claire qu'elle ne connaissait pas, une partie d'elle-même, une part de sa «persona» ou de son «ombre» selon Jung? Qu'ils la laissent donc tous en paix! Richard, sa fille, ses parents; Xavier, sa fille, Barbara, sa mère. Elle avait besoin de repos. Besoin. Besoin...

— Hey! Faudrait vous réveiller, m'dame! On est à l'aéroport.

Elle se secoua. Un soupir saccadé s'exhala de sa poitrine. Un petit enfant qui a trop pleuré, se dit-elle. Elle paya, sortit, marcha vers la grande porte vitrée qui s'ouvrit devant elle. «Aéroport de Mirabel.»

Elle alla s'informer sur l'avion qu'elle attendait. Était-il arrivé? Il atterrissait à l'instant. Oh! elle venait pour le cercueil! Oui, le mort. Richard Brunelle. C'est ça. Elle pouvait aller attendre là-bas. On la préviendrait quand elle pourrait prendre possession du corps. Oui, le corbillard était sur place. Merci. Pas de quoi. Prendre possession du corps!... Des mots. Encore. Et qui s'emparaient d'elle.

Elle prit place sur un banc. Autour, on circulait beaucoup. Des gens âgés en groupe, des familles entières de Noirs: grand-maman, papa, maman, des ribambelles de petits-enfants... tous noirs. Puis des Italiens, des Chinois... Toutes les couleurs. Toutes les races. Toutes les nationalités. Des turbans. Des saris. Pourquoi ne voyageaient-ils plus en tapis volants? Dans les contes de son enfance, ils se promenaient en tapis volants. «Le petit Teigneux» portait un turban. «La Jument blanche» volait à la vitesse du vent. «Le Vacher» déroulait la lanière qui lui servait d'épée!... Elle s'en rappelait des «contes de Léopold». Des contes à ne pas oublier, que son père lui avait racontés et qui devaient servir à alimenter ses rêves. Hélas! les rêves ne durent jamais! Richard allait arriver. Il serait dans l'avion. Il avait volé jusqu'à elle. Son corps tout au moins, car son esprit était parti. Loin. Il ne reviendrait plus. Jamais. Ne pas clore les yeux pour ne pas s'endormir. Elle les rouvrit, sourit à un petit enfant qui la détaillait à quelques pas d'elle.

— Claire Roitelet est demandée au guichet numéro quatre! Claire Roitelet...

Elle se leva. Voilà! Elle allait prendre possession du corps de Richard. De Richard qui avait pris possession de son corps à elle après leur mariage. Elle aurait bien voulu fuir, alors. Aujourd'hui aussi. Elle s'était résignée et elle se résignerait cette fois encore. Si au moins elle n'était pas si fatiguée! Ce soir-là aussi elle était fatiguée. Richard lui avait offert d'attendre un peu, quelques jours, question qu'elle s'acclimate davantage à lui. Elle avait refusé. Quelle folie que de croire qu'elle se vengeait de Xavier en appartenant à son ami le plus tôt possible! À partir de ce moment-là, elle ne serait plus jamais neuve et Xavier serait bien puni pour lui avoir préféré Barbara, cette dangereuse et dévoreuse femelle. Les hommes ne considéraient pas tous la virginité comme un cadeau. Certains s'en trouvaient plutôt incommodés. Richard avait été de ceux-là. Il avait peur de lui faire mal, peur de lui faire peur, peur de ne pas la caresser suffisamment. À tout dire, il devait avoir peur de son passé, de cette jeune fille de treize ans qu'il avait dû dépuceler. Depuis, il se contentait la plupart du temps, ainsi qu'il le lui avait mentionné, des femmes qui sortaient ou tombaient du lit de Xavier. Ce soir-là, pour la première fois, elle avait méprisé les deux hommes. Xavier et Richard se valaient tous les deux. Richard lui avait fait l'amour les yeux fermés. Pour oublier qui elle était sans doute; du moins, c'était ce qu'elle s'était dit. Puis, les semaines passant, elle avait appris à reconnaître sa sensibilité, sa tendresse, son affection réelle et sa naïveté de petit garçon. L'amitié qu'elle éprouvait pour lui s'était graduellement transformée en un lien plus fort, plus chaleureux. C'était en décembre qu'elle s'était rendu compte qu'elle était amoureuse de lui. Pas de ce même amour qu'elle avait ressenti pour Xavier, non! D'un amour plus réfléchi, plus mûr, un amour qui n'est pas un grand feu qui détruit tout, mais un bon feu de foyer allumé dans l'âtre et qu'il fait bon attiser sans cesse. La préposée au guichet numéro quatre leva les yeux sur elle.

— Je suis Claire Roitelet.

— Oh oui! Le cercueil de monsieur Brunelle a été placé dans le corbillard et celui-ci vous attend à l'avant. Voici les documents que vous devez signer.

Elle prit le crayon, écrivit son nom sans même lire. Elle n'aurait pas dû; elle n'avait pas envie de savoir ce qu'elle signait. Qu'aurait-il donc pu arriver? Qu'on lui restitue le corps d'une autre personne? Elle glissa du regard sur le nom, s'assura qu'il s'agissait bien de celui de Richard, remercia et sortit à la recherche du corbillard pour monter dans la limousine noire qui l'escortait. Combien d'argent cela lui coûterait-il? Elle préférait attendre plus tard. Il ne lui restait plus grand-chose du montant qu'elle avait mis de côté au cours des premières années de son enseignement. La maladie de Richard avait grevé les économies qu'ils avaient faites ensemble et elle supposait que les factures s'accumuleraient sur son bureau au cours des semaines à venir. Elle les compterait sans doute au pluriel.

Elle s'engourdissait sur son siège. Elle bougea pour chasser l'endormissement. Les deux véhicules se suivaient à une vitesse respectueuse. Une déférence pour l'être que le corbillard transportait. Claire fixait la porte arrière du fourgon mortuaire. Richard s'y trouvait. Comment serait-il? Quelle surprise aurait-elle?

Elle craignait de le voir... soit tel qu'il était de son vivant et prêt à se mettre debout... soit blême, étiré, un voile de distance déjà apparu sur son visage. Les voitures s'arrêtèrent devant l'église. On lui ouvrit la portière. Était-ce elle qui descendait ainsi ou n'était-ce pas plutôt un pâle reflet d'elle-même? Qui était mort? Richard ou elle?

Elle avança vers le prêtre venu l'accueillir, posa la main dans celle qu'il lui tendait, reçut ses condoléances. Comment peut-on participer à un cérémonial qui se déroule en dehors de soi? Ses lèvres bougeaient; les mots venaient d'ailleurs. Un automate. Tournez la manivelle!...

Elle entendit une voix: «Te souviens-tu de ces jours illuminés où nous dansions ensemble?» Elle leva la tête vers le son, vit des nuages blancs et ouatés dans un ciel bleu, surprit le sourire de Richard surplombant l'espace. Pourquoi faisait-il beau quand il pleuvait à l'intérieur d'elle?

— Elle n'a pas pu venir.

— Pardon! Je... Je n'ai pas bien entendu. Qui n'a pas pu venir?

— Barbara. Elle avait un tournage à faire pour une publicité télévisée.

Élégant, en costume gris foncé et cravate sombre, ses yeux verts embués de tristesse, Xavier lui prenait le bras. Xavier! C'était Xavier qui était là! À côté d'elle.

— Je m'excuse, je n'ai pas pu me libérer avant. J'ai essayé de te joindre ces derniers jours, sans résultat.

— Je ne répondais pas au téléphone.

Il lui serra le bras un peu plus fort, cherchant à lui faire sentir qu'il comprenait. Mais comprenait-il? Était-ce utile qu'il comprenne? Pourtant elle voyait maintenant le trottoir sous ses pieds, elle sentait le poids du bras de Xavier, elle se rappelait la promesse qu'elle avait faite à Barbara: de ne pas revoir Xavier. Et il était là. Une éclaircie dans l'opaque de ses pensées. Une petite musique chanta en elle... coupée par le son guttural du «je».

— Je suis le père de Richard: Sylvain Brunelle. Voici sa mère: Sophie.

Il la désignait du regard. Claire serra des mains en essayant de retracer des traits de famille sur les visages non familiers. Des gens normaux somme toute, un peu timides et effacés. Des gens qui souffraient aussi et dont les yeux avaient besoin de sommeil.

— Vous êtes Claire, n'est-ce pas?

Elle se trouvait derrière elle, de sorte qu'elle dut se tourner complètement et cligna des yeux devant le soleil. Une jeune femme la détaillait. Ce n'était plus une gamine, bien qu'elle en eût gardé des apparences. Elle se retenait visiblement pour ne pas pleurer, pour se montrer civilisée et pour rester là, dans ce lieu qui n'était pas davantage fait pour elle que pour quiconque.

— Tu es Suzanne?

— Oui. Il nous a parlé de vous. Il a mentionné à quel point vous l'aviez rendu heureux ces dernières années et combien il vous en était reconnaissant. Il vous aimait...

Elle dut s'arrêter. Des trémolos éteignaient sa voix. Elle s'excusa, s'éloigna avec un jeune homme qui la prit contre lui et chercha à apaiser son chagrin rebelle.

Elle les laissa à leurs larmes, sur le perron de l'église, et se plaça derrière le cercueil que le prêtre bénissait. Aurait-elle dû les embrasser? Elle n'y avait pas songé. Elle ne les connaissait pas. Ils ne lui étaient rien. Une main toucha la sienne. Elle leva les yeux. Carole lui murmura:

— Je suis désolée pour toi.

Elle fit un signe de la tête, incapable de réagir autrement. Mensonges! Mensonges! Elle se secoua. Contre qui ou quoi criait-elle? Qui proférait des mensonges ou en avait proféré? Richard? Carole? Xavier? Barbara? Suzanne? Les parents de Richard? Elle-même? D'où venaient donc ces mensonges? D'eux tous. Tous mentaient, avaient menti ou caché la vérité. Elle, comprise. Ils entrèrent dans le sanctuaire. On faisait les choses de façon solennelle.

Elle s'assit. «Richard Brunelle, acceptez-vous de prendre Claire Roitelet ici présente pour votre légitime épouse?» «Et, vous, Claire Roitelet, acceptez-vous de prendre Richard Brunelle ici présent pour votre légitime époux?» «Je vous déclare mari et femme.» Dans cette même église, devant ce même autel. Un ministre du culte différent. Trois ans plus tôt. Trois ans seulement. Juste le temps d'apprendre à hésiter avant de chercher querelle à l'autre, avant de risquer de blesser l'autre, le temps d'apprendre à mettre de l'eau dans son vin pour que ce ne soit pas toujours le même qui boive un vin baptisé. La vie se construisait à tire-d'aile.

Elle ne suivait pas l'office. L'odeur de l'encens lui monta aux narines, faillit la faire tousser. Les cierges allumés autour du cercueil laissaient leur flamme vaciller, tressauter, illuminer le chemin que prendrait Richard. Richard vivait dans sa mémoire. Richard l'avait aimée. Profondément. Énormément. Ce qu'elle conservait de lui, personne ne pourrait le lui voler. Qu'importait tout ce que les autres pensaient? Quels que soient les mensonges qu'ils avaient proférés, la seule vérité à laquelle elle devait accorder foi et attention, c'était qu'il l'aimait. C'était bien suffisant pour elle. Rien d'autre ne comptait. Elle ramena son veston autour d'elle. Son poil hérissé sur les bras lui rappelait l'existence. En définitive, ce n'était pas elle qui était morte. C'était Richard. «Il faut laisser les morts avec les morts et les vivants avec les vivants», point, à la ligne, et signé: Louis Roitelet. Son tour viendrait bien assez tôt.

Les souvenirs servaient à cela: à faire resurgir le bon et à enterrer le mauvais. Enterrer le cadavre qui commençait à se décomposer, comme on décompose les mots, les maux, les mo...ments de toute une vie. Puisse cette lettre de Richard cesser de la torturer! À quels échos répondait-elle?

Elle se leva. La cérémonie se terminait. Xavier parut la soutenir sans la toucher. Les Brunelle la suivirent, lui laissant la priorité; on aurait dit que Richard lui appartenait à elle maintenant plus qu'à eux-mêmes. Quand une mère cesse-t-elle d'être mère? L'épouse devient veuve, mais la mère demeure. Elle respirait par saccades, le cœur tambourinant, le front moite, des frissons lui effleurant les côtes.

— Te présentes-tu au crématorium?

Il l'examinait, l'œil en point d'interrogation, la lèvre sinueuse, les narines élargies. Que craignait-il? Qu'elle y aille ou qu'elle n'y aille pas? Elle baissa la tête sans répondre. Cette question ne méritait même pas qu'elle s'y attarde. S'il souhaitait qu'elle y aille seule, elle irait. Quel besoin avait-elle d'un support quand les hommes qu'on disait si forts se montraient souvent plus faibles que les femmes?

— M'en voudrais-tu si je... t'attendais à l'extérieur? Je... ne me sens pas capable d'aller là.

L'appuyer n'entrait que dans la forme de son désir, pas dans la forme de sa démarche. Une mère aussi il aurait fallu à celui-là! Tous les hommes n'étaient-ils en définitive que des petits garçons auxquels il fallait une mère? Elle releva la tête, retrouva son assurance. Voir faiblir les uns validait la force des autres.

— Puis-je monter avec vous?

C'était Suzanne. Une petite chose pâlotte, aux grands cils recourbés sur un regard noisette. Un regard d'enfant qui n'avait jamais vu le mal, se dit-elle.

Elle lui signifia que oui: elle pouvait monter avec elle dans la voiture de cortège. Xavier retourna à son véhicule, à regret sembla-t-il. Suzanne monta, s'assit près d'elle, mit la main sur la sienne, la serra un peu, essaya de sourire. Aucun son ne franchit ses lèvres. Toutefois Claire sut qu'elle ne serait pas seule devant le défunt qu'on inhumerait, Suzanne assumerait la place qui lui revenait. Elle éprouva pour la fille de son mari toute l'admiration qu'elle avait ressentie pour Richard de son vivant, et même davantage. Après l'abandon désolant de Xavier, elle reconnaissait ce courage subtil de plusieurs femmes pour tout ce que représentait le domaine du devoir, de l'espoir et de la persévérance. Elle enferma la main de Suzanne entre les siennes. La jeune fille accepta simplement ce geste amical, banal et maternel.

Elles se tinrent ensemble devant la trappe où glissait le cercueil de Richard, ensemble dans la petite salle attenante à attendre les cendres, ensemble à les recevoir, ensemble à les pleurer. Les parents de Richard paraissaient n'avoir plus de larmes à verser tant les cernes sous leurs yeux démontraient leur fatigue et leur chagrin réel.

Elle les embrassa, les consolant et se laissant consoler par eux. Ils se témoignaient tous les quatre une tendresse qui provenait d'une certaine reconnaissance: celle de leur affection pour Richard. Finalement, ils passèrent chez le notaire.

Chapitre X

De sa voiture, en circulant lentement, Xavier examinait les alentours: ici, dans ce terrain vague, un gros arbre déraciné aux branches dégarnies; là, à flanc de coteaux, les débris d'une grange affaissée, des vaches qui broutaient en dressant la tête sur son passage; devant, une courbe dangereuse, puis des maisons tout autour de lui: petite église blanche jouxtée d'un cimetière débordant de fleurs jaunes, habitations distancées les unes des autres au milieu d'un village agréable et apparemment paisible, car à cette heure matinale, en plein samedi, personne encore ne circulait dans les rues étroites.

Il ignorait ce qu'il attendait de cette visite ou s'il comptait trouver, dans les parages, quelque détail de la vie de Louis. Quoi qu'il en soit, un urgent besoin d'évasion le tirait loin de l'appartement de Barbara où la vie devenait insoutenable. Leur duo prenait des allures de duel. Elle l'épiait constamment, l'interrogeant sur ses déplacements, sur ses intentions, sur les gens qu'il rencontrait. Il se désintéressait délibérément d'elle, ne répondant que par monosyllabe à ses questions, ce qui faisait éclater Barbara d'une colère hystérique, véritable déflagration qui effrayait Marisa à tous les coups et la faisait s'enfermer dans un mutisme et un monde insondables. Le golf ne semblait plus captiver Barbara ni son métier de mannequin; elle délaissait également Bruce William et ses compagnes de bridge. Lui seul paraissait brusquement occuper le centre d'intérêt de ce bâton de dynamite. Malheureusement pour Barbara, leur dissension perdurait et leurs divergences d'opinion à propos de leur mariage amplifiaient leurs démêlés. Les désirs de réunification qu'elle disséminait tout autour de lui n'atteignaient plus Xavier; son prétendu amour ne déteindrait pas sur lui. Elle courait au-devant d'une forte désillusion si elle croyait que ses soudaines attentions raffermiraient leur union déréglée. Jamais il n'éprouverait pour elle les sentiments qu'elle disait ressentir pour lui. S'il avait eu les millions nécessaires pour se dégager de cet éteignoir, il aurait divorcé sur-le-champ. L'argent ne poussait, hélas! pas dans les arbres et se dépensait toujours plus vite qu'il ne se gagnait.

Un camion le doubla juste au moment où il passait devant un garage: une odeur de diesel lui piqua les sinus. Il ralentit sa voiture et avança doucement pour se garer devant une large bâtisse en brique rouge de deux étages. *Magasin général*, put-il lire sur l'affiche et, au-dessous, *Bar Restaurant*. Il sortit, referma la portière et, sans écouter le ramage des oiseaux dans les bosquets, il prit le chemin dallé de pierres inégales entre deux rangées de rosiers sauvages et aboutit à la porte de bois verni. Rien ne paraissait bouger à l'intérieur de l'établissement; il devait être trop tôt. Il aurait aimé trouver un restaurant où il aurait pu patienter quelques heures. Il vérifia tout de même par la fenêtre grillagée et, à travers la vitre, il put discerner une silhouette. Il entra, salua l'homme dans la quarantaine dont la chemise blanche était déboutonnée, puis s'installa au comptoir usé et commanda un café qu'il but à petites gorgées. Il était amer et trop fort.

Du regard, il fit vivement le tour de la grande pièce. Dans le fond, deux portes s'ouvraient sur un vaste local où de longues tablettes supportaient les objets les plus disparates, allant des sacs de farine aux pelles, de la fine lingerie au dictionnaire. La disposition des rayons de la section «magasin général» paraissait déroutante de prime abord tant les objets s'entassaient sans discipline apparente. Il y avait peu de choses identiques et une énorme quantité de matériel. À l'avant, on reconnaissait aisément le restaurant avec ses tables loges, ses bancs en cuir et son comptoir.

— C'est plutôt désert par ici! dit Xavier avec désinvolture.

Le gros gars ventru et décoiffé essuyait les verres qu'il venait tout juste de laver et les déposait sur le plateau. Il se tourna vers lui, sa cigarette pendant entre ses lèvres. Son nez un peu difforme tombait à la façon d'une baudruche dégonflée.

— À c't'heure-là, c'est normal!

Son ton nasillard n'était ni amical ni inamical, plutôt détendu et sans véritable courtoisie. Il répondait machinalement sans chercher à entamer une conversation qui deviendrait vite décousue. La cendre de sa cigarette tomba subitement et éclaboussa ses verres propres; il ne s'en préoccupa pas. Xavier fit la moue. Il avait cessé de fumer depuis dix ans maintenant et avait développé bien malgré lui une aversion profonde pour le tabagisme. Il saisissait mal que les fumeurs soient dépendants du goudron et de la nicotine et qu'ils considèrent saine une habitude qui les tuait à petit feu. Une béquille de plus pour tenir ceux qui craignaient de reconnaître leur souffrance psychique: peut-être un papa ou une maman qui n'aura pas été gentil jusqu'au point où on l'aurait souhaité! Ou un palliatif à tous les sentiments trop envahissants auxquels on n'a pas le temps d'accorder de l'importance: le stress, le manque d'argent, les disputes, les charges trop lourdes. C'était, en tout cas, un moyen détourné pour se soustraire à la dure réalité. Il en avait été ainsi pour Richard. Il avait beaucoup trop fumé. Beaucoup trop. La douleur lui était pourtant coutumière. Quelle absence l'affligeait donc pour qu'il compense ainsi par la cigarette?

Son café refroidissait; son goût déplorable ne pouvait que continuer à se détériorer s'il ne le buvait pas plus vite.

— Il y a longtemps que vous êtes dans la région? demanda Xavier, affichant son air le plus débonnaire.

— Ouais! déclara l'autre. D'puis des années. Pis vous, c'est quoi que vous venez faire par icitte?

— Je suis de Montréal, autrefois de Québec. Je visite les alentours, question de m'alléger les esprits et de voir un peu de verdure. J'ai besoin de distraction. L'hiver, je fais du ski au mont Sainte-Anne. Je n'avais jamais eu l'occasion de venir ici en plein été. Un de mes amis m'a vanté le coin, alors me voici!

— Ben, moé, j'aime mieux la ville. Surtout pour m'amuser! J'y vas de temps en temps pour voir jouer les Nordiques contre les Canadiens. Ma légitime aime pas ça, ça fait que j'y vas avec des chums.

Xavier étira son plus savant sourire compréhensif, espérant s'en faire un allié, bien qu'il le trouvât plutôt désagréable. Son débit lent et la grossièreté qu'il affichait l'énervaient. Toutefois, à se montrer déférent à son égard, il pouvait escompter obtenir de lui quelques renseignements utiles pour tirer des décombres le passé de Louis, pour parvenir à décortiquer ses dires ou ses divinations, pour débusquer la vérité, si vérité il y avait.

— C'est fréquent qu'on doive sortir entre gars. Ça fait du bien.

— Ça, c'est sûr, approuva l'autre en grattant une de ses longues oreilles décollées. Si fallait attendre après les bonnes femmes pour avoir du fun!

Il ajouta plus bas en se penchant vers Xavier:

— J'crérais que ma bougresse a un sixième sens, parce qu'est pas mal douée pour me surveiller, pis pour me retracer si j'vas faire un tour du côté d'la bouteille... ou si j'vas jouer aux cartes chez des «chums». Voyez c'que j'veux dire?...

Xavier opina de la tête, croyant saisir que l'homme laissait sous-entendre que son épouse ne lui permettait pas souvent de se délasser et moins encore de s'enivrer.

— Je comprends. Mon ami – justement celui qui m'a conseillé de venir ici – m'a dit que je serais tranquille et que je pourrais me reposer quelques jours. Y a-t-il une auberge où on peut loger?

— Ben... Y'a toujours celle d'la vieille demoiselle Durocher; c'est pas du neuf, ben sûr. Pis l'monde vient manger icitte, parce qu'elle sert pas de r'pas, à part le déjeuner.

— Ah bon! fit-il en songeant avec détresse que les mets

servis par le restaurateur pouvaient être aussi infects que le café. Pensez-vous que c'est ouvert à cette heure-ci?

— Beau dommage! A dort presque pus, la doyenne. Ça va y faire plaisir de voir un gars d'la ville.

— Peut-être que le nom de mon ami vous dirait quelque chose? Vous avez pu le connaître dans le temps? Il s'appelle Louis Roitelet.

— Roitelet... Roitelet... répéta-t-il en râtelant de ses doigts ce qu'il lui restait de cheveux en désordre. Ça m'dit pas grand-chose.

— Il est né ici, il y a quarante-huit ou quarante-neuf ans, renchérit Xavier, tentant de déceler une ombre de souvenir sur le visage dodu de son vis-à-vis.

— Y'a d'l'eau qu'y'a coulé sous les ponts d'puis l'temps! J'étais pas dans région! Pis ma mémoire me joue des tours de toute façon. Peut-être que la mère Durocher s'en souviendrait!...

— Possible. Je lui poserai la question.

— Vous voulez-ty un autre café?

— Nnnnon... Merci, dit-il en retenant une grimace de dégoût à l'idée de devoir boire de nouveau ce mélange imbuvable au goût d'écorce d'arbre et de térébenthine.

Il paya, se leva et sortit sans délai. Il remonta en voiture et démarra, sans embrayer immédiatement. Il avait omis de demander son chemin. Il savait en tout cas qu'il n'était pas passé devant une auberge, sinon il s'en serait souvenu; il en déduisit que ce devait être un peu plus loin. De toute manière, il arriverait bien à la dénicher; le village n'était pas très grand.

Au carrefour suivant, il vit la pancarte et la flèche qui indiquait: *Auberge Durocher, chambre et pension*. Décontracté, Xavier tourna à gauche sur le chemin de gravier menant vers les hauts plateaux. Pourquoi le type du magasin général lui avait-il dit qu'il ne pourrait pas manger à l'auberge alors que l'annonce signifiait le contraire? Il continua de monter la côte et aperçut graduellement, sortant distinctement du sol au fur et à mesure qu'il gravissait la pente, la maison de bardeaux verts aux volets peints en blanc. Cette construction au toit d'ardoises et auréolée de ciel bleu paraissait tirée directement de la terre. Il l'adora instantanément. Il avait choisi ce village dans la seule perspective d'apprendre quelque chose concernant Louis et Carole Roitelet, or la paix et le plaisir qu'il ressentait à la vue de l'auberge l'étonnaient agréablement. Il lui semblait retrouver un endroit connu et aimé. Il stoppa sa voiture devant un petit poteau portant un écriteau: *Réservé aux clients de l'auberge.* Il sourit. Il devait être le seul client. Qui d'autre qu'un client aurait bien pu venir stationner devant la grande maison à l'aspect solide que gardait un haut chêne dont les branches se courbaient vers la toiture?

Il descendit de l'automobile et s'étira pour se dégourdir, même s'il avait fait halte au magasin général quelques minutes plus tôt. Maintenant, il pouvait se permettre de se dénouer les muscles, de respirer cet air divin, d'entendre le chant des merles. Du haut du plateau, on apercevait presque toutes les maisonnettes du village, y compris le magasin. Plus loin sur la droite, la route qu'il avait prise pour venir de Montréal serpentait discrètement entre les collines. À gauche, un bouquet d'épinettes lui voilait une partie des montagnes violettes qui barraient l'horizon. Ouais! peut-être que des gens venaient ici pour admirer la vue, la photographier ou la peindre: l'écriteau avait sa raison d'être, après tout!

Il se dirigea vers la résidence tout en l'examinant. Les galeries marquées par l'âge venaient d'être repeintes, la toiture tenait le coup, les bardeaux gardaient un air de jeunesse et la maison une allure de fierté et de force. Au mât, un drapeau papal. Au sol, un vieux monsieur à quatre pattes dans les plates-bandes retirait des mauvaises herbes qu'il déposait dans une boîte en bois, du genre de ces anciennes boîtes carrées avec un dessin rouge et bleu sur un des côtés... et dont Xavier gardait à peine souvenance. Couché près de lui, un grand danois avait posé son museau carré sur ses pattes de devant; il releva à peine la tête quand Xavier s'adressa au vieillard.

— Excusez-moi. Suis-je bien à l'auberge Durocher?

L'homme se redressa, sortit son grand mouchoir rouge

à carreaux pour s'essuyer les mains, puis il décocha au nouveau venu un regard de défiance digne de la protection que les chevaliers d'antan accordaient aux nobles dames. Sa maigreur le faisait ressembler à un grand aigle déplumé, aux ailes rognées par le temps et les intempéries. Son visage ridé, ses yeux décolorés témoignaient d'un âge avancé. Le chien n'avait pas bougé.

— Êtes-vous monsieur Durocher? le questionna encore Xavier.

— Grands dieux, non! lança l'homme d'une voix chevrotante en enlevant un instant son chapeau de paille pour s'essuyer le front du revers du bras. Je sarcle les dahlias. Je suis Damien, le jardinier, l'homme à tout faire, quoi! Allez plutôt là, désigna-t-il en montrant la porte à laquelle accédaient dix marches bien d'équerre.

Xavier remercia, puis grimpa lestement l'escalier. Il sonna. Une jeune fille montra le bout de son nez frais à travers la moustiquaire.

— C'est pour quoi?

— Louez-vous des chambres pour la fin de semaine?

— Oui. Un instant, s'il vous plaît. Mamie! cria-t-elle jusqu'à s'époumoner en tournant la tête vers l'intérieur de la maison. C'est pour louer une chambre!

Elle détacha ensuite le crochet qui fermait la porte et ouvrit pour le laisser passer. Elle devait avoir tout au plus quinze ou seize ans. Son visage gracieux au menton volontaire amena un sourire léger sur les lèvres de Xavier. «Qu'elle est belle, cette jeunesse!» se dit-il. Sans savoir pourquoi, elle réveilla le souvenir de son voyage en mer sur le «Philomène», le yacht de Lee Jordan. «Elle doit valoir mieux que cette peste de Laurie Lazare.» À ses yeux, celle-ci avait jeté du discrédit sur l'amabilité et le discernement des jeunes.

— Mamie va venir tout de suite. Vous n'avez qu'à l'attendre.

Elle le planta là, dans le hall d'entrée, et disparut par une porte qui semblait donner sur un salon. Les lourdes boiseries rougissaient au fur et à mesure que ses yeux s'habituaient à la pénombre, car, au premier coup d'œil, elles lui avaient paru d'un brun presque noir. Des pas lui firent lever la tête vers l'escalier et il vit descendre une dame âgée dont les cheveux gris étaient retenus par un léger filet; il n'en avait plus vu de semblable depuis son enfance. Un châle de dentelle couvrait ses épaules. Sa grâce et son maintien le charmèrent et il y trouva une ressemblance avec l'adolescente qui lui avait ouvert. Une copie d'un modèle plus ancien.

— Bonjour, monsieur! Vous voulez une chambre, m'a dit Doris.

— C'est bien cela. Pour la fin de semaine.

— Oh! fit-elle, visiblement déçue.

Elle se reprit vivement et annonça:

— Nous avons une belle chambre juste en haut. Elle donne sur le village. Peut-être en préférez-vous une qui donne sur le boisé!

— Non, non. Sur le village, ce sera très bien.

— Daignez me suivre. Je vous montre le chemin.

Elle tourna les talons et se remit à monter les marches par où elle était venue. Tout était extrêmement propre; une odeur de cire et d'encaustique régnait autour d'eux. Il ne put dissimuler son enthousiasme.

— C'est une très belle maison que vous avez là.

— Oui. Elle m'a été léguée par ma grand-mère et elle ira à ma petite-fille. Nous en prenons grand soin... Même si nous n'avons pas beaucoup de clients depuis quelques années, surtout depuis que la route principale a été détournée pour passer à quelques kilomètres plus bas, dans la vallée, plus près du fleuve. Les temps sont durs.

Elle alla sur sa droite une fois en haut de l'escalier et pivota vers l'avant de la bâtisse, Xavier sur ses talons. Elle tourna la poignée de la porte d'un brun rougeâtre et précéda Xavier. La haute fenêtre garnie de rideaux verts sur un tulle blanc créait une infinité de quadrillages sur le tapis aux teintes foncées et diffusait une clarté apaisante qui ravissait le jeune homme. Le grand lit d'acajou à montants travaillés et les meubles anciens le transportèrent dans un passé où il n'avait pas vécu. Il se sentait dépaysé, enlisé dans un monde antique et cette sensation l'étourdissait. Il accepta la chambre, la paya et la vieille dame quitta la pièce après lui avoir signifié que les toilettes se trouvaient au bout du passage, à gauche. Avec elle, tout le charme d'antan s'en alla. Il observa les objets ancestraux autour de lui, ouvrit la fenêtre, vit sa voiture, le jardinier et le chien, revint vers le lit, s'y assit, soupira. Qu'était-il donc venu faire ici, seul, sans même informer Claire de ses déplacements? Comment d'ailleurs aurait-il pu l'aviser quand elle se trouvait à des lieues de lui et qu'il ignorait où elle était allée? Elle n'avait pas voulu lui mentionner exactement où elle descendrait, se contentant de lui annoncer qu'elle partait pour quelques semaines dans les îles du Pacifique.

Était-ce défendable qu'il cherche à disséquer le passé des parents de Claire? S'insurgeait-il en défenseur de celle qu'il aimait pour se venger de Barbara et des tours qu'elle leur avait joués? Non. Combien plus dérisoires lui apparaissaient ses raisons! Il constatait régulièrement à quel point Carole adorait Barbara et s'étonnait, non pas de cette affection, mais plutôt de sa démesure et du fait que Claire n'avait pas droit au même degré de densité affective. Barbara pouvait-elle être l'enfant «naturelle» de Carole? Allait-il, lui, Xavier Volière, être le déclencheur des révélations et des précisions qui ramèneraient l'ordre dans la vie des Roitelet? Était-ce déloyal envers l'un d'eux? Il se voyait déjà en roi...telet, adulé de son petit royaume. Allons, il n'était pas là pour divaguer! Il pouvait au moins se permettre de décompresser et de réfléchir.

Il alla chercher sa légère valise et remonta placer ses affaires. Cela fait, il se trouva vite à court d'imageries et s'ennuya malgré la beauté des lieux. Il redescendit. Peut-être le jardinier pourrait-il le renseigner sur Louis? L'homme n'était plus à son poste ni l'énorme danois couleur daim. Il avança vers la falaise pour admirer le paysage: une crête rocheuse dénudée, dépouillée, déboisée depuis peu. À mi-hauteur de la montagne, seuls quelques jeunes bouleaux tenaient encore debout. Quel dégât! Il se sentit démoralisé. De petits nuages blancs s'effilochaient dans le ciel bleu, voilant partiellement la lumière du soleil. Claire était loin et, lui, seul. Sa tristesse se décupla. Il aurait peut-être évité de passer la fin de semaine dans cet endroit éloigné s'il avait posé des questions aux villageois avant de chercher un gîte. Pourquoi ne l'avait-il pas fait? Quelque chose l'en empêchait. Il ne savait quoi. La peur de les figer sur place par ses indiscrétions malvenues, probablement. Il préférait attendre, jouer la fine mouche pour obtenir les informations qui l'intéressaient plutôt que de risquer de se voir fermer toutes les portes. Déjà le restaurateur n'avait pas pu répondre à sa plus importante question: se souvenait-il de Louis Roitelet? Peut-être Louis était-il né ici sans y avoir vécu? C'était bien possible. D'avoir trouvé après maintes fouilles dans les registres des archives québécoises le lieu de naissance de Louis Roitelet ne signifiait pas qu'il y avait été connu. C'était tout au plus un début.

— Si vous voulez déjeuner, ma grand-mère vous attend.

Il se tourna brusquement en sursautant. Il ne s'était pas attendu à ce qu'on vienne à lui. Déjà, Doris s'en retournait d'une démarche souple vers la maison sans que Xavier lui réponde. Il aurait pu décliner l'invitation, car il n'avait pas très faim. Malgré tout, il accepta. Mieux valait se lier rapidement d'amitié avec ces deux femmes s'il voulait obtenir des renseignements avant dimanche soir, c'est-à-dire: demain soir. Il n'avait que deux jours pour aboutir à des résultats. Il la suivit distraitement.

La porte du salon que Xavier avait aperçue un peu plus tôt menait à une salle à manger tout aussi proprette que le reste de l'habitation. Une nappe blanche recouvrait la longue table de la salle où trois couverts avaient été disposés.

— Vous pouvez vous laver les mains dans la salle de bains, la deuxième porte par là, l'avisa Doris.

Il se sentit tout bête et penaud de ne pas y avoir pensé. Il obéit rapidement, suivant les instructions de la jeune fille. Puis il revint:

— Vous pouvez vous asseoir là, dit-elle, autoritaire, pendant que Xavier s'exécutait. C'est moi qui sers. Il y a des saucisses, des fèves au lard et du pain grillé. Ce n'est pas la journée des œufs. Nous en aurons demain matin. Avec du bacon, précisa-t-elle en apportant les plats.

Elle les déposa sur la table et fit le service. Xavier s'étonna de voir que l'appétit lui revenait en humant et en goûtant les mets que Doris lui présentait.

— Délectables, ces saucisses! assura-t-il.

— Merci. À midi, le repas sera frugal, mais, ce soir, je préparerai une darne de saumon.

Il lui sourit aimablement.

— D'où êtes-vous? De Montréal ou de Québec? l'interrogea la vieille dame.

— De Montréal. Quoique j'aie vécu plusieurs années à Québec.

— Vous êtes venu pour vous reposer, je suppose. La vie de la grande ville est si trépidante que vous ne devez pas avoir le temps de respirer.

— Vous avez bien raison. C'est... un ami qui m'a suggéré de venir voir les beautés dont regorgent ces lieux. Bien... pas lui, plutôt... un membre de sa famille. Louis Roitelet. Il est né ici. Peut-être le connaissiez-vous?

— Il y a eu des Roitelets dans le village, il y a près de soixante ans, se souvint Diane Durocher. Ils ont déménagé.

— Que savez-vous sur eux?

— Rien d'extraordinaire. Denis Roitelet élevait du bétail. Il trouvait nos terres un peu trop raides pour ses bêtes. Il prétendait qu'elles perdaient du poids à gravir nos collines. Un drôle de bonhomme! termina-t-elle en secouant la tête.

Quelle déveine! songea Xavier, désappointé. Il venait de louer une chambre pour deux jours quand il aurait pu aller poursuivre ses recherches plus loin. Il ravala sa déception. Il n'en était pas à une difficulté près. De toute façon, il pourrait se déplacer et revenir passer la nuit à l'auberge Durocher. Il continua machinalement:

— J'aurais pourtant cru que Louis avait apprécié son coin de pays du temps de sa jeunesse. Il a épousé une fille des alentours, une certaine Carole Létourneau.

— Carole Létourneau! s'exclama Diane en écarquillant les yeux pour se reprendre aussitôt.

— Ce nom a l'air de vous être familier, poursuivit Xavier à qui le sursaut de Diane n'avait pas échappé.

— C'est que j'ai connu des Létourneau, il y a bien long-temps. Ils ne sont plus ici. Ils sont partis, eux aussi.

— Mais Carole Létourneau! insista-t-il, déterminé.

— Oh! vous savez, dans un petit village, tout le monde connaît un peu tout le monde! Et puis, les gens passent... Des Létourneau, des Roitelet... On n'est jamais certain que les gens s'entretiennent des mêmes personnes.

— Une grande femme, fort jolie fille autrefois. Des yeux et des cheveux bruns. Elle a conservé beaucoup d'allure. Je suis marié à l'une de ses filles.

— L'une de ses filles, dites-vous!

L'intérêt de Diane Durocher n'était pas pour lui dé-plaire. Il pouvait lui servir à dissoudre sa réserve.

— Oui, l'aînée. Peut-être l'avez-vous déjà vue dans des magazines, le *Secrets Magazine* surtout. Elle est modèle!

— Nous ne lisons pas de revues! coupa Doris avec un peu de dureté dans la voix. Mamie et moi avons beaucoup trop à faire pour prendre le temps de nous arrêter à ce genre de lecture.

— Bien sûr. Ça ne fait rien, dit-il à Doris avant de se tourner de nouveau vers Diane pour reprendre: Ma belle-mère n'est pas née dans la région; sa famille n'a séjourné qu'une vingtaine d'années par ici, j'ignore où exactement.

Le silence régna, déformé par le bruit des ustensiles. Xavier s'en voulait d'avoir été trop vite en besogne. On ne déballe pas son impatience à l'instar d'un colis dont on veut se départir quand on effectue ce genre d'investigation; il faut diluer son impatience et compter sur la chance. Ne savait-on vraiment rien sur Carole ou si on ne se risquait pas à pérorer sur son passé? Pouvait-il réparer ce désastre?

— Carole a eu quatre enfants: Claire et trois garçons, dont des jumeaux. Louis est décédé, il y a quelques années. Il a mené une vie plutôt morne. Je crois qu'il était profondé-ment malheureux.

— Malheureux! répéta la vieille demoiselle dont la dis-crétion s'émoussait. Pourquoi?

— Je n'en sais rien. Je ne l'ai pas connu. Sa fille m'a dit qu'il était un peu dépressif.

— La déprime, c'est le mal du siècle! lâcha-t-elle en répétant une phrase qu'elle avait entendue à la radio. Cette Carole... Létourneau vit toujours à ce que j'ai cru comprendre?

— Oui. Elle est grand-mère à ce jour. Comme vous. La petite n'a pas tout à fait trois ans, cependant.

Il allait terminer sa phrase là quand il eut subitement l'idée d'utiliser le caractère particulier de Marisa pour lancer une ligne à sa truite et espérer qu'elle morde à l'hameçon.

— Elle nous paraît assez... spéciale et nous cherchons à vérifier s'il n'y aurait pas quelque maladie héréditaire, quelque tare qui pourrait être cause de... ses particularités.

Tout en parlant, il comprenait qu'il pouvait en même temps toucher du doigt un fait hélas! qu'il avait toujours négligé: les antécédents de Barbara.

— Qu'a-t-elle de si spécial, cette pauvre enfant?

— Elle est très renfermée. Elle ne parle pas et ne rit pas davantage.

— Vous dites qu'il s'agit de la petite-fille de Carole Létourneau?

— La fille de celle qu'elle a adoptée.

— Ah! Il ne peut pas y avoir de lien avec la Carole que nous connaissions. D'ailleurs, on ne l'a plus revue... Et ce ne sont pas nos affaires.

— Que voulez-vous dire? lança-t-il, l'oreille aux aguets et l'esprit alerté.

— Il vaut mieux laisser ce sujet. C'est une vieille histoire que nous avons rayée de nos mémoires pour la gloire de notre patelin. Il y a des sujets qu'on n'aime pas entendre colporter.

Ces paroles semblaient mettre fin au dialogue. Jouait-il de malchance? Fallait-il qu'il soit justement tombé sur ces bonnes âmes qui gardent au sec les secrets des autres? Il essaya de nouveau.

— En fait, Carole a adopté sa fille deux ans avant d'avoir donné naissance à son premier enfant. Je ne serais pas vraiment étonné d'apprendre que Barbara «qu'on dit adoptée» soit la propre fille de Carole. Peut-être que j'arriverais à comprendre certains phénomènes si je pouvais retracer son passé!

— Pourquoi ne lui en parlez-vous pas?

— Elle est plutôt muette à ce sujet.

— Alors il faut respecter son désir, jeune homme!

— Je le ferais si je ne devinais qu'il y a quelque chose de grave qui risque de nuire à Marisa. Je pressens... un secret qui pourrait avoir une influence énorme sur sa descendance. Si personne n'accepte de parler, nous ne saurons jamais le fin fond de l'histoire. Le peu d'élan et d'épanchements de Marisa peut-il avoir un lien avec ce qui est arrivé à Carole Létourneau?

Il sentit chez Diane Durocher une hésitation. Il y eut un instant de flottement. Il prit bien garde cette fois de ne pas dilapider ses chances de succès et se tut. Diane reprit dignement:

— Bof!... Vous savez... ce que j'en sais, ce n'est que par ouï-dire. Je risquerais de me tromper. Je ne voudrais pas nuire à une femme du même nom que celle que nous avons connue s'il ne s'agit pas d'elle, non plus qu'à Carole s'il s'agit bien d'elle.

Il n'allait pas démordre si facilement. Quand on est démuni et qu'on se trouve face à la possibilité de dépoussiérer un épisode important du passé, il faut savoir se débrouiller.

— Qui pourrait me renseigner? Votre jardinier, peut-être?

— Êtes-vous venu ici pour alimenter vos présomptions, monsieur Volière, ou bien votre vue et votre estomac? s'enquit-elle sans malice en le dévisageant.

Il sourit humblement et baissa les yeux pour jouer de la fourchette dans son assiette sans manger.

— Les deux, je l'avoue. Il y a une ombre au tableau quand on essaie de fouiller dans la jeunesse de Carole et de Louis. Des faits sont discordants et leur attitude également. Leur fille essaie d'en savoir davantage sur les événements qui sont survenus au moment du mariage de ses parents et elle m'a chargé de lui rapporter des éléments significatifs.

— D'enquêter? les interrompit Doris sans dissonance.

— En quelque sorte.

— Qu'avez-vous besoin de savoir?

— Tout ce que vous pourrez me dire.

Diane pencha bas la tête, pour réfléchir. À travers son front diaphane, de petites veines bleues palpitaient. Ses mains délicates s'étaient jointes. Xavier n'osait ni bouger ni manger, de crainte de faire diversion. Il l'épiait du coin de l'œil. Enfin, elle le regarda.

— Ce que je peux divulguer risque-t-il de porter atteinte à quelque personne que ce soit?

— Je ne le croirais pas.

— Même pas à Carole Létourneau?

— Je ne suis pas obligé de dévoiler à quiconque ce que vous m'apprendrez si cela ne sert à rien. Nous voulons seulement éclairer un peu une situation qui nous paraît pleine de mystère. Les filles de Carole souffrent: l'une d'être une enfant adoptée, l'autre que sa mère lui préfère l'enfant adoptée. Il est possible que des faits déplorables aient amené Carole à cacher la vérité à tout le monde et à nier que Barbara soit sa véritable fille. Si cette conclusion s'avérait exacte, en remontant aux origines de ses problèmes, c'est-à-dire au père de Barbara, peut-être que cela nous permettrait d'expliquer l'attitude distante de notre enfant.

— Hum!...

Sur la défensive, elle parut débattre encore en elle le droit au silence ou à la clameur. Il posa la main sur celle qu'elle avait laissée sur la table.

— Faites-moi confiance!

Elle soupira, soupesant sans doute le poids d'une diffamation, tout en saisissant le désarroi de Xavier.

— D'abord, celui qui a épousé Carole à Montréal habitait à deux villages d'ici, plus au nord-est. J'imagine qu'il devait être parent avec ce Denis Roitelet dont je vous parlais plus tôt. Son fils ou un neveu peut-être! Ensuite, nous avons perdu de vue autant les Létourneau que les Roitelet après cette tragédie.

Les oreilles de Xavier bourdonnèrent. Il craignit de pâlir et son cœur battit à tout rompre. Il s'était donc effectivement passé quelque chose, un drame, et qu'il allait enfin connaître! Se contrôlant, il se hâta de dire en lorgnant sa tasse à demi pleine, désireux d'en savoir davantage:

— Quelle tragédie?

— Louis a en quelque sorte sauvé la réputation de Carole en se mariant avec elle.

— Sa réputation...

— Façon de parler. Écoutez, jeune homme, je me sens dans mes petits souliers de vous confier tout ceci quand je sais que Carole se tait.

— Si vous ne me divulguez pas ce que vous savez, il se trouvera sûrement quelqu'un dans le village qui acceptera de me raconter ce qui s'est passé et je parie que l'histoire ne sera jamais aussi bien rendue que si vous acceptez de m'aider.

— Sur ce, vous avez peut-être raison... Quoique plusieurs refuseraient.

— Pas si j'offre une récompense. Alors, on finirait par m'en parler.

— Probablement, admit Diane en ployant l'échine. Je vais essayer de vous décrire les faits avec le plus d'exactitude possible, tout en vous rappelant que je n'ai aucune preuve de ce que j'avance et que je n'ai pas assisté personnellement à toute l'affaire.

— J'en tiendrai compte, spécifia-t-il en se disant qu'il n'avait pas perdu sa fin de semaine après tout.

— Vous allez pouvoir constater que j'en sais relativement peu. Je veux donc que vous pardonniez à ma mémoire défaillante si mes souvenirs ne sont pas tous exacts.

— Je vous écoute.

— C'était il y a plusieurs années. Dans tout village, il y a toujours un garnement pire que les autres, une espèce de petit diable cousu de défauts et qui s'acoquine avec des malfrats. C'était le cas, ici aussi. Un jour, Angelo Paradiso est arrivé dans le village avec trois, quatre autres jeunes délinquants. Ils buvaient plus que de raison, se dopaient et ils se sont mis à piller, à saccager les propriétés des habitants du village, à provoquer les garçons, à attiser les filles, bref à déranger tout le monde. On ne sait pas exactement pourquoi certaines adolescentes sont attirées par des dévergondés de ce genre; le fait est que quelques filles du village leur souriaient et sortaient avec eux. Là où il y a des filles qui courent après les garçons, là se trouvent les garçons, n'est-ce pas? Angelo et sa bande de petits malfaiteurs s'amusaient ferme dans notre village. On ne risquait pas d'en être délivré de sitôt! Carole, elle, ne les regardait pas. Du moins, pour ce que j'en sais. Pas en tout cas en présence de ceux qui en ont témoigné.

«Témoigné!» retint Xavier. «Témoigné où? Témoigné de quoi?»

Elle s'arrêta pour se désaltérer et but un peu de thé.

— Il est froid, ma chérie, dit-elle à l'intention de Doris qui s'empressa de verser du thé chaud pour réchauffer le contenu de la tasse. Merci, ma chérie.

Xavier demeurait suspendu aux lèvres de la vieille femme. Il n'osait prononcer un mot de peur de rompre ses souvenirs. Elle reprit au bout d'un moment:

— Chaque fois que Carole et son ami – Louis, avez-vous dit, n'est-ce pas? – se trouvaient au restaurant des Doré – ils sont partis eux aussi; le restaurant a été racheté par ce débraillé de Duhamel – Angelo et sa bande ne rataient jamais l'occasion de les importuner. Angelo faisait sa cour à Carole en dépit de Louis qui la protégeait et la défendait. Les deux garçons se battaient souvent à cause de cela; de véritables truands. Tout le monde jacassait à propos de ces bagarres où notre jeune Louis d'à peine cinq pieds six ou sept se mesurait à Angelo qui dépassait les six pieds et qui était doté d'une forte musculature. Ce pauvre garçon recevait une dérouillée à chaque fois, quand ce n'était un coup de la dague luisante d'Angelo. Personne n'osait jamais s'en mêler parce qu'Angelo menait son petit groupe en véritable Capone. La dernière querelle entre les deux garçons a eu lieu après qu'on eut découvert Carole inconsciente et à moitié nue dans un fossé en rebord de la route, un peu en dehors du village, après trois jours de recherches intenses. Cette fois-là, c'est Louis qui a gagné. Il était dans une telle colère... Carole a accusé Angelo de l'avoir déshonorée. Il a été arrêté peu après, sous plusieurs chefs d'accusation. Il avait déjà de nombreux forfaits à son actif: vols, agressions, utilisation et vente de drogues; il a été condamné à plusieurs années de prison. Quand on l'a emmené, Angelo riait et il a crié à Louis et à Carole qu'il reviendrait pour se venger, alors personne ne s'est étonné de voir Carole quitter le village quelques semaines plus tard, d'autant plus qu'Angelo avait réussi à s'évader de prison.

— L'a-t-on repris? l'interrogea Xavier sur un ton décomposé par la surprise.

— Je le crois. Je pense que sa disparition avait dû inquiéter énormément les Létourneau. Carole n'avait pas vraiment le choix de fuir. Cet Angelo était un véritable démon. Ma propre fille me l'a décrit comme un fauve à éviter, même si elle était très jeune à l'époque.

— Pauvre Carole! plaida-t-il.

— Oui, pauvre fille! Vous comprenez pourquoi elle ne désire pas parler de tout cela?

— Oui, bien sûr. Elle doit en avoir eu le cœur déchiré.

— Louis pouvait bien paraître malheureux! Il devait craindre qu'Angelo les retrace. N'empêche que c'est tout à son honneur qu'il ait épousé Carole après cela. Certains hommes l'auraient tout bonnement laissée tomber.

— Il devait beaucoup l'aimer.

— Je le suppose.

— Quand cela s'est-il produit? poursuivit Xavier afin de vérifier si Barbara était bien née quelques mois après l'épisode dramatique.

— Attendez! Voyons!... Est-ce l'année où j'ai perdu Andromède, ma chatte angora? Ça doit dater de... vingt-quatre ou vingt-cinq ans.

— L'âge de Barbara correspondrait, balbutia-t-il, un peu pâle. Croyez-vous que... Carole ait pu tomber enceinte d'Angelo? En plus de vouloir se mettre à l'abri de ce rapace en effaçant leurs traces, peut-être ont-ils cherché à cacher la situation de grossesse de Carole?

— Rien n'est impossible, mon garçon.

— S'ils se sont mariés alors qu'elle était enceinte, je me demande pourquoi ils ont déclaré avoir adopté Barbara au cours de cette même année; ils n'avaient qu'à se taire et à laisser croire à tous qu'elle était leur enfant légitime. D'ailleurs, les registres signalent que le bébé est de Carole et de Louis. Pourquoi ont-ils dit à tout le monde, y compris à Barbara, qu'elle avait été adoptée? Il n'y a aucune logique dans tout cela.

— Louis et Carole se sont-ils mariés tout de suite ou quelques mois plus tard? Cela peut faire toute la différence.

Le regard clair de Diane expliquait mieux les choses que ses paroles. Il continua de penser tout haut:

— Ils étaient rendus à Montréal! C'est grand, Montréal! Personne ne se préoccupe de savoir les troubles de son voisin.

— De nos jours, c'est vrai. Ça ne l'était peut-être pas, il y a vingt-cinq ans! Il n'y aurait pas eu un si grand nombre d'enfants à la crèche si les filles mères n'avaient pas été montrées du doigt.

Il se tut, incapable de poursuivre. Une espèce de torpeur et de doute l'habitait, une incertitude brumeuse sur laquelle il avait l'impression que glissaient ses pensées. Barbara pouvait être la fille d'Angelo, d'un déchet de la société qui portait le nom céleste d'«Ange du Paradis». Marisa serait alors la petite-fille d'un repris de justice! Louis avait-il craint durant toutes ces années de voir arriver Angelo pour leur chercher vengeance? À moins qu'il ne soit jamais parvenu à s'attacher à Barbara ou à accepter dans sa famille la fille d'un autre, la fille d'un bagnard! Pourquoi donc Carole aurait-elle idolâtré la fille d'un voleur et d'un violeur? Pourquoi l'aurait-elle préférée à la fille de son mari ou aux autres enfants de son mari? Carole avait-elle réellement chéri Louis? Elle avait peut-être aimé Angelo! Que de questions il lui restait encore à débroussailler! Parviendrait-il à démêler cet imbroglio?

— Puis-je débarrasser?

Il releva la tête vers Doris, debout à ses côtés. Diane Durocher n'était plus à table. Les minutes avaient coulé. Il approuva, se leva, défroissa son léger veston de toile, se brossa les dents, puis retourna dehors. Le soleil continuait sa course dans le ciel à présent ondoyé de longs nuages blancs ressemblant à des écheveaux de laine d'amiante. Ses rayons chauds dardaient leurs mille feux sur la grande maison, sur les fenêtres luisant autant que des diamants.

Xavier ressassait sans cesse les mêmes sujets: Barbara, la fille de Carole! La fille de Carole. Voilà qui éluciderait bien des choses! L'affection particulière de Carole pour sa fille illégitime et le désintéressement de Louis pour l'enfant d'un petit bandit de village! Se pouvait-il que les morceaux du casse-tête s'adaptassent aussi aisément? Pourquoi Carole aurait-elle privilégié Barbara? Par pitié? Il ne le croyait pas. Il n'arrivait pas à le croire. Il devait manquer des pièces du casse-tête. Par ailleurs, l'homme, qui avait des antécédents judiciaires, pouvait en plus avoir des antécédents biologiques qui permettraient d'éclairer le caractère et les attitudes particulières de Marisa! Il en avait la nausée. Était-ce les saucisses qu'il digérait mal ou l'idée d'un possible handicap majeur chez Marisa? Il souffrit de cette hypothèse. Non, il ne fallait pas que ce soit le cas! «S'il vous plaît, mon Dieu, faites que ce ne soit pas cela!» pria-t-il.

Il marchait tout en réfléchissant et remarqua, à peine ombragée par les arbres, une balançoire à deux bancs vers laquelle il se dirigea. Les oiseaux lançaient leurs gazouillements aux cieux, les criquets et les cigales stridulaient dans les herbages tout autour, les mouches domestiques bourdonnaient. Il appuya la tête au dossier, délaça ses souliers, se déchaussa, posa les pieds sur le banc d'en face, ferma les yeux, se détendit. Le sommeil le surprit. Il rêva que, chevalier en armure aux temps médiévaux, il devait fuir son père qui refusait de lui voir épouser Claire, la fille d'un duc ennemi. Pour la retrouver, son destrier – le grand danois du jardinier – devait traverser, sur une étroite planche de bois, une chute d'eau d'une vingtaine de mètres de hauteur. Sa monture, habile et précise, réussit à le conduire sur l'autre rive; cependant, il laissait derrière lui son frère et sa sœur, sans ignorer que leur père leur ferait expier sa fuite. Il en était là de ses hésitations, à regarder sa dulcinée qui l'attendait tout près et à observer son jeune frère qui voulait le suivre et qui risquait de tomber dans le ravin. Au moment où il allait retourner vers les siens, Claire le rappela, il se détourna et sa monture fit un écart. Il tombait dans le vide.

Il s'éveilla en sursaut, se situa dans l'espace et le temps, s'installa plus confortablement et se rendormit presque aussitôt. Cette fois, il rêva qu'il conduisait une voiture décapotable d'au moins dix mètres, couleur «rose de carmin». Il allait à la rescousse de Claire, prise à parti par des ogres affamés dans quelque soubassement d'un immeuble isolé en dehors de Montréal. En freinant, il voulut prendre un raccourci et dévala une descente abrupte où croissaient herbes et arbustes, de telle sorte que l'automobile se trouva coincée. Il sortit et essayait de remonter à pied la pente fort raide; or, la déclivité du terrain le faisait débouler constamment. Entendant hurler Claire et craignant qu'on la découpe en morceaux ou qu'on la décapite, il se mit à courir dans les champs pour lui venir en aide. Des dragons hostiles le poursuivaient sans relâche. Il dut trouver refuge dans un vieil entrepôt où des fantômes vinrent à leur tour le harceler. Ils riaient de lui pendant qu'il tentait de débarrer la porte que scellait un immense cadenas attaché à une grosse chaîne dont les maillons solides étaient neufs et brillants. Les revenants le piquaient avec la fourche de Satan et leurs cris résonnaient dans un donjon surplombant le hangar.

Il s'éveilla encore, déboussolé, déshydraté, le cœur battant la chamade. Le soleil avait contourné les hauts arbres et le brûlait à présent; il transpirait. Que craignait-il donc à travers ces rêves? Des rêves de dingue qu'il aurait bien aimé décoder, mais dont il n'avait pas la clef... là non plus, comme dans son rêve. Rien n'était perdu. Il alla se doucher, puis décida de retourner au village pour essayer de questionner quelques-uns des habitants. S'il pouvait se délester de ses dernières incertitudes, il pourrait au moins défroisser légèrement les chagrins de Claire.

Il monta dans sa Dodge louée. Il gardait l'espoir évident de décrocher d'autres confirmations qui corroboreraient les dires de Diane Durocher. Le restaurateur le reconnut de suite.

— Tiens! Salut, la compagnie! Pis, la demoiselle Durocher vous a-t'y logé?

— Oui. Merci. Elle sert également les repas; vous m'aviez dit «uniquement les déjeuners».

— C'est probablement parce que vous êtes son seul client. Quand elle en a plusieurs, ça fait trop de travail pour une petite vieille et une gamine.

— Ah bon!

— Vous allez prendre quecque chose?

— Une bonne bière froide serait tout à fait indiquée.

Le gros homme déboucha la capsule, la bière se souleva en écume blanchâtre au fur et à mesure qu'il la versait dans un verre. Xavier laissa reposer le liquide avant de le boire.

Il n'y avait pratiquement pas de clients dans le restaurant malgré l'heure du dîner: un jeune couple qui terminait des hot dogs avec frites et un vieillard qui avalait un bol de soupe avec un bruit disgracieux qui ne pouvait passer inaperçu. Sur une table à l'écart, un damier où les pions avaient été délaissés en plein milieu d'une partie.

Une femme grasse au décolleté profond sortit de la cuisine en transportant une marmite en fonte qu'elle vint déposer dans un four. Sa robe démodée portait également une large échancrure dans le dos, laissant voir une multitude de taches de son. Le sourire qu'elle dédia à Xavier lui rappela la déchéance humaine et les filles de petite vertu de la «Main street». Sa bouche trop rouge, surmontée d'un duvet blond, tranchait avec sa tignasse rousse. Elle retourna rapidement dans l'autre pièce.

— Ça ne doit pas toujours être aussi tranquille, avança Xavier au mari qui gardait les yeux rivés sur la porte par où sa «légitime» venait de s'effacer.

— Ça s'maintient! C'est pas la grosse ouvrage; on arrive à tenir. Y'a que mon magasin dans l'boutte, ça fait que les jeunes viennent tout l'temps icitte.

— Madame Durocher m'a justement parlé de ceux qui venaient faire du grabuge, il y a vingt-quatre, vingt-cinq ans.

— Y'en a pas mal chaque année! Les gangs, vous savez, ça existe depuis des lunes.

— Apparemment que le groupe d'Angelo Paradiso a fait plus de dommages que les autres!

Il guettait sur le visage au masque tombant du gros homme un signe qui eût pu démontrer qu'il en avait entendu parler puisqu'il avait racheté des Doré; il n'y vit rien. Duhamel se taisait. Il soupira silencieusement, désespérant d'approfondir ses découvertes.

— J'ai-t'y entendu le nom de cet escogriffe d'Angelo Paradiso? grinça le vieil homme qui avait quitté sa table et qui se tenait à présent tout contre Xavier.

— En effet. Vous vous souvenez de lui?

— Pis comment! Cette balafre, c'est de lui, grogna-t-il en désignant une cicatrice rouge violacé sur sa joue. Quand je les ai surpris à voler mes poules, pis mes œufs, je leur ai tiré dessus avec mon fusil à plomb. Y sont arrivés par derrière, pis si j'avais pas bougé, c'est le cou qu'y me tranchaient.

— Faites pas attention à lui! ironisa Duhamel en secouant la tête avec un sourire de pitié et un geste éloquent. Y'est un peu dévissé! Y raconte c't'histoire-là à tout l'monde. Y'avait personne pour le voir ni pour le croire.

— T'as une grosse tête de mule, Damas Duhamel! Ça paraît que t'étais pas là, sinon tu me croirais. La police m'a cru!

— T'as voulu t'montrer intéressant!

— C'est pas vrai!

Les deux hommes poursuivirent leur discorde devant Xavier qui espérait entendre quelque chose qui pourrait lui servir. Finalement le propriétaire et son client allaient se séparer. Xavier paya sa consommation et sortit derrière le vieillard.

— Puis-je vous raccompagner? offrit-il à ce dernier en désignant sa voiture.

— Non, non. J'habite à côté et j'ai rien de mieux à faire que de marcher. Si je rentrais trop tôt, je m'ennuierais. Voyez-vous, ma femme est morte depuis trois ans, pis d'être tout seul dans une maison vide, ça me rend complètement gâteux.

— Je suis désolé.

— Ouais! on dit ça quand on n'est pas touché soi-même! Ah! ça fait rien! Disons que...

Il le regarda posément et reprit avec grand sérieux:

— Vous avez une tête sympathique.

— Puis-je marcher avec vous?

— Ben, je demande pas mieux! Quand tout l'monde te traite en déficient, ça fait du bien de rencontrer des jeunes gens qui ont l'air de te respecter. C'est pas comme certains!

Il se tourna vers le magasin général et cracha, destinant son glaviot à Damas Duhamel.

— J'aimerais beaucoup que vous me racontiez votre histoire avec Angelo Paradiso.

Le regard bleu gris de l'homme brilla un court instant. Il redressa la tête, respira profondément et débita son discours.

— Ma Daphnée vivait à l'époque; c'est ma défunte. A les haïssait, ces voyous. Y passaient leur temps à v'nir rôder dans les alentours, à cogner dans les vitres le soir pendant que je travaillais à scierie. Moé, j'es entendais pas, rapport au bruit de la scie. Ma Daphnée, qui était pas une lamenteuse ni une froussarde, sortait su'a galerie, pis leur criait après. J'me moquais un peu d'elle parce que je connaissais son fichu caractère.

Il souriait, perdu dans une contemplation intérieure facile à percevoir.

— C'est quand y'ont commencé à voler mes œufs, pis mes poules que j'ai décidé d'y voir. Les premières fois que je leur ai tiré du plomb, y'ont décampé. Un soir, y'en a un qui a surgi par en arrière et qui a joué du couteau. Si j'avais pas réagi, j'étais fait; y m'aurait tranché la gorge. C'était Angelo Paradiso, je l'ai bien r'connu. Ma femme, pis moé, on a averti la police. On a même été en cour pour le dire. Ce gros abruti de Duhamel me croit pas. C'est vrai qu'il était pas là dans l'temps, mais quand même!

— Angelo n'avait-il pas attaqué une jeune fille?

— Oui, oui. Ça a fait enrager tout le village! Me rappelle pas son nom... C'était une belle brune qui restait sur une ferme de l'autre côté de la colline.

— N'était-ce pas Carole Létourneau?

— Ça peut être ça ou pas. J'ai pas la mémoire des noms.

Xavier se demanda comment il se faisait qu'il se rappelât Angelo.

— Vous ne vous rappelez pas non plus Louis Roitelet?

Il fouilla dans son souvenir et secoua la tête.

— Ben non. Moé, je r'tiens les visages, les faits; les noms, ça...

— Cette jeune fille qu'Angelo avait attaquée, l'avait-il violée selon vous?

— Ben, elle avait pas grand-chose su'l'dos quand on l'a trouvée, ça fait que... tout le monde a cru que oui. Mais ça se parlait pas, ces choses-là, voyez-vous! Aujourd'hui, avec la télévision et tout, on en discute autant que d'la pluie pis du beau temps.

— La jeune fille ne sortait-elle pas avec un garçon des environs, un type châtain tout à fait bien?

— C'est pas impossible. Les jeunesses sont pas mal toujours en groupe, vous savez, ça fait qu'on remarque pas qui sort avec qui.

— Il y avait bien un gars des alentours qui l'a épousée après cet épisode?

— Je saurais pas dire. Ma Daphnée, elle, peut-être qu'al aurait pu l'savoir; moé, j'm'occupais de mes affaires. Avec la scierie, j'avais pas mal d'ouvrage.

— Alors vous ne savez rien d'autre sur Angelo Paradiso?

— Ma foi, c'est ben suffisant de garder son souvenir en pleine face toute ma vie, me semble!

— Oui, je le suppose. Excusez-moi.

— Ça fait rien. Y'en a des pires que vous qui m'insultent, vous savez.

— Ne connaîtriez-vous pas quelqu'un qui sait toute l'histoire de cette jeune fille?

— Celle-là qui garde la meilleure mémoire de tout le village, c'est Diane Durocher. Son domaine s'étend au-delà du p'tit bois que vous voyez là.

— Je l'ai déjà vue. Elle m'a raconté ce qu'elle savait.

Le vieillard haussa les épaules. Il ne pouvait plus rien pour Xavier. Il continua de parler de sa Daphnée et du temps où elle vivait jusqu'à ce qu'il soit rendu devant chez lui. Il invita Xavier à entrer; ce dernier n'y tenait pas. Il avait chaud et avait un bon bout de chemin à faire pour retourner à sa voiture qui demeurait garée devant le magasin général. Il était passé deux heures quand il rentra à l'auberge.

Doris sommeillait dans un hamac tendu entre deux gros saules, côté nord de la résidence. L'ombre devait y être plus propice à la sieste que l'éclaboussement lumineux qui inondait la balançoire et où son cauchemar s'était déchaîné. Xavier se demanda s'il ne valait pas mieux rentrer à Montréal. Il n'en apprendrait probablement pas davantage ici. Ce qu'il avait dépisté n'était déjà pas mal.

— Monsieur Volière!

Diane l'interpellait du haut de la galerie.

— Qu'y a-t-il?

— Joignez-vous à moi. Venez prendre une collation: quelques morceaux de fromage avec de la limonade et des biscuits aux dattes que Doris a préparés tout exprès pour vous.

— Volontiers.

Il avait justement la gorge desséchée. Il monta la rejoindre. Sur une table de parterre installée sur la large galerie, elle avait étalé un choix de bons fromages et des biscottes.

— Servez-vous!

— Merci.

Il s'exécuta et dévora avec appétit les délicieuses bouchées qu'il se préparait.

— Je me rends compte que j'ai sauté le dîner, dit-il en riant presque.

— Ce n'est pas étonnant si vous poursuivez votre enquête plutôt que d'emplir votre estomac.

Elle souriait elle aussi et Xavier la trouva une fois de plus charmante et distinguée. Diane la déesse! Si toutes les vieilles dames étaient ainsi, les femmes pourraient se permettre de vieillir sans crainte!

— Où en êtes-vous?

— Pas tellement plus loin, je l'avoue, dit-il, la bouche pleine.

Après avoir dégluti, il reprit:

— J'ai rencontré un vieux monsieur qui prétend avoir

échappé à Angelo Paradiso de justesse. Il a manqué lui trancher la gorge, selon lui. Damas Duhamel dit qu'il déraisonne. Vous, que pensez-vous de son histoire?

— Vous voulez parler de Didier Dion?

— Un type assez dynamique malgré son apparente fragilité. Sa femme s'appelait Daphnée.

— C'est bien lui. Je crois qu'il dit vrai. Il a témoigné en justice au procès d'Angelo.

— Où habitait Louis? Je veux dire: dans quel village? Il est né ici?

— À peine à vingt minutes d'ici.

— Je vais m'y rendre tout à l'heure, pour essayer d'en savoir plus sur lui.

— C'est peut-être une bonne idée. Peut-être pas non plus. Je n'ai pas connu ce garçon personnellement; j'ai ouï dire qu'il possédait une bonne grandeur d'âme.

— Pour avoir épousé Carole?

— Eh oui! pour avoir épousé Carole après ce qui lui est arrivé!

— C'est terrible pour Carole. Pour Louis, ça n'a rien d'épouvantable.

— Il y a vingt-cinq ans, quand une jeune fille n'était plus vierge, tout le monde le savait et aucun garçon ne l'épousait.

— Autres temps, autres mœurs.

— Comme vous dites!

Ils poursuivirent leur conversation en jacassant de choses et d'autres, revenant régulièrement sur le cas de Carole et de Louis, et en bénissant Dieu pour cette belle journée ensoleillée.

Xavier se rendit au village indiqué où il n'obtint que bien peu de renseignements. Bien sûr, les Roitelet avaient habité là! Bien sûr, Louis était un garçon sage et rangé! Bien sûr, il avait accompli un acte héroïque, quoique irréfléchi, en mariant une femme qui avait été avilie par un malfaiteur!

Il retourna à l'auberge, déconfit. Il allait rentrer quand il entendit japper le grand danois. Il l'aperçut en compagnie de Damien le jardinier et se dirigea vers eux. Le chien vint vivement à sa rencontre. Son maître le rappela.

— Destin! Ici, mon gars.

La bête ralentit, s'arrêta, retourna près du vieil homme.

— C'est un animal magnifique!

— N'est-ce pas? C'est un cadeau de mon petit-fils, admit-il en tapotant le flanc droit de l'animal qui se collait à ses jambes.

— «Destin», c'est un nom assez singulier pour un chien.

— Dites plutôt un nom symbolique. Tout le monde essaie de contrôler son destin. Moi, j'ai le mien!

— C'est amusant. Vous ne manquez pas d'imagination...

— Pour un jardinier, n'est-ce pas?

— Ce n'est pas ce que j'allais dire.

Ils cheminèrent côte à côte en devisant.

— C'est à peu près ce que vous pensiez. Voyez-vous, j'ai fait des études en agronomie et j'ai cultivé ma propre terre durant des années. Je l'ai léguée en héritage à mes enfants.

— Alors vous habitez la région depuis longtemps!

— Je suis né ici.

— Je fais des recherches sur des amis à moi. Peut-être avez-vous connu les Létourneau?

— J'ai connu un Donald Létourneau qui était fermier dans le temps.

— Il avait une fille qui se prénommait Carole.

— Il avait dix enfants, deux de moins que moi. Nous avons mis douze enfants au monde. Sept seulement ont survécu, signala-t-il, la mine défaite.

— Qu'est-il advenu des Létourneau?

— Ils ont quitté le village.

— Vous vous rappelez pourquoi?

Damien le scruta profondément. Xavier crut bon d'ajouter:

— Je sais ce qu'Angelo Paradiso a fait à leur fille Carole.

— Moi, je ne le sais pas ni personne. Ce que Carole a dit qu'Angelo lui avait fait, il n'y a que Carole et Angelo pour le dire. Parce qu'à part de ça, celui qui dit avoir trouvé Carole dans le fossé pourrait bien être le coupable...

Xavier frissonna. L'histoire se compliquait. Damien poursuivait:

— Ça n'aurait pas été la première fois que David Dumoulin aurait profité d'une occasion pareille. Après tout, il ne se gênait pas pour forcer ses propres filles au su et au vu de sa damnée Donatienne. Elle faisait du diabète et ça la fatiguait de se faire aller; elle laissait le bonhomme débaucher ses filles, c'était bien moins fatigant. J'ai osé avertir le curé en quarante-quatre. Il m'a dit «de pas déblatérer sur le dos de mes voisins». Ouais! c'est bien ça qu'il m'a dit! Ça fait que ce que quelqu'un dit, ça reste ce que quelqu'un dit.

Xavier renâcla intérieurement; il défaillait presque. Il avait une douleur à l'épine dorsale. Damien se détournait de lui et poursuivait sa route vers l'auberge. Il le suivit de loin, pensif, ravagé. Dans la soirée, il profita d'un instant où il se trouvait seul avec Diane Durocher pour lui poser la question qui maintenant le tourmentait.

— Que pensez-vous de David Dumoulin?

La vieille dame se berçait dans la salle de séjour pendant que Doris remettait la cuisine en ordre.

— Il est mort et enterré.

— Damien m'a appris... Je ne dis pas cela pour le diminuer, précisa-t-il, voulant user de diplomatie. Damien m'a laissé entendre qu'il... abusait de ses filles et que... Eh bien! c'est David Dumoulin qui aurait trouvé Carole à demi nue... Damien a semblé insinuer que... peut-être... qu'il avait profité de la situation.

— Damien en savait plus sur David que quiconque. Ils étaient frères.

Le tonnerre l'atteignant n'aurait pas fait plus de ravages que ces mots. Le dilemme se poursuivait. Décontenancé, il s'excusa et monta se coucher. Il rentra à Montréal le lendemain, plus tôt que prévu et sous une pluie diluvienne.

Chapitre XI

Un séjour continu de huit jours dans les archives judiciaires nationales: c'est ce qu'il fallut à Xavier pour retrouver, compiler et photocopier notes, articles de journaux et documents relatifs au cas «Angelo Paradiso». Il en sortit courbatu, toute son énergie drainée par l'étude du procès, minute par minute. Le moins qu'il eût pu dire en sortant de là, c'était que ce vaurien ne valait pas un clou. Le nom de ce mécréant sonnait comme un sacrilège, puisque cet impie qui n'avait ni Dieu ni foi et dont les méfaits ne se comptaient plus, ne pouvait qu'être un ange déchu vendu au service de Lucifer.

Né de parents immigrants sans fortune, il commit fort jeune de petits larcins, puis se joignit à une bande de «ritals» qui mena grand train dans une partie du Montréal d'alors. À quatorze ans, il fut mis à l'école de réforme pour brigandage et voies de fait. Individu sans scrupules, imbu de lui-même, aussi têtu qu'une mule et convaincu de son bon droit, il n'obtempérait à aucun ordre, se bagarrait avec quiconque s'opposait à sa loi, se dressait en véritable coq de bataille pour défendre son bien et pouvait vendre un copain pour une bouchée de pain. Sa vie corrompue n'était qu'une suite ininterrompue d'actes de violence entrecoupés de fréquentes visites dans différents pénitenciers d'où il s'échappait avec une régularité quasi spectaculaire, sauf... ces dernières années. L'avait-on vaincu ou convaincu de s'assagir? Nul ne connaissait la vérité, sauf Angelo ainsi que l'avait si bien dit Damien, le jardinier.

Contrairement à ce que Xavier avait pu croire, Angelo Paradiso n'avait pas été incarcéré principalement pour avoir déshonoré Carole Létourneau, bien que ce viol ait été mentionné dans les lignes du procès, ainsi que la blessure infligée à Didier Dion et l'utilisation fréquente de stupéfiants; non! sa bande et lui avaient attaqué une série de banques à Québec et à Montréal. L'un d'eux les avait trahis contre une rétribution monétaire qu'il n'avait guère eu le temps de dépenser; il avait été trouvé abattu à coups de couteaux quelques mois plus tard. Angelo venait alors de s'évader de prison. On ne put probablement pas prouver qu'il était responsable de la mort de son ex-compagnon. Cette fois-là, il avait été repris dans un motel en compagnie d'une femme et d'un enfant dont les noms n'étaient pas cités. La femme avait prétendu qu'Angelo les avait enlevés, toutefois elle n'avait pas porté plainte. La police n'avait pas cru bon de donner suite à l'affaire.

Sa peine augmentée, Angelo avait poursuivi ses actes de malice et de vengeance en s'évadant encore à quatre reprises: une vie de turpitudes. Puis venaient quelques années d'accalmie où Angelo ne faisait plus parler de lui.

Xavier déposa, sur le siège arrière de sa toute nouvelle Subaru, l'enveloppe renfermant le dossier d'Angelo et contempla en pensée son contenu. Ce n'était pas tant la satisfaction de ses réelles aptitudes d'enquêteur qui l'habitait, que celle de la patience qu'il avait mise à le composer et qu'il jugeait être une qualité. Il se sentait fourbu, hypertendu, mais content. Bien sûr, il n'avait pas revu Claire depuis des semaines et celle-ci n'avait pas correspondu avec lui, ne lui donnant pas de ses nouvelles. Il savait qu'elle rentrerait tôt ou tard des îles du Pacifique où il avait appris par Barbara qu'un de leurs frères l'accompagnait; il n'y avait donc pas lieu de trop s'inquiéter. Le décès de Richard avait heurté la jeune femme de plein fouet et il comprenait qu'elle ait eu besoin de changer d'air. Lui-même avait pris quelques jours de vacances pour se faire le plaisir d'avoir des informations toutes fraîches à lui communiquer à son retour; l'issue ne devait lui rapporter que les gains attendus, c'est-à-dire la considération et les félicitations de Claire. Toutefois, avant de pouvoir instruire la jeune femme des données concernant l'épisode commun d'Angelo et de Carole, Xavier devait entreprendre des recherches plus approfondies. Le temps jouait en sa faveur et c'était heureux, car il restait trop de sous-entendus.

Peut-être que, s'il apprenait dans quel environnement Louis et Carole avaient vécu, lui serait-il plus facile de saisir et d'expliquer pourquoi ceux-ci avaient menti! Il songea à profiter de ses contacts. Il connaissait quelqu'un qui travaillait pour Hydro-Québec et qui lui dévoila, moyennant une «petite récompense» et à l'insu de ses supérieurs, toutes les adresses où Louis Roitelet avait habité avant celle de la rue des Huarts. La liste n'était pas très longue, il n'y en avait que deux et elles dataient d'après son mariage. Une où ils avaient séjourné trois ans et une autre quelques mois. C'était néanmoins un début.

Il se rendit à la première adresse, une large avenue non loin d'un viaduc, pour constater qu'on y avait érigé un édifice récent d'une dizaine d'étages: l'imprévu ponctuait ses investigations. Inutile d'espérer obtenir à cet endroit des témoignages sur Louis et Carole! À la seconde adresse, l'état de décrépitude du bâtiment distordu ne permettait même plus de le louer; l'entrée en était défendue. Portes et fenêtres étaient recouvertes de planches de bois dont certaines permettaient le passage. Xavier s'y faufila, ne trouva dans ces lieux insalubres que des miséreux de toutes souches qui vivaient là depuis la fermeture de l'édifice à logements et en ressortit de la même façon. Nulle similitude avec les détails succulents qu'il entrevoyait. Vingt-cinq ans effaçaient bien des traces. Tout semblait fichu. Il remonta dans son véhicule, s'adossa et s'en voulut. Il avait l'impression d'avoir commis une bévue et que, par sa faute, des preuves capitales avaient disparu. Il se sentait confondu, mortifié; rien de ce qu'il avait prévu ne survenait.

Sachant par Claire que Louis avait gradué de l'Université de Montréal, il crut qu'on pourrait lui fournir des renseignements utiles à cette institution. Il parada dans divers bureaux; partout on refusait de divulguer quoi que ce soit sur un ancien diplômé, arguant de la confidentialité des dossiers.

Cependant, quand il put fournir copie du certificat de décès de Louis, on le dirigea vers les archives et il obtint tout au moins les adresses où celui-ci avait résidé pendant ses études.

Avant son union avec Carole, Louis Roitelet avait logé dans un pensionnat pour jeunes hommes. Par la suite, il avait emménagé successivement dans des chambres peu coûteuses et minuscules, parfois minables où, nulle part, on ne se souvenait de lui. Venaient ensuite les deux adresses que Xavier avait obtenues d'Hydro-Québec et qu'il avait déjà vérifiées: celle où l'édifice neuf remplaçait le vieux logement et celle de l'autre bâtisse, vermoulue et condamnée. La dernière adresse qu'il lui restait était située dans un quartier populeux et pauvre où les maisons, presque des taudis maintenant, s'appuyaient les unes sur les autres. À cette époque, Carole et Louis devaient être mariés et l'adresse ne coïncidait pas avec celles qui précédaient, car les dates se chevauchaient. Il essaya d'imaginer le couple logeant dans ces vieux murs avec une gamine de l'âge de Marisa et alors que Carole se trouvait enceinte de Claire, mais il n'y parvint pas.

Il entra dans le vestibule, puis monta l'escalier vétuste en se demandant si quelques cafards ne s'y cachaient pas. Il alla frapper à la porte où il voyait indiqué le mot «propriétaire». Se tenait-on à l'affût? Il entendit aussitôt demander à travers la cloison:

— Qui est là?

— Mon nom est Xavier Volière. J'ai besoin de vous parler.

— Qu'est-ce que vous voulez? jeta la femme sur un ton bourru.

— Quelques renseignements.

Le bruit des verrous qu'on tire, des chaînes qu'on enlève, de la porte qui grince et un visage lui apparut, puis un buste. Celle qui lui répondait était loin de posséder le charme et la grâce de Diane Durocher, bien qu'elles dussent être à peu près du même âge. Elle était trapue, bossue, chevelue, les lèvres couvertes d'un rouge vulgaire. Sa voix aiguë piaillait quand elle entrebâilla la porte en se cachant à demi derrière. Sans doute ne voulait-elle pas être prise au dépourvu!

— C'est pour quoi?

Elle semblait sans sollicitude, plutôt hostile, et fronçait le front pour le jauger. Dans la pièce, il aperçut un vieux bahut en pin noueux, des fauteuils usés, une horloge de parquet dont il entendait le tic-tac régulier.

— J'aimerais savoir si vous vous souvenez de Louis Roitelet. Il a habité ici il y a vingt ans, avec sa femme et sa petite fille.

— Sûrement pas, l'arrêta-t-elle tout de go en s'apprêtant à refermer. J'ai jamais loué à des couples avec des enfants.

— Ils avaient pourtant une petite fille, jolie, brune, scanda Xavier, déçu en retenant le battant d'un bras tendu.

— Je vous dis que non. Ça suffit, quoi!

Elle cherchait à clore sa porte. Xavier n'acceptait pas ce refus. C'était son ultime chance; il ne lui restait que cette adresse. Il fallait qu'il puisse obtenir des détails même insignifiants, sans quoi son enquête se terminait là. Il glissa le pied dans l'entrebâillement.

— Attendez un instant, je vous en prie! C'est très important pour moi.

— Puisque je vous dis que j'ai jamais loué qu'aux mâles célibataires! Faites pas tant de raffut. Je veux pas de problèmes, moi! Allez-vous-en!

— Vous n'aurez pas de problèmes. Je peux même vous offrir cinquante dollars si vous répondez à mes questions.

La pression se relâcha. La femme hésita. Elle humecta ses lèvres trop rouges et plissa ses yeux ridés aux commissures. Elle bougea à peine plus vite qu'une tortue.

— Cinquante dollars... Montrez-les!

Il les sortit de sa poche et les lui présenta. Elle allait les agripper en vraie sangsue quand il retira les doigts avec promptitude et retint les billets, agitant haut le bras pour accentuer sa convoitise. Les grands yeux globuleux de la femme s'étiraient presque hors de leurs orbites pour inspecter les mouvements de Xavier.

— Qu'est-ce que vous voulez savoir? grogna-t-elle, aigredure, le regard rivé aux respectables billets.

— Vous êtes bien certaine que vous n'avez jamais loué à un couple qui avait une petite fille?

— Des célibataires mâles, je vous dis. Seulement des mâles. Et seuls.

— Vous êtes contre les enfants et les femmes, ou quoi?

— C'est pas moi! tonna-t-elle en jetant des coups d'œil avides vers l'argent, puis des regards nerveux derrière Xavier qui se demandait s'il pouvait s'y trouver une crapule tapie dans quelque recoin.

Soudain, elle se pencha en avant, mit la main en écran et chuchota tout contre Xavier en observant les alentours:

— C'est cette vieille sorcière de Jamina.

Elle se redressa un peu et poursuivit sur un ton inattendu de confidence:

— Elle tolère personne, ça fait que j'allais pas louer à des familles où y'avait des enfants. Pour sûr qu'elle m'aurait jeté un sort! À part de ça que y'a que les plus braves et tranquilles qui viennent habiter dans la rue. Si j'avais su au départ, j'aurais acheté ailleurs. Après, y'a plus eu personne pour racheter, même si y'a l'usine tout près.

— J'aimerais comprendre ce que vous essayez de me dire.

— Ça veut-tu dire que je parle chinois? cracha-t-elle presque avant de reprendre son chuchotement. Y'a une sorcière qui reste juste en face et qui jette des sorts à ceux qui lui plaisent pas. C'est-tu plus clair?

— Vous croyez aux sorcières à votre âge! osa-t-il dire en souriant bêtement.

Elle pinça les lèvres, se tint aussi raide qu'une statue de sel et le toisa avec malveillance:

— Ça vous fait rire, hein! Vous avez qu'à aller la voir, vous verrez bien. Maintenant, mes cinquante piastres.

Elle tendait la main, mettant ainsi fin à l'entrevue.

— Vous ne m'avez pas dit si vous vous souveniez de Louis Roitelet!

— Comment je pourrais me rappeler de tout le monde qui est passé ici? À part de ça qu'ils restent jamais longtemps.

Elle faisait jouer ses doigts. Il déposa l'argent dans le creux qu'elle présentait. Elle ferma la porte, les verrous. Il se retrouva seul sur le palier. Que voilà un mauvais calcul! Cinquante dollars fondus, perdus, brûlés au feu! Il secoua la tête. Une sorcière qui jetait des sorts. Quel tissu d'âneries! Une sorcière!... Pourquoi tout à coup cela sonnait-il comme du déjà-dit? La voix de Claire s'imposa à son esprit sans qu'il se rappelle exactement les mots. Son père lui avait parlé d'une sorcière qui lui aurait appris l'instant exact de sa mort. Une sorcière! Il était peut-être tout près du but! Ce devait être elle! Ce ne pouvait être qu'elle! Il n'y avait pas tant de sorcières à Montréal.

Pour un peu, il en aurait fait une culbute de joie! Il sourit pour lui-même, puis sortit et regarda les alentours d'un air détendu et joyeux. Voyons! Comment trouver une sorcière qui résidait dans le coin? Elle ne devait pas habiter loin puisqu'on risquait de la déranger quand on venait à cet endroit. En face! avait dit la femme. «Me voici, Jamina, la sorcière! Me voici.» Il jouissait d'une intense plénitude. Il traversa la rue et frappa à la porte de la maison d'en face: masure en grisaille qui devait servir de refuge à une robuste et peu estimée vieille toupie.

Un individu tourna tout doucement la poignée et ouvrit jusqu'à la chaîne de sécurité. Xavier vit apparaître un œil dans l'embrasure.

— Je cherche une dénommée Jamina. Pouvez-vous me dire où elle habite?

L'homme sortit une main velue, étira un médius ossu et le pointa vers sa gauche, donc vers la droite de Xavier.

— Juste à côté? C'est bien cela?

L'homme donna deux petits coups dans l'air tiède avec son doigt, sans prononcer une parole. Avait-il perdu la langue? ou la raison?

— Deux maisons à côté alors?

— La rue... L, baragouina l'autre en forçant la voix au point que Xavier crut qu'il avait des nodules sur les cordes vocales.

— Quoi? Je n'ai pas bien entendu.

— Chut! fit-il. Puis il détacha les syllabes: La ru-elle.

Il reverrouilla vivement sa porte. Sous quelle urgence? Xavier secoua la tête et les épaules. Tout le monde était-il tordu dans ce quartier? À moins qu'une multitude d'entre eux aient conçu une peur panique de Jamina!

Résolu, il se rendit jusqu'à l'endroit en question, du côté où l'homme avait pointé du doigt: une ruelle sombre en pente peu inclinée où plusieurs chiens fouillaient les poubelles renversées contre une clôture à demi effondrée. Protégeant les détritus répandus, certains aboyèrent; d'autres grondaient, méfiants, en regardant venir cet inconnu. Leurs crocs pointus suffirent pour que Xavier ralentisse son pas. Devait-il s'en retourner? Si près du but, il n'allait pas renoncer. Il continua à avancer pas à pas. Les chiens le fixaient en grognant sans bouger. Enfin il parvint à une vieille porte de bois entrebâillée et il s'y glissa avec un soupir de soulagement.

— Il y a quelqu'un? Jamina, êtes-vous là?

C'était un sous-sol sombre où on ne distinguait rien. Il n'y avait aucune lumière. Il y faisait frisquet et humide. Des effluves de moisi se dégageaient du noir. Il avança et chercha à tâtons l'interrupteur électrique, sans rien rencontrer sur le mur.

— Entrez! Entrez, jeune homme! Je vous attendais.

Une voix de véritable sorcière, se dit-il. Il eut un imperceptible mouvement de recul. Un frisson glacé lui traversa l'échine, lui souleva le poil sur tout le corps. Il grelotta. Il aurait aimé faire demi-tour, fuir. Qu'était-il venu faire dans ce lieu sinistre à glaner des bulles de savon? Il se souvint brusquement du rêve qu'il avait fait, endormi dans la balançoire de l'auberge Durocher: il avait dû se cacher dans un vieil entrepôt où des fantômes le harcelaient. Il eut peur. Puis il se reprit. Toutes les simagrées des gens de la rue le rendaient pareil à une mauviette. Il n'avait pas parcouru les derniers mètres devant une meute de chiens affamés pour s'en retourner bredouille à la première occasion. Les choses se présentaient plus ardues qu'il n'espérait, mais il n'abandonnerait pas. Que ceci soit bien entendu. Allons, un peu de tonus, Xavier Volière!

— N'y a-t-il pas de lampe, ici? Je ne vois rien.

— Le noir n'effraie que ceux qui ont des choses à se reprocher. Est-ce le cas?

— Je... ne pense pas.

Il ne savait plus quoi dire. Maintenant qu'il lui parlait, que la réalité le frappait, il trouvait sa démarche farfelue, singulière.

— Je ne sais même plus pourquoi je suis venu vous déranger. Je me trouve bien sot tout à coup.

— Je sais bien, moi, ce que vous désirez.

— Vous... savez! Mais... Mais... Mais...

— Cessez de bêler comme une chèvre et asseyez-vous.

— Comment le pourrais-je? Je ne vois rien.

— Il y a une chaise juste à votre gauche.

Il tendit le bras et la heurta. Il commençait à en apercevoir les contours. Il s'installa fort inconfortablement.

— On vous appelle «la sorcière»! Pourquoi?

— Ce n'est pas pour ça que vous êtes ici!

— Heu! Bien... oui, un peu. Je voulais savoir si vous aviez connu Louis Roitelet.

— Le devrais-je? Fréquentait-il donc les sorcières?

Quel rire saugrenu, déroutant, dérangeant! L'univers est plein de ces surprises! Ou de ces platitudes. Ou des deux. Il fallait pavoiser.

— Eh bien! oui et non! Il a habité un immeuble à logement près d'ici et... Louis croyait qu'on avait jeté un sort à ses filles.

— Un sort!

Son rire décousu résonna dans la pièce. Encore! «Le rêve se perpétue!...» se dit Xavier.

— Ce n'est pas moi qui ai jeté un sort! Je le lui ai dit et redit à ce pauvre esprit! Je n'ai que lu dans l'avenir, tout simplement. Je puis parfois connaître le passé ou deviner le présent et l'avenir de quelqu'un. Les humains sont si sots qu'ils ne croient pas qu'on puisse y arriver. Ils crient à la sorcière dès qu'on ne ressemble pas à tous les autres et qu'on sait voir l'avenir. Êtes-vous de ceux-là?

— Je n'en sais trop rien.

— Votre franchise me plaît.

La voix avait changé d'endroit et paraissait plus étrange, quasiment moqueuse. Il ne répliqua rien et attendit, inquiet, qu'elle parle de nouveau, surveillant sa voix en aveugle dans le noir. Soudain, la lumière jaillit en lui: elle avait bien mentionné «je le lui ai dit à ce pauvre d'esprit!...»

— Ainsi, vous connaissiez Louis Roitelet! balbutia-t-il parce qu'il risquait d'apprendre un secret lourd de conséquences.

— Oui, avoua-t-elle en émettant un son qui lui rappela un sanglot.

S'il n'avait été si effrayé, Xavier aurait exulté. Enfin! il l'avait trouvée, cette sorcière dont Louis avait parlé à Claire! Il avait toute latitude pour la questionner.

— Que savez-vous de lui? Est-ce vous qui l'aviez prévenu de la date de sa mort?

— Il y tenait.

Toujours ce ton qui ressemblait à une douleur.

— C'est également vous qui lui avez parlé de l'avenir de ses filles?

— C'est moi.

Il ne put tolérer de demeurer plus longtemps assis dans la pénombre et se leva pour se diriger vers la porte.

— Alliez-vous déjà nous quitter? lança-t-elle subitement.

— Non... je voulais simplement faire un peu de lumière.

— N'ouvrez pas! jeta-t-elle sèchement. Je suis loin de posséder le beau visage de votre femme.

— De ma... Comment savez-vous que je suis marié?

— Il est si simple de lire en vous!

Son soupir paraissait plutôt un chagrin. Xavier en eut presque pitié.

— Comment faites-vous?

— Vous émettez tant d'ondes que je saisis certains faits vous concernant.

— Je ne comprends pas.

— Ne cherchez pas à comprendre. Quelques personnes naissent ainsi, avec ce que certains appellent des «dons» et d'autres des «pouvoirs surnaturels ou maléfiques». Ils effraient bien davantage qu'ils n'attirent. Ils sèment la solitude sur leur passage. Tous ces gens autour, tous, ils ont une sainte peur de moi!

Dans ces mots prononcés lentement, il ressentit de la détresse et de la fierté en même temps. Le silence se tendit un moment. Seuls sa propre respiration et les battements désordonnés de son cœur bourdonnaient à ses oreilles. Une ombre parut bouger. La main sur le loquet, il faillit ouvrir, retint son geste, de peur de la froisser ou... de peur d'avoir peur. Cette odeur de moisi lui piquait le nez.

— Que savez-vous de Barbara?

— Barbara! Ce n'est pas elle que vous aimez.

— Cela, je le sais. Ce n'est pas ce que je vous demande. Est-elle la véritable fille de Carole Létourneau ou non?

— Je ne le sais pas plus que vous. Je ne fais que saisir ce qui vous concerne, rien d'autre. Barbara ou celle que vous nommez Carole ne sont pas ici pour que je puisse vous révéler des faits sur elles.

— Parlez-moi de Louis.

— Rasseyez-vous, dans ce cas. Si vous demeurez debout, je craindrai qu'à chaque instant vous fassiez de la clarté et je me tiendrai sur mes gardes.

— Qu'avez-vous contre la lumière?

— Je vous l'ai dit: je ne suis pas belle. Aucune sorcière ne l'est, ricana-t-elle tout à coup. Ma fille ne l'était pas non plus. Quant à ma petite-fille... elle était spéciale. Oui, spéciale. Pourtant Louis Roitelet l'a aimée. Il ne craignait rien, ni d'elle ni de moi. Je l'ai admiré pour ça. Fou et courageux. Vous aussi.

— Il a aimé votre petite-fille! N'était-il pas marié quand il a habité par ici? Ne vivait-il pas avec Carole?

— Voilà donc qui est cette Carole! La femme de Louis. Elle avait un enfant, une petite fille.

— Barbara.

— Barbara. Voilà! Oui, c'est vrai, il était marié. C'est en partie pourquoi j'ai tout essayé pour mettre un frein à l'idylle entre Leïka et Louis, hélas! sans succès. Quand l'enfant est née...

— L'enfant!... Vous voulez parler de Claire?

— Je parle de l'enfant de Leïka et de Louis. Leïka est morte en couches, ainsi que sa mère. Je le savais. Je l'avais pressenti depuis des années... Il aurait fallu que j'avertisse Louis, que je le supplie de ne pas toucher à ma chère Leïka. M'aurait-il écoutée? Sans doute que non. Les événements arrivent malgré tout. Je n'ai pas voulu de l'enfant. Je ne pouvais pas m'occuper d'elle; j'étais trop âgée et... sa vie était ailleurs. Elle était chétive, née avant terme, malvenue... Elle allait mourir si elle restait à l'humidité. Je l'ai donnée à Louis pour qu'il l'emmène. Il ne voulait pas. J'ai dû la mettre à la poubelle pour qu'il accepte de la prendre.

Xavier ne comprenait plus.

— Qu'est donc devenue cette enfant?

— Une gracieuse jeune femme... que vous aimez, je crois.

— Que j'aime... Claire! bégaya-t-il soudain, incrédule.

— C'est possible que vous la connaissiez sous ce nom.

— Claire est la fille de Carole!

— Louis l'a cru, lui aussi. Peut-être a-t-il douté parfois!

Xavier se prit la tête à deux mains. Il grelottait de froid, d'horreur et d'une sensation complexe qu'il ne reconnaissait pas.

— Que voulez-vous dire? Que s'est-il passé entre eux? Racontez-moi toute l'histoire...

— Je n'en ai pas l'intention et, d'ailleurs, je ne sais pas tout. Louis a-t-il avisé ses filles qu'elles couraient un danger?

— Oui. Eh bien, ce n'est pas tout à fait ce qu'il leur a mentionné! Il les a prévenues qu'un homme – moi, en l'occurrence – viendrait et qu'elles s'opposeraient à cause de moi. Il a dit que cette lutte pouvait entraîner la mort de quelqu'un.

— Ce bavard n'aurait-il pas mieux fait de se taire?

— C'est vous qui lui aviez dit qu'elles risquaient de... mourir? s'enhardit Xavier, un peu impatienté.

— Ai-je dit ça? N'est-ce pas plutôt ce que Louis a entendu et traduit?

— Vous avez pourtant dit...

— Dois-je me souvenir de tout ce que j'ai pu dire ou de ce que les gens ont pu imaginer?

— Je vous en prie. J'ai besoin de savoir.

— Il est souvent plus sage d'accepter de vivre son présent sans connaître son avenir. Le temps, voyez-vous, est volatil et tributaire du passé; chercher à l'abolir ne sert qu'à vider le futur de joies encore possibles.

La noirceur indisposait Xavier. Ces voix dans les ténèbres, cette respiration: résidu de l'essence d'un être qu'il ne pouvait pas voir, ce relent de pourriture qu'il respirait, tout contribuait à le frustrer et devenait un prélude à un geste irréfléchi. Il allait tirer sur la poignée quand Jamina lâcha:

— Même les plus intelligents ou les plus herculéens ne sont pas à l'abri du déluge.

— Je ne saisis plus rien! lança-t-il en s'éloignant de la porte pour ne plus être tenté de l'ouvrir toute grande. Pourquoi parlez-vous en paraboles tout à coup? Donnez-moi les atouts nécessaires pour protéger Claire. C'est votre petite-fille après tout.

— Mon arrière-petite-fille.

— Ça ne vous ferait rien qu'elle meure!

— Le destin est ce qu'il est. On ne peut que le subir, pas le modifier. Ou si peu.

— Je ne suis pas de cet avis. On peut changer les donnés et faire que le lendemain soit meilleur.

— Je saurais quand même ce qui va advenir...

Il ravala sa salive. La peur le tenaillait. Il revint sur son premier sujet:

— Comment Claire pourrait-elle être la fille de Leïka sans que Louis le sache?

— Posez donc vos questions à la femme qu'il a épousée?

— Carole refusera de répondre.

— Je ne puis dire ce qu'elle tait. Je ne devine pas tout.

— Pourtant, se ragaillardit Xavier, vous aviez bien dit que toutes deux s'éprendraient de moi!

— J'ai simplement prévenu Louis que le devenir des filles qu'il élèverait se trouverait terni par la présence d'un homme qui les ferait se dresser l'une contre l'autre. L'hypothèse de l'amour, c'est lui qui l'a échafaudée.

— Voulez-vous dire... qu'elles ne m'aiment pas?

— Je n'ai dit que ce que j'ai dit: rien de plus. Louis était un rêveur impénitent qui espérait trop de la vie.

— Attendez! Tout se bouscule trop vite! D'après les vérifications que j'ai faites en fin de semaine, Barbara, qu'on prétend adoptée, serait la fille de Carole et d'un certain

Angelo Paradiso qui l'aurait violée ou... d'un autre qui... Ça, c'est une autre histoire. Quant à Claire qu'on dit être l'enfant légitime de Louis et de Carole, elle serait en réalité la fille de Louis et de Leïka, votre petite-fille! Je n'arrive plus à suivre dans tout ce méli-mélo.

— Je ne peux plus vous aider. Ils avaient sans doute des raisons que je ne connais pas. Vous pouvez partir mainte-nant, la nuit tombe. Attention aux bêtes dans la ruelle!

À ce moment, un chien hurla à l'extérieur, faisant sur-sauter Xavier.

— Sortez, dépêchez-vous!

Ce ton péremptoire et bas, ressemblant à une suppli-que, fit obéir Xavier comme s'il avait eu le diable lui-même à ses trousses. Il aurait eu bien d'autres questions à poser, bien d'autres arguments à déployer. Il sortit pourtant sans se détourner et courut presque. Il allait atteindre l'issue de la ruelle quand il ralentit pour jeter un coup d'œil derrière lui, sur la porte fermée qui lui parut inhospitalière. Un grognement lui fit reporter la tête vers l'avant. Un énorme dogue noir lui barrait le chemin, les crocs débordant de sa gueule ouverte, les yeux flamboyants, la tête penchée en avant, prêt à l'attaque. Il stoppa immédiatement et ne bougea plus. Les autres chiens semblaient avoir déserté les environs; il ne restait que cet animal et lui. Qu'arriverait-il si cette énorme bête se ruait sur lui? Avec une gueule aussi grosse, elle parviendrait facilement à l'étrangler. Il essayait de réfléchir calmement. Était-ce cela que Jamina avait vu le concernant? Allait-il mourir déchiqueté par un chien?

Débouchant soudain de nulle part, un chat noir passa entre lui et le dogue; ce dernier s'élança à sa poursuite après avoir hésité. Xavier se tassa vivement sur le talus pour leur céder le passage et se mit à courir en sens inverse jusqu'à sa voiture.

Enfermé là, essoufflé, il essaya tant bien que mal de se reprendre. Quelque chose lui comprimait l'estomac autre que la fatigue: la peur. Une peur affreuse qui faisait trembler ses membres, qui annihilait ses pensées, sa volonté. «Moi non plus je ne resterais pas dans les environs», songea-t-il.

Incapable de conduire, il appuya la tête au dossier et se reposa quelques instants. Il imagina Jamina: un visage ratatiné sous un chapeau biscornu, un nez fourchu où régnaient quelques grosses verrues barbues, une lèvre moustachue, un menton cornu où pullulaient des pustules purulentes, des doigts crochus et griffus... Il sursauta.

On frappait dans la vitre du côté conducteur. Il vit une ombre et cligna des paupières. Tout son sang se retira et il demeura figé. C'était la bossue affublée d'un chapeau de paille à larges rebords. Il entrouvrit la fenêtre.

— Pis! Vous l'avez vue, hein! Vous avez couru tout votre saoul, vous aussi!

Cette simple constatation lui permit de se replacer. La propriétaire du logement où avait résidé Louis affichait un sourire ambigu dans sa grosse figure dénuée de charme. Il avoua:

— Je ne l'ai pas vue, il n'y avait pas de lumière.

— C'est pas le luxe, chez elle. Elle a pas d'électricité ni d'argent. Pour manger, elle partage les poubelles avec les chiens, pis les chats des alentours. Elle chauffe pas, elle s'enroule dans des châles ou des vieilles couvertes trouées qu'on met aux ordures; elle a que des frusques. Elle sort juste la nuit, avec les fantômes, pis elle fait peur à tout le monde. Si quelqu'un lui court après ou l'agace, elle lui jette un sort.

— Comme quoi?

— Eh bien! mon pauvre homme de mari! Dieu ait son âme! se signa-t-elle si rapidement pour éloigner les sortilèges que sa perruque rousse se déplaça sous son chapeau et qu'elle dut la replacer. Il est tombé du toit deux jours après lui avoir dit de déguerpir du coin.

— Vous croyez vraiment que c'est elle qui l'a fait tomber?

— C'est sûr. Demandez à tous les voisins ce qu'ils en pensent, vous verrez! Tout le monde se souvient de l'histoire du gros gars roux qui voulait pas nous croire. Y'est allé dans son recoin pour lui parler. Le lendemain, y s'est mis à boire. Trois jours après, y'est passé sous un train.

— Coïncidence.

— Oh que non! Y'a eu aussi ce chien poilu jaune qu'on a

retrouvé pendu. Y s'est pas pendu tout seul! Y'avait mordu Ulric, un gamin plutôt déluré à qui y'avait arraché la moitié de la face. Le pauvre gosse était devenu muet de terreur.

— Elle ne fait donc pas toujours le mal, voulut-il lui faire constater, ému, en se rappelant les intonations tristes de la sorcière.

— On dit pas ça quand on connaît la Jamina.

— Vous saviez qu'elle avait eu une fille et une petite-fille?

Elle se releva sur le coup, retroussa ses lèvres lippues sous son nez en virgule et articula solennellement:

— Moi, je sais rien.

Elle s'en alla subitement. Pourtant personne d'autre ne risquait d'entendre sa réponse et de la punir de son bavardage.

Xavier ne chercha pas à en savoir davantage; il mit le contact et démarra. Rompu de fatigue, encore étourdi par ce qui venait de survenir et tout ce qu'il avait appris, il décida d'aller se coucher dès son arrivée chez lui. Il s'était dévêtu et n'aspirait qu'à un sommeil réparateur, enfoui sous de chaudes couvertures, quand Barbara arriva en trombe dans sa chambre. Elle tapait du pied nerveusement et ses lèvres tremblaient aux commissures. Son corps de Vénus moulé dans un tricot turquoise et un pantalon de toile prune le laissait froid. Depuis longtemps, il ne ressentait plus d'attrait pour ce physique parfait dominé par un esprit calculateur et un tempérament belliqueux.

— Où passes-tu tout ton temps, ces jours-ci? On ne te voit pas au laboratoire ni au studio.

Les mains aux hanches, les sourcils arqués, les narines de son nez délicat dilatées, ses prunelles grises lançant des éclairs: l'image même de l'indignation et du courroux. Ennuyé par ses accès de fureur, il se tourna sur le côté. Pourquoi s'était-il enchaîné à une pareille harpie? Avoir accepté sans sourciller une telle servitude pendant des années lui démontrait bien que sa vie d'alors ne valait guère plus qu'un fétu de paille. À présent, il payait son tribut. Une immense lassitude l'étreignait.

— Je suis épuisé. Laisse-moi tranquille; il faut que je dorme.

— Ce n'est pas une raison pour passer directement dans ta chambre. J'existe moi aussi, tu sauras, je ne suis pas un chien!

Cette image réveilla la précédente et il revit le dogue noir lui montrer ses crocs pointus. Encore heureux qu'il y ait survécu! Il imagina un chien jaune pendu dans l'espace. Il grelotta. Barbara s'en rendit compte. Sa voix parut s'emplir d'inquiétude. Elle saisit l'anneau de son annuaire gauche pour le faire tourner sur son doigt, geste de surexcitation qu'il lui voyait effectuer régulièrement; croyait-elle donc qu'elle pouvait l'asservir et le retenir enfermé dans ses murailles par cette bague dont elle vérifiait constamment la présence?

— Tu ne vas pas faire une rechute et tomber malade comme il y a trois ans, j'espère!

Cette sollicitude l'atteignait telle une brûlure: une musique de dupe pour mieux le museler et le mutiler ensuite. Elle multipliait les ruses sans aucune pudeur. Il ne succomberait pas à cette surdose d'imposture; sa prudence et son amour pour Claire lui permettraient de se tenir hors d'atteinte. Ses muscles se tendirent. Il ressentait le besoin de purifier l'air. L'atmosphère sentait davantage la putréfaction, ici, que chez la sorcière Jamina.

— Je t'ai demandé de me laisser tranquille, scanda-t-il en se pressant les jointures.

Il aurait eu soudain envie de la pulvériser. Il se fâcha contre lui, se trouva mauvais, méchant, puéril. Pourquoi cette créature hululante le traquait-il jusque dans sa chambre et s'amusait-elle à le persécuter? Furibonde, elle élevait graduellement sa voix suraiguë.

— J'essaie de faire tout ce qui est en mon pouvoir pour que notre ménage se tire de cette mauvaise passe. On ne peut pas dire que tu m'aides, cria-t-elle.

Xavier se maîtrisa. La pluie de ses injures ne devait atteindre que le parapluie de son indifférence. Se purger de la haine est la plus subtile des munitions.

— Je n'en ai pas l'intention, assura-t-il calmement. Je ne t'aime pas; je ne t'ai jamais aimée et je ne t'aimerai jamais.

— Surtout pas depuis que Claire est libre, n'est-ce pas? hurla-t-elle, hirsute et le visage congestionné. Tu veux tout mettre en œuvre pour me faire regretter ce mariage. Tu peux t'y prendre comme tu voudras; tu n'y parviendras pas. Non, tu n'y parviendras pas!

— N'abuse pas de ma patience! dit-il durement en se levant sur un coude pour la scruter. Tu es aussi collante que de la glu. Personne ne t'empêche de poursuivre ta carrière de mannequin, tes tournois de golf et tes sorties avec Bruce... ou d'autres. Que tu te prostitues ou que je sois cocu me laisse indifférent! Me prends-tu pour un ingénu? Crois-tu que je ne sache pas que ton soi-disant amour n'est qu'une caricature, qu'une parodie de sentiment? Tu n'as de pensées que pour toi-même. Pour toi et pour la rancune que tu éprouves envers Claire. Une rancune qui évolue et finit par se transformer en odieuses et imperceptibles cruautés.

— Ce n'est pas vrai!

La rougeur subite qui recouvrit ses joues révéla la vérité à Xavier, malgré ses protestations. Il ajusta son oreiller.

— Maintenant, laisse-moi me reposer, j'ai eu une journée éprouvante. Ne fais pas tant de chahut pour des peccadilles.

— Ce n'est que partie remise, assura-t-elle, enragée en sortant et en claquant violemment la porte.

À l'égal d'un virus, parasite absolu des cellules vivantes et dont la structure est bien définie, un peu chaque jour, elle infectait leurs relations d'émanations malsaines, de corpuscules subtils dont les effluves se faisaient sentir jusque chez Marisa. Pendant les deux jours suivants, l'enfant fut sujette à une forte fièvre. Xavier passa toutes ses heures de veille à son chevet, humidifiant son front bouillant, son visage rouge, tâchant de faire baisser la température de ce petit corps qui luttait pour la vie. Barbara trouva rapidement une excuse pour ne pas demeurer auprès de sa fille. Elle venait d'obtenir un bout de rôle dans un film québécois et on tournait justement quelques scènes ces jours-là.

Le troisième jour, pendant l'avant-midi, Xavier se rendit chez Carole. Elle chercha Marisa des yeux.

— Tu ne m'emmènes pas Marisa! Que se passe-t-il? Barbara! Serait-il arrivé quelque chose à Barbara?

— Non, non, rassurez-vous, Carole, Barbara va bien.

— Ah bon! tu m'as fait peur!

Il continuait de la dévisager, de telle sorte qu'elle s'alarma.

— Qu'est-ce qui se passe? C'est Marisa? Elle ne va pas mieux?

— Si, si. Elle a recommencé à manger. Elle va mieux.

— Alors quoi?

Il ne savait plus trop par quel bout commencer. Finalement, il décida de porter le coup ultime.

— Saviez-vous qu'Angelo Paradiso avait été libéré sur parole, il y a quatre mois?

Elle pâlit, écarquilla les yeux, ouvrit une bouche béante et, sur ses traits ulcérés, passa un sentiment de frayeur. Xavier qui la surveillait d'un regard attentif ajouta:

— Il est à Montréal depuis plusieurs semaines.

Elle porta les mains à sa bouche et gémit, avec un air épouvanté:

— Non!

— Craignez-vous qu'il soit à votre recherche?

Les yeux agrandis d'effroi, elle s'adressa à lui.

— Que dois-je faire?

— Tout dépend. Si Barbara est sa fille, il faudrait peut-être la prévenir avant qu'il ne le fasse. Cet homme est une brute...

— Non! Non!... Surtout pas! Il ne faut pas.

— Barbara est votre fille, n'est-ce pas? Pourquoi ces mensonges? Pourquoi tant d'années de silence?

Carole se laissa lentement glisser sur une chaise droite près de la table et joignit les mains en balbutiant une prière fervente. Des larmes longèrent ses joues en deux sillons avant de plonger dans son cou.

Xavier s'approcha d'elle, s'accroupit et couvrit les mains moites et froides des siennes.

— Ne voulez-vous pas tout me dire?

Les paupières de Carole se levèrent lentement; les pupilles brunes fixèrent les yeux pers de Xavier pour y chercher un nouvel indice qui l'instruirait sur ce qu'il connaissait déjà.

— Qui d'autre est au courant? À qui en as-tu parlé?

— À personne pour l'instant. J'ai supposé que vous aviez une raison de la plus haute importance pour avoir agi de la sorte, pour avoir berné Louis, Barbara et Claire.

— Berné Claire!... Louis!... bredouilla-t-elle, les sourcils froncés, en tentant une fois de plus de lire en Xavier. Pourquoi prononces-tu leurs noms? Pourquoi dire que je les ai trompés?

— Claire croit qu'elle est votre fille. Son extrait de naissance aussi le laisse supposer. Tout le monde l'a cru.

— Pas toi!

Il hésita quelque peu et réfléchit aux propos de Jamina. Il ne savait pas comment Carole s'y était prise pour duper Louis ni comment Louis avait pu se laisser mystifier, mais il croyait que Jamina avait dit vrai. D'ailleurs, l'attitude de Carole, ses yeux inquiets, tout le portait à croire Jamina. L'incertitude le quitta.

— Non, plus maintenant. Claire est la fille de Louis, pas la vôtre.

Elle se dressa vivement et se tritura les doigts en essayant d'éviter son regard.

— Tu déraisonnes, Xavier! Où tu as pêché ces faussetés qui ne sont que des divagations?

— Jamina m'a tout raconté.

— Cette vieille sorcière vit encore! éclata Carole, stupéfaite. Elle est probablement sénile et doit tout mélanger. Elle doit bien avoir au-dessus de cent ans. Déjà Louis prétendait qu'elle était très âgée.

— Si vous espérez me faire douter d'elle, c'est inutile. Elle devine trop de choses sans que j'aie à parler. Elle sait que j'aime Claire tout en étant marié à Barbara.

Elle lui fit face, désorientée.

— Toi! Toi, tu aimes Claire!... Je croyais que tu adorais Barbara.

— Je ne suis pas ici pour discuter de mon mariage. Je veux entendre votre version concernant la naissance de vos filles. Si Barbara doit craindre quelque chose de son père, il serait temps qu'elle le sache. Il fallait que vous ayez un motif sérieux pour la priver de sa mère.

— La priver! Je lui ai accordé toute ma tendresse, tous mes soins. Comment oses-tu insinuer que je l'ai privée de moi?

— Elle a dû bien souvent vous questionner sur ses véritables origines?

— Bien sûr que oui. Je lui ai révélé la vérité: que sa mère était une bonne amie à moi, qu'elle était morte en couches, que je l'avais adoptée et chérie plus que toute autre mère.

— Et plus que tout autre enfant, murmura Xavier en songeant à Claire.

Il saisissait aisément pourquoi la jeune femme n'avait pas eu droit à un amour maternel aussi grand que celui qu'elle réservait à Barbara. Il estimait du même coup que, compte tenu des circonstances, Carole avait malgré tout accordé beaucoup d'affection à Claire. Il se sentit soudain détendu, presque content et délivré d'un poids.

Carole le fixait, l'œil assombri par la révolte et l'affolement.

— Tu n'as pas le droit de fouiller ainsi dans ma vie.

— C'est Claire qui m'a demandé de vérifier certains détails. Barbara et Claire se haïssent.

— Tu te trompes! Elles s'affectionnent mutuellement. Nous les avons élevées dans la tendresse. Toutes jeunes, elles étaient très proches l'une de l'autre. Si elles se sont fâchées, c'est certainement à cause de toi. Tu joues avec le cœur de mes chères petites.

— J'ai toujours aimé Claire. Barbara s'est arrangée pour tomber enceinte et a prévenu Claire qui a épousé Richard pour s'effacer. Barbara essaie sans arrêt de nuire à Claire. Tout ce que Claire veut, Barbara le lui prend. À vous maintenant, Carole, dites-moi la vérité!

— Il n'y a pas d'autre vérité que celle que tu sais, scanda-t-elle en lui tournant le dos.

— Je ne vous crois pas. Louis a voulu mettre ses filles en garde en leur précisant que l'une d'entre elles pouvait trouver la mort à cause de l'autre.

— Il était malade!

— Jamina l'avait averti que «vous» alliez perdre une de vos filles.

Il prêchait le «supposé» pour savoir le vrai, sans se douter

315

qu'il touchait de très près ce que Jamina avait effectivement dit à Louis et que ce dernier avait traduit différemment. Carole demeura sidérée, interprétant, elle aussi, le sens des paroles de Xavier selon ce qu'elle captait du message et selon ce qu'elle parvenait à décoder à partir des communications déjà contenues dans sa mémoire.

— Que «je» perdrais...

Pour elle, le «vous» s'adressait à elle uniquement, dans sa logique du vouvoiement que Xavier utilisait avec elle, alors que, dans l'esprit de Xavier, il comprenait à la fois Louis et elle. Xavier ne la détrompa pas et attendit, perplexe.

— Pourquoi ne m'a-t-il jamais dit ça!

— Il ne voulait pas vous inquiéter et vous tracasser, je présume.

— Ma fille est morte, il y a longtemps! avoua-t-elle tout à coup en se mettant à pleurer doucement. Oui, elle est partie, ma petite Claire! Louis n'en a jamais rien su.

— Votre fille... Laquelle? Que voulez-vous dire? Louis a donc vraiment ignoré que la fille de Leïka vivait!

Elle approuva de la tête en reniflant, le nez dans le mouchoir blanc que Xavier lui avait tendu. Une multitude d'idées nouvelles se bousculèrent, troublées par la voix plaintive de Carole.

— C'est une si longue histoire! Je me demande souvent si je n'ai pas eu tort en tout. Pourtant je n'ai jamais pensé une seconde à moi dans toute cette affaire. Il semble que j'aie échoué dans ma tentative de mettre Barbara à l'abri.

— Si vous me racontiez tout depuis le début, nous pourrions peut-être vérifier tout cela ensemble.

— Je n'ai jamais voulu que Barbara apprenne. Elle, moins que quiconque.

— Je n'en parlerai à personne sans votre accord. Je vous le promets.

Elle s'assit, se tourna légèrement pour appuyer les coudes sur la table et poser le front contre ses deux poings fermés. Xavier vint s'installer à son côté, attentif à ce qu'il désirait connaître. Lorsqu'elle commença son récit, il n'eut aucune peine à imaginer les faits tels qu'elle les décrivait.

Chapitre XII

Tout a commencé avec l'apparition d'Angelo Paradiso. J'avais quinze ans, près de seize; j'étais alors plutôt timorée, extrêmement timide, maladroite même. Je débutais en Méthode, ma troisième année d'études classiques, et je réussissais assez bien. Mon père avait économisé sou sur sou pour me payer ces cours auxquels je tenais particulièrement. Je lui étais reconnaissante de ce sacrifice et je gardais le secret espoir de pouvoir poursuivre mes études jusqu'à l'obtention du baccalauréat ès arts, c'est-à-dire cinq années supplémentaires.

Louis et moi étions bons amis à cette époque. Nous et quelques adolescents des villages avoisinants qui fréquentions des institutions scolaires de Québec, nous avions fait connaissance à bord de l'autobus. Quoiqu'ils résidassent dans un village contigu, plusieurs jeunes gens des alentours avaient pris l'habitude de nous rejoindre pour bavarder en prenant une boisson gazeuse ou une glace en toute fraternité au restaurant du village; Louis était de ceux-là.

Je le trouvais fort à mon goût. Je savais que, pour lui, une femme instruite représentait une valeur sûre. Attiré par la grande ville, après cinq années de séminaire, il avait voulu terminer une licence ès lettres et avait été admis à l'Université de Montréal qui lui semblait plus prestigieuse que l'Université Laval. – Nul n'est prophète en son pays! – Il venait pourtant régulièrement retrouver les gens du groupe, surtout pendant les vacances d'été, des fêtes ou les fins de semaine.

En septembre, quand Angelo et ses amis sont arrivés,

invités par les plus téméraires fripons du coin, ils se sont mis à narguer et à terroriser tout le monde. Angelo venait de sortir de prison, semble-t-il, et se vantait d'avoir passé une partie de son adolescence en maison correctionnelle. Il devait avoir vingt-trois ou vingt-quatre ans, peut-être vingt-cinq. Nos parents, à nous les jeunes du village, nous avaient interdit de lui parler. C'était ce qu'on appelait dans le temps un «bum», un voyou, un intraitable. Il entraînait les jeunes filous à commettre des méfaits: des vols, des traquenards, n'importe quoi pourvu qu'ils puissent semer la pagaille. En quelques semaines, lui et sa bande de garnements étaient devenus l'objet des angoisses et des conversations, non seulement du village au grand complet, mais des cantons environnants. Ils nous faisaient peur. Je prenais bien garde, quant à moi, de ne jamais me trouver dans leurs parages. Je quittais le restaurant quand je les voyais venir; je traversais la chaussée au lieu de les croiser; je baissais les yeux pour éviter leurs regards.

Par un certain après-midi de fin octobre où nous avions congé pour la semaine, Thérèse, ma meilleure amie, s'est mise à m'entretenir de lui d'une façon différente de ses habitudes. Elle disait qu'elle le trouvait beau et que ça l'émoustillait qu'il soit dépravé. J'avais beau lui mentionner que les mauvais garçons n'attiraient que les mauvaises filles, elle ne m'écoutait pas. Elle insistait pour que nous allions au restaurant, sachant que lui et sa troupe de malappris s'y réfugiaient quotidiennement un peu après l'heure du souper. Les premiers jours, parce que je refusais, elle me taxait de «trouillarde», de «fille à papa», de toutes sortes d'épithètes qui auraient dû m'inciter à la quitter sur-le-champ. Hélas! À cet âge, l'estime et l'avis des pairs sont si importants que je finis par abdiquer de mauvaise grâce à sa requête.

Je me rappelle encore de tout comme si cela venait à peine d'arriver. Il y avait beaucoup de tapage dans le restaurant; les gars s'amusaient à se colleter, à se chamailler, à faire du chahut en quelque sorte. La fumée des cigarettes était si dense que j'avais de la misère à respirer. Étant presque les seules filles dans la place, nous n'étions pas attablées depuis trois minutes quand Angelo a délaissé son tabouret pour s'approcher de nous. On aurait dit qu'il descendait de sa monture. Il a planté d'autorité sa bouteille de bière sur la table, la faisant écumer, puis déborder. Il portait un veston de cuir noir tout neuf et un jean si usé qu'il s'effilochait en bordure des poches et dans le bas. – Bizarre que certains faits nous marquent davantage que d'autres qu'on juge plus importants! – Il était bel homme: grand, mince et musclé, avec des cheveux sombres laqués à reflets bleutés, un visage aux pommettes saillantes, aux joues creusées, aux traits marqués par une sorte d'insolence et de dureté, des sourcils obliques, un nez droit à l'arête fine, un menton de batailleur, des yeux vifs, noirs et une bouche au dessin parfait. Thérèse était fascinée. Elle le couvait littéralement des yeux; elle n'aurait pas agi autrement s'il avait été une célébrité.

— Pis, beauté, te sens-tu prête à laisser tomber les gamins pour un Tarzan dans mon genre?

La présomption d'Angelo ne l'avait atteinte que pour qu'elle rougisse en souriant et en baissant les yeux. Moi, je devais être excessivement blême. J'étais assise au bord du banc, prête à m'envoler à la première apparence d'escarmouche. Angelo me poussa des hanches, sans aucun égard, pour pouvoir s'asseoir face à Thérèse qui le fixait béatement. Il lui a pris les mains; elle les lui a abandonnées. Je ne la reconnaissais plus. J'étais le témoin involontaire d'une transfiguration: son regard brillait, on aurait dit les diamants d'un talisman. Elle paraissait en extase, perdue, contemplative.

— T'sais qu't'es mignonne! disait-il. T'aimerais v'nir faire une balade dans mon tacot? On courrait la prétentaine...

Elle a haussé les épaules en souriant timidement. Je tambourinai des doigts sur la table; c'était une tactique pour essayer d'attirer son attention, sans aucun succès, car la turbulence joyeuse des amis d'Angelo couvrait ce simple bruit.

— À moins qu'on aille au théâtre, voir un film! suggéra-t-elle.

Sur ces mots, je n'ai pu m'empêcher de m'écrier:

— Thérèse! Songe à tes parents! Ils ne seront pas contents!

C'est alors qu'Angelo s'est tourné vers moi, négligeant Thérèse qui plissait le nez à cause de ma remarque.

— Voyez-vous ça! Une sainte nitouche! P'tite hypocrite, va! qu'il ajouta en me saisissant le menton et en me brassant la mâchoire. T'es jalouse pa'ce que j'm'occupe pas d'toi?

Je secouai la tête pour me défaire de sa prise et lui signifier qu'il se trompait. Je me tassai vers le mur en essayant de demeurer éloignée et réservée, de me contenir malgré son persiflage:

— C'est ben ça qu't'es, hein! une sainte nitouche! Tu veux pas répondre! On va ben voir!...

Tandis qu'il parlait, il s'était mis à me toucher tout le corps. On aurait dit qu'il voulait me chatouiller, me taquiner; au lieu de cela, il me tâtait et me pinçait.

— Laissez-moi! Ne me touchez pas!

Je me tortillais sur le siège pour éviter ses attouchements. Il continuait. Je geignais. J'étais coincée au fond du banc. J'essayais de le repousser. J'avais l'impression qu'il avait au moins sept mains qui, comme des tentacules, m'enserraient et me palpaient. Les autres membres de la bande s'étaient rapprochés pour assister à la scène. Ils bourdonnaient pareils à des taons pour encourager Angelo. «Vas-y!... Vas-y!»

Finalement, en désespoir de cause, je l'ai griffé au visage. Il a juré, a porté la main à sa joue; elle était humide de sang. Il a levé le bras. Pendant un moment, j'ai cru qu'il allait me talocher. Il a souri, a avancé la tête vers moi et a fait «Beuh!». J'ai sursauté et j'ai reculé de nouveau le long du mur. Tout le monde a éclaté de rire, sauf Thérèse et moi. Angelo s'est tourné vers Thérèse qui paraissait un peu mal à l'aise.

— Pis, ma poupée d'amour, aimes-tu mieux qu'on aille se bécoter au théâtre ou si j't'emmène faire un tour? C'que c'est que t'en dis? On peut aussi danser un tango tout d'suite... pour voir si nos corps s'adonnent.

Il se leva et la saisit prestement par le bras. Elle résista en disant:

— Pas maintenant. Je vais être en retard et ma mère va s'inquiéter.

Il l'empoigna par son tailleur pour la tirer hors du banc. Elle avait atrocement pâli. Il la rapprocha contre lui, la prit à bras-le-corps et se mit à chantonner et à pivoter en la traînant presque sur le plancher de bois qui craquait sous leurs pas.

— Admirez ma technique, les gars!

Il tournoyait sans aucune grâce en lui tripotant le gras des fesses par-dessus sa jupe et en lui marchant sur les pieds parce qu'elle s'emmêlait dans les siens.

— Bah! Tu sais pas danser.

Il la lâcha si brusquement qu'elle alla choir sur le sol; elle se releva et se dirigea en boitillant vers la sortie. Elle s'était blessée à un genou et avait troué son bas nylon. Les compagnons d'Angelo vinrent lui barrer le passage. Elle se tourna vers moi dans l'espoir que je la secoure. Angelo avait suivi son regard.

— Pis toi, la p'tite?

Il venait de mon côté; je me hâtai de rejoindre Thérèse. Ils riaient tous en nous voyant nous agripper l'une à l'autre pour nous protéger d'eux.

— Allez, les bébés, rentrez chez vous! On se r'verra. Le village est pas grand.

J'allais m'éloigner avec Thérèse, il m'agrippa par les cheveux, me tira vers l'arrière et me retint la tête contre son thorax, à quelques pouces de sa figure où deux traces rouge violacé et sanguinolentes rappelaient le passage de mes ongles. Il sentait le tabac et puait l'alcool. Il me dit entre ses dents serrées:

— J'te revaudrai ça, p'tite diablesse! Moi aussi, j'peux faire mal.

— Aie!

— Pis c'est pas seulement à ta tignasse que j'm'en prendrai. C'est qu'j'adore les filles qui ont du tempérament, surtout celles qui sont tavelées. J'vas t'mater, moi.

Il me déposa un gros baiser mouillé sur la joue. Je m'essuyai le visage en grimaçant de dégoût. Quand il m'a lâchée, nous avons battu en retraite et déguerpi aussi vite que nos jambes nous le permettaient. Il triomphait. Ses amis continuaient de rire et de nous crier des injures en tapant sur le perron avec leurs bouteilles et leurs pieds pendant que nous filions à toute allure. On aurait dit qu'un troupeau de taureaux nous poursuivait. Je me bouchai les oreilles pour me protéger les tympans tant le bruit m'apparaissait assourdissant et incommodant, même de loin.

— Il est complètement timbré, ce gars! que je lançai à Thérèse en m'arrêtant après avoir mis un bon espace entre eux et nous.

— Il n'a pas plus de cervelle qu'un moineau. Je n'aurais pas pu le tolérer une seconde de plus. Quel effronté! Merci d'être intervenue. N'en parle à personne, d'accord? Je ne voudrais pas que mes parents apprennent qu'il m'a touchée.

— D'accord. C'est pareil pour moi.

Nous sommes rentrées chacune chez nous plus mortes que vives. Le baiser d'Angelo me rappelait la morsure d'un serpent, la piqûre d'une tarentule; je passai la semaine à me laver la figure, à me frotter la joue à tout moment pour en extraire sa signature. J'aurais aimé utiliser du papier sablé pour être certaine de faire peau neuve. Ses mains sur mon corps me gênaient quand j'y repensais. Ses paroles me faisaient craindre le pire. En égratignant Angelo, je me l'étais mis à dos; il chercherait à se venger. J'aurais donc dû ne pas écouter Thérèse et ne pas aller au restaurant avec elle! Pourquoi avait-il fallu que j'écorche le visage de ce vaurien? Parce que je voulais me libérer de lui, bien sûr, mais pourquoi avoir usé de mes ongles? Ce geste était venu parce que j'avais déjà essayé de le repousser et de l'implorer vainement, voilà pourquoi. Si j'avais crié de terreur, ses copains auraient tous ri de moi et j'appréhendais cela; je voulais me montrer brave devant eux, justement parce que je les craignais. Je décidai de tout faire pour ne jamais me trouver seule avec Angelo. Je continuerais de l'éviter sciemment. Je me disais qu'à la longue, il oublierait tout ça. Je l'espérais. Je me triturais les méninges à force de m'inquiéter.

Deux semaines plus tard, par un samedi après-midi de tempête où le tonnerre grondait, nous prenions un café au restaurant avec les garçons du groupe quand la bande d'Angelo s'est pointée plus tôt que de coutume. Je n'ai pas été étonnée de voir qu'ils se dirigeaient tout de suite vers nous, lui à leur tête. Il s'adressa à moi plutôt qu'à Thérèse à laquelle il n'accorda même pas un coup d'œil.

— Tiens, te r'voilà, la sainte nitouche! Tu sais qu't'es sur mon territoire, icitte? Ça faisait un bout d'temps que j'avais pas vu ton nez en trompette.

Il trônait en roi dans la salle, sa cour pendue à ses basques. Chef du gang et reconnu pour être un fameux tireur, il sortit lentement un couteau à cran d'arrêt et fit jouer le loquet. Je rougis de peur, en me demandant s'il n'allait pas me défigurer, là, devant tous les autres.

— T'sais que j'pourrais te taillader l'front en lanières ou ben couper ta tresse de gamine pour m'en faire un trophée!

Il se penchait au-dessus de la table, stimulé par ses amis, et passait le bout du doigt sur la lame bien acérée de son arme. Il voulait m'effrayer et, moi, je tremblais manifestement. L'image du couteau sur ma tempe se fixait dans mon esprit avant même qu'il ne fasse le geste. Louis, qui était descendu pour la fin de semaine et qui se trouvait à ma droite, m'a serré la main en signe de protection. Ce simple mouvement n'a pas échappé à Angelo qui a déclenché son rire en tornade.

— Tu sors tout d'même pas avec c't adolescent qui a pas de poil au menton! Un d'ces jours, j'te montrerai c'que c'est qu'un vrai homme.

— Pourquoi ne nous fiches-tu pas la paix? avait lancé Louis. Va faire joujou avec tes copains; laisse les honnêtes gens tranquilles!

— Tu m'fais rigoler, gamin! T'es un p'tit farceur! Un farceur pis une sainte nitouche!... Tout un couple!

Louis s'est levé pour lui tenir tête. Avant qu'il ait eu le temps d'esquisser un geste, Angelo s'était rué sur lui et l'avait tabassé. Louis est tombé; il saignait du nez. Je suis allée l'aider. Angelo a voulu me saisir par le bras. Nos amis du groupe se sont dressés pour intervenir. Ceux du gang à Angelo se sont mis en rangée derrière lui, menaçants. Finalement, on a relevé Louis et nous sommes sortis pour éviter un affrontement. Les autres riaient et se moquaient de nous. Angelo m'a crié de loin:

— Hé, la sainte nitouche, tu m'plais! Rejoins-moi vers onze heures à l'entrée du p'tit bois, derrière la ferme de Timothée! Pas besoin d'apporter ton manteau, j'm'occuperai d'te réchauffer. À tantôt, ma belle!

Nous nous sommes regroupés sur le trottoir.

— Quel sale type, cet Angelo!

— Tu ferais mieux de l'éviter, a dit l'un du groupe, de sa voix de ténor – je ne me rappelle plus qui.

— Nous ferions tous mieux de nous éloigner de ces grossiers personnages, suggéra un autre.

— S'il pense qu'il va nous empêcher de sortir ou d'aller où bon nous semble, il se trompe! trancha Louis qui reprenait ses esprits.

— Je trouve que Louis a raison, continua Thérèse. S'ils nous provoquent, c'est pour nous effrayer. On ne peut pas les laisser diriger le village à leur guise.

— Vous voulez vous faire tailler en pièces?

— As-tu remarqué ses yeux? On dirait des yeux d'oiseau de proie. J'en ai froid dans le dos.

— Il ne faudrait pas dramatiser. Il a beau être un gibier de potence, il s'ingénie avant tout à épater ses copains, assura Louis en se tamponnant le nez.

— Je ne suis pas certain de ça. Je n'ai pas envie qu'on devienne la cible de ces vauriens. Je propose qu'on se rencontre plutôt au soubassement de l'église.

— Avec le curé Thomas qui va nous surveiller! On ne pourra plus bouger sans susciter ses sermons.

— C'est mieux que de se battre avec Angelo et ses rustauds!

— Puisque je vous dis que c'est préférable de leur faire face! Il faut mettre un terme à leur audace. Tous ensemble, on ne risque pas grand-chose.

— Tant qu'on sera ensemble. Or, ceux qui étudient, en dehors, comme toi et Antoine, vous ne serez pas ici chaque fois qu'ils viendront nous railler.

— Moi, je connais bien ces genres de bonshommes. Si on les défie, ils vont nous prendre un par un et nous esquinter le portrait.

Exact ou non, je me rendis vite compte qu'Angelo cherchait toutes les occasions pour nous tarabuster. Faisant figure de tigre, il s'en prenait à Louis chaque fois qu'il nous voyait tous les deux et semblait prendre un malin plaisir à le torpiller de coups.

— C'est qu'un tocard, ton Louis! qu'il proclamait après l'avoir jeté au sol. T'as besoin d'un homme pour te protéger, un vrai.

— Certainement pas d'un toqué dans ton genre, rétorquait Louis en se ruant bravement sur lui.

Pauvre Louis! Il n'était pas de taille, malgré son bon vouloir; il perdait du terrain à chaque combat. Son menton et ses yeux portaient la trace de ses luttes. J'avais pitié de lui. Quant à Angelo, il tramait autre chose. Il avait appris où j'habitais et, puisque nous n'allions plus au restaurant, il passait devant la maison trois ou quatre fois par jour. Quand il m'apercevait, il me saluait de la main. Parfois il se permettait aussi de m'adresser la parole.

Un samedi matin, je mettais du linge à sécher sur la corde. On était fin novembre; il avait un peu neigé au cours de la nuit. Les quelques flocons qui étaient tombés ne suffisaient pas à couvrir le sol qui semblait saupoudré de talc par endroits. Ma mère adorait l'odeur du linge séché au grand air et, tant que la température le permettait, elle insistait pour qu'on étende les vêtements qu'on venait de laver. En voyant ces quatre hommes venir vers moi, je tressaillis et voulus me sauver. Je figeai sur place, une taie d'oreiller entre les mains, ne sachant plus ce que je devais faire: courir me cacher, appeler à l'aide, extérioriser une confiance en moi et en eux que je n'éprouvais pas ou...

— Salut, ma p'tite chatte! T'en as pas ton voyage de trimer dur toute la journée? Tu d'vrais profiter d'la vie pendant que t'es jeune, pis que t'as un corps pas pire!

Il me reluquait sans gêne en titubant; il devait avoir bu plus que de raison. La tempérance n'était pas son lot.

— Fiche le camp avant que mon père te voie!

— Il est pas là, ton père. Pis, même s'il venait, tu penses ben qu'ton paternel f'rait pas long feu tout seul contre quatre!

— Je te défends de faire du mal à ma famille! Si tu le faisais, je... je...

— C'que c'est qui arriverait? Tu t'fâcherais? Tu m'écorcherais l'visage? T'aimes ça griffer, hein? Une vraie chatte en chaleur!

Il me bravait avec un sourire gouailleur. Il ployait la tête, les yeux brillants d'un éclat tel que je ne pouvais supporter leur ironie.

— Va-t'en! Je méprise les gens de ton espèce!

— T'aimes mieux les p'tits trouillards aux hommes! J'gage qu'il t'a jamais proposé de déposer son rouleau d'argent dans ta tirelire, se gaussa-t-il en plaçant les pouces dans la ceinture de son pantalon.

— Je ne veux pas te parler! File!

— Tu f'ras ben plus que m'parler!... Oui, ben plus.

Ses paroles se teintaient d'une intention méchante et, quand il me toucha les cheveux, je me mis à cavaler sur la galerie vers la porte. J'ai refermé et je me suis adossée au mur. Mes jambes remuaient si fort que mes genoux s'entrechoquaient. J'étais transie. Une sueur froide me coulait sur tout le corps. Ma mère m'observait, l'œil sévère et la bouche formant un pli de reproche.

— Qu'est-ce que tu faisais avec ces malappris? On t'a ordonné d'éviter ces taulards. Tu sais ce qui arrive aux filles qui désobéissent à leurs parents! Manques-tu de maturité au point de ne pas différencier un type bien d'un voyou? Ne t'approche pas d'eux. As-tu bien compris?

— J'essaie de les fuir. Ils n'arrêtent pas de m'ennuyer.

— Une fille qui garde sa place n'a rien à se reprocher. Tu sais ce que dit ton père: si tu n'encourages pas un homme par des manigances, il renoncera.

— En êtes-vous bien certaine, maman? Ce genre de garçon ne me semble pas se décourager si facilement. Il m'a menacée...

— Menacée!... De quoi? Les menaces ne riment à rien. C'est la sagesse qui compte. Ton père dit sans cesse que «Dieu punit les méchants et récompense les bons». Sois vertueuse et Dieu te viendra en aide.

— Oui, maman.

Pourtant la pensée obsédante d'Angelo se mit à m'envahir jour et nuit. Il ne m'aidait guère lui-même à l'oublier et à croire en une Justice divine et en la bonté de Dieu lorsqu'il m'interpellait dans la rue en toute occasion.

— Oh mignonne! as-tu pensé à moi ces derniers temps? J'parie qu'si. T'as hâte qu'on se r'trouve ensemble, hein? Ça tardera pus maintenant.

Il ricanait en me voyant passer rapidement, les yeux au sol, pressée de m'éloigner de lui. Les gens du village commençaient à jaser. On me jugeait sévèrement. Je faisais face à la tribune de leurs critiques. Certaines commères prétendaient que je devais lui faire les yeux doux pour qu'il me coure ainsi après; d'autres comprenaient que j'étais victime de sa méchanceté. Les langues allaient bon train.

— Cette teigne! grinçait Louis entre ses dents en serrant les poings. Un jour viendra où je le réduirai en miettes.

— Maman dit qu'il se lassera. D'ailleurs, il n'a fait qu'une bouchée de toi jusqu'à maintenant.

— Il m'attaque par surprise.

— Il est habitué de se battre et toi non. Que peux-tu faire contre ce rustre?

— Lui donner une bonne raclée.

— Tu as de belles qualités et je t'aime bien à cause de ça. Te bagarrer n'entre pas dans tes préceptes. Angelo est un fin renard et il est fort comme un ours; il te démolira si tu continues de l'affronter. Tu es couvert d'ecchymoses.

Juste à cet instant, Angelo passait avec ses amis. Il m'a crié:

— Oublie pas que j't'attends tous les soirs au p'tit bois chez Timothée!

Louis voulut aller vers lui pour se battre; je l'en empêchai. Angelo s'en délecta:

— C'est ça! R'tiens-le ben, ton p'tit gars, si tu veux pas que j'y arrange la face!

— Je hais ce type, rugit Louis. Pour la première fois, je connais la haine et le désir de tuer.

— Il parle beaucoup plus qu'il n'agit.

C'était du moins ce que j'escomptais et je crus bien que

mon père avait eu raison: que Dieu s'était chargé de punir ce mécréant. Angelo fut arrêté le 28 décembre pour un délit quelconque. Il a passé plusieurs mois en prison et je l'avais presque oublié quand il reparut au printemps de l'année suivante.

Je venais d'avoir dix-sept ans. J'avais dû abandonner mes études avant la fin de l'année scolaire de ma Versification parce que mes parents avaient besoin de moi à la maison. Ma mère avait donné naissance à un autre bébé et l'accouchement s'était révélé difficile. Mon père avait donc mis un terme à mon désir de m'instruire: j'étais l'aînée; je devais aider. Louis pensionnait à Montréal où il achevait sa licence. Il parlait d'entreprendre par la suite des études de maîtrise. Nous continuions à nous fréquenter sans vraiment parler mariage, bien que mes parents le souhaitassent ardemment.

C'était au printemps, un printemps tardif qui avait mis des semaines à faire fondre une neige épaisse et glacée. Les dernières semaines, la température s'était vraiment adoucie et la période des semailles avait pu débuter. Il avait plu toute la nuit; des vapeurs montaient des sillons qui séchaient sous la tiédeur des rayons du soleil. Je semais des patates dans un champ en pente, un peu plus haut par derrière la maison de mes parents. Les plus jeunes se trouvaient en classe à cette heure et ma mère veillait sur les trois derniers. Mon père hersait la terre dans un autre champ, un peu plus loin à ma gauche. Nous étions séparés par une double rangée d'arbres: épinettes touffues dont les lourdes branches ployaient vers le sol, aubépines dont les fleurs blanches ou roses s'ouvriraient bientôt, odoriférantes, talle d'aulnes bourgeonnantes, bouleaux blancs qui reprenaient vie et au pied desquels de hautes herbes jaunes s'étiraient paresseusement. Personne ne pouvait me voir.

Quand j'ai entendu la voix d'Angelo provenant du boisé surplombant la colline, j'ai tressauté. J'imagine qu'il devait m'épier depuis un bon moment, tapi dans l'ombre tamisée de la forêt. Il se dirigea vers moi d'un pas alerte. Prise de panique, je demeurai néanmoins immobile à guetter ses mouvements.

— Bonjour, ma p'tite chérie! Tu t'es développée, on dirait. Un papillon qui était chenille. J'ai rêvé d'ce moment durant de très longs mois et te voici en face de moi. Toute seule.

Je le regardais, effrayée. Fagotée en paysanne avec le vieux lainage taupe de ma mère qui me descendait à mi-cuisses et que j'avais laissé déboutonné, chaussée de hautes bottes en caoutchouc noir, les cheveux en pagaille sous un carré de coton élimé, la robe remontée sur mon tablier plein de morceaux de patates à semence, je devais pourtant avoir l'air horrible. Je ne comprenais pas qu'il puisse m'examiner avec du désir dans les yeux.

Il fit un pas en avant, j'en effectuai deux par en arrière, très vivement.

— Tu m'as pas oublié, à ce que j'vois! J'suis pas venu ici directement en sortant d'prison; j'me suis dit que l'fruit en s'rait que plus mûr et... meilleur. J'savais qu'tu m'attendrais.

Il progressait sans arrêt vers moi. Je lâchai mon tablier, les morceaux de pommes de terre s'étalèrent sur le sol. Je me mis à courir en appelant à l'aide. Il partit à ma poursuite et fit un bond vif pour me rattraper et me faire perdre l'équilibre. Il me terrassa. Je me retrouvai sur la terre humide, presque vaseuse, me débattant de toutes mes forces et me disant, en mon for intérieur, que ma mère me chicanerait d'avoir taché son chandail. Angelo riait, à califourchon sur moi, me rete-nant les poignets dans ses mains pareilles à des tenailles.

— Plus t'essaies de m'échapper, plus tu m'excites!

Je crus de bonne guerre de cesser de me défendre. Il me força à me relever et m'entraîna de force vers le haut de la colline. Je m'arc-boutai contre les sillons en criant à mon père. Angelo me tira par le bras jusqu'à ce que je me retrouve sur le ventre. Il me traîna ainsi jusqu'au bois. Je pleurais; il s'en réjouissait. Je me tordais en gémissant et soudain je me retrouvai libre... Le temps de me lever, je courus, lui sur mes talons. Je hurlais en espérant que quel-qu'un m'entende, je manquais de souffle, j'avais l'impression de rêver, tu sais, ces rêves dans lesquels on n'avance pas, où il est si difficile de se sauver. Les sillons en torsades du labour bloquaient mes pas, mes hautes bottes de caoutchouc me barraient les mollets, les deux pans de mon chandail crotté de boue pesaient lourd sur mes épaules. Je trébuchai. La main d'Angelo s'agrippa à mes vêtements. Il me hala vers lui... J'ai dû recevoir un coup en plein visage parce que j'ai atrocement eu mal à la joue droite. Je ne me rappelle plus la suite. J'ai perdu connaissance.

Quand je me suis réveillée, j'étais étendue sous les taillis dégoulinant de pluie, près de la rivière bourbeuse qui sortait de son lit; j'avais les chevilles et les poignets liés aux buissons. Angelo me passait son vieux mouchoir rouge sur le visage pour me faire reprendre mes esprits. En me voyant ouvrir les yeux, il me sourit, le regard mauvais:

— J'attendais qu'tu t'réveilles. J'aurais pas eu d'plaisir à t'prendre sans qu'tu t'en rendes compte.

— Laisse-moi partir, Angelo. Je ne dirai rien à personne. Je garderai le silence. Laisse-moi partir, je t'en prie!

Son sourire satanique me fit frémir. Je beuglai de nouveau.

— À l'aide!... Au secours!...

— Tu peux t'époumoner tant qu'tu veux, personne t'entendra. Le bruit du torrent va couvrir tous tes hurlements.

Je me mis à prier:

— Seigneur Dieu! Seigneur Dieu! Ayez pitié de moi! Ne permettez pas à ce misérable de me faire du mal. Protégez-moi. Seigneur! Seigneur!...

— Ha! ha! ha!

Ma prière l'amusait tellement qu'il déchira ma robe d'un violent coup sec en vociférant. Puis il invectiva Dieu en le provoquant, debout, offrant sa poitrine au Ciel à travers les ramures:

— Y t'entend-tu, ton Dieu? Qu'y vienne donc te défendre! Qu'y lance sa foudre su'moi si y'existe! Qu'y sorte de son Temple, si y'en est capable!

Son rire moqueur et sa voix vibrante me firent l'effet d'un sacrilège:

— Tu vois! Y fait rien. Ni Lui ni la Trinité. T'es ma propriété. Pus personne viendra t'aider.

Pour me le prouver, il arracha sauvagement le reste de mes vêtements. J'étais nue dans le vieux tricot de ma mère. Ma nudité m'embarrassait. J'étais terrorisée, glacée, je voulais me cacher. Je me suis mise à me rouler par terre en haletant d'angoisse pour essayer encore de me libérer, de lui échapper; je ne réussis qu'à couvrir de boue le peu de linge qui était demeuré sous moi. Lentement, en me toisant, l'œil malicieux et le sourire cruel, il a défait sa ceinture et a baissé son pantalon. J'ai vu qu'il portait un tatouage à la cuisse droite. J'ai fermé les yeux et serré les dents. Il n'a pas pu m'arracher un son. Je n'ai plus rien dit et je n'ai plus réagi.

Le reste, tu peux facilement le deviner. Cet homme que je méprise plus que tout au monde m'a gardée prisonnière quelques jours dans sa tanière, après m'avoir transportée dans un vieux hangar abandonné, assouvissant sur moi ses instincts bestiaux. Ensuite, il m'a ramenée près du village, m'a laissée dans un fossé et m'y a abandonnée, avec le vieux lainage pour tout vêtement. Je suis demeurée dans les talus, ligotée et bâillonnée durant... je ne sais combien de temps. Ça m'a paru une éternité. J'ai été absente en tout trois jours. J'avais faim et froid, j'étais dégoûtée de la vie, des hommes; je me sentais faible et souffrante. J'avais perdu la notion du temps; j'aurais voulu mourir. Plus tard, je me suis rendu compte qu'on me transportait. C'est confus et embrouillé. Des cloches tintaient dans ma tête. Il me semblait encore sentir cet homme en moi. Était-ce lui, était-ce un autre, je ne le saurai jamais? J'avais honte; je me sentais ridicule, trahie, extrêmement triste. Tout le monde allait savoir ce qui s'était passé et je deviendrais la risée du village, une tare pour ma famille.

Durant des jours, je m'alitai, ne pouvant ni me lever, ni dormir, ni parler. Je demeurais immobile, pareille à un mannequin de bois, paralysée, ballottée par une espèce de tangage provoqué par le rythme lent et puissant des battements de mon cœur, par les remous qui y affluaient, puis s'en extirpaient, par le tourbillon de mes pensées, de mes craintes. Je ne sentais plus mon enveloppe, ma peau; tout ne semblait vivre qu'à l'intérieur de moi.

Mes parents qui m'avaient cherchée nuit et jour depuis ma disparition étaient malheureux. Trop honteux qu'on m'ait trouvée nue, ils n'ont même pas fait venir de médecin. Ils ont tâché de ne pas ébruiter l'affaire. Pourtant les secrets courent plus vite que les annonces officielles. La majorité des gens du village me tenaient pour responsable de ce qui m'était arrivé. Selon eux, j'avais dû attiser un homme qui avait voulu me châtier. Mes parents n'ont pas davantage compris que les étrangers. Ils m'ont questionnée, m'ont crue coupable, n'ont rien voulu savoir de mon innocence. J'avais transgressé les préceptes de l'Évangile: j'étais une pécheresse, et condamnable.

Louis fut le seul à prendre ma défense. Il est venu me voir aussitôt qu'il a appris ma mésaventure. Mon frère servait de chaperon, je m'en souviens; on n'avait plus confiance en moi.

— Carole, quoi qu'il soit arrivé, tu peux compter sur mon aide. Cela ne change rien pour moi. Dis-moi simplement de qui il s'agit et je verrai à lui donner une bonne correction.

J'ai chuchoté:

— Angelo. C'est Angelo.

— Il est sorti de prison?

Je fis un léger signe de tête.

— Je te vengerai, je te le promets.

Lorsqu'il revint, quelques jours plus tard, le visage tuméfié, la lèvre fendue, son pantalon de tergal maculé de boue, je sus qu'il s'était battu avec Angelo et que, vainqueur ou vaincu, Louis méritait toute ma considération et toute ma gratitude. Par contre, tout le village comprit qui était le violeur.

La vie ne reprit jamais telle qu'elle avait été. Ma mère vint me prévenir qu'il valait peut-être mieux que j'aille vivre chez une tante, le temps que se taisent les mauvaises langues. Ils étaient les sujets des commérages du village par ma faute et cela ne cesserait que si je quittais la maison. J'avais si peur d'Angelo que je n'osais m'éloigner. Je passai une partie de la deuxième semaine enfermée dans ma chambre, du moins jusqu'au soir où j'entendis tonitruer mon père.

— Si elle croit que je vais la nourrir gratuitement, la reconnaître pour ma fille après ce qu'elle nous a fait, elle se trompe! Laisse-moi passer que je la mette à la porte!

— Écoute-moi! Peut-être est-elle moins fautive que nous le pensons!

— Seules les mauvaises filles, celles qui encouragent les voyous, sont les victimes de Satan. Dieu n'aurait pas permis que pareille chose arrive à notre enfant si elle n'avait pas couru après.

Je n'entendis pas la remarque de maman; mon père gueula:

— Ne blasphème pas! Le Seigneur est notre berger.

Quelques instants plus tard, ma mère entra. Un masque tragique défigurait son visage pâli aux traits tirés.

— Pourquoi n'as-tu pas suivi mon conseil quand je t'ai avertie de ne pas t'occuper de cet homme? Louis est un si bon garçon; nous avions espéré que... Il ne voudra plus de toi maintenant.

— Je ne suis pas responsable de ce qui est arrivé, maman. Je ne lui ai jamais démontré aucune gentillesse ou tenté de le charmer, je vous assure.

— Jésus ne punit que les coupables, s'entêta-t-elle, répétant sans doute les propos de mon père. Je t'ai déjà vue lui adresser la parole. Tu ne peux demeurer sous ce toit plus longtemps. Nous aussi, nous devrons éventuellement partir d'ici. Pourquoi nous as-tu fait cela? N'as-tu aucune affection pour nous?

— Vous savez bien que je vous aime! Je me suis tenue loin d'Angelo, croyez-moi! Il revenait ce jour-là, je ne l'avais pas vu depuis plus d'un an, comment aurais-je pu l'aguicher?

— Tu l'as fait, c'est certain. Peut-être malgré toi. Si tu n'avais rien fait pour l'attirer, il ne t'aurait pas attaquée. Maintenant, je ne veux plus qu'on en parle. Tu trouveras à te loger dans une maison de pension à Québec si tu refuses d'aller chez ta tante.

À court d'arguments et d'énergie, je me soumis à leur volonté; ne l'avais-je pas fait pour Angelo?

— Je vais partir pour Montréal. C'est grand là-bas, je trouverai certainement du travail et je me cacherai d'Angelo.

— Puisse Dieu avoir pitié de toi!

Comment Dieu aurait-Il pu avoir pitié de moi quand je L'avais prié de m'aider dans mes pires moments et qu'Il ne m'avait pas exaucée? J'obtins rapidement un emploi à la chaîne dans une usine de légumes en conserve; rien de bien lucratif, un travail qui me permettrait de vivre. Louis prit contact avec moi. Il m'encourageait à reprendre mes études par les soirs, il me conseillait de ne pas perdre espoir, il me racontait des anecdotes sur des gens de sa connaissance qui avaient traversé des difficultés semblables aux miennes. Il m'était d'un grand secours.

Le mois suivant, Angelo fut repris et traduit en justice. J'ai même appris qu'il avait tenté de tuer Didier Dion. Les villageois avaient mentionné ma mésaventure et j'ai été convoquée au tribunal pour témoigner lors du procès d'Angelo. Mes parents avaient refusé de porter plainte; ils disaient que le déshonneur s'était suffisamment abattu sur eux. J'avais l'esprit à cent lieues de là. Tout ce que je souhaitais, c'était ne plus voir ni entendre parler d'Angelo Paradiso. J'étais malade de répugnance, car, de surcroît, je me retrouvais enceinte, preuve tangible de l'outrage que j'avais subi. Je tentais désespérément de cacher mon état à tout le monde, à Louis compris, essayant mille tisanes ou exercices pour me débarrasser de ce fardeau encombrant, n'ayant ni argent ni adresse qui me permette d'aller à New York me faire avorter. À l'époque, New York était la seule ville nord-américaine où on pouvait trouver des «faiseuses d'ange». J'étais tiraillée entre l'inquiétude de soulever les ragots et l'effroi épouvantable que Louis me délaisse, qu'Angelo l'apprenne et revienne. Je portais des corsets si serrés que le fœtus aurait dû être expulsé de mon ventre. Dieu merci, m'étant toujours vêtue de façon ample, personne, dans mon entourage, ne parut remarquer que je prenais de l'embonpoint, même pas Louis.

Un soir que celui-ci me rendait visite, j'ai explosé. Je ne pouvais lui cacher la vérité plus longtemps. Je ne savais plus que faire. Nous avons beaucoup parlé. Vu mon état, il m'a offert de m'épouser et de reconnaître l'enfant comme le sien. J'ai accepté et, en décembre, nous nous sommes installés ensemble à mon appartement. Louis continuait ses études à la maîtrise grâce à sa bourse d'études et je travaillais à la conserverie. Je quittai mon emploi le temps d'accoucher et je pus réintégrer mon poste au bout de quinze jours grâce au contremaître qui appréciait ma productivité. D'autre part, craignant les cancans qui allaient déjà bon train dans notre environnement, nous avons déménagé en mars, quelques semaines après la naissance de Barbara. Je réussis à me faire engager dans une chocolaterie à quelques rues du nouveau logement que nous avions choisi à l'autre extrémité de la ville. Plus personne ne connaissait notre histoire; on nous prenait pour un couple tout à fait ordinaire.

Cette tragédie aurait pu se terminer ainsi; il faut croire que les malheurs attirent la guigne. L'infortune est tenace. Un jour de janvier que Louis se trouvait à la bibliothèque de l'université, pour sa recherche, on frappa à ma porte. Quand je reconnus Angelo, il était trop tard pour refermer. Je suis demeurée rivée sur place. Je crus que j'allais m'évanouir.

— Tu t'attendais pas à me voir, hein!

— Sors d'ici! Tu es chez moi. Sors! N'entre pas! Non!... Va-t'en! Je te hais. Tu ne peux pas savoir à quel point je te hais!

— Tais-toi donc! riposta-t-il calmement. Tu parles pour rien dire. J'suis d'jà entré et ton mari est pas là, j'le sais aussi. J'ai attendu qu'il soit sorti.

Il furetait un peu partout en inspectant autour de lui.

— C'est pas extra, ici. C'est quand même mieux qu'la prison ou que dehors où y fait un froid à couper les chiens en deux.

— Je te croyais en prison.

— J'm'en suis sauvé. Pour v'nir te chercher. J'ai ben apprécié notre exercice.

Je frissonnai. Il se rapprocha et me passa un doigt sous le menton.

— T'embellis encore! J'savais qu'j'avais fait un bon choix. Tu m'feras une p'tite femme parfaite. On part pour les États.

— «Tu» pars. Moi, je ne pars pas. Je reste ici. J'aime mon

mari et il m'aime. Je préférerais mourir plutôt que de vivre avec toi. Alors si tu insistes, tue-moi tout de suite et qu'on en finisse!

— Pas d'idioties! Prépare tes bagages, pis suis-moi, sinon j'peux m'montrer moins gentil.

Il m'empoigna par le bras et le tordit. Je gémis sous la torsion. Barbara se mit à pleurer, réveillée par ce tohu-bohu.

— Tiens! C'est vrai! Le marmot...

Il se rendit dans la chambre, s'approcha du lit, tendit la main pour caresser la joue de la petite qui, debout, s'accrochait aux montants en pleurant et en me réclamant, bras tendus vers moi.

— Ne la touche pas! que je grinçai entre mes dents.

J'allai la prendre dans mes bras et la gardai serrée contre moi. Elle continua de pleurer.

— Jolie gamine! Quel âge elle a?

— Ça ne te concerne pas!

— Ça pousse vite, les gosses. Des vrais champignons! s'agita-t-il en faisant le gorille pour épater Barbara qui cessa ses pleurs pour l'observer et ensuite se mettre à rire, ce qui me vexa.

— C'est... la fille de... d'une amie. Je la garde pendant qu'elle travaille.

— Ben voyons! lança-t-il ne croyant rien de ce que j'avançais. D'une amie, hein?

Il jeta un regard autour.

— Tu gardes toutes ses affaires?

— J'en ai besoin.

— Elle a sa chambre à elle!

Il se mit à examiner Barbara, à lui faire des guilis guilis, à me toiser avec un air indéfinissable. La panique me tordait le ventre.

— T'as quel âge, ma poupée? T'es d'jà une grande fille! Tu sais à qui tu r'ssembles? Hein? Tu l'sais?

— Eeee... fit Barbara en tapant dans ses petites mains.

— Oui, ma beauté, tu r'ssembles à une p'tite Italienne avec tes cheveux noirs. Ben oui! À une p'tite ritale. Tu garderais une p'tite Italienne chez toi, Carole? Pis tu dis qu'tu m'haïs! T'as un môme; je l'sais. Tu l'as caché? À moins qu'ce soit c'tte poupée?

— C'est... la fille de Louis. C'est... notre fille, à Louis et à moi.

Je m'enlisais dans mes paroles, dans mes phrases et mes idées, incapable de penser de façon rationnelle.

— Pis vous êtes mariés d'puis juste un an! Vous avez pris de l'avance! À moins que...

— Nous... l'avons adoptée.

— Ben voyons! fit-il encore en me narguant. Montre-moi ses papiers!

— Ses papiers...

— Ouais! ça prend des papiers pour adopter un bébé!

— C'est que... sa mère me l'a donnée quand elle est morte. Elle m'a fait promettre de l'élever, alors on l'a déclarée comme étant notre fille, à Louis et à moi.

— Ben voyons!

À chaque fois, on aurait dit qu'il me disait: «Je ne te crois pas.» Il avait raison: je racontais des absurdités. Il reprit:

— C'était qui c'tte «ritale» qui t'a tant fait confiance?

— Une amie, je te l'ai dit!

— Elle devait avoir un nom.

— Tu ne la connaissais pas.

— J'crois pas un traître mot de c'que tu dis! Sais-tu c'que j'pense? Moi, j'pense que l'amie s'appelait Carole. C'est-tu ben ça?

— Non! Pas du tout! Je n'ai jamais eu d'enfant.

— Tu veux que j'te dise: c'tte gosse, elle ressemble à ma sœur! Pis tu t'es mariée en décembre. J'en sais long sur toi, mon trésor. T'as la gamine depuis plusieurs mois, depuis toujours je dirais. Ça pourrait vouloir dire que c'est la tienne et que c'est moi qui t'ai mis c'te polichinelle dans l'tiroir.

— Tu déraisonnes! Dussé-je vivre des siècles, seule avec toi sur une île déserte, je me ferais avorter plutôt que d'enfanter de toi!

— P't-être ben qu'oui! P't-être ben qu'non! J'ai été libéré en février. Quand je t'ai rendu visite, t'ensemençais la terre et, ma p'tite chérie, qu'il dit en me tapotant la joue un peu rudement, t'étais vierge quand, moi, je t'ai ensemencée. Ça, je l'oublierai jamais, ça m'a causé du trouble.

Il s'arrêta un bref instant et poursuivit:

— J'croirais pas que t'aies couru aussitôt vers ton ami Louis pour reprendre ce genre de sport, ni vers un autre, parce que j'pense pas qu'ça t'ait vraiment plu. J't'ai offert ni tulipes ni topaze et disons que j'ai été... p't-être un peu brutal. Moi, j'conclus qu'ce rejeton est le mien. Ça fait qu'on l'emmène avec nous. Ton mari a pas besoin que j'lui laisse un souvenir.

— Je ne te suivrai pas.

— Tu f'ras ma volonté. Si tu fais la grosse tête, j'pars avec la gosse.

— J'enverrai la police à tes trousses.

— T'auras beau! Si on m'rattrape, possible que l'bébé soit... mort étouffé... avec ses couvertures.

Tout en parlant, il m'arracha Barbara des bras et la souleva par le cou d'une seule main, faisant mine de serrer. De surprise, la petite ouvrait des yeux immenses.

Je dus pâlir, parce qu'il se mit à rire méchamment et il leva le bras qui tenait l'enfant.

— Je pourrais aussi laisser tomber c'te poussin. De c'tte hauteur, j'me demande si elle se casserait pas une patte.

— Tu es un monstre. Oui, un monstre, Angelo Paradiso. Rends-la-moi!

Au lieu d'obéir, il fit «Hip!» en faisant mine d'échapper la petite. Je criai, affolée; il l'avait déjà reprise. Barbara ne savait plus si elle devait rire ou pleurer. Elle faisait la lippe.

— Pis, tu viens ou ben... si j'la laisse tomber une autre fois sans l'arrêter?

J'étais sous tension, je sentais qu'il ne m'en aurait pas fallu beaucoup plus pour que je perde connaissance. Que ferait-il à Barbara si je n'étais pas là pour la protéger? Il ajouta:

— La trajectoire est pas longue de ma main au plancher.

— Remets-la dans son lit. Je vais me préparer.

— Prends pas trop d'affaires; c'est encombrant.

Je prenais mon temps. Je me demandais de quelle façon je pourrais laisser un indice à Louis sur la visite d'Angelo sans que ce dernier le remarque. En désespoir de cause, je songeai à emmailloter Barbara dans les couvertures de son lit, ce qui, à toutes fins, étonnerait certainement Louis. Comprendrait-il mon message? J'emportai aussi des biberons.

Un autre homme nous attendait en faisant les cent pas devant le vieil immeuble. C'était un type ventru, avec de petits yeux perçants.

On me fit monter entre eux deux, dans une vieille guimbarde noire. Le moteur toussa en démarrant. Nous avons emprunté la route principale et roulé quelque temps dans le trafic, puis les voitures sont devenues plus rares. Angelo se proposait de traverser les «lignes» dans un petit village, et tôt le lendemain matin, plutôt que de se présenter aux principaux postes frontières, craignant que son signalement ait été donné et qu'il soit arrêté s'il essayait de passer aux États trop près de Montréal. Il nous dirigea vers Cowansville, puis vers Sutton. Je me souviens que, durant le trajet, j'ai donné un boire à Barbara qui pleurait. Quand on a fait halte au motel, j'ai cru que je pourrais profiter de la nuit pour m'enfuir avec Barbara. Angelo avait dû y songer; il a laissé la petite à son copain qui occupait la chambre voisine et m'a ligotée, poignets et chevilles, aux montants du lit; ainsi je n'ai rien pu tenter. Au petit matin, j'avais le cafard. J'admirais tristement un soleil blafard qui se préparait à escalader la voûte du ciel à travers une brume vaporeuse. Toutes les branches des arbres s'étaient parées de dentelle et se teintaient d'ocre et de rose. Quand nous sommes sortis, on nous attendait:

— Police!... Paradiso, ne bouge plus.

J'ai pensé que Louis avait compris mon message et qu'on avait réussi à nous retracer. Il devait y avoir cinq ou six policiers qui tendaient leurs revolvers vers nous. Angelo a levé les bras très haut, sans trop hésiter, avec une espèce de sourire sarcastique. Il a demandé à celui qui lui passait les menottes:

— Comment vous avez fait pour nous trouver?

— Le propriétaire a reconnu ta belle gueule, Paradiso. Fallait pas t'imaginer qu'on allait te laisser courir longtemps. Maintenant, allez! embarquez-moi ça!

Angelo se tourna vers moi qui serrais Barbara dans mes bras.

— On se r'verra, ma poule. Quand je s'rai libre. J'viendrai voir ma fille, lui apprendre les trucs que j'connais. Pis j'en connais des tas. J'viendrai voir c'qu'elle a hérité d'moi. J't'enverrai un d'mes «potes» pour s'occuper d'vous deux entre-temps.

Je m'écriai vivement, une fois de plus, inquiète de ce que les paroles de ce butor pouvaient représenter pour l'avenir de Barbara et pour le mien:

— Cette enfant ne peut pas être de toi; elle n'est même pas de moi! Nous l'avons adoptée.

— Ben voyons! J'te reverrai quand j'sortirai, me prévint-il pendant qu'on le tirait par le bras, les mains liées derrière le dos.

J'allais partir, lacérée par les desseins non voilés d'Angelo, pressée de retrouver Louis, quand on me notifia promptement:

— Hep! Hep, la belle! me dit un policier en me rattrapant. Ne te sauve pas!

— Je ne me sauve pas. Il faut que vous nous rameniez à Montréal. Il nous a kidnappées, ma fille et moi.

— Kidnappées!... Tu m'en diras tant!

— Je vous assure! Voyez mes poignets!

Ils portaient des marques rouges évidentes, laissées par les cordes de jute.

— On verra. Paradiso est passablement connu pour aimer le sadisme en amour. Ordinairement, ça va de pair avec une femme qui serait plutôt masochiste. En attendant, vous venez avec moi pour les formalités d'usage.

On nous a emmenées au poste de police. On parlait de m'accuser de complicité pour avoir aidé un évadé de pénitencier. On me questionnait, on m'offrait les services d'un avocat. Je n'en voulais pas; je n'avais aucune raison d'en vouloir un, j'étais innocente de ce qu'on me reprochait. Je n'avais pas aidé Angelo; c'était lui qui passait son temps à nous importuner, qui menaçait de nous molester, de nous maltraiter. J'ai dû argumenter longtemps avant qu'ils acceptent de prévenir Louis. En fin de compte, on m'a permis de patienter dans la salle avec Barbara, le temps que tout soit éclairci. Barbara s'est vite endormie sur le banc, tête sur mes genoux, pure victime de tous mes déboires.

Quand Louis est arrivé, il était blême et trop calme. J'ai voulu courir vers lui, me jeter dans ses bras; un inspecteur qui me surveillait de près m'a mis la main sur l'épaule pour me retenir. Louis m'a jeté un regard terne, inexpressif, qui m'a alarmée. Il paraissait plutôt froid, presque mécontent. Il s'est avancé vers le guichet et s'est adressé à l'agent de service.

— Je m'appelle Louis Roitelet. On m'a demandé de venir.

Le policier, sans se lever de son siège, nous désigna, Barbara et moi. Il offrit une chaise à Louis qui s'assit pesamment. Il avait l'air las, affligé, déconfit.

— Nous les avons trouvées en compagnie d'un évadé. Vous les connaissez?

— C'est ma femme et... ma fille, dit-il d'une voix à peine perceptible.

— Angelo Paradiso, ça vous dit quelque chose?

— Il a déjà fait les quatre cents coups dans le village où nous habitions. Il a toujours eu un faible pour Carole et il ne lui fichait pas la paix du temps où nous étions là-bas. Je ne crois pas qu'elle l'ait suivi de plein gré.

Cette fois, personne ne put m'empêcher de crier:

— C'est ce que je m'évertue à leur dire! Angelo voulait blesser Barbara ou partir avec elle. Je ne pouvais pas le laisser faire! J'avais l'intention de me sauver à la première occasion. Les événements se sont passés autrement.

Louis m'a considérée d'un œil neutre. Je n'arrivais pas à interpréter sa pensée. On aurait dit que nous étions soudain devenues des étrangères pour lui, que plus aucun lien ne nous unissait. L'agent m'a fait signe de me rasseoir et j'obtempérai, sidérée par l'attitude réservée de Louis.

— Paradiso semble croire que cette enfant est sa fille. Est-ce le cas?

— Il... a enlevé Carole, il y a plusieurs mois... Je suppose qu'il croit qu'elle est de lui parce qu'il l'a obligée à céder à ses caprices. En ce qui me concerne, ce bébé est à nous deux.

L'inspecteur prit bien le temps d'inspecter Louis avant de reprendre:

— Madame a dit qu'il s'agissait d'une enfant adoptée.

Je vis Louis hésiter un moment. Il me lorgna du regard et se décida:

— Si elle le dit... Ce doit être vrai.

— Vous ne paraissez pas certain de ce que vous avancez.

— Bien sûr que si! assura Louis, maussade. Comprenez à quel point je suis bouleversé!

— C'est bon, vous pouvez partir. Tâchez de demeurer à la disposition de la police. Il est fort possible qu'on vous rappelle. Nous allons mener notre petite enquête et nous vous ferons savoir ce qu'il en est. Souhaitez-vous porter plainte pour enlèvement et séquestration?

Tous deux me dévisagèrent. Je les fixais tour à tour, les yeux hagards, crucifiée par mes juges.

— Je... Porter plainte!... Il m'en voudra davantage... Je n'aurai plus jamais la paix. Non, je ne veux pas porter plainte. Je ne peux pas me permettre cela. Non.

Je me levai et me dirigeai vers Louis pour me faire consoler et le remercier... Une sorte de retenue, d'hostilité dans son regard, stoppa net mon élan. Je retournai chercher Barbara qui dormait à poings fermés. Une fois dans la voiture, le silence de Louis m'embarrassa. Il se murait dans un mutisme exagéré.

— Qu'y a-t-il? On dirait que tu m'en veux.

— ...

— Pourquoi ne me réponds-tu pas? Tu ne penses tout de même pas que je suis partie avec Angelo de mon propre gré?

— Si on ne vous avait pas arrêtés, où seriez-vous, Barbara et toi?

— Il voulait nous entraîner aux États.

— Je présume que tu as passé la nuit avec lui?

— Que pouvais-je faire d'autre? Il détenait Barbara en otage.

— Ça t'arrangeait peut-être! Tu n'as jamais pu l'oublier, ni lui ni ce qu'il y a eu entre vous.

— Louis! Voyons!... Nous nous cachons de lui depuis des mois! Comment aurais-je pu être heureuse de le voir survenir? Tu sais ce qu'il m'a fait endurer autrefois...

— Je sais seulement que tu as passé plusieurs jours et plusieurs nuits avec lui. Le reste, je l'ignore.

J'étais déconcertée. La fragilité de sa foi en moi suscitait mon incrédulité:

— Tu ne mets pas ma parole en doute, j'espère!... Pas maintenant, pas après tous ces mois que nous avons vécu ensemble!

— Parlons-en de ces mois! J'arrive à peine à te toucher. Chaque fois que je te caresse, que je tente de parler de sexe, tu fonds en larmes. Les pauvres fois où tu m'as laissé faire, tu serrais les dents pour ne pas hurler.

— C'est que... je revois sans arrêt la scène...

— Pourtant quand c'est lui qui te prend, tu trouves ça normal!

— Non! Bien sûr que non! J'étais attachée au lit. Qu'aurais-tu voulu que je fasse?

— Je ne sais pas. Tu aurais au moins pu me laisser un mot, une note à l'appartement!

— Pour qu'Angelo la détruise aussitôt! Il me suivait sans relâche. J'ai fait ce que j'ai pu. N'as-tu pas déchiffré mon message?

— Quel message?

— Bien, le lit vide. Je croyais que tu comprendrais qu'on me forçait à partir avec Barbara.

— J'ai vu les marques de bottes d'un homme. J'ai pensé à Angelo Paradiso. Par contre, je n'ai pas décelé d'appel au secours.

— Tu n'as rien compris, alors! Il a saisi Barbara par le cou. J'ai cru qu'il allait l'étrangler. J'ai eu tellement peur! Je ne voulais pas qu'il lui fasse du mal.

— C'est pour ça que tu lui as révélé qu'elle était de lui? railla-t-il, dépité.

— Je ne lui ai rien dit du tout! Il a déduit cela de lui-même. J'ai eu beau lui crier qu'elle n'était pas de lui, il n'écoutait pas. Il prétend qu'elle ressemble à sa sœur.

— Que comptes-tu faire à présent?

— Moi!... Ce que je compte faire!... Je ne sais pas. Louis, on dirait que tu m'en veux, que tu doutes de mon affection, de ma sincérité!

Il conservait un air buté, le regard sur la route éclairée par les phares. Ainsi, ma culpabilité ne faisait aucun doute pour lui. Je ne pouvais que protester.

— Tu dois me croire! Je t'assure que je dis la vérité. Angelo est entré sans que je l'invite et il m'a obligée à le suivre en utilisant la petite.

— Tu prends prétexte de tes craintes pour expliquer que tu l'as suivi. Je voudrais te croire. Je le voudrais. Comment Angelo a-t-il pu retrouver ta trace dans tout Montréal alors qu'il s'est évadé ces derniers jours? Pourquoi s'acharne-t-il à revenir vers toi si tu ne t'intéresses pas à lui?

— Il dit... qu'il m'a choisie. Il doit me faire épier; il savait que nous étions mariés, que nous avions un enfant. Je le hais, je te le certifie. Il me fait terriblement peur. C'est pour cela que je l'ai suivi. Uniquement pour cela. Je n'ai aucune autre raison. J'ai craint qu'il ne tue Barbara.

— Quel père oserait tuer son enfant?

— Cet homme est malade! Ce n'est pas un être normal. Tu ne dois pas l'oublier.

Louis se taisait. Le ronron régulier du moteur bourdonnait à mes oreilles. J'avais d'autres appréhensions; il s'agissait de quelque chose de pire: j'avais peur que Louis me quitte.

— Je pensais que tu aimais Barbara.

— Je ne la déteste pas. Elle n'est pour rien dans toute cette affaire. Seulement, maintenant qu'Angelo se doute de sa paternité, nous n'aurons plus de vie à nous. Il voudra te reprendre et il tiendra à cette enfant pour le seul plaisir de nous l'enlever.

— Il va être remis en prison. Rien n'est changé; tout reprend comme avant.

— Non. Tu le sais bien. Angelo s'évade à tout bout de champ! Il reviendra. Dois-je rester tout le temps près de vous deux pour éviter qu'il vous emmène?

— Nous lui répéterons que Barbara a été adoptée. Nous le ferons croire à tout le monde... Les policiers nous ont bien crus!

— Ils n'ont pas été dupes, selon moi. Ils flairent la vérité. Ils vont certainement se renseigner sur ton passé et ils sauront que tu es la mère de Barbara. Angelo peut suivre la même direction et en venir aux mêmes conclusions.

Je baissai la tête. Qu'aurais-je pu ajouter? Dans un certain sens, il avait raison. Toutefois, rien ne m'empêchait d'essayer. J'avais pris ma décision: désormais Barbara serait une enfant adoptée et déclarée telle devant tous. Je trouverais bien le moyen de faire disparaître les preuves de ma maternité. J'avais accouché à mon logement avec une sage-femme. Je lui parlerais; je lui expliquerais les dangers que nous courrions et elle se tairait; elle détruirait les documents qu'elle conservait.

Les jours suivants furent difficiles. Louis devenait tatillon; il ne m'adressait la parole que pour me faire des reproches. Nous ne parvenions jamais à dialoguer suffisamment longtemps pour vider la question. Les policiers me certifièrent qu'on ne retenait aucune charge contre moi, cependant tout alla de mal en pis: Louis ne m'approchait plus, il me boudait pour un rien, il se montrait têtu, peu accommodant et ne se préoccupait plus du tout de Barbara.

Au bout de quatre mois, notre vie de couple s'était détériorée à tel point que je n'espérais plus voir apparaître la lumière au bout du tunnel. Louis se présenta un matin, une valise à la main.

— J'ai loué un petit appartement bon marché pas trop loin de l'université. J'y habiterai un temps. J'ai besoin de réfléchir et de voir clair en moi. Ce sera pratique pour travailler à ma thèse puisqu'il faut que j'y consacre des heures et, qu'ici, je n'y arrive pas. La petite ne cesse pas de crier et toi tu es toujours en train de rôder aux alentours.

Il était tranchant et intraitable. Rien n'aurait pu le faire changer d'avis. Je l'aimais. Je le comprenais aussi.

— Tu nous quittes, Barbara et moi! Qu'allons-nous devenir sans toi?

— Je vais t'aider à payer le loyer. Si tu manques de quoi que ce soit, tu pourras me joindre là-bas.

— Reviendras-tu?

— Je ne sais pas. Je dois d'abord me convaincre qu'entre toi et Angelo, il n'y a eu rien de sérieux. Je veux être certain que tu ne t'es pas moquée de moi, que tu n'aimes pas ce voleur, cet assassin.

— Mes dires ne te suffisent pas?

— Non. Je le regrette. Tu pourras en profiter, toi aussi, pour faire le point sur ta vie et tes sentiments, savoir ce que tu veux et qui tu veux.

— Je sais tout cela depuis longtemps. Je n'ai jamais aimé que toi.

— Peut-être. Nous sommes jeunes et nous nous sommes mariés dans des conditions assez particulières. Ces derniers temps, je me questionnais. On peut dire qu'Angelo est arrivé à un bien mauvais moment. Entre nous, il n'y a peut-être que de la camaraderie, de l'amitié... et pas d'amour. Le fait que nous nous connaissions depuis plusieurs années a pu ajouter à notre méprise.

— Possible que ce soit le cas pour toi! Moi, je t'aime. Je ne pourrai jamais aimer personne d'autre.

— L'avenir le prouvera. Au revoir, Carole.

Il partit ainsi. Des temps ombrageux s'abattirent sans trêve sur Barbara et moi. Mon maigre salaire suffisait à peine à payer le logement, le chauffage, l'éclairage, la garde de Barbara, la nourriture, les imprévus, etc. Louis m'envoyait un peu d'argent; c'était bien mince comparé aux besoins que nous avions. Jamais je ne serais allée quêter auprès de lui si Barbara n'était tombée malade. Il me fallut passer outre mon orgueil.

Il m'avait laissé son adresse: c'est là que j'allai le guetter. La propriétaire m'interdit de monter et me conseilla également de ne pas rester dans la rue. C'était malsain, prétendait-elle. Je ne l'écoutai pas et je m'installai en face de la maison. Il pleuvait en ce doux jour de juin. Les gouttelettes de pluie dansaient et chantaient sur une toiture de tôle; leur musique transformait mon attente en intermède.

Je n'avais pas revu Louis depuis plusieurs semaines et je redoutais, tout en espérant, ce moment. Il parut surpris de me voir et m'entraîna plus loin, dans une tabagie d'une rue adjacente où nous pouvions prendre un thé chaud.

— Comment vas-tu?

J'étais trempée. Sa présence me tonifiait. J'aurais mieux toléré les problèmes s'il avait été à mes côtés.

— Moi, ça va. Barbara fait une bronchite. Il lui faut des médicaments... Je n'ai pas les moyens.

— Je me suis trouvé du travail en tant que barman dans une taverne, les fins de semaine. Je pourrai te donner un peu plus d'argent. De combien as-tu besoin?

— Une trentaine de dollars suffiront pour l'instant.

— Tu les auras. J'irai te les porter demain. Tu habites toujours au même endroit?

— Je ne déménage pas; j'attends que tu reviennes.

— Je continue de réfléchir. J'ai beaucoup d'affection pour toi, Carole, dit-il en me posant gentiment les doigts sur la main.

Je serrai ces doigts. Ce simple geste d'attraction mutuelle ranima mes espoirs. Nous nous sommes quittés ainsi. Le lendemain, quand il m'apporta le montant prévu, je le reçus avec chaleur. J'espérais son retour définitif. Je fus déçue.

— Tu n'entres pas voir Barbara? Viens t'asseoir un moment.

— J'ai des courses à faire.

— Tu peux bien m'accorder une heure ou deux. Nous ne nous sommes pas vus depuis des mois. Je me sens bien seule depuis ton départ. Doutes-tu toujours de moi?

Mes questions se succédaient à un rythme effréné. Je l'aimais. J'aurais voulu le retenir.

— Je te porte la même amitié qu'il y a des années. Je pourrais conclure que nos sentiments n'étaient pas de l'amour. Je ne sais pas bien ce que je ressens exactement pour toi: de la tendresse, c'est certain. Quant au reste...

Je ravalai un sanglot sans pouvoir empêcher les larmes de me monter aux yeux.

— Je t'aime, moi, Louis. Aucun autre homme n'a compté dans ma vie. Qu'importe ce que tu ressens pour moi, tu es le bienvenu ici!

Il me caressa la tempe doucement en me scrutant.

— Tu demeures une amie très chère, Carole.

Je saisis sa main et la conservai entre les miennes tremblantes.

— Ne pars pas, Louis. Reste un peu. Tu me manques tant.

La tentation était trop forte. Je me jetai à son cou, le serrant très fort contre moi. En relevant la tête, j'espérais un baiser. Il dut le deviner et avoir pitié de moi, il se pencha pour toucher mes lèvres. Je m'accrochai désespérément à son corps qui apaisait mes craintes. Je voulus oublier mes peurs, mes larmes, Angelo et le reste pour ne plus penser qu'à Louis. Par désir ou par compassion, ses mains retrouvèrent les gestes d'avant et nous fîmes l'amour. Je croyais avoir gagné la partie, qu'il resterait désormais. Le bonheur est éphémère. Louis se leva et je vis que sa bouche avait gardé son pli d'amertume, que ses yeux fuyaient les miens.

— Il est temps que je parte. Je dois rencontrer un ami.

— Tu ne préfères pas rester?

Je le sentais tourmenté, désorienté.

— Je t'aime peut-être plus que ce que je pensais. Je ne sais plus; je doute de la route à suivre. Laisse-moi un peu de temps.

— Combien de temps? J'ai hâte que tu sois là pour de bon.

— Je ne sais pas. Ce qui vient de se passer m'a troublé... Je m'interroge. Il faut quand même que je parte; j'ai du travail qui m'attend. Bonsoir, Carole.

Il sortit; on aurait dit qu'il se sauvait. J'aurais dû insister davantage, car il ne revint pas. J'allai le voir de nouveau deux semaines plus tard. Il me parut des plus distants; il bégayait et ne me lorgnait pas, gardant les yeux au sol. Je ne le revis que trois autres mois après cette seconde visite et je le reconnus à peine tant il avait maigri. Il me dirigea vers ce même endroit où nous nous étions revus la première fois. Assis en face de moi, il semblait nerveux, las, taciturne. Il transpirait.

— Que se passe-t-il? Quelque chose ne va pas? Tu manques d'argent à ton tour? Si c'est cela, Barbara va mieux et peut-être que je pourrais t'aider.

Après une longue pause, il avoua avec une certaine gravité:

— Ce n'est pas cela. Je suis amoureux d'une autre.

— Oh Louis! dis-moi que ce n'est pas vrai!

— C'est pourtant le cas.

— Cela veut-il dire que tu ne rentreras plus jamais?

— Pour l'instant, tout ce que je désire, c'est vivre auprès d'elle.

— J'imagine que te voilà heureux.

— Heureux!... Peut-on l'être sur terre? Vois-tu, elle est si différente des autres...

— On dit toujours ça quand on aime.

— En ce qui la concerne, c'est vrai. C'est une... albinos.

— Noire ou Blanche, quelle importance quand on s'aime!

— Il ne s'agit pas d'une race. Elle est atteinte d'albinisme. C'est une absence de pigmentation. Elle a les cheveux blancs et les yeux si pâles qu'ils se confondent presque avec le fond de l'œil. C'est une sorte d'anomalie congénitale.

— Est-ce que ça s'attrape?

— Non. Ça ne se transmet pas nécessairement non plus, sauf que... sa grand-mère est une espèce de visionnaire qui se plaît à effrayer les gens. Je dois admettre qu'elle a certaines connaissances... Elle semble persuadée que sa petite-fille porte en elle les racines du mal et elle l'enferme. Leïka ne peut sortir que la nuit tombée, quand tout le monde dort. De toute façon, la lumière lui fait mal aux yeux. Elle est habituée de vivre dans une demi-obscurité.

— C'est terrible! Et tu l'aimes!

— Oui.

Il se mit à me raconter comment il l'avait connue. Ça me faisait mal. Je préférais quand même écouter sa voix plutôt que de devoir le quitter sans espoir de le revoir.

«Toutes les fois que je ne parvenais pas à dormir, je la voyais qui faisait les cent pas devant la ruelle. Elle portait des lunettes noires et une longue cape sombre. Elle ne rentrait qu'au petit matin, avant que le soleil se lève. Elle répétait ce manège soir après soir et je me distrayais à la surveiller. Je me suis informé auprès de la propriétaire et ce qu'elle m'a dit n'a fait que m'intriguer davantage: elle l'appelait la fille de la sorcière et elle me conseillait de ne pas l'approcher. Un soir, je suis sorti et je suis allé vers elle. Elle s'est enfuie vers sa demeure. Je l'ai rappelée ainsi:

«—Ne vous sauvez pas! Je ne vous veux aucun mal. J'aimerais simplement bavarder un peu.

«Elle a ralenti son pas, s'est retournée en se cachant le visage d'un vieux châle troué.

«—J'ai remarqué que vous ne dormiez pas la nuit. Je ne dors pas souvent non plus, alors j'ai pensé que nous pourrions nous tenir compagnie. Vous permettez?

«Sa voix gutturale me givra pendant qu'elle balbutiait:

«—C'est impossible. Partez! Si ma grand-mère vous aperçoit, elle sera très fâchée. Ne savez-vous pas ce qu'on dit d'elle?

«—Je ne crois pas aux sortilèges.

«—Elle a effectivement des pouvoirs; moi qui la connais, je vous l'affirme.

«—Ça ne m'effraie pas. Venez, marchons un peu.

«Elle accéda à ma demande tout en gardant une extrême réserve. Je m'enquis:

«—À moins que vous ayez peur de moi!

«—Je crains tout ici-bas. J'attends qu'on me délivre.

«J'ouvris grand les yeux, surpris autant par le ton emphatique que par les mots.

«—Que voulez-vous dire?

«Elle se tourna légèrement vers moi.

«—Un jour viendra celui qui doit m'apporter le repos et la mort. Serait-ce vous?

«Je ne comprenais rien à ces phrases inhabituelles et je frémis malgré moi. Sa voix lente et basse me bouleversait autant que ses paroles. Sa naïveté me captivait, me clouait sur place.

«—Si vous ne croyez pas aux sorcières, reprit-elle cérémonieusement, peut-être croyez-vous au diable et en ses maléfices? Je porte le mal. C'est pourquoi il vaudrait mieux vous éloigner. Vous voulez bien faire et vous montrer gentil. Ce n'est pas en faisant le bien qu'on chasse le mal.

«—Comment le chasse-t-on?

«—Par l'amour. Oui: l'amour seul efface tout.

«Je fis une moue non convaincue qui lui fit rejeter sa capeline et retirer ses lunettes noires.

«—Voyez qui je suis! La fille de Satan. Grand-mère dit que c'est Lucifer en personne qui m'a engendrée.

«—Parce que vous êtes albinos? Il n'y a aucune raison. Ce n'est pas tellement fréquent chez l'être humain, mais chez les animaux, cela arrive régulièrement. N'avez-vous pas entendu parler de Moby Dick, la baleine blanche, ou des renards et des loups blancs? Il y a même des éléphants blancs. Des lapins! La plupart des lapins sont albinos. Les démons n'ont rien à y voir, c'est une simple tactique de la nature; elle a négligé de vous doter de pigmentation.

«Elle m'écoutait, ébahie, la bouche entrouverte, les yeux remplis de stupeur.

«—Vous en êtes bien certain? Grand-mère m'a dit...

«—Qu'importe ce qu'elle vous a fait croire. Vous valez plus que les autres puisque vous êtes une pièce rare, un être unique. Vous devriez être fière et non pas vous cacher ainsi.

«—Les gens me craignent.

«—Ce sont des ignorants qui ne connaissent que les choses simples de l'existence. Fiez-vous à moi.

«—De toute mon âme! Vous êtes plus que celui qui m'apportera la délivrance, vous me rendez la vie moins pénible.

«—Pauvre jeune fille! Votre grand-mère vous a traumatisée avec ses contes à dormir debout.

«—Ce n'est pas vraiment sa faute... Elle ignore sûrement ce que vous venez de m'apprendre. Je le lui dirai. Elle m'a enseigné tout ce que je sais. C'est sûrement peu en comparaison de ce que vous devez savoir. Elle affectionne tout particulièrement de gros livres qui traitent de magie, de sorcellerie et elle a les Évangiles et les saintes écritures.

«—Je vous renseignerai sur tout ce que vous désirez connaître. Je me nomme Louis Roitelet. Et vous?

«—Leïka Tangara. Ma famille est d'origine suédoise. Ma mère est morte en me mettant au monde. Des fièvres, je crois. Je n'ai pas eu de père, ni maman d'ailleurs. Il semble que ce soit courant dans notre famille.

«—Leïka!... cria une voix rauque et sèche provenant des ténèbres de la ruelle.

«—C'est ma grand-mère, chuchota la jeune fille. Il faut que je rentre. Vous viendrez demain?

«—Je vous attendrai.

«Elle m'a contemplé longuement avant de dire:

«—Merci.

«Nous nous sommes retrouvés ainsi tous les soirs, par un accord tacite. Sa douceur, sa candeur, son besoin d'apprendre, de connaître, tout cela me fit l'effet d'un sang neuf. Je me sentais renaître. Plus rien n'existe réellement en dehors d'elle. Tu restes mon amie, Carole. C'est pourquoi je peux t'avouer que j'ai l'intention de l'enlever, de partir avec elle, d'aller m'installer quelque part où sa grand-mère ne pourra pas nous trouver.»

— Tes études? Ton talent! lui soulignai-je.

— Je lâche tout. Elle seule a de l'importance.

Il se leva pour partir et je murmurai sans qu'il m'entende:

— Je t'attendrai toute ma vie.

Moi qui étais venue pour lui dire que j'étais enceinte de lui, je n'ai rien osé lui avouer. – Tu vois, Xavier, le hasard fait bizarrement les choses. J'allais avoir un enfant de Louis à présent que je l'avais perdu. – Durant des semaines, je me traînai lamentablement au travail. Cette grossesse m'obligea à donner ma démission et je dus partir une autre fois à la recherche de Louis. J'ignorais même s'il habitait encore cet appartement dans la rue sombre ornée de lourdes et vieilles maisons. Je fus surprise de l'y trouver. Nous nous rendîmes au restaurant.

— Je ne voulais pas te déranger. J'ai des problèmes.

— Tu n'es pas la seule, soupira-t-il. Leïka n'a pas voulu

s'enfuir avec moi. Elle craint sa grand-mère et ses superstitions. Elle répète sans cesse qu'elle va mourir.

Il soupira et me prêta finalement attention.

— Que puis-je faire pour toi? Tu as besoin d'argent?

— Pour le loyer, oui. J'ai dû quitter mon emploi parce que je suis malade.

— Malade! Ce n'est pas grave, j'espère.

— Pas trop. Je... je suis enceinte depuis ta dernière visite chez moi.

Il releva un visage assombri par le chagrin et la surprise.

— Toi aussi! Leïka attend également un enfant de moi.

Il secoua la tête.

— Me voici bientôt deux fois père alors que dernièrement... C'est pour quand?

— Mars, bien sûr. Et Leïka?

— Mi ou fin avril, je suppose. Elle n'a vu aucun médecin. Sa grand-mère ne le permettrait pas.

— Je ne sais pas si je dois vous féliciter ou m'apitoyer sur notre sort à tous. Tu ne sembles pas te réjouir beaucoup.

— Il en serait autrement si Leïka acceptait de me suivre. Elle a tenu à ce que je poursuive mes études. J'ai pu obtenir une seconde bourse et mon salaire de barman est excellent, alors tu peux compter sur moi.

— Tu parais fatigué.

— Qui ne le serait pas? Le jour, je travaille à mon mémoire de maîtrise. Le soir, je suis au bar, puis je rejoins Leïka. Je dors à peine trois à quatre heures par nuit. Quand je dors.

— Tu vas te rendre malade à mener pareil train d'enfer.

— Bof! Si Leïka doit vraiment disparaître, lui survivre ne me dira rien.

— Je suis là, moi. Il y a ton enfant qui t'attendra aussi. Barbara a besoin de toi. Pour elle, tu es son père. Elle te réclame.

— Tu n'as pas revu Angelo?

— Angelo ne m'intéresse pas. Il est en prison, j'imagine, et que Dieu l'y garde! Chaque matin je m'éveille terrifiée à l'idée qu'il puisse mettre ses menaces à exécution et je crains de voir apparaître un de ses amis pour venir me voler ma fille.

— Dommage que tout se soit déroulé ainsi entre nous! soupira-t-il, tête basse.

Quand je rentrai chez moi, j'étais démoralisée. Jamais je n'avais vu Louis aussi abattu. Je me promis de ne plus aller l'embêter, de m'arranger toute seule et j'y parvins avec peine et tracas.

Je mis au monde ma petite Claire, le quatorze mars. C'était une enfant blonde, robuste et je m'y attachai tout de suite. Une dizaine de jours plus tard, un Louis maigre aux yeux hagards, portant dans une couverture de laine un bébé chétif et cramoisi, entra. Il parlait comme un halluciné.

— Sauve-la, Carole, je t'en prie! Elle est née prématurément. Leïka est très malade; il faut que je retourne m'occuper d'elle. Sa grand-mère est folle de douleur; elle voulait que l'enfant meure. Déjà il repartait, après m'avoir posé dans les bras son paquet de chair brûlante. Deux jours plus tard, j'appris aussi par Louis le décès de Leïka.

Sans trop savoir pourquoi, probablement parce que je voulais faire plaisir à Louis, je m'occupai du mieux que je pus de l'enfant de cette femme.

Ai-je eu tort ou raison? Je ne le saurai jamais. La fillette prématurée de Leïka reprit force et vigueur rapidement et, Dieu sait pourquoi, mon enfant sain, ma Claire chérie cessa de respirer. Je la trouvai, un matin, sans vie, à peine vingt jours après l'arrivée de cet autre bébé. Je crus que, du Ciel, on m'indiquait la route à suivre quand je remarquai une certaine ressemblance entre mon enfant et la petite que Louis m'avait confiée. Je fis enterrer Claire sous le nom de Leïka Tangara. Ainsi l'enfant de cette femme disparaissait en devenant le mien et le seul asile de Louis demeurerait ma maison. Plus rien désormais ne le rattachait à Leïka.

Lorsqu'il revint me voir, je lui dis simplement que l'enfant de Leïka n'avait pas survécu et jamais il ne se douta de la vérité. Comment aurait-il pu reconnaître, dans la petite fille blonde et potelée, la fille de Leïka? Je n'avais pas pensé, en agissant ainsi, que je faisais souffrir Louis. Je mettais sur le compte de son chagrin d'amour ses longs silences et son vague à l'âme dont il ne guérit jamais.

Carole ravala difficilement ses larmes. Xavier lui mit la main sur l'avant-bras.

— Claire est donc bien la fille de Leïka?

— Oui. Et notre fille que Louis a toujours craint de voir disparaître l'est depuis des années. Pourquoi ne m'a-t-il jamais fait part de ses craintes? Peut-être que je lui aurais expliqué!

— Il ne voulait pas que vous vous tourmentiez. Dites-moi, Carole, votre mari s'est-il vraiment attaché à Barbara?

— Il l'aimait, c'est certain. Autant qu'il aimait Claire, je ne saurais dire. Il aurait certainement accordé tout son amour à cette dernière s'il avait su et je ne voulais pas risquer que cela arrive.

— Pourtant vous avez préféré Barbara à Claire, reprocha Xavier.

— J'ai tellement eu peur de la perdre; j'ai tant craint qu'Angelo reparaisse pour venir nous faire du mal... Et puis, il ne fallait pas qu'elle puisse souffrir à se voir moins aimée de Louis.

— Pourquoi ne leur avez-vous jamais révélé ces faits, ni à Louis, ni à Claire, ni même à Barbara? Vingt ans de silence!

— Je ne pouvais pas! Avouer à Barbara qu'elle était ma véritable fille, c'était laisser un jeu possible pour Angelo. Si elle était une enfant adoptée, alors Angelo ne pouvait plus croire qu'elle était sa fille. J'ai eu raison: Angelo n'est jamais revenu. Il s'est peut-être évadé nombre de fois par la suite, mais jamais il ne s'est présenté ici. Ni aucun de ses amis.

— Il a réussi quatre évasions, après quoi il est demeuré en cellule toutes ces dernières années.

— Ah! ils ont dû l'enfermer à double tour! Quoi qu'il en soit, Louis une fois rentré, nous avons déménagé et nous avons conclu, lui et moi, que la meilleure décision était de la dire «adoptée». J'avais aussi l'espoir qu'en oubliant que Barbara était la fille d'Angelo, Louis s'attacherait plus à elle; c'est ce qui s'est produit.

— N'avez-vous donc pas réfléchi aux conséquences de

ces actes? Barbara a souffert et souffre encore de ne pas connaître sa mère. Vous devriez lui dire que c'est vous.

— Jamais! rugit-elle presque en changeant de couleur. Je t'ai tout raconté parce que tu avais deviné une partie de mon passé et j'ai craint qu'en me taisant, tu ne te venges en racontant tout à mes filles. Je t'ai demandé le secret avant de commencer et j'exige que tu tiennes parole.

— Je la respecterai. Toutefois, il vaudrait mieux tout leur expliquer avant qu'Angelo ne se montre. Il pourrait transformer l'affection de Barbara en haine, vous le savez. Quant à Claire, elle n'a jamais compris pourquoi vous étiez si attachée à Barbara, pourquoi vous la lui préfériez; croyez-vous qu'elle n'aurait pas besoin d'entendre son histoire?

— Non. Qu'elles gardent de moi une image intacte et pas troublée comme l'a été ma vie! Je ne voudrais pas que mes filles apprennent ce que leur mère a subi ou fait.

— Vous avez tort et je crains que vous ayez à en répondre un jour ou l'autre. Vous connaissez bien mal vos enfants, Carole, sinon vous auriez constaté que le chemin tortueux que vous avez suivi les a laissées toutes deux brisées.

Xavier trouvait l'attitude de Carole inconcevable. Comment avait-elle pu vivre des années dans le mensonge sans que rien ne lui échappe de ses mystères? Il se rappela brusquement les paroles de Claire les concernant: «Mes parents formaient un couple très uni. Je ne me souviens pas les avoir vus se quereller ou élever la voix.» Ils avaient sans doute, l'un et l'autre, trop à se faire pardonner, trop à laisser retomber dans l'oubli. Louis ne devait pas tenir à se retrouver seul une fois de plus. Quant à Carole, elle craignait certainement son départ. Ils s'étaient aimés d'une certaine façon; jamais ils ne s'étaient compris. Le silence était devenu une prison qui, semblant les unir, les avait divisés plus que tous les mots échangés.

Telle avait été l'union de Louis et de Carole Roitelet: une vie tumultueuse de cachotteries, de tricheries, de terreurs et d'espoirs.

Xavier fixa intensément cette femme qui se tenait droite et fière, butée dans sa décision; il ressentit chez elle une force de caractère peu commune. Aurait-il trouvé chez Louis de la faiblesse, de la lâcheté? Avait-il vécu simplement de rêves? Jamina l'avait prétendu.

Il alla, d'un pas pesant, vers la porte, sa colère tarie. Quel moyen trouverait-il pour garder le secret de Carole tout en apprenant à Claire la vérité? Il sourit soudain. Il venait de songer à Jamina. Il se promit de retourner la voir. Façon de parler puisqu'il ne l'avait jamais vue!...

Chapitre XIII

Embarrassée par son foulard de soie soulevé par le vent, Claire s'arrêta un moment en haut de l'escalier. Le bruit des moteurs des avions qui passaient à proximité devenait assourdissant; elle porta ses index à ses oreilles. Montèrent de ses souvenirs de gros corbeaux croassant et tournant autour d'elle, enfant, dans un terrain vacant où son chat, tripes à l'air, servait de victuailles à ces nécrophages; et, cachée derrière le saule, Barbara, mains sur la bouche, se riant de ses tourments. Le présent s'imposa. Un passager pressé la bouscula pour la dépasser. Partout, toujours, il fallait qu'on la heurte: des passants, des manants, des enfants... En descendant les marches de la passerelle, l'aquilon souleva sa jupe, lui éclaboussa du sable aux yeux; elle éternua, se moucha, resserra la ceinture de son léger manteau en polyester, rajusta son foulard de soie. Stimulant quand même, ce souffle ardent provenant du nord! Une fois en bas, une passagère lui accrocha la jambe gauche avec sa mallette à cosmétiques. Elle se tordit dans un mouvement involontaire en se plaignant; l'autre ne s'excusa même pas et la devança. Une maille filait à son bas là où une égratignure apparaissait sur son mollet. Pourquoi était-ce si urgent pour eux de courir en tous sens? Qu'espéraient-ils donc de la vie qui n'était pourtant qu'aberration, qu'égarement, qu'une suite infinie de contradictions, d'empêchements à la satisfaction? Tantôt on s'éprend, on se méprend, on se quitte, puis, ensuite, on se repent, on se surprend, on se reprend. Dans tout cela, on apprend, on désapprend... Trop fatigant.

Trop glaçant. Trop cuisant. Tous ces gens sans âme, ces androïdes formés à ne voir qu'eux-mêmes, sans discernement! Le monde n'en finirait pas de mal aller tant que l'humain ne conserverait qu'une évanescente réminiscence de son semblable et ne lui accorderait pas des droits et privilèges identiques aux siens.

Elle étira obstinément le cou vers les nombreuses personnes amassées derrière la clôture grillagée, mêlée abracadabrante démesurément gonflée à chaque départ, à chaque arrivée. Pourquoi espérait-elle y voir Xavier quand elle n'avait averti personne de son retour? Il ne pouvait évidemment pas y être. Elle ne lui avait pas écrit depuis son départ. Lui en voulait-elle encore de ce que Barbara lui avait appris: qu'il avait également couché avec d'autres mannequins de l'agence? Souvenir encombrant dont elle aurait grandement goûté se départir.

Elle passa mécaniquement au contrôle. Cette fois-ci, elle ne venait pas prendre le corps de Richard. C'était son corps à elle qui revenait de loin, son corps défaillant à la pensée qu'elle se trouvait dans la ville où vivait Xavier. C'était son cerveau trop obéissant qui faisait fi de ses désirs en s'accommodant de la promesse que Barbara lui avait soutirée quand elle l'avait enjointe de ne plus revoir Xavier.

Elle rentra, sans joie, à l'appartement. Malgré son engagement envers Barbara, tout en elle se révoltait à l'idée de ne plus revoir l'homme qu'elle aimait sincèrement et plus que jamais. Ces longues semaines d'éloignement lui avaient fait comprendre combien son attachement à Xavier était profond. Qu'importait le passé? Seul le présent comptait.

Elle défit ses bagages pour placer ses vêtements dans le placard et les tiroirs de sa commode. Une forte tendance à la tristesse l'envahissait graduellement. Un petit sourire de tendresse glissa momentanément sur ses lèvres au souvenir d'Auguste. Il l'avait initiée aux recherches anthropologiques qu'il effectuait, afin qu'elle ne succombe pas à l'ennui et au chagrin. Il aurait été si bon de retrouver la quiétude et la tranquillité qu'elle avait connues à Hawaii auprès de ce frère cadet! Hawaii, îles volcaniques dans un océan turquoise et indigo parsemé de flots écumants! Cependant, le bonheur n'existait pas plus là qu'ailleurs. Le bonheur, aurait dit un vieux sage clairvoyant, se trouve en toi et non autour de toi. Claire le savait, car, malgré son teint bruni par le soleil du sud, sa mine ravagée, sa minceur extrême dénonçaient une conscience perturbée.

Elle se vêtit et sortit, incapable de demeurer plus longtemps dans les pièces vides de son logement. Elle se dirigea machinalement vers les bureaux de Bruce William, espérant rencontrer Xavier dans les parages de son studio sans toutefois aller l'y quérir. Le jour déclinait, la lune s'élevait en un chétif croissant incandescent, étourdiment enhardi par un vent refroidi. Les hauts lampadaires des allées lançaient, tour à tour, leurs feux au néon ou à l'iode, plus blanc, plus rosé selon le produit chimique employé. Les mille yeux des édifices prenaient des allures d'étoiles scintillantes en s'ouvrant ou en se fermant constamment, clairsemés ou denses. Durant l'heure des embouteillages et de clôture des magasins, elle entra dans un restaurant prendre un thé chaud qu'elle accompagna d'une darne d'alléchant flétan. Le calme revenu, elle apprécia la nuit et la bise piquante en faisant les cent pas d'un coin de rue à l'autre. Un agent de police arpentait ces mêmes lieux en lui lançant des regards soupçonneux. Deux hommes sortirent soudainement de la haute bâtisse de béton devant laquelle elle lanternait. Déjà Xavier l'avait reconnue et se précipitait vers elle, suivi de son compagnon.

— Claire! Quand es-tu rentrée?

Il exultait, rayonnant, sa voix exprimant toutes les nuances de ses sentiments. Il était impossible qu'il ne l'aime pas! Sa pétulance le trahissait.

— Cet après-midi, bredouilla-t-elle en jetant de furtifs coups d'œil ennuyés à l'homme blond, un peu guindé et superbement vêtu, qui arrivait à leur hauteur.

— Laisse-moi te présenter Bruce William. Je ne crois pas que vous vous connaissiez. Claire est la sœur de Barbara.

L'attention de William sembla se décupler. Elle vit briller

les yeux bleus avenants et se détendre les lèvres minces sous la fine moustache.

— Ainsi, vous êtes Claire! J'ai énormément entendu parler de vous. À dire vrai, je ne vous imaginais pas telle que vous êtes.

La question se lut dans les prunelles claires de la jeune femme et, sans qu'elle ait à la formuler, Bruce continua avec son accent anglais:

— Vous ne manquez pas de charme et de classe. Je vous croyais beaucoup plus quelconque, terne même, dois-je avouer impudemment.

— C'est ce que Barbara aime à prétendre. Peut-être me voit-elle réellement ainsi? marmonna Claire, la mine renfrognée.

Xavier entoura fermement ses épaules d'un bras complaisant de protecteur et de consolateur.

— *Possible!* supposa Bruce sans fausse honte. Elle est si belle que les autres femmes peuvent lui paraître laides. Il faut essayer de la comprendre. Bien! Je crois que notre souper va être remis, n'est-ce pas, Xavier?

— J'en ai peur. Ce sera pour une autre fois, si ça ne te fait rien.

— *I understand,* émit-il en lorgnant Claire avec un sourire de connivence.

Lestement, il se retourna et s'en alla après les avoir salués galamment. Il comprenait mieux l'engouement de Xavier pour cette frêle et confiante jeune femme. Bien sûr, elle ne jouissait pas d'une beauté classique à la Barbara, loin de là; ce qui émanait d'elle surpassait la joliesse: une douceur, une sorte de clarté et autre chose aussi qu'il ne parvenait pas à définir. Il se détourna pour observer le couple qui s'éloignait. Xavier tenait la jeune femme par la taille et la serrait contre lui, visiblement comblé.

— Je suis si heureux que tu sois venue me trouver! affirmait Xavier. Tu aurais pu me télégraphier pour me prévenir de ton arrivée. Je serais allé te chercher à l'aéroport. Tu m'as tellement manqué.

Elle frissonna et il la pressa davantage, satisfait de la tenir enfin tout près. Elle se sentait coupable, mal à l'aise, néan-moins, toute cette turbulence en elle à revoir Xavier en valait la peine.

— Crois-tu que William dira à Barbara qu'il nous a vus ensemble?

— Pourquoi cela t'ennuierait-il?

— Je lui ai promis de ne plus te rencontrer. Si elle l'apprend, j'ai peur que sa colère ne soit terrible pour toi et Marisa. Pourquoi est-ce que je n'arrive pas à tenir ce serment?

— Je suis ravi que tu n'y parviennes pas. Tu n'as aucune raison de t'effrayer. Elle ne peut rien contre nous. Nous trouverons bien le moyen de nous rejoindre. Ce n'est qu'une question de temps. Sois patiente, ma chérie.

— Je suis moins confiante que toi. Elle me hait. Elle me l'a avoué avant la mort de Richard, le jour où elle s'est présentée chez moi pour exiger que je ne te voie plus.

— Sous quelle contrainte? De tout raconter à Richard?

Elle fit un léger signe affirmatif.

— En partie. C'est aussi parce qu'elle se sent lésée. Bar-bara me méprise parce que, soutient-elle, je n'ai jamais eu de problèmes alors qu'elle en a eu énormément. Elle me jalouse parce que Carole est ma mère quand, moi, je déplore l'affec-tion et la préférence que maman a ressenties si démesuré-ment pour elle.

Elle leva vers Xavier ses yeux de ciel d'été frangés de longs cils recourbés. Sous le réverbère, il ne vit de son visage que deux taches blanches balayées par des points sombres. Il songea à Leïka, à ses amours avec Louis, à ce qu'ils avaient vécu contre vents et marées. Il lui caressa la joue du revers des doigts, amoureusement.

— Tu n'as rien à lui envier ni à te reprocher.

— Crois-tu! Je me sens coupable de tous mes actes, de mes pensées, des jugements que je porte. J'ai pu parvenir à me reposer un peu à Hawaii. Or, pendant ces quelques mois, j'ai pensé sans arrêt à Barbara, à toi et à moi, à Marisa... Comment va-t-elle, cette chère enfant?

— Après les quelques progrès qu'elle avait faits, elle s'est, dirait-on, rendormie. Elle est si lointaine qu'il m'arrive de me demander si elle entend quand nous lui parlons.

— Pauvre petite! Qu'allons-nous tous devenir?

— Je ne sais pas. Il se passera bien quelque chose pour changer notre vie; j'en ai la conviction. Pour l'instant, satisfaisons-nous des entractes que nous pouvons nous permettre. J'ai le goût de toi. Si nous allions chez toi?

— Chez moi! Je serais gênée de te recevoir pour... faire l'amour dans l'appartement que Richard avait choisi pour moi. Je ne voudrais plus y remettre les pieds. Je me sens fautive de t'aimer, fautive de le remplacer, fautive d'exister quand il est décédé. Il faudrait que je déménage.

— Les bons logements sont de plus en plus chers et rares à Montréal. Je t'aiderai à en chercher un si tu y tiens. Je comprends que tu puisses hésiter à m'y inviter, surtout pour y sanctionner notre relation amoureuse. Allons ailleurs.

Elle garda le silence et il reprit après un temps relativement long, tout en avançant sur le trottoir pratiquement désert:

— J'ai... fait de nouvelles connaissances depuis ton départ. Vendredi, si tu le veux, je te présenterai un être hors de l'ordinaire.

— Qui donc?

— C'est une merveilleuse surprise. Sois patiente! Ce soir, je te garde pour moi tout seul. Je me suis, moi aussi, beaucoup questionné pendant ton absence; j'avais peur que tu aies cessé de m'aimer. Je me demandais pourquoi tu ne m'écrivais pas, même si je connaissais ta peine concernant Richard et que je respectais tes décisions.

Elle s'arrêta inopinément. Xavier faillit buter contre un passant qui la contournait.

— Il y a une chose que j'aimerais éclaircir. Je sais que je n'ai aucun droit sur toi, que... que...

Elle bafouillait. Son regard courait obliquement du sol au regard de Xavier pour retourner au sol, puis à Xavier. Elle était visiblement troublée.

— Tu peux me parler franchement.

— Ce n'est pas que je veuille t'en tenir grief ni que je croie

Barbara sur parole. C'est... pour cesser de me répéter sans arrêt que tu es un homme volage auquel je ne peux me fier.

Il grommela un peu sèchement:

— Hum!... Que t'a dit Barbara?

Elle hésita encore. Pour apaiser ses craintes délirantes, devait-elle risquer de mettre en jeu ses liens fragiles avec Xavier?

— Que... tu avais eu d'autres aventures sexuelles en dehors d'elle alors que nous étions fiancés. Tu n'es pas obligé de répondre, ajouta-t-elle confusément. C'est seulement que...

— Je *veux* te répondre, coupa-t-il prestement. C'est vrai. J'ai couché une fois avec une autre fille, un des mannequins de l'agence, et cela, avant ma liaison avec Barbara. Je t'assure que Barbara et elle ont été les seules. Quand j'ai appris ton mariage avec Richard, je n'ai plus eu aucun contact physique avec aucune autre femme. Je te l'ai déjà dit, Claire, et je te le répète: Barbara a peut-être eu un enfant de moi, mais notre mariage n'a «jamais» été consommé. Dès l'instant où je t'ai su perdue pour moi, je me suis senti vidé de toute mon essence libidinale. Par contre, aussitôt que je t'ai revue, la vie a repris ses droits. Je t'aime. Je n'aime que toi.

Elle le crut. Ce visage penché vers elle, cet air un peu tragique, la douceur, la patience qu'il mettait à proclamer sa vérité, tout cela ne pouvait raisonnablement pas appartenir à un menteur. Elle ne pouvait douter. Tant pis si elle se faisait berner, c'était si bon de croire en lui! Tandis que Xavier et Claire se dirigeaient, enlacés et à pas lents, vers un hôtel de second ordre, le téléphone sonnait chez Barbara. Elle y répondit de mauvaise grâce. Sa voix tranchante résonna dans l'écouteur.

— Je te dérange, Barb?

— Bruce! lança-t-elle, étonnée. Ne devais-tu pas passer la soirée avec Xavier?

— Nous avons eu un empêchement.

— Il rentre alors?

— Pas chez toi, j'en ai peur. Ta demi-sœur est revenue de voyage.

— Tu veux dire qu'ils se voient!

Le ton ahuri, l'accent proche de l'emportement tarirent son contentement. Bruce se tut stupidement. Venait-il de commettre un impair? Il aurait sans doute mieux valu attendre avant de mettre Barbara au courant du fait. D'un autre côté, peut-être que cela la contraindrait à crever cet abcès purulent, à oublier Xavier et à revenir vers lui définitivement?

— Je te propose de venir passer la soirée chez moi. Nous organiserons un petit souper en tête à tête...

Son interlocutrice ne l'écoutait pas. Barbara se parlait à elle-même. Elle méditait tout haut:

— Je suppose qu'ils vont se rendre chez elle. Je vais aller voir s'ils y sont. Si je les trouve en pleins ébats, gare à eux!

— Attends, *love*! Ce n'est pas raisonnable.

La ligne était coupée. Barbara avait raccroché. Il se gratta la tête, penaud, trouvant la situation pénible, embêtante. La jeune femme allait se précipiter directement chez Claire en espérant trouver les deux amants dans les bras l'un de l'autre. Elle leur ferait une scène regrettable et, dans l'état où elle se trouvait depuis un certain temps, mieux valait qu'il soit là pour amoindrir sa colère. Il ressortit en hâte de son vaste logement en admirant au passage son mobilier coûteux, la propreté et la beauté du nid qu'il aurait aimé partager avec Barbara, faisane rébarbative et récalcitrante. Il se devait de l'intercepter avant qu'elle ne monte chez Claire.

Les minutes paraissaient s'éterniser. De sa voiture stationnée devant le meublé dont il avait trouvé l'adresse auprès de l'assistance téléphonique, il surveillait les taxis qui s'arrêtaient et il la vit soudain, forme blanche dans la nuit noire, s'engouffrer dans l'immeuble. Il se lança à sa suite en l'appelant. Bien qu'elle dût l'avoir entendu, elle continuait d'avancer d'un pas pressé et pesant tant le poids de sa décision l'avait excessivement alourdie sans parvenir à la ralentir.

Bruce la suivait à quelques pas de distance en tentant de réparer sa bévue et de s'expliquer:

— Je ne t'ai pas dit qu'ils se voyaient pour que tu fasses une folie! Je voulais que tu viennes dormir avec moi. Profite donc de l'occasion pour quitter Xavier et pour m'épouser.

— C'est hors de question; tu le sais! spécifia-t-elle sans se retourner. C'est lui que j'ai choisi et c'est lui que je veux. Claire ne me l'enlèvera pas. S'il n'est pas à moi, il ne sera pas à elle non plus.

Lorsqu'ils atteignirent le premier palier, il saisit vivement un pan de son manteau pour la retarder, pour l'obliger à s'arrêter, à l'écouter. Elle tira sur son vêtement, outrée, tendue par une exaspération grandissante.

— Laisse-moi tranquille! Je vais régler cette affaire une fois pour toutes.

Elle s'engagea dans l'escalier menant au second étage. La ceinture de son veston pendait, traînant dans les marches et ramassant la poussière au fur et à mesure qu'elle progressait vers l'appartement de Claire.

Les secondes comptaient. Barbara se tenait à la rampe pour se hisser jusqu'au second palier. Bruce grimpa les marches deux à deux pour la dépasser et lui barrer le passage de son corps en lui faisant face.

— Un être n'appartient jamais qu'à lui-même, pas à un autre. *Xavier is not your property*, spécifia-t-il dans sa langue pour y apporter toute la gravité qu'il y trouvait.

— Il l'est! rugit-elle d'une voix et d'un œil mauvais.

— *No, he isn't.*

— Fiche-moi la paix! articula-t-elle durement en le tassant du revers du bras pour se débarrasser de lui et reprendre sa montée.

Le deuxième étage était une question de pas. Inquiet, il la rejoignit encore.

— Quelles sont tes intentions?

— Je vais les tuer, stipula-t-elle froidement en sortant un revolver nacré de son sac à main.

L'arme, presque un bijou, disparaissait quasiment dans sa main. Elle n'allait assassiner personne avec cet objet décoratif! Les blesser gravement, oui; les occire, non. Tout ce qu'elle gagnerait, ce serait la prison. Bruce pâlit affreusement et l'immobilisa.

— Tu déraisonnes! Ce serait absurde de finir tes jours au cachot à cause de la haine que tu voues à ta sœur.

— Tout cela m'est parfaitement égal! Lâche-moi le bras! Elle s'en défit. L'arrêter! Il fallait l'arrêter. Coûte que coûte! Que devait-il inventer pour la stopper avant qu'elle ne commette un geste irréparable? La refréner, lui parler, l'empêcher malgré elle de commettre une sottise ne servaient à rien. Il voulut la saisir par derrière. Elle tourna sur elle-même pour éviter qu'il ne la touche, posa le pied sur la ceinture qui pendait, perdit l'équilibre, tenta de se retenir au garde-fou et tomba de travers pour glisser sur la hanche une dizaine de marches avant de demeurer immobile et gémissante. Bruce arrivait à elle, nerveux. Elle tenta de se redresser et se plaignit.

— Tu t'es blessée. As-tu besoin que je fasse venir l'ambulance pour te conduire à l'hôpital?

— Non! rugit-elle. Je me suis éraflé le dos. J'aurais pu me casser un membre... ou me tuer!

— C'est Lilianne qui t'aurait remplacée, dit-il en tentant de plaisanter pour détendre l'atmosphère.

— Imbécile! C'est toi que je devrais tuer.

— Au moins, je ne te verrais jamais en cellule! J'imagine les gros titres dans les journaux de demain: un jeune top-modèle assassine son mari!

L'œil narquois malgré les circonstances, il l'aida à se relever. Elle boitillait et se tenait le côté droit.

— Viens. Je te ramène chez moi.

Il la soutint par le bras jusqu'à sa voiture, la fit monter, claqua la portière et vint prendre place derrière le volant.

— As-tu retrouvé ton sang-froid?

— Laisse-moi tranquille! Si je les tuais, j'aurais enfin gagné la partie.

— Bien sûr que non. Tu serais habitée par les doutes et le repentir. Même si tu hais Claire, rien ne justifie une pareille conduite. Te rends-tu compte que tu serais une meurtrière? Toi, *love*, une meurtrière! Xavier ne vaut pas des années de prison, de solitude, de désespoir. Lâche un peu la bride, Barb! Le divorce, ce n'est pas pour les animaux. Ils ne se marient pas, eux! On peut apprendre à se passer de quelqu'un; tout est possible. Il suffit de le vouloir.

— Je ne veux pas qu'il vive avec elle, c'est pourtant clair!

— C'est pour ça que tu veux les liquider! soupira-t-il en secouant la tête. Dis-moi la vérité: tu veux les empêcher d'être heureux parce que tu aimes Xavier ou parce que tu hais Claire?

— Pourquoi aurait-elle tout et moi rien?

— Tout! Ne m'as-tu pas dit qu'elle venait de perdre son mari? Et puis, elle n'a pas d'enfant, elle! Toi, si.

— Bon sang! Marisa!... Je l'oubliais! Je l'ai laissée à la maison. Il faut que je rentre.

— Tu n'as qu'à prévenir la baby-sitter que tu arriveras plus tard.

— Je n'ai pas demandé de gardienne; la petite dort.

— Tu l'as laissée seule! s'indigna-t-il. Tu perds la raison! Depuis quand laisse-t-on un petit enfant tout seul dans une maison?

— Quand elle dort, rien ne la réveille, trancha-t-elle avec entêtement.

— Oui, et tout peut arriver...

— Comme quoi?

— Si tu ne trouves pas toi-même, à quoi bon t'énumérer les dangers qu'elle court? Allons-y. Je te conduis chez toi cette fois, soupira-t-il en abdiquant.

Lorsqu'ils arrivèrent chez Barbara, Marisa dormait à poings fermés dans son petit lit à barreaux.

— Tu vois! Il ne lui est rien arrivé. Elle dort.

La porte refermée, Bruce la suivit pendant qu'elle claudiquait jusqu'au salon.

— Elle dort... mais peux-tu imaginer ce qu'il serait advenu d'elle si tu avais tiré sur Claire et Xavier?

— Carole s'en serait occupée, sans doute, supputa-t-elle d'un ton neutre en s'asseyant sur le divan après avoir lancé son manteau sur un fauteuil.

— Ou admets que le feu se soit déclaré. Comment s'en serait-elle sortie?

Les questions se succédaient à propos de Marisa. Bruce ne se souciait pas de la culbute qu'elle avait faite dans l'escalier. Il s'asseyait près d'elle.

— Il peut survenir tant de faits qui mettraient sa vie en péril.

Elle abaissa un peu le haut de son pantalon pour vérifier ses plaies. Deux longues rayures roses lui zébraient une partie du dos, de la hanche et de la cuisse. Pas de sang, pas de bleus... pour l'instant. Bruce s'entêtait à ne pas voir ses blessures.

— Ce serait peut-être mieux pour elle.

— Barb! tonitrua-t-il, ahuri. C'est ton enfant! La mienne peut-être!...

— Et alors! Pour ce qu'elle a l'air d'aimer la vie! répondit-elle, dépitée, en serrant les mâchoires et en gesticulant selon ses habitudes. Elle ne parle pas, ne rit pas, ne court pas, ne dessine pas. Elle regarde le monde à travers sa transparence, sans élan, sans sourire. Elle se glisse en dessous de sa satanée couverture, le derrière en l'air, ou elle se cogne au mur. Ces derniers temps, elle feuillette des livres. Bien... «feuillette». Disons plutôt qu'elle tourne les pages. Jamais elle ne dit un mot. Pas un mot. À trois ans, elle ne sait même pas dire «maman».

— Elle est peut-être malentendante, risqua-t-il douce-ment, essayant d'éteindre sa fureur.

— Elle entend très bien, sois-en certain! affirma-t-elle avec assurance en remontant la fermeture éclair de son pantalon, déçue que Bruce ne fasse aucune allusion à sa douleur à elle. Elle n'écoute pas, c'est tout. Le moindre bruit lui fait lever la tête; elle réagit ensuite en peureuse et elle s'enferme dans un donjon d'où personne n'arrive à la tirer.

— Il y a des enfants qui sont différents... anormaux.

— Pas ma fille! Absolument pas. Elle est normale. C'est seulement parce qu'elle refuse de parler et d'écouter. Elle est butée, à l'image de Xavier. Elle est indifférente. Oui, c'est cela: pas différente, mais indifférente. C'est le bon terme.

— As-tu vu un psychiatre ou un psychologue avec elle?

— Elle ne parle pas! Qu'est-ce qu'on pourrait en tirer? D'ailleurs, je n'ai pas confiance en ces maniaques qui voient des malades partout.

— J'en connais un excellent. Je pourrais lui parler de Marisa si tu voulais.

— Ne t'occupe pas de ça! tonna-t-elle en le toisant, furibonde.

— Tu pourrais la confier à des éducateurs spécialisés. Ils sauront y faire et tu seras plus tranquille en ce qui la concerne.

— Je ne m'inquiète pas pour elle; elle me fait enrager, c'est tout.

La conversation tournait au vinaigre. Il chercha à l'apaiser une fois de plus.

— Tu es épuisée. Tu as besoin de repos. Tu vas sûrement te ressentir de cette chute au cours des prochains jours. Tu pourrais venir en Floride ou en Californie avec moi, ça te changerait les idées.

— Pendant ce temps-là, Xavier et Claire prendraient du bon temps! Es-tu détraqué ou quoi?

— Ça te ferait un bien énorme. Qu'importe Xavier? Je suis là, moi.

— Je t'ai clairement dit que c'était Xavier que je voulais. Pas toi. C'est lui mon mari.

— Il préfère se trouver avec Claire. Tu refuses l'évidence.

Les paroles s'envenimaient de part et d'autre.

— Je n'accepterai jamais de me séparer de lui. Jamais.

— Tu as tort. Il trouvera bien un moyen de filer, quelle que soit la chaîne avec laquelle tu l'as attaché.

— Tu ne réussiras pas à me convaincre. Je saurai l'en empêcher.

Las de ces discussions et de cette soirée, il se leva:

— Moi, je m'en vais. Si tu te sens trop seule ou trop pitoyable au cours des prochains jours, appelle-moi. Je viendrai.

La porte se referma. Elle ne le salua pas. Sa pensée vagabondait, errait vers le couple de Claire et de Xavier en train de s'étreindre dans une chambre obscure.

— Il faut qu'elle disparaisse, grinça-t-elle entre ses dents. Claire doit disparaître.

«Claire doit disparaître.» «Claire doit disparaître.»

La phrase se répétait sur sa serviette de table en papier. Les yeux fixes sur les mots qui faisaient sourdre en elle une violence poignante, elle tentait d'échafauder un plan pour effacer Claire de sa vie, pour la rayer de celle de Xavier. Rien ne venait et elle grinçait des dents.

— T'as l'air plutôt embêtée, p'tite!

Assise devant une salade au thon dans un petit restaurant non loin de son travail, elle leva la tête vers la voix inopportune au-dessus d'elle. Un homme d'un certain âge la reluquait avec un sourire fendu d'un cure-dents. Une pousse de barbe noire aggravait le regard sombre et pointu qu'il posait sur elle. Il reprit avec un sourire complice et à mi-voix:

— «Claire doit disparaître.» Peut-être que j'peux t'aider! J'suis fort dans les guets-apens.

Agenouillé sur le banc du compartiment devant elle, il l'observait sans ciller et Barbara se sentait subjuguée par ce personnage étrange aux airs de mauvais garçon. Il devait avoir dans la quarantaine avancée et, avec son blouson de cuir noir et son jean usé, il ressemblait beaucoup aux motards qui sillonnaient les routes de Montréal. Il devait être un peu éméché et chercher une distraction.

— Non, merci, dit-elle. Je trouverai bien un moyen.

— Tout c'que j'voulais, moi, c'était te donner un p'tit coup d'main, t'aider à c'que... Claire disparaisse.

La façon goguenarde avec laquelle il chuchotait ces derniers mots, à la manière d'un secret qu'ils auraient partagé, hérissa Barbara. Elle releva la tête et lança farouchement:

— Parce que vous vous prenez pour un dur! Je ne veux pas que des étrangers se mêlent de mes affaires personnelles. Ça ne concerne que moi. Si vous croyez que vos services vous rapporteront des faveurs, détrompez-vous: vous ne me plaisez pas du tout, vous perdez votre temps.

— J'suis pas là pour t'faire du plat, la p'tite! Ton nom, c'est ben Barbara, hein? Barbara Roitelet. Ta mère s'appelle Carole Létourneau.

Apathique, Barbara l'inspecta gravement pendant qu'il venait s'asseoir sur le siège vide en face d'elle. Elle avait beau essayer de faire un lien entre sa mère et cet homme, elle en était incapable.

— Je ne crois pas que ma mère ait déjà fréquenté des types dans votre genre.

— Elle t'a jamais parlé de moi? Ça t'dit rien Angelo Paradiso?

— Rien du tout.

— C'est ben c'que j'pensais!

Ahurissant, ce sourire qui découvrait des dents pointues et cariées, ce regard noir et pénétrant étincelant de malice et qui énervait Barbara.

— R'marque que j'la comprends! Moi non plus j'aurais pas parlé d'moi dans des conditions pareilles.

— Ce que vous avez à dire ne m'intéresse pas, l'avertit-elle en baissant la tête vers sa salade et vers son griffonnage.

— Ben t'as tort, ma fille, parce que t'en apprendrais p't-être des bouts passionnants. Claire, c'est ben ta sœur?

— Ce ne sont pas vos oignons! Laissez-moi tranquille. Que vous ayez connu ma mère ne vous autorise pas à m'ennuyer.

— T'en as un beau langage! C'est pas créyable, c'que j'peux être chanceux quand même! T'es vraiment une fille superbe, ça aussi, faut l'dire, ajouta-t-il en la détaillant en connaisseur. Un mannequin célèbre. On pourrait faire fortune ensemble.

— Je ne m'abaisserais pas à tremper dans vos sales combines de petits merdeux!

— Tu t'débarrasses vite de ton beau langage, fillette! Tu d'vrais être un peu plus respectueuse avec moi.

— Avec un homme dans votre genre, on ne met pas de gants blancs.

— J't'assez d'accord avec ça.

— Laissez-moi maintenant. Je suis une femme mariée, moi.

— Ouais! avec ce photographe qui court après ta sœur! C'est ben pour ça que t'écris qu'elle devrait disparaître, hein?

Abasourdie, elle redressa la tête et le dévisagea avec mépris, l'œil furieux, cherchant une échappatoire.

— Vous m'espionnez? Que savez-vous d'autre sur moi? Vous me surveillez ou quoi?

— Mes potes pis moi, on aime ça jouer aux poulets.

— Qui vous envoie? Quelles sont vos intentions?

— T'as rien compris! C'est pas qu'on t'en veuille, c'est l'contraire; on est là pour t'aider. On est tes amis.

— Je ne veux pas de votre aide ni de votre amitié. Filez, l'exhorta-t-elle, à bout de patience.

— Bon! J'm'en vas. On va se r'trouver; le monde est p'tit.

Acquiesçant à sa demande, il se leva. En passant près d'elle, il se pencha et lui dit, l'air narquois:

— Pour t'faire plaisir, j'vas m'occuper d'ta sœur. Une p'tite embuscade, pis «hop!» pus de Claire!

Abandonnant sa fourchette, elle se tourna pour riposter. Il ouvrait déjà la porte d'une poigne ferme et s'éclipsait rapidement. Elle suivit sa silhouette du regard un bon moment avant de retourner à sa serviette de papier. «Claire doit disparaître.» S'il allait vraiment agir!... Aller jusqu'à tuer Claire! Sans doute que non. Son intention, à elle, était de la faire «disparaître» de leur vie, pas obligatoirement de la vie. Elle haussa les épaules, paya et rentra sans entrain. Elle préférait demeurer seule pour réfléchir, plutôt que de passer reprendre Marisa chez la voisine. Dans son appartement, les yeux noirs de l'homme la hantaient, émergeant de chaque ombre, de chaque lumière. Jusqu'où pouvait aller sa hardiesse? Jusqu'à tirer sur Claire, ou à l'éventrer, puis à surgir pour tenter de l'escroquer de quelques milliers de dollars? Ce dément devait espérer lui soutirer de l'argent. Il allait revenir lui réclamer des garanties, prendre Claire en otage peut-être, lui demander à elle de payer la rançon. Elle ne paierait rien. Rien du tout.

Au cours des jours suivants, ne cessant de penser à cet homme qui prétendait vouloir lui faire une faveur, elle parvint difficilement à contrôler ses accès de mauvaise humeur qui retombaient invariablement sur Marisa, petite chose insignifiante qui ne réagissait jamais autrement qu'en absorbant les chocs ou en s'en coupant pour ne rien ressentir. Elle n'osait se fâcher contre Xavier de crainte de laisser échapper une parole de trop, un souhait menaçant, un espoir bienfaisant: que cet homme agisse. Quoique... s'il réussissait à «faire disparaître Claire» définitivement, les policiers arriveraient-ils à remonter jusqu'à elle? En quoi serait-elle coupable?

Dans le fond, ce serait lui qui aurait pris la décision; elle n'aurait rien demandé, elle. Il aura pris une phrase banale pour une volonté ferme... Sa nervosité croissait jusqu'à faire bourdonner ses tempes. Bruce lui avait fait peur avec ses histoires de prison. C'était vrai, elle espérait l'exil de Claire, son extermination si nécessaire; elle ne voulait toutefois pas aliéner sa liberté. Si un vieux chenapan tenait à faire un sale boulot et à risquer de se faire prendre, c'était tant pis pour lui et tant mieux pour elle. Jamais personne ne croirait qu'elle aurait trempé dans toute cette histoire, c'était absurde et défendable. Quand même, c'était préférable de ne pas se trouver dans les alentours au cours des semaines qui viendraient, au cas où l'homme manigancerait quelque combine suspecte. Bruce lui avait suggéré un voyage aux États-Unis; elle allait accepter. Elle l'appela. Il sembla transporté de joie. En raccrochant le combiné, elle soupira d'aise et sourit en fermant les yeux de soulagement. Ainsi, s'il survenait quelque travers à Claire, elle serait loin... et «innocente».

Du baume au cœur, Bruce se mit à la recherche de Xavier. Il avait proposé à Barbara de le prévenir lui-même, car il voulait partir immédiatement, et elle avait acquiescé. Ce nouveau périple allait pigmenter leur existence, la changer bellement peut-être, leur accorder de charmants tête-à-tête au cours desquels il pourrait démontrer à Barbara quel agrément c'était que de vivre à ses côtés. Il s'enflait orgueilleusement la poitrine, comme un dindon farci, en se dirigeant vers les locaux de la rue transversale où il pensait trouver Xavier.

La vaste salle était éclairée sous un faux soleil de plomb, enveloppant les objets d'un halo mordoré. Le cliquetis de l'appareil rappelait à Bruce le son ardent d'une mitrailleuse. Xavier se déplaçait sans arrêt pour photographier Lilianne vêtue d'un magnifique et vaporeux déshabillé de soie jaune sous un vent, lui aussi, artificiel. Les poses multiples qu'elle prenait, tantôt penchée en avant, tantôt s'étirant paresseusement, tantôt minaudant telle une amoureuse, laissaient Bruce parfaitement indifférent. Xavier, agenouillé au sol ou grimpé sur un tabouret, cherchait des angles différents qui rendraient fidèlement, sur la pellicule, la beauté délicate du jeune modèle. Les yeux pâles brillèrent d'une lueur maléfique en apercevant Bruce William et Xavier n'eut aucune peine à identifier l'arrivant avant même de le voir ou de l'entendre. Il ressentit une certaine sympathie pour Lilianne dont il encadrait le visage dans sa lentille.

Bruce attendit qu'ils aient terminé une série de photos avant de s'approcher, radieux, se croyant porteur de bonnes nouvelles.

— J'ai finalement convaincu Barb de m'accompagner en Californie.

— Sérieusement! émit Xavier d'un ton incrédule, tenant toujours en main son appareil et observant Lilianne qui s'était immobilisée. Elle part avec toi? Et Marisa?

— Tu en assumes la garde. Je n'ai même pas eu besoin d'insister, elle en avait déjà décidé ainsi.

— Parfait, continua Xavier sans changer d'attitude. Tu lui diras de laisser la petite chez la voisine; je l'y prendrai ce soir.

Le plaisir escompté ne venait pas. Bruce examina l'homme dont les yeux verts se voilaient de longs cils foncés et fournis. Il s'était attendu à une explosion de joie ou tout au moins à une expression de contentement, pas à cet air à demi douloureux et trop sérieux.

— Tu aimes peut-être Barbara plus que tu ne le crois! Ça s'est déjà vu d'être amoureux de deux femmes à la fois.

— Ce n'est pas le cas, démentit Xavier en allant placer Lilianne de côté par rapport au «vent». Je connais Barbara. Elle fait tout pour nous déplaire et pour chercher vengeance. Elle doit être en train de comploter quelque méfait, ou de mener à sa réalisation un nouveau plan consternant.

— Je ne le crois pas. Tu l'accuses injustement. Elle a les nerfs à vif. Elle ne supporte plus que tu lui préfères Claire et elle lui cède le passage.

— Puisses-tu dire vrai! Je me méfie autant d'elle que d'un serpent à sonnette, soupira-t-il en revenant vers Bruce. Son ego passe avant tout. J'ai hâte de confier Marisa à Claire et de la revoir vivre.

— Barbara me répétait justement, l'autre jour, que le cas de Marisa ne s'améliorait pas.

— C'est un fait, constata-t-il en fixant l'appareil photographique entre ses doigts, cherchant à y déceler une anomalie quelconque.

— Elle se tracasse pour elle.

— Oh oui! rouspéta-t-il en se remettant à sonder divers angles intéressants pour ses prises. À peu près autant qu'on s'inquiète pour un animal domestique, ou qu'on se préoccupe de savoir si la salade a bien été lavée, ou si la table est mise pour la réception, ou si elle gagnera à la loterie. Elle est foncièrement égoïste; pour elle, Marisa est un pantin qui l'agace ou qui l'amuse selon son caprice, pas un être humain qui aime et qui souffre.

— Barbara nie qu'elle puisse souffrir de quoi que ce soit. Elle dit qu'elle n'a aucune réaction, qu'elle ne se plaint pas...

Le grondement étouffé qui suivit ébranla Bruce plus que ne l'aurait fait un cri.

— Ce n'est pas parce qu'elle refuse de parler qu'elle ne souffre pas. Claire pense que Marisa s'est tout bonnement accommodée du peu d'attention que nous lui témoignons depuis sa naissance.

— Je ne saurais me prononcer là-dessus, avoua-t-il en baissant la tête, tristement. Moi, mon principal souci, c'est Barb. Si je réussissais à lui faire demander le divorce, je l'épouserais et je pourrais l'aider à être heureuse.

«Il est bien capable de réussir!» songea Xavier en le regardant s'en aller discrètement et lui lancer un salut d'un bras levé négligemment, dos à lui. Le temps s'effaça brusquement devant lui. Il se retrouva trois ans plus tôt, sur une île de l'Atlantique, aux côtés d'une fille magnifique qui lui offrait son corps. Que n'eût-il été foudroyé à cet instant? Barbara ne serait pas devenue son geôlier.

Il se hâta, ce soir-là, d'aller chercher Marisa chez Étiennette. La petite fille se laissa trimbaler sans riposter, véritable poupée de chiffon perdue dans l'univers et sans rapport avec le monde. En entrant dans l'appartement de Claire, il la déposa sur le sol où elle demeura debout, aussi figée qu'une statue de pierre. Claire, qui les attendait impatiemment et qui n'avait pas vu Marisa depuis plusieurs mois, l'appela en lui tendant les bras:

— Marisa!...

Elle répéta son nom. L'enfant gardait les yeux rivés sur l'infini. Bras ballants, air lointain, elle paraissait revenue aux premiers temps où elle l'avait connue. Claire s'accroupit à sa hauteur et prononça de nouveau son nom doucement, bras tendus vers elle:

— Marisa, mon doux trésor! Tu ne viens pas voir Claire?

Elle abaissa les bras pour venir à elle et lui toucha la joue pour l'obliger à diriger son regard vers elle. Marisa se décida à lui accorder un coup d'œil négligent. Claire recommença en disant:

— Tu ne reconnais pas ton amie Claire? Allez, viens dans mes bras!

L'enfant hésita plusieurs secondes avant de faire l'effort de ramener sa pensée au présent pour se souvenir de Claire. Enfin, elle fit un geste de la main dans sa direction et finalement se laissa aller contre elle en se mettant à pleurer à gros sanglots. Les bras de sa tante se refermèrent sur son petit corps tremblant.

— Mon bébé! Mon bébé! Tu as tant de chagrin? la consolait-elle en la prenant dans ses bras et en posant la petite tête sur son épaule. Pleure, ma chérie, pleure, ça te fera du bien.

Elle la berçait entre ses bras, caressant la petite tête humide de transpiration, essuyant les joues rondes, baisant le petit visage mouillé de larmes. Marisa, secouée par une détresse profonde, s'agrippait désespérément à son chandail et se cachait la tête contre son cou.

Ensemble, Xavier et elle attendirent que les pleurs se soient effacés, puis ils allèrent s'asseoir sur le divan, Marisa sur les genoux de Claire, bien calée au creux de sa poitrine, retenant encore à deux mains les revers de son tricot. Elle s'accrochait à elle comme une naufragée à une planche de salut, comme si elle craignait qu'elle disparaisse. Ils soupèrent presque en silence et, plus tard, quand Marisa se fut endormie et qu'on l'eût couchée dans un lit improvisé formé de coussins et de couvertures, Xavier s'assit pesamment près de Claire et lui prit la main machinalement.

— Je savais, au fond de moi, qu'elle n'était pas heureuse auprès de Barbara. Je n'imaginais pas que c'était à ce point. Pourtant, même dans ces conditions, on n'arrache pas une enfant à sa mère.

Elle l'écoutait, tête basse, immensément préoccupée du sort de Marisa. Xavier poursuivait lentement:

— Pauvre petite fille! Jamais je ne l'avais vue ainsi. Elle t'adore. Tu lui manquais terriblement.

— Oui, chuchota-t-elle d'une voix sourde. Et Barbara qui me hait déjà tant!... Quelle colère la soulèverait si elle savait que sa propre fille s'est attachée à moi à ce point? Elle m'accuserait de lui voler sa fille en plus de son mari. Elle m'accablerait de reproches, de mots cruels. Je n'ai pourtant rien fait d'autre que de vous aimer! Rien d'autre. Je frémis en pensant à ce que ferait ou dirait Barbara si elle l'apprenait.

— Elle ne le saura peut-être jamais. Ce qui ne règle pas le cas de Marisa. Elle a besoin de toi, c'est visible. Elle ne se développera normalement qu'en vivant auprès de quelqu'un qui l'aime et qu'elle aime.

— Normalement... répéta Claire sur un ton fatigué et âpre. Serait-ce donc normal de vivre avec sa tante au lieu d'habiter chez sa mère? Que s'est-il passé avec Barbara pour qu'il en soit ainsi entre elle et sa fille?

— La réponse est simple; c'est celle-là même que tu m'as donnée: Barbara n'aime qu'elle-même, sa beauté, sa perfection physique, ses parures, ses vêtements, tout ce qui lui permet de se croire supérieure aux autres.

— Elle ressent sûrement quelque chose pour toi et Marisa, sinon pourquoi se battrait-elle avec autant d'acharnement pour vous garder?

Il hésita imperceptiblement, se détourna un peu pour balbutier:

— Tu dis qu'elle te hait, c'est probablement pour cela. Elle veut conserver ce que tu désires; elle veut que tu souffres.

— Oui, je sais: parce que j'ai une mère et pas elle; parce que papa m'aimait plus qu'il ne l'aimait, elle. Elle se venge sur Marisa, sur toi... de moi.

— Elle désire ce que tu as et qu'elle ne pourra jamais t'enlever: ta sagesse, ta douceur, ton tranquille esprit de décision, ta force même. Elle te jalouse l'amour que je te porte et... ta mère, bien sûr.

— Je serais prête à tout lui céder pour qu'elle obtienne enfin la paix de l'âme, si elle arrivait à vous rendre heureux tous les deux.

— Même moi?

— Oui, même toi.

— Tu sais bien qu'il n'en serait pas ainsi. Elle exige tout et ne donne rien. Je t'ai raconté nos deux années de vie commune. Tout le temps qu'elle a cru me posséder, elle ne m'a témoigné aucune marque d'affection ni même à Marisa. Je l'ai constaté ces derniers temps et tu avais raison: elle est son propre centre d'intérêt. Je comprends mal ce départ précipité. Je crains qu'il ne cache quelque méfait. Je sais qu'elle espère te retirer tout ce que tu possèdes pour le simple plaisir de savoir que tu n'as plus rien.

— Qu'ai-je en réalité? Si peu de choses. Une mère qui me traite avec condescendance alors qu'elle adore Barbara, un amant qui est son mari et de qui elle a eu un enfant...

— Serais-tu prête à apprendre des faits nouveaux concernant ta mère?

Elle se redressa. Un long frisson glacé lui traversa l'échine; un affolement subit accéléra son rythme cardiaque, fit s'empourprer ses joues.

— Tu as poursuivi tes recherches! s'exclama-t-elle.

— Durant tes mois d'absence. Je ne suis pas certain que tout cela te plaira.

— Qu'importe! Parle! Mieux vaut que je sache s'il y a une raison qui permet à maman de me préférer Barbara. J'apprendrai peut-être à mieux aimer celle-ci ensuite, surtout si c'est ce que je crois.

— Je ne peux rien te révéler moi-même, j'ai promis le

secret. Tu découvriras la vérité autrement. Demain, nous irons voir la personne dont je t'ai parlé l'autre jour, une femme qui t'apprendra ce que tu es en droit de connaître.

— Une femme! Qui donc?

— Un peu de patience.

— Je déteste les cachotteries; c'est empoisonnant. Tu n'ignores pas que je vais me tourmenter d'ici là, Xavier.

— Il ne faut pas. Nous emmènerons Marisa. Tu vois que tu n'as rien à craindre.

Elle haussa un sourcil, sceptique. La présence d'une enfant peut-elle changer la peur en hardiesse, l'inquiétude en paix, la contrariété en joie? Attendre: avait-elle le choix? N'avait-elle pas patienté longtemps? Particulièrement ces derniers temps?

Elle serrait la petite main enfantine dans la sienne en suivant Xavier dans la rue paisible en ce doux matin où une première neige blanche et molle couvrait le sol et agrémentait les vieilles demeures déformées. Xavier lui tenait le bras et lui indiquait une pauvre habitation fatiguée qui s'appuyait sur sa voisine tout aussi usée.

— Ton père a vécu là durant les quelques mois précédant ta naissance, lui expliqua-t-il.

— Mon père!... Ma mère n'était-elle pas avec lui?

Il ne répondit pas et reprit sa marche un moment interrompue. Ce silence déconcertant ne pouvait que l'amener à se questionner encore et toujours. La ruelle vide se trouva devant lui; pas de chiens aujourd'hui. Il sourit en se rappelant sa première visite à Jamina. Il précéda Claire et Marisa vers la porte de bois craquelée, dévernie, et frappa quatre coups pour ouvrir ensuite sans attendre son acquiescement.

— Madame Jamina! Madame Jamina, cria-t-il. C'est moi, Xavier. Je vous emmène de la visite. Vous serez contente. Jamina, Claire est là. Répondez-moi!

Il patientait sur le seuil, certain d'entendre bientôt sa voix rauque dans l'obscurité. Claire tira sur sa manche et murmura:

— Il fait noir là-dedans. Ça sent mauvais. Il n'y a personne. Partons.

— Non. Jamina ne sort plus jamais. Elle est trop âgée. Elle est certainement là. Elle ne fait probablement plus de ménage à son âge, pourtant... il me semble que ça sentait moins fort. Ça pue, décidément!

Il posa son mouchoir sur son nez en avançant plus profondément dans la pièce froide et en appelant Jamina. Il marchait à tâtons, heurtant des meubles.

— Pourquoi ne fais-tu pas de lumière? s'enquit à mi-voix Claire qui était demeurée à l'entrée, écœurée par l'odeur insupportable.

— Elle n'a pas l'électricité. Elle n'aime pas la clarté.

— On ferait mieux de s'en aller. Ça ne me dit rien qui vaille.

— Jamina, où êtes-vous?

Il s'inquiéta vraiment en voyant qu'elle ne répondait pas. Il alla tirer légèrement les rideaux et entendit le bref cri de Claire. Il se tourna vers elle qui fixait un point derrière lui. Sur un vieux matelas rongé, emmitouflée de couvertures de laine mitées, les yeux grands ouverts, la bouche pendante, Jamina raidie ne bougeait pas. Son visage cireux lui apparut dans toute sa tourmente.

Il était trop tard!... Il avait trop tardé. Jamais plus la pauvre vieille ne raconterait son histoire! Jamais plus elle n'aurait l'occasion de voir son arrière-petite-fille comme elle l'avait souhaité! La mort venait contrecarrer ses projets. Les mots avaient fui avec elle.

Il referma la porte doucement et rejoignit Claire qui s'était éloignée, bouleversée, à l'entrée de la ruelle.

— Retournez dans la voiture et fais fonctionner la chaufferette. Je vais au restaurant du coin téléphoner à la police.

Il les laissa. Claire obéit rapidement, tenant sa nièce par les épaules. Lorsque Xavier revint se glisser derrière le volant, il grelottait de froid et d'émotion tout en demeurant calme.

— Il faut attendre que les policiers soient là.

— Qui... Qui était-elle? demanda Claire d'une petite voix fluette.

Il continua de fixer les souvenirs qui affluaient à sa

mémoire, leur passé récent, à lui et à Jamina, le vide créé par son absence.

— Une pauvre vieille femme malheureuse que le hasard n'a jamais favorisée, répliqua-t-il lentement, les yeux dans le vague et la tête appuyée au dossier.

— Tu la connaissais bien?

— Pas vraiment. Je suis venu lui rendre visite une vingtaine de fois, lui apporter des vivres, des vêtements. Nous étions devenus... des amis.

— Qu'avait-elle à voir avec maman?

— Avec Carole, rien. Rien, chuchota-t-il en baissant la tête, peiné.

— Pourtant tu m'as dit... Pourquoi m'as-tu entraînée ici, alors? Tu avais certainement de bonnes raisons; je te connais suffisamment pour le savoir.

Il se taisait; elle reprit:

— C'est d'elle que je devais apprendre certains faits, n'est-ce pas? Qui me renseignera maintenant? Toi?

— Tu sais que je ne peux pas parler.

— Pourquoi as-tu promis ça? C'était absurde!

Une voiture de police aux feux clignotants déboucha au coin de la rue et vint stationner devant la ruelle. Xavier sortit, évitant de riposter. Claire le suivit avec Marisa.

— C'est vous qui avez signalé un décès? s'informa un policier en le voyant venir.

— Oui. Il s'agit de Jamina Tangara, une vieille femme qui...

— Ce hérisson! bredouilla-t-il, surpris. On nous a souvent fait venir dans le coin à cause d'elle. Vous êtes bien certain qu'elle est morte?

— Absolument certain.

— Qu'alliez-vous faire chez elle? reprit l'autre avec un air soupçonneux.

— Nous étions amis.

— Amis! Tiens donc! J'ignorais que cette vieille sorcière avait des amis. Tout le monde la craignait par ici. Vous saviez qu'elle jetait des sorts?

L'agent de police scrutait Xavier, perplexe. Claire ouvrit

les yeux et les oreilles pour ne rien perdre de la conversation. Les mots «sorts» et «sorcière» l'avaient frappée brutalement, et puis, le prénom lui revenait: «Jamina». C'était Jamina, la sorcière dont son père lui avait parlé! C'était d'elle qu'elle devait apprendre le passé que Xavier refusait de divulguer.

— Cette pauvre femme n'en voulait à personne, objectait Xavier. La méchanceté des gens est le pire facteur qui contribue aux médisances. Elle soutenait elle-même que ceux qui avaient des torts à se reprocher la craignaient alors que les autres se contentaient de ne pas la déranger. Certains, à l'insu des autres, lui apportaient de la nourriture ou du linge.

Le policier grimaça; il ne devait rien croire de ce que Xavier prétendait.

— Bon, allons voir à l'intérieur!

— Attendez-nous ici, suggéra Xavier à Claire qui ne se fit pas prier pour retourner au véhicule, transie de froid et d'angoisse.

Elle serra Marisa contre elle, heureuse de sa bienfaisante tiédeur. Xavier précédait les deux policiers. Tous trois disparurent dans la ruelle. Un peu plus tard, sur le chemin du retour, Claire retrouva un semblant de voix.

— Était-elle parente avec Barbara?

— Non, certifia-t-il sans remarquer le soupir de soulagement que lâcha Claire. Sa petite-fille se prénommait Leïka. Ton père et Leïka se sont aimés.

— Aimés! Aimés... prononça-t-elle en commençant à saisir le pourquoi de la morosité de son père grâce à ces quelques bribes du passé. La vieille sorcière qui jetait des sorts, celle qui lui avait jeté un sort... c'était elle? C'était parce qu'il aimait sa fille?

— Sa petite-fille.

— Raconte-moi.

— Tout ce que je peux te dire, c'est que Louis Roitelet a aimé Leïka Tangara plus que n'importe qui au monde. Carole a été pour lui une amie fidèle et Louis a été pour elle un compagnon dévoué.

— Que t'a-t-elle appris d'autre?

— Rien que je puisse te dévoiler, malheureusement.

— T'en aurait-elle arraché la promesse?

— Pas elle.

— Qui alors?

Il se taisait. Elle insista:

— Qui?

— Je ne peux pas te le dire. Et ne me demande pas pourquoi.

Elle cligna des paupières, nerveusement. Tant de questions se bousculaient dans sa tête.

— As-tu demandé à cette Jamina qui allait mourir?

— Tu vivras; il ne s'agissait pas de toi.

— De Barbara! cria-t-elle presque en portant les mains à sa bouche, observée par Marisa. Oh non! Xavier, non! Je préférerais que ce soit moi.

— Ne dis pas de stupidités, Claire! Il ne s'agissait pas non plus de Barbara.

— De qui s'agit-il alors? Pas de toi!

— Non plus. Cesse de te tracasser.

— Je comprends de moins en moins. Papa n'aurait pas prétendu que quelqu'un risquait la mort s'il n'avait pas été inquiet. Il craignait pour l'une de nous deux, pour moi surtout, je l'ai senti.

— C'était peut-être parce que tu lui rappelais qu'il aurait pu avoir une autre fille... Car l'une de ses filles est morte, c'est vrai. Il y a bien longtemps, reconnut-il, la gorge serrée.

— C'est impossible! Il faudrait qu'il ait eu... Il faudrait que... Tu veux dire que papa et cette Leïka ont eu un enfant, une petite fille, et... que le bébé est mort? C'est cela?

— J'en ai déjà trop dit, soupira profondément Xavier. Je comptais sur Jamina pour t'éclairer. Nous sommes venus trop tard. J'aurais pu t'amener près d'elle au début de la semaine, elle m'en avait prié. J'ai attendu. Trop attendu. Trop longtemps... murmura-t-il, peiné, en secouant la tête. Elle semblait attacher tellement d'importance au temps; elle devait savoir qu'il lui en restait si peu, la pauvre. Qu'avons-nous toujours à remettre au lendemain ce qu'on peut faire le jour même? Qu'avons-nous toujours à gaspiller le temps sans nous en occuper? Pourquoi toujours abolir les heures d'une manière ou d'une autre pour retarder ou éviter de faire ce qu'on doit faire? gronda-t-il, les yeux pleins d'eau.

— Maman sait-elle que papa a aimé cette femme?

— Il ne faudra jamais lui en parler, tu m'entends, Claire. Jamais.

— Si je refaisais les mêmes recherches que toi...

— Tu aboutirais à Jamina qui est maintenant dans l'impossibilité de te révéler quoi que ce soit. Tu ne trouveras plus rien. Elle représentait le dernier maillon de la chaîne. Et le temps nous l'a volée!

Il se désolait. Tout en prononçant ces mots, Xavier se souvint d'un homme qui aurait pu instruire Claire d'une nouvelle qui l'eût laissée perplexe: Angelo Paradiso. Il ignorait où il se trouvait et c'était peut-être mieux ainsi. Comment aurait-il su que, justement, celui auquel il pensait les surveillait depuis quelques jours, mettant au point un moyen qu'il voulait ingénieux pour rayer Claire du royaume des vivants, attendant l'occasion propice pour agir?

Angelo réfléchissait longuement depuis les derniers vingt ans, parce qu'il espérait sans cesse trouver la solution idéale et, bien qu'il se soit souvent trompé antérieurement, l'avenir lui paraissait prometteur. Il en était arrivé à la conclusion que la seule façon d'obtenir l'attention de Barbara, son aide ou une association avec elle, soit pour ouvrir une maison close, soit pour placer sa drogue, consistait d'abord à lui faire plaisir en la débarrassant de Claire. Or, afin qu'elle puisse devenir entièrement libre, il fallait aussi qu'il efface de sa vie ceux qui pouvaient l'empêcher de se tourner vers lui, c'est-à-dire Xavier et Marisa. Quant à ce riche dandy, copropriétaire d'une revue «pourrie», selon lui, il ne représentait qu'un divertissement pour la jeune femme et par conséquent aucune menace directe. Elle faisait beaucoup d'argent grâce à ce métier et il trouvait agréable d'imaginer Barbara gravitant autour de lui, de se voir en train de présenter à tous ses amis cette jeune beauté qui faisait tourner la tête à tous les hommes. Cela pourrait lui rapporter beaucoup à vivre dans son sillage.

Angelo sourit en envisageant un lendemain où il n'y aurait plus aucun obstacle entre elle et lui. Il lui avait été facile de trafiquer la voiture de ce Volière. À un moment donné – plus très lointain – se produirait un accident qu'il espérait mortel. Paradiso avait bien songé à piéger la voiture, quelques bâtons de dynamite bien placés et bang! Il ne tenait pas à voir la police fouiller dans la vie de Barbara. Il fallait prendre le moins de risques possible. Aussi, à part avoir joué sur les pièces des freins, avait-il jeté de l'acide sur l'essieu qui se rongerait et se romprait lors d'un choc violent. Il ne lui restait qu'à attendre patiemment et à finir son œuvre si Xavier ne décédait pas sur le coup. Ce serait plus facile en ce qui concernait Claire et l'enfant: un soir, une nuit, un coup de matraque ou un vol apparent, un empoisonnement, une allure de suicide après le malheureux accident de Xavier... tout était possible; même qu'ils soient à bord de l'automobile au moment de la catastrophe

La voiture de Xavier précédait la sienne, à quelques centaines de mètres. Ils quittaient le quartier où vivait cette vieille folle de Jamina. Morte de peur!... Une sorcière morte de peur! Pas le temps de lancer ses invectives. Quelques gars avec des matraques, des mots lancés à la volée... la peur de se faire flamber, violenter ou... Il se mit à rire, faillit s'étouffer avec sa salive, ouvrit la vitre de sa bagnole et cracha sur l'asphalte glacé.

Ils avaient quitté la grand-route. Xavier avait décidé d'emmener Claire et Marisa à la campagne, craignant que si Claire rentrait à la maison, elle ne s'appesantisse sur ce qu'elle venait d'apprendre et ne cesse de se torturer l'esprit. Ils gardaient un silence préoccupé. La voie s'étendait devant eux, couverte d'un léger tapis de neige poudreuse. Plus ils avançaient vers le nord, plus une brume d'abord légère s'épaississait, rendant la visibilité nulle par endroits.

Xavier remarqua une secousse, suivie par l'impossibilité de contrôler son véhicule. Tout se déroula rapidement, plus vivement que ses réflexes, presque aussi vite que la pensée. La voiture se mit à tourner sur elle-même, fit une embardée, effectua quelques tonneaux et... la secousse brutale les jeta dans l'inconscience.

Claire ouvrit les yeux comme au sortir du sommeil. Un

bourdonnement aigu emplissait ses oreilles. La brume l'empêchait de voir... À moins qu'il ne fasse noir!

Où se trouvait-elle? Tout souvenir la fuyait. Rien ne paraissait vouloir coller à sa mémoire. Une odeur d'essence lui chatouillait les narines. Elle respira difficilement, essaya de bouger sans y parvenir. Montant des profondeurs de son corps, un tourbillon vint la happer vers de vertigineux et vaporeux espaces; elle s'y laissa glisser, bercée par un flot tempéré, puis un obstacle l'arrêta. Elle revint à la surface. Des gémissements d'enfant attiraient son attention.

— Marisa! articula-t-elle faiblement en se remémorant qu'ils se trouvaient en voiture et qu'ils avaient eu un accident.

Elle sombra de nouveau dans l'oubli, emportée par un vent tourbillonnant. En reprenant conscience, des bruits de tôle et de fer qu'on manipule, des voix de tous gabarits formaient un ensemble plein d'échos. Ses paupières lui paraissaient de plomb et refusaient d'ouvrir. Elle s'attarda aux sons et réussit à les distinguer.

— Allez-y délicatement! Il ne faut pas la secouer. Doucement! J'ai dit doucement, bande d'abrutis! s'époumonait une voix mâle en colère. Je veux la sauver. Ne me la tuez pas!

— On n'y parviendra jamais en s'y prenant de cette manière! répliqua une voix plus rêche. Si on avait pu tirer la voiture du fossé et découper le tas de ferraille après...

— Et risquer qu'elle y laisse la vie! C'est ça que vous voulez? On n'a pas le choix! Organisez-vous de la manière que vous le pourrez, vous et votre équipe, mais défaites-moi tout ça au chalumeau et rapidement. Je veux sauver cette fille.

De qui parlaient-ils? De Marisa? Marisa était-elle en danger? Où étaient donc Xavier et Marisa? La petite pleurait tout à l'heure; elle ne l'entendait plus. Rêvait-elle? Pourquoi ne s'éveillait-elle pas? Il fallait qu'elle bouge. Elle n'y parvenait pas. Elle sentit des doigts froids sur son front, dans son cou et sous sa blouse.

— Elle reprend conscience. M'entendez-vous? Pouvez-vous bouger? Si vous le pouvez, faites un léger signe des paupières. Ne forcez pas.

Pourquoi voulait-on qu'elle bouge quand elle se sentait si bien? Elle ne sentait rien, elle: aucune douleur. À peine respirait-elle difficilement.

— Allons, madame, faites un effort, bon Dieu!

Avec difficulté, elle détacha les paupières et chercha du regard celui qui devait l'appeler. Des lumières rouges et jaunes dansaient autour de lui et elle ne parvint pas à distinguer son visage.

— À la bonne heure! disait-il. Maintenant, pouvez-vous bouger les doigts? Sentez-vous vos doigts?

Ses doigts!... Où diable pouvaient-ils être? Non, elle ne les sentait pas, ni ses bras ni ses jambes. C'était sans doute pour cela qu'elle ne souffrait pas; elle ne possédait qu'une tête embrouillée, rien d'autre.

L'homme dut percevoir sa frayeur, car il reprit aussitôt:

— Ne vous alarmez pas! Ça peut être le poids de la voiture qui vous comprime et vous engourdit. Vous êtes coincée sous le tableau de bord.

— Mar...

— Chut! Ne parlez pas. Demeurez calme. Gardez toutes vos forces pour tenir. On va vous tirer de là.

Il s'éloigna pour discuter avec le conducteur de la remorque et un policier dont la casquette était redressée haut sur le front. Qu'étaient devenus Xavier et Marisa? Pourquoi ne lui en parlait-on pas? Comment étaient-ils?

Une zone obscure l'envahit et la réalité s'estompa. Quand elle revint à elle, une faible lueur frappait des murs blanchâtres et cotonneux, son lit se balançait; on aurait dit un bateau agité par les vagues. Elle grelottait de froid et crevait de chaleur tout à la fois. On devait être en train de lui enfoncer une pointe de fer brûlante dans le crâne à coups de massue tant sa nuque martelait. Cette douleur lancinante, ses joues en feu la firent gémir. Ce mouvement fut suivi d'un autre et elle perçut une présence auprès d'elle. Elle ouvrit les yeux et vit une infirmière qui se penchait au-dessus d'elle en lui épongeant le front.

— Êtes-vous réveillée? chuchota-t-elle d'une voix calme et douce. M'entendez-vous?

Toujours ces mêmes phrases! Elle se laissa glisser dans ce lieu qui ne comprenait pas la souffrance physique. Elle rêva. Richard venait lui prendre les mains. Richard valsait avec elle, rieur et taquin. Richard la berçait, la consolait. Richard...

Chapitre XIV

Métamorphosée en icône depuis la nouvelle bouleversante de l'accident, Barbara semblait parvenir à maîtriser sa peine. Du moins, Bruce se le demandait. Possible aussi qu'elle ait été sous le coup de l'émotion, sous cette pluie subite et inattendue de météores qui l'avaient assommée et la rendaient aussi guindée qu'un monarque à monocle devant un monument si hideux qu'il n'en retrouvait pas la voix, sinon pour en rigoler! Car il lui arrivait de se mettre à rire telle une démente sans qu'aucune larme ne sorte de ses yeux secs et enfiévrés, ce qui tracassait Bruce.

L'avion venait de quitter l'aéroport en direction de Montréal. Depuis qu'ils avaient reçu, mardi matin, l'appel téléphonique de Carole les avisant de la catastrophe, Barbara était demeurée le plus souvent de pierre; parfois, un sourire narquois, un son rauque, un geste réflexe l'animaient subitement pour disparaître aussitôt amorcés. Elle agissait en pantin mécanique, tressautant quand il parlait, bougeant quand il insistait, ricanant nerveusement quand il mentionnait le malencontreux épisode. Les questions qu'il adressait à la jeune femme n'obtenaient aucune réponse, ses paroles d'encouragement non plus. Mardi après-midi, ils avaient fait les réservations et, aujourd'hui, ils venaient de faire escale à New York où ils avaient changé d'appareil.

Assis dans le siège à gauche de Barbara, Bruce lui jetait des regards nerveux tout en feignant de lire son journal. Il tournait les pages sans rien voir. Les caractères gras ou majuscules, les gros titres et les manchettes se voilaient à sa vue de myope et perdaient leurs sens. Bruce connaissait bien Barbara, femme facilement irritable et particulièrement coléreuse, et il s'alarmait de ce brusque silence inattendu, de ces crises subites d'hilarité sans joie. Méditer ne ressemblait pas à Barbara. Il ne se rappelait pas l'avoir déjà vue ainsi, immobile et oisive, elle ordinairement si active et ayant horreur de l'introspection. Elle n'avait pas non plus touché aux magazines qu'il avait réclamés pour elle à l'hôtesse de l'air.

— *Love*, tu n'as rien dit depuis le départ! Tu n'as guère eu de réactions... – Il se retint de dire «saines». – ...depuis l'annonce de cette triste histoire. Je m'attendais à te voir pleurer, crier, te lamenter... Non! Tu restes paralysée... à part ces quelques fois où tu as ri... pour ne pas hurler de chagrin, je présume.

Raide comme un madrier, Barbara gardait une allure macabre. Figée, les yeux hagards, elle était presque méconnaissable. Bruce soupira en l'examinant.

— Tu m'en veux de t'avoir emmenée en Californie? Tu te dis que cela ne serait pas arrivé si tu étais restée à la maison. Rien n'est moins certain. C'est un coup du sort, une malchance. Arrive ce qui doit arriver. *Love, did you hear me?*

Barbara n'entendait pas et Bruce ne pouvait suivre ses pensées, car il ignorait tout d'Angelo Paradiso. Et, justement, les paroles d'Angelo *«une p'tite embuscade, pis hop! pus de Claire!»* ne ménageaient pas d'espace à beaucoup d'autres choses dans l'esprit de Barbara. Elle maudissait l'homme de l'avoir surprise, ce jour-là, dans ses ruminations. Était-il de mèche dans cet accident? Était-ce par hasard que la voiture de Xavier s'était écrasée dans un profond fossé ou Angelo avait-il machiné quelque chose? Pourquoi s'en serait-il pris à Xavier? Quelles étaient ses intentions? S'il avait joué au matamore, il allait revenir exiger son dû. À défaut de quoi, il la mouillerait auprès de la justice, en mouffette qu'il était, et empoisonnerait à jamais son existence. Elle risquait de se retrouver bel et bien dans la mélasse jusqu'au cou. Son malaise s'accentuait; son sang se glaçait dans ses veines; sa bouche s'asséchait; son métabolisme synthétisait de l'adrénaline en quantité suffisante pour une armée entière. Si Xavier mourait! Si Claire s'en tirait! Ferait-on une enquête? Y aurait-il matière à poursuite? Que dirait Angelo? Une myriade de mensonges. De quelles munitions ce malandrin maniaque et machiavélique userait-il contre elle? Pourrait-elle jamais le museler s'il voulait la faire chanter? Parviendrait-elle à mystifier tout le monde sur le but de ce voyage? Ses muscles se tendaient, les questions se succédaient à un rythme proche de la musicalité et formaient une mosaïque dont elle ne parvenait pas à extraire des appréciations adéquates. Ce mélange complexe d'interrogations pesait aussi lourd que du mercure et l'obligeait à économiser ses mouvements.

Tout au long du retour, Barbara garda un visage fermé, multipliant mentalement les arguments pour sa défense, préoccupée de dresser une muraille entre ses présupposés ennemis et elle-même. Bruce respecta son mutisme, le prenant pour de l'angoisse à l'endroit de sa famille: son mari, sa fille surtout, sa sœur. Il lissait constamment sa moustache pour tenter malgré tout d'émousser par l'espérance la malédiction qui plongeait sur eux.

L'avion se posa sur la piste d'atterrissage. Après les formalités d'usage, Bruce entraîna Barbara vers la Mustang de Mathilde, sa nouvelle jeune secrétaire dont les talents lui avaient mérité ce cadeau princier. Bruce avait coutume de récompenser royalement les services rendus et Mathilde le savait. Distinguée, consciencieuse et discrète, sérieuse pour ses dix-huit ans, Mathilde rêvait d'amasser des biens qui lui permettraient de jouir de la vie. À la requête de son employeur, elle était venue les attendre pour les conduire sans retard à l'hôpital où elle les laissa. C'était une grosse bâtisse brune, triste et bien entretenue. À l'intérieur, l'atmosphère de maladie aux odeurs médicinales déplaisait à Barbara. Elle les avait toujours eues en horreur. Elle n'entrait jamais là que poussée par une exigence impérative.

— Nous voulons voir Xavier Volière ainsi que sa fille, Marisa. Madame est l'épouse de Xavier.

— Patientez, je vous prie. Je préviens le médecin.

— Allons nous asseoir un moment, suggéra Bruce. Tu es si pâle.

En la poussant délicatement du bout des doigts, il la dirigeait doucement vers les chaises qu'en entrant il avait remarquées dans un angle du corridor. Barbara manifesta une fébrilité maladive et refusa de s'asseoir.

— Pourquoi ne nous a-t-on pas indiqué tout simplement le numéro de leur chambre? Pourquoi faut-il attendre le médecin? T'a-t-on donné davantage de renseignements, hier, quand tu as rappelé?

— Absolument pas. On ne m'a fait aucun commentaire supplémentaire.

L'ascenseur livra passage à un homme en blouse turquoise qui se dirigea vers eux après avoir parlé quelques secondes avec l'infirmière de garde derrière le comptoir. Barbara, tremblante, constata qu'il était d'une maigreur extrême et avait l'air anxieux.

— Madame Volière? Venez avec moi. Nous allons voir votre mari.

— Bruce! gémit-elle en lui lançant un regard éperdu. Ne me laisse pas!

Elle s'adressa au médecin de façon impatiente, presque impertinente:

— Monsieur William est notre ami. Le mien et celui de mon mari. J'insiste pour qu'il vienne avec moi.

— Qu'il nous suive! C'est sûrement préférable que vous ayez quelqu'un qui puisse vous aider à supporter cette épreuve.

— Épreuve!... balbutia-t-elle en posant sur ses lèvres les doigts de sa main gauche et en cherchant à tâtons de l'autre main le soutien de Bruce qui lui saisit vivement le bras. Qu'y a-t-il? Xavier! Xavier serait-il... Mon Dieu! Parlez, docteur!

L'homme ploya la tête vers l'avant, mains dans les poches, pour avouer:

— Je ne vous cacherai pas que leur état est plutôt grave. Votre époux est le moins grièvement blessé.

Barbara soupira d'aise en fermant les yeux tandis qu'il continuait:

— Il a une fracture linéaire du crâne au niveau frontal; le résultat du *cat scan* est négatif et ne démontre pas d'hémorragie. Il a en plus une fracture ouverte du tibia et du péroné droits et une fracture transversale du radius et du cubitus droits.

— Ce qui veut dire...? s'informa Barbara à qui ces mots ne signifiaient rien.

— Une blessure à la tête; la jambe et le bras droits cassés. Le bras a été mis dans le plâtre et la plaie de la jambe a été nettoyée; on ne peut opérer la jambe pour l'instant. Votre petite fille a de nombreuses lacérations et quelques avulsions au visage, et une fracture de le Fort II...

Il hésita, consulta d'un regard le couple qui l'accompagnait mine défaite dans le couloir et, voyant leur absence de réaction, il donna l'explication:

— ...ce qui comprend le maxillaire supérieur, le nez, l'apophyse orbitaire interne et l'apophyse zygomatique. Nous avons dû lui faire une chirurgie. Son état nous inquiète, car elle nous est arrivée en choc hypovolémique et nous tentons d'enrayer ce problème.

Puisqu'ils ne disaient rien, il poursuivit encore:

— Quant à votre sœur, son état est plutôt... alarmant. Elle risque d'y passer à chaque minute: nombreuses lésions internes, hémorragies, fracture de côtes, pneumothorax gauche, fracture non déplacée de la symphyse pubienne; elle est en choc traumatique. Nous faisons l'impossible pour la tirer d'affaire.

— Comment cela a-t-il pu se produire? s'enquit Bruce en secouant la tête, navré.

— D'après les rapports qu'on nous a faits, il paraîtrait que le conducteur ait perdu le contrôle de son véhicule. Il neigeait et il y avait de la glace. La voiture a fait plusieurs tonneaux et s'est retrouvée dans un fossé. La fillette a été éjectée par le pare-brise qui a éclaté en morceaux; c'est pourquoi elle a été blessée au visage. Vous vous trouvez mal? demanda-t-il à Barbara qui était devenue blanche et qui s'était arrêtée de marcher, soudainement frappée par l'image de Marisa expulsée par le pare-brise.

— Ça va aller, bredouilla-t-elle en s'appuyant des deux mains au bras de Bruce pour continuer d'avancer.

Blessée au visage! Marisa, blessée au visage. Elle se revit un certain jour d'hiver devant un arbre qui eût pu la défigurer, justement la fois où elle avait été au mont Sainte-Anne pour essayer de retracer Xavier. Elle frissonna d'épouvante. Y avait-il pire que d'être laid? Tout ce que ce médecin avait dit, tous ces termes médicaux auxquels elle ne comprenait pratiquement rien, c'était pour commenter l'état du visage de Marisa. Le nez! Des coupures, certainement. Il avait parlé d'un problème... Lequel? Il avait précisé qu'on lui avait fait une chirurgie, alors tout allait pour le mieux. Marisa ressortirait sans doute de là avec un visage remodelé. Ce n'était pas si mal, car elle était loin de posséder la beauté de sa mère. Toutefois, elle n'irait pas au chevet de Marisa avant quelques jours. Elle ne voulait pas voir sa fille le visage boursouflé et plein d'égratignures. Elle attendrait qu'elle se remette.

— Je peux voir mon mari?

— Il est sous sédatif. Il ne faudra pas rester longtemps. Votre fille est en salle de soins critiques.

Il croyait qu'elle demanderait à la voir; Barbara ne parut pas l'avoir entendu. Il ajoutait:

— Votre sœur, elle, est demeurée coincée sous le tableau de bord. Il a fallu utiliser les mâchoires de vie pour la tirer de là. Heureusement qu'on leur a porté secours rapidement, sinon... La rate lui a été enlevée. Son foie était lacéré...

Il ouvrit la porte de la chambre. Devant le lit étroit où elle aperçut Xavier encombré de lignes intraveineuses, la tête couverte de bandelettes, le bras dans le plâtre, la jambe en traction sur laquelle apparaissait un pansement épanché de liquide sanguinolent, Barbara éclata en sanglots convulsifs. Le médecin s'excusa et sortit. Bruce appréhendait tout autant ces pleurs hystériques que ses rires insensés. Il voulut emmener la jeune femme; elle se débattit et se libéra de sa poigne pour retourner vers le lit. Elle s'y abattit telle une mouette sur les eaux du fleuve.

— Je ne veux pas qu'il souffre! Je ne le veux pas! Laisse-moi seule avec lui. C'est mon mari!

Il hésita. Elle se courbait sur le blessé et gémissait; elle ressemblait à un animal qui agonise. Il ne l'avait jamais vue ainsi. Il obéit et attendit quelque peu avant de revenir la chercher. Cette fois, elle était de marbre et garda ce maintien jusque chez elle.

Bruce descendit avec elle, paya le chauffeur du taxi et entra. Il lui prépara une tisane à la menthe et l'obligea à avaler un somnifère, puis à aller se coucher. Ils n'avaient pas dormi depuis vingt-six heures. Il ne comprenait pas ce qui se passait en Barbara: tantôt elle aimait Xavier, tantôt elle ne l'aimait plus. Chose certaine: elle éprouvait pour son mari un sentiment différent de ce qu'elle ressentait pour lui. Aurait-elle tant pleuré et gémi sur ses blessures à lui? Heureusement, il ignorait la jalousie amoureuse. Il ne se résolvait pas à la quitter dans cet état. Il resta donc et s'étendit sur le divan.

Le premier appel téléphonique fit sursauter Bruce qui venait à peine de s'endormir.

— *Hello!* lança-t-il, mécontent d'être dérangé par un importun.

— Je ne suis pas chez Barbara?

— Si... elle se repose. L'accident l'a secouée.

— Ah! c'est vous, monsieur William? C'est Carole Roitelet, la mère de Barbara. Vous devez probablement être très fatigué. Je vais venir vous remplacer auprès d'elle.

— C'est inutile.

Carole avait raccroché. Il retourna sur le divan, plus fatigué qu'avant ce coup de téléphone et le cœur palpitant à cause de la sonnerie de ce ménestrel des temps modernes qui l'avait réveillé.

Le second appel résonna avant que Carole ne soit arrivée. Tout mélangé, à moitié endormi, la voix engourdie par le sommeil, Bruce bredouilla un vague grognement très léger.

— Barbara! C'est Angelo.

Du coup, Bruce se réveilla complètement. Un homme appelait Barbara et, de toute évidence, la croyait au bout du fil. Il allait riposter, éclairer son interlocuteur, dire que Barbara dormait, quand l'autre lâcha précipitamment:

— Tu dis rien, poupée? T'es pas contente de ce que j'ai fait pour toi? T'es là, fillette? Écoute, j'vas t'attendre à notre p'tit restaurant habituel, cet après-midi, à trois heures. Tu sais où, hein?

Il referma sans que Bruce ait eu le temps de répondre. Hébété, celui-ci garda le combiné en main plusieurs secondes. Il se cala sur le divan; cette fois, le sommeil ne viendrait plus.

Carole arriva peu après. Elle paraissait d'un calme bouleversant et maîtresse d'elle-même. Son allure encore jeune et ses extraordinaires yeux bruns dotés d'un magnétisme surprenant se posèrent sur lui avec hostilité. Bruce crut même y ressentir la morsure de la haine.

— Où est Barbara?

— Elle dort. Nous sommes rentrés, il y a à peine deux heures.

— Comment a-t-elle pris la nouvelle?

— Plutôt mal. On vous a dit pour votre fille, Claire? Je suis désolé. J'espère qu'on réussira à la tirer de ce mauvais pas.

— Dieu a toujours veillé sur elle, répliqua Carole lentement, le regard au loin. Ça ne me préoccupe pas trop.

Elle se disait mentalement que, quand le Seigneur sauve une enfant prématurée pour lui permettre d'en substituer une autre née à terme et pétillante de vie, il ne viendrait pas la reprendre alors que le muguet n'est pas fleuri; il va le laisser mûrir.

— Quand vous a-t-on prévenue?

— Un policier s'est présenté chez moi, lundi.

Un bruit de pas les fit se retourner. Bruce William remarqua le changement qui s'opérait dans les yeux et le visage de Carole à la vue de sa fille.

— Barbara! Tu n'aurais pas dû te lever! Tu as besoin de repos, ma chérie.

— J'entendais des voix, ça m'a réveillée.

— Excuse-nous, ma petite fille. Nous bavardions un peu. Je suis venue te soutenir. Tu as certainement besoin de moi.

Une main à la tête, Barbara s'assit lourdement et répondit:

— Oh! je ne sais pas! J'ai la migraine. Je me sens si fatiguée. À bout de force.

— Quelqu'un t'a appelée, coupa Bruce, attentif aux réactions de Barbara. Un homme plutôt bizarre. Il t'a donné rendez-vous dans un restaurant pour trois heures cet après-midi.

— Un homme! Un rendez-vous!... fit-elle évasivement. Qu'a-t-il dit?

— Il a demandé si tu étais satisfaite de ses services.

— Quoi!... Si j'étais satisfaite... A-t-il donné son nom? s'informa-t-elle, devenue nerveuse.

— Oui. Il a dit s'appeler Angelo.

Il ne la vit pas rougir, car il s'était tourné vers Carole qui avait laissé échapper un petit cri. Il reprit à leur intention:

— Qui est cet homme?

— Je ne sais pas... marmotta Barbara en se demandant ce qu'elle devait prétendre.

— Tu le connais depuis longtemps? reprit-il.

— Je te dis que je ne sais pas qui c'est! répliqua Barbara, maussade.

— As-tu déjà rencontré cet homme? la pressa soudain Carole d'une voix âpre. T'a-t-il parlé? Que t'a-t-il dit?

Quelles réponses donner? À présent, il fallait ou ruser ou se montrer plus fine qu'Angelo. Elle risquait d'avoir besoin d'alliés dans cette histoire.

— Il m'a abordée, il y a une quinzaine de jours. Il prétend te connaître, maman, signala-t-elle à la femme dont le teint passait du vert au cramoisi.

— Tu ne dois pas le revoir! cria Carole, paniquée. C'est un être malfaisant, malintentionné, un marginal qui n'a que le vice en tête et qui ne vit que de ça. Je le méprise de toutes mes forces. Fais-en autant. Promets-moi de ne pas aller rencontrer cet homme. Promets-le-moi!

Ce soudain affolement et la connaissance si aiguë que Carole avait du personnage qu'était Angelo la rassuraient. Si sa mère savait l'homme perfide et machiavélique, une présupposée participation aux desseins d'Angelo paraîtrait peu vraisemblable aux yeux de tous et elle pouvait désormais, elle, se poser en proie au lieu de se placer en complice.

— Je dois aller le voir! Il faut que je l'avertisse de cesser de m'importuner. Il commence à m'énerver avec ses petits manèges. D'abord il agit en ami de la famille, puis il me fait l'étalage de ce qu'il sait à mon sujet et, à présent, il va me proposer de travailler pour lui dans je ne sais quelle combine ou quelle arnaque.

— Angelo est un vaurien. Il ne t'apportera que misère et chagrin. Je te défends...

— Tu n'as rien à m'interdire, maman, la musela-t-elle. Je suis majeure. Par ailleurs, j'ai deux mots à dire à cet individu.

En voyant les beaux yeux tourner en tempête, Bruce William s'avança:

— Je t'accompagnerai.

Barbara le fixa un instant, étonnée, ne sachant plus que dire. Puis elle accepta. Bruce pouvait lui être utile pour démontrer certains faits:

— Très bien. Tu viendras; tu resteras dans la voiture. Tu t'organiseras de façon à ce qu'il ne sache pas que tu es avec moi. Tu arriveras avant moi et, si je te fais signe, tu interviendras, autrement...

— Que ce salaud te touche seulement du bout des doigts et tu verras ce que j'en ferai!

— Tu as tort, ma petite fille. Grandement tort. Ne le revois pas, je t'en prie! Il est malsain. Tu ne sais pas tout le mal qu'il peut te faire, suppliait Carole.

Elle se souvenait d'Angelo Paradiso, ce gibier de potence qui l'avait entraînée, elle, dans une vie impossible. Quel sort aurait-il fait subir à la jeune Barbara, si, ce jour damné, les policiers ne l'avaient capturé? En imaginant sa fille en présence d'Angelo, elle frémit de crainte, de colère et d'indignation. Comble de malheur, Barbara n'en faisait jamais qu'à sa tête.

— Il nous reste quelques heures pour dormir un peu. Si ça ne te fait rien, maman, tu nous excuseras.

— Oui, oui, bien sûr. Je vais veiller sur vous.

Barbara hésita; elle n'osa pas la renvoyer. Carole s'était toujours occupée d'elle avec amour et, s'il existait une personne au monde en qui elle pouvait avoir confiance, c'était bien sa mère adoptive. Barbara retourna à son lit, Bruce à son divan dans le salon et Carole s'attarda dans la cuisine.

Elle s'assit dans la berceuse pour cogiter. Angelo n'avait pas dû mentionner à Barbara ses présomptions de paternité, sinon sa fille l'aurait assommée de questions toutes plus embarrassantes les unes que les autres. Cependant, la malignité d'Angelo ne se dissiperait pas avec l'âge; s'il établissait le contact avec Barbara, il finirait certainement par tirer profit des bassesses dont il était prodigue. Vers deux heures trente, elle assista au départ de Barbara et de Bruce; les affres de la détresse lui tordaient les entrailles.

Le couple se sépara à l'approche du restaurant. William alla stationner devant un magasin de chaussures, situé en face de la gargote, de façon à pouvoir observer les clients sans être repéré. Barbara arriva peu après et se hérissa de méfiance en apercevant Angelo, attablé dans une loge devant les résidus d'une assiette de macaronis refroidis, de frites couvertes de moutarde, des restes d'une salade à la mayonnaise; dans un petit plat individuel, quelques morceaux de légumes: carottes, petits pois, haricots verts, subsistaient de ce qui avait été une macédoine; à côté de sa tasse de café vide, de la marmelade de pommes sur un gâteau doré, tous deux intacts. Angelo lui dédia un sourire mielleux tout en mâchouillant un cure-dents. Il s'était rasé, mais ses vêtements malpropres n'amélioraient en rien son apparence.

— Te v'là, beauté! lança-t-il trop fort au gré de la jeune femme. Assis-toi, ma belle, enlève ton manteau, pis dis-moi si tes problèmes sont réglés.

— D'abord ne me tutoyez pas. Ensuite, grinça-t-elle entre ses dents, sachez que vous avez failli tuer mon mari et ma fille!

— On fait pas d'omelettes ou de meringue sans casser des œufs! Si je voulais avoir Claire sans que ça ait l'air arrangé avec le gars des vues, fallait que ça paraisse être un accident. Y faisait tellement mauvais; personne peut s'douter que j'ai un peu aidé la nature.

— Claire est pourtant vivante!

— Elle en mène pas large. Elle était plutôt écrabouillée quand j'l'ai vue dans la bagnole. J'avais l'intention d'abréger ses douleurs quand un bon Samaritain s'est arrêté. J'ai pas eu l'temps d'finir la job.

— Je ne vous ai rien demandé, moi! Faire disparaître quelqu'un, ça ne veut pas dire de le tuer!

— Ben quoi! Moi, j'suis ton pote, pis un pote, ça sert à ça: aider. À c't'heure, on a un secret à partager, toi pis moi.

Barbara le fixa avec mépris, les mâchoires crispées, les yeux rétrécis en deux fentes dédaigneuses. Ceux d'Angelo brillaient malicieusement et son sourire s'étira davantage.

— Fais pas tant d'manières! T'es mon acolyte aussi sûrement que si tu t'étais trouvée avec moi dans c't'histoire.

— J'étais en Californie au moment de l'incident. Pas seule, évidemment. Je pourrai le démontrer.

— Ouais! j'm'y attendais, pour sûr! Moi, j'peux prouver qu'tu m'as demandé d'm'occuper de Claire.

— Je n'ai jamais rien fait de semblable!

— Ben sûr que oui... Tu écrivais des p'tits mots. Tiens! Tu les reconnais? demanda-t-il en lui montrant de loin la serviette de table en papier sur laquelle elle avait griffonné à plusieurs reprises «Claire doit disparaître». T'as quitté l'restaurant, pis j'suis rev'nu chercher la preuve. Tu d'viens ben pâlotte, poupée. Tu vois que j'ai raison.

— Personne ne croira ce que vous dites. On écrit parfois des choses auxquelles on n'attache aucune importance. D'ailleurs j'aurais pu écrire ça aujourd'hui ou il y a dix ans. Ou vous auriez pu imiter mon écriture.

— On verra ben c'qu'en pensera l'tribunal, sourit-il en replaçant le morceau de papier dans la ceinture de son pantalon.

— Ils n'admettront jamais que j'aie voulu que mon mari meure! Le médecin, Bruce... et d'autres personnes sont témoins de ma peine. Non, personne ne vous prendra au sérieux; ils concluront à un malentendu.

— Tu t'entêtes. Ça m'plaît assez! Tu tiens d'ton père, mon p'tit.

Elle retroussa le nez et releva le menton en signe de défi.

— Apprenez que Louis Roitelet n'était pas mon père!

— J'le sais!... Moi, j'te parle de ton vrai père.

Le cœur de Barbara se mit tellement à sauter qu'elle crut qu'il allait sortir de sa poitrine; sa gorge se serra.

— Que... Que voulez-vous dire?

— T'as pas l'air d'avoir compris, poulette!

— Compris quoi? Que vous... savez qui est mon père?

— Pour sûr. Ton père, c'est moi.

Son plaisir évident, ses yeux brillants d'un air absolument comblé soulevèrent la nausée chez Barbara.

— Vous mentez! Je ne vous crois pas!

— Allons donc! Ta mère pis moi, on a passé des journées formidables. C'est vrai que j'l'ai un peu... obligée. Quand j'te r'garde, j'le r'grette pas.

Barbara, frissonnante, arriva à retrouver un filet de voix.

— Qui... qui est ma mère?

— Ben, en v'là une histoire! Carole, ben sûr. Qui tu veux qu'ce soit?

Barbara s'adossa, sans voix, les yeux exorbités. Angelo se mit à rire.

— Tu vas pas m'dire que tu t'en doutais pas!

Incapable d'articuler un mot, elle se contenta d'avaler sa salive. Angelo expliquait:

— Elle s'est sauvée du village avec ce Louis tout d'suite après notre... ben... après nos quecques jours ensemble. Quand je l'ai r'trouvée, t'étais d'jà née. Tout concordait: les dates, ton âge. J'ai voulu vous emmener avec moi aux États, toutes les deux... C'est là qu'la police est arrivée pour me r'mettre en taule, ça fait que... C'est pas que j't'aurais pas voulue, hein! Moi, avoir une p'tite femme, pis d'la marmaille, c'était mon rêve. J'me suis calmé, ces dernières années. Ça m'faisait tout drôle d'avoir une fille. J'ai cru qu'tu s'rais pas fière de moi si j'passais toute ma vie en prison. À c't'heure que j'suis libre, je r'viens t'chercher, ma poulette. Belle de même, on va faire des affaires d'or. Écoute! On va faire un marché: on va ouvrir une maison close et c'est toi qui en seras la tenancière. Tous les gars d'la ville vont venir pour te voir. La police osera pas fermer l'endroit parce que tu les mèneras avec ton p'tit doigt. Moi, j'me contenterai d'faire régner l'ordre. À nous, le magot!

Elle se dressa subitement. Elle était pâle et tremblante; elle n'éleva pas le ton et ne gesticula pas afin que Bruce ne vienne pas s'ingérer dans la conversation.

— Vous me prenez pour une marionnette qu'on dirige à sa guise! Vous tournez la manivelle et moi je couche avec tout un chacun.

— Tu couches pas! Tu les attires. Penses-tu que j'vas laisser des malotrus toucher ma p'tite fille? Ben non. Te fâche pas. On va être ben tous les deux.

— Vous pouvez oublier vos grands projets extravagants. Je ne crois pas un mot de ce que vous avez dit. Vous ne pouvez pas être mon père; vous ignorez que Carole m'a adoptée.

— C'est facile à dire, ça! C'est aussi c'qu'elle m'a dit y'a ben des ans, quand t'étais gamine. Moi, je sais que Carole a eu un bébé dans les neuf mois qui ont suivi nos ébats. Pis que c'était une fille. J'ai fait vérifier ces informations pendant qu'j'étais en cabane. La sage-femme qui l'a accouchée a pas tenu l'coup devant quecque piastres pis des taloches. Faut dire que mon mastodonte avait de drôles de mimiques, pis des poings aussi durs que des marteaux. Elle a pas hésité longtemps. Carole l'avait payée pour faire disparaître les papiers.

— Vous avez mijoté votre plan très adroitement. Pour un peu, je vous prendrais au sérieux. Allez-vous-en! Je ne veux plus jamais avoir à faire avec vous. Que je ne vous revoie plus!

— J'peux t'faire plaisir pour tout d'suite.

Il se leva et s'apprêta à partir.

— T'es belle comme une madone, même quand t'es vexée. J'te laisse le temps d'penser à tout ça. J'te rappelle, ma poulette.

— Je ne vous le conseille pas.

Il sourit; cet avertissement l'amusait extrêmement. Il partit sous l'œil foudroyant de Barbara. Dès qu'il fut sorti, Bruce entra, s'assit près d'elle et lui serra les doigts très fort.

— Que t'a-t-il dit? J'ai failli m'interposer quand tu t'es levée debout; j'attendais ton signal.

Elle secoua la tête, incapable de parler, troublée par les

propos de cet homme. Bruce la ramena chez elle en voiture. Carole les attendait fébrilement. Elle étudia les gestes de la jeune femme avec attention, pour voir si elle allait agir différemment avec elle, ce qui signifierait qu'Angelo lui avait révélé quelque chose. Barbara gardait un air contracté, épouvanté. Elle lança sèchement à sa mère qui tressaillit:

— Je veux savoir qui sont mes parents. Je veux la vérité, cette fois, cria-t-elle. Je sais que tu ne l'ignores pas.

— Voyons, ma petite fille, tu sais bien que...

— C'est terminé, les mensonges, maman. Terminé. Cet homme, ce... sale individu, cet être vil de la pire espèce prétend être mon père.

— Il ment, éclata Carole vivement.

— Il dit qu'il a eu des relations sexuelles avec toi et que tu as eu une fille de lui.

— Non! jeta-t-elle, ébranlée. C'est faux. Il est malade. Il se figure des événements qui n'ont pas eu lieu. Il a dû confondre avec quelqu'un d'autre.

Barbara l'observait, se demandant si, dans l'épouvante de sa mère, ne se dessinait pas toute la terrible vérité. Elle la toisa froidement et affirma:

— Tu as eu un enfant de cet homme! Tu m'as eue, moi, de cet homme! C'est cela? Est-ce cela? rugit-elle en saisissant sa mère par les épaules pour la secouer vigoureusement.

— Non. Non. Il t'a menti. Il cherche à me châtier parce que je l'ai repoussé pour Louis.

Barbara la lâcha. Elle demeura suffisamment près pour que Carole puisse apercevoir la lueur malveillante qui perçait son regard. Elle ragea entre ses dents:

— Si tu m'as fait croire que j'étais une orpheline que tu avais adoptée, alors que je suis ta fille... Si tu as inventé tous ces mystères pour des futilités, je te haïrai jusqu'à la fin de mes jours.

— Tu te trompes, Barbara! Mon affection ne peut être mise en doute. Je t'aime plus que tout au monde. Cet homme est un manant, un mécréant, un minable. Je t'avais dit de t'en méfier. Ma conduite n'a toujours été dictée que par mon amour pour toi.

— Oui, ton amour pour moi, répéta Barbara en la fixant sans aménité pour essayer de déceler dans l'expression du visage de Carole tout ce qu'elle cherchait à dissimuler. Ton amour pour moi... et ton manque d'amour pour Claire qui risque de mourir. Elle est blessée, entre la vie et la mort dans un lit d'hôpital, et tu n'as l'air ni atterrée ni chagrinée. Tu viens me soutenir, moi, ta fille adoptive, quand c'est elle, ta propre fille, qui est en danger! Quelle sorte de mère es-tu donc? Que ressens-tu pour elle?

— De la tendresse, bien sûr. N'est-elle pas ma fille?

Barbara continuait de la dévisager, les yeux menaçants. Carole penchait la tête, implorant sa fille:

— Tu dois me croire! Angelo est mauvais, malsain. Il faut que tu l'évites à tout prix et que tu ne croies rien de ses balivernes.

Barbara soupira, baissa les yeux, pencha la tête. Son embarras ne s'estompait pas. Elle bougea les épaules, les bras, malmenée par la suspicion qui refusait de la quitter.

— Je ne sais pas. Je ne sais plus. Tu sembles si embarrassée. Les sons sortent de ta gorge pour contredire les paroles d'Angelo, et ces mots, justement, répondraient à mes pourquoi: pourquoi tu m'as aimée, moi, plus que les autres; pourquoi tu aurais prétendu que j'étais adoptée... Il a laissé entendre qu'il t'avait violée. Il m'aurait engendrée dans la violence! Toi, tu n'aurais pas voulu me reconnaître! Pourquoi m'as-tu laissée naître alors? tonna-t-elle, pleine d'aigreur.

— Calme-toi! s'interposa Bruce en la voyant si déchirée qu'il craignit qu'elle ne fasse une crise à sa mère.

— Oublie ce qu'Angelo t'a dit! répéta Carole lentement. Fie-toi à moi. Ne t'ai-je pas aimée plus que tout?

— Tu me le prouves une fois de plus aujourd'hui. Tu délaisses Claire.

— Avait-elle autant besoin de moi que toi?

— Peut-être pas.

Elle se détourna, se calma, s'assit. Le malaise persistait.

— Je ne sais plus. Dis-moi pourquoi ce type raconterait de telles fables.

— Je te l'ai dit: je l'ai éconduit.

— Papa connaissait-il l'existence de cet Angelo?

— Nous venons du même village... bégaya Carole en baissant les yeux et en se triturant les ongles.

— On dirait que tu cherches à me cacher des faits et, sans trop comprendre pourquoi, je n'ai pas très envie de les savoir, balbutia-t-elle. Je me sens fatiguée. Je vais aller me reposer et tâcher d'oublier cela pour l'immédiat. Tout m'apparaît si confus. Réveillez-moi si vous avez des nouvelles fraîches de Xavier.

— C'est ça, *love*. Va te coucher et essaie de dormir au lieu de te casser la tête avec des idioties. D'après ce que j'ai pu en voir, ce type n'a pas l'air très reluisant.

— Monsieur William a raison, chérie. L'important n'est-il pas que je sois là, à tes côtés?

Barbara la scruta, soupira, puis sortit d'un pas las. Bruce et Carole s'examinèrent, perplexes.

— Si vous demeurez ici, madame Roitelet, je vais rentrer chez moi. J'ai besoin de repos moi aussi, je le crains.

— Oui, oui. Merci de vous être occupé d'elle.

— Je n'en ai aucun mérite: je l'aime. Vous avez dû le deviner.

— Vous oubliez Xavier!

— Il est au courant. Il n'a jamais aimé Barbara. Peut-être le saviez-vous?

Elle fit un signe affirmatif, puis ploya le cou et se laissa choir, meurtrie, dans un fauteuil. Bruce crut bon d'ajouter:

— Ça se tassera. Claire va s'en sortir et la vie reprendra comme avant.

Il passa son paletot chic, marron clair, et quitta l'appartement après avoir jeté un dernier coup d'œil machinal à la femme fléchie sur elle-même. Une fois la porte refermée, Carole ajouta presque malgré elle:

— ...comme avant. Comme avant... Oui, il le faut. Sinon, je serai responsable de tout ce gâchis. Tout est «déjà» de ma faute. J'ai voulu préserver ma fille chérie et c'est elle qui souffre le plus.

Les mots et les airs d'une chanson qu'elle fredonnait à

Barbara pour l'endormir quand elle était petite lui revinrent en mémoire:

Autrefois dans un petit moulin, il y avait une jeune meunière...
Elle avait pour voisin deux bergers...
Les bergers la pressaient de choisir, mais le jeu amusait la meunière...
Jolie meunière, vous étiez fière qu'ils soient jaloux...
Jolie meunière, tant pis pour vous «Adieu Jean-Pierre, adieu Jean-Lou.»

Cette chanson, en somme bien banale, devenait signifiante. Elle lui rappelait comment sa fille Barbara avait joué avec le cœur des hommes. Dans un mirage, elle vit d'innombrables cœurs d'hommes moulus, broyés à la meule de la meunière au lieu de grains de blé. Des cœurs moelleux éclataient ainsi que des myrtilles sucrées; des cœurs secs laissaient s'échapper une fine poussière rouge brunâtre; des cœurs durs faisaient crisser le concasseur, mais finissaient par exploser en mille miettes; un cœur de mère énorme se présenta et coinça entre les cylindres. Une chaleur intense lui inonda les mains d'abord, puis remonta le long de ses bras, des épaules, s'étendit à sa nuque, au cou, à la tête, pour ensuite redescendre le long du dos. Chaleurs de ménopause qu'elle connaissait de plus en plus souvent à un âge relativement jeune, quarante-trois ans, ou gêne et angoisse devant les défauts qu'elle refusait de voir chez sa fille adorée, faiblesses qu'elle réduisait, qu'elle modulait pour en faire des qualités? Xavier lui avait dit que Barbara et Claire se haïssaient, que lui-même n'aimait pas Barbara, que celle-ci le tenait en otage pour blesser sa sœur. Voilà que ce William prétendait aimer Barbara alors qu'elle paraissait plutôt indifférente à son endroit! Risquait-elle de perdre les deux hommes en agissant de la sorte? Elle ferma ses paupières lourdes. Sa faute lui retombait sur le dos, en même temps que les chaleurs. Barbara allait finir par lui en vouloir. Elle allait revenir avec ses questions. Comment lui cacher éternellement que son amour était tout naturel puisqu'elle était sa mère biologique? Quant à Claire et à Marisa, elle savait qu'aucune d'elles n'avait besoin de son épaule pour y pleurer. Leurs petits cœurs sur la meule avaient si peu de poids qu'ils roulaient au lieu de s'écraser. En définitive, qui était le monstre? Angelo? Barbara? Ou elle? Elle, mine de rien. Elle. Si Angelo était responsable de ses peurs, il ne l'était pas des décisions qu'elle avait prises. Tous les méandres dont elle avait parsemé son chemin ne faisaient qu'accroître l'impasse à laquelle elle devait faire face. Elle ferma les yeux. Des larmes silencieuses coulèrent sur ses joues.

Une semaine après son accident, cloué dans son lit d'hôpital, Xavier, la jambe en traction, le bras plâtré, un léger pansement sur le front, demandait pour la énième fois:

— Comment vont Claire et Marisa?

— Mieux. Beaucoup mieux, admit le médecin qui terminait son examen. Vous aussi d'ailleurs.

— Quand pourrai-je les voir?

— Quand vous pourrez vous lever. Il est trop tôt. Vous devez garder le lit patiemment. Vous ne voulez tout de même pas empirer l'état de cette jambe?

— Non, bien sûr. Je me tourmente pour elles. Je me dis que vous me mentez peut-être... pour ne pas que je me fasse du mauvais sang alors que...

— Détendez-vous. Nous avons réussi à les tirer de leur état alarmant. À moins de complications, elles s'en sortiront toutes deux.

— Elles étaient passablement amochées?

— Passablement.

— Pourquoi refusez-vous de m'en parler? Je suis capable de tenir le coup.

L'homme s'immobilisa auprès de lui et parut réfléchir.

— Sans doute avez-vous raison. La jeune femme se remet lentement, mais sûrement. Le pire est passé, espérons-nous. Quand elle est arrivée, elle était en état de choc traumatique; on a dû lui enlever la rate. Elle avait aussi des hémorragies internes. Ses côtes la font souffrir, mais... – Il sourit. – Elle se tourmente tant pour vous deux que, finalement, je crois que c'est ce qui lui permet de se remettre plus rapidement. Ce que je préférais vous taire, c'est que le... visage de votre petite fille est... plutôt...

— Son visage... Voulez-vous dire qu'elle est défigurée?

— Il faudra du temps et possiblement des chirurgies pour lui redonner son visage de poupon. Les lacérations étaient profondes et les avulsions... guère esthétiques. Le nez et le maxillaire supérieur étaient aussi abîmés. Heureusement, elle est jeune et, quand on est jeune, les os sont en pleine croissance et la peau est flexible! Dans quelques années, rien ne paraîtra plus.

— Seigneur! se lamenta Xavier. C'est vraiment très grave! Pourquoi Dieu n'a-t-il pas épargné cette pauvre enfant innocente? Claire est-elle au courant?

— Oui. Elle n'arrêtait pas de demander après la petite, à tel point que nous avons dû l'amener auprès d'elle en civière. Elle aussi nous soupçonnait de lui cacher le décès de ceux qu'elle aime. Quand nous les avons mises en contact, se souvint-il agréablement, la gamine a tendu ses petits doigts vers elle. Nous n'avions pas réussi à lui tirer un son ou un regard depuis son arrivée.

— Elle a tendu les doigts! Vraiment?... Claire a dû en être touchée. Marisa est... lointaine, mélancolique. Elle est un peu...

Il allait dire: en retard. Il se ravisa.

— ...absente. Elle adore Claire qui le lui rend bien.

— On m'a dit que sa mère n'était pas venue la voir.

— Pour Barbara, Marisa et moi sommes des jouets. Nous l'amusons tant que nous sommes debout; malades ou blessés, nous l'intéressons moins.

— Elle m'a pourtant paru se faire du souci pour vous.

— J'en serais bien étonné. Nous ne nous sommes jamais aimés, elle et moi. Notre union n'est qu'une suite ininterrompue de mauvaises manœuvres, de mésententes. Nous nous parlons à peine et je suppose que tout cela se répercute sur Marisa. Nous avons oublié de nous soucier d'elle; nous étions trop égocentriques et ne pensions qu'à nos propres soucis. Marisa a certainement manqué d'attention. Maintenant que Claire s'en occupe, elle s'y est très sincèrement attachée.

— Le besoin d'être aimé pour un enfant, même bébé

naissant, est vital. Combien de jeunes délinquants nous livrent leur haine à l'égard du monde entier ou d'eux-mêmes simplement parce qu'ils se sont sentis rejetés!

— J'ai perdu mes parents très jeune, pourtant j'ai mené une vie plutôt simple avant de rencontrer Barbara.

Le médecin sourit de façon indulgente en répondant:

— Les premières années de la vie sont les plus importantes. Si vos parents vous ont donné beaucoup d'attention, de soins et de tendresse, vous avez eu le temps de vous construire un moi assez fort pour qu'il puisse traverser les intempéries.

— Peut-être vaudrait-il mieux faire voir Marisa par un psychiatre!

— Nous avons le temps d'en reparler. Plusieurs jeunes ne demandent qu'à être aimés; dès qu'ils ont trouvé quelqu'un pour assouvir leur soif d'affection, tout rentre dans l'ordre.

— À la condition que ces deux êtres puissent être mis régulièrement en présence l'un de l'autre, soupira Xavier.

— Pas nécessairement. Tout dépend de la force des liens qui les unissent. Allez! dit-il en tapotant le bras de Xavier, vous verrez à cela plus tard. Pour l'instant, soyez un peu égoïste et pensez surtout à vous. Vous devez reprendre des forces si vous voulez être en mesure de les aider.

— Pourrais-je leur envoyer des fleurs? Un bouquet de fleurs? Toutes sortes de fleurs? Des magnolias? Ou des bonbons? Peut-être des macarons?

— Si vous le voulez, dit-il, amusé. Cessez de vous alarmer. Elles sont toutes deux vivantes et en bonne voie de guérison. Vous également. Dès que votre plaie ira mieux, nous allons vous opérer pour réduire la fracture. Vous aurez un beau plâtre en fibre de verre, du haut de la cuisse jusqu'au bas de la jambe, et il y aura une ouverture au niveau de la plaie pour lui permettre de guérir. Alors, vous pourrez sortir.

— Merci, docteur.

Celui-ci se retourna avant de franchir la porte.

— Remettez-vous bien, ce sera notre récompense.

Xavier le regarda sortir suivi de l'infirmière. Ne pas se tracasser! Comment l'aurait-il pu? Claire lui en voulait peut-être de cet accident stupide. En tout cas, lui, il se sentait coupable. Il n'avait pas eu le temps de réagir convenablement quand les roues s'étaient mises à patiner. Il y avait eu une secousse sourde, puis il avait perdu le contrôle du véhicule. Avaient suivi les tonneaux, leurs envolées entre ciel et terre qui semblaient durer une éternité et, enfin, le contact fracassant avec le sol et la perte de conscience. Par après, il se rappelait vaguement avoir entendu une automobile s'arrêter, des pas lourds qui s'approchaient, puis une autre voiture et un homme qui criait: «Prenez patience, on prévient la police!» À quelques pieds de lui, Marisa et Claire ne faisaient aucun bruit; il aurait aimé pouvoir tendre le bras vers elles, s'assurer de leur présence, les apaiser au besoin; il n'avait pas pu lever même la tête. La terre paraissait tourner autour de lui, les objets flotter dans l'espace et il ne savait plus très bien de quel côté il aurait dû se diriger pour les rejoindre.

Son souvenir le plus précis, c'était la visite de Barbara quelques heures ou quelques jours plus tard. Ses larmes l'avaient surpris; son visage pâle et cireux portait les traces d'une grande lassitude. Ses paroles, toutefois, lui échappaient. Qu'avait-elle dit exactement? Il ne s'en rappelait plus. Était-ce important? Important! Barbara aurait-elle pu avoir à lui dire des choses essentielles?

Il songeait fréquemment à Jamina depuis qu'il était étendu dans ce lit. Pauvre vieille femme morte de vieillesse sans avoir eu le temps de voir son arrière-petite-fille qu'elle réclamait depuis trois semaines avec une impatience fiévreuse! «Quand rentrera-t-elle? Quand?» disait-elle. «Il me reste si peu de temps, si peu... Je suis une vieille femme, une très vieille femme. J'ai vécu plus longtemps que la plupart des gens. Je ne suis pas très instruite; on serait porté à croire que j'ai perdu mon temps à m'enfermer ici. Pourtant non! Je l'ai employé de mon mieux. Je l'ai utilisé miette par miette; je l'ai usé et l'use jusqu'à la dernière fraction de seconde. Je l'ai bu goutte par goutte, comme un vin vieilli dont on veut garder sur la langue le goût pour l'éternité. Je ne me suis jamais ennuyée, jamais; saviez-vous, Xavier, que c'est l'ennui qui tue le temps, qui en fait un poids difficile à supporter? Moi, je l'ai occupé à réfléchir, à rêver, à agir et j'ai trouvé la vie *merveilleuse. Vous, vous avez gaspillé deux ans de votre vie à errer en mort vivant. Ne perdez plus votre temps, il est trop précieux et il passe trop vite. Je voudrais bien vivre assez longtemps pour connaître ma petite-petite-fille.»* Ce temps avait eu raison d'elle. Jamina était enfermée dans sa tombe avec son dernier rêve: revoir la fille de Leïka. Carole Roitelet gardait son secret intact.

Après l'opération à sa jambe, une semaine et demie plus tard, Xavier put finalement se rendre à la chambre de Claire en chaise roulante. En raison de sa jambe et de son bras plâtrés, un infirmier le conduisait. Le jeune homme se retira et, le cœur battant, ému, Xavier étira le cou timidement. De son lit, Claire lui tendit les bras, minute magique espérée depuis des jours.

— Xavier! Oh Xavier! enfin te voilà! Je me demandais... Tu es là!

La gorge nouée par des jours d'inquiétude, il s'approcha maladroitement pour serrer la tête blonde étroitement contre la sienne et embrasser longuement Claire sur les lèvres.

— Je m'en veux parce que tu souffres par ma faute, souffla-t-il.

— Allons donc! sourit-elle. Tu oublies que je t'aime, Xavier, que je t'ai aimé très tôt. Je ne voudrais plus que nous soyons séparés. Après avoir perdu Richard, j'ai eu peur de te perdre, toi aussi. J'ai bien réfléchi: nous offrirons à Barbara ce qu'elle réclame et nous serons libres de nous marier. Je recommencerai à travailler bientôt et... elle acceptera bien d'attendre un peu. Je suis prête à tout. Malheureusement, il ne m'est rien resté des assurances de Richard.

— Ne t'énerve pas, ma chérie. Je doute que Barbara accepte de me libérer si facilement. Ce n'est pas une question d'argent pour elle, sinon elle aurait épousé Bruce qui possède une fortune. Si nous ne trouvons pas le montant complet, c'est foutu.

— Ce William, justement... S'il tient à Barbara, il pourrait nous prêter la somme.

— Je lui en parlerai... quoique je doute. De toute façon, reprit-il, ennuyé, qu'adviendrait-il de Marisa? Barbara est sa mère. Quel tribunal accepterait de nous la confier? Barbara se fâche contre sa fille; elle ne la maltraite pas, du moins pas physiquement. Moi-même, je n'ai pas été un père si dévoué depuis sa naissance. L'affection que je lui porte est toute récente; j'étais trop préoccupé par ma propre infortune. Dois-je, aujourd'hui et à cause de cela, laisser ma fille faire face toute seule à cette mégère?

— Non... murmura Claire, désenchantée. Il faut faire le maximum pour elle. Nous tenterons de lui apporter la joie de vivre... à la condition que Barbara ne nous en empêche pas. Je sais que, dans le fond, elle n'est pas aussi méchante qu'elle veut bien le laisser croire et qu'elle est terriblement malheureuse d'avoir été abandonnée par sa mère.

Elle baissa la tête en un geste émouvant que Xavier apprécia. Il lui caressa doucement les cheveux de son bras valide. S'il avait pu seulement lui expliquer que celle qui n'avait pas eu sa véritable mère, c'était elle, et non Barbara! Peut-être était-ce mieux ainsi! Il reprit:

— Le docteur m'a dit que je pouvais sortir demain. Après presque trois semaines d'hospitalisation et d'alitement, je vais me sentir libre. Je ne pourrai pas travailler avant plusieurs semaines parce que ces plâtres ne me seront enlevés que dans deux mois pour la jambe et dans cinq semaines pour le bras. Je pense me trouver une chambre dans les environs. Je n'ai pas du tout envie de retourner à la maison, de revoir Barbara, de vivre avec elle, de me chicaner avec elle.

— Tu peux t'installer à mon appartement. En principe, je devrais pouvoir sortir d'ici une semaine et je t'y rejoindrai. Puisque je me déplacerai difficilement les premiers temps, tu me seras utile, dit-elle en minaudant.

— J'accepte bien volontiers, chuchota-t-il en se penchant pour l'embrasser.

— Que t'a-t-on dit pour Marisa?

Xavier ploya la tête, tristement.

— Elle va relativement bien. En ce qui a trait à son visage, le docteur Mulard refuse de se prononcer avant deux ou trois jours. Les meilleurs spécialistes en chirurgie plastique ont fait les interventions qu'exigeait sa condition maxillo-faciale. Tout dépendra des résultats; ils changent les bandages régulièrement. On me dit qu'elle est encore très enflée et que les ecchymoses ont des teintes jaunâtres. J'ignore ce qui reste à faire pour remodeler son visage; je dois te dire qu'apparemment... elle n'est pas très belle à voir. Je suis passé à son chevet avant de venir ici. Elle dormait. Ils la tiennent sous sédatif parce qu'elle tente constamment de retirer ses pansements.

— Pauvre petite! On a beau se dire et se répéter, quand surviennent des misères de ce genre «qu'on doit avoir quelque chose à apprendre là-dedans», que «rien n'arrive pour rien», on se demande quand même pourquoi cette enfant déjà si hypothéquée par la vie voit son monde bouleversé à ce point.

— On essaie de se trouver des motifs pour accepter l'inévitable, tout bonnement, expliqua Xavier.

— Tu dois avoir raison. Quoique ce soit pourtant vrai que «les choses arrivent souvent comme elles doivent arriver»...

— J'aime t'entendre parler de façon optimiste; c'est bon pour mon moral.

— Moi, ce qui est bon pour mon moral, c'est de savoir que tu vas m'attendre à l'appartement. J'aurai hâte de t'y retrouver.

Il se rapprocha d'elle tant bien que mal et lui pressa les mains avec bonheur.

Ailleurs, Barbara marchait lentement, l'esprit occupé à autre chose qu'aux hommes qui se retournaient sur son passage. Vêtue d'un jean moulant, d'une botte noire lui montant au genou, d'un épais fourreau de toile noire et d'un bonnet bleu pâle, sa silhouette apparaissait dans toute sa splendide beauté. Cette fois, Barbara n'avait pas prêté attention à son apparence; elle avançait, tête basse, mains dans les poches, se dirigeant sans conteste vers le port où, à cette heure avancée, la plupart des débardeurs étaient rentrés chez eux, bien au chaud. Ceux qui restaient finissaient de charger, à l'aide de ces genres de petits tracteurs que la plupart appelaient «monte-charge», du bois sur un cargo amarré à quai. Un second bateau mouillait à quelques kilomètres; ses lumières dans la nuit qui s'amorçait scintillaient, allumant des étoiles sur la mer lugubre.

Le quai était presque désert. Un matelot venait de son côté; il passa en la reluquant, la dépassa. L'eau du fleuve était noire avec des reflets miroitant sous une pauvre lune blanchâtre. Un peu plus loin, la manufacture de chandails rejetait de gros jets de vapeur grise. Barbara n'était pas pressée; elle attendait tout banalement quelqu'un, indifférente à son arrivée prompte ou tardive. Elle était assurée de sa venue et cela seul importait.

— Salut, poupée! C'est ben moi que t'espérais?

Elle se tourna vivement, surprise. Il arrivait plus tôt qu'elle ne l'avait cru, finalement. Il souriait, moqueur et satisfait, mâchonnant un cure-dents, manie qui devait lui être coutumière. Ses grosses bottes maculées de boue, son pantalon usé et sa veste de cuir élimée firent s'aplatir les belles lèvres de la jeune femme. Ils se détaillèrent: lui avec un air satisfait de possesseur et de meneur de jeu, elle hautaine et froide dans sa détermination. Un léger rictus anima sa bouche avant qu'elle ne dise d'une voix morne:

— Ainsi vous êtes mon père! Vous, un bagnard, un malfaiteur qui a commis plusieurs crimes!

— Oh là fillette! pousse pas! Moi, j'suis qu'un voleur qui a pas eu d'chance; j'fais pas partie d'la mafia. J'suis pas pire que des tas d'individus sans scrupules qui s'promènent dans les rues tous les jours sans jamais faire de prison. Des gens malhonnêtes, y'en a plein les gouvernements, plein les directions d'entreprises, plein les municipalités et les mairies. J'te dirais qu'y'en a partout. Tout l'monde magouille icitte et là.

— Ce qui ne fait pas d'eux des assassins dans votre genre.

— Pas de grands mots, poulette! J'ai fait que c'que j'devais. On s'moque pas d'Angelo Paradiso sans devoir payer la note. Si y'en a qui sont morts par mes mains, y devaient l'mériter. À part, p't-être c'tte sorcière que Xavier connaît, celle qui lançait des maléfices. Elle a eu peur, la vieille, c'est tout. On n'a rien touché dans sa mansarde, ça nous dégoûtait ben qu'trop.

— Non, je ne parlais pas d... Comment vous avez dit? Une sorcière que Xavier connaît!

— Ouais! c'tte p'tite vieille fripée que ton mari allait voir de temps en temps!

— Une... vieille femme! Qu'il allait voir! Pourquoi?

— Ben ça, fillette, j'ai pas réussi à l'savoir. La vieille carcasse est morte raide quand j'ai brandi mon couteau. J'ai pas eu l'temps d'faire «beuh!»... On l'a pas malmenée pantoute. Après ça, tu penses ben que j'allais pas rester là à attendre les flics, surtout qu'son matou s'est mis à miauler, pis qu'une meute de chiens a répondu en aboyant, pas très loin. J'ai même pas fouillé, y'avait rien que d'la camelote.

— De toute manière, je ne parlais pas d'elle, je parlais d'un type au bagne.

— Ah bon! Qui c'est qui t'a fait croire ça? C'est commode de mettre un meurtre su'l'dos de n'importe qui. J'suis pas responsable d'la mort de tous les macchabées qu'on r'trouve en taule ou en dehors, ronchonna-t-il, bourru.

— En tout cas, vous avez voulu tuer ma demi-sœur, ça vous ne pouvez pas le nier!

Il gesticula en appuyant ses dires.

— Un accident, c'est tout. C'était marqué dans l'journal: un accident.

Sa satisfaction déplut à Barbara. Avoir été un homme, elle lui aurait flanqué son poing au visage: un K.-O. magistral. Elle l'imaginait étendu par terre.

— Ce prétendu «accident» nous permet de constater que vous êtes plutôt malhabile.

— Tu vas pas dire ça, ma poulette! se plaignit-il. J'allais lui river son clou quand c't autre voiture est arrivée.

— Je vous défends à l'avenir de vous occuper de mes tracas. Je me débarrasserai de Claire à ma façon, sans commettre de méfait et sans travailler en marge de la loi. J'ai ma petite idée là-dessus.

— Je veux t'aider. J'ai pas d'autre enfant qu'toi, pis j'veux t'montrer comment c'est quand un père aime sa fifille.

— Vous seriez bien malvenu d'insister. Je ne veux pas d'un père dans votre genre. Tout ce que vous voulez me démontrer m'est complètement égal.

— T'as beau me vouloir ou pas; c'est moi ton père.

— On peut le penser. Rien ne le garantit. Un de mes amis a fait faire une petite enquête. J'ai pu apprendre que vous aviez enlevé Carole et que vous l'aviez séquestrée plusieurs jours...

— Deux ou trois seulement.

— ...et qu'elle a bien commencé à élever une fille quelques mois après son mariage avec Louis Roitelet. C'est possible qu'elle soit ma vraie mère; quelques-uns des voisins qui se souviennent d'eux prétendent qu'elle était bien enceinte. Pourquoi m'aurait-elle trompée pendant des années?

Un sanglot lui étrangla la gorge malgré elle.

— Le savez-vous? reprit-elle. Pourquoi? Pourquoi?

Angelo s'approcha, maladroit, bien que plein de bonne volonté. Il la contempla avec mansuétude.

— Tu vas pas t'mettre à chialer pour ça, hein! J'ai pas l'habitude, moi. C'est pas un mélodrame; pis, faut pas devenir maboule pour une affaire si vieille. T'es vivante, ma poulette, c'est ça qui est important. Si ta mère avait pas voulu d'toi, tu s'rais depuis belle lurette juste un tas d'poussière. Voyons, ton maquillage coule, là! Si tu pleures, tu vas avoir l'air d'un p'tit macaque!

— Je sais: l'heure n'est plus aux larmes, marmonna-t-elle en passant une main rageuse sous ses yeux. J'ai vécu vingt ans de ma vie à me questionner sur ma mère, à lui en vouloir de son abandon, à gémir sur mon infortune. Maintenant que je sais qu'elle a toujours été là, près de moi, qu'elle m'a aimée... je ne comprends pas davantage.

— P't-être qu'elle avait peur que tu lui en veuilles!

— Que je lui en veuille! De quoi?

— Dans c'temps-là, tu sais! Les filles qui avaient des mioches avant l'heure...

— C'est peut-être ça. Peut-être...

— Pis y'a aussi la façon... Une fille qui s'faisait violer, ben... ça faisait jaser. J'pas fou au point d'penser que Carole était amoureuse de moi, hein! J'étais pas le type qui l'intéressait. C'était Louis. Lui, elle l'aimait. Moi, j'voulais juste m'amuser un peu. J'étais jeune.

Elle garda un air lointain.

— Ta mère, c'était un joli brin d'fille. Pis toi, t'es rien d'mieux que magnifique. Quand j'ai su que j'avais un marmot... Ça donne un coup, tu sais. T'as l'impression qu'tu peux pus mourir, que quand tu vas être mort, y va rester quecque chose de toi. C'est formidable de ressentir ça. T'sais, l'amour d'un père pour sa fille, c'est pas un mythe. Aussi, si t'as besoin d'moi, hésite pas à me d'mander.

— C'est la raison de notre rendez-vous. Oh! il ne s'agit pas de vol ou de meurtre! J'ai besoin de faux papiers pour aller aux États. Je veux partir avec ma fille et ma mère, essayer de me refaire une vie.

— C'est facile. Ta mère est d'accord? Non, hein! Elle va p't-être pas aimer ça. Pis ton mari? Tu l'abandonnes à ta demi-sœur? J'pensais qu'tu l'aimais, pis qu'tu voulais l'garder.

Elle laissa ses yeux errer au loin, sans répondre. Qu'avait-il à savoir de ses secrets, de ses problèmes, de ses espoirs? Qu'avait-elle à faire d'un père si ce n'était pour profiter de ce qu'il pouvait lui apporter... sans qu'il ne doive s'imposer. Il avait cru pouvoir la manier à sa guise; ce serait elle qui l'utiliserait à ses fins.

— Quand pourrais-je avoir ces papiers?

— Dans dix, douze jours environ. Tu m'apportes des photos de toi, de Carole, pis d'la p'tite. Au restaurant, vendredi.

— Non. Je préfère qu'on se voie ici.

— Bof! Ça va. Icitte ou ailleurs. Pour moi, c'est du pareil au même. Quel nom tu veux?

— Qu'importe?

— Peut-être Madeleine... Martinet, Madeleine la pécheresse, le gâteau ou le fruit; et Carole s'appellerait Marjolaine Laplante, la plante qui sert à l'assaisonnement. Pis ta fille, Marguerite, une jolie fleur.

Barbara le fixa quelques secondes; plus jamais elle ne lui accorderait pareille attention. Elle désirait accrocher ses traits, son image tout au fond de sa mémoire, pour les y reléguer sans plus jamais y revenir. Angelo sembla gêné et eut un rire niais qui parut flotter le long du quai.

— Ben. On se r'verra, fillette.

Il laissa sa main s'appesantir sur l'épaule de sa fille, puis partit. Que lui trouva-t-elle qui fit glisser une nouvelle larme sur sa joue alors qu'il s'éloignait d'un pas rapide? Son père: un petit bandit sans envergure. Ce n'était pas ce dont elle avait rêvé. Elle aurait voulu d'un marquis, d'un maréchal ou d'un marin; pas d'un vieux merle, pas d'un gibier de potence. Elle tourna les talons et s'en alla.

Chapitre XV

Parmi les casse-tête qu'il avait eus à démêler au cours de sa carrière, Bruce n'en connaissait aucun qui, autant que celui-ci, lui soit apparu malsain et purulent, parsemé de part et d'autre de passages tantôt paisibles, tantôt passionnés ou déplorables. Il se demandait qui, dans cette comédie, frisait la psychose et n'était pas loin de croire que Carole Létourneau-Roitelet remportait la palme. Avoir jeté une telle poudre aux yeux de tous, perdurer à pigeonner Barbara, s'entêter dans ses mystifications! Pourquoi? Aucune raison, pertinente ou non, ne suffisait pour renier sa propre fille. Il secoua la tête et se sentit une fois de plus paralysé devant le regard de Xavier. Quoi qu'il cherchât à planifier, il n'arrivait pas à projeter hors de lui la pluralité de ses positions. Il philosophait sur la vie; or la vie est un phénomène complexe et les humains pernicieux ont tôt fait de bouleverser les prédictions des gens complaisants. Car Bruce estimait être un homme pragmatique, patient, poli, ouvert, serviable et pacifique. Quant à son portefeuille, il prouvait qu'il était capable de prospérité. Les fourberies appartenaient aux autres, pas à lui. Pourtant, à son insu, sa nature permutait parfois sa persévérance en persécution et il n'était pas rare qu'il exige de ses employés des performances hors du commun. Un proverbe soutient qu'un prêtre prêche pour sa paroisse. La partialité existe parce que l'humain est subjectif et non objectif. Il est subjectif parce qu'il vit en tant que sujet pensant et non en tant qu'objet du monde. Or, Bruce aimait

Barbara – à la fois comme sujet et comme objet. Il ne lui attribuait pas les défauts qu'elle avait; s'il le faisait, il les minimisait, les intégrait dans un contexte où il pouvait les parer de bonnes dispositions. Bruce était partisan du panache, du phallus et du pouvoir; la seule passerelle acceptable en matière de puissance féminine qu'il arrivait à supporter, c'était la perfection. Il portait un peu plus bas qu'à hauteur de hanches le pendentif qui lui garantissait sa supériorité sur le sexe opposé. Il en usait, considérant que cet instrument – si léger en l'occurrence – représentait un paravent derrière lequel se cachaient toutes ses petitesses. Bruce, individu normalement constitué, était le résultat des effets de miroir troublés par l'inconscient, ce qui n'en faisait pas un personnage pire que les autres.

Il entrait pour la première fois dans l'appartement de Claire où Xavier avait emménagé depuis quelques jours. Sans lui répugner tout à fait, l'endroit ne pouvait pas le charmer: les meubles étaient trop bon marché, les pièces trop étroites, les objets trop ordinaires. Il lui fallait de l'exceptionnel et du coûteux, comme Barbara, pour l'enthousiasmer. Rien ici ne soulignait le prestige auquel il aspirait, auquel il avait droit. Les seules particularités qu'affichait Claire consistaient en cette profusion de porcelaines enfermées dans une armoire vitrée et qu'il considérait être de la pacotille: un python jaune et vert d'environ un pied de long, un pélican, un porc-épic, une perdrix, une perruche sur un perchoir, un piano minuscule. Elles se complétaient par ces parasols chinois miniatures, de teintes pastel, et ces papillons plantés à même les pots étagés sur le porte-plantes. Un palmier de près de deux mètres de haut dans le coin du salon faisait face au sud. Près de la baie vitrée où le panorama laissait à désirer, un tableau commencé avait été abandonné sur son tréteau, dans un angle où la lumière rendait les couleurs plus vives, et les pinceaux demeuraient épars. On aurait dit que l'artiste avait fait les préparatifs pour terminer sa peinture, mais n'avait pu peindre. Sur le pupitre, outre la pendule, traînaient un prospectus sur Hawaii, un journal périmé, un collier de fausses perles. Sur la table, un plat de fruits: pomme, banane, poire, orange, pêche, raisins. Du pur mauvais goût, songeait Bruce.

Il n'osait pas s'asseoir ni enlever son paletot. Il craignait de voir apparaître des puces, des punaises, n'importe lequel de ces parasites, insectes piqueurs qui s'installent sans crier gare; il prenait ses précautions. Sa nervosité se traduisait par une impossibilité à demeurer immobile. De temps à autre, il lissait ses cheveux recouverts d'une pommade parfumée, ou sortait son peigne à moustache pour s'assurer que celle-ci tombait bien. La plupart du temps, les mains dans les poches de son pantalon, il parcourait à grandes enjambées le salon devant un Xavier passablement paisible, en peignoir de bain, et qui le scrutait gravement. Son silence perdurait.

— Tu as l'air d'un paon qui parade! lança Xavier.

— Par contre, toi, tu as l'air d'un coq en pâte, surtout avec ces plâtres. Je ne me souviens pas t'avoir vu si décontracté.

Le ton maussade sonnait pareil à un reproche. Xavier prêta davantage attention à Bruce qui tenait depuis son entrée un discours paradoxal. Il pestait contre la mauvaise condition des pavés, contre la paresse de Platine, sa chatte angora, depuis qu'elle s'était foulé une patte, contre un grand pianiste qui avait remis son concert en raison du verglas, son avion n'ayant pu atterrir. Xavier devinait sans peine que Bruce ne s'était pas déplacé simplement pour le saluer.

— Qu'est-ce qu'il y a? C'est Barbara?

L'autre se contenta de lui jeter un coup d'œil bougon sans riposter.

— Tu parais aussi agité qu'un jeune provocateur qui psalmodie des insultes à un politicien et qui se prépare à lui lancer des prunes. C'est pourquoi je te demande s'il est arrivé quelque chose à Barbara?

Cette question que Xavier posait presque calmement détendit un peu William.

— Non... Oui... Pas vraiment. J'ai appris...

Il s'arrêta, s'avança vers Xavier en plissant les yeux, en fermant à demi les paupières, en pliant le haut du corps un peu de travers, semblant s'apprêter à lui révéler un secret absolument épouvantable.

— Tu ne peux pas savoir ce que j'ai appris. C'est incroyable, fou, absurde!

Xavier se sentit frémir à l'avance de la confidence dont il allait être le dépositaire. À voir l'état de perturbation qui couvait chez Bruce, il tremblait autant de crainte que de hâte.

— Parle. Ne me laisse pas languir.

William venait de se redresser et faisait quelques pas en lui tournant le dos.

— *I don't know if it's right...* se dit-il à voix basse.

Depuis deux jours, il luttait contre lui-même, contre son désir de raconter à Xavier tout ce qu'il savait à propos de Barbara, grâce au détective qu'il avait engagé. Maintenant qu'il se trouvait devant lui, il ne savait plus comment commencer ni même s'il devait lui communiquer ses découvertes. Il fit volte-face et son air hagard étonna le photographe.

— Cesse de tergiverser et aboutis! Tu n'es pas venu ici pour pavoiser ou pour me parler du mauvais temps. Et puis je hais les mystères.

— Je sais qui est la mère de Barbara, proclama dignement Bruce.

— Ah! dit seulement Xavier en détournant les yeux. Comment l'as-tu su?

— J'ai fait faire une enquête... Tu n'as pas l'air surpris. Étais-tu au courant?

— J'ai moi-même fait quelques recherches touchant Barbara.

— Alors tu dois savoir que Carole Létourneau est sa mère, qu'elle a été enlevée et... violentée par un certain Angelo Paradiso qui se prétend le père de Barbara.

— En effet.

— *But is he realy her father?* continua-t-il en anglais.

Sa langue maternelle lui donnait l'illusion de rendre les faits plus probants.

— Que veux-tu dire?

— Si tu as trouvé la bonne piste, tu dois savoir qu'alors que Carole était enceinte de Barb, elle avait eu la gonorrhée. Elle a été traitée, dès les premiers mois, par un certain docteur Poisson qui s'est noyé dans le fleuve en 1977. Normalement, on serait tenté de croire que c'est Paradiso qui aurait transmis le gonocoque à Carole, or il n'en est rien. Cet énergumène a eu bien des choses, mais il n'a jamais eu de blennorragie.

— Comment peux-tu en être certain?

— Il a passé plus de temps en cabane qu'à l'extérieur. Ça se sait vite ces choses-là dans le milieu carcéral.

— Carole l'aura attrapé de quelqu'un d'autre! Soit avant, soit après qu'il l'eut violée.

— La maladie est extrêmement contagieuse. Si Carole l'avait au moment de son enlèvement, comment se fait-il qu'Angelo n'ait pas été infecté?

— Un coup de chance.

— *Sure. It could be luck, yes.*

— Elle a pu prendre ça de Louis.

— Non. Louis non plus n'a jamais eu la gonorrhée. En tout cas, il n'a jamais eu aucun traitement et tu sais que, sans cela, la vie devient vite infernale pour un homme atteint.

— Ne couchait-il pas avec Carole?

— Peut-être pas durant cette période... ou bien il se protégeait. Il doit exister quelqu'un d'autre... avec qui elle a eu une relation sexuelle et ce quelqu'un peut être le père de Barbara au même titre qu'Angelo.

— Tu oublies que la gonorrhée se transmet aussi par l'utilisation de linges ou d'objets de toilette souillés par une personne déjà contaminée.

— Je l'admets. Ce qui ne supprime pas les autres points à éclaircir. Dans quelles circonstances a-t-elle pu être en contact avec des objets souillés?

— Une compagne de travail qu'elle aura invitée chez elle, par exemple.

— Je constate que tu as réponse à tout. J'imagine que tu sais également que Louis et Carole se sont séparés un certain temps. Lorsque Louis est revenu, il n'était pas seul. Il ramenait une petite fille qui est décédée peu après, elle s'est étouffée dans son lit. Il n'y a pas eu d'enquête; on a conclu qu'elle devait avoir succombé au syndrome du nouveau-né.

— Le syndrome du nourrisson, corrigea Xavier.

— C'est Carole qui a alerté le médecin. Crois-tu qu'elle se soit débarrassée de l'enfant de son mari?

— Volontairement? Certainement pas, assura-t-il, parce que l'enfant de Louis est...

Il coupa sa phrase. Il allait manquer à sa parole par mégarde.

— Cela ne ressemblerait pas à Carole, modifia-t-il.

— *Possible!*... Elle a quand même menti au sujet de Barbara!

— Elle devait avoir ses raisons.

— Oui, elle craint et elle hait terriblement Angelo Paradiso. De cela, j'en suis convaincu.

— S'il l'a violentée, c'est assez normal.

— Barb pense et redoute qu'Angelo ne soit son père. Devrais-je lui dire tout ce que je sais?

— À toi de voir!

Bruce se tut un moment, pensif, et reprit:

— *I love her so much.* Je ne sais plus que faire pour l'aider. Je la sens si troublée, si désemparée. Quand elle a reçu la nouvelle de votre accident, elle était pétrifiée de chagrin.

— C'était un pétard mouillé, persifla Xavier. Elle devait plutôt être enragée de savoir que nous étions ensemble, Claire, Marisa et moi.

— Je t'assure que...

— J'ai décidé de divorcer, annonça Xavier en lui coupant la parole.

Bruce ouvrit des yeux incrédules. Il connaissait les clauses du contrat de Xavier et de sa femme.

— Où trouveras-tu tout cet argent?

— Peut-être dans tes poches?

— *Three million dollars!* J'aime Barbie; je ne désire que ça: l'épouser et vivre près d'elle, la consoler... Je ne peux pas te prêter cet argent. Elle me mépriserait et ça ne ferait qu'envenimer les choses.

— Parviendrais-tu à la persuader de me laisser ma liberté?

— Crois-tu que je n'aie jamais essayé? Je fais un piètre interlocuteur quand il est question de toi.

— Je vois: tu as piétiné ton orgueil inutilement. Barbara est perfide; elle ne veut que ce qu'elle ne possède pas. Dès que nous avons été mariés, elle m'a trompé avec toi. Espères-tu qu'elle agisse autrement si tu deviens son mari?

— C'est une perspective que j'ai déjà envisagée. Je me préoccupe de son bonheur avant tout. Toi, tu ne songes qu'à Claire, pas à Barbara. Tu t'es marié en regrettant ton amour perdu; tu en voulais à Barb d'être là au lieu de ta Claire. Tu te souciais fort peu de sortir avec elle, de la présenter à tes amis, de la gâter, de la gaver de bijoux, de lui faire l'amour... Non, toi, tu planais dans un rêve lointain, trop lointain pour t'approcher de la réalité. Tu suivais Claire et son mari dans leurs pérégrinations, dans les pays outre-Atlantique. Ce que je veux, moi, c'est la rendre heureuse.

— Désir irréalisable, mon cher Bruce. Si tu l'espères, c'est que tu connais moins bien Barbara que je ne me l'imaginais. La passion de cette fille, c'est de posséder ce que quelqu'un d'autre convoite, spécialement ce que Claire convoite. Un être humain, c'est beaucoup mieux qu'un objet inanimé! C'est ainsi qu'elle a agi avec Carole Roitelet. Elle a tout fait pour que sa mère la préfère, elle, à ses autres enfants. Elle y est parvenue parce que Carole l'a adorée et a négligé ses fils. Elle a aussi tout tenté pour que Louis en fasse autant, sans succès. Quant à moi, je me considère le pire d'entre tous. Je me suis laissé entraîner par des yeux provocants, des lèvres gourmandes, des formes appétissantes qui, aujourd'hui, ne me disent plus rien. Oui, je me suis vendu; j'ai oublié Claire pour le plaisir de quelques heures de sexe partagées avec Barbara!

Bruce se taisait. Qu'aurait-il pu dire pour adoucir la souffrance et le repentir qu'il ressentait chez Xavier, en plus de la colère? Lui aussi avait laissé tomber Lilianne pour Barb, seulement, il en était satisfait. Il fit quelques pas dans la pièce pour revenir au divan où Xavier avait tourné la tête vers la fenêtre, fixant le vide pour mieux fouiller en lui-même. Il voulut excuser le comportement de Barbara.

— Tout cela résulte du fait qu'elle se sentait différente des autres; elle se croyait délaissée et trouvait que Claire avait de la chance d'avoir sa mère.

— C'est un prétexte dont Barbara se sert. Même sans efforts, elle aurait été adulée par Carole. Toi aussi, tu lui passes tous ses caprices. Cette histoire de mère absente lui permet de ne pas se sentir coupable de ses actes et de ses pensées; elle ne s'en rend pas compte. Même sa fille n'est qu'une substance à enlever à Claire.

— Qu'en sais-tu? lança sèchement William. Tu ne t'es jamais arrêté à savoir ce qu'elle ressentait! Tu n'as d'yeux que pour Claire!

Les deux hommes semblèrent s'affronter. Xavier scrutait Bruce avec une sorte de pitié qui déplut à ce dernier. Pour lui, Barbara s'élevait sur le sommet de la montagne où il l'avait juchée; il ne voulait rien savoir qui la fasse déchoir de son piédestal. Il fit deux pas en arrière, les mâchoires crispées de rancœur.

— Je dois aller faire mon exercice physique à la piscine, tu m'excuseras. Je ne m'étais arrêté qu'en passant.

Il salua rapidement et claqua la porte. Il se sentait vidé, déçu, plein d'amertume envers Xavier qui lui rendait de Barbara une description qu'il refusait. Les couloirs sombres de l'habitation où circulaient quelques locataires lui parurent plus étroits que les corridors d'une prison. Il se hâta, se ruant à l'extérieur pour faire le plein d'un air précieux qui risquait de manquer à ses poumons. Il avait l'impression désagréable que quelque chose s'effritait sous ses pas sans qu'il devine quoi exactement. Pour lui, les problèmes de Barbara se révélaient être des événements singuliers; tous les petits faits que le détective lui avait rapportés le laissaient perplexe et prenaient des proportions semi-tragiques parce qu'ils pouvaient affecter Barbara. Les paroles de Xavier jetaient de l'huile sur le feu. Bien sûr, Barbara n'avait pas demandé à voir Marisa. Elle n'en parlait pas et paraissait ne pas s'en soucier; comment savoir ce que pensait Barbara; elle était si secrète. Du moins, la voyait-il ainsi!...

Juste avant de monter dans sa voiture, il décida d'aller rendre visite à Marisa. Il irait nager plus tard ou le lendemain; quelle importance? L'hôpital se trouvait à quelques kilomètres de là. Une pluie fine persistait depuis le matin. Au second carrefour, un camion de pompiers lui coupa le chemin. Il freina précipitamment, glissa sur plusieurs mètres, lâcha les freins, évita de justesse le véhicule qui le précédait et réussit à s'arrêter avant de fracasser la grande vitrine de la parfumerie. Il reprit la route plus posément, s'obligeant à être attentif, à rouler tranquillement vers l'hôpital. Une fois rendu, il s'informa au préposé:

— La chambre de Marisa Volière, s'il vous plaît.

— La 614, département Sainte-Pauline.

Il remercia et se piqua devant l'ascenseur. Cette fois, il préférait ces engins aux escaliers; il était las et n'avait pas le goût, le temps et le courage nécessaires pour grimper les étages à pied. Presque tout le monde descendit au rez-de-chaussée; ils ne restèrent que trois dans l'ascenseur.

En pénétrant dans la chambre de la petite fille, il se demanda ce qu'il allait lui dire. L'enfant ne le connaissait pratiquement pas, n'avait jamais manifesté à son endroit la plus légère curiosité et devait probablement dormir. Il se traita d'imbécile, alluma la petite lampe au-dessus du lit et se pencha sur Marisa. Il ne vit que deux trous immenses et profonds d'où émergeaient des yeux verts qui l'observaient fixement dans un visage couvert de bandelettes. Un bref sursaut le fit se redresser. Un murmure rauque, une plainte s'échappa de sa gorge. Un frisson courut sur sa poitrine, ses bras, ses tempes. Il bafouilla presque sans voix:

— Bbbb...onsoir, Marisa. Je suis... ton oncle Bruce. Un ami de ta maman. Elle n'a pas pu venir te voir; elle t'envoie un baiser.

La tête de l'enfant pivota. Les deux yeux de momie regardaient ailleurs. Un nouveau tressaillement le secoua tout entier.

— Marisa! appela-t-il sans parvenir à ramener son visage

vers lui. Écoute! Il ne faut pas en vouloir à ta maman, tu sais! Elle t'aime...

Il n'arriva pas à poursuivre. Il ne savait quoi ajouter, quoi expliquer; il se trouva ridicule. Que voulait-il certifier que Barbara ne lui avait pas confié? Il éteignit. Sans savoir pourquoi, il en voulait à cette enfant de s'être détournée. En sortant, il faillit se heurter à une infirmière qui s'apprêtait à entrer.

— Excusez-moi! Dites-moi, garde, cette petite, son visage... est-ce grave? Restera-t-elle marquée?

— Vous êtes un parent?

— Je suis... son oncle, mentit-il sachant qu'on ne lui répondrait qu'à cette condition.

— Elle en a pour plusieurs mois, voire plusieurs années avant de retrouver un visage «normal».

Elle dut voir pâlir Bruce, car elle ajouta vivement:

— Nos chirurgiens sont parmi les meilleurs et... l'enfant est jeune.

William approuva de la tête sans se sentir rassuré. Barbara et lui n'aimaient que la beauté; l'état de la fillette devait incontestablement inspirer du dégoût et de l'effroi à Barbara. Elle devait craindre qu'elle soit défigurée; peut-être aussi la fuyait-elle? C'était sûrement pour ça qu'elle ne venait pas la voir, qu'elle n'en parlait pas.

Il redescendit par les escaliers et se trouva dehors sous le crachin. Exténué, il s'assit dans sa voiture et posa le front sur le volant. Il se redressa et soupira. Au diable la piscine! Il fallait qu'il aille voir Barbara, qu'il discute avec elle. Une inquiétude montait en lui qu'il ne parviendrait pas à étouffer tant qu'il ne saurait pas quels étaient les points de vue de Barbara sur toute cette affaire. Ces derniers temps, elle réagissait bizarrement. Les premières confirmations du détective y étaient certainement pour quelque chose. Quelle attitude tiendrait-elle en sachant qu'Angelo pouvait ne pas être son père?

Il roula à allure modérée jusque chez Barbara pour n'y apercevoir que des fenêtres noires et n'y trouver qu'une porte fermée à clef. La jeune femme devait être chez sa mère. Il retourna à son véhicule, sans démarrer. Les bras tendus, les mains agrippées au volant, la tête au dossier, il étudia la forme des gouttes de pluie qui s'aplatissaient contre le pare-brise et prit le temps de se détendre. Il n'allait pas courir chez Carole Roitelet à la recherche de Barbara; il ne lui restait qu'à rentrer chez lui ou à aller nager. Ce contretemps l'exaspérait.

Bruce ne s'était pas trompé. Barbara venait de frapper à la porte de Carole et s'y tenait, droite et pâle.

— Barbara! Entre, ma petite fille. Je ne t'ai plus vue depuis des jours. J'attendais que tu me téléphones; tu n'appelais pas. Qu'as-tu, ma chérie? Tu es si blême; on croirait que tu vas t'évanouir. Viens, chérie. Viens t'asseoir. Raconte-moi ce qui ne va pas.

Elle la poussait de la main jusqu'au milieu du salon. Barbara se laissa tomber sur un fauteuil mou, s'y cala, puis examina Carole avec une attention soutenue.

— Je sais tout, maman. Absolument tout. Tu ne peux plus nier. J'ai fait faire une enquête approfondie et j'ai reparlé à cet homme indigne qui t'a prise de force.

Hébétée, Carole ouvrit la bouche, la referma, sentant venir un vertige, une chaleur qui l'obligeaient à s'asseoir dans le premier fauteuil à sa portée. Une lutte silencieuse l'anima. Barbara se redressa, se leva, s'approcha, l'air dur et revêche, lui fit face à quelques pieds d'elle. Son visage prenait une teinte cuivrée, ses yeux luisaient comme des braises alors qu'elle l'accusait.

— Tu m'as rendue malheureuse durant plus de vingt ans en prétendant que j'étais orpheline! Et tu es ma véritable mère! Pourquoi? Pourquoi as-tu feint de m'aimer alors que tout me crie ta haine? Avais-tu honte de moi? Avais-tu peur que j'apprenne ce qui t'était arrivé avec ce repris de justice? Peur que je te méprise? Eh bien, tu as réussi: je te méprise!

Carole joignit les mains en une ardente prière.

— Oh non! non!... Je t'en prie, je t'en conjure, Barbara, tais-toi! Si j'ai agi ainsi, c'était dans ton intérêt.

— Aucune force au monde ne peut obliger une mère à rejeter son enfant, gronda Barbara à bout de souffle et de lutte. C'est ce que, toi, tu as fait.

— Je t'assure, ma chérie. Je t'aime plus que tout. Je n'ai jamais voulu que tu souffres. Il fallait que je le fasse; je ne pouvais procéder autrement.

— Tu aurais pu me faire croire que j'étais la fille de Louis Roitelet, se mit à crier Barbara en gesticulant. Tu aurais pu me dire la vérité. Tu aurais pu... N'importe quoi aurait été mieux que de proférer ces mensonges.

Carole fuyait le regard de sa fille. Un poids terrible l'accablait. Ce qu'elle avait craint par-dessus tout depuis des années se produisait: Barbara lui demandait des comptes. Que pouvait-elle lui dire? Que pouvait-elle prétendre pour obtenir son pardon? Une vérité? Des mensonges? Un de plus?

— Pourquoi ne dis-tu rien? Avoue au moins que je suis ta fille! tonitruait Barbara.

— Je t'ai mise au monde, admit enfin Carole très bas sans lever la tête. C'est vrai. Je n'ai pas voulu t'abandonner. J'ai pris le risque de te garder et... Louis m'a aidée. Il a été mon soutien; il t'a aimée à sa façon.

Barbara ferma les yeux, glacée et à la fois délivrée d'un poids qui la comprimait. Elle soupira et rouvrit les yeux pour inspecter attentivement sa mère. Sa mère! Elle était devant elle, celle qu'elle avait espérée, celle dont elle avait rêvé. Elle était là et avait toujours été là, voilà quel était le drame! Elle enviait à ses frères et sœur cette mère qu'elle aimait tant et cherchait quelqu'un ou quelque chose qui n'existait pas. Un froid lui coula dans les veines. Elle retourna s'asseoir, partagée entre un calme effarant et le risque d'une crise nerveuse.

— Angelo Paradiso est-il mon père?

— Ce... ce n'est pas si simple. Angelo m'a enlevée et a... abusé de moi, c'est exact. Toutefois, j'ignore si tu es sa fille ou celle de David Dumoulin.

— Et qui est cet homme? s'insurgea Barbara au paroxysme de l'exaspération.

— Un homme d'âge mûr qui m'a trouvée, presque nue et à demi inconsciente, dans un fourré sur le bord de la route. Il a dû croire que j'allais mourir et il a profité de l'occasion qui lui était offerte. Je n'avais pas la force de me défendre. Il m'a ramenée au village une fois son forfait accompli.

— Je serais bien contente qu'Angelo Paradiso ne soit pas mon père! C'est un être mesquin et pourri.

— David a été placé dans un asile psychiatrique peu après.

Barbara souleva les épaules.

— Tu ne vas pas me dire que tu as fait tous ces mystères parce que tu craignais que j'apprenne que mon père pouvait être enfermé soit en prison, soit dans un asile! Je voulais ma mère. Claire et les garçons avaient la leur!

— La seule raison qui a dicté ma conduite, c'est qu'Angelo nous avait retrouvées et voulait nous emmener aux États-Unis, autrement, tu aurais cru que tu étais la fille de Louis. Il t'avait reconnue comme sienne, même si nous n'avions jamais eu de rapports charnels. En te voyant, Angelo a tout de suite supputé que tu étais sa fille. Je lui ai dit que je t'avais adoptée; il ne m'a pas crue. Quand la police l'a arrêté, le lendemain, il a laissé entendre qu'il reviendrait te chercher, qu'il t'enlèverait à moi, qu'il partirait avec toi pour te faire connaître son genre d'existence... J'ai pensé – naïvement sans doute – que si je continuais à prétendre que tu étais adoptée, il te laisserait tranquille. J'avais si peur qu'il revienne et t'emmène...

Carole n'osait toujours pas lorgner sa fille.

— Il... Il s'est passé autre chose, commenta encore Carole en jetant un bref coup d'œil à Barbara... quelque chose que... j'étais la seule à savoir avant que Xavier... Je n'avais jamais osé avouer cela à personne, pas même à Louis. Surtout pas à Louis. J'aurais eu trop peur de perdre son aide et son affection. Je tenais à Louis. Je tenais à lui et... Qu'importe à présent? Il est si tard.

Sa voix monocorde et ses paroles firent tressaillir Barbara qui se croyait au bout de ses peines. Un nouveau poids lui broya les entrailles. Elle porta la main à son estomac. Qu'allait-elle apprendre de plus? Elle s'impatienta:

— Parle! Parle donc!

— Xavier...

— Xavier! Qu'est-ce que Xavier a à voir là-dedans?

— Il sait des choses que... personne d'autre ne sait. Il sait que... Claire n'est pas ma fille.

Une puissante explosion de joie inonda tout l'être de Barbara. Elle la contint, fébrile.

— Que dis-tu? Claire n'est pas ton enfant! C'est elle que tu as adoptée?

— Oui et non. Louis a eu une aventure avec une autre femme, à l'époque. Cette jeune fille est décédée et Louis m'a confié son enfant.

Le rire hystérique de Barbara fit grimacer Carole.

— Ainsi, il n'y a aucun lien de parenté entre Claire et moi! riait Barbara à gorge déployée. C'est elle l'orpheline, pas moi. Pas moi! C'est merveilleux, merveilleux!... Elle souffre que tu m'aies aimée davantage qu'elle. Elle n'est même pas ta fille!

Elle s'arrêta, fixa sa mère:

— Le sait-elle?

— J'ai fait promettre à Xavier de garder le secret.

Barbara exultait en levant et en serrant des poings victorieux.

— Je tiens ma vengeance. Finalement! Elle en trouvera le goût amer.

Carole se rendait compte que Xavier pouvait avoir raison.

— Tu la hais, n'est-ce pas? Depuis ton plus jeune âge, tu as camouflé ta haine en protection, en attentions de toutes sortes. Louis et moi, nous n'y avons vu que de la camaraderie. Maintenant, tu comptes la faire souffrir pour te dédommager des souffrances que tu as endurées. Tu n'agis pas bien, Barbara. Aussi... s'il faut que j'aille plus loin pour t'empêcher de faire du mal à Claire, je t'avouerai autre chose.

Barbara coupa son rire nerveux et se figea, inquiète.

— Quoi encore?

— Moi aussi, j'ai eu une fille de Louis, deux ans après ta naissance et à quelques jours près de la date où accouchait prématurément celle que Louis a aimée: Leïka Tangara. Quand il a ramené l'enfant prématurée, presque morte de froid, de faiblesse, de faim, il m'a demandé si je voulais bien en prendre soin, essayer de la sauver, puis il est reparti s'occuper de Leïka qui se mourait. Quelques jours plus tard, mon bébé se trouvait sur mon grand lit où tu jouais paisiblement avec un livre imagé et quelques jouets; je venais de terminer sa toilette et je m'occupais de l'enfant de Louis. Tout était calme. Je t'entendais parler à ma petite Claire, lui raconter une histoire. Quand j'ai eu terminé de laver l'enfant de Leïka, je l'ai remise dans sa boîte près du radiateur où je la tenais à la chaleur et je suis retournée dans la chambre. Claire ne bougeait pas; j'ai d'abord cru qu'elle dormait. Tu étais assise près d'elle, le livre ouvert sur tes genoux, de telle sorte que je ne la voyais pas; je me rappelle même que le livre était à l'envers. Je me suis approchée et j'ai vu que sa peau était bleue, que ses yeux étaient ouverts et agrandis par l'épouvante. Je l'ai saisie, j'ai essayé de la faire respirer. Je lui ai ouvert la bouche. Elle avait, coincée dans la gorge, une petite balle rouge avec laquelle tu jouais souvent. J'ai réussi à la déloger, mais pas à faire respirer l'enfant. En fait, elle était déjà morte, étouffée. J'étais désespérée. Je ne savais plus que faire. Tu n'étais qu'un bébé toi-même. Tu voulais jouer... Tu n'étais pas responsable. La fille de Leïka s'est mise à pleurer. Je me suis tournée vers ce bébé qui luttait pour vivre et... j'ai cru voir ma Claire. Oui... aussi étrange que cela paraisse, les deux petites se ressemblaient. J'ai appelé le médecin et... j'ai déclaré qu'il s'agissait de la fille de Leïka et de Louis; personne n'a mis ma parole en doute. Les décès d'enfants en bas âge étaient plus courants que de nos jours. Par la suite, j'ai voulu effacer de ma mémoire la mort de ma fille, j'ai vraiment voulu que Claire soit ce bébé qui me restait et, quand Louis est réapparu, je lui ai aisément fait croire que le petit être fragile qu'il m'avait apporté était décédé. Frêle comme elle était, la sauver tenait du miracle. Il a pu longtemps croire que j'avais négligé son enfant, que je l'avais laissé mourir... J'ai gardé mon secret. Je voulais que Claire vive et que tu ne sois jamais impliquée dans cette histoire. Louis n'a jamais su que Claire était l'enfant de Leïka.

— Tout aurait été différent si j'avais expédié dans l'autre monde la fille de cette femme plutôt que ma petite sœur! ragea Barbara, les dents serrées.

— Comment peux-tu parler ainsi? Il aurait mieux valu que les deux vivent! J'aime beaucoup Claire. Je l'ai élevée comme ma fille.

— Raison de plus pour que je la déteste! Elle a pris «ma» place. C'est «moi» qui suis ta fille! Tu n'aurais pas dû traiter Claire en enfant de la famille! Tu n'aurais pas dû! Il fallait la rendre à son père et qu'ils s'en aillent tous les deux!

— Louis s'est montré infiniment bon pour toi, ma petite fille. Il t'a donné plus qu'aux autres.

— Oui, vraiment plus! Plus de sermons et de leçons de morale qu'à n'importe quel autre. Il passait son temps à me citer Claire en exemple. Je crois que c'est là que j'ai commencé à la détester.

— Claire t'a aimée, elle!

— Rien n'est plus faux! Elle me dédaigne et me ridiculise sans arrêt. Et voici que tu me donnes des armes pour la punir!

— Ne lui fais pas de mal, la pria Carole. Tout ce qu'on fait finit par se retourner contre soi.

— C'est bien pour ça que les offenses de Claire vont se retourner contre elle! ronchonna Barbara.

Claire préparait ses effets avec lenteur, un peu à regret. Sa longue cicatrice et ses côtes de la cage thoracique ne l'incommodaient pas autant que le souvenir des souffrances de Xavier ou de Marisa. Son principal souci pour l'instant était justement Marisa qu'il fallait laisser à l'hôpital pour une période indéterminée au cours de laquelle elle subirait d'autres examens et une nouvelle intervention chirurgicale destinée à lui rendre peu à peu un petit visage acceptable. Elle s'inquiétait des réactions de l'enfant qui remarquerait sûrement qu'elle venait la voir moins souvent. En prenant du mieux, elle avait pu lui rendre visite deux, trois fois quotidiennement pour lui lire des contes, lui chanter des chansons ou se tenir tout simplement près d'elle durant son sommeil.

La porte s'ouvrit et Claire se retourna pour regarder entrer Xavier, claudiquant de sa jambe plâtrée qui l'obligeait à marcher en pingouin.

— Alors? Tu es prête?

Elle faillit se mettre à rire de l'équipe d'éclopés qu'ils formaient. Hélas! Elle avait si peu le cœur à la fête; il pesait aussi lourd que du plomb. Xavier venait la chercher pour la ramener chez elle où il habitait depuis une semaine. Il percevait son ennui. Il progressa en boitillant vers elle et la prit par les épaules.

— Tu n'es pas ravie de quitter cet endroit? Qu'y a-t-il? Tu te tourmentes pour Marisa?

— Elle ne comprendra pas pourquoi je ne vais plus régulièrement dans sa chambre.

— Tu viendras tous les jours y passer quelques heures.

— Tu es si compréhensif! murmura-t-elle en appuyant le front à son épaule.

De son bras valide, il la serra contre lui en fermant les yeux, le visage dans la chevelure blonde.

— Que ferions-nous, Marisa et moi, sans toi? Si seulement il existait une solution qui nous permette de la prendre avec nous, de recommencer notre vie tous les trois ensemble, ce serait extraordinaire! Je serais tellement content.

Elle affirma pauvrement, avec un sourire forcé. Il lui releva la tête d'un doigt sous le menton et chassa une mèche rebelle sur son front blanc. Claire lui rappela lentement:

— Barbara ne laissera jamais partir Marisa, tu l'as dit, toi-même, l'autre fois. Même toi, elle tentera tout pour te retenir. Comment pourrions-nous rêver de nous construire un avenir alors que plusieurs êtres autour de nous seraient malheureux?

Il soupira, secoua la tête et ses traits énergiques se tordirent en une grimace singulière.

— Je t'ai rarement vue aussi pessimiste, ma douce. Je ne sais pas comment nous allons y arriver, mais nous y arriverons, je te le promets.

— Sans Marisa! Qu'adviendra-t-il d'elle? Je t'aime, Xavier. Je t'aime infiniment. N'empêche que cette enfant représente beaucoup pour moi. Sans elle, la vie me paraîtrait moins belle.

— Je sais, admit-il tristement. Elle n'est pas bien avec

Barbara qui la traite sans délicatesse, l'utilisant quand bon lui semble et la rejetant par la suite. Par contre, Marisa a besoin de sa mère. Actuellement, plaida-t-il, elle ne comprend pas l'importance de cette présence; quand elle sera grande, elle nous remerciera. J'aime ma fille très tendrement, et... bien que Barbara ne soit pas une mère idéale pour elle, je ne peux me résoudre à les séparer délibérément. Barbara a trop souffert de ne pas avoir sa mère, alors lui enlever sa fille en l'attaquant en justice, en déblatérant sur ses défauts... Je ne m'en sens pas le courage. Si nous divorcions à l'amiable, peut-être pourrions-nous prendre Marisa avec nous une fin de semaine sur deux?

— Serait-ce suffisant pour qu'elle évolue sans heurt, pour qu'elle se développe normalement?

— Espérons-le. Viens. Allons la voir avant de partir.

Elle prit la canne qu'on lui avait donnée pour supporter une partie de son poids et faciliter ses déplacements. Elle s'assit dans la chaise roulante disponible pour éviter de se fatiguer et plaça sa canne de travers, ainsi qu'elle avait appris à le faire. Xavier la guidait un peu pendant qu'elle faisait avancer le fauteuil de façon malhabile. Une fois rendus à la chambre de Marisa, ils y trouvèrent le lit vide et refait en propre. Surpris, ils allèrent questionner l'infirmière de garde.

— Où est Marisa? L'a-t-on emmenée pour des examens ou si on l'a changée de chambre?

La jeune femme rougit et parut décontenancée. Sa réponse tarda et Xavier commença à s'impatienter. Il se fit pressant:

— Alors, mademoiselle!... Qu'est-il arrivé à ma fille?

— Votre femme l'a emmenée, il y a plus d'une heure. Le docteur Poussin a tout essayé pour la dissuader; elle s'est montrée intraitable. Elle a insulté l'infirmier. Finalement, on lui a fait signer un refus de traitement pour sa fille, ce qui libère l'hôpital de toute suite fâcheuse qui pourrait survenir à l'enfant. On lui a refait des bandages propres avant qu'elle parte et elle l'a emmenée. Voilà, monsieur!

Xavier réprima un juron qui lui montait à la gorge.

— Pourquoi ne m'a-t-on pas averti? Ma femme est inconsciente du danger que court Marisa. Elle ne sait pas que la petite risque de demeurer dévisagée si elle la prive de soins.

— On l'a avisée de voir à faire changer les bandages dans deux jours. Elle a dit qu'elle la ferait traiter dans un autre hôpital, là où il y a des spécialistes bien plus qualifiés que ceux d'ici.

— Peste soit de cette femme! bredouilla-t-il. Elle dit n'importe quoi pour vaincre la résistance des autres. Vous auriez dû m'informer!

— Nous avons essayé; ça n'a pas répondu. Nous ne pouvions pas l'empêcher de la reprendre.

— Bien sûr, je vous comprends. Ah! Claire, qu'allons-nous faire?

— Téléphoner à maman. Elle doit sûrement savoir quelque chose.

— Merci, mademoiselle.

Déjà, ils retournaient à la chambre de Claire. Lui au meilleur pas que lui permettait sa condition; elle, en poussant sur les roues du fauteuil à coups de gestes nerveux qui lui faisaient oublier sa douleur.

— Que penses-tu qu'elle a l'intention de faire? demandait Xavier, impatient.

— Je n'en sais rien. As-tu une idée, toi?

— Ce que je pense, c'est qu'elle cherche à nous embêter. Bruce a dû lui dire que je voulais demander le divorce.

Ils téléphonèrent sans délai chez Carole. Le signal sonore se répercuta sans être interrompu.

— Ça ne répond pas.

— Nous allons nous y rendre. Prends tes effets, préviens un infirmier de venir t'aider; j'appelle un taxi.

Claire en voulait à son accident, à Barbara, à l'infirmière, au monde entier. Elle bouillait intérieurement. La pensée de Marisa ne la quittait pas. Où était-elle? Que se passait-il avec Barbara? Où voulait-elle faire opérer l'enfant? Pourquoi risquait-elle ainsi la santé de Marisa? Cent questions qui demeuraient sans réponse.

Le chemin vers la maison de Carole se fit en silence. Leur inquiétude à tous deux était à son apogée et mieux valait ne pas envenimer les choses en échangeant sur des possibilités trop dérangeantes.

Une fois sur place, Claire essayait, assistée du chauffeur, de s'extirper de l'arrière du taxi avec maintes difficultés que déjà Xavier, en blessé habitué à se débrouiller, frappait à la porte de l'appartement de Carole. Personne ne vint ouvrir. Il rejoignit Claire qui tentait d'escalader les deux marches à l'aide de sa canne et soutenue par le bras du chauffeur.

— Tu aurais pu attendre dans le taxi. On dirait que Carole n'est pas revenue.

— Allons voir la voisine. Madame Pivert sait peut-être où elle se trouve. Elles jouent souvent au bridge ensemble.

— Retournez au taxi, suggéra Xavier. Je vais y aller seul.

Il claudiqua jusqu'à la maison suivante. La dame d'un certain âge, cheveux gris et yeux pers, sourit vaguement en envoyant la main à Claire pour la saluer de loin. Elle sortit sur la galerie pour lui parler et s'entortilla dans ses bras pour éviter la morsure du froid.

— Je suis désolée! J'ai appris par votre mère que vous aviez eu un accident. Que c'est affreux! Pour vous aussi, monsieur!

— Savez-vous où est ma mère? cria Claire de loin.

— Elle est partie cet après-midi. Elle a emporté des bagages. Barbara est venue la prendre et Carole paraissait enchantée de partir; elle était gaie comme un pinson.

— Est-ce que Marisa était avec elles?

— Je ne l'ai pas vue.

— Savez-vous où elles allaient?

— Non... J'ai entendu Barbara dire à votre mère qu'il s'agissait d'une... surprise.

Claire remercia et écouta la dame la plaindre avant de s'esquiver en grelottant. Xavier remercia et parvint de son mieux à redescendre et à réintégrer le taxi où on l'attendait. Il donna l'adresse de Claire avant de se tourner vers sa compagne.

— Qu'est-ce que ça peut bien vouloir dire?

— Je n'en sais trop rien. Nous n'avons pas beaucoup le choix. Nous devons attendre. Barbara ou maman finiront bien par se manifester. Pourvu qu'il n'arrive rien à Marisa!

— Pourquoi devrait-il lui arriver quelque chose? Elle est avec Barbara et Carole.

— J'ai un affreux pressentiment. Peut-être vaudrait-il mieux rentrer chacun chez soi?

— Mon chez-moi, c'est chez toi à présent!

— Pas tant que nous n'aurons pas retracé Marisa. Il est possible que maman ou Barbara tentent de nous contacter.

— Oui, c'est plausible.

— À moins que tu ne trouves un mot ou des indices à la maison de Barbara! Demande à Bruce William; peut-être qu'il est au courant de quelque chose! Préviens-moi si tu obtiens des renseignements à leur sujet.

— Comment vas-tu t'organiser, toute seule, à ton appartement? Je devais t'aider. Le médecin te laissait sortir parce que j'étais là pour m'occuper de toi et pourvoir à tes besoins, du moins pour la première semaine. As-tu pensé à tous les inconvénients auxquels tu t'exposes?

— Tu es à peine moins désavantagé que moi. Je m'organiserai bien. Je peux prendre l'ascenseur et marcher tranquillement avec l'aide de ma canne; je ne suis pas paralytique.

— D'accord, si c'est ce que tu veux. Ne te ronge pas trop l'esprit. Je ne crois pas que Marisa soit en péril; Barbara ne fera pas de mal à sa fille volontairement. C'est sa progéniture; elle y tient.

— Je sais bien. Je n'y peux rien; je m'inquiète. Je connais Barbara et l'art qu'elle a de se mettre dans le pétrin. Qui sait si elle ne sera pas allée s'engager dans quelque impasse?

— Hum... Je crains cela, moi aussi. Je te fais la promesse que nous retrouverons Marisa.

— Dans quel état?

Il lui serra la main pour la rassurer. L'était-il lui-même? Il fit attendre le taxi et raccompagna Claire chez elle.

Une fois là, Claire ramassa lentement ses quelques articles d'hôpital et se fit une tisane en attendant que sonne le téléphone. Les gestes les plus anodins lui provoquaient une grande douleur dans la poitrine. Le médecin l'avait avisée que ses blessures internes, bien qu'en voie de guérison, lui causeraient régulièrement des ennuis. Quand Xavier la rappela, elle sursauta violemment. Elle eut peur que ce soit Barbara. Elle hésita, prit le combiné et répondit.

— Tu t'étais endormie?

— Ah! c'est toi, Xavier! soupira-t-elle d'aise. Non. Pendant un moment, j'ai craint que ce soit Barbara qui veuille me narguer et se servir de Marisa pour mieux me blesser. Je suis niaise, n'est-ce pas? J'énonce des platitudes. Barbara ne me déteste quand même pas à ce point! As-tu du nouveau?

— Non. Bruce ignorait que Barbara était partie. Il est furieux qu'elle ait sorti Marisa de l'hôpital. Il est prêt à nous aider; il met son détective sur un pied d'alerte.

— C'est au moins ça! Es-tu passé chez Barbara?

— J'y suis. Elle a emporté une bonne partie de ses vêtements et de ceux de Marisa. Je n'ai pas réussi à savoir si elle avait fait une réservation sur un vol aux aéroports de Mirabel ou de Dorval. Nous ne sommes pas très avancés. Bruce m'accompagne du côté des gares, on ne sait jamais!... Sinon, j'irai voir si la police peut nous aider.

— Merci, Xavier. Dommage que je sois si fatiguée, je t'aurais accompagné!

— Ça ne fait rien, chérie. Je te comprends; mon bras et ma jambe me laissent peu de repos. Je te rappelle uniquement si je trouve quelque chose. Essaie de dormir.

— Merci, Xavier.

Elle raccrocha; les larmes se mirent à glisser sur ses joues. Pourquoi tout n'allait-il jamais bien? Ce serait injuste, tellement injuste que Marisa paie une fois de plus, qu'elle soit la proie des spéculations de sa mère. Pauvre petite fille! Pauvre petite!

Elle s'endormit très tard, secouée de hoquets, s'éveillant fréquemment, tout le corps transi. Xavier ne rappela pas avant le lendemain matin. Il n'avait rien de positif; les policiers ne pouvaient rien faire pour l'instant. Il fallait patienter.

L'attente commença. Le jour, Xavier rejoignait Claire et l'obligeait à sortir un peu, à aller s'asseoir sur un des bancs du parc, à observer les pigeons, à regarder courir les enfants.

Claire n'aimait pas rester longtemps à l'extérieur. Elle attendait un signe de Barbara. Elle était certaine que celle-ci ne résisterait pas à la tentation de lui signifier sa satisfaction de la savoir morte d'inquiétude. Entre-temps, elle devait puiser dans ses réserves d'énergie pour ne pas s'effondrer.

Le signe se manifesta sept jours plus tard. On frappa à sa porte. Elle ne vit personne sur le palier, seulement une enveloppe brune matelassée et portant son nom en inscription. Elle se pencha pour la prendre et se rendit tant bien que mal, supportée par sa canne, à la fenêtre pour tenter d'apercevoir quelqu'un sortant de l'édifice; seuls des jeunes des alentours jouaient dans la rue. L'enveloppe sembla flamber entre ses doigts. Elle l'ouvrit et reconnut l'écriture qui couvrait une seconde enveloppe, blanche cette fois: l'écriture de Barbara. Elle décacheta l'enveloppe et en tira quelques feuilles de papier. Dès la première ligne, elle blêmit et se demanda si elle ne devait pas faire venir Xavier avant de poursuivre plus avant. Pourtant elle recommença sa lecture tout de suite.

Pour le moment, tu crois avoir conquis Xavier. C'est temporaire. Tu n'auras bientôt plus personne au monde. J'aurais aimé te l'annoncer de vive voix, être là pour déchiffrer l'horreur sur ton visage en apprenant ceci: Carole Roitelet n'est pas ta mère. Elle est ma mère biologique. Ma seule et vraie mère. C'est toi qu'elle a recueillie par pitié, pas moi.

Le feu empourpra les joues de Claire et ses oreilles sifflèrent tant qu'elle posa la tête contre le mur à proximité. Carole: pas sa mère. Pas sa mère!... Pas sa mère!... Similaires au tchou!... tchou!... d'un train, les mots se déroulaient devant ses yeux à vive allure, à ses oreilles: tchou!... tchou!... Pas sa mère.

Moi, elle m'a eue hors mariage; c'était pour elle un déshonneur. C'est pourquoi elle a monté cette extravagante histoire d'adoption. Elle ne voulait pas que j'aie à rougir d'elle. Comique, n'est-ce pas? Me voilà nantie d'une mère et c'est toi qui es l'orpheline. Et ton cher chevalier servant, Xavier, est au courant. Belle preuve d'amour, hein? Il te cache ce secret, à toi qu'il dit aimer...

Claire se sentit tituber. La pièce vacillait, le sol se dérobait. Elle se passa une main sur le visage; elle était si froide que cela suffit à la ramener à elle. Si Xavier ne lui avait rien dit, il devait avoir une raison. Il fallait qu'il y ait une explication! Il avait parlé d'une promesse arrachée, d'un secret... Elle reprit sa lecture:

Tu te souviens du sort que craignait Louis et dont il nous avait vaguement parlé, ce sort qui te faisait si peur, il y a quelques années? Tu craignais que Louis nous ait caché une part du message et qu'une de ses filles ne meure. Eh bien! c'est fait! La véritable Claire, l'enfant de Carole et de Louis, est morte quelques jours après sa naissance et tu as pris sa place. Simple et facile! Sa Claire est disparue et, toi, tu es vivante. Car, tu es bien la fille de Louis, ce père qui n'était pas le mien. Oui, tu es la fille de Louis et de Leïka. La vieille sorcière qui avait jeté ce sort était ton aïeule.

— Jamina! balbutia Claire et les larmes lui montèrent aux yeux.

C'est sous le nom de Leïka Roitelet *qu'est enterrée ma sœur Claire. Le pire, c'est que Louis n'en a jamais rien su. Ce n'est pas toi qu'il adorait, c'est la fille qu'il avait eue de Carole. Pauvre innocente qui se croyait la perfection même! J'aimerais voir ta face de puritaine aussi pâle que celle d'un fantôme, toi, avec tes préjugés, tes principes, tes pudibonderies. À moins que tu ne sois une sorcière, toi aussi... Peut-être jettes-tu des sorts! Peut-être est-ce pour ça que Xavier t'aime, que Louis t'aimait, que Carole s'est occupée de toi, que Claire est morte à ta place, que Marisa préfère sa tante à sa mère? Puisses-tu te pétrifier sur place et ta figure se couvrir de pustules, immonde sorcière! Tu ne reverras jamais Carole ni Marisa. Xavier aussi se fatiguera de toi, de tes simagrées, de tes silences, de tes larmes. Le mieux qu'il te resterait à faire serait de mettre fin à tes jours. Finies tes lamentations! Adieu... Leïka.*

Claire, lourde de tristesse, se laissa aller à pleurer. Un froid intense s'insinua en elle, la glaçant, traversant ses os. Elle se redressa, prit le combiné pour appeler chez Xavier; la communication ne s'effectua pas. Elle recommença sans plus de succès.

Elle fit une pause. En somme, elle ne savait plus si Barbara était sa demi-sœur ou non, si sa mère était sa mère ou non; elle n'avait pas eu le temps d'y réfléchir. La lettre avait semé la confusion dans son esprit. Barbara avait pris la peine d'insérer l'enveloppe dans une autre afin de brouiller les pistes. Elle reprit l'enveloppe brune coussinée, la secoua et il en tomba une simple serviette de table en papier. Elle la ramassa et reconnut une fois encore l'écriture de Barbara: «Claire doit disparaître!» et, en dessous, un chiffre: 15 000 $.

Non! Ce n'était pas possible! Barbara n'irait pas jusque là!... Souhaiter son suicide, oui; payer pour la faire liquider: non. On avait dû imiter son écriture ou on l'avait obligée à écrire sous la pression d'un chantage. Il fallait en parler à Xavier. Elle passa un veston chaud, ses bottillons, glissa la lettre dans sa poche et reprit sa canne après avoir demandé un taxi. Le temps qu'elle descende, le taxi serait arrivé.

Elle se retrouva en bas, essoufflée. Elle ouvrit la porte. Le soir tombait. Quelques flocons glissaient du ciel en valsant. À peine deux ou trois enfants jouaient à présent dans la rue; des adultes criaient leurs noms pour les inviter à rentrer souper: «Pierre!», «Paulette!», «Manon!». En levant les yeux, elle vit au loin un taxi qui s'éloignait. Avait-elle tant tardé que le chauffeur s'était lassé? Probablement pas. Ce devait être un autre. Il y a plus d'un taxi dans tout Montréal. Il avait dû être retardé. Elle s'adossa à la rampe d'escalier extérieur. Des voitures passaient; aucun taxi ne venait. Elle commençait à avoir froid. Devait-elle remonter pour replacer son appel? Quand on est en partie invalide, la vie devient plus difficile. Dieu merci! elle guérirait. Elle rentra, prit l'ascenseur, sortit par mégarde au premier et, s'en étant aperçu au moment où les portes de l'ascenseur se refermaient, elle décida de grimper le dernier étage par l'escalier. Elle commença sa laborieuse ascension en s'appuyant sur sa canne d'un côté et à la rampe de l'autre, car ses côtes et sa cicatrice la brûlaient. Elle s'arrêtait aux deux ou trois marches et, quand on ne la voyait pas, elle montait les suivantes sur le postérieur, à reculons, en s'aidant de ses mains. C'était plus aisé. Quelques mots échangés sur le palier où elle résidait attirèrent son attention. Elle vit deux bottes de travail, un jean usé, deux mains qui paraissaient dissimuler une matraque derrière le dos d'un homme d'âge mûr. À tort ou à raison, elle s'alarma. Un être pacifique ne s'amuse pas avec ce genre de bâton. Elle redescendit sur les fesses pour aller plus vite, tâchant de ne faire aucun bruit. Une femme qui montait la dévisagea sans oser prononcer un mot. L'instant n'était pas aux malaises; il était à l'angoisse. L'homme avait-il eu le temps de se rendre compte qu'elle passait par l'escalier? Avait-elle pu apercevoir l'aspect terrifiant du type avant qu'il ne la voie? Était-ce lui qui devait la faire disparaître pour un pauvre 15 000 $? Non, sans doute que non. Pourtant, elle ne se résolvait pas à retourner dans son appartement. Elle reprit l'ascenseur pour se rendre au rez-de-chaussée. Peut-être y avait-il quelqu'un d'autre de posté en avant et qui avait chassé le taxi? Elle passa par l'arrière et se retrouva dans la ruelle. Il y faisait noir. Elle buta contre une poubelle vide qui se renversa; le bruit s'amplifia dans le silence. Sa canne lui avait échappé des mains. Elle la chercha à tâtons, entendit des pas, se releva et fila sans elle, à moitié penchée vers l'avant pour éteindre ses douleurs. Elle se hâta du mieux qu'elle put pour contourner les bâtisses lugubres et s'arrêta au coin de la rue, à bout de souffle et le corps entier parsemé de crampes et de frissons. Elle s'appuya d'une main à un édifice en brique rouge datant des années trente. Tous les sons lui semblaient être les pas d'un guetteur qui la poursuivait dans la nuit et qui l'épiait discrètement, attendant le moment propice pour lui sauter dessus. Le rythme de ses pulsations cardiaques tonnait dans son cerveau. Elle repartit, se dirigea vers l'avenue où des automobilistes pressés de regagner leur demeure ne se préoccupaient nullement des passants et de leurs soucis. Claire se rassura en voyant bouger les phares des voitures; épuisée, elle suivit les quelques personnes qui rentraient chez elles. Ses frayeurs la firent sourire et elle s'arrêta devant une boutique pornographique pour réfléchir. Barbara ne plaisantait certainement pas et avait dû tout mettre en œuvre pour éloigner Carole et Marisa. Irait-elle jusqu'à payer quelqu'un pour se débarrasser d'elle? Non. Barbara voulait l'effrayer; elle n'engagerait pas un tueur pour la liquider. Elle avait trop vu de films policiers. Un taxi passait; elle le héla, y monta, donna l'adresse de Xavier. Elle profita de l'accalmie et de la sécurité que lui offrait le véhicule pour se détendre. Vingt minutes plus tard, le chauffeur de taxi stoppait devant chez Xavier. C'était la première fois que Claire y venait. Même s'il n'y avait aucune lumière à la fenêtre, elle paya la course et descendit. Elle préférait somme toute attendre sous le porche de la maison de Xavier plutôt que de retourner chez elle cette nuit. Elle jeta un regard circulaire sur les parterres vides de fleurs, sur le peuplier dénudé de ses feuilles. Bientôt la neige recouvrirait le sol pour des semaines. Au printemps, tout cela renaîtrait.

Un coup violent la fit basculer sur la haie de cèdres à laquelle elle se raccrocha avant de tomber presque inconsciente sur la pierraille de l'entrée. Elle ouvrit les yeux. Une brume dansait devant ses yeux, les teintes se confondaient, les phares d'un véhicule l'aveuglaient. Quelques minutes seulement avaient dû passer, car elle entendit une portière se refermer, un moteur embrayer, des pneus gémir sur l'asphalte. Trop assommée pour se relever, elle se tâta la tête. Son crâne lui faisait affreusement mal. Quel était l'imbécile qui avait osé la frapper? Elle aurait une «bosse» épouvantable! Si c'était le tueur à gages, pourquoi ne pas l'avoir tuée? L'occasion était bonne. Ce n'était probablement qu'un concours de circonstances; elle avait dû être victime d'un voleur. Son sac à main était ouvert et ses effets épars autour d'elle. Ce n'était pas sa soirée! Se remettre debout lui imposa des contorsions pénibles. Heureusement que la haie avait amorti sa chute, sinon elle aurait été fort mal en point! Pas à pas, marche par marche, elle parvint à se rendre jusqu'à la porte. De l'intérieur, elle entendit une musique douce que Xavier mettait parfois pour se détendre les nerfs. Elle frappa et il vint répondre:

— Claire! Toi, ici! Tu as une mine affreuse, que se passe-t-il? Appuie-toi sur moi, je vais t'aider. Viens, là! Où est ta canne? Assieds-toi, chérie. Je t'apporte un verre de brandy.

Claire le regarda aller et venir. Il avait appris à se mouvoir aisément malgré ses plâtres. Il fit de la lumière, alla chercher un verre et versa un peu de liquide de la bouteille qu'il avait déjà entamée et qui trônait sur le guéridon. Il revint avec l'alcool.

— Je crois que ton téléphone est détraqué, articula-t-elle difficilement après avoir bu une gorgée du liquide.

— Mon téléphone!

Il s'y rendit, souleva le combiné, écouta...

— Tu as raison. Je ne vois pas...

— J'ai reçu une lettre de Barbara.

— Quoi?

— Je l'ai ici, dans ma poche.

Elle chercha dans sa poche.

— Je l'avais... À moins que je l'aie mise dans l'autre poche! Non! Pas là non plus. Je me souviens pourtant l'avoir mise là... C'est donc cela qu'il voulait!

— Que veux-tu dire? Je ne comprends rien à ce que tu racontes.

— Laisse-moi me remettre de mes émotions. Je vais t'expliquer. J'ai reçu une lettre de Barbara et un papier, une serviette de papier normale, une de celles qu'on retrouve dans les restaurants. Dessus, elle y avait écrit que je devais disparaître et on voyait un chiffre griffonné en dessous: 15 000 $. J'ai essayé de te joindre; je n'ai pas eu la ligne, alors j'ai préféré ne pas rester seule. J'ai appelé un taxi et, quand je suis parvenue dans la rue, il était parti. J'allais remonter à mon appartement quand j'ai vu un type à l'allure inquiétante tout près de là. J'ai fui par l'arrière, j'ai perdu ma canne, j'ai pris un taxi et je suis venue ici. En arrivant, on m'a étourdie d'un coup à la tête – je vais avoir une ecchymose– pour me voler la lettre et le papier compromettants.

Xavier l'observait bizarrement. Il se pencha vers elle et lui enleva le verre des mains.

— Tu es trop fatiguée, ma petite Claire. Tous ces énervements et tracas te préoccupent trop. Je pense que tu devrais venir dormir un peu.

— Tu ne me crois pas! C'est la pure vérité. Je t'assure que j'ai reçu une lettre de Barbara.

— Bien oui! Bien oui! Tu as reçu une lettre de Barbara et elle te menace de mort. Tu as besoin de te reposer. Je m'inquiète pour toi, chérie.

— Je ne divague pas, Xavier! Barbara m'écrit que Carole

n'est pas ma mère, que ma mère s'appelait Leïka, que Jamina était ma grand-mère et que tu savais tout cela.

Xavier changea de physionomie et d'attitude. Il devint presque vert.

— Il n'y a pas de doute: tu as reçu une lettre de Barbara.

— Je m'évertue à te le dire!

— Et on te l'a volée pour ne pas l'incriminer.

— C'est ce que je crois.

— C'est épouvantable! Comment irait-elle jusqu'à faire tuer sa sœur?

— Je ne suis pas sa sœur, voilà pourquoi. Elle me déteste. D'ailleurs, elle ne dit pas qu'elle va me faire disparaître, seulement que je «dois» disparaître. C'est le montant qui me porte à croire qu'elle paierait 15 000 $ pour qu'on me liquide. Dans sa lettre, elle écrit que «bientôt, je n'aurai plus personne et que le mieux serait de mettre fin à mes jours». Je présume qu'elle a chargé ce type vêtu d'un jean et chaussé de «jobbers» qui m'attendait sur le palier, de me faire mon affaire.

— Tu le penses sérieusement?

Elle souleva les épaules.

— Bah! Je dis des stupidités, spécifia-t-elle en chassant ses paroles de la main. Cet homme ne peut pas se trouver ici et là-bas en même temps!

— Il a pu te suivre ou... te précéder. S'il connaît Barbara, il doit savoir où nous résidons et ce que nous sommes l'un pour l'autre. Je ne serais pas surpris que ce soit Angelo Paradiso.

— Qui est-ce?

— Le possible père de Barbara. Un gibier de potence. Il a dû préméditer son geste. Peut-être qu'ils ont mûri ce projet ensemble depuis longtemps?

— S'il voulait me descendre, pourquoi ne l'a-t-il pas fait? J'étais à sa merci.

— Je me le demande! Peux-tu avoir mal saisi le contenu de la lettre?

— Tout est possible. Dans l'état d'esprit et d'inquiétude où je suis, je peux confondre bien des intentions. Parle-moi de cet Angelo!

— Il a enlevé Carole quand elle avait dix-sept ans; il l'a

séquestrée pendant deux ou trois jours au cours desquels il a abusé d'elle.

Claire pâlit affreusement.

— Oh non! pauvre maman!

— Elle s'est retrouvée enceinte... peut-être de lui, mais ce n'est pas certain, et Louis l'a épousée pour reconnaître l'enfant comme le sien.

— Pourquoi ne m'as-tu rien avoué? Tu avais fait cette enquête pour moi!

— Ta mère m'avait expressément demandé de ne pas en parler. Puisque Barbara te l'a avoué, je me sens libéré de mon serment.

— Cet Angelo peut-il avoir kidnappé maman, Barbara et Marisa?

— Trois personnes d'un coup, ça me surprendrait.

— Crois-tu qu'il soit pour quelque chose dans la disparition de Marisa?

— Je n'en serais pas étonné.

— Oh Seigneur!

Il se rapprocha d'elle et lui caressa les cheveux.

— Je vais demander à Bruce de le faire surveiller. Possible qu'il nous mène à Marisa!

— Qui sait? Je me sens si bouleversée par tout ce que je viens d'apprendre que j'ai l'impression d'avoir des nausées.

— Je te comprends.

— M'aurais-tu révélé mes origines un jour ou comptais-tu te taire à jamais?

— J'aurais trouvé un moyen. J'avais songé à Jamina pour te parler de ta mère; le destin en a décidé autrement.

— Elle était... ma grand-mère?

— Ton arrière-grand-mère, précisa-t-il. Leïka était sa petite-fille. Pauvre Jamina, elle voulait tant te serrer dans ses bras. Elle est partie avant. J'aurais aimé que tu la connaisses. Elle t'aurait expliqué... mieux que moi. Ton père a beaucoup aimé Leïka. Je te raconterai tout en détail quand tu seras remise.

— Barbara a dit que je jetais des sorts, que je t'avais ensorcelé, que j'étais coupable de la mort de la petite Claire...

— Nous vérifierons tout cela. Je suis certain que tu n'y es pour rien, tu étais bébé.

— Pourquoi m'a-t-elle dit ça? protesta-t-elle, abattue.

— Pour te faire de la peine, par méchanceté, pour se venger de toi. Je pense, maintenant, que tout est possible de la part de Barbara.

— Se peut-il que maman soit de connivence avec elle pour me jeter dans un piège?

— Non, chérie, non. Carole t'aime. Elle ne cherche certainement pas ta mort. Cependant, il faut demeurer sur nos gardes et être très prudents.

— Je comprends quand même mieux la préférence qu'elle avait pour Barbara.

— Oui, moi aussi.

— C'est étrange, hein! mais je l'aime autant que s'il ne s'était rien passé! On dirait qu'on me raconte la vie de quelqu'un d'autre; pas un récit me concernant. Pour moi, maman restera toujours ma mère.

— Je pense que Carole le mérite. Maintenant, raconte-moi tout en détail et essaie de ne rien omettre. Il faut tout faire pour te protéger.

Chapitre XVI

Sans arrêt, les vagues venaient, avec délicatesse, croquer la grève de leurs longues dents blanches pareilles à des canines de chien. Appuyée du coude sur le rebord de la fenêtre, la tête dans la main, Marisa se rappelait de Sabine, la chienne de la voisine, le jour où elle lui avait montré ses crocs en grognant. Elle avait voulu manger à son écuelle; la bête n'ayant pas accepté le partage, Marisa s'était éloignée prudemment.

L'enfant couvait d'un œil neutre les hauts palmiers balançant leur tête échevelée dans un ciel sans nuage. Derrière eux, la plage de sable blanc et la mer glauque formaient un contraste diamanté. Carole qui revenait en secouant ses cheveux mouillés, son bonnet de bain couleur sang à la main, passa sans que s'interrompe la fixité de son expression. Rien chez sa grand-mère n'avait le pouvoir de la tourmenter; rien non plus ne l'alimentait. Elle ne se retourna pas quand les pieds nus de Carole crissèrent sur le prélart usé de la cabine ni quand ses sandales claquèrent le sol un instant plus tard.

Carole examina l'enfant qu'elle voyait de dos et soupira en séchant ses cheveux d'une serviette-éponge. Cette petite était désespérante! Pourquoi Barbara n'écoutait-elle pas ses conseils et ne la confiait-elle pas aux soins d'un psychiatre? L'accident dont elle avait été victime avait modifié et empiré son état de claustration, et sa tête alourdie, couverte de bandages d'où seuls émergeaient les yeux comme des puits sombres qui ne soutenaient jamais leur regard, lui rendait sa présence plus pénible.

— Pourquoi ne l'as-tu pas laissée à l'hôpital? demandait-elle à sa fille au moins pour la centième fois depuis une semaine.

Elle se tenait dans le cadre de la porte ouverte. Barbara était allongée sur une chaise de parterre sur la galerie de bois non verni et se laissait dorer au soleil tel un lézard paresseux. La sveltesse de sa taille, la robustesse de ses muscles, la richesse de sa peau, la finesse de ses traits, la volupté de ses lèvres, tout s'alliait pour en faire une créature de rêve. Carole l'admirait.

— Il était temps qu'elle en sorte. D'ailleurs la température d'ici fera des merveilles pour elle.

— Crois-tu! Elle reste enfermée toute la journée dans cette... masure, grogna-t-elle en inspectant autour d'elle à la fois l'intérieur et l'extérieur du cabanon qui paraissait ne tenir debout que grâce au haut palmier qui en supportait le poids. Si nous la sortons, elle retourne à l'intérieur immédiatement, en courant, et reprend sa place à la fenêtre.

— C'est mieux que de se coucher au sol, derrière en l'air, et couverture par-dessus la tête!

— Admettons. Normalement les enfants de cet âge aiment patauger dans l'eau, faire des pâtés de sable, rester au soleil. Pas elle. Elle s'installe là et y reste toute la journée, attendant... Dieu sait quoi.

— Marisa est une petite diablesse.

— Quand feras-tu quelque chose pour faire soigner cette sauvageonne? Tu vois bien que cette petite est anormale.

— Elle n'a rien d'anormal! riposta Barbara avec rudesse en scandant chaque syllabe.

Elle se souleva sur un coude pour retirer ses verres fumés et poursuivre:

— Elle est têtue, un point, c'est tout.

— Qui sait si elle n'a pas hérité certains traits de ton père, si...

— Non. Je te dis que non! glapit Barbara en se replaçant dans sa précédente position et en remettant ses lunettes de soleil. Elle est constamment ainsi avec moi. Elle m'en veut; elle est aussi butée que Xavier.

Carole serra les lèvres et fronça les sourcils. Elle ne partageait pas l'opinion de sa fille. Possédait-elle, elle, la justesse d'esprit de ses ancêtres? Son père l'avait bien chassée de la maison en se basant sur la religion! Elle avait menti à sa fille au nom de la peur! Qui donc avait tort et qui avait raison? Sous quel éclairage fallait-il observer ses bassesses ou ses faiblesses?

— Quand dois-tu lui enlever ces pansements qui la font ressembler à une momie égyptienne?

Elle haussa les épaules, pratiquement indifférente.

— Peut-être dans quelques jours ou... dans quelques semaines.

— On ne te l'a pas dit? s'étonna Carole.

— Si. J'ai oublié. Quelle différence cela peut-il faire, quelques semaines, quelques jours, quelques mois? Il faut laisser le temps agir.

— Le temps! Le temps! On ne peut continuellement se fier au temps pour arranger les choses. Quelquefois le temps envenime les choses. Tu ne souhaites pas, je suppose, que Marisa reste marquée pour la vie! Nous sommes ici depuis cinq jours et le voyage en a duré trois. Allons au village pour téléphoner aux médecins de Montréal, cet après-midi; ils nous diront...

Barbara se rassit vivement et sa voix claqua pareil à un coup de fouet.

— Nous n'en ferons absolument rien! Je jugerai moi-même de ce qui est bon ou mauvais pour mon enfant, trancha-t-elle, maîtresse d'elle-même.

— Si son visage guérit mal, elle en portera les traces physiques et morales toute son existence. Quelle sorte de jeunesse aura-t-elle si elle est dévisagée?

— Ce n'est pas *ton* affaire, ponctua Barbara en se dressant pour venir la toiser les yeux remplis de défi et de mépris. Autrefois, tu as décidé de me faire passer pour une enfant adoptée et personne ne t'a dicté ta conduite ni empêchée de faire tes sottises. Que j'en aie souffert ou pas te laissait froide au point que tu ne t'es jamais rendu compte de la haine que je vouais à Claire et aux garçons! Alors, laisse-moi faire mes propres erreurs et ne t'avise plus jamais de me donner des conseils ou de me faire des reproches, tu entends!

Carole se tut. La sagesse l'emportant sur l'entêtement, blessée et inquiète, elle passa dans sa chambre. Elle ne comprenait pas pourquoi Barbara avait tant insisté pour qu'elle les accompagne dans cette baraque à peine salubre, dans cette hutte isolée, dans ce coin retiré du monde, près d'un petit village de pêcheurs, sur une île dont elle ne parvenait jamais à se rappeler le nom. Elle avait cru que sa fille voulait renouer des liens affectifs avec elle, refaire connaissance en quelque sorte, or sa déception s'accentuait de jour en jour. Barbara n'acceptait aucune brimade, aucune remontrance, aucun avis. Ses impolitesses et ses indélicatesses ne se comptaient plus au cours des derniers jours. Cette ancienne gaieté qui la caractérisait si bien, petite fille, s'était envolée... peut-être suite à son mariage malheureux avec Xavier, peut-être aussi en raison de ses souffrances d'enfant sans véritable mère, ou peut-être parce qu'elle savait à présent qui elle était et qu'elle en voulait à sa mère!...

Elle s'enveloppa d'un peignoir épais et se coucha sur son lit: une paillasse qui craquait à chacun de ses mouvements. C'était tout de même mieux que le lit de Marisa qui couchait dans un vieux sac de toile troué. Combien de temps demeureraient-ils là à manger des sandwiches et du poisson? Une semaine venait de s'écouler et la nervosité de Barbara s'amplifiait au lieu de se dissoudre dans le calme absolu de ces journées torrides. Elle se sentait séquestrée sans trop savoir pourquoi. Elle regrettait sa maison fraîche, ses amies et leurs parties de cartes; même les quelques visites de la paisible Claire lui manquaient.

Que se passait-il en elle? Après tant d'années, tant de mensonges et de comédie, c'était un juste retour des choses. Maintenant que Barbara connaissait les circonstances de sa conception et de sa naissance, sa pitié pour elle avait disparu, son désir de la protéger également. Elle ne voyait plus qu'une adulte capricieuse et bornée, infatuée d'elle-même, épouse infidèle et mauvaise mère, ainsi qu'elle l'avait sans doute été. Elle regretta qu'au long de toute sa vie de mère, elle ait cherché, suivant une logique d'une étroitesse d'esprit phénoménale, à se dissimuler la situation: elle avait, elle aussi, enfanté une fille au comportement particulier: jalousie, inimitié, désir de vengeance, colères, égocentrisme. Barbara ne réagirait jamais normalement parce que... le mal vient du mal. La tromperie se substitue à la sincérité pour subroger le bon et renforcer le mauvais. Elle avait pourtant espéré que les faits ne parviennent pas au grand jour, que Barbara ne sache pas que ses gènes et son sang pouvaient provenir de l'espèce des bagnards, des malades mentaux ou des idiots congénitaux, afin de n'en être jamais atteinte, afin qu'elle n'apprenne jamais, qu'en ce qui concernait le dernier de la liste, la faute lui incombait à elle, Carole, et à elle seule.

Des larmes glissèrent le long de ses tempes alors qu'elle se remémorait un certain épisode de sa vie, d'avant sa grossesse. Cet épisode qu'elle ne raconterait à personne l'avait suivie, jour après jour, suscitant sa honte et sa contrition.

«C'était environ une semaine après qu'Angelo l'eut enlevée et que David Dumoulin, cet homme qui était mort dans un asile pour vieillards, l'eut ramenée à demi inconsciente après l'avoir recouverte de son veston.»

Elle frissonna au souvenir de la douleur qui creusait ses entrailles. Elle avait dû être causée par les mauvais traitements que lui avait infligés Paradiso, par les halètements désordonnés et les secousses de ce vieux maquereau de Dumoulin, et il y avait plus, beaucoup plus. Ces hommes avaient saccagé son esprit et son corps sans que s'apaisent ensuite ni l'un ni l'autre. En elle bouillonnait le souvenir avilissant de ces actes qui lui donnaient à la fois la nausée et la rendaient fébrile, éprise de revanche. En elle grondait un puissant sentiment d'injustice face à l'implacable condamnation paternelle.

«Elle s'était levée une nuit. La maison silencieuse de ses parents accentuait le bruit de ses pas. Pour réfléchir calmement, pour rafraîchir ses pensées torturantes, elle s'était dirigée vers l'étang avec le secret espoir de trouver le courage de s'y jeter. Avait-elle en mémoire que non loin de là, dans une bicoque abandonnée et grugée par le temps, vivait Sébastien, le «fou du lac» que tout le monde appelait Sébaste – du nom du poisson – en raison de sa grosse tête boursouflée et hideuse? Il était le fils d'une pauvre folle qui avait habité ce coin et qui y était morte. Carole avait entendu parler de cette femme, bien qu'elle ne l'eût jamais vue. Hermine portait, aux dires du village, un long manteau noir et un chapeau de même teinte enfoncé jusqu'aux oreilles; elle courait derrière les enfants qui la taquinaient: «*Hermine, la pas fine, t'as pissé dans tes bottines; dis pas oui, dis pas non, t'as pissé dans tes chaussons!*» Hermine n'avait pas plus de cervelle qu'une gamine; on la tolérait puisqu'elle ne faisait de mal à personne. Elle avait enfanté d'Antoine, Dieu seul sait comment. Ce gros gars joufflu dont le cerveau ne devait pas dépasser la grosseur d'un pois chiche ne s'intéressait qu'aux animaux et aux filles. Il essayait de retrousser tous les jupons qu'il voyait; générale-ment, une tape sur les doigts ou sur le museau le remettait à sa place. Quand il voyait une femme, sa grosse bouche lippue et gourmande s'appesantissait, ses yeux ronds prenaient une expression étrange. Certains le croyaient responsable de la disparition de deux jeunes filles du village voisin; les recher-ches dans le secteur n'avaient rien donné, pas plus que les interrogatoires qu'on avait fait subir à Sébaste. Ce dernier se contentait de sourire innocemment, ou de rire en niais qu'il était, sans sembler comprendre les questions.

Sébaste avait une curieuse manière de pêcher. Dès que la nuit tombait, il jetait une ligne à l'eau sans l'appâter et attendait d'interminables heures, assis à la même place, sans bouger, guettant la surface du marécage jusqu'à l'aurore. Alors il ramassait ses articles de pêche et rentrait.

Carole s'était demandé, cette nuit-là, en le voyant immo-bile au bord du petit lac, si la mort ne valait pas mieux que toute une vie de souffrance et, encore aujourd'hui, elle se répétait que, si Sébaste l'avait égorgée alors, il aurait épargné le malheur à de nombreux êtres. Or, Sébaste s'était contenté de la regarder approcher, posant un doigt sur sa bouche en signe de silence pour ne pas effrayer les poissons. Elle était venue s'asseoir près de lui, sans trop savoir ce qu'elle espé-rait: la délivrance par la mort ou simplement le réconfort d'une présence, de quelqu'un qui ne la jugeait point et qui la rassurait, car ses parents ne lui parlaient plus et ils avaient interdit à leurs autres enfants de côtoyer la sœur dépravée et pervertie qu'elle était devenue pour eux.

Sébaste avait continué sa pêche jusqu'au petit matin. C'était en ramassant ses effets qu'il avait eu conscience de la femme à son côté. Carole se souvenait fort bien avoir pensé que la transfiguration de son visage rond en une masse de chairs informes pouvait représenter une échappatoire à la vie, à ses soucis, à ses remords et, lorsqu'il s'était approché pour poser la main sur son chemisier blanc, elle n'avait pas bougé. Elle craignait sa force; il ne fut que douceur. Elle redoutait son contact; elle n'en fut pas écœurée. Sébaste prit possession de son corps de la même manière qu'il guettait les poissons: avec attention et solennité. Lorsqu'il la libéra avec un curieux essai de sourire, Carole constata qu'il ne prendrait pas sa vie. Elle courut derrière lui, l'implorant de l'achever, l'invectivant de bêtises. Sébaste l'examinait, benêt, sans comprendre. Non, cet animal n'avait jamais dû tuer; il était «innocent» et pas seulement de ce dont on l'accusait.

Cette fois, sa santé mentale en prit un coup: Carole crut perdre la tête. Sa mauvaise décision avait sapé son moral. Des jours durant, elle se mura dans une obstination muette, ayant dépassé le stade des larmes, refusant de voir quiconque. Puis, Louis était venu, lui offrant son aide.» Pauvre Louis! Elle l'avait pourtant averti qu'elle ne pourrait se laisser toucher par un homme avant longtemps. En plus, elle avait dû attendre d'être guérie de cette maladie vénérienne! Il avait insisté pour l'épouser, se disant patient, se montrant tendre.

Carole ouvrit les yeux, surprise de constater que Louis ne se trouvait pas devant elle avec son jeune visage d'antan. Les murs de bois seuls répliquaient à son regard. Cette vieille baraque où Barbara l'avait entraînée ranimait ses souvenirs. Barbara! À présent qu'elle savait qu'elle était sa mère, elle ne ressentait plus le besoin de la payer de retour pour son amour maternel. Elle la mésestimait et lui en voulait de ses mensonges. Elle payait cher ses fautes. Plaquant son visage contre l'oreiller, elle pleura amèrement, puis s'endormit.

Elle s'éveilla en sursaut. Un hurlement avait déchiré son sommeil. Un second cri effrayant la fit se lever à toute vitesse et courir vers la cuisine. Il se passait quelque chose d'anormal. Barbara, aussi pâle qu'un linge de table, demeurait figée, les mains sur la bouche, les yeux démesurément agrandis par l'horreur et posés sur Marisa qui tenait dans ses petites mains maigres les bandelettes de coton hydrophile qu'elle avait arrachées de son visage. L'enflure, les teintes violacées, les profondes entailles et de longues cicatrices sinueuses et bleutées lui donnaient un air terrible, affreux; plusieurs points de suture fondants, des parties de peau lisse et jaunâtre, d'autres ratatinées et presque noires, le nez pareil à un bouton de chair verdâtre et l'œil gauche proéminent, cet ensemble disgracieux aurait effrayé n'importe qui. Pour Barbara qui n'aimait que la beauté et craignait la laideur, le visage monstrueux de sa fille lui causait un choc inimaginable.

Tremblante, incapable de quitter des yeux le masque épouvantable qui couvrait le petit visage autrefois normal de Marisa, Barbara continuait de crier de répugnance et de peur sans pouvoir s'arrêter. L'enfant demeurait là, devant elle, immobile et, pour une fois, lui faisant face et la scrutant, s'attendant à recevoir de sa mère la pluie d'injures et la responsabilité de ces clabauderies habituelles.

Par un effort suprême de volonté, Barbara parut s'arracher à cette vision cauchemardesque pour sortir vomir dans le sable et se mettre à courir en direction de la plage. Elle lançait des plaintes sauvages entrecoupées de sanglots et de cris de panique.

Carole la rappela, héla son nom dans le doux vent du soir. Le soleil déclinait, semant des teintes rosées dans le velouté du ciel. Barbara ne voyait rien, n'entendait rien, rien que le bruit des vagues qui assourdissait ses propres gémissements d'animal traqué, rien que le rappel et les remords qui l'envahissaient d'être à la base de l'accident qui rendait sa fille aussi grotesque et effrayante qu'une des visions nées de ses hallucinations. Dans ce visage tordu, déplacé, gonflé et abîmé, seuls subsistaient les yeux de son enfant, des yeux qui semblaient la pulvériser, des yeux qui lui reprochaient son manque d'attention, son manque de patience, son manque d'amour. Elle était certaine d'y avoir vu une lueur maléfique, une sorte de joie qui inondait Marisa: le plaisir de la vengeance. Dans sa logique de coupable, elle ne songeait même pas que l'enfant était beaucoup trop jeune pour ce genre d'action, que la petite quémandait de l'aide et que son regard brillant provenait de la fièvre. La culpabilité, l'affolement et l'abomination de ce répugnant visage emplissaient son cerveau d'un feu ardent, d'un brasier qu'il fallait éteindre et que seules les vagues de l'océan turquoise pouvaient parvenir à calmer. Le support de l'eau verdâtre l'aidait à effacer l'image fixée à sa mémoire: celle de la difformité des traits de sa propre fille. Elle nageait vers le large, à la rencontre des lames géantes qui lui barraient le passage. Elle ne songeait ni à Bruce, ni à Carole, ni même à Marisa qu'elle croyait défigurée à jamais; elle pensait qu'il lui faudrait revoir ce visage hideux avant de s'endormir, qu'elle devrait le regarder le lendemain, vivre les prochaines années de sa vie en le retrouvant sur sa route, le montrer à ses amies, avouer qu'il était de son rejeton. C'était trop. Beaucoup trop pour elle. Elle ne pourrait jamais. Il fallait s'en défaire, la confier à... Claire. Oui, Claire allait accepter; elle aimait Marisa. Elle ne craignait pas la laideur; elle n'était pas jolie. Elle nageait toujours vers le large, s'apaisant graduellement en assurant sa décision. Marisa n'existait plus pour elle. Elle ne la reverrait jamais. Il fallait rentrer à présent, demander à Carole de remettre les bandages à Marisa, puis aller téléphoner à Claire. Elle s'arrêta, fit du surplace. Il ne restait qu'un mince filet de clarté rose à l'ouest pour lui permettre de s'orienter. Le chalet se trouvait vers l'est. Heureusement, les flots allaient de ce côté; elle n'avait qu'à se laisser emporter. À cette heure, la marée était-elle montante ou descendante? Elle se sentait épuisée. La noirceur tombait rapidement. Une vague la souleva; une seconde vint et la submergea. Elle refit surface, respira. Une troisième l'attaqua, puis une autre et elle se remit à nager dans le sens des ondes. Avançait-elle vers la rive ou s'éloignait-elle vers le large? Le son d'une cloche sur une bouée! Quelque part autour d'elle. Rejoindre la bouée ou aller en sens inverse? Les vagues la retardaient; mieux valait nager lentement, se reposer. Elle voulut respirer, avala de l'eau, toussa, repartit.

***

Claire venait de rentrer avec Xavier. Ils avaient décidé d'un commun accord de revenir à son appartement à elle puisque le téléphone de Xavier était en dérangement et que les réparations ne pouvaient se faire au cours de la fin de semaine. Quand le timbre se fit entendre, ils étaient tous deux persuadés qu'ils obtiendraient enfin des indications concernant Marisa. Ils s'élancèrent vers l'appareil. Xavier l'atteignit le premier et tendit l'écouteur à Claire qui le saisit d'une main tremblante.

— Allô!... Oui, ici Claire Roitelet... Que dites-vous? Parlez plus fort, je n'entends rien; la ligne est très mauvaise. Maman! Maman, c'est toi? Où es-tu? Tu pleures? Qu'y a-t-il? Est-il arrivé quelque chose à Marisa?... À Barbara!... Elle s'est quoi?... Quand?... Ce matin. Comment est-ce arrivé?... Oui, oui, d'accord, maman. Dis-moi, Marisa va-t-elle bien?... Tu rentres avec elle. Oui, oui, tu peux compter sur moi. Je passerai te prendre avec Xavier... Oui, il est là, près de moi... Très bien; c'est entendu. Maman, je t'aime, tu sais... Je suis contente que tu m'aimes aussi... Oui, au revoir, maman.

Elle raccrocha, le visage décomposé et pâle; elle gardait un calme effarant. Xavier s'inquiéta:

— Qu'est-ce qu'il y a?

— Maman dit que... Barbara s'est noyée. On a retrouvé son corps sur la grève, ce matin.

Elle releva la tête pour considérer Xavier qui reçut la nouvelle en refusant d'y croire.

— Es-tu certaine d'avoir bien compris?

— Oui. Barbara s'est noyée. Elle a disparu dans la mer. Ils l'ont cherchée une partie de la nuit et ils l'ont retrouvée sur la plage, à l'aurore, morte.

Elle articulait, morne comme un dispositif mécanique, ces mots qui rendaient la réalité vraisemblable.

— Et Marisa? s'informa Xavier après un instant de stupeur et d'incrédulité.

— Elle va bien, semble-t-il. Maman la ramène avec elle. Elle a dit que Marisa avait enlevé ses pansements et que, quand Barbara a vu que son visage était aussi ravagé qu'un puzzle, elle en a été effrayée, a pris peur et s'est élancée dans l'océan. Elle nous racontera les faits en détail à son arrivée. Elle pleurait. Je l'entendais à peine.

— Barbara... Morte. Noyée... répéta Xavier, stupéfait. Il va falloir prévenir Bruce. Je m'en chargerai. Je n'ai pas souhaité sa mort, Claire, je veux que tu le saches.

— Ni moi, Xavier. Je voulais vivre sans qu'elle se mêle de mes affaires. Crois-tu qu'elle se soit... donné la mort volontairement?

Il pinça les lèvres, esquissa un mouvement négatif.

— J'en doute. Barbara n'a jamais eu un tempérament suicidaire.

Durant les heures qui suivirent, ils restèrent ainsi, à se remémorer des souvenirs qui mettaient Barbara en cause. Étonnant à quel point la mort libère! Ils ne lui en voulaient plus à présent qu'elle avait perdu la vie. Elle n'empêcherait plus leur union; elle n'éveillerait aucune crainte pour l'avenir de Marisa. Tout s'arrangeait ou presque...

Ils employèrent une partie du temps qui les séparait du retour de Carole à rencontrer Bruce qui eut du mal à dissimuler, devant eux, l'immense chagrin qu'il éprouvait à perdre sa déesse. Sa détresse faisait mal à voir. Xavier se dit qu'il finirait par oublier. Il l'espéra et comprit que Bruce avait ressenti pour Barbara le genre d'amour que lui éprouvait pour Claire. À la différence que Bruce n'attendrait pas un éventuel retour de sa bien-aimée tigresse puisqu'il s'agissait d'un désir irréalisable.

Ils annoncèrent le retour de Marisa au docteur Poussin qui s'en réjouit et, par après, ils allèrent avertir les policiers qu'on avait retrouvé l'enfant. Ceux-ci prirent contact avec les agents des Antilles et obtinrent des renseignements complémentaires. Connaissant le passé d'Angelo Paradiso, ayant été mis au courant par Claire et Xavier de la lettre que Barbara avait expédiée à sa sœur, du napperon en papier, du coup que Claire avait reçu à la tête, ils leur proposèrent de tenter l'impossible pour mettre l'homme hors d'état de nuire. Ils suggérèrent un plan destiné à éclaircir la part de responsabilité d'Angelo dans l'affaire et à vérifier si c'était lui qui avait assommé Claire dans l'espoir de l'intimider. Ils voulaient agir vite, avant que la nouvelle de la mort de Barbara ne soit connue.

Six heures plus tard, Claire avançait à petits pas sur le quai où quelques bateaux se laissaient emplir ou vider de leur contenu. Elle grinçait des dents parce qu'elle avait peur et sursauta en apercevant devant elle un homme qui sortait de derrière une pile de bois prêt à être embarqué pour son exportation. Elle remarqua les jeans et les bottes de travail et n'hésita qu'un moment avant de demander:

— Vous êtes Angelo Paradiso?

— Ouais! Vous êtes Claire, pas vrai?

— C'est vous qui avez essayé de m'effrayer l'autre nuit?

— Ben voyons! Tu racontes n'importe quoi, la p'tite.

— C'est bien vous qui m'avez frappée et qui avez volé la lettre que j'avais reçue de Barbara?

— Je sais pas de quoi tu parles.

— Je suppose que vous ne savez pas non plus où se trouve Barbara?

— J'suis pas son geôlier.

Tout en parlant et en gardant son air sarcastique, il avait changé de position quatre fois, de telle sorte qu'il avait pu couvrir tout le territoire du regard et s'assurer que personne ne devait avoir accompagné Claire.

— C'est quoi qu'tu m'veux? Tu m'as dit que t'avais des informations pour moi. C'est quoi?

— On y vient. Laissez-moi le temps!

— En tout cas, t'es pas peureuse de v'nir jusque su'les quais, toute seule. T'as pas emmené ton ange gardien, le mari d'Barbara? Il doit pas être ben loin, hein? Surtout arrangée comme t'es: avec ta canne et tout!

Il souriait, moqueur et l'air satisfait.

— Je voulais voir ce que vous aviez dans le ventre! Voir si le prétendu père de Barbara est un vaurien de la pire espèce ou un enquiquineur qui n'attaque que quand on lui tourne le dos.

— Ça va faire pour les bêtises! Tu r'passeras. J'ai pas de temps à perdre avec toi. File ton chemin; moi, je r'prends le mien. Si tu m'as fait déranger juste pour ça, tu peux rentrer chez toi.

— Vous avez l'habitude d'attaquer les femmes, n'est-ce pas? Vous avez commencé votre carrière très tôt avec Carole Létourneau.

— Oh toi! grogna Angelo en levant le bras pour la battre; il se ravisa et jeta des coups d'œil méfiants tout autour. Tu f'rais mieux d'la fermer avant que j'me fâche. Dépêche-toi de m'dire c'est quoi c't'idée de v'nir me r'lancer jusqu'icitte ou ben j'm'en vas.

— Je tenais à vous informer que Barbara s'est noyée, hier soir. Je préférais vous en avertir avant que vous ne l'appreniez par les journaux.

Il demeura bouche ouverte, yeux figés par une sorte d'abjection.

— J'te crois pas! Ça s'peut pas! Tu veux juste m'apeurer.

— C'est vrai, hélas! J'aimerais pouvoir la pleurer... Je le pourrai peut-être dans quelques semaines, quand sa méchanceté des derniers temps aura été recouverte par les souvenirs agréables de nos plus jeunes années.

— Ça fait ton affaire, hein! Tu vas pouvoir garder son mari! P'tite salope, va! C'est ma fille qui est morte, mais c'est toi qui aurais dû crever.

— Si vous espériez m'assassiner ou me faire peur pour qu'elle puisse récupérer Xavier, vous n'avez plus aucune raison pour agir de la sorte. Il ne vous reste plus qu'à oublier que vous avez cru avoir une fille.

— Non! J'ai eu une fille! Elle va poursuivre ma descendance. Elle a une p'tite fille; j'vas m'occuper d'elle.

— N'y comptez pas! certifia Claire, déterminée et toute crainte envolée. Que je ne vous voie jamais rôder autour de l'enfant! Vous aviez pensé trouver un réconfort auprès de Barbara; puisqu'elle est morte, il faudra vous faire une raison et vous éclipser.

— Si tu crois que j'vas laisser tomber, tu t'trompes en Jupiter! J'en ai d'jà fait des choses pour ma fille, même si elle me l'avait pas demandé et j'ferai pareil pour la gosse.

— Cette gamine est déjà suffisamment perturbée sans que vous veniez y ajouter votre grain de sel. Elle a besoin de soins permanents; son visage est extrêmement marqué. Elle a failli mourir dans un accident.

— Vous avez tous été ben chanceux de vous en tirer dans c't accident, y'est pas dit qu'vous allez vous en sortir dans l'prochain.

Elle pâlit et rougit ensuite.

— Que dites-vous?

— J'ai rien dit.

— Bien sûr que oui: vous avez laissé sous-entendre que vous étiez responsable de notre accident!...

— J'ai pas dit ça!

— Évidemment que vous l'avez dit! Vous avez parlé d'un «prochain» accident dans lequel nous laisserions nos vies! Vous avez failli tuer trois personnes – dont la fille de Barbara – pour faire plaisir à celle-ci! C'est affreux ce que vous dites! Vous avez complètement perdu la tête.

Il la saisit par le devant de son veston et l'attira jusqu'à sa hauteur.

— ...tention, la p'tite! J 'pourrais t'fracasser en mille miettes si tu continues à m'courir. Tu s'rais pas la première que j'aiderais à passer de l'autre bord! Y'a d'jà deux filles que j'ai ensevelies dans la mare au fou... C'est lui qu'on a suspecté.

Il sourit subitement découvrant des rangées de dents cariées.

— ...Si j'avais tué toutes les femmes qui m'tombaient sous la main, j'aurais jamais pu avoir une fille, hein? Carole a été chanceuse de survivre. Quand j'l'ai laissée dans l'fossé, j'la pensais morte.

Il se mit à rire et Claire ferma les yeux un instant, toujours retenue à quelques pouces de lui. Cet homme était malade, à n'en pas douter. Un meurtrier. Un violeur et un tueur de femmes. Oui, Carole avait eu de la chance de s'en tirer à si bon compte. Grâce à Dieu!

— Toi... J'te trouve rien qu'bonne à servir de pâtée aux poissons d'un étang, des pierres aux chevilles. J'te violerais pas, tu m'dégoûterais! J'aime pas la chair blanche.

Il lui cracha au visage. Claire grimaça et eut un haut-le-cœur. Il serra davantage à l'encolure en la dévisageant droit dans les yeux.

— T'as rendu ma fille malheureuse. J'suis certain qu'elle est morte par ta faute. Tu vas payer!

Il se redressa, fit des yeux le tour des quais, supputant les dangers, et ajouta:

— ...Pas icitte. Y'a trop d'risques. On va aller faire une p'tite balade su'l'fleuve. P't'être que t'auras eu trop d'peine d'la mort de Barbara, pis que tu te s'ras noyée, toi aussi!

Claire se mit à crier. Il posa la main sur sa bouche et chercha à l'entraîner vers la jetée. Elle se débattit, le mordit.

— Saprée p'tite louve!

Au moment où il allait lui asséner un coup de poing, la voix grave de Xavier l'interrompit.

— Laissez-la!

— J'me disais ben aussi que l'chien de garde d'vait pas être loin.

Angelo retenait, par la gorge, Claire qui avait échappé sa canne. Il la tirait et la gardait contre lui si serrée que ses côtes encore fragiles incendiaient sa poitrine et qu'elle étouffait. Angelo n'avait pas l'intention de lâcher prise. Suffoquant, essayant tant bien que mal de respirer, Claire commençait à avoir la vue embrouillée quand elle se retrouva sur le sol, Angelo à ses côtés. Elle avait du mal à bouger tant tous ses os lui faisaient mal. Xavier lui soulevait la tête, lui parlait doucement:

— Claire, ça va? Parle-moi, chérie! Les policiers n'osaient pas intervenir trop tôt, ils voulaient des aveux et... ils craignaient pour ta vie. Ils auraient certainement tiré sur Angelo s'il l'avait fallu.

Elle reprenait haleine.

— Ça va aller. J'ai juste mal partout. J'ai eu tellement peur!

— Moi aussi, chérie. Moi aussi.

Il la pressa contre lui en baisant son visage blême et bouleversé. Nous allons rentrer à présent. Demain, nous irons chercher Marisa et ta mère à l'aéroport. D'ici là, tu pourras te reposer calmement.

Autour d'eux, des gens s'affairaient. Angelo avait lui aussi repris ses esprits et un détective lui lisait ses droits pendant qu'un policier en uniforme lui passait les menottes.

— Vous viendrez au bureau signer une déposition, madame Roitelet. Nous avons pu enregistrer toute votre conversation. Nous ne suspections pas que cet individu avait pu tremper dans la disparition de jeunes femmes. Nous allons faire draguer la mare en question et, si nous y trouvons ce qu'il a annoncé, il sera bon pour quelques années supplémentaires de bagne. Merci. Vous vous êtes montrée très courageuse et très coopérative. Vous avez rendu un fier service à la communauté.

Claire fit un signe affirmatif sans même remarquer celui qui lui parlait. Elle s'endormait. Elle n'avait qu'une hâte, se retrouver dans son lit et dormir, dormir tout son saoul. Elle avait du sommeil à rattraper et elle avait hâte de revoir Marisa, de la confier au docteur Poussin. Vivement qu'ils se retrouvent au lendemain!

Épilogue

Le temps agit sur toute chose. Il façonne les rivières, ride la surface de la terre, met au monde le grain de sable qui provient du rocher de demain, roule les saisons. Le temps file. Pourtant, il reste toujours du temps, du temps à rattraper, du temps à effacer, du temps à attendre. On attend que soit arrivé le temps... mais le temps n'arrive jamais, il passe. On naît, on vit, on meurt, certains nous précèdent ou nous suivent; Dieu regarde passer les êtres, les grands arbres secoués par le vent, les océans qui se bercent inlassablement sur les ailes du temps.

Puis arrive le jour tant attendu!

...quand la porte de l'aéroport s'ouvre pour livrer passage à Carole qui tient la main de Marisa dont le visage est une fois de plus couvert de bandelettes...

...quand Carole leur adresse un salut de la main avec un sourire empreint de tristesse...

...quand Claire s'élance vers l'enfant du plus vite que le lui permettent ses souffrances et sa canne...

...quand Xavier, qui la suit de près, le bras et la jambe encore plâtrés, se sent le cœur empli d'amour et de tendresse...

...quand Claire, une fois à la hauteur de Marisa, laisse tomber sa canne et ouvre les bras en s'écriant:

— Marisa! Marisa! Mon bébé, mon trésor! Tu m'as tant manqué!

...quand les bras de l'enfant se déploient eux aussi vers Claire et que tout le petit corps se tend vers elle...

...quand les yeux verts de la petite fille rayonnent de joie à travers le nouveau pansement moins imposant qui laisse la bouche à découvert...

...quand de cette bouche – enfin! – le sourire s'ébauche pour faire naître tant de plaisir chez ceux qui l'entourent...

...quand ce sourire est suivi d'un son, d'un mot que prononce Marisa...

— Claire!

Son premier mot. Et il est pour elle!

C'est le plus beau jour, le jour où le passé ne tient plus, le jour où le passé est dépassé, le jour où le présent est à la fois l'autrefois et le futur.

FIN